CHARLOTTE LYNE

Die Glocken von Vineta

Buch

Vineta, im 12. Jahrhundert: Die Perle der Ostsee – eine Stadt, um die sich Legenden ranken, eine Stadt, stolz, reich, schön und voller Gegensätze. Hier wachsen die Zwillinge Warti und Bole Sliwosz als Söhne eines vermögenden Bernsteinhändlers heran. Als ihr Vater bei einem Schiffsunglück ertrinkt, tritt Warti als Erstgeborener das Erbe an, während Bole sich als Fischhändler durchschlagen muss. Auf einer Reise nach Nowgorod begegnet Warti der rothaarigen Schönheit Natalia, verliebt sich Hals über Kopf in sie und nimmt sie in seine Heimat mit. Natalia aber hat schlimmes Leid erfahren und ist daran verstummt …

Derweil verschlimmern sich die Spannungen zwischen Christen und Heiden, zudem sieht der dänische König das wohlhabende Vineta als Bedrohung seiner Macht und sucht Mittel und Wege, sich der Stadt zu entledigen. Bole, der ewig benachteiligte, verbitterte Bruder, kämpft ums Überleben und verdingt sich schließlich als Spitzel für den dänischen Hof. Als er sich seiner Leidenschaft für seine schöne Schwägerin Natalia nicht länger erwehren kann, stehen sich nicht nur die Brüder unversöhnlich gegenüber, sondern ganz Vineta muss gegen gnadenlose Feinde um seine Zukunft kämpfen: An der Seite der Dänen stehen Kreuzritter, fanatische Missionare, Verräter und Naturgewalten …

Autorin

Charlotte Lyne, geboren 1965 in Berlin, studierte Germanistik, Latein, Anglistik und Italienische Literatur in Berlin, Neapel und London. Ihren Großeltern aus Riga und Danzig verdankt sie ihre Verbundenheit mit der Ostsee und die Leidenschaft für deren Geschichte und Sagenwelt. Charlotte Lyne lebt mit ihrem Mann und ihren drei Kindern in London, und wenn sie nicht gerade schreibt, ist sie Übersetzerin und Lektorin.

Weitere Romane von Charlotte Lyne sind bei Blanvalet bereits in Vorbereitung!

Charlotte Lyne

Die Glocken von Vineta

Historischer Roman

blanvalet

FSC
Mix
Produktgruppe aus vorbildlich
bewirtschafteten Wäldern und
anderen kontrollierten Herkünften

Zert.-Nr. SGS-COC-1940
www.fsc.org
© 1996 Forest Stewardship Council

Verlagsgruppe Random House FSC-DEU-0100
Das für dieses Buch verwendete FSC-zertifizierte Papier
München Super liefert Mochenwangen.

1. Auflage
Originalausgabe Dezember 2007 bei Blanvalet,
einem Unternehmen der Verlagsgruppe
Random House GmbH, München.

Umschlaggestaltung: HildenDesign, München
Umschlagmotiv: Eigenarchiv HildenDesign, München
Lektorat: Eva Schmeling
Herstellung: Heidrun Nawrot
Satz: Uhl + Massopust, Aalen
Druck und Einband: GGP Media GmbH, Pößneck
Printed in Germany
ISBN: 978-3-442-36716-0

www.blanvalet.de

Für Maren

Dem Andenken der Verlorenen des
26. Dezember 2004

Dû bist mîn, ich bin dîn
des solt dû gewis sîn
dû bist beslozzen
in mînem herzen,
verlorn ist daz slüzzelîn:
dû muost ouch immer darinne sîn.

(Tegernseer Handschrift aus dem 12. Jahrhundert)

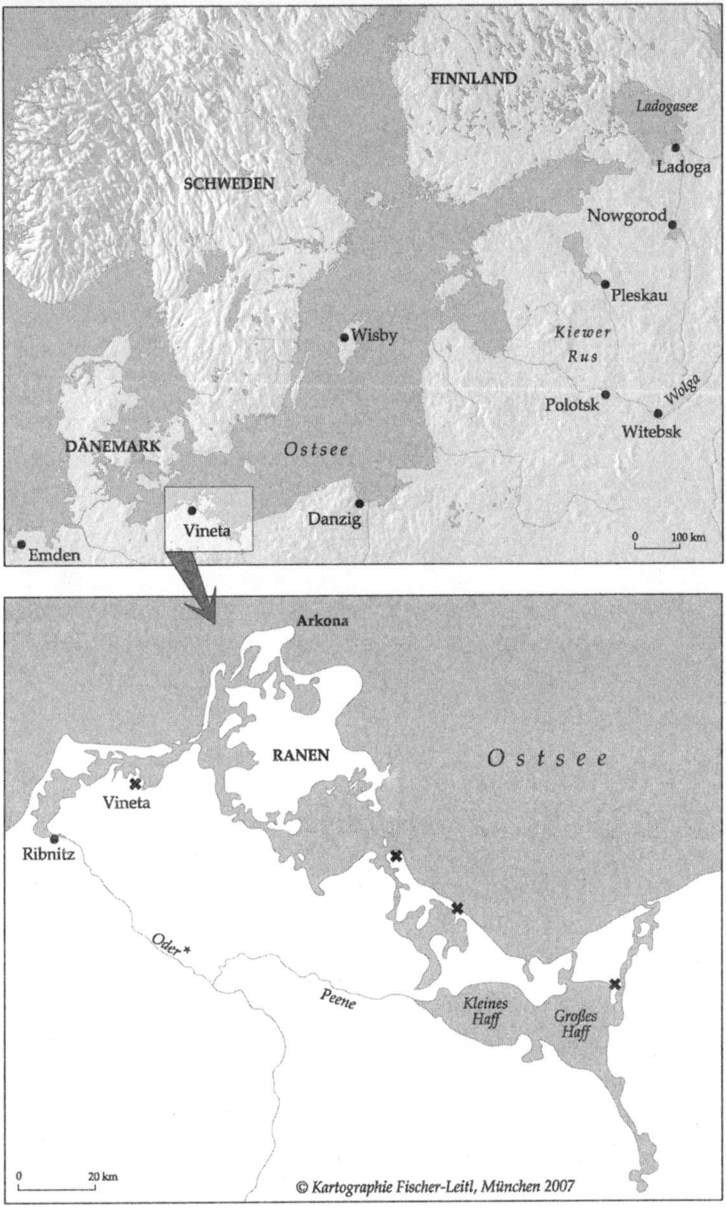

✖ Weitere Möglichkeiten, wo Vineta gelegen haben könnte.
* Angenommener Oderlauf im 12. Jahrhundert.

Prolog

November 1125

Mit der Dämmerung war es kalt geworden. Die Regenpfützen in den Mulden des blank geschorenen Feldes erstarrten rasch zu Eis. Natalia rannte. Ihre Sohlen trommelten wie Dreschflegel auf die froststarre Erde. Die Arme hielt sie, statt sie im Lauftakt zu schwingen, um den Leib geschlungen. »Umarmst du dich selbst?«, hätte die Mutter sie mit einem Lachen gefragt. Vor Anstrengung brauste Natalia das Blut in den Ohren, übertönte den pfeifenden Wind.

Aus dem Wald herausgerodet lag das Fleckchen Land, das ihr Vater seinen kargen Acker nannte. »Von den paar Scheffeln Roggen krieg ich weder Mensch noch Viehzeug satt«, pflegte er zu wettern, ehe er mit den Brüdern aufbrach, um seine Fallen zu leeren oder im Sumpfland Torf zu stechen. Den Schwestern trug er auf, in den Astlöchern der Zeideler nach Resten von Bienenwachs zu stochern, und an diesem Tag hatte er auch sie, Natalia, mit fünf Jahren seine Jüngste, zu einer Aufgabe ausgeschickt.

Im Dickicht des Waldes sollte sie nach Bucheckern suchen, um das Schwein im Verschlag damit zu füttern. Natalia hatte gehofft, dabei ein paar Hände voll süßer Beeren aufzuspüren, doch es war zu spät im Jahr, die Sträucher im Unterholz längst kahl. Als das letzte Licht verblich, waren ihre Finger von der Kälte so steif, als müssten sie beim Krümmen splittern wie die morschen Zweige.

Natalia lief schneller, wenn auch die Eisluft ihr schmerzhaft in die Lungen schnitt. Schon kam die Hütte in Sicht. Kein Rauch stieg auf, denn das Feuerholz war knapp. Drinnen aber würde der Atem vieler Menschen Wärme verbreiten, auf dem Tisch stünde die noch kaum erkaltete Suppe, und der Oheim Luka, den der Vater einen Nichtsnutz schimpfte, würde mit seinem kehligen Lachen Not und Sorgen zur Tür hinausscheuchen.

Natalia hörte ihre Eltern oft von Sorgen reden. Solche Gespräche gehörten zu ihrem Leben wie die Hühner, die in der Morgenkälte gefüttert werden mussten, wie die Wanzenbisse in den Nächten, die Knüffe der Brüder und der Spott der Schwestern, aber in diesem Herbst hatte sich etwas verändert, war bedrohlicher, schwerer geworden... Die Stimme des Vaters schien bei jedem Wort hinterherzuschleifen, als sei er schon ein Greis und könne seine Last nicht länger tragen. Der Oheim Luka, Mutters Bruder, versuchte, das Dunkle mit einer Handbewegung wegzustreifen. »Wir haben's immer geschafft, warum soll's diesmal anders sein?«

»Weil uns die Ernte ersoffen ist, Nichtsnutz. Aus leeren Händen gibt sich schlecht noch was ab.«

»Ach, das wird schon. Mokosch, die goldrote Mutter Erde, hilft dem Tüchtigen.«

Der Oheim lachte, und der Vater schlug mit einem Strick nach ihm. »Dann hilft sie dir gewiss als Letztem, und meine schuldlosen Kinder müssen für deine Faulheit mit dran glauben.«

Ein andermal hörte Natalia den Oheim davon munkeln, dass der Fürst in Kiew, der große Wladimir Monomach, gestorben sei. »In der Stadt wird's Aufhebens geben.«

»In der Stadt gibt's immer Aufhebens«, knurrte der Vater zurück. »Aber für uns Bauern ist das einerlei. Dieser oder jener auf dem Thron in Kiew, über unseren Köpfen tanzt die Knute des Bojaren.«

Der Bojar, das wusste Natalia, wohnte hinter dem Wald,

hinter dem Ende ihrer Welt, in der großen Stadt Nowgorod. Ihre Familie war ihm leibeigen. Was das bedeutete, begriff sie nicht, nur, dass der Name des Bojaren Unheil beschwor, Erschrecken, tief bedrücktes Schweigen. Zweimal schon waren Männer in dunkelbraunen Röcken erschienen, die den Vater beschimpft, ihn an den Schultern gerüttelt und schließlich die Ziege am Strick gepackt und mit sich fortgezerrt hatten. Die Mutter hatte sich in den Winkel auf den Boden gehockt und heiser geweint. »Wer sind die?«, hatte Natalia ihre älteste Schwester Nona gefragt.

»Die Eintreiber. Die holen sich, was dem Bojaren gehört.«

Warum dem Bojaren die Ziege gehörte, die in ihrer Hütte hauste und deren Milch die Mutter allmorgendlich in den Kessel überm Feuer schöpfte, sodass der köstliche Duft den Raum erfüllte, verstand Natalia nicht. »Im Frühjahr findet sich eine neue Gehörnte«, tröstete der Oheim, trank einen Becher Schlehenwein und klatschte in die Hände. »Sing ein Lied, Schwesterlein, ein bisschen Frohsinn kostet nichts.«

Auf einmal konnte sie es nicht mehr erwarten, das Haus zu erreichen, die vertrauten Stimmen zu hören und ihre Familie um den Tisch versammelt zu sehen. Der Oheim würde ihr Fratzen schneiden und die Mutter, die den jüngsten Bruder in einem Tuch vor der Brust trug, würde Suppe aufdecken und Brot austeilen. Aus dem Krug mit der abgeplatzten Tülle würde der Vater erst sich und dann dem Oheim einschenken, seinen Becher leeren und die letzten Tropfen auf den Boden schütten. »Mokosch, Göttin der fruchtbaren Erde, nimm unser Opfer an, und hilf uns aus der Not.« Natalia schlang die Arme fester um den Leib. Die letzten Schritte. Um ein Haar stolperte sie. Im schwachen Lichtschein sah sie die Tür in den Angeln baumeln. Polternd stürzte etwas um. Dann ertönte ein Schrei: »Natalia. Geh!«

Doch Natalia konnte sich nicht rühren. Hinter dem Türstock verborgen sah sie die Mutter, die mit dem Rücken zur Wand stand und den Säugling, den sie Stani Sternenauge nannte, an sich presste. Sie waren wieder da. Die Männer in den dunklen Röcken. Bestimmt ein Dutzend von ihnen. Zwei stießen den Vater zu Boden, ein anderer packte den Oheim beim Arm und schleuderte ihn gegen den Tisch. Die Kerze stürzte um. Gleich darauf stand der Tisch in Flammen. Im flackernden Licht sah Natalia Blut leuchten, das die schief getretenen Dielen rot färbte. In der Blutlache lag ihr Bruder Mitja, der Streithammel, der ihr beim Essen immer das Brot wegschnappte und sie *rotes Rättchen* rief. Jetzt war sein Kopf nach hinten verdreht, sein Haar blutverschmiert. Einer der Männer kippte den Kübel mit der Notdurft in die Flammen. Mit drohendem Zischen bäumte das Feuer sich ein letztes Mal auf und erstarb. Im Nu war es dunkel in der Stube. Nur eine bläulich erstickende Lohe züngelte noch über den Tisch.

»Los jetzt. Von dannen mit dem Pack.«

Die berockten Männer, die damit beschäftigt gewesen waren, alles Herumstehende, den Kessel, die paar Becher und Näpfe, in Säcke zu raffen, ließen ihre Beute fallen und schnappten sich stattdessen Menschen. Rissen den Vater und den Oheim vom Boden, zerrten die Schwestern hinter der Kleidertruhe vor und schleiften einen nach dem andern zur Tür. Über Bruder Mitja stiegen sie hinweg. Im letzten Moment sprang Natalia zur Seite. Raschen Schrittes schleppten die Männer die Wehrlosen an ihr vorbei und verschwanden in der Nacht. Natalia drängte sich zitternd an die Wand der Hütte. Niemand bemerkte sie.

Fest drückte sie ihre Schulter ans Holz und kniff die Augen zu. Lichtpunkte tanzten ihr durch den Schädel. »Und jetzt zu dir«, hörte sie von drinnen eine Männerstimme. »Los, das Balg her.« Wieder polterte es, und dann schrie die Mutter. Das Geräusch fuhr Natalia wie eine Nadelspitze durch den Leib. Nie zuvor hatte sie ein Wesen, weder Mensch noch Tier, so schreien hören.

Ein Windstoß blähte ihr die Kleider. Die Schreie gingen in ein abgehacktes Fiepen über, wie die sinnlosen Laute einer Maus, ehe die Katze ihr den Garaus machte. Dann verstummten sie ganz. Natalia fiel auf die Knie. Auf allen vieren kroch sie, wie von fremder Hand gezogen, zurück zur Tür und spähte in den Raum. Düster war es. Nur die bläulich ersterbende Flamme spendete ein wenig Licht. Bruder Mitja lag noch immer auf dem Boden. Daneben entdeckte Natalia ein Bündel und erkannte das Tuch, in dem die Mutter sonst den kleinen Stani vor der Brust trug. Das Bündel lag unbewegt, gab keinen Laut von sich. An der hinteren Wand, bei der Fensterluke, lehnten zwei der Männer, die unhörbar miteinander tuschelten.

Das einzige Geräusch, das Natalia ins Ohr drang, war ein rasches Keuchen. Ihr Blick flog durch den Raum. Dann sah sie den dunklen Umriss bei der Kleidertruhe. Zwei Gestalten am Boden, eine über die andere geworfen, die obere zuckte wie von Krämpfen geschüttelt auf und ab. Das helle Haar der Mutter lag über die Dielen gebreitet. Im Zwielicht hoben sich die Hinterbacken des Mannes leuchtend weiß. Er atmete schneller, schnaufte, schrie heiser auf und sackte wie erschlagen nieder. Natalia schrie auch. Zumindest glaubte sie zu schreien, aber hörte keinen Ton. Mit einem Schlag war es still. Eisklar und fast lautlos floss der Atem der Nacht. Natalia krümmte sich zusammen und vergrub den Kopf in ihren Armen. Unter den bloßen Knien spürte sie gefrorene Erde. Wie viel Zeit vergangen war, hätte sie nicht zu sagen vermocht.

Zu sich kam sie, weil sich ihr etwas in die Schulter bohrte. »He, was für ein Krötenschnäuzchen haben wir denn da?«

Sie hob den Kopf. Harsches Fackellicht blendete sie. Über ihr standen drei der berockten Männer, von denen der größte sie mit seinem Stock stach. Ein zweiter, der auf dem kahlen Kopf keine Mütze trug, hielt die Mutter, die leblos hing, über einem Arm. »Seht euch das an. Die Heidenbrut hat Haare wie ein Kirchenbrand.«

»Höllenfeuer«, stimmte sein Nebenmann zu. »So rot kriegt's die verruchteste Hure nicht gefärbt.«

Mit dem Stock hob der Größere Natalias Haar, über das ihre Schwester Nona zu schimpfen pflegte, eher ließe sich der Schweif eines Eichhorns flechten.

»Komm schon, mach ein Ende«, drängte der Kahlköpfige, der die Mutter hielt. »Was willst du mit der Kröte? Ich hab daheim ein Nachtessen warten und ein Bett mit einem feisten Weibsbild drin.«

»Ich nehme sie mit«, erwiderte der Mann mit dem Stock, bückte sich und hievte Natalia an einem Arm in die Höhe. »Wer weiß, ob unser Boris mir's nicht dankt.«

»Auf deinem Arsch dankt der's dir. Aber mich soll's nicht kratzen.«

Der Kahlköpfige wollte die Mutter weiterschleifen, doch in den Leib, der totengleich über seinem Arm gehangen hatte, geriet plötzlich Leben. Der Kopf hob sich. Ein Flüstern. »Natalia.«

Natalia sah der Mutter ins Gesicht. Die stierte durch sie hindurch. Aus einem Nasenloch troff ihr ein Rinnsal Blut. Der kleine Bruder, Stani, das Frühlingskind, war nicht bei ihr. Sie packte Natalia bei der Hand, drückte schnell einen

Gegenstand hinein und schloss ihr die Finger darum. Die Braunröcke hatten offenbar nichts bemerkt. Im Griff des Kahlköpfigen sank die Mutter wieder in sich zusammen. »Los jetzt, verfluchte Heidenhure.«

Die beiden Männer setzten sich in Bewegung, schleiften die Mutter wie einen leeren Sack hinterdrein. Der dritte, der noch immer Natalia am Arm hielt, blieb stehen und sah auf sie hinunter. »Das ist dein Name? Natalia?«

Natalia starrte ihn an, aber aus ihrer Kehle kam kein Wort.

»He, Rotschopf, ich rede mit dir.«

Klatschend traf seine Hand ihre Wange. Vor ihren Augen zerfloss sein Gesicht, doch sie spürte keinen Schmerz. In ihrer Faust lag kühl und glatt der Gegenstand. Sie sagte nichts.

ERSTER TEIL

Die Stumme

Oktober 1129

1. Kapitel

Der Sommer in Nowgorod, hieß es, war kurz und süß wie ein Rausch vom Südwein. Wenn man daraus erwachte, ächzten einem die Glieder, die klaren Nächte waren verflogen und Raureif bedeckte die Gassen. Der Winter hingegen, in dem das quirlige Treiben auf den Märkten, das Ankerwerfen und Ankerlichten am Fluss Wolchow zum Erliegen kam, war endlos lang und senkte sich über die Stadt wie traumloser Schlaf. Die Besucher, die an diesem Morgen erwartet wurden, Handelsreisende, die in sieben Tagesreisen das Meer überquert, sodann in Ladoga ihre Ware auf Flusskähne umgeladen hatten und erst die Newa, dann den Wolchow hinunter nach Nowgorod gerudert waren, mochten die Letzten sein, die die gefahrvolle Reise vor Einbruch des Winters wagten.

Sie waren Gäste von Bedeutung. Wanda, die älteste der Küchenmägde, zurrte Natalia die Kiepe auf dem Rücken fest und schickte sie mit einer scharfen Warnung auf den Weg: »Los, zum Geflügelmetzger, aber lass dir um Himmels willen keine zähe Krähe andrehen. Die gottverlassenen Heiden haben Gaumen wie Fürstentöchter. Nicht umsonst wird erzählt, in ihrem gottlosen Vineta schwirrten ihnen die Tauben geröstet ins Maul.«

Natalia fürchtete den Winter. Das Gewirbel der Schneeflocken entzückte sie, verlockte sie zu Sprüngen, aber allzu rasch fiel ihr wieder ein, dass sie weder schützende Kleidung noch ein warmes Lager für die Nacht besaß. Sie fröstelte jetzt schon in ihrem Kittel, der ihr kaum noch bis über die Waden reichte und zudem fadenscheinig wurde. Statt eines Mantels wickelte sie sich den Überrest einer Decke, die nach Tierfell stank, um die Schultern. Dennoch stellte sich an ihren Unterarmen der blassrote Flaum vor Kälte auf. Aber vor allem graute ihr vor dem Winter, weil es in den langen, totenstillen Mondkreisen kein einziges festliches Gastmahl gab, bei dem Igor, der Koch, sich gebührlich ins Zeug legen konnte.

Eine solche Herausforderung vermochte die Laune des Küchenmeisters aufzuhellen. An gewöhnlichen Tagen verfluchte er unablässig sein Schicksal, das ihn in den Dienst des Bojaren Boris gestellt hatte: Der hohe Herr wusste gutes Essen nicht zu schätzen, sparte an Zutaten und hätte sich am liebsten Tag für Tag den Bauch mit Hohlbraten und einfachem Gerstenbrei gefüllt. Seinen Verdruss ließ Igor an seinen Untergebenen aus, und die meisten Flüche, Tritte und Ohrfeigen hatte die heidnische Laus einzustecken, die ihm der Herr Boris vor nunmehr vier Jahren in den Pelz gesetzt hatte. »Was soll ich mit der verhungerten Rotznase?«, hatte der Koch gewettert. »Die weiß nicht mal wie ein Christenmensch die Zunge zu gebrauchen, und von dem Feuerschopf wird mir die Butter im Fass sauer.«

Es war die alte Wanda gewesen, die Natalia das Haar geschoren und ihr ein Tuch aus rauer Wolle um den Kopf geknotet hatte. »Besser du reizt Igor nicht, sonst sei der Herrgott dir gnädig.«

Aber der Herrgott, wer immer das sein mochte, war ihr auch nach der Schur nicht gnädig. Sie blieb Igors bevorzugtes Opfer, obgleich sie keine Ahnung hatte, womit sie ihn so sehr in Zorn versetzte. Zuweilen prügelte er sie mit dem Walkholz für ein paar Tropfen vergossener Milch, an Tagen wie heute hingegen durfte sie sogar den kostbaren

Pfeffer verschütten und bekam nicht mehr als eine flüchtige Kopfnuss dafür. Menschen verstehen zu wollen, war sinnlos. Noch sinnloser war der Versuch, sie zu ändern oder wenigstens durch Wohlverhalten sanft zu stimmen.

Als klüger erwies sich, sie zu meiden, sich abseits zu halten und nicht aufzufallen. Natalia zerrte das Tuch um ihr Haar, das schon wieder in dicken Büscheln nachwuchs, fester. Dann konzentrierte sie sich wieder auf den Weg und gab Acht, auf den überfrorenen Bohlen, mit denen die Gassen Nowgorods gepflastert waren, nicht auszugleiten.

Die Tür der Geflügelmetzgerei stand zur Straße hin offen. Dennoch war es warm in dem kleinen Raum, in dem sich schwatzend und feilschend die Kunden drängten. Ein berauschendes Gewirr aus Düften nach starken Gewürzen, frischem Blut und Rauch umfing Natalia. Niemand scherte sich um die Neunjährige, die am Ende der Schlange ausharrte. Mit klammen Fingern nestelte sie die Riemen ihrer Kiepe auf.

»Gott zum Gruß«, rief eine Riesin von Frau, die sich Einlass verschaffte, indem sie mit ihrem mächtigen Busen kurzerhand die Nächststehenden aus dem Weg zwang. »Wie steht es, Meister Andrej, bekomme ich noch ein Huhn für meine Brühe?« Mit einer Hand schob die Frau Natalia, die eben ihre Kiepe dem Metzger über den Verkaufstisch hinaufreichen wollte, aus dem Weg. »Ich komme just aus dem Hafen. Die Fuhre aus Vineta ist da, fünf Kähne hat's gebraucht, um die ganze Ladung herzubringen. Das Prachtschiff ist zu breit für den Fluss, das liegt in Ladoga vor Anker. Ein Jammer, oder? Das hätte sich unsereins gern angesehen.«

»Dann hättest du dir einen Schiffer nehmen sollen, keinen Schuhmacher, Kata«, spottete die leutselige Stimme des Metzgers. »Dein Juri schafft dich im Leben nicht nach

Ladoga, das liegt einen Tag weit weg am schwarzen See Newo, und übers Meer, nach Vineta, brächte der dich nicht einmal im Traum.«

»Da tut er auch recht dran«, brummte die Schuhmacherfrau. »Wenn nämlich alle Burschen da so knusprig sind wie der im Hafen, dann fliegt dem Juri sein Vöglein aus, ehe er weiß, wie ihm geschieht.«

Gelächter füllte den engen Raum. Mit einem Vöglein hatte die Schuhmacherin so wenig Ähnlichkeit wie der Zugochse des Herrn Boris mit einem Rehkitz. »Erzähl, Kata!«, riefen mehrere Frauen auf einmal.

Die Angesprochene fuhr herum. »Was soll ich erzählen? Ich war unten, um zum Freitag ein paar Heringe zu ergattern, da spaziert das Bürschlein von der Rampe und mir geradewegs vor meine wunden Äugelchen. Ein Gesicht wie Milch und Wein, sag ich euch, und dazu ein Paar Hinterbacken wie ein Hengst aus Al-Andalus.«

Von neuem platzte Gelächter los. »Ja, ja, die züchten ansehnliche Rösser in ihrem Heidenbabel hinterm Meer«, murmelte die aufgeputzte Frau des Töpfermeisters. Nach vier Jahren, in denen Natalia tagein, tagaus für den Haushalt des Bojaren zum Einkauf gegangen war, kannte sie jedes Gesicht. Alle Hausfrauen aus dem Slawenskaja-Viertel, in dem die gut gestellten Handwerker und Kleinhändler lebten, kamen zum Geflügelkauf zu Meister Andrej, und die adligen Herren, die wie der Bojar ihre Häuser in Flussnähe hatten, sandten ihre Mägde her.

»Vorn herum wird's auch nicht eben karg bestellt sein«, rief eine der Frauen und löste weiteres Gelächter aus.

»Darauf kannst du dich verlassen. Wär ich noch ledig, dürfte der des Nachts getrost an meine Tür klopfen, mag er nun Heide sein oder nicht.«

»Langsam, langsam, Kata«, warnte Andrej. »Vergiss

nicht, wer sich einem Heiden hinschenkt, fährt zur Hölle mit ihm.«

Einen Herzschlag lang war es still. Als Kata schließlich wieder sprach, klang ihre Stimme, als koste sie auf ihrer Zunge einen Tropfen Honig. »Vielleicht gäbe es Übleres als die Hölle – mit solchem Teufel aus Vineta!«

Das Gemurmel und Gelächter erstarb. Fahrig schlug Andrej das Huhn für die Schuhmacherin in ein Tuch und setzte es in ihren Korb. »Kann ich sonst noch mit etwas dienen?«

Gerade da hatte Kata neben sich die an die Theke gedrängte Natalia entdeckt. »He, Mädchen, du bist doch aus der Küche vom Herrn Boris, oder? Bei euch geht's wohl heute hoch her, wo das feine Volk aus Vineta kommt. Pass auf, wenn einer von denen, der große Bursche mit dem hübschen Haar, vielleicht ein Paar Schuhe braucht, dann schickst du ihn zu mir, hast du gehört?«

»Lass dem Kind seinen Frieden, Kata.« Der Metzger beugte sich über den Ladentisch, hielt Natalia sein verschwitztes Gesicht entgegen und streckte die Arme nach der Kiepe. »Sie kann nicht sprechen, weißt du das nicht? Na komm, gib her, Liebchen, ich hab das Bestellte schon bereit. Vier Wachteln, vier Hühner und zwei Enten, rund gemästet, jung geschlachtet, wie verlangt.«

Die Zeit, die sie brauchte, um die schwer gefüllte Kiepe umzuschnallen, schien Natalia endlos. Unter den Blicken der Frauen fühlte sie sich wie einer der Braten, die Igor auf Silberplatten anrichten und von der Magd Broni auftragen ließ. Keine Hand rührte sich, um ihr zu helfen. Als sie ging, bildeten die Frauen eine Gasse wie um ein seltsames Tier, von dem man besser Abstand hielt.

Die Besucher aus Vineta verbrachten den Vormittag bei Geschäften in Herrn Boris' Lagerhaus. Was die Wälder und

Äcker, die der Bojar sein Eigen nannte, einbrachten, suchte er durch Handel zu mehren, und den Vinetern, so viel verstand sogar Natalia, fiel dabei eine entscheidende Rolle zu. Verliefen die heutigen Verkäufe zur Zufriedenheit, so mochte tagelang selbst in der Küche Frieden herrschen.

Dort schwang in der Zwischenzeit Igor sein Zepter. Wie mit tausend Augen wachte er darüber, dass keiner achtlosen Hand ein Fehler unterlief, spähte hier in einen Kessel mit brodelndem Sud und da in einen Topf, in dem gehackte Mandeln in Wein zu einer süßen Mischung zerkochten. Natalia stand auf einer Fußbank und stampfte Büschel getrockneter Petersilie in einem Mörser zu Brei. Die daraus gebrühte Tunke diente zum Färben des Mandelsuds, ebenso wie der Saft, den sie den schwarzen, eingelegten Kirschen abpresste. Grün und Schwarz. Das Banner der Stadt Vineta. Wenn der Sud zu einer festen Masse erstarrt war, trug Igor in abgezirkelten Rauten die Farben auf. »Bei denen aus Vineta isst das Auge mit«, erklärte er seinen Untergebenen, die über ihrer Arbeit schwitzten. »Man kann von denen sagen, was man will, aber wie man sein Leben beim Schopf packt und ein Fest daraus macht, das wissen die.«

»Und wenn schon, verderbt bleibt verderbt«, versetzte Wanda, die Honig und Rosenwasser in einem Krug mit offenbar zu saurem Wein verquirlte. Keiner der anderen, Natalia, Broni oder der Hausbursche Wadim, hätte Igor zu widersprechen gewagt. »Der Herr sollte sich hüten, mit den Heiden immerfort Geschäfte zu machen.«

»Weißt du's nicht, Wanda?«, rief Wadim vom Feuer her, vor dem er mit dem Schürhaken kniete, »für die aus Rom sind wir Christen der östlichen Kirche selber Heiden. Wir könnten genauso gut zu blutrünstigen Götzen beten, wie sie's in Vineta tun.«

Für gewöhnlich verschloss Natalia vor solchen Gesprächen die Ohren, indem sie sich auf die Geräusche unter ihren Händen konzentrierte: das Rascheln der Kräuter, das Klirren des Stößels, das Schaben, wenn sie die grünen Häcksel aus dem Mörser kratzte. Heute aber schlug der Versuch sich abzulenken fehl. Ihr war, als hallten die Stimmen, das Gerede von der Welten entfernten Stadt, durch ihren Schädel wie durch einen leeren Raum. »Schluss jetzt«, befahl Igor, und Natalia fühlte sich nahezu erlöst. »Du, Alte, hast mehr Jahre auf dem Buckel als Haare auf dem Kopf und schämst dich nicht, solchen Unfug zu schwatzen? Wer könnte sich wohl erlauben, mit den Heiden kein Geschäft zu machen? Nicht mal unser Bojar kann das. Wenn der sich für das Pack zu fein wäre, hielte hier bald Schmalhans Einzug. Na los, kommt her, seht euch das an.«

Aus den Falten seines Kittels zog er eine Münze und hielt sie in die Höhe. Natalia starrte stur auf Mörser und Stößel, derweil die anderen sich um den Küchenmeister scharten. »Wisst ihr, was das ist? Beidseitig geprägtes Gold, so massiv, dass ein Mann sich die Zähne dran ausbeißt. Und wer kann sich so etwas leisten? Richtig, die Heiden aus Vineta. Die grausige Fratze gehört ihrem Götzen, Svantovit, der hat derer vier.«

»Vier Münzen?«

»Vier Fratzen, du Hohlkopf. Münzen mit seinem Bild hat der mehr, als du zählen kannst. Die unterstehen keinem Fürsten da drüben, die regieren sich selbst, deshalb prägen sie auch keinen als den Götzen in ihr Gold. Doch genug jetzt. Trollt euch an die Arbeit, sonst vermach ich euch den Herren aus Vineta, auf dass die euch ihrem Svantovit in seine vier Rachen stopfen.«

Die kleine Schar gehorchte. Spät am Abend aber, als das

Festmahl verzehrt war und fettglänzende Schüsseln, abgenagte Gerippe und weinverklebte Becher sich auf jeder Fläche der Küche stapelten, flammte das Gespräch über Vineta noch einmal auf. Igor war nicht dabei. Die Aufräumarbeiten waren unter seiner küchenmeisterlichen Würde. Wie die übrigen Bediensteten war Igor in dem auf den Hof hinaus gebauten Küchentrakt untergebracht, doch während er seine eigene Stube mit Truhe und Bettstatt besaß, schliefen Wadim, Broni, Wanda und Natalia im Verschlag vor der Speisekammer auf Stroh. Oft lag Natalia dort stundenlang wach und presste sich die Finger in die Ohren. Dennoch entging ihr nichts von dem, was sich um sie abspielte, weder Wandas keuchendes Schnarchen noch Wadims Versuche, sich unter Bronis Decke zu stehlen, oder Bronis blumige Verwünschungen.

Mit ihrer klaren Haut, den Grübchen, die sich beim Lächeln in ihre Wangen kerbten, und den nussbraunen Locken war Broni ein hübsches Mädchen zu nennen, und sie war sich dieses Kapitals bewusst. Wenn sie sich nichts zuschulden kommen ließ, mochte der Bojar ihr ein Heiratsgut stellen, sobald sich im Haushalt eines Verwandten ein Bräutigam fand. Niemals hätte sie eine so glänzende Aussicht für ein bisschen Wärme in den Armen des Küchenburschen verspielt. Von ihrer Zukunft als verheiratete Frau schwärmte sie so unablässig, dass Natalia mittlerweile jedes Wort auswendig kannte. Ihre Gegenwart machte Menschen geschwätzig, denn ein Kind ohne Stimme konnte weder einen Redestrom unterbrechen noch ein Wort von dem Gesagten weitertratschen. Was Broni allerdings an der Ehe so erstrebenswert erschien, blieb für Natalia rätselhaft.

Als Broni an diesem Abend mit geröteten Wangen in die Küche zurückkehrte, sprach sie jedoch nicht von künftigem Eheglück. Zu Natalias Verwunderung sprach sie überhaupt nicht, sondern summte vor sich hin, während sie die Hände in die Schüssel mit der Seifenlauge tauchte. Natalia, die ebenfalls eine Schüssel vor sich hatte und im rasch erkaltenden Wasser fettverschmierte Teller schrubbte, kam nicht umhin aufzuhorchen. Die Melodie war schön. Süß und bitter wie der Mandelhonig, mit dem Igor schalen Wein veredelte.

Gleich darauf schrak sie zusammen. Wasser schwappte über den Rand der Schüssel und durchnässte ihren Kittel. »Träum nicht, Füchslein.« Wadim hatte ihr seine Hand aufs Hinterteil geklatscht. »Gibt noch reichlich zu tun, ehe wir die müden Knochen niederlegen dürfen. Und du, mein nussbraunes Schätzlein, was summst du dir für Tönchen in deine liebliche Brust?«

»Lass das Mädel in Ruhe«, fauchte Wanda, die mit einem Lumpen Zinnbecher trocken rieb, aber Broni hatte sich bereits zu Wadim umgedreht. »Hübsch, nicht wahr? Der Herr aus Vineta hat es gespielt. Auf der Gusli. Einmal hat er dabei zu mir herübergeschaut.«

»Untersteh dich.« Wanda schlug mit dem Geschirrlumpen nach ihr, aber Broni wich geschickt zur Seite aus. »Dem Heiden schöne Augen machen, noch dazu, wo der alt genug wäre, dein bedauernswerter Großvater zu sein.«

»Nein, nicht dem Alten.« So hell, als schlüge man zwei Silberlöffelchen zusammen, lachte Broni auf. »Er hat ja diesmal seinen Erben mit.«

»So, hat er? Dabei hieß es doch, der hätte weder Brüder noch Kinder. Ihm sollen Weib und Sohn im Kindbett verreckt sein, und darüber ist er trübsinnig geworden und hat sich nie eine neue Braut ins Haus geholt.«

»Wie traurig«, entfuhr es Broni.

»Traurig oder nicht, recht geschieht's dem Gottlosen. Ein Segen ist jeder Heide, der vor dem ersten Schrei erstickt.«

»Sag das nicht.« Bronis Stimme zitterte. »Der junge Herr Wartislaw ist vornehm und freundlich, ganz anders als das Mannsvolk von hier. Im Übrigen ist er nicht der Sohn vom Herrn Thietmar, sondern der seines Partners, der noch vor Herrn Wartis Geburt auf dem Meer geblieben ist. So hat eben Herr Thietmar sich seiner angenommen und ihn zu seinem Erben bestimmt.«

»Oho«, fuhr Wadim dazwischen. »Die Herren aus Vineta hatten, wie's scheint, nichts Besseres zu tun, als der Jungfer Broni ihre Herzen auszuschütten.«

»Man hört so manches.« Broni ließ sich nicht beirren. »Der Herr Warti wird einmal reicher sein als der Herr Boris oder sonst wer von hier.«

»Und wenn er reicher wäre als der Fürst in Kiew – was nützt das dir, und was willst du von dem Mann?«

Widerstrebend drehte Natalia sich nach Broni um. Die hatte den Kopf zur Seite geneigt, dass ihr die Locke, die unter ihrem Tuch hervorsprang, über die runde Wange fiel. »Ach«, sagte sie. »Da gäb's nicht viel, das ich nicht wollte. Er hat Augen, die vergessen machen, dass bald Winter ist, und Haar wie Honigwein.«

»Von dem hast du heut Abend wohl zu viel geschluckt.« Wadim tänzelte näher und wollte Broni umschlingen, aber Wanda war schneller, stieß ihn beiseite und spuckte in ihr Küchentuch. »Schämen solltest du dich«, sagte sie zu Broni.

»Warum denn? Darf ein Mädchen nicht träumen?«

»Nicht von einem aus dem Sündenbabel. Wirst sehen, eines gesegneten Tages tut sich die Erde auf und verschlingt die ganze Lasterstätte.«

Broni lachte ihr Silberlachen. »Ach Wanda, du Krähe, Vineta liegt doch am Meer. Wenn sich die Erde auftut, schwimmt es einfach davon. Und außerdem ist sie schon seit Hunderten von Jahren da, frag den Herrn Boris, wenn du mir nicht glaubst. Inmitten von Christenvölkern prangt sie, Dänen, Polen und Sachsen, und keiner vermag ihr etwas anzuhaben.«

»Weil sie mit dem Teufel im Bund steht.«

»Das soll mir recht sein, wenn der Teufel solche Himmelsaugen hat.«

Wanda fackelte nicht lange, sondern verpasste Broni eine Ohrfeige. Kurz sah das Mädchen aus, als wollte es zurückschlagen, dann besann es sich eines Klügeren, wandte sich seiner Waschschüssel zu und begann, von neuem sein Lied zu summen. Wadim stand unschlüssig daneben, zuckte schließlich die Schultern und trollte sich, um für den Morgen Feuerholz zu hacken. Auch Natalia beugte sich wieder über das schmutzige Geschirr. Kurz vorm Erlöschen blakte die Wandfackel, der Rauch biss und machte es schwer, die Augen offen zu halten. Nur noch die paar Schüsseln und Becher, dann war wieder ein Tag überstanden. Bronis leises Lied lullte ihr den Kopf schon in den Schlaf.

Der Winter schleppte sich dahin wie ein Gespann erschöpfter Ochsen. Unter dem Schnee erstarrte das Leben in der Stadt. Von dem Bürgerkrieg, der das Reich der Rus erschütterte, dem Streit der Fürsten nach dem Tod des großen Monomach, bekam Natalia nichts als Gerede mit. In der Küche des Bojaren herrschte kein Großfürst und kein Teilfürst, sondern einzig Igor, und wer konnte, der ging ihm aus dem Weg. Mit jedem Tag wurde die Spannung drückender. Selbst Wanda, vor deren grauem Schopf er für gewöhnlich Respekt hegte, fing sich einen Hieb mit der

Kupferkelle ein, der ein schwärzliches Mal an ihrer Schläfe hinterließ. Die Fässer mit Pfeffer und Muskatblüte leerten sich stetig, und von dem kostbaren rotgelben Safran war schon seit langem keine Krume mehr im Haus. Für die Bediensteten gab es wässrigen Roggenbrei zu essen, hin und wieder angereichert mit ein paar Blättern saurem Kohl. Tagsüber versagten Natalia zuweilen die Beine vor Schwäche, und in der Nacht lag sie wach, weil ihr Magen vor Hunger krampfte.

Natalia hasste den Hunger. Die übermächtige Gier ergriff von ihr Besitz und verschlang jeden anderen Gedanken. Menschen starben am Hunger. Im Nachbarhaus, hieß es, waren eine Magd und ein Bursche verreckt. Hätte sie den leeren Magen hingenommen, statt wie ein Wolfsbalg um jeden Bissen zu kämpfen, so hätte sie es ihnen gleichtun können, sich niederlegen und nicht wieder aufstehen, den Stock nicht mehr spüren, mit dem Igor sie nach Stürzen auf die Beine trieb. Aber sie starb nicht. Sie klaubte Fleischknochen aus dem Abfall, stahl Eier aus dem Korb, kaute Strohhalme und blieb am Leben.

»Ein zähes Luder bist du«, sagte Wadim, ihren Hintern tätschelnd. Er hatte für den Tisch des Bojaren einen Schinken aus der Kammer geholt, säbelte eine hauchfeine Scheibe von dem mächtigen Laib herunter und schwenkte sie Natalia vor der Nase. Der würzige Duft ließ sie schwindeln. Sie hasste sich, aber schnappte nach dem Fleisch. Ohne zu kauen, würgte sie den Bissen hinunter. Der Bursche lachte und gab ihr einen Klaps. »Weißt du was? Wenn man dich in einen Waschzuber stecken und ein bisschen auffüttern würde, wärst du gar nicht mal unappetitlich. Wer kann schon wählerisch sein in einem Bürgerkriegswinter?«

»Du bist widerlich, Wadim. Ist nicht einmal das Kind

vor dir sicher?« Broni war in die Küche getreten. Auch sie war schmal geworden, ihre Wangen eingefallen, doch als einziges Mitglied des Haushalts hatte sie sich ihre Heiterkeit bewahrt. Sie summte noch immer bei der Arbeit, ging mit schwingenden Schritten und lächelte zuweilen wie in Träumen. *Ich will sie nicht mögen,* rief Natalia sich zur Ordnung. *Ich mag niemanden. Mir sind sie alle gleich.*

Ertappt versetzte Wadim Natalia einen Stoß, der sie gegen den Herd taumeln ließ. »Unser Füchslein ist nicht mehr lange ein Kind«, sagte er. »Wenn sie nicht heidnisch und obendrein schwachsinnig wäre, müsstest du dich hüten, damit sie dir nicht den Buhlen ausspannt.«

»Lass den Unfug.« Broni schob Wadim beiseite und legte Natalia den Arm um die Schultern. »Woher weißt du im Übrigen, dass Natalia schwachsinnig ist? Hinter ihrer Stirn mag mehr vorgehen als hinter deiner und meiner. Vor ein paar Tagen hab ich gesehen, wie sie sich Igors Wachstafeln angeschaut hat, ganz so, als verstünde sie, was darauf steht. Sag doch, Wadim, wer von uns weiß denn was von ihr?«

Du, antwortete Natalia in Gedanken. Zumindest schien Broni die Einzige zu sein, die ihren Namen kannte. Und die bemerkt hatte, wie die in Wachs geritzten Zeichen sie anzogen, wie sie darum rang, sie sich einzuprägen. Sie spürte die Hand der jungen Frau auf ihrem Kopf. Broni zog ihr das Tuch zurecht und zupfte ein paar Strähnen hervor. »So schönes Haar hast du, Kleines. Und ein Paar Äuglein wie die Bernsteine, die der Herr Wartislaw aus Vineta bringt.«

»Ha«, versetzte Wadim. »Wenn dein Herr Wartislaw überhaupt je wiederkommt. Hast du's nicht gehört? Der polnische Herzog will den Heiden an die Gurgel. Ganz Pommern schnappt der sich.«

»Vineta ist ja nicht Teil von Pommern.«

»Ist es wohl. Es liegt da drüben am Meer, oder nicht?« Mit einer vagen Handbewegung wies Wadim nach dem Fensterladen, der vom Wind gebeutelt klapperte.

»Ich meine, es ist nicht dem Pommernherzog untertan. Vineta regiert sich selbst und ergreift für niemanden Partei, so hat es mir der Herr Warti erklärt.«

Natalia mochte den Klang der Worte. Vineta. Pommern. Wer sie auf die Zunge nahm, verzog den Mund auf besondere Weise, als sei dort drüben, hinter dem Meer, nicht Winter, als hole man sich dort keine Frostbeulen, wenn man mit in Lumpen gewickelten Füßen auf die Straße lief. *Törichte Henne,* schalt sie sich. Für ihresgleichen war es überall Winter, und außerdem kam sie aus diesem Winkel der Welt sowieso nie heraus. Unwillig nahm sie ihre Arbeit wieder auf, schüttete ein Maß graugrüner Roggenkörner in den Mörser und begann, sie mit zornigen Hieben zu zerstampfen.

Wadim bückte sich nach dem Schinken. »Verschon mich mit deinem Herrn Warti«, sagte er zu Broni. »Warum soll der wohl wiederkommen, siehst du hier vielleicht was für ihn zu holen?« Mit einem Armschwenk beschrieb er die Küche und verzog den Mund zu einem Grinsen. »Du hältst dich besser an das, was du kriegen kannst, Schätzlein. Träume sind eisig wie Winternächte, aber ein Kerl aus Fleisch und Blut, der wärmt dich tüchtig durch.«

Broni schlug den Blick zu Boden. Wadim zuckte die Achseln. »Wer nicht will, der hat schon.« Er warf sich den Schinken auf die Schulter und trollte sich.

Broni sah ihm nicht nach. »Er hat gesagt, er kommt wieder«, murmelte sie, ehe sie nach Besen und Kehrschaufel griff und begann, die Küche auszufegen.

Sie sollte Recht behalten. Die Herren aus Vineta kamen

wieder, wenn auch erst, als der flüchtige, frostige Frühling fast vorüber war. Das Festmahl zu ihrem Empfang würde diesmal bescheidener ausfallen: Kein Wildbret kam auf den Tisch, nur Hohlbraten von Lamm und Schwein, und Natalia wurde ausgeschickt, das gebleichte Roggenbrot zu kaufen, das wie Weißbrot aussah, aber zäher und billiger war. Am Rahm wurde gespart wie an der Butter, das Gesinde erhielt zur Feier des Tages keinen Wein, sondern lediglich einen Krug Biersuppe, und dennoch herrschte im Hause Festtagsstimmung. In jedem Raum riss man die Läden auf und ließ Licht und frischen Wind herein.

Natalia rannte durch die Gassen und schwenkte den vollen Korb am Arm. Ihre Hüften schmerzten. Vor zwei Tagen hatte Igor sie mit Ruten verprügelt, weil sie von der Milch für den Herrn getrunken hatte. Doch der Schmerz verblasste, wenn sie daran dachte, dass sie sich heute den Bauch würde vollschlagen dürfen, ohne dass irgendwer sich darum scherte. Auf den hölzernen Bohlen hallten ihre Schritte. Es war albern, sich derart närrisch zu freuen, an nichts als ein paar Sonnenstrahlen und der Aussicht auf reichliches Essen, aber Natalia konnte sich nicht helfen. Es gab Tage, da war die Welt voller Glanz, und sie hätte blind und taub sein müssen, um ihr zu widerstehen.

Nach dem Einkauf hatte sie sich in der Küche einzufinden. Wanda und Wadim schwitzten bereits über Hackbrett und Rührschüssel, während Broni die Gänge auftrug und die Herren bei Tisch bediente. Jedes Mal, wenn sie kam, um eine angerichtete Platte oder einen frisch gefüllten Krug zu holen, schien sie Natalia reizender: Fein gesponnene Löckchen ringelten sich aus dem Reif um ihre Schläfen, ihre Haut schimmerte apfelblank, und ihre Augen glänzten, als spiegle sich darin das Licht der Tafelkerzen. Außer Atem platzte sie mit immer neuen Einzelheiten über die Besucher heraus: »Er trägt ein Wams aus Samt, weinrot und golddurchwirkt. Könnt ihr euch vorstellen, was so etwas kosten muss?«

»Und wen soll das kratzen?«, fauchte Wadim sie an. »Demnächst wirst du uns wohl auch noch mitteilen, wie's um die Bruech steht, in die dein erlauchter Laffe des Morgens seinen Arsch zwängt.«

Bronis ohnehin gerötetes Gesicht erglühte. »Du bist wahrhaftig ein Schwein, Wadim«, murmelte sie, doch es klang viel eher verlegen als empört.

Als sie nach diesem Gang zurückkam, verkniff sie sich weitere Worte über die Erscheinung der Vineter und erzählte stattdessen, was jenen seit ihrem letzten Besuch widerfahren war: »Denkt euch, der arme Herr Thietmar Starck hat sein größtes Schiff verloren. *Lenia* hieß es, nach seiner Frau. Im Frühling ist es zum Salzkauf ausgefahren, und eine dänische Schnigge hat es ihm versenkt. Ein paar Wochen später ist er gestorben, an gebrochenem Herzen, möcht ich meinen.«

»Dann ist dein Laffe alleine da? Aber es hieß doch, es sind zwei gekommen, wie im letzten Herbst.«

»Der Zweite ist der Bruder vom Herrn Warti«, tat Broni stolz ihr Wissen kund. »Sein Zwillingsbruder, auch wenn er ihm leider nicht ein bisschen ähnlich sieht. Klein und mickrig ist der. Der Herr Warti dagegen …« Sie besann sich und ließ den Satz unvollendet in der rauchgeschwängerten Luft hängen.

»He, geht's nicht weiter? Was ist nun mit dem Bruder?«

Broni warf den Kopf auf. »Dem hat der Herr Warti eine Stellung im Geschäft gegeben, wo er doch der Erbe ist.«

»Wie denn, der Bruder erbt nicht mit?«

»In Vineta gilt anderes Erbrecht«, erklärte Broni. »Da

kriegt der Älteste den ganzen Batzen, egal wie viele Söhne einer hat. Das ist recht schlau, meint ihr nicht? Besser als bei uns jedenfalls, wo alles in Splitter bricht und ein Bruder Krieg mit dem andern führt.«

»Genug geklatscht«, fuhr Igor dazwischen und drückte Broni eine Silberplatte voll kandierter Früchte in die Hände. »Vom Erbrecht braucht eine wie du nichts zu wissen. Für Weiber gibt's sowieso nichts, und der Hohlkopf, der dich nimmt, kriegt vom Vater vermutlich nicht mal einen Namen mit.«

Wadim brach in meckerndes Gelächter aus. Einen Augenblick lang schien es, als würde Broni die Platte fallen lassen, dann aber fand sie ihre Haltung wieder. »Das werden wir ja sehen«, warf sie in den Raum, wirbelte herum und ging. An diesem Abend kam sie nicht, um beim Säubern der Küche zu helfen. Igor ging wie gewöhnlich zu Bett, und Wadim wurde beim Verladen von Waren gebraucht, da die Gäste bereits am nächsten Morgen aufbrechen wollten. Natalia und Wanda mussten mit den Bergen verdreckten Geschirrs allein fertig werden. Als sie sich endlich auf dem zerdrückten Strohlager schlafen legten, war es längst tiefe Nacht. Wadim hatte sich wohl im Hafen den Bauch mit Starkbier gefüllt. Er lag mit offenem Mund auf dem Rücken und rülpste im Schlaf. Natalia war zu müde, sich daran zu stören. Sie schlief ein, sobald ihr Kopf das Stroh berührte, und bemerkte nicht, dass Bronis Bettstelle unberührt blieb.

Am anderen Morgen bekam Natalia die Herren aus Vineta kurz zu Gesicht. Da der verkaterte Wadim sich nicht wecken ließ, schickte Wanda stattdessen sie zum Holzholen in den Hof. Im diesigen Licht des Sonnenaufgangs sah sie die beiden Männer, einen hoch gewachsenen mit hellem Haar und einen kleineren, dunklen, die mit dem

Bojaren bei den Stallungen standen. Einen Moment lang stellte sie sich vor, wie es sein müsste, sich auf ein Pferd zu schwingen, in den Hafen zu reiten und über den Fluss Wolchow davon zu segeln, als gäbe es an dessen Ende tatsächlich eine andere Welt. Dann biss sie sich auf die Lippen.

Vor dem Unterstand mit dem Holzstoß ging sie in die Knie. Tauperlen funkelten auf den Halmen, die zwischen den Pflöcken aus der Erde sprossen. Durch die Morgenstille drang das Lachen der Männer. Sie sprachen Russisch mit dem Bojaren und wechselten ab und an ins Pomoranische, das wie eine behände Schwester des Russischen klang. Natalia lud sich die Arme voller Scheite. Hinter den Augäpfeln verspürte sie einen Druck, der bis in Stirn und Schläfen strahlte. *Wenn ich zu weinen anfange, dresch ich mir den Kopf ans Holz.* Aber sie weinte ja nicht, sie weinte nie, und weshalb hätte sie auch um eine Welt weinen sollen, die es in ihrer Wirklichkeit nicht einmal gab? Sie kämpfte sich auf die Füße, klopfte sich Staub von den Knien und trottete mit bleiernen Gliedern zum Haus.

2. Kapitel

Im Geburtsmoment mancher Menschen verschenkt die Sonne ein Lächeln an sich selbst. Sie schlägt eine Bresche ins Schwarz, verschüttet sich über dem Meer und setzt ihm sternengleiche Funken auf. Als sei das Schwarz nicht allmächtig. Als gäbe es in allem Elend einen Grund zur Hoffnung. Bei manchen Menschen kann die Sonne nicht an sich halten, und einer dieser Menschen, so hieß es in Vineta, war Wartislaw Sliwosz. Wer den Erben des Handelshauses Starck just an diesem frühen Abend an der Reling seines Schiffes stehen sah, wie er sich den Hut vom Kopf riss und sich das Haar vom Wind zausen ließ, der hätte der Sonne stillvergnügt zugestimmt.

»Keine Stunde mehr bis Kolberg, schätze ich. Dort eine Nacht im Gasthaus, und morgen früh segeln wir geradewegs nach Hause, mein Lieber.«

Boleslaw zog seinen eigenen Hut sorgsam fester und warf erst einen bangen Blick zum Himmel, ehe er sich wieder seinem Bruder zuwandte. Die Wolkendecke war dick wie Milchsuppe und hing bedrohlich tief, wie um sich jeden Moment über ihren Köpfen zu ergießen. Klamme Kälte kroch durch Kleiderschichten. Vom Wellengang, der das schmale Gefährt von einer Seite auf die andere schleuderte, fühlte sich Boles Magen wie mehrfach um sich selbst geknotet an. Warti hingegen schien die Tortur einen Heidenspaß zu bereiten. Gewiss stimmte jedes Wort, das man sich über die Sekunde seiner Geburt erzählte, über das Sonnenlachen und sein taghelles Gemüt. Der, der neben ihm stand, musste es wissen: Er war keine Stunde später, wenngleich ohne Sonne, im selben blutverschmierten Bett zur Welt gekommen.

Sein Bruder hob die Brauen. »Darf ich fragen, was dich so erheitert?«

»Du«, brachte Bole ertappt heraus. »Oder vielmehr wir beide. Manchmal fällt es mir schwer zu glauben, dass von allen Menschen du mein Zwillingsbruder bist.«

Der andere schürzte die Lippen und entblößte zwei Reihen blitzend weißer Zähne. Er benutzte Salbei, um sie zu säubern, und Bole hätte auf Anhieb ein Dutzend Mädchen nennen können, die sein Lächeln umwerfend fanden. Wie Zwillinge sahen sie beide wahrlich nicht aus. Er selbst war nach der Seite der Mutter geraten, hatte den niedrigen Wuchs, den gedrungenen Körperbau und das moordunkle Haar der Beinschneidersippe aus der Oberstadt geerbt. Warti hingegen galt mit seinem sonnenblonden Schopf, den Augen wie sommerlicher Regenhimmel und den vor Lebenskraft strotzenden Gliedern als veredeltes Abbild ihres Vaters. Bestürzt erkannte Bole, mit welcher Freude er den Bruder betrachtete.

Hastig senkte er den Blick. Nicht nur äußerlich war ihm Warti überlegen: Unter dem ausladenden Rippenkorb schlug dem Bruder ein stärkeres Herz. Warti kannte keine Seekrankheit, sondern war auf dem Meer in seinem Element. Auch mit dem regeren Geist schien der Erstgeborene gesegnet. Die lateinische Sprache, die Bole um ihrer kargen Schönheit willen liebte, hatte Warti sich im Handumdrehen angeeignet, während der Jüngere verzweifelt am Schreibpult schwitzte. Über das Römische Reich hatte Bole sich mühsam Wissen angelesen, weil die Kühnheit der Feldherren ihn begeisterte. Warti hingegen war kurzerhand gen Süden aufgebrochen, um die Stätten der Wunderwelt mit eigenen Augen zu sehen. Was sich Bole erkämpfte, flog Warti zu, und Stolpersteine trat er mit einem Schulterzucken aus dem Weg.

Wurde Warti als Knabe für seinen Hochmut gescholten, was selten genug vorkam, weil er die Unart so liebreizend tarnte, so wünschte sich Bole klammheimlich, seinen eigenen Kleinmut dafür einzutauschen. Dennoch gab es in ihnen beiden eine Saite, der bei Berührung der gleiche Ton entsprang. Diese Saite bedurfte keiner Erklärung. Bole sah wieder auf, und ihre Blicke trafen sich. »Danke, dass du mitgekommen bist«, sagte Warti. »Das erste Mal ohne Thietmar hätte ich mich verlorener gefühlt, als ich mir eingestehen mochte.«

Bole nickte. Wie der Bruder es so häufig fern der Heimat aushielt, würde ihm ohnehin ein Rätsel bleiben. Für gewöhnlich unternahm er in jedem Jahr eine längere Reise nach Süden, eine kurze ins Holsteinische und zwei in die Kiewer Rus. Kein Vineter Handelshaus konnte sich diese Mühsal ersparen: Aus Nowgorod bezogen die Kaufleute Eisen, Bronze und Silber, dazu Pelze, Edelgestein und die unschätzbaren, aus dem Orient eingeführten Gewürze. Im Gegenzug belieferten sie die Rus mit Getreide, Wolle und Honig. Ebenfalls begehrt waren die kunstvollen Schmuckstücke, die Vineter Feinschmiede aus Bernstein, dem Gold ihres Landes, fertigten, sowie Arzneien und Tinkturen, die man aus dem gemahlenen Stein gewann.

Erreichen aber ließ sich der Binnenhafen Nowgorods nur nach schwierigem und gefahrvollem Weg: Sieben Tagesreisen brauchte ein Schiffer nach Ladoga, wo er vor Anker gehen und seine Waren auf ein zur Flussfahrt geeignetes Gefährt umladen musste. Sodann ging es in einer weiteren Tagesreise über Stromschnellen nach Nowgorod und zwei Tage später dieselbe Strecke wieder zurück. Jäh spürte

Bole, wie müde er war. »Du weißt, es fällt mir schwer, dir etwas abzuschlagen. Aber ein zweites Mal bekommst du mich um nichts in der Welt auf diesen Kahn.«

Warti lachte. »Das wird auch nicht nötig sein, denn ich mustere ihn aus. Ich baue mir ein neues Frachtschiff, größer als die *Lenia*, und mit fünfzig Rojerplätzen. Damit wird meine schwimmende Freundin so schnell, dass keine Dänenschnigge mithalten kann.«

Bole sah die glänzenden Augen seines Bruders und schüttelte den Kopf. »Du sprichst von Schiffen wie Oheim Niedamir von schönen Mädchen, weißt du das?«

»Schon möglich. Aber ich verstehe mehr davon.«

»Von Schiffen oder Mädchen?«

Warti zuckte die Schultern. »Ist da ein wesentlicher Unterschied?«

»Du fragst den Falschen«, erwiderte Bole. »Ich bin ein blutiger Ahnungsloser auf beiden Gebieten.«

»Mein armer Bole.« Warti legte seinen Arm um den Bruder und führte ihn die Flanke des Schiffes hinunter. Der Abend zog herauf. Kaum war die bleiche Sonne versunken, wurde die Kälte schneidend. Das Segel blähte sich, als wollte es reißen, und für die Rojer gab es nichts mehr zu tun. In verschlissene Decken gewickelt kauerten sie an ihren Riemen. Die Strapazen der Reise hatten ihre Kräfte erschöpft, aber ein Ende war in Sicht: Diese Nacht würden sie bereits auf pommerschem Boden verbringen. »Alles in Ordnung, Jero?«, wandte Warti sich an seinen Steuermann, der zwischen zwei Rojerbänken an der Pinne stand.

»Könnte nicht besser sein«, gab der vierschrötige Mann zurück. »Wir haben Wind, und die See ist gut schiffbar. Was will einer mehr?«

»Höchstens ein Bett und einen Mundvoll Wein.« Warti klopfte Jero auf die Schulter und wandte sich zum Gehen.

»Dreh bei, und mach klar zum Anlegen. Wir können alle eine Prise Schlaf gebrauchen.«

Bole atmete auf. Es würde keine Schwierigkeiten geben. Zwar hielt Kolberg nicht wie Vineta zur Orientierung der Schiffer ein Feuer am Brennen, aber der Küstenstrich war im letzten Licht deutlich auszumachen. »Siehst du?« Warti wies auf die Kisten und Säcke, die sich um den Mast türmten, während er den Bruder an den Bug zurückführte. »Ich brauche unbedingt ein größeres Schiff. All das Gelump, das wir dem alten Boris abgeschwatzt haben, hat auf diesem kaum Platz.«

»Dein Boris ist mir übrigens ein Gräuel«, warf Bole ein, ehe sein Bruder sich in neuen Schwärmereien über sein Schiff ergehen konnte. »Wie du es über dich bringst, mit solchem Finsterling Geschäfte zu machen, bleibt unerklärlich für mich.«

»Andere Länder, andere Sitten«, entgegnete Warti. »Ich dachte mir, dass dir die Art, mit der man in der Rus Bedienstete behandelt, widerstrebt. Glaub mir, ich mag sie nicht lieber als du, aber du weißt, was in Vineta gilt: ›Lass dem Fremden das Seine, auf dass er dir das Deine lässt.‹«

Bole fiel keine Entgegnung darauf ein und eine Zeitlang waren beide still und sahen miteinander aufs Meer. *So stark ist das Band zwischen uns,* dachte Bole. *Es mag uns ab und an schwerfallen, die Worte des andern zu entschlüsseln, aber im Schweigen sind wir immer eins.* Es war dunkel geworden, die Nacht verhangen, sternenlos. Durchs Schwarz ließen sich die Dächer und Türme von Kolberg erahnen. Morgen um diese Zeit würden es die sich ungleich weiter erstreckenden Dächer und Türme Vinetas sein.

»Ich hoffe, mein Namensvetter hat sein Städtchen für unseren Empfang gerüstet. Nach dem sauren Gesöff bei

Boris steht mir der Sinn nach einem Krug voll pommerschem Honigwein.«

Natürlich war Bole klar, dass sein Bruder von Wartislaw, dem Herzog von Pommern, sprach, doch ließ er sich an diese Namensgleichheit ungern erinnern. Das Hoheitsgebiet des Herzogs schmiegte sich um Vinetas Grenzen, man verkehrte wohlwollend miteinander und opferte denselben Göttern. Kolberg, auf das ihr Schiff in schneller Fahrt zuhielt, gehörte zu Wartislaws Städten und würde ihnen gastfrei Quartier gewähren. Herzog Boleslaw hingegen, der im nahen Polen regierte, war Christ und hätte die fruchtbaren Gründe seiner Nachbarn mit Freuden seiner Kirche und damit zugleich seinen Steuereintreibern zugeschanzt. Nicht zum ersten Mal fragte sich Bole, wie ihre Mutter für ihren zweiten Sohn einen derart unglücklichen Namen hatte wählen können. Darüber tröstete ihn auch nicht, dass Jakub, der Mann, der sie aufgezogen hatte, ihm versicherte, sie seien nach Vettern ihres Vaters benannt.

»Und das Fleisch war ledern und voller Knorpel.« Sein Bruder war offenbar noch immer bei der Mahlzeit, die ihnen in Nowgorod aufgetischt worden war. »Für gewöhnlich ist dieser Igor kein übler Koch, nur fehlte es diesmal wohl an allen Ecken und Enden. Man merkt, dass Bürgerkrieg herrscht, aber uns kommt das schließlich zugute. Wenn aus Kiew nichts mehr eintrifft, sind die Nowgoroder gezwungen, alles Nötige von uns zu kaufen. Für die Abschlüsse, die wir gemacht haben, nehme ich den zähen Braten in Kauf.«

»Zumal das Mädchen, das den Braten auftrug, deinem Geschmack ja eher entsprach.« Kaum waren die Worte ihm entschlüpft, da bereute er sie. Im Grunde zog er vor, nicht zu wissen, was Warti mit dem Rest der Nacht angefangen hatte, nachdem er selbst zu Bett gegangen war.

Warti jedoch schien ihn nicht einmal zu hören. Starr blickte er auf die Umrisse zweier Schiffe, die vor dem Küstenstrich ins Dunkel schnitten. »Sieh mal, da«, murmelte er. »Gefallen dir die?«

Boles Herz begann zu hämmern. Von weitem hatten sich die beiden Schiffe nicht von den am Kai verankerten unterscheiden lassen, zumal es im Hafen von Kolberg keinerlei Beleuchtung gab. Jetzt aber, keine fünfzig Schiffslängen mehr vom Gestade entfernt, sah man die voll gehissten Segel und entdeckte, dass die Schiffe nicht vor Anker lagen, sondern in langsamen, scheinbar absichtslosen Bahnen vor der Küste kreuzten. »Dänen?«, fragte Bole, die Stimme zum Flüstern gesenkt.

Warti schüttelte den Kopf.

Weitere Fragen erübrigten sich. Wenn die beiden grazil gebauten Schniggen nicht dem dänischen König unterstanden, mussten sie Kriegsschiffe des Polen Boleslaw sein. Warti hatte sie zweifellos an ihrer Form erkannt, auch wenn sie die verräterischen Wimpel eingeholt und statt farbenprächtiger Segel graue Leinwand aufgezogen hatten. Er zögerte keinen Augenblick. »Segel runter, die Rojer an die Riemen!« Bewegung geriet in dösende Leiber, als hätte ein Zauberstreich sie zum Leben erweckt. »Backbord beidrehen, Kurs auf Vineta. Wir fahren durch die Nacht nach Hause.«

Bole klammerte sich an die Reling, als der Schiffsleib sich in der scharfen Wende auf die tosende Wasserfläche neigte. Einen Herzschlag lang war ihm, als wirbelten seine dreiundzwanzig Jahre Leben – Bilder, Laute, Gerüche – in der sich bäumenden Welle auf ihn zu. Salzwasser schwappte ihm ins Gesicht. *Um alles in der Welt, lass mich dies überleben.* Zu wem er flehte, zum erhabenen Svantovit, dem Obersten der Götter, zum Perun, dem Herrn des Sturms, oder zu einer namenlosen Macht, hätte er nicht zu sagen vermocht. *Lass mich heil nach Vineta kommen, und lass Vineta noch Vineta sein. Lass das Leuchtfeuer brennen, die Sturmglocken läuten und die Wälder vor der Stadtmauer schweigen, bis auf den Kuckuck, der die Stunden zählt. Lass unser Haus noch stehen und Oheim Niedamirs Haus, wo meine Jula am Fenster sitzt. Um alles in der Welt, lass meiner süßen Jula nichts geschehen sein.*

Er stürzte zu Boden. An seiner Wange spürte er durchnässtes Holz. *Lass meine Jula leben.* Ein Tropfenhagel ergoss sich über seinen Rücken. Dann schlossen feste Arme sich um seine Schultern. »Komm zu dir, Bole. Es ist ja alles gut.« Sein Bruder half ihm auf und zog ihn an sich, wie er es in ihrer Kinderzeit getan hatte. »Wir schaffen es, Bole. Ich gebe dir mein Wort.«

Bole wagte aufzublicken. Wartis Lächeln geriet ein wenig schief, und in seine Stirn hing tropfnasses Haar. Hinter ihnen entschwand der Hafen von Kolberg. Im Gleichtakt schlugen die Blätter der Rojer in die Wellen und trieben den Schiffsleib zurück ins sternenlose Schwarz der Nacht.

Bei Sonnenaufgang hatte das Schiff die Insel Rügen umrundet und trieb im böigen Wind in die heimatliche Bucht. Die Flamme des Signalfeuers glomm durch den Frühnebel. Es würde ein düsterer, von Unwettern gepeitschter Tag werden. Vom Land herüber drang das Dröhnen der Sturmglocken, das zu ohrenbetäubendem Getöse anschwellen würde. Der Glockenturm, der wie ein drohender Finger, höher als die Zinnen der Burg, in den Himmel ragte, gehörte zum letzten der zwölf Stadttore, das sich am Ostende des Hafens erhob.

Dort stand er schon seit dem ersten Tag, als der Sturmgott Perun die Stadt mit all ihren Toren und Türmen aus den Wellen geborgen hatte. Kein Geringerer als er hatte sie zwischen die sumpfigen Ufer des Flusses und die zerklüftete Küste gestellt und sie sodann dem erhabenen Svantovit zum Geschenk gemacht. Noch immer läutete der Perun selbst die gewaltigen Eisenglocken, unter denen ein Gespann Ochsen Platz gefunden hätte, um Vinetas Bewohner vor den Tücken der Witterung zu warnen. Sie waren seine Gabe an die Stadt, auf der sein Segen lag.

Gestern Nacht, kaum der Gefahr entronnen, hatten sie dem Perun ein Opfer gebracht. An der Luvseite des vom Seegang gebeutelten Schiffes hatten sie alle, Rojer wie Segler, sich versammelt, um im Finstern das Ritual zu begehen. Das Entzünden einer Fackel wäre zu riskant gewesen, und auch lautes Beschwören des Gottes hätte womöglich polnischen Schiffern ihren Standort verraten. Also ritzte sich ein jeder schweigend mit seinem Messer den Daumen und schüttelte einen Tropfen seines Blutes in den Wind. »Gewaltiger Perun, Herr über Sturm und Wasser, dir zum Dank vergießen wir, was du uns bewahrt hast«, besiegelte Wartis gedämpfte Stimme den Brauch. Um die Blutung zu stillen, presste der Bruder den Daumen auf seine Wange und zeichnete sich mit seinem Lebenssaft. Die Übrigen taten es ihm nach.

Jetzt, im Nebel des beginnenden Tages, stand Bole steif gefroren und allein am Bug. Nach dem Dankopfer hatten sie das Segel wieder aufziehen und die erschöpften Rojer an ihren Bänken schlafen lassen. Kurz darauf hatte sich auch Warti im Schutz der Ladung zur Ruhe gelegt. Boles Herz vollführte schmerzhafte Sprünge, als risse es an seiner Verankerung. Mit jedem Klafter, den das Schiff voranglitt, prägte sich die vertraute Linie der Dächer klarer durchs Grau. *Mein Vineta*. Im Morgenlicht lag die Stadt so friedvoll, wie an dem Tag, an dem er sie verlassen hatte.

Vorn am Kai machte er fingerhoch eine Gestalt aus und erkannte, dass es sein Ziehvater Jakub war.

Im Verlauf des Vormittags, als sie mit Jakub die Löschung der Fracht abwickelten, sollte Bole erfahren, was sich während ihrer Reise ereignet hatte: In seiner Gier, das Pommernland zu unterwerfen, hatte Herzog Boleslaw eine Flotte nach Kolberg gesandt und die Stadt im Schlaf überrascht. Unterwegs hatten seine Männer vier weitere Küstenstädte überfallen und zerstört. *Vineta hätte das nicht geschehen können,* suchte Bole sein Herz zu beschwichtigen. *Unser Feuer brennt die ganze Nacht, unsere Wachen ruhen nicht, und unsere Glocken warnen vor jeglicher Gefahr.*

Zudem war Vineta mit niemandem verfeindet, mischte sich in keinen Konflikt und würde auch keine Truppen entsenden, um dem Pommernherzog zu Hilfe zu eilen. Wie hatte Warti gesagt? *Lass jedem Fremden das Seine, auf dass er dir das Deine lässt.* Mit diesem Geleitwort hatte Vineta Städte und Fürsten, Stürme, Bedrohungen und selbst Götter der nebligen Luft entsteigen und wieder darin verschwinden sehen. Die Stadt würde noch hier stehen, wenn seine Urenkelsöhne von Schiffsreisen heimkehrten. Der Menschenlärm des geschäftigen Hafenviertels, der Bole für gewöhnlich an den Nerven zerrte, schien heute besänftigend auf ihn einzusäuseln.

Gegen Mittag schnürten sie ihre Wachstafeln zusammen und machten sich auf den Heimweg. Rings um den Hafen erstreckte sich zum Schutz der Wohnviertel ein Deich von der Höhe dreier Männer. Keine zweite Stadt war um die Sicherheit ihrer Bewohner derart besorgt. Mehrere helmtragende, schwarz-grün uniformierte Stadtwachen patrouillierten in Zweiergruppen den Deich entlang. Sie unterstanden dem Befehl von Tezlaw, dem siebzehnten Tysjatschnik von Vineta, der zugleich über die Burg vor dem Sturmglockentor gebot. Zahlreiche Legenden rankten sich um die Erschaffung jener Burg. Manche behaupteten, die trutzige, dreitürmige Feste sei von nordischen Kriegern erbaut worden und habe schon an ihrem Platz gestanden, als der Perun Vineta aus dem Wasser hob. Andere beharrten, der Gott habe sie zugleich mit den Sturmglocken der Stadt geschenkt, auf dass in Zeiten höchster Not ein Vertreter jeder Familie darin Schutz finden konnte.

Von den Wachen abgesehen sah man in Vineta keinen bewaffneten Mann. Natürlich trug ein jeder sein Messer im Gurt, um sich bei Tisch sein Fleisch zu schneiden, ein Schwert aber ließ sich an niemandes Hüfte entdecken. Betrachteten andere Städte die Waffen ihrer Edlen als Ehrenzeichen, so war die Waffenlosigkeit des Vineters ein Zeichen seines Lebens in Frieden.

Da Bole die Nachwehen der Seereise noch immer in den Knien spürte, nahmen sie nicht den Weg über die Krone des Deichs, sondern den längeren, aber weniger mühsamen durch dessen Pforte. Gleich dahinter begann die Stadt. Sie folgten dem schmalsten der Stadtkanäle, über dessen schwarze Wasseroberfläche sich frisch begrünte Zweige vom Ahorn neigten. Allmählich wichen die zerfurchten Wege der Unterstadt den gepflasterten Gassen des Handelsviertels. Zwischen den Häusern schwangen Girlanden aus Birkengrün, mit denen Vineta sich zum Fest des Weidegottes Pogoda schmückte.

Sein Bruder pfiff ein schwelgendes Lied vor sich hin, derweil sie zu dritt den Platz vor dem Rathaus überquerten. Frisch gewaschen vom Regen glänzte das ins Pflaster eingelassene Gold der Sonnenuhr. An drei Tagen der Woche wurde hier der Torg, der belebteste Markt Vineta, abgehalten, heute aber hatten lediglich ein paar Händler die rot-weißen Zeltdächer über ihren Buden aufgespannt. Ein

Alter pries lautstark sein Honiggebäck, ein Mädchen mit schwarzen Zöpfen bot Tinkturen aus Kräutern feil. In der Mitte hatte der Zahnreißer seinen Schemel aufgebaut, um den sich eine Horde Gaffer drängte. In Vineta wurde das Spektakel einer Leibstrafe nur in schwersten Fällen öffentlich vollzogen. Somit berauschte sich die blutlüsterne Menge stattdessen an den Schreien des Gepeinigten, der sich einen Zahn aus dem Kiefer reißen ließ. Bole wurde allein von dem Anblick übel. Unwillkürlich fuhr er sich mit der Hand ans Kinn.

Natürlich waren es in Wahrheit nicht seine Zähne, die ihm zu schaffen machten. Jakub, der Mann, der ihnen den Vater und im Grunde auch die Mutter ersetzt hatte, sah wie so oft geradewegs in seinen Kopf hinein. »Versuch, dich nicht zu sehr zu sorgen«, sagte er und nahm den Jüngeren beim Arm. »Ich denke nicht, dass Gefahr droht. Herzog Boleslaw wird nicht wagen, Vineta anzugreifen, jedenfalls nicht, solange ihm keine größere Macht zur Seite steht.«

Bole nickte kläglich. »Ich bin ein Feigling, ich weiß.«

Jakub blieb stehen. »Du hattest Todesangst, Bole.«

Warti, der schon einen Schritt weiter war, drehte sich um. »Ich auch«, bekundete er gleichmütig. »Wärst du nicht bei mir gewesen, ich hätte den Verstand verloren.«

Ungläubig blickte Bole auf. Sein Bruder verzog den Mund zu einem Grinsen. »Ich bin nur ein dreisterer Aufschneider als du.«

Sie lachten alle drei. Jakub nahm wiederum Boles Arm und zog ihn weiter. »Gegen Todesschrecken hilft nichts als Leben«, sagte er.

»Roten Wein trinken«, schlug Warti vor. »Ein schönes Mädchen umarmen.«

Just während dieser Worte überquerten sie die Brücke,

die über den schmalen Kanal in die Bernsteingasse, die prächtigste Straße der Stadt, führte. Auskragende Bürgerhäuser prangten zu beiden Seiten auf Steinfundamenten und ließen nur einen dünnen Rest Tageslicht zwischen sich aufs Pflaster sickern. Wie frisch geweißelt leuchteten Fassaden unter mit Schnitzwerk verzierten Dächern. Warti pfiff schon wieder sein zärtliches Lied, als hinter der Biege Oheim Niedamirs Haus in Sicht kam. In Eile erdachte Bole ein Orakel: *Guter Gott Svarog, Hüter der Liebenden, sprich zu mir! Steht Julas Fensterluke offen, so wird sie zu Pogoda mit mir tanzen.* Noch einen Schritt, dann legte er den Kopf in den Nacken und erblickte den Fensterladen, der weit geöffnet auf die Gasse ragte. Am Sims stand Jula. Als habe sie auf ihn gewartet, schaute sie hinunter in die Gasse, hob die Hand und winkte.

Dem harten Winter folgten ein kurzer Frühling und ein regnerischer Sommer … Auf den Feldern ersoff den Bauern die Ernte wie damals, auf dem kargen Acker ihres Vaters. Aber an die Zeit auf dem kargen Acker zu denken, verbot sich Natalia. Sie war geübt darin: Sobald ein Gedanke an das Verlorene aufkam, fügte sie sich Schmerz zu, zog ihre Handfläche über einen Holzscheit, sodass sich Splitter in die Haut gruben, oder ließ sich den schweren Stößel auf den Fuß fallen. Der Gedanke entfloh auf der Stelle. Die Leere, die zurückblieb, war Natalia vertraut und schreckte sie nicht.

Kurz darauf aber sprossen neue Gedanken wie Pilze aus regenschwarzem Boden. Immer häufiger galten sie Broni, die sich in diesem finsteren Sommer bis zur Unkenntlichkeit veränderte: Die einst so heitere Magd hörte auf, bei der Arbeit zu summen oder über ihre Zukunft als Braut zu schwatzen. Regelrecht maulfaul wurde sie, schien tief ins Grübeln versunken und gab oft erst Antwort, wenn Igor mit ein paar Ohrfeigen nachhalf. Ihr hübsches Gesicht quoll auf wie Teig. Statt zu tänzeln, begann sie zu schlurfen, pflegte ihre Kleidung nicht mehr und ließ das Haar in Strähnen aus dem Reif hängen. *Sie muss krank sein,* dachte Natalia.

Eines Nachts hörte sie die Ältere auf ihrem Strohlager schluchzen. Flüchtig erwog sie, näher zu rücken und sie zu trösten, wie ihre Schwestern damals, in ihrer Hütte, sie getröstet hatten. Dies aber war nicht ihre Hütte und sie hatte keine Schwestern mehr. Von alledem war nichts übrig als der Gegenstand, die Figur, die ihr die Mutter in die Hand gedrückt hatte und die Natalia niemals ansah. Sie biss sich auf den Fingerknöchel. *Was geht dich Bronis Geheule an? Versuch zu schlafen.* Tags darauf verschwand Broni. Als Natalia vom Markt zurückkehrte, war sie fort und kam nicht wieder. Niemand machte Aufhebens davon, ihr Name wurde nicht mehr erwähnt, doch außer Natalia schien ein jeder zu wissen, was mit ihr geschehen war.

Für Natalia und Wanda gab es fortan noch mehr Arbeit. Der schwelende Bürgerkrieg zwang zum Sparen, doch bei aller Knauserei führte der Bojar einen herrschaftlichen Haushalt und verlangte täglich drei warme Mahlzeiten. War Wadim nicht da, so schleppte Natalia die Gemüsekisten, damit Wanda sie nicht auf ihrem krummen Rücken buckeln musste. Die Alte rief sie nie beim Namen, wie Broni es getan hatte, aber sie steckte ihr hier und da einen Klumpen Butter oder einen Apfel zu.

Eines Abends, als die Dämmerung einbrach und der Geruch nach moderndem Laub eine Ahnung von Herbst in die Küche sandte, zog Wanda sie ins Licht der Fackel, löste ihr das Tuch vom Kopf und kämmte ihr das Haar aus. »Zotteln wie eine Mähre hast du«, schalt sie und riss so heftig an den Büscheln, dass Natalia sich auf die Lippen beißen musste. Dann griff sie nach dem scharfen Messer, das zum Häuten verwendet wurde. »Eine muss die Herrschaft bei Tisch bedienen, und eine Vettel wie ich verdirbt den Appetit. Dich schimpfen sie Dämonenbalg, aber letzten Endes rettet dich das nicht, der Herr will junges Fleisch an seiner Tafel. Du bist besser dran, wenn du dein Teufelshaar in Stoppeln trägst.«

Nachdem sie es geschoren hatte, warf sie Natalias Haar, das ihre beiden Hände füllte, auf den Kehricht. Dann ging sie. »Du, mach noch den Ofen sauber und komm schlafen.« Kaum war Natalia allein in der Küche, schlich sie sich vor die Abfallkiste. Zwischen Rübenschalen und abgenagten Knochen lag ihr Haar, das dunkler und röter leuchtete als das Fell eines Fuchses. Die Traurigkeit, die sie ergriff, war lächerlich.

Tatsächlich sollte es keine zwei Tage dauern, ehe Natalia angewiesen wurde, an der Tafel des Bojaren zu bedienen. Die Horde Männer, die Herr Boris seine Familie nannte, nahm ihre Mahlzeiten in der Halle des Haupthauses ein. Der Raum wirkte riesenhaft und kahl wie ein Gewölbe. Spärlich verteilte Wandarme erhellten kaum die Düsternis, und der verstopfte Kamin vermochte nichts gegen die Kälte auszurichten. Der Bojar war seit langem Witwer und hatte keinen Sohn. Um seinen Tisch scharte sich ein gutes Dutzend Männer, die alle auf die eine oder andere Art mit ihm verwandt waren. Frauen speisten nicht mit ihnen. Unter den Männern gab es mehrere in dunklen Röcken. Natalia nahm den Duft wahr, den das bräunliche Tuch ausströmte. Ekel verengte ihr die Kehle.

Morgens aß der Bojar allein und hielt sich an Bier und Gerstenbrei. Zu Mittag und Abend aber rückten die Horden ein und ließen sich von Natalia Wein, Fleisch und gewürztes Gemüse auftragen. Für gewöhnlich schenkten sie ihr wenig Beachtung. Ab und an klatschte ihr einer auf den Hintern oder zwickte ihr in die Wange, wenn sie sich über seinen Becher beugte. Um die Berührungen erträglicher zu machen, erfand Natalia etwas: Sie malte sich aus, wie sie dem Grabscher in den eingeschenkten Wein spuckte. *Ich bin wahrhaftig ein Dämonenbalg. Was ihr in den Mund schlingt, soll euch im Halse stecken bleiben.* Einmal erlitt einer der Tafelnden, der ihr zuvor wie ein Rosshändler an die Hüfte gelangt hatte, einen Hustenanfall. »Die Stumme hat dir einen Frosch in den Hals gehext«, grölte sein Gegenüber. Natalia füllte unbeirrt weiter die Becher auf, als sei sie so taub wie stumm.

Mit jedem Tag wurde es kühler. Durch die ständige Nässe schimmelte das Stroh. Beim Wurzelnschälen, vor dem Schlafengehen, fiel Natalia ihre Mutter ein. Die hatte ihr Lager in der Hütte frisch aufgeschüttet, sobald es faulig zu riechen begann. »Stroh mag knapp sein«, hatte sie den Vater beschieden, »aber ich lege meine Kinder darauf schlafen. Selbst wilde Vögel polstern ihrer Brut das Nest.« Natalia schloss die Augen und rammte sich die Klinge des Schälmessers in den Daumenballen, bis sie spürte, dass Blut rann. Nichts anderes half. Seit Broni fort war, seit sie die seltsame Traurigkeit befallen hatte, überkamen sie zu viele verbotene Gedanken.

An Blut war sie gewöhnt. Häufig musste sie beim Ausnehmen helfen, einem Huhn den Kopf abschlagen oder die sämige Grütze rühren, die aus Schlachtblut und Roggen gekocht wurde. Der benebelnde Duft und das Rot aber blieben ihr ein Gräuel. Als sie eines Morgens auf ihrem Hemd, an den Innenseiten ihrer Schenkel und über das moderige Stroh verspritzt Blut fand, schrie sie auf. Der Laut schnitt ihr ins Mark. In den stummen Jahren war ihre Stimme zu einem Krächzen verkümmert.

Wadim brummte im Schlaf und rollte sich auf die Seite. Wanda aber erwachte. Durch eine Ritze im Dach des Verschlages drang blasses Morgenlicht, das der Alten offenbar genügte, um die Lage zu erfassen. Sie kam herüber, ging ächzend in die Hocke und schob Natalia das Hemd bis auf die Hüfte hoch. Eine Zeit lang sah sie wortlos auf das schwärzlich getrocknete Blut, dann blickte sie auf und zuckte mit solchem Bedauern die Schultern, dass Natalia sicher war, an der Krankheit sterben zu müssen. »Kommt ja immer so«, murmelte Wanda endlich. »Irgendwann. Aber dich armen Wurm hätt's ein, zwei Jahre noch verschonen können.«

Mit beiden Händen packte sie Natalias Hemd am Saum und riss ratschend einen Streifen davon ab. Das vergilbte Stück Leinen faltete sie zweimal auf die Hälfte und hielt Natalia den Packen hin. »Hier, das legst du dir unter, bis es aufhört. Vier Tage dauert's oder fünf. Danach wäschst du das Leinen aus und lässt es niemanden sehen. Und jetzt gib Acht: Von den Kerlen halt dich fern. Von allen Kerlen, ganz gleich, ob sie goldlockig, schwarz oder kahl daherkommen und dir vom Himmel das Blau versprechen. Du verstehst, was ich sage, nicht wahr? Du willst ja nicht wie Broni enden, bei den Fischen im Fluss, die arme, närrische Hündin. Ich bin alt, dem Herrgott sei's gedankt, aber ich weiß, wovon ich red. Setz dir einen Kerl in den Kopf und nächstes Frühjahr steckt das Balg im Bauch.«

Mit gespreizten Beinen saß Natalia da, starrte auf die weiße Haut ihrer Schenkel und auf Wandas Hände, die das Blut abwischten. Sie hätte weinen wollen. Ob um Wanda, um Broni oder um sich selbst, schien einerlei. Sie weinte nicht, fühlte nur ihre Oberlippe zittern und konnte nichts dagegen tun. Unbeholfen klopfte Wanda ihr die Wange. »Na komm. Wird schon so schlimm nicht werden. Mit etwas Glück rührt unser Mannsvolk dich nicht an, weil's heißt, ein rotes Heidenweib hat Dornen in der Grube.«

Die Alte roch übel. Ihren Kleidern entstieg der Geruch nach fauligem Kohl, der im Winter den ganzen Küchentrakt erfüllte. Natalia drehte ihren Kopf zur Seite.

Wandas Finger schlossen sich um ihr Kinn. »Und wenn in ein paar Wochen die aus Vineta kommen, erzähl ich dem Herrn, du hast dir was eingefangen, einen widerlichen Grind auf dem Kopf.« Die Finger lösten sich, wanderten Natalias Wange hinauf und strichen über Stirn und Stoppeln. »Dann lassen sie dich. Zur Aufwartung soll der Herr die Mala bestellen, die bei seiner Nichte dient.«

Den Tag über schien eine Fremde, die in Natalias Körper steckte, ihre Arbeit zu verrichten. Oder es verhielt sich umgekehrt, und fremd war in Wahrheit der Körper. Als wären sie ihr über Nacht gesprossen, bemerkte sie zum ersten Mal die Schwellungen auf ihrer Brust, die schmerzten und ihr den Latz zu sprengen drohten. Niemand sprach mehr zu ihr, wie überhaupt, seit Broni fort war, nur noch wenig in der Küche gesprochen wurde. An Broni wollte sie nicht denken. Broni, so beschloss sie, gehörte von jetzt an zu den verbotenen Gedanken.

Nach dem Abendessen ließ der Herr Boris für sich und seinen jüngeren Bruder einen Krug Starkbier und das Schachbrett bringen. Das tat er häufig. Für Natalia waren die Figuren fast Vertraute. Sie waren zur Hälfte aus einem wie Wasser glitzernden und zur anderen aus einem goldbraunen Material geschnitzt und fingen jeden Funken Licht ein. Der junge Herr aus Vineta, so hieß es, hatte den schönen Figurensatz als Geschenk mitgebracht. Fiel eine Figur zu Boden, so hob Natalia sie auf. Besonders das honiggoldene Material fühlte sie gern in ihren Fingern. Die Figur, die sie nie ansah, sondern in einem gestichelten Beutel unter ihrem Stroh bewahrte, war aus demselben Stein.

Während die Herren spielten, hielt Natalia sich bereit, ihre Becher zu füllen, Platten mit Süßigkeiten aufzutragen oder ihnen mit einem Leintuch die Finger zu wischen. Zwischendurch sah sie dem Geschehen auf dem Spielbrett zu. Es dauerte nicht lange, bis sie begriff, was das bedachte Ziehen der Figuren zu bedeuten hatte. Von da an wurde es ihr zum Vergnügen, selbst Züge zu ersinnen und voll Spannung abzuwarten, ob der Spieler auf die gleichen Schliche kam.

Heute Abend schien Herr Boris nicht in Stimmung. Zum Essen hatte er reichlich getrunken und über die Machthaber in Kiew, den Bürgerkrieg und die ständig wechselnden Verordnungen geflucht. Jetzt stellte er in finsteres Grübeln versunken die Figuren auf die Felder. Natalia sammelte Nussschalen vom Tisch. Auf einmal ließ der Bojar den goldbraunen König fallen, streckte blitzschnell den Arm zur Seite und schlang ihn um ihr Hinterteil. Der Versuch sich zu entwinden war sinnlos. Mit einer Drehung der Schulter hob er sie vom Boden. Wie die Glieder eines Käfers ruderten ihre Beine in der Luft. »Schau her, Stepan, was da im Netz zappelt. Die kleine Kreatur kriegt nachgerade Speck auf die Knochen.«

Sie konnte spüren, wie er ihre Angst genoss. *Was fürchtest du,* fuhr sie sich an, doch es half nichts. Sein Arm schob ihren Kittel höher. Mit der freien Hand klatschte er ihr auf die entblößten Schenkel und stellte sie wieder auf die Füße. »Na, nun pack dich schon. Ein bisschen zulegen musst du noch, ich hab gern mit beiden Händen was zu greifen.«

Natalias Blick schien an ihrer Fußspitze festgenagelt. Ihre Zehen berührten den braunen König. Sie konnte sich nicht bücken, um ihn aufzuheben. Wie das Wachs der schmelzenden Kerzen schienen ihre Beine nachzugeben. Erst als Herr Boris ihr einen Stoß in den Rücken verpasste, setzte sie sich in Bewegung. Für die kaum zwanzig Schritte in die Küche brauchte sie eine grauenvolle Ewigkeit.

Das Aufwaschen dauerte noch länger. Steif und schwerfällig vollführte sie die gewohnten Bewegungen. Endlich aber war nichts mehr zu tun, als die Abfallkiste in den Hof zu schleppen und sie in die übel riechende Grube zu leeren. Als sie mit der sperrigen Last auf den Armen hinaustrat, glaubte sie Bronis Stimme zu hören. Zwischen den dunklen Konturen der Hofgebäude zeichnete sich das Gesicht des Mädchens ab, die Wangen mit den Grübchen und das volle Lippenpaar, das sich öffnete und die Worte »Pommern« und »Vineta« entließ. Entschlossen schob Natalia einen Finger in die Angel und versetzte der Tür einen Tritt.

Der Schmerz war atemberaubend. Unwillkürlich flog ihr Blick nach oben. Den ganzen Sommer, so schien es, hatte sie keinen solchen Himmel gesehen, kein so klares Schwarzblau und kein so reiches, daran aufgestecktes Meer von Sternen. War der Himmel auf der anderen Seite des Meeres auch so still? *Denk nicht daran. Was hilft dir das?* Der Mond war eine scharfe Sichel. In Wellen verebbte der Schmerz und machte einer endlosen Müdigkeit Platz.

Reiten, ach, reiten. Bole Sliwosz schloss die Schenkel um den Leib des Pferdes, dass das Tier davonstob und Klumpen feuchter Erde ihm bis an die Wangen spritzten. Über seinem Kopf sangen duftende Eichenkronen, Blutbuchen leuchteten kupfern, und die Sonnenstrahlen, die durchs

Blattwerk lugten, sandten Pfeiler aus Licht auf den Weg. Die Luft war schwer von der Fülle des Herbstes. Bole hob sich aus dem Sattel, hörte sein Haar in der Brise flattern und sein Blut in seinen Ohren rauschen. Reiten, ach, reiten. Wäre es nach ihm gegangen, hätte er kaum je etwas anderes getan.

Hinter der Biege ging es bergab, und in der Sohle lag der Waldsee. Bole nahm die Zügel auf. Aus vollem Galopp fiel das Pferd in Schritt. Er beugte sich vor, legte sein Gesicht an den Hals des Tieres und sog die dampfende Fellwärme ein. »Ho, Feliz, mein Braver. Gut gemacht.« Das Tier, kein stämmiges Pony einheimischer Zucht, sondern ein wendiger Andalusier mit fuchsrotem Fell, war nicht sein Eigentum. Es gehörte seinem Bruder Warti, der es von Thietmar, seinem Patron, als Geschenk zur Mannesweihe erhalten hatte. Am selben Tag war auch Bole am Fuß des Heiligen Hügels zum Mann geweiht worden, nur gab es niemandem, der ihm ein so herrliches Geschenk machte. Ohne Federlesens hatte ihm Warti die Führleine des Füllens in die Hand gelegt. »Nimm du ihn, an mich ist der Gaul verschwendet. Es ist kein Segel dran, und mit dem Kolderstock steuern lässt er sich wohl nicht.«

Schon acht Sommer lag das zurück. Sein Bruder aber hatte sich seither kaum verändert: Er war der großzügigste Mensch, den Bole kannte. Feliz kam zum Stehen, Bole ließ sich zu Boden gleiten und setzte sich ins hohe Gras. Er liebte diesen Ort. Die Lichtung um den Weiher war geschützt von mannshohen Holundersträuchern, Hummeln umsummten den Lavendel und Schilfhalme wiegten sich wie schmiegsame Mädchengestalten. Tatsächlich tanzten zwischen diesen Stängeln Vili, die Geister verlassener Jungfern, die sich bei den Händen hielten, auf bloßen Sohlen durchs Schilf schwebten und zur Flöte des Windes sangen.

Gleich dahinter schillerte schlangengrün das Wasser des Sees.

In dem flachen Nass zu baden wagte niemand, weil die Seelen ungeborener Kinder darin hausten. Wer seinen Augen Zeit ließ, konnte sie über der Wasseroberfläche wie Libellen schwirren sehen. Stand in Vineta die Geburt eines Kindes bevor, so wählte Triglav, der Gott der Fruchtbarkeit, von den ungezählten Seelen eine für das Elternpaar aus. Auch Bole würde einst einen Sohn von hier geschenkt bekommen. Sein Blick saugte sich am Rund des Wassers fest. Die Seerosen waren schlaff geworden, aber im Frühling würden frische aufblühen. Im nächsten Frühling wäre er vierundzwanzig, älter als die meisten Männer, wenn sie ihr Haus bestellten und die erste Frau heimführten.

Zum Pogodafest hatte er krank gelegen. Sumpffieber fürchteten die Ärzte, die der besorgte Jakub herbeigerufen hatte. Bole jedoch war sicher, dass ihm nichts Ernstes fehlte. Tatsächlich erhob er sich eine Woche später vom Krankenlager und war wohlauf wie stets. Den Tanz zu Ehren des Weidegottes, zu dem die Paare wie balzende Vögel umeinanderschwänzelten, hatte er allerdings versäumt und eine ähnliche Gelegenheit gab es erst wieder im Herbst. Heute. Bole schloss kurz die Augen. Durch die Gassen der Stadt würde man um diese Zeit schon Fässer voll Bier und Honigwein rollen, Holz für das Große Opfer, den Dank an den erhabenen Svantovit, würde herbeigeschleppt und vor den Fenstern lediger Mädchen hingen Girlanden aus Heublumen und geflochtenen Ähren. Heute beging man das Fest der glücklichen Ernte, das letzte rauschende Fest im Jahr.

Hastig schlug Bole die Augen wieder auf. Er durfte nicht lange an seinem Lieblingsplatz verweilen, war nur gekommen, um Mut zu schöpfen. Hier konnte er sicher sein, dass kein Mensch ihn störte. Die Vineter mieden den Ort, weil sich nur ein paar Schritte hinter der Lichtung der Opferstein des Blutgottes befand. Pripegala, der Name, den niemand in den Mund nahm. Grauenerregende Legenden rankten sich um die Stätte. Geriet die Stadt in Not, so musste der Sitte nach auf jenem Felsklotz ein Mensch geopfert werden, doch solange Bole sich erinnerte, war ein solches Opfer nie vollzogen worden. Vom Blutgott schwieg man in Tagen des Wohllebens, und die übrige Götterschar zog Tierfleisch und Gold oder höchstenfalls einen Tropfen Blut aus dem Daumen vor.

Wohin schweiften ihm die Gedanken? Er war nicht hier, um über Blut und Tod zu sinnen, sondern übers Leben: über das lieblichste Leben, das dem Weiher der Seelen je entstiegen war. Gern hätte er Warti um Rat gefragt. Von Kindheit an hatte er auf den Rat seines Bruders gebaut, aber diese Schlacht, die eine, an der sein Lebensglück hing, würde er allein gewinnen müssen. Mitten auf dem Marktplatz, vom Gelärme der Menschen umgeben, würde er mit Jula sprechen, mit ihr trinken, womöglich gar mit ihr tanzen. Bole war ein lausiger Tänzer. Er hätte, so erkannte er, nicht Wartis Rat gebraucht, sondern dessen geschmeidige Hüften und wieselflinke Beine.

Aber vielleicht tanzte Jula ja selbst nicht gern. Er hatte sie nie nach solchen Dingen gefragt, obgleich er sie seit Kindertagen kannte. Ihre Mutter Bozena war die Schwester seines Vaters, und auch wenn seine Mutter den Kontakt mit der Verwandtschaft mied, ließ es sich nicht verhindern, dass man sich ab und an begegnete. Bole erinnerte sich nicht, wann er beschlossen hatte, von allen Mädchen Vinetas seine Base zur Frau zu nehmen. Solange er denken konnte, als Knabe, der sich in Himbeerhecken die Kleider zerriss, als linkischer Jüngling und schließlich als

Mann, der zusammen mit seinem Bruder ein Geschäft führte, hatte er einzig Jula geliebt.

Inzwischen war sie an die zwanzig, über das beste Alter zum Heiraten bald hinaus. Ihr Vater, Oheim Niedamir, war ein haltloser Säufer, und wenn Jula sich nicht bald nach einem Gemahl umsah, hätte er ihr Heiratsgut in der Schänke verprasst. Warum sollte sie sich also nicht für Bole entscheiden? Er war ihr Vetter, er trank nicht, spielte weder Würfel noch Kegel, und vor den aufgeputzten Weibern, die wie Marktschreier ihre Körper feilboten, graute ihm. Unter Männern seines Standes war es üblich, sich Zweit- oder Drittfrauen ins Haus zu nehmen, er aber würde alles, was er hatte, Jula schenken. Also fort mit der Verzagtheit! Bole stützte die Hände auf grasbewachsenen Boden und wollte sich eben in die Höhe stemmen, als ein Geräusch ihn herumfahren ließ.

»Störe ich?« Über ihm am Hang stand Jakub. Am Zügel hielt er den Schecken, der ihnen gewöhnlich als Zugpferd diente.

Bole rappelte sich auf die Füße. »Ich war gerade im Aufbruch. Bist du meinetwegen hier, ist es schon so spät?«

Jakub nickte. »Ich dachte mir, dass du das Fest wohl kaum versäumen möchtest, also habe ich mich aufgemacht, nach dir zu suchen.«

»Es tut mir leid.« Bole wusste, wie ungern der Ältere im Sattel saß. Jakub war Jude, stammte aus dem Rheinland und hatte als einstiger Apotheker vermutlich nie richtig Reiten gelernt. »Ich wollte dir nicht solche Mühe machen.«

»Ich habe ja nicht lange suchen müssen.«

Bole pfiff Feliz zu sich, ordnete das Zaumzeug und führte das Tier den Hang hinauf. »Ich muss die Zeit vergessen haben.«

Der kleine Alte sah ihm mit schwarzfunkelnden Augen ins Gesicht. Er kannte ihn, wie vielleicht kein Vater seinen Sohn kannte. Jakub war als Flüchtling ins Haus der Familie gekommen, doch wovor er geflohen war, erwähnte er nicht. Ein paar Jahre lang hatte er Boles Vater als Lageraufseher gedient und nach dessen Tod stand er Oda, der schwangeren Witwe, zur Seite. Später zog er ihre Söhne auf. Er hatte sie Lesen, Zählen, Himmelskunde und Latein gelehrt, ihnen von Helden des antiken Rom wie des wendischen Pommern erzählt und bei Verkühlung und Leibweh an ihren Betten gewacht. Jetzt streckte er eine Hand aus und berührte Bole am Arm. »Machen wir uns auf den Weg? Ich verstehe dich. Solche Furcht kann heftig wie Sumpffieber sein.«

Nur einen Moment lang zögerte Bole. »Ja, reiten wir. Ist Warti schon auf dem Marktplatz?«

Jakub nickte. »Das Große Opfer lässt er sich nicht entgehen. Aber der Abend bricht ja erst an.«

Sie wandten sich ihren Pferden zu, stiegen auf und ritten eine Zeitlang schweigend nebeneinander her. Schuldbewusst sah Bole, wie Jakub im Sattel auf und nieder hüpfte. Das Dickicht der Bäume begann sich zu lichten, zur Linken erstreckte sich der Hain der Gräber, dem die Vineter die Körper ihrer Toten anvertrauten, und dahinter erhob sich der Heilige Hügel. »Darf ich dich etwas fragen, Jakub?«

Der Ältere wandte den Kopf. »Wenn du meinst, dass ich die Antwort kenne.«

»Das, was du gerade am Weiher gesagt hast, über Furcht, die heftig ist wie Sumpffieber – ich wüsste gern …«

»Du wüsstest gern, woher ich das weiß.« Trotz des Gehoppels klang Jakubs Stimme fest. »Genauer gesagt wüsstest du gern, ob etwas an den Gerüchten ist, die seit Jahr und Tag in der Stadt umgehen. Ob ich der Buhle deiner Mutter bin.«

Bole senkte den Kopf und starrte auf den Widerrist des Pferdes.

»Warum solltest du das auch nicht wissen wollen? Deine Mutter galt einst als schönste Frau Vinetas. Sie hätte sich wieder verheiraten können, hatte ansehnliche Bewerber genug. Aber sie hat keinen erhört und stattdessen mich im Haus behalten, ihren mickrigen jüdischen Handlanger. Wer würde da nicht stutzig werden?«

Der Wald lag hinter ihnen. Vor ihnen breitete sich gerodetes Land aus, gemähte Felder, die ihre Kraft im Sommer verprasst hatten und nun erschöpft im milden Herbstlicht schliefen. Dahinter ragte die Silhouette der Stadt auf, die sich von den fruchtbaren Marschen im Überfluss nährte. »Ich enttäusche dich dennoch«, fuhr Jakub fort. »Gewisse Dinge behalte ich für mich. Wenn du willst, sage ich dir stattdessen etwas, das in deiner Lage helfen mag.«

»Bitte.«

Je näher sie kamen, desto klarer schälte die Stadt sich aus den verschwimmenden Farben des Abends. Schon zeichnete der Turm des Schweinetores sich ab, das so hieß, weil durch dieses Tor die Bauern ihr Borstenvieh auf die Märkte der Stadt trieben. Zwölf Stadttore besaß Vineta, jedes gerüstet mit Wachturm und Zugbrücke und gehütet von Wächtern, die von den Ratsherren bezahlt wurden. Jeder Herr unterhielt eins der Tore, wobei das letzte, das Sturmglockentor, dem Starosten der Stadt unterstand. Diesem Rat, Wiec genannt, anzugehören, war die höchste Ehre, die ein Bürger Vinetas erringen konnte. Boles eigener Bruder würde in nicht allzu ferner Zeit in die Reihen dieser Männer aufsteigen. Zum Ratsherrn vom Silbertor würde man ihn wählen, wie vor ihm Thietmar, seinen Patron.

»Du hast nichts zu verlieren«, hörte er endlich Jakubs Stimme. »Deshalb bin ich dir nachgeritten, obwohl meine Knochen mich tagelang dafür bestrafen werden. Ich fürchtete, dass du dich im Wald vergräbst wie zum Pogodafest in deinem Bett.«

»Aber ich war doch wahrhaftig krank!«

»Solches Geheimnis kann wie Krankheit wüten. Sag der Jula, wie es um dich steht. Du hast nichts zu verlieren, weil deine Hände nicht leerer als leer sein können. Selbst wenn sie leer bleiben, hast du sie nach deinem Herzenswunsch zumindest ausgestreckt.«

Bole sah wieder auf und Jakub ins Gesicht. Der nickte ihm zu. Beide Pferde waren in Schritt gefallen und kamen vor dem Stadtgraben zum Stehen. Nebeneinander warteten sie darauf, dass die Wachen die Brücke herunterließen. Aus der Stadt wehten ihnen verwischte Fetzen von Musik entgegen. Der Himmel zerfloss in Orangetönen. *Du hast nichts zu verlieren,* glaubte Bole die schwere Luft flüstern zu hören. Der Satz sprach eine Einladung aus, erfüllt von Warnung und Verheißung zugleich.

Der Tag war prachtvoll gewesen. Der Himmel klar, die Luft wie gewaschen und die Sonne von jener Leuchtkraft, zu der sie sich Ende Oktober noch einmal aufschwang, wie um zum Abschied Sehnsucht zu schüren. Schon als Kind hatte Warti dem Erntefest voll Ungeduld entgegengefiebert: den aufgetürmten Ähren und Früchten, den Kapriolen der Erntetänzerinnen, den Faustkämpfern, Hahnenschlägern, dem würzigen Lammfleisch, den verwirrenden Düften und der berauschenden Musik. Jetzt stand er inmitten des Festtrubels auf dem gepflasterten Platz vor dem Rathaus, wo im Halbrund farbenfrohe Stände aufgebaut waren, und verbiss sich ein Schmunzeln. Umringt von all diesen Herrlichkeiten fühlte er sich noch immer wie ein Kind.

Erntedank war das Fest des erhabenen Svantovit. Mit dem Großen Opfer dankten die Bürger Vinetas dem Viergesichtigen für das Füllhorn, das er über ihren Dächern leerte. Kein Einwohner blieb von diesem Ritual ausgeschlossen, mochte er arm oder reich sein, Pomorane, Deutscher oder Zugereister, strikt oder lax im Glauben oder gar einer fremden Religion zugehörig. Darin glich der Gott seinen Gläubigen: Solange die Gaben reichlich flossen, nahm der Erhabene es nicht genau. Selbst Christen der Ostkirche, die aus der Kiewer Rus zugezogen waren, befanden sich unter den Versammelten, die jetzt von weiß gewandeten Dienern des Svantovit-Priesters vor den Kreis der Buden zurückgetrieben wurden. Einzig Christen der römischen Kirche waren nicht vertreten, denn sie besaßen in der Stadt kein Niederlassungsrecht. »Wer in sein Haus den Iltis bittet, der mag ihm gleich den Schlüssel geben«, hieß es unter den Vinetern.

Hurtig wie Windgeister huschten die Diener des Priesters vor und zurück. In der Mitte des Kreises schichteten sie einen Holzstoß auf, dessen Fläche gut und gern zwei ausgewachsenen Rindern Platz geboten hätte. Und in der Tat waren es zwei Rinder, die ein Bursche durch eine Bresche in der Menge trieb. Noch immer stockte Warti wie als Kind der Atem, so herrlich war der Anblick der Tiere. Vollkommen gleich schienen sie, ein Paar Zwillingskühe mit makellos weißem, im Dämmerlicht schimmerndem Fell. Übergroß die schwarz leuchtenden Augen, gebläht die fleischrosa Nüstern, die Ohren spielend und die Schwänze schlagend, die Leiber aber reglos vor Schwere. Die Kühe trugen weder Schmuck noch Zaum. So, wie sie der Erde geschenkt worden waren, mit ihrem kostbaren Fleisch, ihren milchprallen Eutern und ihrer samtglatten Haut, so sollte Svantovit sie zum Opfer erhalten.

Vor zahllosen Generationen, in den Anfangstagen der Stadt, hatte es kein solches Ritual im Innern der Mauern gegeben. Die Vineter opferten jeder für sich in den Wäldern, in der himbeerroten Heide oder wo immer sie sich der tausendfältigen Welt ihrer Götter und Geister am nächsten fühlten. Erst durch das straff gezügelte Christentum, das von allen Seiten auf Vineta zudrängte, sahen die Hüter des Glaubens sich genötigt, auch die eigenen Gebräuche zu lenken. Tempel wurden gebaut, die frei umherstreifenden Götter zogen in Häuser ein, und die Menschen, die ihnen ungestüm gehuldigt hatten, fanden sich zum geregelten Gottesdienst. Wie zum Zeichen formten die Fackeln, die um den Ring der Besucher aufgesteckt wurden, einen Zaun aus sengendem Licht, der Svantovits Herde zusammenhielt.

Kaum waren alle Fackeln in die Erde gerammt, zerschlug Geklirr von Metall die Andacht. Die Versammelten drehten die Köpfe. Über die gewölbte Kanalbrücke marschierte eine Hundertschaft helmtragender Soldaten, angetan mit Waffenröcken in Grün und Schwarz. *Grün für unser Meer, schwarz für die Sümpfe, die unser Land fruchtbar machen.* Der Mann in vollem Harnisch, der ihnen auf grün gezäumtem Rappen voranritt, war Tezlaw, der vierte seines Namens und der siebzehnte Tysjatschnik von Vineta. Sein Alter von bald fünfzig Jahren sah man ihm nicht an. Vor Jahrhunderten hatten die Götter sein Geschlecht zu Herren über die Burg und zu Befehlshabern über das Streitheer ernannt. Diese Vorrechte machten Tezlaw zu einem mächtigen Mann, darüber hinaus aber oblag ihm keine Entscheidungsgewalt. Über die Belange der Stadt in Friedenszeiten bestimmte allein der Wiec.

Der Tysjatschnik führte seine Mannen die Brücke hinunter und hieß sie sich zwischen den Fackeln, rings um die Versammelten, aufstellen. Auf sein Zeichen traten sie in Paaren einander gegenüber, hoben die Kurzschwerter über ihre Köpfe und ließen die Klingen in hackendem Rhythmus gegeneinanderschlagen. Schwertergeklirr, die Lieblingsmusik des erhabenen Svantovit, vermischt mit dem Blöken von Schafen und dem grunzenden Quieken von Ferkeln. Gleich darauf postierten sich je sechs der weiß gewandeten Diener zu beiden Seiten der Zwillingskühe. Zwischen den Tieren hindurch aber schritt der Priester Svantovits.

Er trug ein ebenfalls weißes, bis auf seine Füße fallendes Gewand und dazu einen kunstvoll aufgetürmten Kopfputz, der den ohnehin groß gewachsenen Mann zu einem Riesen machte. Auf den Armen hielt er ein blinkendes Schwert, das er, sobald er vor den Kühen stand, mit beiden Händen hob. Frauen setzten sich ihre jauchzenden, in die Hände klatschenden Kinder auf die Schultern. Das Geklirr der Klingen verstummte.

»Erhabener Svantovit, Dank und Ehre sei dir für die glückliche Ernte.«

Ehe die verstört ins Dunkel glotzende Kuh auch nur ahnen konnte, was ihr bevorstand, hatte die Schwertschneide ihr dic Kchle durchtrennt. Mit der Kraft einer Springflut schoss Blut aus dem Schnitt. Leuchtendes Rot auf leuchtendem Weiß. Noch mehrere Herzschläge lang hielt sich das Tier auf seinen Beinen, dann knickte es ein. Die sechs Diener fingen den massigen Leib und stemmten ihn mit den vereinten Kräften in die Höhe. Adern schwollen an Stirnen und Schläfen, an Hälsen und Schultern traten Sehnen heraus …

»Der Dank deiner Stadt sei dir, oh Svantovit, der du unser Schlachtvieh fett und unsere Erträge reich gemacht hast. Nimm unser Opfer an.«

Der Priester hob das Schwert von neuem und senkte es ins Halsfell des zweiten Tieres. Auch dieses schreckte nicht zurück und gab keinen Laut von sich, sondern starb still für den gewaltigen Gott. Einem Orkan gleich setzte der Jubel der Menge ein. Etliche Diener in blutbeschmierten Roben zerrten ächzend die Kadaver auf den Holzstoß, ließen sie zu Boden sacken und traten zurück.

»Volk von Vineta! Bring deinem Herrn und Hüter, dem erhabenen Svantovit, deinen Dank.«

Mehrere Diener nahmen Körbe auf und zogen von einem zum andern, um mitgebrachte Opfergaben einzusammeln. Viele, darunter auch Warti, warfen Beutel mit Silber oder Leinengeld in die Körbe, andere Ballen selbst gefertigter Stoffe und Schmuckstücke, gebündelte Ähren, Früchte, frisch geschlachtete Hühner, Fische und Speckseiten. Wer ein lebendes Tier gebracht hatte, der führte es jetzt durch die Menge vor den Holzstoß und ließ es vom Priester und seinen Helfern töten. Anders als die duldsamen Rinder brüllten die Lämmer, Ferkel und Zicklein sich ihre Todesangst aus den Hälsen, sodass der Platz für kurze Zeit in einer Flut von Schreien ertrank. So rasch wie sie aufgekommen war, verebbte die Woge. Nur die Schwerter klirrten weiter. Die Diener leerten ihre Körbe. Auf die Scheite gehäuft lag ein Gran von Vinetas Überfluss.

»Erhabener Svantovit, Dank gebührt dir, und Dank sei dir zuteil.«

Diener zogen zwei der Fackeln aus der Erde, trugen sie zu den aufgehäuften Opfergaben und entzündeten sie. Mit einem prasselnden Laut zischte ein Ring von Flammen auf, erfasste Tierleib um Tierleib, schlug schließlich zur Lohe vereint gen Himmel und hüllte den Platz in schwarzfettigen Rauch. Hustend und schnaufend blieben die Menschen ums Feuer stehen, derweil die Schwerter verstummten und der Tysjatschnik seine Mannen in Zweierreihen Aufstellung nehmen und über die Kanalbrücke abrücken ließ. Dann begannen verspannte Schultern sich zu lösen, umarmten sich Kumpane, rissen sich Kinder von Händen los. In der Wärme und dem vertrauten Gestank brennenden Fells und Fleischs breitete sich jene berauschende Erleichterung aus, die das Fest prägte: Die Ernte war eingefahren, jedes Lager gefüllt und Vineta mit sich und der Welt im Reinen. Ehe der Winter kam, schenkte die Stadt sich eine letzte Nacht im Überschwang.

Die Menge zerfloss in Paare und Grüppchen, die heilige Andacht in Festgewühl. Ein wenig benommen blieb Warti stehen, massierte sich mit einer Hand den Nacken und ließ den Blick schweifen. Rund um das Opferfeuer entzündeten Burschen kleinere Brände und wetteiferten in Sprüngen über die Flammen. Kreuz und quer durchs Getümmel hüpften Gaukler, derweil bald jeder sich drängte, nach dem geistigen nun für das leibliche Wohl zu sorgen. Aus bauchigen Fässern flossen Bier und Honigwein, und an Spießen wurden Lämmer gebraten, die man mit Brot und Kräutersud verspeiste.

»Zu Hilfe, ich brauche acht Arme wie das Seeungeheuer!« Von der Seite her zwängte sich Wartis Freund Zemuzil Reric heran. Der kleine Mann, der wie er einer eingesessenen Kaufmannsfamilie entstammte, nannte trotz seiner Jugend bereits drei Frauen sein Eigen. Eine davon hing ihm am Ellenbogen, während er in den Händen eine Schüssel Fleisch und drei Becher Wein balancierte. Rasch sprang Warti hinzu und nahm ihm die Schüssel und einen der Becher ab, ehe die ganze Pracht zu Boden stürzte.

»Das war knapp. Dein Wohl, mein Bester.«

»Und deines, Zemu. Möge der Triglav dich mit Nachwuchs segnen.«

Es war ein gebräuchlicher Trinkspruch, Zemu aber hob abwehrend die Hände mit den Bechern. »Den Segen spare er sich lieber für andere auf. Bei mir hat er sich schon mehr als freigebig erwiesen.«

Warti musste lachen. Fünf Kinder hatte der Freund gezeugt, und es kam ihn hart an, all die Mäuler zu stopfen. Zemu drückte seiner Frau einen Becher in die Hand und nutzte die freie Hand zu einem Klaps auf ihr Gesäß. »Troll dich, Täubchen. Geh mit deinen Freundinnen schwatzen, und überlass uns Männer ernsthaften Gesprächen.«

Das Mädchen, ein recht hübsches, butterblondes Geschöpf, das ihren Gatten überragte, verschwand augenblicklich im Getümmel. Zemu zupfte seinen Freund am Rock. »Grünster Samt, nicht übel. Hat zweifellos ein Vermögen gekostet.«

Warti zuckte eine Schulter. »Als Geschäftsmann darf man sich nicht lumpen lassen.«

»Ach was, du bist schlicht ein eitler Geck.« Freundschaftlich boxte der Kleinere ihm in die Seite. »Aber es ist ja dein Geld, warum sollst du's also nicht verschleudern, wie's dir passt.«

Ganz Unrecht hatte der Freund nicht. Warti empfand ein unangemessenes Vergnügen an dem edlen Stoff auf seinem Leib. Seine Familie war nicht reich und seine Mutter eine Knauserin, doch seit er im Frühling das Erbe Thietmar Starcks angetreten hatte, konnte er sich einen erlesenen Geschmack leisten.

»Stehen tut's dir obendrein«, ließ sich wiederum Zemu vernehmen. »Aber jetzt verrat mir doch bitte, welcher glücklichen Jungfer heute Abend dieser Aufputz gilt. Vermutlich findet sich auf diesem Platz keine Schöne, vermählt oder ledig, die dich nicht mit schwülen Blicken verfolgt.«

Warti grinste. »Wohl deshalb ist mir so schwitzig.«

Zemu fischte ein safttriefendes Stück aus der Fleischschüssel und steckte es sich in den Mund. »Raus mit der Sprache«, rief er kauend. »Du willst mir nicht erzählen, du ziehst mit deiner käsigen Base los wie zu Pogoda.«

»Der Perun bewahre mich!« Eilig sah Warti sich um und entdeckte die Familie seiner Tante Bozena im Pulk vor einem Starkbierfass. »Du glaubst nicht, wie oft ich jenen Abend bereut habe. Ich mag die Jula. Sie ist mir vertraut wie eins der Zicklein, die mein Bruder hinter unserm Haus aufzog. Aber eine Schönheit ist sie wahrlich nicht, und mit der eigenen Base treibt man kein Spiel, es sei denn, man hat eine Heirat im Sinn.«

»Und davor sträubt sich dir das Nackenfell, hab ich Recht?«

»Es kann nicht jeder so hurtig zur Sache gehen wie mein Freund Zemu.« Er hielt dem Kleineren noch einmal den Fleischtopf hin. »Na komm, bedien dich. So reichlich wie heute kriegst du's lange nicht.«

Zemu langte in die Schüssel, doch ließ die Hand mit dem Batzen in der Luft hängen. »Im Ernst, Warti. Du bist gut und gern die begehrteste Partie von ganz Vineta. Auf der nächsten Sitzung wählt dich der Wiec zum Herrn vom Silbertor. Hast du noch nie daran gedacht, dir eine Frau zu nehmen? Warst du nie verliebt?«

»Ach.« Wartis Blick wanderte über den Platz. Die Nacht leuchtete im Flammenschein und durchs Gewirr der Stimmen lockte Musik: hüpfende Flötenklänge, das Zirpen der Gusli, Trommelwirbel und der vibrierende Ton der Rebec, des brandneuen, mit dem Bogen gespielten Instrumentes aus Córdoba. Die gestreichelten Saiten sangen wie ein spanisches Mädchen, aus tiefer Kehle und erfüllt von noch tieferem Verlangen. »Ich weiß es nicht, mein Freund. Verliebt bin ich täglich neu oder ich war es nie. Ich glaube, ich bin verliebt in ein Mädchen, das ich noch nicht kenne. Vielleicht begegnet sie mir ja heute? Ich will mit ein paar Kumpanen in die Oberstadt, zur Svarogs Liebeseiche.«

»Wo die Töchter der Gerber und Beinschneider tanzen? Und da willst du die Rose deines Herzens finden?«

»Meine Mutter ist die Tochter eines Beinschneiders«, wies Warti ihn zurecht. »Aber ja, du hast Recht, vermutlich will ich nur ein wenig Hitze, Glanz und Lust, bevor es Winter wird. Meinen Bruder nehm ich auch ins Schlepp, dem kann die Prise Leichtigkeit nicht schaden. Sobald er sich blicken lässt, machen wir uns davon.«

»Wie gerne wäre ich dabei«, warf Zemu wehmütig hin.

»Was hindert dich?«

Der kleine Mann zuckte die Schultern. »Leider muss ich meinen Stier im Stall halten, sonst gibt's nächsten Sommer ein Kälbchen. Und dass mir das Hunger leidet, möcht ich nicht.«

»Ist das deine einzige Sorge?« Sich reckend sah Warti sich nach Bole um. Je lauter die Musik anschwoll, desto wilder zuckten ihm die Schenkelmuskeln. »Dann weiß ich Abhilfe. Ich habe eine Tinktur von einem Markt in Palermo, davon streichst du dir reichlich auf den Herrn des Hauses und bist den Kummer los.«

»Hast du das ausprobiert?« Zemu zog die Stirn in Runzeln. »Dann tät's mich nicht wundern, wenn's im Handwerkerviertel demnächst von kleinen Wartis wimmelt. Hab Dank für die Mühe, mein Bester, aber solchen Tiegel hab ich selbst im Spind. Als ich das letzte Mal hineinlangte, gab's ein Knäblein, das stapft nun schon auf krummen Beinchen durch die Stadt.«

In zwei Zügen leerte Warti seinen Becher. »Kinder sind ein Segen«, sagte er dann. »Weißt du, dass ich dich manchmal beneide? Wenn du dich abends mit deiner Schar zu Tisch setzt, siehst du, wofür du dich tagsüber plagst.«

»Oh gewiss. Ich möchte keins von meinen Kälbchen missen, nur wär's mir lieb, wenn sie nicht ganz so gefräßig wären.« Zemu vergrub die Hand in den Rockfalten und zog sie leer hervor. »Von solchen Sorgen hast du keine Ahnung, mein Bester. Wenn mein Vater stirbt, machen sie mich zum Ratsherrn vom Schweinetor, und davor graut's mir, denn wovon soll ich die Wache für mein Tor bezahlen?«

»Aber du nimmst den Platz deines Vaters ein, und nach dir folgen deine Söhne, nicht irgendein Bengel aus der Nachbarschaft wie bei dem armen Thietmar. Wenn ich mein Mädchen eines Tages finde, möchte ich gern viele Kinder haben.«

Der Kleinere wollte eben zu einer Erwiderung ansetzen, als ein Gepolter beide zusammenfahren ließ. Zemus Kopf flog herum. »Oh weh. Ich glaube, dein Bruder braucht Hilfe.«

Es dauerte einige Zeit, ehe Warti Bole entdeckte. Sein Bruder kniete bei einem Obststand auf dem Boden und sammelte verstreute Pflaumen, Birnen und Äpfel ein, die ihm sofort wieder aus dcn Armen kugelten. Im Nu war er von einer Schar von Gaffern umringt. Warti musste sich ein Grinsen verkneifen. Armer Bole. Sein so besonnener Zwilling schien zuweilen halbblind durch die Gegend zu stapfen. »Auf später«, rief er Zemu zu und stürmte los, um sich einen Weg durchs Getümmel zu bahnen.

Bole hatte Jakubs Rat, daheim rasch den Rock zu wechseln, nicht angenommen. Er besaß nur zwei Röcke, von denen der eine wie der andere war, und er wusste: Betrat er das Haus erst einmal, so brächte kein Ochsengespann ihn wieder hinaus. Jakub, der seine Furcht spürte, begleitete ihn bis an den Saum des Platzes. Das Große Opfer war eben vorüber. »Kommst du nicht mit?«, fragte Bole.

»Nein. An Tagen wie diesem fühle ich mich noch immer als der Fremde, der mit leeren Händen herkam und weder eure Sprachen noch eure Religion verstand.«

»Das ist doch dummes Gewäsch, Jakub. Du gehst in keine Synagoge, isst Krabben und Spießferkel und sprichst Pomoranisch und Deutsch wie jeder von uns.«

»Aber ich bin weder Deutscher noch wendischer Pomorane.«

»Aber ein Bürger Vinetas, dem Svantovit willkommen wie wir.«

»Ich weiß deine Worte zu schätzen. Trotzdem bin ich heute im Haus am besten aufgehoben. Deine Mutter bleibt schließlich auch daheim.« Er klopfte Bole den Arm, dann schob er ihn mit sanftem Druck der wogenden Menschenmasse entgegen. »Fass dir ein Herz. Wie pflegte mein Freund Thietmar zu sagen? Erntedank wird's ein ganzes Jahr nicht mehr.«

Ehe er recht begriff, fand Bole sich im Getümmel wieder. Um ihn lärmten in rotes Licht getauchte Zecher, schlürften und schmatzten, dünsteten Körpersäfte aus und stanken ungeniert vor sich hin. Die höchsten Wellen schlug der Trubel um die Stufen des Rathauses, wo eine Schaustellertruppe Narreteien darbot. Bole verbarg sich hinter einem Stand mit Früchten. Keine Seele achtete auf ihn. Alle waren samt und sonders mit sich selbst beschäftigt, schwatzten mit gestopften Backen, ließen krugweise Wein in ihre Kehlen strömen und drehten sich im Kreis, um mit herausgeputztem Fleisch zu protzen. Ein Stück weiter entdeckte er Warti, der auflachte und Zemu Reric zutrank. Der Bruder bemerkte ihn nicht.

Und dann sah er Jula. Ihre schmale Gestalt stach aus der Menge wie die Sichel des Mondes aus dem Himmelsschwarz. Boles Herz begann zu hämmern. Oheim Niedamirs Tochter schien sich so fehl am Platz zu fühlen wie er selbst. Mit ihren Eltern stand sie bei den Fässern, aus denen Schankburschen Bier und Met ausschenkten. Er hörte den feisten Niedamir lachen, sah ihn rückwärtsstolpern und in die Arme zweier Saufkumpane plumpsen. Jula stand unbewegt dabei, als habe sie mit der lärmenden Rotte nichts zu schaffen. Bole gefiel ihr Kleid, das schlicht gebleichte Leinen. Ihr sandhelles Haar trug sie im Schläfenband, ohne schmückenden Ring. Bunt gewandete Leiber wirbelten vorbei wie im Wind zerfetzte Bilder. Nur das Bild Julas blieb still. Bole spürte, wie ihm die Zunge trocken wurde.

»He, Bole, du Langweiler, tust du nicht mal heute mit?« Irgendein Kerl, dessen Namen er hätte kennen müssen, riss ihn am Ärmel. Bole sprang zur Seite und prallte mit der Hüfte in den Früchtestand. Körbe kippten. Mit dem Lärm von Hagelsteinen prasselten Äpfel, Pflaumen und Birnen auf den Boden. Sogleich machte eine Horde Kinder sich johlend darüber her. Bole fiel auf die Knie und begann, angeschlagene Äpfel in seinen Schoß zu klauben.

Hatte Jula gesehen, was für ein Tölpel er war? Es war längst Nacht, doch das Opferfeuer tauchte den Platz in ein verstörendes Gewirr von Lichtern. Zudem blies nicht weit von ihm ein Feuerschlucker seine Lohe ins Dunkel. »Lass doch, Bole.« Er spürte eine Hand auf der Schulter, hob den Kopf und sah moosgrünen Samt, der den Brustkorb seines Bruders umspannte. »Mach dir nichts draus. Ich bezahle der Bäuerin die Ware.«

Warti war vor ihm in die Hocke gegangen. Seine Wangen waren rosig überhaucht, sein Haar zerwühlt wie von liebestollen Händen.

»Behalt dein Geld«, versetzte Bole hastig. »Ich habe den Schaden verschuldet, ich bezahle ihn selbst.«

Jemand über ihren Köpfen lachte. »Wovon willst du ihn denn bezahlen?«, fragte sein Bruder vorsichtig.

»Das lass meine Sorge sein.«

»Braucht Euch nicht zu bekümmern, junger Herr«, vernahm er die raue Stimme der Bäuerin. »Euer trefflich gewachsener Herr begleicht's mir schon. Geht und habt euren Spaß. In der Nacht des Erntedank hat's einen Zauber, der lässt Söhne wie Bullen zeugen.«

»Kommst du?« Warti nahm ihm einen angeschlagenen Apfel aus der Hand und warf ihn fort. »Wir haben auf dich gewartet. Du gehst doch mit zur Eiche wie ausgemacht?«

Bole blickte auf und sah eine Handvoll Männer im Halbring um den hockenden Warti stehen. Gebleckte Zähne, zum Grinsen verzogene Fratzen. »Wird's heut noch was, Kumpan Bole?«

Hinter dem Sprecher, dem beleibten Ladislaw Lubin, stand Jula. Sie reckte sich auf Zehenspitzen, sodass ihr kleines Gesicht über die Schulter des Dicken lugte. Bole hatte eben den Kopf schütteln wollen, aber hielt in der Bewegung inne. »Na komm schon.« Warti erhob sich und streckte ihm die Hand hin. Schlaff legte Bole die seine hinein und ließ sich in die Höhe ziehen.

Nach dem grellen Fackelschein ließ ihn die Finsternis der Gasse erschaudern. Jäh herrschte Stille. Sie waren zu acht, gingen hintereinander. Wartis breiter Rücken nahm Bole die Sicht. Der Bruder pfiff vor sich hin. Bole erkannte das Lied, Warti hatte es in Nowgorod zur Gusli gesungen. Ein Liebeslied für ein Mädchen, das er noch nicht kannte. Ein Körper huschte an Bole vorbei. »Mir ist bange, Warti.«

Vor seinen Augen schob Jula ihre Hand in die des Bruders. Ihre Stimme ließ ihn an das Gezwitscher kaum geschlüpfter Waldvögel denken.

»Dann geh heim. Ladi kann dich begleiten. Für ein sittsames Mädchen ist dies hier ohnehin kein Ort.«

»Ich möcht aber bleiben. Ich möcht dir was sagen, Warti.«

Warti zischte, wie man einem Kind gebietet, still zu sein. Jula ließ sich nicht beeindrucken: »Es ist was Wichtiges, Vetter Warti.«

»Beim Perun, dann sag's schon, vorher gibst du ja doch keine Ruhe.«

Ladi Lubin, der vor den beiden ging, blieb stehen und drehte sich um. »Was gibt es denn, darf man mithören?«

»Hör lieber auf deinen Wanst«, versetzte Warti. »Darin grunzt das halbe Schwein, das du in einem Rutsch verschlungen hast.«

Verhaltenes Gelächter stob durchs Dunkel. Die kleine Schar setzte sich wieder in Trott. »Dank dir, Warti.« Auf der steinernen Brücke drängte Jula sich noch enger an den Bruder. Bole schlug den Blick zu Boden. Unter ihm schillerte das Wasser des Kanals.

»Das Wichtige sag ich dir später. Am Anger, wenn wir allein sind, obwohl von mir aus die ganze Welt es wissen darf.«

Musik durchbrach die Nacht. Schrille Flötentöne, kreischende Saiten. »Da vorn, da ist es«, rief einer. Die Reihe der Häuser tat sich auf und gab den Blick auf den Anger frei. Der sich streckende Platz war das Herz der Oberstadt. Früher am Tag hatte hier das Hahnenschlagen stattgefunden, der Wettstreit verwegener Jünglinge, in dem sich messen durfte, wer immer ein Pferd und eine Lanze auftrieb. Von einem hölzernen Gerüst musste der Bewerber im vollen Galopp mit der Lanze einen lebenden Hahn abschlagen. Niedergetrampeltes Gras kündete von prasselnden Hufschlägen, verspritzte Federn und Blut vom Tod des Tieres. Wer den Hahn erlegt hatte, brachte ihn dem Svantovit zum Opfer. Zum Lohn waren ihm ein segensreiches Jahr und die bewundernden Blicke schöner Mädchen gewiss.

Obgleich er ein geschickter Reiter war, hatte Bole nie gewagt, an den Wettkämpfen teilzunehmen. Hätte Jula ihm zugejubelt, wenn er den Hahn, den Boten der Fruchtbarkeit für sie erlegt hätte? Vermutlich hätte er aber eher die Lanze fallen lassen und sich gehörig blamiert. Ohnehin waren die Kämpfe, die nur zu den Festen von Saat und Ernte stattfanden, für dieses Mal vorüber. Aller Aufmerksamkeit, vornehmlich die seiner liebsten Jula, war der anderen Hälfte des Platzes zugewandt.

Verlangte Svantovit zu seinen Ehren Wettstreit, Tierblut und Kampfgeklirr, so wünschte sein Vater, der gute Gott Svarog, Liebeleien, schwirrende Saiten und Tanz. Über das mit Pfählen abgesteckte Rund wirbelten Kaufmannssöhne wie Gerber und Spengler, Soldaten im schwarz-grünen Waffenrock neben Fischern und Bauern. Hier wiegten sich die Mädchen, die für Geld zu haben waren, in bunt gefärbten Röcken. Rund um den Platz loderten Kienfackeln, die den Tanzenden flirrende Schatten verliehen, wie Gespenster, die ihnen an den Sohlen klebten. In der Mitte erhob sich die mächtige Eiche, Svarogs heiliger Baum. Solange Vineta stand, solange streckte auch die Eiche des freundlichen Göttervaters ihre schützenden Zweige über jedes Paar, das sich fand. Bei ihrem Stamm entdeckte Bole drei Spielleute, die sich mit Hingabe ihren Instrumenten widmeten.

Ein Bursche mit einem Krug trat zu ihnen an den Rand des Platzes. »Seid willkommen, edle Gäste. Ein Becher Wein gefällig?«

Bole sah Warti nach dem dargebotenen Getränk greifen. In einem Zug stürzte er den halben Becher hinunter und drehte sich dann, als besinne er sich plötzlich auf den Bruder, nach ihm um. »Wein, Bole? Zu Erntedank kannst nicht mal du dich an dein Wasser halten.«

Halbherzig streckte Bole die Hand nach dem Becher, da sprang Jula dazwischen und schnappte ihn Warti aus der Hand. »Auf dein Wohl, Warti Sliwosz! Mögen die Götter dich als ihren Liebling hätscheln und deinen Samen mehren.«

Warti wollte ihr den Becher entreißen, aber Jula war schneller, trank ihn leer und schüttete die letzten Tropfen auf den Boden. Warti verzog den Mund. »Wer spricht dir solchen Unsinn vor, Base? Deine reizende Frau Mutter? Marsch, jetzt troll dich. Du gehörst nach Hause, tüchtig versohlt und dann ins Bett gesteckt.«

»Das geht ja nicht, Vetter Warti«, trumpfte Jula auf. »Hast du's etwa vergessen? Das Wichtige, das ich dir sagen wollte?«

Mit einem tosenden Wirbel verstummte die Musik. Im Augenwinkel sah Bole eine der Hübschlerinnen, ein gelbblondes Weib im roten Kleid, das herausfordernd bis auf zwei Schritte herantänzelte. »Pass auf, jetzt sag ich's dir, und jeder darf's hören«, vernahm er wieder Julas Stimme. »Warti Sliwosz, du bist der hübscheste Bursche in der Stadt. Deine Haare sind goldener als Weizen, in deiner Bruech sitzt's stramm wie bei Gott Svantovits Schimmel, und bei meinem Herzblut schwör ich, ich nehm auf der Welt keinen andern als dich.«

Der Augenblick des Entsetzens ging vorüber, jedem alltäglichen Augenblick gleich. Gelächter brandete auf und verebbte. Bole glaubte zu schwanken, aber stand in Wahrheit wie gelähmt auf einem Fleck. Dann löste sich die

Starre. Von neuem begann die Musik. »Holla, Base Jula«, rief Ladi Lubin. »Bei dem Mundwerk wird ja die dollste Hure blass.« Anerkennend tippte er sich an die Kappe, ehe er in einem Schwarm von Kumpanen untertauchte. Warti blieb unschlüssig stehen. Der Blick, den er Bole zuwarf, schien um etwas zu bitten. Dann wandte er sich ab, ergriff die Hand der blonden Hübschlerin und folgte ihr in den Tanz.

Bole blickte auf. Jula stand keinen Schritt weit vor ihm, wandte ihm den Rücken zu. Mondlicht tauchte ihre Gestalt in ein silbriges Gewand. Er hätte sie an sich ziehen und an seinem Körper wiegen wollen, bis ihr Kummer verstummte. »Dein Vetter Ladi hat sich schändlich benommen«, begann er vorsichtig.

»So, hat er?« Sie schoss herum, dass ihr die Flechten in den Nacken flogen. »Und was ist mit meinem Vetter Warti? Gilt's im Hause Sliwosz vielleicht als Großtat, sich mit Huren rumzutreiben?«

Wider Willen sah Bole nach der Tanzfläche. Sein Bruder schien nicht nur ihn, sondern den ganzen Rest der Welt vergessen zu haben. Er tanzte den Hoppelrei. In zwei Reihen bewegten sich Männer und Weiber, umrundeten sich in Sprüngen, juchzten und klatschten in die Hände. Wartis Füße flogen, stampften auf, schleuderten sein Gewicht in die Luft. Sein Blick war mit dem der Rotberockten zusammengeschmiedet, selbst durch die hitzigste Drehung nicht zu trennen. Er war ein Meister, sein Bruder Warti, die sich wiegenden Glieder in Einklang mit der Musik. Bei einem hohen Tremolo der Flöte packte er seine Partnerin um die Taille, schwang sie in die Höhe und wirbelte sie um seine Achse. Ehe die Dirne sich versah, hatte er sie wieder auf die Füße gestellt und war zur nächsten Tänzerin, einer fülligen Brünetten, weitergesprungen.

Erst jetzt bemerkte Bole, dass er den Atem angehalten hatte. Scheu sah er wieder auf Jula. »Er ist ein Mann«, murmelte er, die Schultern zuckend.

»Und was bist du?«

Ehe dem überrumpelten Bole eine Antwort einfiel, hatte sie einen der Schankburschen gepackt und ihm ein Geldstück in den Schurz gesteckt. »Na los, gib uns den ganzen Krug.« Sie goss den Becher, den sie Warti fortgerissen hatte, voll und trank. Purpurdunkel rann die Flüssigkeit ihr übers Kinn. »Aah, das tut gut.« Dann hielt sie Bole den Becher hin. »Nun trink schon, Vetter.«

Ätzend schoss ihm die Säure des Weines in den Mund. Als er den Becher sinken ließ, zuckte Julas Mundwinkel, also setzte er ihn wieder an und leerte ihn in einem Zug. Sogleich verspürte er Übelkeit. In seinem Kopf verzerrte sich der Ton der Rebec.

»Na bitte. Für den erhabenen Svantovit hast du keinen Tropfen gelassen.« Sie nahm ihm den Becher weg und schleuderte ihn auf den Boden, dass der Ton zerschellte. Dann packte sie Bole beim Arm. »Ich sag dir was, Bole Sliwosz. Wenn du ein Mann bist wie dein Bruder, dann führ mich zum Tanz.«

Vielleicht war er kein Mann und würde nie einer sein. Von dem einen Becher Schlehenwein war ihm zum Speien elend. Er strauchelte, stieß gegen den neben ihm tanzenden Körper und fing sich im letzten Augenblick. Durch die Masse der um ihn hüpfenden Gesichter blitzten Julas Augen. Immer schneller jagten sich die Takte. Schemenhaft flog der grüne Rock seines Bruders vorbei, verschmolz mit dem gelben Kleid seiner Tänzerin.

Der Wechsel vollzog sich. Jula klatschte in die Hände, und als Bole nicht begriff, was von ihm erwartet wurde, versetzte sie ihm einen Puff mit dem Ellbogen, sodass er nach rechts, in die Arme eines dunkelhaarigen Mädchens stolperte. Das Mädchen lachte und half ihm mit einem sanften Stoß in den Takt. Von neuem begann das höllische Gehüpfe. Von der Ausdünstung des Frauenzimmers fühlte Bole sich benebelt wie vom Wein. Jäh wünschte er sich, in gnädige Schwärze zu stürzen und auf seiner Lichtung beim Weiher zu erwachen. »Heda, mein edles Herrchen, nicht so verzagt!« Das dunkle Weibsbild bleckte die Zähne.

Seine Füße bewegten sich wie über glühende Eisen. Als er glaubte, keinen Atemzug länger durchhalten zu können, kam die Musik und mit ihr das ganze fiebrige Gewirr zum Halt. Bole senkte den Kopf und rang nach Luft. Eine Fingerspitze tippte ihm auf den Arm. »Gefalle ich Euch nicht? Ich heiße Lenka.«

Das Mädchen trug keine Schuhe, und der Saum ihres grob gewebten Kleides hing in Fetzen. Sie war nicht hässlich, nicht feist oder aufgedonnert wie die Hübschlerinnen, sondern tannenschlank, das Gesicht umspielt von feinem Haar, das ihr schwarz wie Holunderbeeren auf die Schultern fiel. Sie konnte nicht älter sein als Jula. »Tanzt Ihr nicht gern, mein edler Herr?«

Plötzlich tat sie Bole leid. Sie musste frieren in dem dünnen Kleid, derweil er unter Stoffschichten schwitzte. Er hätte ihr eine Münze geben mögen, war aber wie üblich völlig blank. Warti wäre das nie geschehen. Kaum dachte er an den Bruder, da entdeckte er ihn. Zwischen turtelnden Paaren lehnte er am Stamm der Eiche, und in seine Arme schmiegte sich die Hübschlerin im gelben Kleid. Bole blieb dem Mädchen Lenka eine Antwort schuldig, denn in diesem Moment sah er Jula: Mit wehenden Flechten stürmte sie über den Platz, drängte Schwätzer und Trinker beiseite und stieß die Dirne von Warti fort.

Ohne zu zögern, eilte Bole hinterdrein und schob sich durch den Ring von Gaffern. »Jula!« Sie sah sich nicht um. Weltvergessen schmiegte sie sich Warti an die Brust, so wie zuvor die Hübschlerin. Boles Herz zuckte auf. Sie mochte nicht schön sein, blass und unscheinbar gegen all die herausstaffierten Metzen, aber er fand sie göttlich, für ihn war sie das schönste Geschöpf auf der Welt. Wie sein Lavendel war sie, erfüllt von stiller Kraft. Wie ein Ritt in früher Morgenstunde.

Warti, den der Baumstamm am Zurückweichen hinderte, sah aus wie an den Pranger gestellt. »Du musst doch auf mich achten, Vetter Warti.« Julas Hand liebkoste seinen Hals. »Unter dem Gesindel hier kann einem Mädchen angst und bange werden.«

Ehe Warti etwas erwidern konnte, hatte die Dirne Jula am Mieder gepackt und von ihm weggezogen. »Bedaure, Schwester. Der schmucke Herr ist heute Nacht schon vergeben.«

Sie wollte ihre Arme wieder um Wartis Schultern schließen, da zerrte Jula sie zurück. Mit einem ratschenden Laut zerriss das gelbe Kleid. Heraus schälten sich zwei bloße Brüste, leuchtend weiß und prall wie Weinschläuche. Katzenhaft kreischend stürzte die Dirne sich auf Jula und im nächsten Moment wälzten sie sich ineinander verkeilt am Boden. Rufe und Pfiffe gellten, ein paar der Umstehenden begannen anfeuernd zu klatschen. »Warti, so tu doch was!« Boles Stimme klang unnatürlich hoch, wie ins Knabenalter zurückgefallen.

Warti warf sich auf die Knie, packte Jula bei den Schultern und riss sie von der Gegnerin los. Flugs half er erst ihr, dann der Dirne auf die Füße. Schwer atmend, mit zerrauftem Haar und staubbedeckten Kleidern standen sich die Frauen gegenüber. In aller Seelenruhe löste Warti seinen Gurt, zog den grünen Rock aus und legte ihn der Dirne um die Schultern. »Hier, bedeck dich.«

»Geh nicht!« Jula krallte die Hände in Wartis Arm. »Was du von der da willst, Warti Sliwosz, kannst du von mir genauso haben.«

»Schwatz dich nicht um Kopf und Kragen, Base. Geh heim.«

»Wie soll ich denn?«, rief Jula triumphierend. »Darf ein Mädchen wie ich vielleicht allein des Nachts durch die Oberstadt irren?«

Entschlossen trat Bole vor. »Ich begleite dich, Jula. Mit mir wird dir kein Leid geschehen.«

Warti hob den Kopf und sandte ihm einen dankbaren Blick. Schon griff die Hübschlerin nach seiner Hand.

»Mit dem da soll ich gehen?« Julas Stimme zitterte vor Hohn. »Der ist doch eine Memme, kein Mann. Er tanzt wie ein krüppelfüßiger Greis, trinkt Wein wie ein Wickelkind, und vor dem ersten Lumpen, der mich anfällt, prescht er wie ein Hase davon.«

Die jähe Stille schien gellender als zuvor der Festlärm. Wie durch Nebel sah Bole seinen Bruder, der Julas Hände von seinem Arm löste. »Du sei froh, dass du kein Kerl bist und dass mich ein feiner Mann erzogen hat.« Damit ließ er sie stehen und wandte sich an Bole: »Gehen wir heim, mein Lieber. Das unmanierliche Balg liefern wir unterwegs bei Oheim Niedamir ab.«

»Und was ist mit mir?«, schnappte die Hübschlerin. »Soll ich denken, du bist einer mit Grütze in der Bruech?«

»Du vermagst dir nicht vorzustellen, wie wenig mich das schert«, versetzte Warti freundlich, schüttelte sie ab und deutete eine Verbeugung an. Dann legte er Bole einen Arm um die Schultern und geleitete ihn durch den Pulk der Gaffer.

3. Kapitel

In diesem Winter ging es der alten Wanda von Tag zu Tag schlechter. Sie spuckte Blut in der Nacht. Von den schmalen Essensportionen, die die Bediensteten während der dunklen Mondkreise bekamen, brachte sie kaum noch einen Bissen hinunter. Natalia schien es, als quelle ihr eigener Körper auf wie Teig, wachse und dehne sich, während die Alte neben ihr verschrumpelte. Sie musste die Nähte ihres Kittels auftrennen und an beiden Seiten Stoff einsetzen, Wanda hingegen schlotterten die Lumpen um den krummen Rest von einem Leib. Sie konnte den Kessel nicht länger vom Feuer heben und ließ ständig etwas fallen. Wenn Igor sie dabei erwischte, schlug er sie mit seinem Stecken, bis sie stürzte. Natalia gewöhnte sich an, sie im Auge zu behalten und hinzuzuspringen, wenn es nötig war.

Sie fragte sich nie, was sie eigentlich für Wanda empfand. Die Alte war mürrisch, schimpfte tagein, tagaus auf das Heidenpack und stank. Dennoch stahl Natalia Milch, die sie ihr in den schlimmen Nächten einflößte. Sie reinigte, so gut es ging, ihr Stroh und hielt ihr Igor vom Leib. Der ständig besoffene Wadim, der ihr manchmal ein Stück Schinken zusteckte, und Wanda, die ihr Haar geschnitten hatte, waren die einzigen Gefährten, die sie kannte. Menschengeräusche bei Nacht und ab und an ein Wort bei Tag. In diesem Winter schnitt Wanda ihr das Haar nicht ein Mal. Ihre Hände zitterten unentwegt und hätten das Messer nicht ruhig führen können.

An diesem Vormittag schälte Natalia Rüben. Neben ihr stand Wanda und füllte stochernd das Geflügel, das mit besonderer Sorgfalt gebraten werden sollte. Der Bojar erwartete den Posadnik, den Bürgermeister der Stadt, zum Abendessen. Wadim schürte gerade das Feuer, als Igor in der Tür erschien und ein Menschenwesen in die Küche stieß. Ein Mädchen. Mit einem Blick erfasste Natalia, dass das verängstigte Geschöpf nicht viel älter als sie selbst sein, sondern höchstens dreizehn oder vierzehn Sommer zählen konnte. Ihr Gesicht war bleich und verschwollen vom Weinen. An den Füßen trug sie ordentliche Schuhe und über dem Kleid einen Mantel, der zwar abgetragen, aber warm aussah. Ihren Kopf bedeckte weder Tuch noch Haube, Schneeflocken schmolzen ihr im rehbraunen Haar, das sie zu einem dünnen Zopf geflochten trug.

»Noch so ein Balg von einem Taugenichts mit Schulden, als gäb's kein Morgen«, ließ sich der missgelaunte Igor vernehmen. »In der Erzgrube kann die verhungerte Krähe keiner brauchen, also kriege ich sie an den Hals. Du da«, mit dem Stecken wies er auf Natalia. »Zeig ihr, was hier zu tun ist. Ich hoffe nur, sie stellt sich nicht allzu dumm an, damit in diesem Haus noch einmal eine Mahlzeit auf den Tisch kommt.«

Natalia wischte sich die Hände am Kittel ab und trat zwei Schritte auf das Mädchen zu. Die Augen der Fremden waren starr und dunkel wie die des Welpen, den Igor in der Speisekammer erwischt und in einem Waschzuber ersäuft hatte. Wanda und Wadim hatten ebenfalls ihre Arbeit niedergelegt und glotzten sie an, bis sie auf einmal die Hände vors Gesicht schlug und in bitterliches Schluchzen ausbrach. Natalia sah, wie Igor den Stecken hob. Ohne zu zögern packte sie die Weinende beim Arm und zog sie unter seinem Schlag weg. Das Geschöpf war zu verwirrt, um sich zu sträuben, und ließ sich von Natalia ans Hackbrett führen. Die löste ihr die Hand von der Wange und legte eine Rübe hinein. Löste die zweite und gab ihr das Messer. Ihre Blicke berührten sich.

Rasch griff Natalia selbst nach einem Messer und zeigte der anderen den glatten, scharfen Schnitt, mit dem sich die Schale von der Wurzel herunterstreifen ließ. Sie arbeitete sich in Fahrt, schälte die Rübe fertig und gleich darauf eine zweite. Die Fremde tat nichts, sah nur ihren Händen zu. Plötzlich sprach sie: »Gott mit Euch. Ich bin Anya.« Ihre Stimme war vom Weinen dürr. Natalia ließ das Messer sinken.

»Gib dir keine Mühe, unser Füchslein ist stumm wie ein Fisch«, brummte Wadim von der Feuerstelle her.

Das fremde Mädchen legte die Rübe nieder und berührte Natalia am Arm. »Haben sie dir die Zunge aus dem Mund geschnitten?«

Natalia sah hinunter auf ihren Arm. Der rötliche Flaum stand aufgerichtet. Auf dem Stück Haut, das der Ärmel freiließ, lagen federweich die Finger der andern.

»Dummes Zeug«, knurrte Wadim. »Die ist bloß zu verstockt, um das Maul aufzusperren. Das verstockteste Heidenbalg von Nowgorod ist die.«

Das Mädchen Anya drehte sich nach ihm um. Keiner von ihnen schien mehr an Igor zu denken, der sich mit verstimmtem Gemurmel verzog. »Wie heißt sie?«, fragte Anya.

»Natalia«, sagte Wanda.

Ihr Name klang vertraut und neu zugleich, ein schönes Wort, das nur selten jemand benutzte. Wie *Vineta* oder *Pommern.* »Natalia«, wiederholte Anya. »So hübsch bist du.« Mit einem Finger strich sie über ihre Haut. Natalia spürte es wie eine Reihe feiner Nadelstiche. Sacht schüttelte sie die andere ab und presste ihr die Rübe wieder in die Hand.

Am Abend half Natalia wie üblich Wanda auf ihr Lager. »Kannst von Glück sagen, die nimmt dir die Kerle ab«, tuschelte ihr die Alte zu und blies ihr ihren fauligen Atem ins Gesicht. »Ist zwar kaum was dran an dem armen Ding, aber zumindest ist sie Christin und dazu älter als du. Wirst sehen, in ein paar Tagen bestellt der Bojar sie sich an die Tafel, und du hast deinen Frieden.«

Der Vorraum, in dem sie schliefen, war nicht groß genug, um Wandas krächzendes Gewisper zu verschlucken. Anya musste es gehört haben. Als die Worte der Alten schließlich in ein röchelndes Schnarchen übergingen und Natalia sich an dem ebenfalls schnarchenden Wadim vorbei zu ihrem Schlafplatz tastete, hatte die Fremde sich schon daneben niedergelegt. Natalia nahm den sauberen Geruch ihrer Kleider wahr und hörte ihr ersticktes Weinen. Ratlos blieb sie hocken und schlang sich die Arme um den Leib. Das Weinen ebbte nicht ab. Natalia fror und in der unbequemen Stellung wurden ihr die Glieder steif. Ohne nachzudenken begann sie zu summen. Irgendein Lied, das sie von irgendwoher kannte. *Bronis Lied.* Das Gewebe menschlicher Laute erfüllte die Nacht: Wandas Röcheln um Atem, Wadims schweres Schnarchen, Anyas Weinen und Natalias gesummte Melodie.

Ehe sie vor Müdigkeit umsank, fiel ihr etwas ein. Mit einer Hand tastete sie unter dem plattgelegenen Stroh entlang, bis sie auf den Beutel mit dem Geschenk ihrer Mutter stieß. Ihre Finger schlüpften hinein und schlangen sich um die Figur. Glatt und kühl. Sie zog sie heraus, drückte sie, bis es schmerzte, und schob sie dann Anya in die Hand. Verblüfft hörte Anya auf zu weinen. Natalia hielt ihre Hand um die Figur fest, bis sie sicher sein konnte, dass sie eingeschlafen war. Erst dann legte sie sich selber nieder, aber blieb mit wirren Gedanken lange wach.

Anya entstammte keiner Bauernfamilie, sondern war die Tochter eines Kaufmanns, der durch eine Kette von Missgeschicken sein Vermögen verloren hatte. In den Tagen und Nächten des Winters erzählte sie Natalia ihr Leben. »Es macht nichts, dass du nicht sprechen kannst«, sagte sie und hakte sich bei der Jüngeren ein, während sie miteinander über die eisglatten Bohlen zum Markt liefen. »Ich kann für uns beide sprechen, hörst du, Nat? Du bist eine Schwester für mich. Wie meine Schwester Svetla bist du. Die war auch hübsch und stark, aber krank geworden ist sie trotzdem. Eines Mittags hat sie sich hinlegen müssen, und nach drei Tagen war sie tot. Mein Vater hätte Medizin kaufen sollen, aber er hatte ja kein Geld, und in der Stadt gab uns keiner mehr Kredit.« Schwach blitzte in Natalias Kopf der Gedanke an ihre Schwester Nona auf, verschwand aber wieder, weil Anya ihren Korb fallen ließ und mitten auf der Straße in Schluchzen ausbrach.

Natalia erinnerte sich nicht, je zuvor einen Menschen umarmt zu haben. Das Gefühl war ihr fremd und nicht recht angenehm. Sie hielt Anya mit gespannten Schultern umfangen und wandte sich, so weit sie konnte, seitwärts. Anya barg ihren Kopf an ihrer Schulter und beruhigte sich. Als sie ihr verweintes Gesicht wieder hob, zog sie den Mund zu einem kleinen Lächeln. »Ich weiß nicht, wie ich es ohne dich aushalten würde«, sagte sie. »Ich glaube, ich verlöre den Verstand.«

Sie kamen zu spät zurück, und Igor verprügelte sie beide. Während sie zusah, wie er Anya schlug, verspürte Natalia den Drang, ihn anzuspringen und ihm die Hände um die Gurgel zu schließen. Wadim musste sie festhalten. »Sei vernünftig, Füchslein, mach es nicht noch schlimmer. Glaub mir, ich hab nur dein Bestes im Sinn.« Seine Hände, die ihre Schultern umklammert hatten, glitten ihr die Rippen entlang, die Taille hinunter und schließlich auf die Hüften. Ohne zu überlegen, schoss Natalia herum und stieß ihn von sich, dass er gegen den Ofen taumelte. In ihren Ohren rauschte es. Blind vor Zorn hieb sie mit beiden Fäusten auf ihn ein. Irgendwann verließ sie die Kraft. Als sie zur Besinnung kam, waren Igor und Wadim fort. Sie lag auf dem Küchenboden, ihr Kopf in Anyas Schoß gebettet. Mit sanften Händen löste die Gefährtin ihr das Tuch vom Kopf und streichelte ihr Haar.

Ein andermal erzählte ihr Anya von dem Haus beim Jaroslaw-Hof, in dem sie mit ihrer Familie gewohnt und in dem ihr Vater sein Geschäft betrieben hatte. Mit Erzen hatte er gehandelt und war zur See gefahren. »Aber dann hat sein Partner ihn betrogen, er konnte dem Bojaren die Raten für das Schiff nicht bezahlen, also haben sie es ihm weggeholt, und ein Händler ohne Schiff, der kann in diesen Zeiten nicht bestehen.«

Natalia lauschte den Geschichten von den Seefahrten des Vaters und vernahm tief im Innern den Wunsch, eine Frage zu stellen. Jedes Mal, wenn Anya erzählte, wurde der Wunsch stärker. An manchen Tagen hörte sie förmlich, wie ihr die Frage aus dem Mund platzte und wie Anya zur Antwort das magische Wort aussprach. *Den Namen der Stadt.* Sie fragte nie. Aber das Wort sagte Anya trotzdem.

Von den Schätzen, die ihr Vater auf seinen Fahrten gesammelt hatte, den Schmuckstücken, den Kleidern und dem Hausrat, besaß sie nichts mehr. Alles hatten die Leute des Bojaren sich geholt. Nur ein bronzerotes Schläfenband war Anya geblieben, das zeigte sie Natalia eines Nachts, als Wanda sich in den Schlaf gehustet hatte und Wadim sich in einer der Schänken am Fluss betrank. »Für dich«, flüsterte Anya und hielt ihr die Kostbarkeit hin. Im Dunkeln leuchtete das rote Metall, klirrten die hauchfeinen Ringe. »Um mein dünnes Haar wirkt es nicht, aber zu deinem, wenn es erst nachgewachsen ist, wird es prachtvoll aussehen. Mein Vater hat es mitgebracht, weißt du, woher? Aus der Stadt am Skythenmeer, die zwölf Tore hat wie das Heilige Jerusalem. Aus Vineta.«

Es war Jahre her, dass Natalia das Wort zum letzten Mal gehört hatte. Geflüstert klang es noch geheimnisvoller. »Sie haben's mir gelassen, weil sie wohl glaubten, es sei ohne Wert.« Anya streichelte das Schläfenband. »Aber das ist kein Kupfer. Noch nicht mal Bronze. Es ist rotes Gold.«

Sie nahm Natalias Hand und legte sie auf das schimmernde Metall. »In Vineta tragen alle Leute Gold, hat mein Vater gesagt, denn sie sind alle reich. Wenn einer nicht reich ist, dann geben ihm die anderen zu essen, denn sie haben's ja im Überfluss und streichen Honig auf Weißbrot, um es an die Schweine zu verfüttern. Keiner sorgt sich, und keiner bereut seine Sünden. Sie haben einen Turm mit Glocken, die sind größer als ein Haus, aber sie läuten nicht, um die Bürger zur Messe zu rufen, sondern um sie vor Stürmen zu warnen. Sie sind nämlich Heiden dort drüben in Vineta, und eines Tages kommt das Meer und schlingt die ganze Stadt mit ihrem Prunk und Frevel und den Damen in schamlosen Kleidern auf.« Sie unterbrach sich, schlug sich auf die Lippen. »Oh Natalia, verzeih! Du bist selbst eine Heidin, nicht wahr? Wadim hat es gesagt, und dann hast du mir doch deine Figur gegeben.«

Ihre Hand fuhr in die Falten ihres Kittels und fischte den Gegenstand heraus, dessen goldbraune Oberfläche in der Nacht matt schimmerte. »Das ist ein heidnisches Götzenbild, nicht wahr? Eigentlich dürfte ich so etwas nicht bei mir tragen, aber ich habe es dennoch behalten, weil es von dir ist, und dich hab ich lieb. Wenn ich zu meinem Herrgott bete, dann bete ich auch für dich.«

Sie ließ Band und Figur fallen und schloss die Arme um Natalia. *Bete meinetwegen zu Herrn Boris Schweinekoben,* dachte diese. *Hat ein Gott deinem Vater Geld gegeben oder meinem? War ein Gott zur Stelle und schlug den Männern in den dunklen Röcken unsere Hüttentür vor den Nasen zu?* Entschlossen löste sie sich aus Anyas Umarmung. Sie hatte die andere so lieb wie keinen Menschen, an den sie sich erinnerte, doch die Berührung der Gefährtin blieb ihr eine Qual. *Ich bin wohl aus der Art geschlagen, nicht recht menschlich,* dachte Natalia. Alle Geschöpfe liebten die Gerüche ihrer Artgenossen, die Schweine im Hof scheuerten sich die borstigen Leiber aneinander, die Hunde steckten die Nasen in den Schiss ihrer Brüder, und die Menschen umschlangen sich, dass ihnen der Schweiß ausbrach. Natalia aber wurde von dem Duft, den Menschenhaut ausströmte, übel. Sie klaubte das Schläfenband und die Figur aus dem Stroh und hielt Anya beides hin.

Die nahm nur die Figur. »Bernstein«, murmelte sie. »Der kommt auch aus Vineta. Pommerns Gold nennen ihn die Leute, und Pommern, das hat mein Vater mir erzählt, bedeutet *Land am Meer.* Möchtest du nicht gern einmal das Meer sehen, Natalia? Wäre all das Schreckliche nicht geschehen, so hätte mein Vater mich eines Tages mitgenommen, oder ich hätte einen der seefahrenden Händler geheiratet und wäre mit ihm gefahren.«

Wie nicht anders erwartet, brach sie in Schluchzen aus, und Natalia musste ihr die Hand auf den Mund pressen, damit sie Wanda nicht weckte. Es dauerte seine Zeit, bis sie sich beruhigt hatte. Dann nahm sie Natalia das Schläfenband aus den Fingern und legte es ihr um die Stirn. »Schneid dein Haar nicht mehr ab«, sagte sie mit verweinter Stimme. »Dein Haar ist so wundervoll. Ach Natalia, nun werden wir wohl beide niemals heiraten.«

Und das ist gut so, dachte Natalia und war froh, dass von ihr keine Antwort erwartet wurde. Sie würden nie nach Vineta kommen, und das war auch gut, weil es wahrscheinlich gar kein Vineta gab, nur den Traum davon, der auf seltsame Weise tröstete. Natalia zog sich das Band vom Kopf, legte sich ins Stroh und wies auch Anya mit einer Handbewegung an, sich endlich niederzulegen. Die Nacht war kurz. Sie brauchten ihren Schlaf. Anya schob ihr die Hand hin, die die kleine Figur umklammerte. Natalia nahm sie und hielt sie fest. Kurz darauf hörte sie neben sich gleichmäßige Atemzüge.

Solange sie denken konnte, fühlte Natalia sich von den wächsernen Tafeln, die Igor in einem Kasten, in einem Winkel der Küche aufbewahrte, wie von Zauberhand angezogen. Mit einem angespitzten Holzspan ritzte der Küchenmeister an manchen Abenden Zeichen in die Wachsschicht, die er anderntags mit einem ebenfalls hölzernen Schaber wieder glättete, um das Geritzte auszulöschen. Die Zeichen standen für die Bestände der Speisekammer, hatte Broni ihr einmal erklärt, und für das, was fehlte und gekauft werden musste. »Tröste dich«, hatte die Magd gesagt, »ich kann es genauso wenig lesen wie du. Unsereins muss eben im Kopf behalten, was er beim Metzger zu bestellen hat, sonst setzt es was.«

Herr Boris, der Bojar, benutzte ähnliche Tafeln und verglich sie mit jenen, die seine Verwandten mitbrachten. Wenn die Tafeln um den Tisch wanderten, konnte Natalia ihre Augen nicht abwenden und fing sich manchen Rippenstoß ein, weil sie nicht schnell genug Platten und Becher auffüllte. Entgegen Wandas Voraussage ersparte Anyas Ankunft ihr den Dienst am Tisch des Bojaren nicht. Stattdessen hatte der alte Boris sich beide Mädchen zur Bedienung ausbedungen. »Die Zeiten müssen wahrlich übel sein, wenn einem Mann in seinem Haus von solcher Vogelscheuche aufgewartet wird. Mach schon, Igor, hol uns in Gottes Namen die Stumme dazu, da hat zumindest mein leidgeprüftes Auge was zum Schmausen.«

Natalia war froh darüber. Anya alleine hätte die Tortur des Tafeldienstes nicht lange durchgestanden. Nachdem sie das erste Mal ein Abendessen aufgetragen hatte, weinte sie die halbe Nacht lang mit dem Gesicht in Natalias Schoß. »Er hat mir nach der Brust gelangt, wie der verruchtesten Straßendirne.« Sie sprach von Herrn Boris' Bruder, denn der Bojar selbst hatte Anya nicht angefasst, sondern im Gegenteil die Magerkeit des Mädchens mit triefendem Hohn bedacht. »Um die Hüfte gepackt hat er mich mit seinen dreckigen Händen. Ich bin eine gottesfürchtige Jungfer, das bin ich immer gewesen. Mein Vater hätte mich totgeschlagen, hätte ich je einem Burschen solche Dreistigkeit erlaubt.«

Und hier schlagen sie dich tot, wenn du es nicht tust, dachte Natalia. *Vergiss deinen Vater und deinen Gott gleich dazu, denn die helfen dir hier nichts.* Wieder einmal war sie froh, dass ihre Worte niemand hörte. Todmüde strich sie Anya über ihr spärliches Haar. Auf einmal richtete diese sich auf. »Du tust so viel für mich«, sagte sie mit in der Finsternis blitzenden Augen. »Du hast dich dazwischengeschoben, zwischen mich und diesen Kerl, glaub nicht, ich hätte das nicht bemerkt. Ich möchte etwas für dich tun, Nat. Etwas, das du dir wünschst.«

Ich wünsche mir ja nichts. Nur jetzt zu schlafen und

morgen früh, wenn mich der Hahn aus dem Schlaf kräht, dich noch neben mir zu finden.

»Ich habe gesehen, wie du dir Igors Wachstafeln anschaust«, fuhr Anya fort. »Du kannst nicht lesen, nicht wahr?«

Kannst du es denn?

»Ich bin selbst nicht besonders gut«, gestand die andere, als hätte sie die stumme Frage verstanden. »Der Lehrer, den mein Vater für uns Kinder ins Haus bestellte, hatte seine liebe Not mit mir. Ich mochte lieber mit der Mutter am Spinnrad sitzen oder mir aus einem hübschen Stoff ein Kleid schneidern, aber das magst du überhaupt nicht, nicht wahr?«

Entsetzt schüttelte Natalia den Kopf.

»Oh Nat!« Anya, die sich gerade noch die Seele aus dem Leib geschluchzt hatte, lachte laut auf. »Du sprichst ja mit mir! Die anderen sollen ruhig glauben, du hättest nicht mehr Verstand als ein Tier, aber ich weiß, dass du jedes Wort, das ich sage, verstehst. Auf deine Art gibst du mir sogar Antwort. Ach, meine Nat, ich bin so froh, dass ich dich habe, und ich werde etwas für dich tun. Von morgen an werde ich dir das Lesen beibringen.«

Der Kasten mit den Wachstafeln wurde am Abend verschlossen, aber von irgendwoher trieb Anya ein paar Streifen Birkenrinde auf, in die sie mit einem eisernen Griffel Zeichen ritzte. Es war noch immer Winter, Natalias Füße waren übersät von Frostbeulen, und dennoch war ihr jetzt ständig zumute, als seien die trüben Tage erfüllt von Licht. In jedem unbeobachteten Augenblick schlich sie sich mit Anya in die Vorratskammer, wo sie über den Birkenstreifen übten. Es dauerte nicht lange, dann begann sie selbst Zeichen in die Rinde zu ritzen. »Bald weiß deine dumme Lehrerin dir nichts mehr beizubringen«, beteuerte Anya.

»Du bist so klug, wie du schön bist, Nat. Was für ein Jammer, dass kein begüterter Herr kommen und dich zur Frau nehmen kann.«

Natalia hielt in der Bewegung mit dem Griffel inne und dachte einen Moment lang nach. Dann schüttelte sie den Kopf. Sie konnte sich nichts Seligeres vorstellen, als ein Buch zu besitzen und Zeit, um ungestört darin zu lesen. Dafür jedoch einen Mann um sich zu dulden, mit ihm die Stube und sogar das Lager zu teilen, war ein zu hoher Preis. *Das ist dein Wunsch, nicht meiner,* dachte sie. *Für dich sollte ich hoffen, dass er in Erfüllung geht, aber dann wäre ich wieder allein.* Natalia kannte das Alleinsein seit einer quälenden Ewigkeit, doch jetzt, wo sie etwas anderes erlebt hatte, kam es ihr unerträglich vor.

Bole hatte seinen Bruder in die Werft begleiten und dafür noch während der Nachtstunden aufstehen wollen. Seine gesamte Zukunft schien daran zu hängen: Er musste um jeden Preis mit Warti reden. Als er jedoch kurz vor Tagesanbruch aus einem Albtraum schreckte, hatte der Ältere sich bereits auf den Weg gemacht. Hastig fuhr Bole in seine Kleider, knotete sich im Laufen den Mantel zu und stürmte aus dem Haus. Es war noch dunkel. Unwirklich weiß glitzerte der über Nacht gefallene Schnee.

An der breitesten Stelle des Flusses, dort, wo er sich mit dem Treiben der Ostsee vereinigte, lag die Werft. Nur ein Einheimischer hätte auf Anhieb den Weg durch die Pforten der Deiche und über die Schutzwälle in den Binnenhafen gefunden, und allein den Mitgliedern des Wiec war der geheime Plan des Deichsystems bekannt. So viel Vorsicht war durchaus angebracht: Zu den Kriegslisten der Nachbarvölker, allen voran der Dänen, gehörte es, die Deiche einer Stadt an verwundbarster Stelle zu durchstoßen und so das gesamte wimmelnde Leben dem Schlund des Meeres auszuliefern. Die Vorstellung, jemand könne Vineta Derartiges antun, ließ Bole in seinem Mantel schaudern. Wie gut, dass das Deichsystem in den Händen gewissenhafter Männer ruhte, die Vineta mit ihren eigenen Leibern verteidigt hätten. Seit neuestem gehörte, so ungeheuerlich es klang, sein eigener Bruder dem Kreis dieser Eingeweihten an.

Es hatte eben zu dämmern begonnen und über die eisglatte Fläche des Flusses wehte eine Ahnung vom Tag, als Bole zwischen den Geräteschuppen hindurch auf die Planken der Werft trat. Das Lärmen emsiger Arbeit drang ihm entgegen, die pfeifenden Hiebe von Äxten, das Pochen der Hämmer, das Zischen der Hobel, dazwischen gebellte Befehle und ab und an ein Fluch. Viele Kaufleute brachten ihre Schiffe während des Winters zur Ausbesserung, um sie, sobald der Frühling kam, erneut auf Fahrt zu schicken. Sein Bruder aber ließ sich ein brandneues Schiff bauen, als Ersatz für jenes, das Thietmar Starck kurz vor seinem Tod verloren hatte.

Die *Lenia,* der größte Frachter der Starck'schen Flotte, war im Holsteinischen, wo Vinetas Händler ihr Salz einkauften, von einem Geschwader dänischer Schniggen angegriffen und versenkt worden. Mit solchen Übergriffen war ständig zu rechnen. Holstein war Christenland, zu gleichen Teilen den Sachsen wie den Dänen untertan, und beide Völker bezeichneten das Gebiet Vinetas als ihr Eigentum, das sie sich eines nicht zu fernen Tages einverleiben würden. Trotzdem blieb nichts anderes übrig, als Salz aus Holstein zu kaufen. Vinetas eigene Sole gab nicht genug her, und Salz war unentbehrlich, denn ohne das kostbare Weiß ließen sich Fisch und Fleisch nicht haltbar machen. Ein Kaufmann musste das Risiko tragen, Verluste verschmerzen und den Blick in die Zukunft richten.

Beißende Dämpfe stiegen Bole in die Nase. In Kupferkesseln über schwelenden Feuern schmorte Pech zum Kalfatern der Schiffsplanken. Hinzu kam trotz Kälte der alles durchdringende Geruch nach Fisch. Bole würde nie begreifen, wie sein Bruder diesen Gestank ertragen konnte. Jeden freien Augenblick verbrachte Warti in den Hafenanlagen oder auf der Werft. Sein edles Pferd stand vergessen im Stall, seine Schiffe aber, allen voran das neue, dessen Gerüst wie ein ausgeweideter Riesenfisch auf dem Strand der Werft auf der Seite lag, wurden umhegt wie Wickelkinder. Bestimmt dreißig Mann machten sich an dem mächtigen Balkenwerk zu schaffen: Einige hackten mit Äxten Bretter zurecht, andere nässten sie mit Schwämmen und krümmten sie hernach überm Feuer, und wieder andere stiegen wie Ameisen am Schiffsgerippe hoch und nagelten die Planken daran fest.

Inmitten des geschäftigen Treibens tummelte sich Warti, ohne auf dem blank getretenen Schnee nur einmal auszugleiten. Eine Weile lang sah Bole ihm zu, wie er von Mann zu Mann eilte und Hand anlegte, wo immer es nötig war. Die Sonne ging auf und tauchte den Himmel in ein gefächertes Rot. Gerade als er nach seinem Bruder rufen wollte, drehte dieser sich um und entdeckte ihn. »Bole! Dich schickt der stürmische Perun persönlich.« Warti ließ das Holzmesser fallen, rannte dem Bruder entgegen und schloss die Arme um ihn. Seine Kleider, der prächtige Ratsherrenmantel, den er offen trug, und das Hemd darunter, dampften. »Schau dir das an, hast du je etwas so Herrliches gesehen?«

Das hatte Bole in der Tat. »Du weißt doch, ich verstehe von Schiffen so wenig wie von Frauen.«

Sein Bruder lachte, nahm ihn beim Arm und führte ihn näher an das Schiff heran. »Die Pläne für diese Prachtscharteke stammen noch von Thietmar«, erklärte er. »Mit ihm ist es bergab gegangen, seit die Dänen ihm seine *Lenia* geraubt haben. *Lenia* war der Name seiner Frau, hast du das gewusst? Sie ist im Kindbett gestorben, da war sie jünger als wir.«

Bole hatte davon nichts gewusst. Der berühmte Thietmar war ihm ein Fremder geblieben, der Patron seines Bruders, der an ihm zu Recht nicht viel Interesse zeigte. »Hast du für dieses Schiff schon einen Namen?«, fragte er.

»Gute Frage.« Warti verzog einen Winkel seines hübschen Mundes. »Damit geht es mir wie mit den Liebesliedern aus der Rus. Ich weiß sie zu spielen, aber das Mädchen, dem ich sie schenken könnte, kenne ich noch nicht.«

Bole hatte kein Schiff zu benennen und sang keine Liebesweisen, doch solange er denken konnte, hätte er alle Schiffe und alle Lieder der Welt einem einzigen Mädchen zugeeignet.

»An Thietmars Stelle hätte ich wieder geheiratet«, hörte er Warti weiter vor sich hin sinnen. So konnte in der Tat nur einer reden, der von der Liebe nicht mehr verstand als die Möwen, deren Gekreisch vom Hafen herüberdrang. »Glaubst du nicht, es ist unsäglich traurig, ohne Kinder zu sterben?«

Das glaubte Bole allerdings. Ein Kind, einen Sohn, der eines Tages weiterführen würde, was sein Vater für ihn aufgebaut hatte, wünschte er sich beinahe so heftig, wie er sich Jula wünschte. Die Vorstellung von Jula, die seinen Sohn im Arm hielt, trieb ihm Tränen in die Augen. »Komm, mein Lieber«, riss sein Bruder ihn aus seinen Träumen.

»Machen wir uns nützlich. Du hast doch Holz gern, oder nicht?«

»An Bäumen ist es mir lieber.«

»Ah bah, ein Schiff ist ein schwimmender Baum. Dabei fällt mir ein – weißt du, was ich tun will, sobald das Eis vom Wasser herunter ist? Schwimmen lernen. Einen Lehrer kann ich mir jetzt ja wohl leisten.«

»Das kannst du sicher. Aber wozu soll das gut sein?« Für die Schwimmwettkämpfe, die sommers in Vineta abgehalten wurden, warb man muskelbepackte Kerle aus den Bauerndörfern an. Warti, als Ratsherr und Kopf eines Handelsimperiums, hätte wahrlich andere Sorgen haben sollen.

Von einem Stapel hatte er eine Planke gegriffen, die er unter dem Arm zu einer Feuerstelle trug. Sorgfältig schichtete er zu beiden Seiten der Flamme ein paar Feldsteine auf und breitete die Planke so darüber, dass das Holz sich knackend zusammenzog, aber nicht versengte. Er wollte eben einen Schwamm in einen Wasserzuber tauchen, als einer der Arbeiter, ein stämmiger Kerl mit hellem Haar, hinzueilte. »Herr Wartislaw, bemüht Euch doch nicht. Dieses Wasser ist so kalt, dass es uns in den Eimern gefriert, man braucht mächtig Kraft und …«

»Und ich bin nicht aus Grütze«, beendete Warti seinen Satz. »Geh an deine Arbeit, Leos. Wenn ich hier weiter wie ein nasser Sack herumstehe, gefriere ich schneller zu Eis als euer Wasser.«

»Du kennst sie alle beim Namen?«, fragte Bole erstaunt, nachdem der Mann seines Wegs gezogen war.

»Die meisten. Komm, ich zeige dir, wie man so ein Brett befeuchtet, damit es sich biegen lässt.« Er senkte den Schwamm ins eisige Wasser und zog ihn mit kraftvollem Schwung über die Planke.

»Warti?«

Der Bruder sah auf.

»Warum willst du schwimmen lernen?«

»Weil ich nicht jämmerlich ersaufen mag wie unser Vater. Wir sind von Wasser umgeben. Ist es da nicht blanker Leichtsinn, wenn wir nicht lernen, darin zu überleben?«

Er entzündete ein zweites Feuer für Bole, sie schleppten Planken heran und schufteten sich in Schweiß. Bald öffnete auch Bole die Riemen seines Mantels. Es hatte so leicht ausgesehen, den Schwamm über das Holz zu ziehen, doch schon nach wenigen Planken schoss ihm ein stechender Schmerz in die Schulter, und gegen Mittag, als Warti eine Pause gebot, war er überzeugt, seinen rechten Arm nie wieder bewegen zu können. Entkräftet ließ er sich auf einen Sandsack plumpsen. »Wie machst du das?«, fragte er den Bruder, unter dessen durchgeschwitztem Hemd sich die Muskeln wölbten.

Warti zuckte die Achseln. »Ein Seemann muss zupacken können, sonst macht er sich zum Narren auf See.«

»Du bist ein Ratsherr, Warti.«

Der Bruder sah ihn an. »Ich fürchte, du hast Recht«, sagte er. »Sie haben mir einen Hut aufgesetzt, der mir um Etliches zu groß ist. Passt du auf, dass er mir nicht vom Kopf rutscht?«

Bole gab keine Antwort, und Warti schien keine zu erwarten. Nach einer Weile ging er und besprach etwas mit dem Aufseher, der von den Lagerhäusern beim Hafen kam. Aus einer der Schänken ließ er Kessel voll brodelnder Fleischbrühe herbeitragen und an die Arbeiter austeilen. Ein weiterer, offenbar scharfer Wortwechsel mit dem Aufseher folgte, dann wandte Warti sich brüsk ab und kehrte mit einer Schüssel für sie beide zurück. »Hier, iss, damit du bei Kräften bleibst.« Er reichte Bole einen hölzernen

Löffel. »Es ist gute Brühe, aus einem schönen Stück Rind gekocht.«

Warti setzte sich neben ihn auf den Sandsack und tauchte schweigend seinen Löffel in die Schüssel. In der Winterkälte, die Bole jetzt wieder spürte, kühlte das dampfende Gebräu in Windeseile ab. »Ist etwas nicht in Ordnung?«, fragte er den Bruder.

»Ah bah, nicht der Rede wert.« Unwillig ließ der Bruder den Löffel fahren. »Dieser Aufseher, Cord Strahle, bringt mich um den Verstand. Ständig will er mir vorschreiben, was ich zu tun habe. Dass ich mich auf eine Stufe mit den Arbeitern stelle, ist töricht, sagt er. Außerdem zahle ich ihnen zu viel Lohn, lasse sie zu starkes Bier saufen und bringe den Göttern nicht genug Opfer dar. Er hat Thietmar zehn Jahre lang gedient, aber Thietmar war Deutscher, der wusste ihn zu nehmen. Wir Wenden haben keine Ahnung, wie so ein Sauertopf zu packen ist, ansonsten hätte ich ihn längst Zemu Reric aufgeschwatzt.«

»Zemu ist doch dein Freund. Würde er ihn nicht dir zuliebe nehmen?«

»Ach, das würde er sicher, aber wovon soll er ihn bezahlen? Neuerdings hat er die vierte Frau durchzufüttern, und ein Kleines ist auch schon unterwegs. Also bin wohl oder übel ich mit dem Griesgram geschlagen, obwohl ich ihn nicht einmal brauchen kann. Ich habe Jakub und dich, was will ich mehr?«

Bole wusste, dies wäre der Augenblick gewesen, sein Anliegen vorzubringen, aber er sagte nichts, sondern sah stattdessen seinem Bruder zu, der mit wölfischem Hunger Brot und Brühe verschlang. Kaum hatte er sein Mahl beendet, ging er wieder an die Arbeit. Er schleppte Planken und befeuchtete sie, bis ihm der Schweiß in Bächen von der Stirne troff. Gemächlicher, mit Rücksicht auf seinen schmerzenden Arm tat Bole es ihm nach. Beide bemerkten sie nicht, wie im Takt der Hammerschläge die Zeit verrann, bis Bole entdeckte, dass der Himmel über dem Fluss sich purpurn verdunkelte. Die gesamte Flanke des Schiffes war mit Planken verschlossen. Kalfaterer strichen ihr Pech in die Fugen, derweil es im rötlichen Abendlicht zu schneien begann.

Der Schneefall wurde rasch so dicht, dass man kaum noch eine Hand vor Augen sah. Feuer wurden gelöscht, Leitern eingezogen, Kessel abgedeckt. Die Arbeiter verschnürten ihr Werkzeug in Bündel, die sie unter dem Dach des Schuppens verstauten. Warti schien überall zugleich zu sein, hatte für jeden Handstreich ein Auge und für jeden Mann ein Abschiedswort. Die Männer zogen heim in ihre Hütten, ins Hafenviertel oder in die Oberstadt. Erst als der Letzte das Dock verlassen hatte und der Schnee bereits fesselhoch lag, kehrte Warti zu Bole zurück, um auch ihr Werkzeug fortzuräumen.

Er beugte sich vor und schnürte Zangen und Schwämme in ein Tuch. Noch immer trug er nichts als sein Hemd, das durchnässt an seinem Rücken klebte. Wie einem Traum entsprungen schillerten Schneeflocken im verglimmenden Abendrot. Auf einmal fühlte Bole sich von einem Dämon geritten, glaubte, ihn in seinem Nacken kichern zu hören wie in Knabentagen. Nur war es damals stets Warti gewesen, der solchen Schabernack begonnen hatte. Er nahm Anlauf, sprang dem Bruder in den Rücken und schleuderte ihn bäuchlings in den Schnee. Ehe Warti begriff, wie ihm geschah, hatte Bole ihn bei den Schultern gepackt und seinen Leib herumgedreht. Er hockte sich über ihn, ballte Schnee in der Hand zum Klumpen und seifte ihm die Wangen ein, ohne sich um seine Schreie zu scheren.

Wartis Rückgrat schien biegsam und zäh wie ein Aal. Er

wand sich, ruderte mit Armen und Beinen, doch es nützte ihm nichts. Mit seinem Gewicht stemmte Bole ihm die Hüften auf den Boden und verpasste ihm eine tüchtige Abreibung, ehe es dem Größeren gelang, sich unter seinem Körper hervorzuwinden. Sogleich stürzte er sich auf Bole, warf ihn nieder und begann seinerseits, ihm die Wangen mit Schnee einzureiben. Bole sah vor seinen Augen Funken tanzen. Eine Zeitlang spürte er nichts als die wohlige Kälte des Schnees, den Salbeiatem seines Bruders im Gesicht und dessen Gesäßbacken im Magen. Dann griff dieser nach Schnee und Bole bekam den Kopf einen Herzschlag lang frei. Durch den Tanz der Flocken sah er Wartis Gesicht im verglühenden Licht, die graublauen Augen, die vor Lebensgier funkelten. Gerade noch rechtzeitig nutzte er den Moment, stieß den Bruder vor die Brust und erkämpfte sich die Oberhand.

Sie rangen und rauften, schlugen sich, stopften sich Schnee in die Münder, kreischten und lachten, bis sie völlig außer Atem waren. Nach Luft ringend rappelte sich Warti auf die Knie und hielt Bole die Hand hin, um ihm aufzuhelfen. »Beim Perun, du kindisches Rindskalb.«

»Du stinkiger Hundsfott.«

Wieder mussten sie lachen. Rasch klopften sie einander den Schnee aus den Kleidern und wickelten sich in ihre Mäntel. Das letzte Licht war verloschen, nur von Osten her verriet die Ahnung eines Schimmers, wo im Seehafen das Leuchtfeuer brannte. Der Schneefall verebbte. Eiskalt und sternenlos begann die Nacht. »Dein Leib- und Magengott Perun darf heute schlafen«, sagte Bole.

»Und was bitte schön soll das heißen?«

Mit einem Schwenk des Kopfes wies Bole in Richtung Hafen. »Keine Sturmglocken.«

Kurz schwiegen sie beide und lauschten. Tatsächlich

war nichts zu hören als das Scharren der Ratten, die zu nächtlichem Beutezug erwachten. Meer und Fluss lagen starr gefroren und boten für den Augenblick keine Gefahr.
»Merkwürdig«, murmelte Warti in die Stille. »Weißt du, was sie sich in der Rus erzählen? Wenn das Meer eine Kirche schluckt, dann läuten ihre Glocken weiter. Stell dir einmal vor, das Meer würde Peruns Sturmglocken schlucken. Dann würden die da unten weiter läuten, als stünde eine Kirche dort.«

Verwundert sah Bole seinen Bruder an. »Vielleicht fährst du zu oft in die Rus und hörst zu viel Gewäsch von Christenweibern.«

»Da magst du nicht Unrecht haben.« Ein wenig verlegen seufzte Warti auf. »Ich weiß selbst nicht. Mir ist der Süden viel lieber, der Wein, die sternenhellen Nächte, die Mädchen mit der sonnenwarmen Haut. Aber es zieht mich immer wieder nach der Rus. Was meinst du, gehen wir nach Hause? Ich für mein Teil bin steif wie ein verdroschener Köter und brauche dringend ein Bett.«

Er legte Bole den Arm um die Schultern und Seite an Seite verließen sie die Werft. *Ich werde sprechen müssen.* Boles Herz zog sich zusammen. *Um meiner Zukunft willen.* Warum war es nicht möglich, in einem schönen Moment alle Zukunft zu vergessen? Die Hüfte des Bruders rieb sich im Takt der Schritte an der seinen. »Wartislaw?«

»Oho. Warum so förmlich, bester Boleslaw?«

»Ich bitte dich, sei ernst.«

»Gewährt«, erwiderte Warti umstandslos, sah Bole an und hob die Brauen. »Was gibt es also?«

Hastig schlug dieser seinen Blick zu Boden. »Ich muss dich um einen Gefallen bitten«, begann er leise. »Ich habe mir gedacht, warum ziehst du nicht nach nebenan, in

Thietmars Haus? Es ist schließlich größer und hat dir ja von jeher besser gefallen.«

Abrupt blieb Warti stehen. »Was bringt dich denn auf diese Idee?«

Bole blieb nichts übrig, als ebenfalls anzuhalten, obwohl ihm im Gehen das Sprechen leichter fiel. »Nun, du hast doch das Haus geerbt, warum sollst du also nicht darin leben wollen? Schließlich magst du ja Licht so gern und all den Zierrat und Tand.«

»Und was ist mit den Alten?«

»Mit den Alten?«, wiederholte Bole verwirrt.

»Mit Mutter und Jakub. Wohin steckst du die?«

Widerstrebend gestand Bole sich ein, dass er an die beiden, die mit ihnen das Haus teilten, wenn auch seine Mutter kaum ein Wort mit ihm sprach, nicht gedacht hatte. Offenbar blieb ihm, wenn er an seinen Traum dachte, für nichts anderes mehr Raum. »Jakub und Mutter könnten mit dir ziehen«, schlug er eilig vor.

»Aha.« Rasch wollte Bole sich einen Schritt weiterstehlen, aber Warti packte ihn am Arm. »Sieh mich an, Bole. Was willst du von mir, worauf läuft all dies hinaus?«

Bole holte Luft und blickte auf. »Ich will, dass du mir Vaters Haus überlässt. Und sein Schiff und sein Warenlager, damit ich ein eigenes Geschäft beginnen kann.«

Das so ebenmäßige, wie in einer Glückslaune geschaffene Gesicht seines Bruders zeigte keinerlei Regung. »Du willst, dass ich dir mein Erbe abtrete? Mein Recht als Erstgeborener, das Einzige, das von meinem Vater auf mich gekommen ist? Und dann willst du mit diesem Erbe ein Geschäft eröffnen, statt mir in meinem zur Seite zu stehen? Ist es das, was du willst?«

»Ja.« Wie ein Gefäß aus Ton prallte das Wort aufs Pflaster. Bole hörte seinen Bruder seinen Namen murmeln und hätte sich am liebsten die Ohren zugehalten.

»Ich liebe dich«, sagte Warti. »Du bist mein Bruder, und was mir gehört, gehört auch dir. Ich hatte nie etwas anderes im Sinn, als es mit dir gemeinsam zu verwalten. Mein Heim ist das deine, genau wie das der Alten. Die zu verpflanzen wäre grausam. Jakub hat man schon einmal das Dach überm Kopf weggerissen, und Mutter tritt niemals aus der Tür. In Thietmars Haus will ich ein Lager einrichten, für Waren, die im Hafen leicht verderben. Seiden aus China, Teppiche aus Byzanz, was immer unser Herz begehrt. Wozu brauchst du ein eigenes Geschäft? Haben wir bisher nicht wunderbar zusammengearbeitet?«

»Ich brauche es, weil ich ein Mädchen bitten will, meine Frau zu werden«, sagte Bole.

»Was denn für ein Mädchen?«

Wartis Stimme klang samtig wie Moos, und auf einmal riss diese angenehme Stimme Bole an den Nerven und zerfetzte die Schale um sein Innerstes. »Was für ein Mädchen!«, schrie er den Bruder an. »Für dich nur irgendeines, das du dir nimmst und am nächsten Tag vergisst. Ein Mädchen, das natürlich nicht mich will, sondern dich, den einzigartigen Warti Sliwosz mit seinen Himmelsaugen und seinen Lenden wie ein spanischer Hengst. Den Ratsherrn mit den vollen Taschen will sie, keinen nutzlosen Zweitgeborenen, der nicht einmal ein Haus hat, um sie heimzuführen.«

Wie zur Anklage schwieg die Nacht. Bole sah, wie sein Bruder die Lippen öffnete und eine Hand nach ihm streckte. »Bleib mir vom Leib!« Ohne nachzudenken schlug Bole die Hand beiseite, drehte sich um und rannte in die Finsternis davon.

Ein weiterer Frühling verstrich, und Natalia kam es vor, als wäre der Sommer nie zuvor so sonnendurchflutet und der Sternenhimmel nie so tröstlich gewesen. Das Geschrei des Hahnes vom Hof, das sie seit Jahren aus dem Schlaf gerissen hatte, erschien ihr auf einmal schön. Die Farben des Gemüses, das sie körbeweise in die Küche schleppte, und den Duft der Blumen, mit denen sie die Halle für Gäste schmückte, hatte sie nie zuvor bemerkt. Womöglich ließ sich das alles gar nicht bemerken, solange man es nicht mit dem Griffel in Rinde kratzen und somit festhalten konnte. Sie verfügte weder über genug Rinde noch über Zeit, um alles, was sie in diesem Sommer entdeckte, aufzuschreiben, aber allein sich vorzustellen, wie es in Buchstaben gefasst auszusehen hätte, bewirkte, dass es sich ihr einprägte.

Es war gekommen, wie Anya vorausgesagt hatte: Die Ältere wusste ihr nichts mehr beizubringen. Sie half ihr aber, Schreibmaterial und Lesestoff aufzutreiben, wo immer dies möglich war. An Sonntagen wurde der gesamte Haushalt in die Kirche am Fluss zur Messe geführt. Einzig Natalia blieb in der Küche zurück und versah ihre Arbeit wie an den übrigen Tagen. Gut drei Stunden dauerte der Gottesdienst, und hinterher hatte Anya fast immer ein Geschenk für sie: einen Streifen geglätteter Rinde, eine Liste der Gewürzbestände, und einmal sogar einen beschriebenen Bogen des kostbaren Pergaments. Natalia konnte nicht genug davon bekommen, die hauchdünn gegerbte Tierhaut behutsam zwischen zwei Fingern zu reiben.

»Es ist ein Gedicht«, erklärte ihr Anya. »Für mich ist es zu schwer zu entziffern, aber ich dachte mir, dass es dich freut.«

Das tat es ohne Zweifel. Natalia ging sparsam damit um. Abend für Abend, wenn sie mit Anya alleine in der

Küche war, las sie im letzten Licht ein paar Zeilen. Das Gedicht erzählte von Liebe, von einem Herzen, das sich krank nach einem anderen sehnte, von zerdrücktem Gras und Blüten, die Verlorenes schmerzlich ins Gedächtnis riefen. Natalia lag an der Liebe noch weniger als an den Göttern, aber die Worte waren köstlich, sie genoss sie, wie sie eine reichliche Mahlzeit genoss, und blickte ihnen mit derselben Gier entgegen. Als sie die Strophen schließlich zu Ende gelesen hatte, glaubte sie den Schreiber zu verstehen: Ihr selbst war zumute, als hätte sie Unwiederbringliches verloren, als sehne sich ihr Herz nach etwas, das sie nicht einmal zu benennen wusste.

Sie konnte Anya nicht fragen, woher diese all die Herrlichkeiten nahm, und im Grunde lag ihr nichts daran, es zu wissen. In all den Mondkreisen unter Igors Knute, mit Mahlzeiten aus saurem Kohl und Roggenbrei, hatte Anya weder Fleisch auf die Knochen bekommen, noch war sie geschickter im Umgang mit dem Bojaren und seiner Sippe geworden. Natalia musste sie ständig im Auge behalten und ihr noch häufiger beispringen als der gebrechlichen Wanda. Im Gegenzug erwies Anya der Freundin nur allzu gern eine Gefälligkeit. »Ich glaube, ich weiß, warum dir so viel am Schreiben liegt«, flüsterte sie ihr eines Nachts, als sie wie gewöhnlich nebeneinander lagen, zu. »Es ist, weil du nicht sprechen kannst, arme Nat. Ohne Worte ist man ja irgendwie kein Mensch, nicht wahr?«

Vermutlich hatte sie Recht. Jedenfalls hatte es Tage gegeben, an denen sich Natalia den Hühnern, die vom Hof in die Küche staksten und nach Krumen pickten, ähnlicher fühlte als den Menschen. Damit war es vorbei. Sie begriff, was sie war: kein Huhn, keine Kröte und kein Füchslein. Ob das am Schreiben lag oder daran, dass Anya da war, wusste sie nicht und dachte auch nicht viel darüber nach, sondern kostete es aus, wie man, wenn man Durst hat, gedankenlos einen Becher Wasser leert.

Als es Herbst wurde, begann im Haus das übliche Gemunkel. Der Herr aus Vineta kam wieder. Die alte Wanda hustete jede Nacht Blut, aber wetterte am lautesten: »Das Heidenpack soll der Satan holen. Wieso brennt es nicht längst in der Hölle, wo doch ringsumher brave Christen wohnen? Einen Kreuzzug soll's geben, gegen die Heiden bei uns wie gegen die im Heiligen Land.«

»Deine Dummheit stinkt wie dein altes Fell«, erwiderte Wadim, der sich des Nachts in Hafenschänken herumtrieb und dort so manches zu Ohren bekam. »Weißt du überhaupt, was diese braven Christen, wie du sie nennst, wollen? Dieser Franzose zum Beispiel, Bernhard von Clairvaux, der ruft zum Kreuzzug gegen Heiden in Pommern auf und gleich danach zum Kreuzzug gegen uns.«

»Wir sind Christen.«

»Nicht für die Herren der römischen Kirche.«

Wanda schnaubte. Sie hatte wohl mit Wadim über diese Frage gestritten, solange sie beide im Haus des Bojaren ihr Dasein fristeten, und in früheren Zeiten hätte sie kaum so rasch klein beigegeben. Jetzt aber, wo sie als Schatten ihrer selbst durch die Küche schlurfte, konnte sie keinen Atem mehr auf Gefechte verschwenden. Eine Verwünschung murmelnd wandte sie sich wieder dem Teig zu, den sie mit müden Händen knetete. Igor, der einen köchelnden Sud abschmeckte, holte mit dem Rührlöffel aus und erwischte Wadim am Ohr. »Genug geschwatzt. Wisst ihr noch, wo ihr seid? In Nowgorod, versteht ihr? Nowgorod, freie christliche Handelsstadt, der ihr Brot sauer genug gemacht wird von den Bütteln aus Kiew. Was ein Mönch in Frankreich salbadert, kann uns so gleichgültig sein wie unsers Nachbarn Abort.«

»Wie soll der mir gleichgültig sein, wenn mir der Mief ins Fenster stinkt?«, versetzte Wadim keck, aber duckte sich nicht schnell genug. Der Hieb mit dem Rührlöffel ließ ihn aufjaulen.

»An die Arbeit«, befahl Igor ungerührt. »Weder der Bischof noch der Posadnik werden sich Rat von euch Hohlköpfen holen, aber der Herr Boris füttert euch durch, damit ihr eure Ärsche rührt. Wanda, gib Salbei an den Teigmantel. Braucht ja keiner zu riechen, dass die Kapaunen ihre besten Tage hinter sich haben. Und dann putz diese zwei Krötchen ein bisschen heraus, die werden morgen an der Tafel gebraucht.«

»Beide, Meister Igor?« Verzagt spähte Wanda über ihre Schulter.

»Natürlich beide. Hast du vergessen, dass der Herr aus Vineta kommt? Da wird man wohl auffahren, was die Küche hergibt, und wenn's zwei von Gott verlassene räudige Hündinnen sind.«

»Die Stumme ist nicht gesund«, stieß Wanda rasch heraus. Die knotigen Hände hielt sie in den Teig vergraben.

Sehr langsam wandte Igor den Kopf. Natalia sah auf die irdene Schüssel nieder und fuhr in wilder Hast fort, dicke Bohnen zu häuten. Dennoch spürte sie, wie Igors Blick sich einem Tuch gleich um ihren Körper schmiegte und wie ihre Schultern sich zusammenzogen. *Vielleicht bin ich doch ein Tier,* durchfuhr es sie. *Ein Hund, dem sich das Nackenfell sträubt, ein Wolfswelpe, der Menschennähe scheut.* »Wenn die da nicht gesund ist«, sagte Igor, »dann kenne ich in diesem Haus nur Siechkranke.«

»Sie hat einen Kopfgrind. Schon seit Tagen.«

Heiser lachte der Küchenmeister auf. »Den kenn ich, den Grind. Das Brandrot, das du so emsig unter Unschuldsweiß verbirgst. Keine Bange, den Herrn aus Vineta wird's nicht stören. Bei den Heiden von drüben darf eine schöne Frau, wenn's ihr gefällt, mit sämtlichen Teufeln der Hölle tanzen.«

»Die Stumme ist noch ein Kind!«

Natalia wünschte, die Alte würde den Mund halten und sich keine Prügel einhandeln. Mit Igors Anordnung hatte sie sich längst abgefunden: Sie würde morgen bei Tisch den Vineter bedienen, den Unmenschen, der Broni auf dem Gewissen hatte, und zu ihrer Überraschung schreckte der Gedanke sie kaum. Womöglich war es ihr sogar lieber, als ihm Anya allein auszuliefern. Sie vernahm einen Schritt. »Nicht, Meister Igor«, kreischte Wanda. Igor griff zu und riss Natalia das Tuch vom Kopf. Natalia stand still.

»Bei uns gibt's keine Kinder, Wanda.« Seine Hand fuhr Natalia über das wie Gras gewucherte Haar, dann über den Hals, die verkrampfte Schulter, die Rippen hinunter und die Rundung der Hüfte entlang. »Schon gar nicht Kinder in so prachtvollem Fleisch. Weißt du das nicht selbst, so steinalt wie du bist? Dich wiegt doch Väterchen Tod schon jeden Abend in den Schlaf. Aber wenn's dich selig macht, behalt dein Küken meinethalben bei dir, die paar Glockenschläge, die du noch deine Flügel drüberhalten kannst. Besorg mir morgen früh ein Mädchen vom Herrn Kolja. Nicht die Frömmlerin Mala, sondern ein dralles, hübsches und keins, das sich dumm wie Stroh anstellt, sonst gnade dir Gott.«

Igor ließ Natalia los, ging zurück zu seinem Topf mit Bratensud und deckte ihn fürsorglich mit einem Leintuch zu. Dann verließ er ohne ein weiteres Wort die Küche. Natalia rieb sich die Stirn. Nie zuvor hatte sie erlebt, dass Igor einem Untergebenen seinen Willen ließ. Offenbar hatte auch Wanda dergleichen nie erlebt. Sie stürzte auf einen Schemel nieder und brach in ein krächzendes, gänzlich irre klingendes Weinen aus. Zögerlich blickte Natalia auf und der verwirrten Anya ins Gesicht. Erst allmählich schien der Freundin zu dämmern, wozu sie verurteilt und was der anderen erspart worden war. Natalia sah, wie ihr das Kinn heruntersackte und die Unterlippe zu zittern begann. »Ich bin froh für dich, Nat«, stammelte sie so leise, dass Wanda und Wadim sie vermutlich nicht einmal hörten. »Ich bin froh, dass ich es bin und nicht du.«

Sie sah aus, als würde sie vornüberfallen. Natalia öffnete die Arme. *Ich gehe mit dir,* beschloss sie. Gedanken an Vergangenes regten sich nur noch selten in ihr, gerade jetzt aber sah sie ihre Mutter vor sich. Nicht das Gesicht der Mutter. Sondern ihren Körper, flach ausgestreckt, die Beine abgespreizt, der Rock in Fetzen. *Dich lasse ich nicht allein,* versprach sie Anya stumm. Igor hatte Recht. In diesem Haus gab es keine Kinder, und Natalia erinnerte sich nicht, eines gewesen zu sein.

Sie kam nicht dazu, ihr Versprechen einzulösen. In dieser Nacht starb Wanda. Natalia hatte erlebt, wie die Alte auf allen vieren durchs Stroh rutschte und zwischen Hustenanfällen ihren Gott anflehte, ihr den Tod zu senden. Auch der besoffene Wadim lallte in Tiraden, dass das Leben ein Jammer sei und der Tod Erlösung. Sie selbst aber erschreckte allein der Gedanke. Tod, das war das Unfassliche, das über ein quicklebendiges Tier kam, eine Ratte, die über sonnenwarmen Stein huschte, bis ihr Igors Fleischaxt den Kopf abschlug. Wer tot war, der rührte sich nicht mehr, der war nicht mehr da, dessen Name gehörte zu den verbotenen Gedanken. Broni. Mitja. Nona. Stani. All diese, die einst gelebt hatten, waren jetzt so tief im Nebel versunken, als hätte Natalia sie sich ausgedacht. Als Wanda in dieser Nacht zu röcheln begann, kroch sie im

Finstern zu ihr, wischte ihr den Auswurf vom Mund und flößte ihr aus einem fingerhohen Becher Wasser ein.

Die Alte stank schlimmer denn je. Natalia verspürte ein Würgen in der Kehle. Das Wasser rann Wanda aus dem Mund wie aus einem Krug, der nichts mehr fasst. Im Dunkeln tastend setzte Natalia ihr den Becher noch einmal an die Lippen, doch als sie wiederum ein Rinnsal auf dem Handrücken spürte, stellte sie ihn ab und gab es auf. Der rasselnde, pfeifende Atem wurde mit jedem Zug lauter und langsamer. Natalia wusste nichts mehr zu tun. Nur sich selbst zu umarmen und zu wünschen, Anya oder Wadim würden von dem grauenvollen Pfeifen erwachen. In der Stille der Nacht setzte Wanda zu einem weiteren gequälten Atemzug an.

Auf einmal bäumte sich der verkrümmte Körper. Natalia sah eine Hand durch die Luft rudern, packte sie und hielt sie fest. Das Röcheln stach ihr in die Trommelfelle. Ein gewaltiges Zittern schüttelte der Alten Brust und Schultern, dann sackte sie entkräftet zurück ins Stroh. Das Geräusch, mit dem ihr Kopf aufschlug, war kaum zu hören. Ihre Finger umklammerten Natalias Finger. Wieder holte sie Atem, laut und so langsam, dass sich während des Atemzuges um Jahre zurückdenken ließ. Dann noch einmal. Noch lauter und noch langsamer. Dann leiser. Natalia horchte auf. In die Länge gedehnt kam noch ein mattes Stöhnen. Dann nichts mehr.

Natalia saß starr. In ihrer Hand verlor die Hand der Alten ihre Wärme. Sie wagte nicht, loszulassen oder sich zu rühren. Als in der Morgenfrühe der Hahn krähte, als Licht durch die Dachritzen fiel, als Anya erwachte und sie beim Namen rief, kippte sie vor Erschöpfung zur Seite, und traumlose Schwärze hüllte sie ein. Erst am folgenden Abend kam sie zu sich, da kniete Anya bei ihr, hielt ihren

Kopf im Schoß, und der Besuch des Herrn aus Vineta war vorüber.

»Bist du wach, Nat? Bist du zu mir zurückgekommen?«

Natalia zwang ihren schmerzenden Kopf zu einem Nicken.

Anya stieß einen Jubellaut aus, beugte sich über sie und bedeckte ihr Gesicht mit Küssen. »Oh, Nat, du weißt nicht, was für Angst ich um dich hatte. Ich hab geglaubt, du verlässt mich, und ohne dich, weißt du, ohne dich hielte ich das Leben nicht mehr aus.« *Hältst du denn den Tod aus?*, hörte Natalia eine Frage in ihrem Kopf. Es dauerte eine Weile, bis Anya sich beruhigt hatte. Endlich griff sie nach einem Becher und hielt ihn der Freundin an die Lippen. Die Flüssigkeit war eine Wohltat. Natalia schluckte gierig. »Willst du etwas essen, Liebes?«

Sie schüttelte den Kopf.

Anya streichelte ihr Haar. »Es war nicht schlimm, weißt du? Gar nicht schlimm. Der Gast aus Vineta ist ein feiner Herr.«

Natalia hatte Mühe, sich zu besinnen, wovon die andere sprach. Sie schloss die Augen wieder. »Ja, schlaf weiter, Nat. Du hast noch immer Fieber, und Schlaf wird dir guttun.« Anyas schweißfeuchte Hand glitt über ihre Stirn. Dann begann sie, mit ihrer dünnen Stimme eine Melodie zu summen. Natalia erkannte das Lied sofort, obgleich eine Ewigkeit vergangen zu sein schien, seit sie es zum letzten Mal gehört hatte.

4. Kapitel

Mehr als ein Jahr war vergangen, seit Niedamir Lubins Tochter Jula Warti Sliwosz bei Svarogs Eiche ihre Liebe gestanden hatte. Mühsal und Herzeleid hatten Jula über ihre Jahre hinaus altern lassen. Wie einen Baum, den man in einen sonnenlosen Winkel des Gartens pflanzt, der kümmerlich wächst und traurige Früchte trägt. Ihr Haar war blassbraun wie das Fell einer Maus und so stumpf, als ergraue es schon. Um die Augen spannte sich ein Netz feiner Falten, und in den Mundwinkeln standen Kerben, scharf wie mit dem Eisen eingebrannt. Jula legte sich das Schläfenband mit den zierlichen Silberringen um die Stirn und nahm notgedrungen noch einmal den Spiegel zur Hand. Der Schmuck sah albern aus zu dem verhärmten Gesicht. Sie riss ihn wieder herunter. Mit ihren zweiundzwanzig Sommern war sie eben keine junge Braut mehr, sondern zu alt für kindischen Flitter.

Zweiundzwanzig. Über ein Jahr seit Erntedank. Jula kniff die Lippen zusammen, und ihr Körper spannte sich. Beim Gedanken an den Mann, den sie damals mehr als alles auf der Welt begehrt hatte, hätte sie am liebsten ausgespuckt.

Der folgende Winter hatte ihr den Vater geraubt. Am Morgen nach einer durchzechten Nacht war der Alte nicht wie sonst lallend und schwankend wieder aufgekreuzt, sondern fortgeblieben. Das allein hätte Jula wenig bekümmert, doch am selben Morgen musste sie feststellen, dass sich in der Truhe, in der ihr Heiratsgut aufbewahrt wurde, keine einzige Griwne mehr befand. Entsetzen hatte sie gepackt. Wie es um ihre Schönheit bestellt war, hatte sie oft genug von allen Seiten gehört: Mager und reizlos war sie, ein zerrupfter Vogel, der nicht Lust, sondern bestenfalls Mitleid weckte. Ohne Heiratsgut war Warti Sliwosz ihr verloren und mit ihm jede Aussicht auf ein Leben, das sich lohnte.

Tage später hatten Fischer, die im Morgennebel vom Hafen kamen, Julas Vater gefunden. Niedamir Lubin lag wie ein geborstenes Weinfass, erfroren oder an Erbrochenem erstickt, im Schnee. Von der Burg des Tysjatschnik riefen die Fischer ein paar Soldaten herbei, die den Toten hinauf ins Handelsviertel schleppten. Scharen von Gaffern säumten ihren Weg. Der Tysjatschnik war der Befehlshaber von Vinetas Streitheer. Was dessen Soldaten wussten, das verbreitete sich schneller als Sumpffieber. Unter Gejohle und Getuschel wurden die Hinterbliebenen, Jula und ihre Mutter Bozena, zum Gespött der Stadt.

Nur einen Augenblick lang hatte sie Hoffnung gehegt, Warti Sliwosz werde kommen und ihrer Verzweiflung ein Ende bereiten, sich vor der Stadt zu ihr bekennen. Aber der Augenblick verstrich und Jula hatte begriffen, dass Warti Sliwosz nicht besser war als all die anderen, dass er den schönen Kopf mit den kornhellen Haaren in den Nacken warf und ihren Namen aussprach wie einen Witz, den sich Männer in Schänken erzählten. Da hatte sie Warti Sliwosz zu hassen begonnen, mehr als sie ihren Vater hasste, die tuschelnden Mägde, die grinsenden Burschen, die Stadt, die unbekümmert weiter prasste, und die Götter, die zu solchem Unrecht schwiegen. Mehr als sich selbst hatte sie Warti Sliwosz gehasst.

Das Leben war ein vertracktes Glücksrad, das jeden, der Fuß gefasst hatte, in schwindelnde Höhen hinauftrug, aber jeden, der ins Stolpern geriet, ins Bodenlose stürzen ließ. Jula und ihre Mutter konnten das Geschäft nicht halten, ja, ihnen blieb nicht einmal das Dach über dem Kopf. Das Leinen in der Truhe, das Kupfer von der Wand wurde verscherbelt, um des Vaters Schulden zu begleichen. Mutters Schwester Lutiza, die hätte helfen können, redete sich auf einen Engpass heraus, und die Schwägerin Oda, Wartis Mutter, hätte ihr Geld lieber dem gefräßigen Meer ins Maul geworfen, als in Not geratenen Verwandten beizuspringen.

Blieb der Oheim Rehor, ihres Vaters Bruder. Widerstrebend hatte er die beiden Frauen aufgenommen, nur um sie keinen Tag lang vergessen zu lassen, dass sie ihm lästig waren wie Steine am Hals. Die Kammer hinterm Ziegenstall gab er ihnen. Sklavinnen, deren Haltung in Vineta verboten war, hätte er zweifellos besser behandelt. Zäh wie das alte Brot, das sie aßen, schleppte sich das Jahr dahin. Andere Mädchen sonnten sich im Glanz neuer Kleider und drehten sich zu Ehren des Frühlingsgottes im Tanz. Jula dagegen molk im Hof des Oheims Ziegen. Wenn sie mit der Kiepe zum Torg, dem Markt vor dem Rathaus, ging, sprang ihr das Jungvolk in den Weg und hielt sich glucksend die Nasen zu.

So vieles war geschehen in dieser Zeit. Auf den Gassen hörte sie die Leute schwatzen: Der polnische Herzog, der Boleslaw hieß wie Wartis tölpelhafter Bruder, schickte seinen Bischof Otto durchs Land, um Heiden unters Taufwasser zu scheuchen. Im Welten entfernten Frankreich hielt ein Abt namens Bernhard von Clairvaux gegen Vinetas sündigen Reichtum hasserfüllte Predigten. Letzten Endes hatte selbst der Herzog von Pommern – Wartislaw mit Namen – sein Knie beugen und die verhasste Taufe aus den Händen Bischof Ottos hinnehmen müssen. *Morgen ersäufen sie uns in ihrem Weihwasser,* orakelten Schwarzseher mit düsteren Blicken gen Himmel. *Morgen sind sie die Flut von gestern,* johlten fröhliche Zecher und spülten die dunklen Wolken mit einem Becher Honigwein fort.

»Wir leben in wechselhaften Tagen«, hörte Jula die fesche Zlata, des Oheims Schwiegertochter, schwätzen, doch sie selber spürte nichts davon. Für eine, die im Elend ihr Dasein fristet, die sich nach wenig mehr als Schlaf und Brot sehnt, für die sind alle Tage gleich.

Und doch, dachte Jula, *nach etwas sehne ich mich. Warti Sliwosz sehne ich den Aussatz an den Hals.* Unten rief man nach ihr. »Spute dich, Jula, später nimmt dich keiner mehr.« Gelächter brandete auf. Sie strich das Kleid über den Hüften glatt. Es hatte einer anderen vor ihr gehört, der rassigen Zlata, die Sänger und Spielleute als die schönste Frau Vinetas priesen. Der dürren Jula hing das Kleid wie Hohn von den Knochen, die Pfirsichfarbe ließ ihre Wangen leichenblass erscheinen und das Mieder war vor der Brust verfleckt. Zudem hätte sie Mädchen haben sollen, die ihr das Brautgewand schnürten und ihr Haar ins Schläfenband flochten. Als im Sommer ihr Vetter Ladislaw seine Zlata heimführte, hatte der Oheim vier Mägde zu ihrer Bedienung bestellt, doch die Hochzeit seiner Nichte, Julas Hochzeit, lohnte solchen Aufwand nicht. Kraftlos strich sie sich eine Strähne aus der Stirn. Sie war müde. Wie es aussah, würde sie für den Rest ihres Lebens müde sein.

Das verdammte Erntefest war wieder gekommen, und am selben Morgen war Julas Mutter beim Wäschewringen tot umgefallen. Der Oheim machte kein Aufhebens davon. Den fetten Ladi und seine aufgeputzte Zlata schickte er nichtsdestotrotz zum Tanz. Zu Jula sagte er: »Die Alte war meines Bruders Weib, der mag ich was geschuldet haben. Aber bei dir hört das auf. Geh und verdien dir, was du frisst, oder such dir einen Blinden, der dich nimmt.«

Gab es Blinde ohne Nase und Ohren? *Jula Stallgestank,* riefen sie ihr nach, *webst dir aus Ziegendreck ein Heiratsgut.* Ihr blieb keine Wahl. Kein Blinder tat not, sondern einzig der Einfaltspinsel, der unten in der Halle des Oheims auf sie wartete. Jula beugte den Nacken. Der Pommernherzog, der die Schmach der Taufe über sich ergehen lassen musste, hätte sich nicht elender fühlen können als sie. Wie ein Opfertier würde man sie zum Heiligen Hügel schleifen und einem Kerl übergeben, den sie weder lieben noch achten, ja nicht einmal fürchten konnte. Statt des Halsrings aus mattem Silber, seinem schäbigen Verlobungsgeschenk, hätte sie einen Strick um ihre Gurgel tragen wollen.

Den Tiegel Wangenrot hatte Zlata ihr gegeben. »Mach dich ein bisschen ansehnlich. Immerhin gibt dir dein Bräutigam ein Haus, wenn's auch im Hafen steht, wo's Tag und Nacht nach Fischen stinkt. Ein Fischhändler ist nicht das Ärgste der Welt. Stell dir vor, du hättest einen Totengräber nehmen müssen.« Warum lachten die Menschen so viel? Was gab es in diesem jammervollen Leben immerfort zu lachen? »Na komm, leg Farbe auf. Wenn nicht für den wackeren Bräutigam, dann tu's für den blitzsauberen Herrn Schwager. Was für ein Mannsbild, nach dem leckt sich ein Mädel doch die Finger ab.«

Jula sah ihren Finger an, der schon fast in der Schminke steckte. Angewidert zog sie ihn zurück und spuckte stattdessen in den Tiegel. *Da hast du dein blitzsauberes Mannsbild, leck dir nach dem, was du willst.* Der Ratsherr vom Silbertor trank alle Tage Südwein. Auf der Hochzeit seines Bruders aber, auf Julas Hochzeit, reichte es nicht einmal für dünnes Bier. Sie spuckte von neuem, diesmal daneben. *Da hast du's. Übel bekomm's.* In allen vornehmen Häusern war der Herr vom Silbertor zu Gast, auf ihrer Hochzeit aber würde niemand tanzen. Sie war allein, ihr war kein Mensch geblieben. Kein Vater, um sie zum Tempel zu führen, keine Mutter, um ihr für das, was ihr drohte, Mut zuzusprechen. Nicht einmal ein Freund, der im Stillen um sie weinte. Von unten rief Zlata: »He, Jula, putzt du dich noch immer? Der arme Bräutigam wird ja blass bei so viel Glanz.«

Sie wollte noch einmal spucken, doch ihr Mund war trocken wie Gebein. *Da hast du's. Nichts ist mehr übrig. Ich hätte dir alles gegeben, Warti Sliwosz, und was mein alles war, das ahnst du nicht. Jetzt fluche ich dir. Im Mutterleib verrecke dein Gezücht oder beiße dir wie Schlangenbrut die Kehle durch.* Sacht pochte es an die Tür der Kammer. »Kommst du, Jula?«, lockte eine Stimme, die Erinnerung an den Geschmack von Honig wachrief, an das Zirpen von Guslisaiten, schwelgende Liebeslieder aus der Kiewer Rus. »Wir können doch nicht Hochzeit feiern ohne Braut.«

Mit gekrümmtem Rücken erstarrte sie. Biss die Lippen zusammen, schloss die Lider. Ließ zu, dass das Bild eines Gesichtes aufblitzte, schalkhaft strahlende Augen, ein in zärtlichem Spott verzogener Mund. *Nie wieder.* Mit schier übermenschlicher Anstrengung zwang sie sich, die Lider zu öffnen. Dann drehte sie sich um. Festen Schritts ging sie dem Mann entgegen, der ihr Bräutigam hätte sein sollen, doch der stattdessen als Brautführer kam. Warti Sliwosz. *Dein Hüter Perun soll dich verschlingen.* Sie riss die Tür auf. Er trug ein Wams aus dunkelblauem Samt.

Es sollte ein Jahr dauern, ehe eine neue Magd als Ersatz für Wanda ins Haus kam. In dieser Zeit lernte Natalia, wie man einen Hohlbraten bereitete: Gegartes Fleisch wurde mit dem Stößel im Mörser zerstampft, mit Mehl und Eiern zu einem Teig zerrührt und dann auf dem Bratspieß zu einer Tiergestalt, einem Ferkel, Lamm oder Hasen geformt. Da man Fleischabfälle und Gemüsereste einschmuggeln konnte, ließ sich mit einem Hohlbraten Geld sparen, und gespart werden musste im Haushalt des Bojaren, in dieser Bürgerkriegszeit mehr als je. Der Handel mit Kiew lag brach und von den fremden Kaufleuten wagte kaum mehr einer die gefahrvolle Reise. Lediglich der Herr aus Vineta kam weiterhin in die Rus, traf sich jedoch mit einem Vertreter des Bojaren in Ladoga, tauschte Waren aus und reiste wieder heim.

Ohne den Handel mit Vineta, so behauptete Wadim, hätte es in der Küche des Bojaren wohl auch zum Hohlbraten nicht mehr gereicht. Und mit Vineta würde es, wenn Wadim Recht behielt, demnächst ein Ende haben. Dänen und Polen hatten einen Pakt geschlossen, um das Pommernland an sich zu reißen, und ihn mit einem Ehebund zwischen dem Dänenprinzen und einer polnischen Herzogstochter besiegelt. Und wer Pommern wollte, der wollte zuallererst Vineta, das Heidenbabel, das mit seinen zwölf Toren dem Heiligen Jerusalem spottete. Es gab ein paar Überfälle und Plünderungen, dann entzweiten sich Dänen und Polen, und es herrschte wieder Ruhe. Zwar musste sich der pommersche Herzog als Lehnsmann dem Polen unterwerfen, doch Vineta blieb davon unberührt. Inmitten des umkämpften Landes lag die Stadt da wie eine Muschel, die das Meer freigibt, wenn der Sturm sich legt.

Natalia hörte von alledem und bekam auch einmal den Bogen eines Briefes zu lesen, den Anya in der Kirche einer anderen Magd abgeschwatzt hatte. Die Schreiberin nannte Vineta die Honigstadt, die Vielgeliebte, über die ein Heidengott seine schützende Hand hielt. »Ein sündiger Brief«, sagte Anya. »Die Herrin von der Mala hat ihn geschrieben und auf dem Schreibpult vergessen, also hat die Mala ihn weggenommen, damit der Herr ihn nicht findet und die Herrin prügelt. Aber du störst dich nicht daran, nicht wahr? Muss Vineta nicht schön sein? Zwei Völker, Wenden und Deutsche, und dazu Fremde von überall leben dort beieinander. Sogar Juden. Ich wollte, wir beide könnten einmal hin, für einen einzigen Tag. Wir würden in weißem Brot schwelgen und Täubchen flögen uns geröstet in den Mund. Was für ein Glück wäre das, wo du doch so gern isst!«

Anya hatte Recht. Keine Sünde der Welt hätte Natalia gestört. Sie las alles, was sie in die Finger bekam, und vergaß kein Wort. *Wahrscheinlich hat mein Kopf zu viel Zeit, die Worte im Kreis zu bewegen,* dachte sie, *derweil meine Finger Hohlbraten kneten.*

Wie aus allem, was seine Küche betraf, hatte Igor auch aus der Gestaltung dieser Braten eine Kunstform gemacht. »Das Auge isst mit«, hatte er der alten Wanda gepredigt, und unter seiner Anleitung hatte sie nicht nur einfache Schweinskörper, sondern Schwäne, balzende Auerhähne und einmal gar nach einer Zeichnung einen Elefanten herstellen müssen. Bei Natalia war jegliche Bemühung um solche Fingerfertigkeit vergebens. Sie war froh, wenn sie ein Gebilde zustande brachte, von dem nichts bröckelte und das halbwegs an einen Tierleib gemahnte. *Was in meinem Kopf zu viel ist, das fehlt in meinen Händen,* stellte sie fest. Igor zeterte zwar, wenn er ihre traurigen Geschöpfe zu Gesicht bekam, aber er schlug sie nicht. Es dauerte Tage, bis ihr das auffiel: Seit sie die Nacht neben der toten Wanda verbracht hatte, schlug er sie nie mehr, und Wadim, so betrunken er sein mochte, langte ihr nicht mehr an die Hinterbacken.

Noch ein Herbst und ein Winter gingen vorbei, die Lage im Land beruhigte sich, und eine neue Magd kam ins Haus. Olga, eine verarmte Witwe, die mit prachtvollen Ohrgehängen und Armen voller Silberreifen in der Küche erschien. »Einen Hintern wie ein Ross hat die«, schwärmte Wadim, »auch wenn sie eine alte Kuh von gut und gern dreißig ist.« In den Genuss des Rosshinterns sollte er allerdings nicht kommen. Olga wurde Igors Geliebte, schlief mit ihm in seiner Kammer und übernahm das Regiment in seiner Küche. Sie hatte die Stimme einer Marktschreierin und die Arme eines Ringers. Eine Ohrfeige von ihr ließ die kraftlose Anya taumeln und Natalia das Blut in den Ohren rauschen. Igor erlaubte ihr zu tun, was sie wollte. Er hatte das Zepter übergeben und wurde sichtlich alt.

Olga wusste sich nicht zu fassen darüber, dass Natalia weder spinnen noch nähen konnte. Nach einem barschen Versuch, es ihr beizubringen, gab sie jedoch auf. »Die lernt nichts, die Stumme. Wenn die mich anstarrt, jagt's mir glatt den Rücken runter. Jemand muss ihr das Haar scheren. Das schreit zum Himmel, das Rot.«

Aber niemand schor Natalias Haar. »Sei nicht traurig«, suchte Anya sie in der Nacht zu trösten. »Keine, die ich kenne, hat so schönes Haar wie du, und die Bestie Olga ist nur neidisch, denn ihres wird schon grau.«

Natalia war nicht traurig. Im Gegenteil ertappte sie sich in letzter Zeit des Öfteren bei dem Drang, über Dinge zu lachen. Über Wadim, der mit rudernden Armen Volksreden schwang und vergaß, dass er in einer finsteren Küche stand und zu Hühnern sprach. Über Igors Hohlbratenkunst, die Olga kurzerhand vom Tisch wischte: »Ach was, ich klatsch den Batzen fest und fertig. Wenn das Männervolk mit den Augen äße, dann hätt ich keine Unze Fleisch mehr auf den Knochen.« Auch über sich selbst. Über die

Höhenflüge, die ihre Gedanken unternahmen, derweil ihre Finger gelbe Rüben schälten. Anya mochte alle Tage lang wiederholen, dass es in ihrem Leben nichts zu lachen gäbe, und sicher hatte sie Recht, aber Natalia fand trotzdem etwas, auch wenn sie es nicht wollte. *Ich bin eben doch mehr Tier als Mensch,* erschien es ihr. *Ein Mensch würde im Elend wohl nicht lachen, aber ich kann es so wenig unterdrücken wie ein anderer das Weinen.*

Seit die dralle Witwe im Haus war, brauchte Natalia nicht mehr an der Tafel des Bojaren zu bedienen. Das war jetzt Olgas Aufgabe, und als Hilfe hatte diese sich Anya ausbedungen. »Mit der Stummen kann ich nicht arbeiten«, hatte sie sich bei Igor beklagt. »Schlimm genug, dass ich die am Herdfeuer neben mir ertragen muss.« Auch darüber hätte Natalia lachen wollen. Darüber, dass Olga sich vor ihr fürchtete, selbst wenn sie ausholte und ihr mit aller Kraft über Ohr und Wange drosch. *Würde ich deinen Schlag nicht abwenden,* fragte sie sich, *wenn ich die Kräfte hätte, die du mir zutraust?* Olga aber sah das anders: »Die Stumme schreit nicht mal, wenn sie Prügel bezieht. Der tut nichts weh. Die ist kein Menschenkind.«

Ein weiteres Jahr verstrich. Anya schoss in die Höhe. Sie war so groß wie Olga, aber nicht halb so breit und ihr Körper setzte kein Gramm Fett an. Sie war schwächlich und ständig krank. Ihre Arbeit versah sie nur mit Mühe und stürzte am Abend auf ihr Strohlager nieder, als stünde sie nie wieder davon auf. *Seltsam,* dachte Natalia. *Wir essen aus demselben Topf und gehen beide an den meisten Tagen hungrig schlafen, aber meine Gesundheit blüht dabei, von meiner Haut perlt das Wasser ab, wenn ich mich wasche, und die ärmste Anya verfällt, ihr dünnes Haar geht aus, und ihr Gesicht bekommt schon Runzeln.* Es fiel

Natalia schwer, auf Essen zu verzichten, sie spürte ständig Hunger und sah selbst der kärgsten Mahlzeit mit Ungeduld entgegen. Dennoch versuchte sie, Anya die besten Bissen zuzuschieben, ein wenig Milch und Fleisch zu stehlen und sie damit aufzupäppeln. Anya aber lehnte die Liebesgaben ab. »Ich mag nicht, nimm du es. Du hast doch solche Freude am Essen, und ich schau dir so gern dabei zu.«

Natalia nahm der Gefährtin Arbeit ab, wo sie konnte, schlug Feuerholz für sie und trug allein die zwei schweren Kiepen, wenn sie vom Einkauf kamen. Dieser Gang zum Markt, wenn sie zu zweit durch die Straßen streiften, war der Höhepunkt des Tages für Natalia. Es war ein schöner Frühling. In der Stadt hing der Duft von blühenden Bäumen und von der feuchten Erde beim Fluss, der nach der Schmelze über seine Ufer trat. Natalia hätte über die sonnenbeschienenen Holzbohlen hüpfen wollen. Sie ließ die Kiepen fallen und packte Anya bei den Händen. Die aber wehrte mit schlaffem Lächeln ab: »Meine Beine sind so müde, Liebes. Lass uns machen, dass wir in unser Höllenhaus kommen.«

Natalia hob die Kiepen wieder auf und schleppte sie ein paar Schritte weiter. Plötzlich blieb Anya stehen. Natalia sah, dass die andere ihr auf die Füße starrte, und senkte selbst den Blick. Wie von allein wippte ihr rechter Fuß vom Ballen auf die Zehen. Anya, die so selten lachte, verzog den Mund. »Du bist ein Springinsfeld, Nat. Du solltest tanzen gehen.«

Natalia wusste nicht, was sie sich darunter vorzustellen hatte. Die Bauern und Torfstecher vor der Stadt gingen nicht zum Tanz und die Mägde im Hause des Bojaren erst recht nicht. Trotzdem beharrte Anya darauf. »Du tust so viel für mich. Ich will etwas für dich tun«, erklärte sie, genau wie damals, ehe sie ihr das Lesen beigebracht hatte. Sie sprach mit Wadim, obgleich ihr vor ihm graute. Tage später stürzte sie in den Hof und fiel Natalia, die dort den Besen schwang, um den Hals. »Wir gehen zum Tanz, mein Liebes. Ich will deinen Kittel ausbürsten, dir dein Haar auskämmen und das weiße Band einwinden. Wadim nimmt uns mit in eine Schänke am Fluss. Morgen Abend ist es so weit.«

Sie mussten warten, bis es dunkel war, ehe sie sich über den Hof ins Freie schlichen. Wadim hatte einen Schlüssel zum Tor. Er war angetrunken. Kaum lag das Haus des Bojaren hinter ihnen, da grölte er über die Gasse, der Fürst in Kiew sei ein Verräter, ein Fremdblütiger, und seine Ahnen seien nur ins Land gekommen, um die Städte der Rus zu knechten. Natalia wünschte, sie wären daheim, auf ihrem Stroh geblieben. Sie spürte ihren Magen, ihr Blut, das an den Schläfen pochte und vor Gefahr warnte. *Kehr um,* warnte das Blut, *geh zurück, ehe es zu spät ist.* Natalia aber ging weiter. Der Abend war erfüllt von raspelnden, wispernden Geräuschen, lockenden Düften, durchs Dunkel huschenden Gestalten. Ein überwältigender Sog schien sie zu zwingen, hinter Wadim und Anya herzueilen, aller Furcht und Vernunft zum Trotz. Der Weg war nicht weit. Die Bohlengasse mündete in einen schlammigen Pfad, und hinter der nächsten Biege kamen die Hafengebäude auf ihren Pfählen und dazwischen die Boote und das schwarz blitzende Band des Flusses in Sicht.

Die Tür der Schänke stand nur angelehnt. Sie war so niedrig, dass selbst Natalia sich bücken musste. Was ihr entgegenschlug, ließ sie zurückschrecken. Es war nicht der saure Geruch des billigen Weines. Sondern der dumpfe, schwere nach dem Fleisch von Menschen. Nach in Kleidern getrocknetem Schweiß und Mündern voller fauler Zähne. Lärm aus unzähligen Kehlen verschluckte, was Anya ihr zurief. Blakende Kienfackeln tauchten den Schankraum in ein gespenstisch flackerndes Licht. Mit einem Blick erfasste Natalia, dass kaum Frauen in dem Wirtshaus waren. Abgesehen von ein paar Buntgekleideten, die wie Farbflecken aus der Menge stachen, waren alles Männer. Schiffer und Dienstboten in dem üblichen grau verwaschenen Leinen, dazwischen Gruppen von Soldaten in dunklen Uniformröcken. Natalia wollte gehen. Sie wollte es wirklich, riss sich von Anya los und drängte Wadim beiseite. Dann aber begann die Musik.

Später dachte sie oft an diese Nacht zurück und fragte sich, wie ihr geschehen war. Sie ekelte sich vor Berührungen, mied sie wie der Teufel der Christen das geweihte Wasser. Die Musik aber hatte all das ausgelöscht. Der Tür gegenüber, auf einem niedrigen Tisch, hatten die Musiker gestanden, ein Mann mit dem Instrument, das sie Gusli nannten, einer mit einer Trommel und einer, der seinen Bogen über einen bauchigen Holzleib strich. Im Nu hatte der ganze Raum zu tanzen begonnen, zu hüpfen und sich in Kreisen um sich selbst zu drehen.

Sooft Natalia auch darüber nachdachte, sie konnte sich nie erinnern, wie sie in die Mitte der Tänzer geraten war, wie sie selbst angefangen hatte, sich im Takt zu wiegen, den Blick zu senken und zu entdecken, wie ihr der Kittel um die Beine schwang. Sie vergaß die Zeit und die Schwere in den Gliedern, sogar die Männer in den dunklen Röcken. Sie war allein. Ihr Körper trug sie, wirbelte sie durch einen Sturm und setzte sie erst wieder ab, als die Musik verstummte.

Sie hätte nicht zu sagen vermocht, wie lange sie an diesem Abend tanzte. Irgendwann packten die Musiker ihre Instrumente zusammen und stiegen vom Tisch. »Wir müssen gehen, Nat.« Wie durch Wände drang Anyas Stimme an ihr Ohr. Erst jetzt bemerkte sie, wie müde sie war. Durch die Totenstille der Nacht schlichen sie sich zum Haus des Bojaren zurück. Wadim, der Schwätzer, sprach während des ganzen Weges nur ein Wort. »Teufelstänzerin«, zischte er Natalia zu, ehe er mit seinem Schlüssel das Tor öffnete, die beiden Mädchen hineinstieß und in der Dunkelheit verschwand.

Anya sprach nie über das Erlebte. Es war, als gelte darüber zwischen ihnen ein Pakt des Schweigens. Aber sie sorgte dafür, dass Wadim sie und Natalia während des Sommers und des Herbstes noch mehrere Male mit zum Tanz nahm. Natalia fürchtete sich ein wenig vor sich selbst, weil sie beim Tanzen so außer sich geriet. Noch schlimmer als die Furcht aber war der Hunger, der sich wie beim Essen nie stillen ließ. Die Gier nach mehr.

Im Winter gab es keinen Tanz, keinen hohen Besuch und keine Festmähler, nur lähmende Kälte, wässrige Grütze, Frostbeulen, die bissen und juckten, und Krankheiten, die wie Wölfe in die Häuser einfielen. Sogar die kraftstrotzende Olga streckte ein Fieber nieder, und die schmächtige Anya erwischte es besonders schlimm. Beim besten Willen ließ sie sich nicht mehr auf die Füße treiben. In den Nächten hustete sie Blut wie einst Wanda. Essen konnte sie nicht, auch kaum trinken und kein Wort sprechen. Sobald sie versuchte, etwas zu sagen, erlitt sie einen jener grauenhaften Hustenanfälle, die ihren armen Körper schüttelten. Natalia hatte genug über die Religion der Gefährtin gelernt, um zu wissen, dass sie die Krankensalbung hätte erhalten müssen. Aber niemand rief nach dem Priester. Anya hatte keinen Menschen, der ihr diesen Liebesdienst erwiesen hätte, sie hatte nur Natalia, die hilflos an ihrem Lager hockte und ihr, selbst schwach vor Erschöpfung, unentwegt die Lippen feuchtete und die Stirne trocken rieb.

»Die tut's nicht mehr lange«, bemerkte Wadim ein ums andere Mal. »Und eine Erlösung ist's für das arme Ding.« Natalia hätte ihn mit bloßen Händen würgen wollen. *Stirb mir nicht,* flehte sie Anya stumm in den endlosen Nachtstunden an. *Wenn du mich verlassen willst, warum bist du dann erst zu mir gekommen?* Igor und die genesene Olga sprachen bei der Küchenarbeit schon ganz offen davon, dass Ersatz für die im Sterben Liegende beschafft werden müsse und diesmal eine, die zupacken könne, »kein so halbes Figürchen, das gleich wieder krepiert«.

Dann aber schlug das Wetter um, und so langsam, wie es Frühling wurde, erholte sich Anya. Sie war dürr wie eine Bohnenstange, die Wangen greisenhaft eingefallen, und ein böser Husten blieb ihr, aber das Fieber sank, und die Kranke stahl sich ins Leben zurück. Zuerst brachte sie ein paar Worte heraus, dann aß sie einen Bissen, und am dritten Tag kämpfte sie sich auf die Füße. »Ich weiß, ich sollte Gott danken«, sagte sie zu Natalia, als sie zum ersten Mal wieder zusammen in den Hof traten, um den Schweinen Futter zu bringen, »und dir, Nat, für deine Pflege. Aber ich kann es nicht. Ich bin siebzehn Jahre alt, ich sollte verheiratet sein, doch kein Mann auf der Welt wird mich nehmen, und dieses sinnlose Leben, diese Qual geht immer weiter. Ich danke weder dir noch Gott. Ich wollte, ihr hättet mich sterben lassen.«

Ohne nachzudenken, holte Natalia aus und versetzte der Gefährtin eine Ohrfeige, die in der Stille des Morgens klatschte wie ein Peitschenhieb. Anya schrie auf. Ihre Hand fuhr an ihre Wange, auf der Natalias Finger sich rötlich abzeichneten. Für kurze Zeit sahen die beiden Mädchen einander stumm in die Augen. »Verzeih mir«, sagte

Anya endlich. »Ich bleibe bei dir und du bei mir, keine von uns lässt die andere im Stich.«

Wenn Natalia geglaubt hatte, sie könne in keine schlimmere Verzweiflung fallen als in den Nächten von Anyas Krankheit, so irrte sie sich. Einige Wochen später wurde sie allein zum Fischmarkt geschickt. Es stand wieder einmal Besuch ins Haus, und jeder wurde anderswo gebraucht. Als sie zurückkam, war Anya nirgendwo zu finden. Natalia irrte durch den gesamten Küchentrakt und über den Hof und suchte nach ihr. Sie hätte nach ihr rufen wollen oder die anderen nach ihr fragen, riss sogar Olga am Ärmel, aber erhielt nur einen Hieb mit dem Löffel dafür. »Widerlich«, empörte sich die Witwe. »Geräusche wie ein Tier stößt dieses Geschöpf des Teufels aus.«

Sollen sie mit mir tun, was sie wollen, dachte Natalia. *Ich gebe nicht auf, bis sie mir sagen, was meiner Anya geschehen ist.* Als Olga sie packen wollte, biss sie ihr in die Hand. Die Ältere schrie und fluchte, aber lief Natalia nicht nach. Die irrte noch eine Weile weiter durch die Räume, dann kauerte sie sich in einen Winkel bei der Küchentür, umklammerte ihre Beine und legte den Kopf auf die Knie. *Ich habe keine Stimme und kein Weinen,* dachte sie. *Stumm und leer bin ich.*

Spät am Abend aber war Anya wieder da, sah so gesund und lebhaft aus wie seit Wochen nicht mehr, lachte sogar, als sie Natalia begrüßte, und trug einen Korb voller Köstlichkeiten für sie beide am Arm: Hirsekuchen, Hühnerschenkelchen und eine Flasche Schlehenwein. »Hast du dir Sorgen gemacht, meine Ärmste? Hat keine von diesen Bestien dir gesagt, wo ich bin? Beim Herrn Kolja hatten sie Gäste aus Polen, da brauchten sie noch ein Paar Hände. Mala, die Magd vom Herrn Kolja, kommt dafür morgen zu uns. Die Arbeit war nicht schwer, der Küchenmeister drüben kann nicht kochen, aber er hat ein gutes Herz. Nur, dass du dich gesorgt hast, tut mir leid. Was für Angst musst du ausgestanden haben.«

Natalia saß schweigend im Stroh. Die Erleichterung ließ sie schwindeln und schnürte ihr die Kehle zu.

»Komm«, rief Anya, hockte sich hin und breitete zwischen ihnen ein Leintuch aus. »Vergiss deine Angst und schau, was mir der Küchenmeister mitgegeben hat. Lass uns feiern, mein Liebstes. Du und ich bleiben immer zusammen.«

Am anderen Tag kam die Magd Mala, ein stämmiges, flachgesichtiges Mädchen, das sich bei der Arbeit immerfort bekreuzigte, Stoßgebete aussandte und frömmlerisch auf Anya einsprach. Anya aber, der doch die Sprechende so viel besser zur Freundin getaugt hätte als die Stumme, hielt sich dicht bei Natalia und berührte oft ihre Hand. Allmählich gelang es ihr, daran zu glauben: Anya würde bei ihr bleiben. Sie war zweimal wiedergekommen, sie würde immer wiederkommen. In dieser Nacht schlief Natalia so tief und traumlos, wie sie es, solange sie sich erinnerte, nie getan hatte.

Sie sollte sich irren. Mondkreise später, bei Herbsteinbruch, kamen die Herren aus Vineta erneut nach Nowgorod, nächtigten und aßen jedoch nicht im Haus des Bojaren, sondern trafen sich mit ihm im Flusshafen. So jedenfalls hörte Natalia Igor und Olga reden. Sie wurde am Morgen wie so oft allein zum Einkauf geschickt, und als sie zurückkam, war Anya verschwunden. Diesmal regte Natalia sich nicht auf. Die Gefährtin mochte im Kontor bei den Gästen helfen oder wiederum zum Herrn Kolja gesandt worden sein, aber gegen Abend käme sie gewiss voller Geschichten und womöglich mit Geschenken zurück.

Auch als Anya die Nacht über fortblieb, war Natalia noch nicht besorgt. Es mochte spät geworden sein, vermutlich hatte Herrn Koljas herzlicher Küchenmeister Anya ein Lager für die Nacht angeboten. Im Laufe des Morgens würde sie kommen, ausgeschlafen, mit Farbe auf den Wangen. Anya aber kam nicht. An diesem Tag so wenig wie am nächsten. Sie blieb verschwunden, und Natalia sollte nie erfahren, was mit ihr geschehen war.

Hellgelb, bald farblos spannte sich der Himmel. Blutröte würde ihn überschwemmen, sobald der Abend kam. Böiger Wind trug Gerüche nach Salz und Fisch aus dem Hafen hinauf. An der Fensterluke ihrer Kammer saß Oda und zog sich ihren Kamm aus Hirschhorn unablässig durchs Haar.

Den Kamm gab sie nie aus der Hand. Früher, im Haus des Vaters, der Kämme machte, hatte sie keinen besessen. Wie lange war das her? Schon vierzig Jahre? *Schwarze Oda,* hatten sie ihr nachgerufen. Da hatte sie das Haar noch in Zöpfen getragen, die sie im Finstern aufflocht, ehe der endlose Tag begann. *Schwarze Oda, Siebenschöne, ist kein Kerl dir fein genug?* Bald zwanzig war sie gewesen, als Witsach Sliwosz vorsprach und ihre Hand zur Ehe erbat. Witsach Sliwosz mit den hellen Augen, der im Handelsviertel wohnte und Mädchen in Schwärmen an sich zog. Er wollte keine als sie, *Schwarze Oda,* des Beinschneiders Tochter im verschossenen Kleid. »Meine Schöne«, nannte er sie, »meine schwarze Rose. Ich baue ein Haus für dich.«

Sie war mit ihm gegangen. So lange war das her. Sein Haus mochte karg sein, nichts als Bett und Schemel hier in ihrer Kammer, in der sie seit seinem Tod kein Stück verändert hatte, aber das Bauwerk war für die Ewigkeit gemacht. In seiner Liebe zu ihr hatte Witsach es auf ein Fundament aus Feldstein und in die beste Gegend der Stadt gestellt. Namen und Stellung hatte er ihr gegeben, Wittum und Morgengabe, und das alles war so unsäglich viel besser als das Elend beim Vater, *Schwarze Oda, Dreckstück, hechelst den Kerlen um den Schwanz, und was du anfasst, geht zuschanden.* Es war das Beste. Ein Glück, das so scharf und süß schmeckte, dass es sich kaum schlucken ließ. Witsach vergötterte sie, er nahm sich keine Zweite, sondern überschüttete sie mit seinen Liebesbeweisen und kämmte ihr am Abend das Haar.

Dann war er eines Morgens aufs Meer gefahren und am selben Abend hatte sie ihn ganz leibhaftig, wenn auch stumm und wie in bleichen Farben gezeichnet, in ihrer ehelichen Kammer stehen sehen. *Schwarze Oda, Waflerin, siehst das Sterben voraus.* Der bleiche Witsach sprach kein Wort zu ihr, sah sie nur bedauernd an und verschwand. Damit war sein Schicksal besiegelt: Einer, der wafelte, der sich als sein eigenes Ebenbild zu sehen gab, der lag dem Tod in den Armen. Witsach kehrte nicht wieder. Es dauerte viele Sommer, bis Oda aus der betäubenden Verzweiflung erwachte und feststellte, dass von ihrem Leben überhaupt noch etwas übrig war.

Ein Stück von ihm. Einen kleinen Witsach. Der Sohn, auf den er sich so sehr gefreut hatte, dass er ihr, sobald ihr Leib sich zu runden begann, auf Knien dafür dankte. Ein Knabe mit Witsachs Glockenlachen und Witsachs regengrauen Augen. Der getreue Jakub, der all die Zeit über klaglos an ihrer Seite ausgeharrt hatte, musste sie des Öfteren daran erinnern, dass das Kind nicht Witsach, sondern Wartislaw hieß. Und dass sie noch ein Kind hatte. Einen nutzlosen zweiten Sohn, der ihrer Sippe nachschlug und dem verlorenen Witsach nicht im Geringsten ähnlich war.

Der Abend zog auf und mit ihm der Sturm, der schon fauchte, als wolle er Oda in die Gegenwart zurückrufen. Vor ihr auf dem Sims stand eine Schüssel Milchsuppe, die kalt geworden war und eine Haut gezogen hatte. Jetzt begann sie, kleine Wellen zu werfen, und von der Kerze spritzte Talg. Oda hob noch einmal den Kamm. Er stammte nicht aus der Werkstatt ihres verblichenen Vaters, aber war auch nicht mehr jener, den Witsach ihr geschenkt und den er des Abends durch ihr Haar gezogen hatte. Es war Jakubs Kamm. Eine kunstvolle Schnitzarbeit aus Hirschhorn. In jener schlimmen ersten Zeit hatte er ihr den gebracht, nachdem sie Witsachs Kamm in einem Haarknoten zerbrochen hatte und darüber in haltloses Schluchzen ausgebrochen war. »Hier, Frau Oda. Wollt Ihr den zum Ersatz?«

Vor Verblüffung hatte sie aufgehört zu weinen. Woher nahm der Jude, der auf sein Äußeres keinen Pfennig gab, solche Kostbarkeit? »Wem gehört der? Euch?«

»Nein, gehören tut er mir wohl nicht. Er ist nur sozusagen bei mir verblieben. Aber die, der er gehört hat, braucht ihn nicht mehr. Ich wäre froh, wenn Ihr ihn nähmt, denn was soll ein Kamm ohne ein Haar zum Strählen?« Damit hatte er sich wie verlegen an seinen beginnenden Kahlkopf getippt.

Es war nicht rechtens, dass ein Bediensteter der Frau seines Herrn ein so wertvolles Geschenk machte. Aber der Herr war schließlich nicht mehr da. Sie allein, des Beinschneiders Oda, hatte fortan bestimmt, was in seinem Haus rechtens war. In Christenstädten musste eine Witwe sich erneut verheiraten lassen, und drüben, auf der Raneninsel Rügen, verbrannte man die Frau mit ihrem toten Herrn. In Vineta aber gehörte ihr Leben ihr, ob sie es noch wollte oder nicht.

Oda hatte den Kamm behalten. Und sie hatte Jakub behalten. Er zog ihren Sohn auf, dafür war sie ihm dankbar, er half ihr, den Besitz zu bewahren, und er lehrte sie Lesen. So hässlich war er, dass es sie lachen machte, und sie machte auf der Welt sonst kein Mann lachen. Jakub war ein Männchen. Klein und krumm, wie eine Trockenpflaume. Witsachs Schwester Bozena und ihr Mann Niedamir, die nach dem bisschen Erbe schielten, rieten ihr, den Juden zum Perun zu jagen und dem Schwager das Geschäft zu übertragen. Oda wies ihnen die Tür.

Besten Dank, werte Herrschaften, lieber erwürge mich die Mittagsfrau. Sie hätte eher einem siebenköpfigen Seeungeheuer getraut als diesen beiden, dem Säufer Niedamir und Bozena, der Großsprecherin, der die schwarze Oda damals nicht gut genug gewesen war. Ihr Witsach schließlich hatte sich um die Ansicht seiner Sippschaft nicht geschert. Er hatte sich Oda unter sein Dach geholt, wie er Jakub geholt hatte, als der wie eine halb ersoffene Ratte in die Stadt getrieben war. Unter diesem Dach würden sie beide bleiben, bis sie starben, daran hatte kein Mensch etwas zu rütteln. *Soll auf der Gasse sich den Hals ausschreien, wer will. Heute wie vor Jahren. Schwarze Oda, Judenbuhle. Was kümmert's mich?* Wind stob herein. Oda stand auf und schloss das Fenster. Die Nacht kam schnell um diese Jahreszeit. Das Flackern der Kerze beruhigte sich. Als Oda sich wieder auf ihren Schemel setzte, klopfte es an ihrer Tür.

Durch schwarze Schleier leuchtend schien der Himmel. Bald würden die Sturmglocken ihr Geläut beginnen. Wütender Wind riss Äste von den Bäumen, blies Marktstände um, fuhr unter Kleider und beutelte sie wie Wetterfahnen. Wohl dem, der heute seine Haustür hinter sich verschließen konnte. Er selbst, Jakub, zog die Türe zu, aber wusste, die Nacht rief ihn noch einmal hinaus.

Er zündete in der Halle kein Licht an, sondern ging geradewegs die Stiege hinauf. Auf sein Klopfen gab niemand Antwort. Das war auch nicht nötig. Er hatte ihre Tür ohne Erlaubnis geöffnet, als sie nach dem Tod ihres Mannes vor Kummer krank daniederlag, und seither tat er es immer wieder. So auch heute. »Guten Abend, Oda«, sagte er, schluckte und sprach dann weiter: »Ich liebe dich.«

Oda saß in ihrer Kammer am Fenster. Sie saß gern dort, selbst wenn die Läden so wie jetzt verschlossen waren. Ein Talglicht blakte vor ihr auf dem Sims. Sie machte sich nichts aus Licht, aber die Dunkelheit fürchtete sie. Jakub musste lächeln. Sie war die klügste Frau, die er kannte, doch jede abergläubische Nichtigkeit versetzte sie in Schrecken. Im Türrahmen hing ein Büschel Ahorn gegen das Eindringen von Mittagsfrauen und Tod verheißenden Wafelbildern. Sie hatte sich das Haar gekämmt. *Mit Rachels Kamm, noch nach all den Jahren.* Federzart rührte etwas an sein Herz.

»Sag das nie wieder«, sprach sie vor sich hin, ohne sich umzudrehen. »Du magst glauben, ich sei dazu nicht fähig, aber wenn du das je wieder sagst, trete ich dich wie einen Gassenhund aus meinem Haus.«

»Ich weiß«, sagte Jakub. »Verzeih, ich wollte es nur einmal gesagt haben.« Kurz waren beide stumm. »Eigentlich bin ich gekommen, um dir zu erzählen, dass mir auf dem Heimweg die Goscha begegnet ist.«

»Die Wehfrau?« Sie zuckte die Achseln auf die gleiche Art wie Warti. »Warum erzählst du mir das?«

»Sie ist zu deinem Sohn gerufen worden.«

»Zu meinem Sohn?« Jetzt fuhr sie doch herum, sodass die Füße des Schemels über die Dielen schrammten. »Mein Sohn sitzt im Rathaus, wo um solche Stunde kein braver Vineter Bürger mehr sitzen sollte. Der Wirrkopf kennt nur seine Arbeit und den Wiec, das Wohl der Stadt. Dem bleibt keine Zeit, sich nach einer Frau umzutun, weshalb sollte er sich also eine altersschwache Hebamme rufen?«

Jakub schüttelte den Kopf. »Du weißt so gut wie ich, dass ich von Bole spreche. Seine Frau, die Jula, bekommt wieder ein Kind.«

»Bah, die Jula. Bozena Lubins Balg.«

»Dafür kann sie nichts, oder? So wenig wie dein Sohn Bole.«

»Was willst du, Jakub?« Trotz der trüben Beleuchtung bemerkte er die Kerbe, die sich zwischen ihre Brauen grub.

»Das weiß ich selbst nicht genau. Vielleicht nur dich wissen lassen, dass dir wieder ein Enkelkind geboren wird. Wenn du wolltest, ginge ich mit dir ins Hafenviertel.« Er machte eine Pause. »Aber du willst nicht.«

»Nein.«

»Dann würde ich gern gehen, wenn du mich nicht brauchst.«

»Wozu soll ich dich brauchen?«, herrschte sie ihn an.

»Ja, wozu, du hast Recht. Mir kam eben einfach der Gedanke, du wärst in einer stürmischen Nacht nicht gern allein.«

»Pack dich, Jakub«, sagte Oda, aber die Kerbe zwischen ihren Brauen war verschwunden. »Was immer dir zu Kopf steigt heut Nacht, ich mag nichts davon hören.«

»Gut, dann mache ich mich auf den Weg.« Nach kurzem Zögern wandte er sich zur Tür.

»Jakub«, rief sie ihm nach, die Stimme kleiner, verzagter als gewohnt. »Jakub, warum hat mein Warti keinen Sohn?«

Überrascht drehte er sich noch einmal nach ihr um. »Wünschst du dir denn, dass er einen hätte?«

»Natürlich«, erfolgte wie ein Blitzschlag ihre Antwort.

»Einen Sohn wie meinen Witsach soll er haben. Mit Witsachs Augen, die wie Regen waren, mit seiner Singstimme und seinem Wesen ohne Arg. Witsachs Namen soll er ihm geben. Dann kann ich sterben, weil ich weiß, es gibt wieder einen Witsach Sliwosz in Vineta und nicht alles, was ich angefasst habe, ging zuschanden. Tu etwas, Jakub. Tu etwas, damit mein Warti einen Sohn bekommt.«

Jakub nickte. »Ich wünsche mir dasselbe. Aber tun kann ich so wenig wie du.«

Als nach einiger Zeit deutlich wurde, dass Oda nichts mehr erwidern würde, murmelte er: »Gute Nacht«, verließ den Raum und schloss die Tür. Tief in Gedanken versunken trat er hinaus in die sturmdurchtobte Nacht.

Ihre Gestalt auf der Treppe. Selbst wenn er hundert Jahre alt würde und noch zwanzig nutzlose Töchter zeugte, würde Bole diesen Anblick nicht vergessen. Die Gestalt seiner Braut im Rosenkleid, ihr Leib gerade gewachsen wie ein Tannenstamm, ihr Haar auf zierlichen Schultern und das Gesicht so weiß und stumm. Er würde es nie vergessen. Den winzigen Sprung, den ihm das Herz in der Brust vollführte, den Schmerz und die Lust: *In dieser Stadt blühen Mädchen auf wie wilde Wicken, schwirren durch die Gassen wie des Zeidelers Bienenschwärme, doch das schönste Mädchen gibt sich heute mir.*

All die Jahre hatte er still um sie geworben, sich verzehrt nach ihr, in seinem Wald, das Gesicht in morastiger Erde, um sie geweint. »Wo soll ich denn wohnen?«, hatte sie ihn am Ende verhöhnt. »In den Sümpfen vielleicht, mit Schilf überm Kopf?« Da hatte er seinen Stolz zum Perun gejagt und seinen Bruder um Geld gebeten. Im Hafen hatte er ihr ein Haus gebaut, hinter der Reihe der russischen Kontore, der Sturm pfiff durch schlecht verstopfte Ritzen, und in der Nacht hielt das Gebrüll des Meeres die müden Häupter der Bewohner wach. Es war ein niedriges, windschiefes Gebäude mit feuchten Wänden und knarrendem Gebälk, aber immerhin besaß es eine Schwelle, um eine Braut darüberzugeleiten.

Sie hatte es natürlich nicht gemocht. »Das nennst du ein Haus? So was bietest du mir? Soll ich hier Kinder bekommen, damit sie mir elendig erfrieren?« Aber ihre Kinder waren nicht erfroren, weder verhungert noch am Fieber verreckt, sondern hatten überlebt. Alle vier. Das erste, gezeugt im Grauen der Hochzeitsnacht, ehe seine Braut ihn zornentbrannt von ihrem Lager gestoßen hatte: »Du widerst mich an. Dein Bruder ist ein schamloser Wüstling, aber immerhin ein Mann, kein Nichts wie du.«

Damals war er hinaus in die Nacht geflohen, hatte die Kleider übergeworfen und sich an einer Häuserecke den Hochzeitsrock zerrissen. Wie er in die Oberstadt gelangt war, auf den Anger bei Svarogs Liebeseiche, wusste er nicht. Es war eine klare Herbstnacht, sternenhell und duftend, eine Handvoll sorgloser Schwärmer drehte sich noch im Tanz. Bole hatte die Stirn an den Stamm des heiligen Baumes gelehnt. Seine Wangen waren nass von Tränen.

»Heda, mein edles Herrchen. Kennt Ihr mich nicht mehr? Die Lenka bin ich, hab oft an dich gedacht.«

An diesem Abend hatte er mit Lenka getanzt, als ließe sich das alles aus Kopf und Brust tanzen, seine Schmach, sein Versagen, Jula. Dem ersten Abend waren weitere gefolgt. Kämpfe mit Jula, flüchtiges Vergessen mit Lenka. Vier Jahre war er inzwischen vermählt, und oben, auf ihrer beider Bett, lag Jula und gebar sein fünftes Kind. Kalt war die Februarnacht, die Glut im Ofen längst erloschen. Wie sehr hatte er sich ein Kind gewünscht am Morgen seiner Hochzeit, als seine Braut im Haus ihres Oheims die Stiege hinunterschritt. Er hatte Warti zum Brautführer bestimmen müssen, ein Biss in den sauren Apfel, doch als er Jula erblickte, vergaß er, dass hinter ihr sein Bruder ging. *Von der klapprigen Stute gibt's im Leben kein Fohlen,* munkelten Spötter an seiner armseligen Festtafel. Aber die Spötter hatten Kinder zu Grabe getragen, derweil die seinen prächtig ins Kraut schossen, wie Raupen fraßen und eines Tages ein Heiratsgut von ihm verlangen würden. Warum dachte man nur an Söhne, wenn man ein Heim gründete und sich Kinder wünschte? Er und Jula hatten auf ihrem bitteren Lager vier Töchter gezeugt.

Hätte er auf Rügen gelebt, in Julin oder einer der anderen Städte, die sich dem christlichen Joch widersetzten, so wäre es sein Recht gewesen, eine nutzlose Tochter nach ihrer Geburt zu erwürgen. In Vineta jedoch war dergleichen verboten. Wer sein Kind nicht durchzufüttern wusste, der gab es ins Findelhaus, aber ließ ihm das Leben. Zuweilen, so bemerkte Bole, gebärdete sich Vineta, das Dänen, Sachsen und Polen einen Hort des Heidentums schimpften, christlicher als ein Klostersitz. Er hielt inne: Hätte er eines seiner Kinder, Julas Kinder, zu töten vermocht? Er empfand keine Liebe für sie, wagte um alles in der Welt nicht, noch ein Geschöpf zu lieben. Von Vaterstolz gab es keine Spur, stattdessen lastete die Pflicht, all die Bäuche zu füllen, schwer auf seinen Schultern. Aber sie blieben seine Kinder. Der Packen, den er zu schleppen hatte, weil er sich Jula so sehr gewünscht hatte, so sehr, wie man sich in seinem Leben vielleicht nichts wünschen sollte.

Von oben drang ein Schrei durch die Stille, und ließ Bole, der bei seiner Kerze saß, zusammenzucken. Es war hart, ein Kind zu gebären, bei einer Tochter nicht weniger als bei einem Sohn. Als ihr so rasch nach der Geburt der Zwillinge erneut der Leib schwoll, als sie es ihm sagte,

»noch ein Balg und für die drei, die da sind, reicht's schon nicht«, war er sicher gewesen: *Diesmal wählt Triglav uns aus dem Weiher der Seelen einen Sohn. Ich gehe nicht mehr zu Lenka. Mit unserem Sohn werden wir als Mann und Frau zusammen leben.* Er hatte Lenka gesagt: »Mit uns hat's ein Ende.« Sie war keine Hübschlerin, sondern eine Bauerntochter, die auf einem dreckstarren Hof eine halbe Stunde Fußweg vor dem Osttor lebte. Ihr Vater war tot, die Mutter nicht recht bei Sinnen. Wenn Bole von ihr kam, war er krank vor Scham, aber ging doch wieder hin, war süchtig nach ihren Liebkosungen. Zärtlich war sie und sang sehr schön. Nannte ihn ihr edles Herrchen und freute sich an den Krumen, die er ihr gab, wie an einem kostbaren Geschenk.

Monde lang war er nicht zu ihr gegangen, bis zu der Nacht, in der Jula ihm die vierte Tochter gebar. Die Geburt war die Stunde der Frauen, bei der Männer nichts verloren hatten. Die anderen Male hatte die Wehfrau ihm die Neugeborenen vor der Kammertür gezeigt und war wieder verschwunden, diesmal aber rief sie ihn an Julas Lager. »Bald sechzig Jahre hol ich Müttern die Kinder auf die Welt, doch bei der hier weiß ich keinen Rat.«

Jula lag auf dem Bauch, das Gesicht ins Kissen gedrückt und schluchzte sich die Seele aus dem Leib. Bole hatte sie schreiend und keifend, fluchend und um sich schlagend erlebt, aber er hatte sie nie zuvor weinen sehen. Bei ihrem Anblick wünschte er sich keinen Sohn mehr, sondern nur, sie zu trösten. Er kniete sich neben ihr Bett und breitete seinen Arm um ihren zuckenden Rücken. Den Sohn hatte er gewollt, um etwas weiterzugeben. Sein Geschäft war schäbig, und vor dem Fisch, den er verkaufte, ekelte es ihn, aber einer wie er, der mit wenig anfing, durfte nicht wählerisch sein. Wider alle Vernunft hatte Bole sich geschworen: Eines Tages, ehe mein Sohn mein Erbe antritt, nenne ich mehr mein Eigen als mein Bruder. Jetzt jedoch zählte von all dem nichts mehr. Nur die Gegenwart. Nur Jula.

»Julinka, Geliebtes!« Liebevoll rüttelte er ihre Schulter. »Beruhige dich. Weshalb muss es denn ein Sohn sein, was bedeutet uns das?«

Ihr Rücken erstarrte unter seinem Arm. Dann fuhr sie herum. Ihr Gesicht war nass und rot wie gesotten, die Augen zu Schlitzen verengt. »Die andern haben Söhne«, kreischte sie mit irrer Stimme. »Die mit dem Finger auf mich zeigen, *Ziegenjula, wirfst nur Zicken, keinen Bock.*«

»Mein Geliebtes!«

Er wollte sie an sich ziehen, doch sie stieß ihn so heftig vor die Brust, dass er am Bett nach Halt hangeln musste. Ihre Stimme bebte nicht länger. Sie war klar und kalt: »Hätt ich deinen Bruder im Bett, dann hätt ich Söhne in Hülle und Fülle. Vielleicht sollt ich ihn mir noch einmal holen, was? Fast hatte ich ja schon einen Sohn von ihm, der ist in mir gestorben, aber gewiss macht er mir einen neuen, wenn er hört, dass seinem Bruder der Saft dazu fehlt.«

Er hatte sie nie zuvor geschlagen. Der Lärm, das Klatschen der Schläge und das Schreien, würde ihm auf immer in den Ohren gellen. Hinterher floh er auf die Gasse und aus der Stadt hinaus zu Lenka. Sie sang so schön. Ihr Holunderhaar hing über sein Gesicht, derweil sie ihm Becher um Becher von ihrem Schlehenwein gab, bis er besinnungslos zu Boden sackte. Tagelang mied er hernach sein Heim. *Ich rühre meine Frau nie mehr an,* schwor er sich, ehe er sich gestattete zurückzukehren. Solange er nüchtern blieb, hielt er sich daran, ertrug ihr Schweigen, ihre Blicke, schuftete wie ein Pferd für seine Töchter. Bis zu dem Tag Anfang Mai, an dem er im Hafen seinen Bruder traf.

Bole wusste, was beim Trinken mit ihm geschah. Er hätte Wartis Einladung niemals folgen dürfen. Wie immer hatte der Bruder sich betragen, als stünde nichts zwischen ihnen, als hätte er keinen Grund der Welt, die Augen niederzuschlagen, den Kopf zu senken, gar Bole um Vergebung zu bitten. Bole hatte getrunken. Im Wein waren Beherrschung und Besonnenheit ersoffen.

»Wie geht es der Jula?«

»Das wagst du zu fragen?«

Das Gesicht des Bruders sah er noch vor sich, er würde es immer sehen, die hochgezogenen Brauen, den Blick des harmlosen Hallodris, dem kein Mensch ernsthaft etwas übelnahm.

Bole hatte seinen Wein in einem Zug hinuntergestürzt. Und den Krug ergriffen, um sich nachzuschenken, dass das blutrote Nass ihm auf die Hände schwappte. »Kein Wort mehr oder du bereust es, Warti. Dass ein Hundsfott den Namen meiner Frau ins Maul nimmt, lasse ich nicht zu.«

»Wie bitte?«

Bole trank. Die Kehle brannte ihm.

»Ich werde doch fragen dürfen, wie es meiner Schwägerin ergeht?«

»Hundsfott.« Noch ein Schluck, noch ein Schwall aus dem Krug. »Mädchenschänder. Tier.«

»Bole!«

»Rühr mich nicht an.« Er war aufgesprungen, hatte im Stehen den Rest Wein hinuntergestürzt. »Dass du mein Bruder bist, ist mir widerlich. Komm der Jula noch einmal nahe, und ich bringe dich um, hast du gehört? In der Gosse verrotten will ich dich sehen. Komm ihr noch einmal nahe, meiner Jula, und ich bringe dich mit meinen Händen um!«

Dann war das Bild nicht mehr klar, alles schwankte und zerfloss. Nur wie der Wirt und zwei Fremde ihn zurückrissen, glaubte er noch zu spüren, wie sie ihm die Hände aufbogen, die sich um die Gurgel seines Bruders krallten. Auch die Gurgel unter seinen Fingern, das Verletzliche, Zerbrechliche, vermeinte er, bis heute zu fühlen. Hatte er Warti wahrhaftig zu töten versucht? Und warum hatte der sich nicht zur Wehr gesetzt? Er wusste nichts davon. Seinen Bruder hatte er seither nicht gesehen, und wenn es nach ihm ginge, sähe er ihn niemals mehr.

Als er in dieser Nacht zu seiner Frau nach Hause gekommen war, hatte er seinen Schwur gebrochen. Er hatte sie angerührt, und mehr als das. Ein neuer Schrei riss ihn zurück in die Gegenwart... Durchs Zimmer stob ein Luftzug, ließ die Kerze flackern. Seit dem Morgen, seit endlosen Stunden war Jula dort oben in der Kammer und brachte zur Welt, was in jener Nacht gezeugt worden war.

Es klopfte an der Tür. Viel leiser als das Donnern, mit dem der Wind die dünnen Wände des Hauses durchschüttelte. Schwerfällig erhob sich Bole, ging zur Tür und zog sie auf. Ein Laut des Erstaunens entfuhr ihm. Vor ihm in der Finsternis stand Jakub. »Guten Abend, Bole. Magst du mich nicht einlassen? Es ist, um die Wahrheit zu sagen, bitterkalt für einen wie mich, der am liebsten hinterm Ofen hockt.«

»Das kann ich mir denken. Sicher heizt mein spendabler Bruder euch gehörig ein.« Seit neuestem stutzte Jakub sich den Bart nicht mehr und sah, so fand Bole, uralt und jüdischer aus als je zuvor. »Was machst du hier?«

Sanft, doch bestimmt schob der Alte ihn beiseite und verschaffte sich Einlass ins Haus. »Auf dem Fischmarkt hat jemand erzählt, die Goscha sei zu euch gerufen worden. Ich war der Meinung, du könntest heute Nacht vielleicht Gesellschaft brauchen.«

»Nicht nötig. Die Jula erledigt das Kinderkriegen wie eine Katze auf der Gasse.«

»Ich weiß. Aber du nicht.« Bedächtig trat Jakub zum Tisch und ließ sich auf einem Schemel nieder. In der tanzenden Lichtquelle wirkte sein Gesicht noch greisenhafter. »Bietest du mir eine Stärkung an? Etwas Wein wäre schön, aber Wasser tut es auch.«

Widerwillig trottete Bole in die Küche und tastete im Finstern nach dem Krug. Wieder ertönte ein Schrei, langgezogen und so schmerzverzerrt, wie es zu Jula nicht passte. Kaum war das grässliche Geräusch verhallt, setzte ein anderes ein, ein dumpfes Dröhnen, das die Wand erzittern ließ. »Die verdammten Sturmglocken.« Mit dem zur Hälfte gefüllten Weinkrug kehrte er ins Zimmer zurück. »Tag und Nacht schaukelt das Haus von dem Geläute, auf dass ich nie vergesse, wo ich gestrandet bin.«

Jakub blickte auf. »Tu mir einen Gefallen, und verdamme die Glocken nicht. Ich bin kein gläubiger Mensch, doch ich würde mich scheuen, solche Zeichen zu missachten. Wenn sie dir so überlaut in den Ohren gellen, bist vielleicht du es, den sie warnen wollen.«

»Und wovor?«

»Das musst du dich selbst fragen, Bole. Vor einem Sturm in dir.«

Die Glocken dröhnten, und die Jula schrie. Bole baute sich vor dem kleinen Mann auf und stemmte die Hände in die Hüften. »Bist du eigentlich noch Jude, Jakub? Oder huldigst du jetzt dem Perun, der die Glockenschnur schwingt? Und weshalb bist du wirklich gekommen? Hat mein nobler Bruder dich geschickt?«

»Dein Bruder steckt bis an den Hals in Arbeit«, erwiderte Jakub. »Nach dem harten Winter rechnet er zur Schneeschmelze mit dem Schlimmsten. Der alte Deich beim Fischerstrand macht ihm Sorge. Er versucht, gegen den Willen des Starosten eine Verstärkung durchzusetzen. Daneben rüstet er schon zur Fahrt. Sobald das Eis aus der Bucht ist, will er nach Nowgorod, um zu sehen, ob unser Handelspartner die Unruhen heil überstanden hat.«

Bole wusste, wovon der andere sprach. Seit der Großfürst Wladimir Monomach vor fünf Jahren gestorben war, wurde das riesige Reich der Kiewer Rus von Erbstreitigkeiten gebeutelt, die sich allmählich zu einem handfesten Bürgerkrieg auswuchsen. Der Fischhandel war nur am Rande betroffen, doch unter den Kaufleuten, die Waren in die Rus lieferten und Pelze, Erze und Edelsteine von dort zurückbrachten, steckte so mancher herbe Verluste ein. Sein Bruder hingegen wusste wie immer, aus der Not eine Tugend zu machen. Er schickte Schiffe in sämtliche Teilfürstentümer und gewann neue Geschäftspartner, wo andere die ihren verloren. »Ich bin gekommen, weil ich es wollte«, unterbrach Jakub seine Gedanken. »Aber dein Bruder vermisst dich. Du wärst ihm als Partner willkommen, bräuchtest nur an seine Tür zu klopfen.«

»So so. Und verstehst du vielleicht, warum ich nicht klopfe?«

»Weshalb setzt du dich nicht und teilst deinen Wein mit mir? Ja, ich verstehe dich. Nur verstehe ich Wartislaw auch. Mein Dilemma ist, dass ich nicht einen von euch verdammen kann, nur weil ich weiß, was den anderen quält.«

Bole sah Jakub zu, seinen unmännlich zierlichen Händen, die den Weinbecher hielten und zum Mund führten. Händen, die ihm einmal, in Kindertagen, groß erschienen waren, die jetzt alt waren und um den Becher geschlossen ein wenig zitterten. »Du weißt nicht alles«, sagte er. »Es mit dem einen zu halten, heißt den andern zu verraten.«

»Ja, das ist möglich«, antwortete Jakub. »Ich muss es mit Wartislaw halten, dem Erben. So ist es von alters her Gesetz, in meiner Tradition wie in der euren. Eurem Vater gegenüber, dem ich viel zu verdanken habe, betrachte ich es als meine Pflicht.«

»Und was ist mit meiner Mutter?«, fuhr Bole ihm ins Wort.

Müde zuckte Jakub die Achseln. »Soll ich einen Hehl daraus machen, dass ich deine Mutter im Leben nie verlassen könnte? Das weißt du doch ohnehin, wir wissen es alle, und findest du wirklich etwas Verwerfliches daran?«

»Das mach mit dir selbst aus. Verwerflich finde ich, dass meiner Mutter an dir mehr liegt als an mir. Dass sie, solange ich denken kann, kein Wort an mich gerichtet hat. Ich habe meiner Erstgeborenen ihren Namen gegeben. Glaubst du, sie ist je gekommen, um meine Oda auch nur anzusehen?«

»Sie kommt zu niemandem«, erwiderte Jakub. »Du weißt, dass sie das Haus nicht verlässt. Aber dass du nie zu uns kommst, schmerzt sie.«

»Erfinde nicht Lügen wie ein Waschweib, Jakub. Ich war von klein auf nichts als *der andere* für sie, der Dunkle, der nicht ihrem goldenen Liebsten nachschlägt, sondern dem Beinschneiderpack, das sie vergessen will. Und dass ich dann auch noch Jula geheiratet habe, die Tochter ihrer Feindin Bozena, das verzeiht sie mir im Leben nicht.«

»Nein, vielleicht nicht«, sprach Jakub langsam in den Rauch der Kerze. »Aber deshalb bist du doch noch immer ein Teil der Familie. Du fehlst uns. Mir vor allem. Ist es nicht seltsam, wie in manchen Nächten unser Leben vor uns abläuft? Ich habe keine Kinder. Keine Kinder haben ist ein wenig, als habe man nicht gelebt. Aber ich hatte euch, deinen Bruder und dich, das war mein Segen und tröstet mich, wenn ich ans Sterben denke. Du bist ein reicher Mann, Bole. Dir sind vier, bald fünf Kinder geschenkt.«

»Ja, vier Töchter, eine nimmersatter als die andere, und keine Griwne in der Truhe, um sie für eine Heirat auszustatten.« Auf einmal fühlte Bole sich entsetzlich erschöpft. Mit steifen Gliedern setzte er sich Jakub gegenüber, derweil oben von neuem das Geschrei anhob. Es riss nun nicht mehr ab: Schrille, zerhackte Schmerzenslaute, als schlügen Jungen auf der Gasse eine Katze tot. »Ich habe keinen Sohn«, sprach er tonlos in die Kerzenflamme. »Und ich hab mir doch so sehr einen Sohn gewünscht. In den Wald wollt ich ihn nehmen, Eicheln und Bucheckern sammeln und hinten im Hof ein Schwein damit mästen. Ein Pferd für ihn hätt ich mir vom Mund abgespart. Aber es gibt ihn ja nicht. In der Tat, keinen Sohn zu haben ist, als hätte ich nie gelebt.«

»Bole.« Über die Flamme hinweg suchte Jakub seinen Blick. »Ich habe dir einmal von meiner Tochter erzählt, nicht wahr? Von meiner Tochter Hannah, die mir ein Schlächter, der auf dem Wams ein Kreuz trug, ermordet hat?«

»Nein«, schrie Bole lauter als Jula, lauter als die Sturmglocken, sprang auf und hieb die Faust auf den Tisch. »Das hast du mir nicht erzählt, nie und nimmer. Ich weiß es trotzdem. Du hast es nämlich meinem herzliebsten Bruder Warti erzählt, und ich stand an der Türe und habe mit angehört, was nicht für mich bestimmt war.«

»Beim Himmel, Bole!« Jakub sprang ebenfalls auf und versuchte ihn in die Arme zu ziehen wie zur Kinderzeit. »Tu das doch nicht, vergifte nicht dein Herz. Du warst nie missgünstig, hast nie das Deine an dem gemessen, was ein anderer hat.«

Sie schienen zu schwanken wie das Haus im Sturm, der kleine Mann an ihn geklammert und er selbst halb benommen und nicht sicher auf den Beinen. Aus der Kammer oben ertönte ein markerschütternder Schrei. Dann schwieg alles still. Selbst die Sturmglocken. Jetzt ist sie tot, dachte Bole und empfand keinen Schmerz, nur einen bitteren Geschmack auf der Zunge. Ein Kind weinte. Kein Neugeborenes. Eines seiner kleinen Mädchen war von dem Lärm aus dem Schlaf geschreckt.

Sehr langsam lösten sich Jakubs Hände von Boles Arm. »Es ist geschafft«, murmelte er. Eine Ewigkeit schien zu verstreichen, ehe die Kammertür sich öffnete und im Zwielicht die Gestalt der Goscha erschien. Steinalt war die Frau geworden, die auch Bole und Warti einst in die Kälte der Welt gezerrt hatte. Der Rücken und die starken Schultern krumm, die Hände blau geädert und das Gesicht undeutbar wie ein Bildnis aus Holz. Auf ihren Armen, ein Stück von sich weg, hielt sie ein Bündel grauer Tücher. Als sie ihm zunickte, begann Bole, von Jakub gefolgt, die Treppe hinaufzusteigen.

»Ein Knabe«, sagte die Goscha, den Blick auf das Bündel gesenkt. »Zumindest sieht's danach aus. Ich würd dem Triglav einen Hahn schlachten und um Beistand bitten, jetzt sofort. Dass die arme Kreatur die Nacht überlebt, glaub ich kaum.«

Aus den Tüchern heraus lugte ein brandrotes Köpfchen, nicht größer als ein verschrumpelter Apfel und keinem Menschenantlitz ähnlich. Die Augen, wenn es welche hatte, waren zugekniffen, das Ohr glich einer Wulst warzigen Fleisches und dort, wo die Nase sich hätte erheben müssen, klaffte ein Spalt wie zur Verlängerung des Mundes. Eine Missgeburt. Das Zeichen göttlicher Verachtung. Gelähmt stand Bole auf der obersten Stufe und konnte den

Blick nicht von den verunstalteten Zügen des Geschöpfes wenden. »Wie geht es Frau Jula?«, hörte er Jakub hinter sich fragen.

Die Goscha zuckte eine Schulter. »Die ist zäh.«

»Will sie ihren Mann sehen?«

Die alte Wehfrau schüttelte den Kopf. »Es ist die Stunde der Frauen, ob's gut ausgeht oder übel. Was hilft ein Mann dabei?«

»Da habt Ihr wohl Recht«, antwortete Jakub. An seinem Arm fühlte Bole federleicht die Berührung seiner Fingerspitzen. »Brauchst du mich? Kann ich etwas für dich tun?«

»Nein. Geh heim an dein Kohlebecken, und lass mich allein.«

»Gut, dann gehe ich«, sagte Jakub, aber schloss noch einmal die Hand um Boles Arm. »Du hast jetzt deinen Sohn. Um deiner selbst willen, nimm mit guter Miene an, dass dir dein Wunsch erfüllt worden ist.«

5. Kapitel

Seit Anya fort war, seit ihren Namen niemand mehr zu kennen schien, hatte Natalia ihr Gefühl für das Verstreichen der Zeit verloren. Die Zeit schritt nicht voran, sondern schleppte sich wie ein endloser Wintertag. Dass Mondkreise ins Land gingen, Sommer, Winter, Jahre, sah sie einzig ihrem Haar an, das ihr in dichten Büscheln über Nacken und Schultern und bis auf ihren Rücken wuchs. Sie machte sich nicht länger die Mühe, es ins Tuch einzubinden, es zu schneiden oder zu kämmen, wie auch kein Tier sich den Pelz auskämmt. Sie wusch es noch immer am Zuber im Hof, wo sie sich des Morgens am ganzen Körper wusch, weil der Geruch von Menschenfleisch sie ekelte. Einmal, an einem Wintermorgen, brach sie einen Zapfen Eis vom Vordach ab und rieb sich damit die bloße Haut der Arme und des Gesichtes sauber. Die Kälte des Eises brannte. Der Schmerz tat ihr wohl.

Irgendwann war eine neue Magd ins Haus gekommen, eine Frau in mittleren Jahren, die sich von Olga herumstoßen ließ und daher mit ihr auskam. Natalia bemühte sich nicht einmal, ihren Namen zu behalten. Die neue Magd kaufte ein und half Olga an der Tafel, während Natalia von früh bis spät in der Küche stand. Aufgaben, die Geschick erforderten, übertrug man ihr nicht mehr. Jeder wusste, dass sie Speisen verwürzte und Hohlbraten in schier unkenntliche Klumpen verwandelte, aber sie konnte hacken, rühren und schleppen, ihre Kraft stand kaum der eines Mannes nach. »Wer weiß, womit der Teufel seine Kinder aufzieht«, murmelte Wadim in seinen strähnigen Bart. »Mit dünner Grütze und Wasser jedenfalls nicht.«

Natürlich hörte sie noch immer, wovon die anderen sprachen, vom Teufel, vom Kampf gegen den Fürsten in Kiew, von Pommern und Vineta, aber es war ihr gleichgültig. Wenn sie sich spät abends niederlegte und Wadim seinen Stumpen ausblies, dann war es ihr zuweilen, als wüchse der enge Raum ins Unendliche, als dehne seine Schwärze und Leere sich grenzenlos aus. In der Morgendämmerung riss der Hahnenschrei sie aus dem Schlaf, aber Schwärze und Leere begleiteten sie in den Tag.

Zuweilen fragte sie sich, ob es etwas gab, das ihr nicht gleichgültig war. Ob ihr noch etwas geschehen könnte, das sie am ganzen Körper spürte, etwas anderes als Schmerz auf der Haut und Hunger, der sie zum Essen zwang. Die Angst um Anya hatte sie gespürt. Die Freude über ihre Genesung, die blinde Wut, wenn sie sah, dass jemand Anya schlug. Den Drang zum Lachen und die wilde Lust am Tanz. Die Gier nach allem, was es zu lesen gab. Das lähmende Entsetzen jenes Morgens, als sie unter den Lumpen und dem Stroh auf Anyas Lager die kleine Figur, die Gabe ihrer Mutter, gefunden hatte, während das rotgoldene Schläfenband mit ihr verschwunden war. Manchmal fragte sie sich, ob sie den Tod noch immer fürchtete und sich daher mit aller Kraft ans Leben klammerte. Bis der Tag kam, der sie die Antwort lehren sollte.

Es war ein diesiger, sehr kalter Nachmittag im späten Winter. Der alte Igor hatte Natalia angewiesen, vor dem Abendessen in der Halle einzuheizen, da Wadim andernorts beschäftigt war. Natalia trug die Scheite und Zünder hinüber in den riesigen, ausgekühlten Raum, schichtete sie im Ofen auf, steckte sie an und blieb einen Augenblick davor knien, um sicherzugehen, dass die Flamme nicht wieder erstickte. Das jähe Licht und die Wärme brannten ihr in den Augen. Als sie sich erhob, um durch den Gang zurück in die Küche zu gehen, sah sie noch immer tanzende Funken und fühlte sich ein wenig benommen.

Sie hörte hinter sich die Scheite prasseln, aber die Schritte hörte sie nicht. Nur den letzten, den Satz, mit dem die Gestalt den Abstand zwischen ihrem und seinem Körper überwand. Zehn Finger gruben sich ins Fleisch ihrer Hüften. Zwangen sie, sich umzudrehen. »Schau her, wen haben wir denn da? Ist das nicht das rote Heidenfrätzchen, das sich an meinen Trögen so proper und rund gefressen hat?«

Es war dunkel im Gang. Einen einzigen gejagten Herzschlag lang sah Natalia das Gesicht des Bojaren vor sich aufblitzen. Es war steinalt. Zerfurcht und zerklüftet wie umgepflügter Boden. Über einer Braue pochte eine Ader. Sein Atem roch übel. Natalia wurde schwarz vor Augen.

Sie hörte das Ratschen, als ihr Kittel zerriss, und das dumpfe Hallen, mit dem ihr Kopf auf dem Boden aufschlug. Dann hörte sie sich schreien. Kein Mensch schrie so und kein Tier. In der Schwärze sah sie jäh ein vergessen geglaubtes Bild vor sich: Eine schlecht beleuchtete Hütte. Zwei Gestalten am Boden, langes Haar über hölzerne Dielen gefächert.

Eine Hand presste sich ihr auf die Lippen, während das entsetzliche Gewicht ihr den Leib niederdrückte. Die Schreie gellten trotzdem weiter, so wie ihr Leib sich vergeblich weiter wand. Sie warf den Kopf, ruderte mit den Armen, strampelte mit den Beinen und suchte in übermenschlicher Anstrengung, den Brustkorb zu drehen. Es half ihr nichts. Das Gewicht des Mannes zwang sie zu Boden … Auf der Haut ihrer Schenkel spürte sie die fremde Haut. Ein Schmerz zerriss ihr die Sinne. Natalia schrie.

Verkrampfte Hände krallten sich in ihre Brüste, bohrten sich tiefer, erstarrten, erschlafften plötzlich, derweil durch den Leib über ihr ein Blitz zuckte – und ließen los. Mit einem pfeifenden Röcheln brach das Gewicht des Bojaren über ihr zusammen, als habe jemand einen Baum gefällt.

Natalia lag still. Hörte regungslos zu, wie ihr hämmernder Herzschlag sich beruhigte. Zuerst glaubte sie, sich nicht rühren zu können, aber etwas in ihrem Innern schien ihr zu sagen, was zu tun war: *Winde dich unter ihm vor. Schieb ihn weg.* Mit einem hohlen Laut prallte der Körper des Mannes auf den Dielen auf. Ohne es zu wollen, erhaschte Natalia einen Blick auf sein Gesicht. Auf die grausige Maske, die davon übrig war. Zur Seite verzerrte, verknotete Züge. Der Mund halb offen, schaumverklebt. Ein Auge blicklos gefroren. Seltsam ruhig stellte sie fest, dass sie sich übergeben musste, drehte sich weg und erbrach sich auf den Boden, bis sie nur noch leer würgte und ihr Kopf zurück sank. Sie wusste, es würden bald Menschen kommen. Nicht lange darauf vernahm sie Rufe und Schritte.

Hätte ihr ein Wunsch freigestanden, so hätte sie gewünscht, dass man sie liegen ließe. Aber natürlich standen einer wie ihr keine Wünsche frei.

»Der Herr Boris, es ist der Herr Boris!«

»Lebt er, ist er tot?«

»Herr Stepan, Herr Stepan, Euren Herrn Bruder hat's hingerafft.«

»Das war die rote Teufelin. Die männermordende Metze hat ihn umgebracht!«

Jemand trat ihr in den Rücken, ins Hinterteil. Jemand drosch zu und traf sie mit seiner Gerte an der Schulter. Sie spürte etwas Heißes, Feuchtes ihren Schenkel hinunter laufen und wusste, dass es Blut war. Ihr Lebenssaft. Sie standen zu fünft oder sechst um ihren Leib, sie würden sie totschlagen, sie war verloren wie ein Huhn, dem man den Kopf abschnitt. Ein weiterer Tritt traf ihren Magen, nahm ihr den Atem. Dann erhob sich eine Stimme: »He, seid ihr von Sinnen, drescht doch das Mädel nicht zu Gelump.«

»Das ist die Heidin. Der rote Weibsteufel.«

»Die Mörderin.«

»He, he, jetzt mal langsam.« Es war die Stimme des Herrn Stepan, dem Bruder des Bojaren, der oft nach dem Essen geblieben war, um mit Herrn Boris Schach zu spielen. »Dieses Haus gehört jetzt mir, und ich bestimme, wer darin kraucht und wer krepiert, verstanden? Und die rote Heidin gehört auch mir. Die ist mein Besitz, den schlagt ihr mir nicht entzwei.«

»Aber an der ist Euer Bruder gestorben.«

»Ach was, mein Bruder ist gestorben wie alle geilen Tiere, und vermutlich gibt's üblere Wege, um zur Hölle zu fahren. Die Kleine ist nicht schlecht beieinander, wenn sie ein bisschen hergerichtet wird. Na los, helft ihr auf die Beine, steckt sie in einen Waschzuber, kämmt ihr die Zotteln aus. Früher oder später wird sich schon einer finden, der dafür tüchtig in die Tasche greift.«

Darauf, dass der kleine Kasimir, das Krüppelkind, überlebte, hätte niemand in der Stadt einen Pfifferling gewettet. Jakub aber war dessen sicher gewesen. In dem Häuflein Elend steckte mehr Lebenswillen als in manch wohlgestaltetem Wonneproppen. In seinem ersten Jahr überstand er Feuchtigkeit und Kälte in dem zugigen Haus, Fieberattacken und die Abscheu seiner Eltern. Mit kaum drei Jahren fiel er vor dem Rathausplatz in den Kanal. Immer wieder geschah es, dass Kinder, gelockt von der spiegelnden Wasserfläche, hineinstürzten und jämmerlich ertranken. Kasimir aber, von dem mancher fand, man hätte ihn nach der

Geburt wie eine Katze ersäufen sollen, wurde von Schiffern, die ihren Kahn zum Fluss hin trieben, herausgefischt.

Seither empfand er offenbar Ehrfurcht vor dem Netz der Kanäle und hielt, soweit das in Vineta möglich war, vom Wasser Abstand. Mit seiner gespaltenen Lippe lernte er nicht zu sprechen. Nur Laute stieß er aus, als sei ein Tier in seinem verwachsenen Kinderleib gefangen. Deshalb nannten sie ihn auch so in der Stadt: Kasi, das Tier.

Wie ein Tier, ein streunender Köter, trieb er sich auf den Gassen umher, las Abfälle auf und nährte sich davon. Sobald er Musik hörte, begann er zu tanzen. Wie auf glühenden Kohlen hüpfte er, derweil um ihn die Gaffer johlten. Einmal fand man ihn am Sturmglockentor. Während des ohrenbetäubenden Geläutes hockte das Kleinkind im Schatten des Turmes und starrte hinauf zu den gewaltigen Glocken. Ihr Getöse, hieß es, konnte einen Menschen taub machen. Kasis Gehör aber hatte offenbar keinen Schaden gelitten: Er tanzte weiter zu allem, was er für Musik hielt, und verzog sein abscheuliches Gesicht zu einem seligen Grinsen, wenn jemand ein Wort für ihn übrig hatte.

Wohin er sich zum Schlafen legte, wusste kein Mensch. Auf Streifzügen durchs Hafenviertel besuchte er stets die Lager des Handelshauses Sliwosz, weil er sich von Warti und Jakub ein Stück Brot und etwas Freundlichkeit erhoffte.

»Sie sollten ihn ins Siechenhaus geben, wenn sie ihn nicht in ihren Wänden halten können«, wetterte Cord Strahle. »Eine Schande für die Stadt ist das hässliche Getier.«

»Er ist ein Kind, auch wenn er nicht so aussieht«, wies Jakub ihn zurecht. »Der Stadt gereicht es zur Ehre, dass sie ihre Schwächsten schützt.«

»Danke«, sagte Warti am Abend auf dem Heimweg zu

ihm. »Cord ist mir ein Dorn im Auge, wie du weißt. Und Kasi, er mag sein, was er will, bleibt mein Fleisch und Blut.«

Es war ein herrlicher Abend im frühen Sommer. Warti verstummte plötzlich und sah in den Himmel, ins verblassende Feuer letzter Sonne. Er hätte heiraten sollen, durchfuhr es Jakub. Kinder zeugen. Am Kopf seines Tisches sitzen, nicht mit einer mürrischen Mutter und einem alten Juden, sondern umringt von Söhnen und Töchtern, als Stammvater eines Geschlechts. *Einsam ist er. Mag ihn auch jedermann schätzen, er hat keinen Menschen, der zu ihm gehört.* Verstohlen sah Jakub zur Seite. Wie meist trug Warti keine Mütze, sondern ließ sein Haar unbekümmert flattern. An den Schläfen blich das Honiggold schon aus. Der Herr vom Silbertor ging in sein einunddreißigstes Jahr, und man begann es ihm anzusehen. Sorgen um das Wohl der Stadt hatten in das Inbild unverwüstlicher Jugend ihre Furchen gepflügt.

Grund zur Sorge gab es ohne Unterlass. Nach einer zweiten, vom Kaiser unterstützten Missionsreise des Bischofs Otto galt jetzt das ganze Hoheitsgebiet des Herzogs von Pommern als christianisiert. Die Handvoll Städte, die sich wie Vineta ihre Eigenheit bewahrten, ragten aus der Flur wie Bäume, die nach der Rodung vom Wald übrigblieben. Doch ob christlich oder heidnisch, so oder so war das schöne Pommern ein begehrenswerter Apfel, nach dem so mancher Schnabel hackte. Vor vier Jahren, kurz nach der Geburt des armen Kasi, hatten Dänen und Polen einen überraschenden Bund geschlossen, um gemeinsam nach der Frucht zu schnappen. Ein Dänenprinz nahm eine Tochter des polnischen Herzogs zur Frau, und vereint schickten beide ihre Flotte gen Pommern.

Zwar konnte Herzog Wartislaw noch einmal einen Frieden erbetteln, doch erst nachdem die Festen Usedom und Julin bis auf die Grundmauern geplündert worden waren. Verwundert bemerkte Jakub, wie lieb er das Land gewonnen hatte, das windgepeitschte, seiner Heimat so unähnliche Pommern, dessen Name *Land am Meer* bedeutete und das Vineta in sich barg wie eine Auster ihre Perle.

Zwei Jahre später eroberte Herzog Boleslaw den umkämpften Küstenstrich und zwang den Pommern Wartislaw, die polnische Oberhoheit anzuerkennen. Da der Pole selbst sich als Lehnsmann dem deutschen Kaiser unterwarf, lag Vineta nun inmitten eines kaiserlichen Lehens.

Für die Bürger der Stadt schien all dies bedeutungslos. Unbeschwert trieben sie durch ihren Alltag, gingen Geschäften nach, feierten Feste, zeugten Kinder und starben in ihren Betten. Den Ratsherren blieb es überlassen, sie vor den Stürmen, die um sie tosten, zu schirmen, Dänen und Polen zu zähmen wie das Meer und den Fluss. Oft war Mitternacht vorüber, ehe Warti von einer Ratssitzung nach Hause kam.

Die Kämpfe um den rechten Glauben hielten an. Ein erbitterter Heidenpriester erschlug bei Nacht und Nebel den pommerschen Herzog Wartislaw, der sich zum Christentum bekannt hatte. An seiner Stelle regierte nun sein heidnischer Bruder Ratibor. Im christlichen Dänemark metzelte ein Thronerbe den anderen nieder. Erik Emune, der zurzeit die Krone trug, hatte sich mit seinem Vetter Magnus, dem Gatten der polnischen Herzogstochter, blutige Schlachten geliefert, bis Magnus fiel und sein Vater, der alte König Niels, von Schleswiger Bürgern gelyncht wurde. Zuvor hatte Magnus seinerseits einen Vetter, seinen Rivalen Knud Lavard, ums Leben gebracht. »Ist das die brüderliche Liebe, die der Christengott gebietet?«, hatte Warti Jakub irgendwann gefragt. »Beim Perun, ehe ich mich auf solche Art lieben lasse, lobe ich mir einen ordentlichen Hass unter Sündern.«

Jakub wusste keine Erwiderung darauf, zumindest keine, die er mit Warti hätte teilen wollen. Über kaum ein Thema sprach er mit dem Jüngeren so ungern wie über das Wesen brüderlicher Liebe. Einig schienen die dänischen Verwandtenmörder sich jedenfalls in ihrem Wüten gegen wendische Heiden. Erst im vergangenen Jahr hatte Erik Emune wieder einmal einen Kriegszug gen Rügen unternommen, die Tempelburg Arkona erobert und ein Bildnis des erhabenen Svantovit ins Meer gestürzt. Die Bewohner der streitbaren Insel mussten schwören, den christlichen Glauben anzunehmen. Dieser Schwur galt allerdings nur, bis Erik mit seiner Flotte heimwärts zog. Inzwischen huldigte man auf Rügen wieder offen den alten Göttern, und der nächste dänische Angriff war lediglich eine Frage der Zeit.

Warti drängte im Rat auf Ausgleich, forderte Nichteinmischung und Frieden mit den Nachbarn. Dänen und Sachsen, Polen wie Pomoranen mochten ausfechten, was sie wollten, solange Vineta nicht zwischen ihre Fronten geriet. Zudem hatte er sich um seine Geschäfte zu kümmern. Gerade jetzt rüstete er das größte seiner Schiffe wieder zur Fahrt nach Nowgorod, das seit dem Zusammenbruch der Kiewer Rus eine eigenständige Stadtrepublik war und stetig an Einfluss gewann.

Jakub wünschte, Warti würde sich endlich entscheiden, nicht mehr selbst auf Fahrt zu gehen. Um eine Frau zu wählen, war es noch nicht zu spät. Mit was für einer Frau aber gäbe Wartislaw Sliwosz sich zufrieden? In all den Jahren hatte sich in ganz Vineta kaum ein Mädchen gefunden, das er nicht hätte haben können. Seine Gunst schenkte er so freigebig aus wie seinen Wein, doch er entzog sie auch wieder, wie er den leeren Krug am Ende einer

Mahlzeit zurück auf sein Bord stellte. Man munkelte, er habe so manchem Gerber in der Oberstadt ein honigblondes Kuckucksei ins Nest gesetzt, doch zu fesseln vermochte ihn keine, und seine Liebeslieder auf der Gusli spielte er immer noch für sich allein.

»Woran denkst du?«

Jakub fuhr zusammen. Warti war stehen geblieben und sah ihn von der Seite an. »An dich«, antwortete er wahrheitsgemäß. »Ich weiß, es ist dir nicht recht, aber ich sorge mich um dich. Es tut mir leid, dass du keine Kinder hast.«

»Mir auch«, erwiderte Warti zu Jakubs Erstaunen. Gemeinsam gingen sie ein paar Schritte weiter, der großgewachsene Mann in der Blüte seiner Jahre und der kleine Alte, der sein Leben schon hinter sich spürte wie ein Ochse den Pflug. Sie betraten die steinerne Brücke, die erst ein Jahr zuvor nach römischem Vorbild erbaut worden war, blieben stehen und schauten über das Geländer. Unter ihnen floss träge das Wasser des Kanals, schillerte in fast schwarzem Grün und spiegelte die Häuserreihe am Uferweg. Neben ihnen hockte ein Rabe auf der Brüstung, der sich nicht von ihnen stören ließ. Warti warf einen Stein ins Wasser, sah den sich verlierenden Kreisen zu. Es war noch warm, der Wind vom Meer nur lau.

»Wann gehst du wieder auf Fahrt?«

»In fünf Tagen, hoffe ich, wenn das Schiff bis dahin fertig ist. Du weißt, ich habe diese neue Takelage anbringen lassen. Außerdem wird jetzt hinten gesteuert, nicht mehr an der Seite, das macht selbst ein so großes Schiff wendig genug, jeder feindlichen Schnigge das Heck zu zeigen.«

Wie immer, wenn er von seinem Schiff sprach, lebte seine Stimme auf. Er liebte es, wie er ein schönes Mädchen hätte lieben sollen, das prachtvolle Schiff, das er sich nach Thietmars Tod hatte bauen lassen und das bis heute keinen Namen trug. »Weißt du noch«, sann Warti, den Blick auf das Wasser gerichtet, vor sich hin, »wie ich dich als Kind gefragt habe, warum die Dänen unsere Feinde sind? Du hattest mir diese alte Geschichte erzählt, von dem Dänenkönig Blauzahn, der von seinem eigenen Sohn vertrieben worden war. Ein Tysjatschnik von Vineta hatte den Todgeweihten auf die Burg tragen lassen, sein Sterben bewacht und seinen Leichnam schließlich heimgeleitet. Mir wollte das nicht in den Kopf, also habe ich dich bestürmt: Wir haben ihrem König Gutes erwiesen, wir nehmen sie gastfreundlich auf und treiben Handel mit ihnen. Warum wollen sie denn nicht in Frieden mit uns leben?«

»Ja«, sagte Jakub, »und ich weiß auch noch, was ich dir darauf geantwortet habe.«

»Weil sie unsere Nachbarn sind.«

Sie sahen einander an. »Warti«, sagte Jakub, »ich bin alt und schlimmer als eine Glucke. Wenn du so sprichst, machst du mir Angst. Musst du denn damit rechnen, dass Dänen wieder Handelsschiffe überfallen, gibt es Zeichen dafür?«

»Ach was.« Abwehrend hob Warti die Hand. »Ich habe gar nicht an die Dänen gedacht, als diese Worte von dir mir in den Sinn gekommen sind.«

»Sondern an was?«, fragte Jakub, obgleich er die Antwort ahnte.

»An meinen Bruder Bole. Ist es das, was er mir nicht verzeihen kann? Dass ich sein Bruder bin?«

Jakub sah auf das Wasser, auf den in der Abendsonne gemächlich fließenden Kanal. »Frag nicht mich. Klopf an seine Tür, und stell ihm deine Frage selbst.«

»Das werde ich tun.« Warti richtete sich auf, strich seinen Rock glatt und wandte sich zum Gehen. »Bole war für mich mehr als ein Verwandter. Er war ein Teil meiner selbst, und was zwischen uns geschehen ist, hat dagegen wenig Gewicht. Ich wünschte, wir könnten es ausräumen. Er fehlt mir, Jakub.«

»Ich weiß.«

»Gleich wenn ich aus Nowgorod zurück bin, gehe ich zu ihm und rede mit ihm. Ich habe ja keinen Erben. Der arme Kasi ist nicht erbberechtigt, und noch ein Kind wird die Jula kaum bekommen. Aber ich werde Bole sagen, dass ich mein Vermögen seiner erstgeborenen Tochter hinterlasse. So bleibt es beisammen, und Jungfer Oda mag sich eine gute Heirat damit kaufen. Nein, Jakub, sieh mich nicht an, als sei dein Gesicht der Topf für alle Trübnis der Welt.« Er lachte hell auf, dass der Rabe erschrak und mit einem Krählaut davonflog. »Ja, ich habe mir das Leben auch anders vorgestellt, vielleicht wie eine stete Sturmflut, die unablässig die tollsten Schätze direkt vor meine Füße spült. Stattdessen ist es wie die kleinen Wellen, die zur Ebbe Tag für Tag im Sand versickern. Außer der dünnen Salzkruste bleibt nichts, oder?«

»Vielleicht nicht.«

»Ich mag es trotzdem.« Er legte Jakub den Arm um die Schultern und zog ihn weiter. »Komm, mein Lieber, gehen wir heim zu Mutter, stellen ein Schachbrett auf und trinken noch einen Wein. Wenn ich aus Nowgorod komme, hole ich mir meinen Bruder zurück.«

Jakub bezweifelte nicht, dass Warti genau das getan hätte. Für gewöhnlich stand er zu allem, was er sagte, und wenn ihn manche, vor allem Mütter enttäuschter Töchter, einen Leichtfuß schalten, so war dies nicht gerechtfertigt. Er kam gewissenhaft seinen Pflichten nach und vergaß keinen Freund. Den Plan, sich mit seinem Bruder auszusöhnen, vergaß er jedoch, und die junge Oda wurde nie seine

Erbin, denn als er in diesem Sommer nach Nowgorod kam, veränderte sich seine Welt. Auf dem Weg übers Meer, über Newa und Wolchow war sein Leben eine Sehnsucht ohne Namen. Auf dem Weg zurück in seine Heimat aber war sein Leben ein rothaariges, knapp achtzehnjähriges Mädchen mit dem Namen Natalia.

ZWEITER TEIL

Die Gattin

Juli 1137

6. Kapitel

Es war ein Sommertag, wie er unzählige in Nowgorod verbracht hatte. Später schwor sich Warti bei allem, was ihm heilig war, dass er keine Einzelheit vergessen wollte. Nicht die schwere, windstille Luft, nicht das Plätschern kleiner Wellen an den Planken, nicht die wohlige Müdigkeit, die ihm von der Flussfahrt in den Knochen steckte, nicht den Geruch nach Fisch und Pech und moderndem Holz, weder die Schreie der Möwen noch das Gezeter seines Partners Stepan, der mit peinlichem Eifer um einen Pfennig feilschte. »Ich nehme diesmal nur Metall«, hatte ihm Warti bereits in Ladoga erklärt. »Mit Tuchen habe ich mich im Frühjahr eingedeckt, und offen gesprochen, an die Qualität der Waren, die sie im Flandrischen fertigen, reicht die der Euren nicht heran.«

Seine Beteuerung hatte Stepan jedoch nicht davon abgehalten, ihn, kaum dass sie in Nowgorod von Bord gegangen waren, in die Lagerhalle zu zerren, wo er eine Schar Bediensteter einen Tuchballen nach dem andern herbeischleppen ließ. »Nun seht mit eigenen Augen, und sagt bloß, dass Ihr nicht beste Ware vor Euch habt.«

»Sie ist gut, das bestreite ich nicht. Aber die Flandern weben einen feineren Faden, und in Vineta nimmt mir so grobes Leinen niemand ab.«

»Ach zum Teufel.« Stepan spuckte aus. »Das ist eben das Kreuz mit euch Vinetern. Ihr schnappt's euch, wo ihr's kriegen könnt, und Treue zählt nicht für euch Heidenpack.«

»Ihr wisst selbst, dass das nicht stimmt«, erwiderte Warti versöhnlich. »Ich habe Eurem Bruder die Treue gehalten, und ich halte sie Euch. Aber Vineta lebt nun einmal vom Zwischenhandel, und die Konkurrenz sitzt mir im Nacken. Ein Kaufmann pfeift auf Treue, ob Heide, Jude oder Christ, Ihr wisst das besser als ich.«

»Heidnischer Schwätzer«, zischte Stepan durch die Zähne. »Wer Euch zuhört, ist hinterher um einen Batzen ärmer und weiß nicht, wie ihm geschah.«

Warti lachte. »Jetzt fahrt auf, was Ihr an Eisenwaren zu bieten habt. Ob Ihr's glaubt oder nicht, selbst wir Heidenteufel verspüren ab und zu Hunger, und rechtschaffen müde bin ich auch.«

Sie handelten Mengen und Preise aus, wogen das Silber ab und hielten alle Posten auf Streifen von Birkenrinde fest. Dann endlich verließen sie das Lager und wanderten in der Mittagssonne die mit hölzernen Bohlen gepflasterte Straße hinüber zum Haus des Bojaren. Es war ein so schöner Tag, dass es Warti widerstrebte, sich in der düsteren Halle zu Tisch zu setzen, und das sagte er Stepan. Der murrte zwar, aber fügte sich und ließ im Hof decken.

Nach dem Essen erschien ein Mädchen und brachte ein Tablett mit frisch gefüllten Bechern. Wenn Warti für gewöhnlich ein weibliches Geschöpf erblickte, so vermochte er sogleich ihr Alter einzuschätzen. Diese aber hätte fünfzehn oder dreißig sein können, er wusste es nicht, und es war ohne Belang. Ihr Haar fing kupferleuchtend das Sonnenlicht und war zu schwer, um in der Steckfrisur um ihren Kopf zu halten. Die Haut ihrer Wangen schimmerte und das Kleid aus derbem Leinen umschloss wie Seide ihre Formen. Ihre Schönheit, der nichts Grelles, Mutwilliges anhaftete, war von jener Art, die der Zeit widersteht. Sie setzte das Tablett vor ihnen auf den Tisch, ohne den Rücken zu krümmen. »Wie heißt Ihr?«, entfuhr es Warti.

Ihr Blick traf ihn und hielt stand. »Natalia«, antwortete Stepan statt ihrer. »Die ist schon von klein auf in meines Bruders Haus. Die Brut von irgendeinem bäurischen Habenichts und ein verstocktes Heidenbalg dazu. Aber daran dürftet Ihr Euch ja nicht stören. Gefällt sie Euch? Ich mach Euch einen guten Preis.«

Warti erwiderte nichts. Er sah Natalia ins Gesicht. Ihre Züge, wie von einem Töpfermeister modelliert und glatt gestreichelt, verrieten kein Gefühl.

»Na kommt schon, greift zu.« Wie zuvor seine Waren, so führte er jetzt das Mädchen vor, zerrte sie am Arm herum und versetzte ihr einen klatschenden Handstreich auf die Hinterbacken. »Stur mag sie sein, doch ein paar Rutenhiebe dürften da Wunder wirken. Zudem bin ich sicher, die taugt im Bettchen mehr als in der Küche.«

Warti wollte einschreiten, aber war wie gelähmt. Ehe er sich's versah, hatte das Mädchen sich umgedreht, einen Becher vom Tablett genommen und den Inhalt Stepan ins Gesicht geschüttet. All dies tat sie, ohne ein Wort zu sprechen und ohne die geringste Erregung oder Hast. Klirrend schlug der Becher auf dem Boden auf. Überrumpelt ließ Stepan ihren Arm fahren und griff sich mit der Hand an die Wange, von der die klare Flüssigkeit heruntertroff. Aus dem Haus kamen zwei Männer und eine massige Frau geeilt. Warti sah ausgestreckte Arme, bereit, Natalia zu packen, zu prügeln, niederzuwerfen und außer Sicht zu schleifen. »Halt«, hörte er seine Stimme durch die Stille des Hofes hallen. »Keiner rührt sie an. Ich zahle Euch, was Ihr fordert, Stepan. Sie ist mein.«

Stepan ließ die Faust, die er zum Schlag erhoben hielt, sinken. »Sieh an, sieh an. Ist man in Vineta der zärtlichen

Damen überdrüssig und lässt sich die Wangen jetzt von Katzen raufen? Na, mir soll's recht sein. Wohl bekomm's, mein Brüderlein.« Er schnappte sich Wartis Becher und trank ihm leutselig zu. »Sagen wir eine halbe Griwne? Schließlich ist sie erst achtzehn, auf Jahre zu gebrauchen, und saftiges Fleisch hat's im Überfluss.«

Von neuem holte Stepan nach dem Hintern des Mädchens aus, doch Wartis Blick gebot ihm Einhalt. Achtlos griff er in seinen Beutel am Gurt und schob dem andern einen Barren Silber zu. »Nehmt eine ganze.«

»Aber mit Freuden. Wollt Ihr noch eine Metze, mein Bruder Gierschlund?«

»Nein.«

»Wie Ihr wünscht.«

Warti beachtete ihn nicht länger. »Hört mich an«, sagte er zu Natalia und glaubte auf einmal zu begreifen, warum die zornbebenden Götter bei der Erschaffung der Welt gelächelt hatten. »Niemand wird Euch mehr schlagen, niemand krümmt Euch mehr ein Haar.« Dann wechselte er aus dem Russischen ins Pomoranische, weil ihm klar wurde, dass er in aller Zukunft seine eigene Sprache mit ihr sprechen würde. »Ich bin Wartislaw Sliwosz aus Vineta. Ich möchte Euch in meine Heimat mitnehmen. Nicht als Sklavin, Natalia. Sondern als meine Frau.«

Er hatte die Liebesschwüre zahlloser Mädchen gehört. Solange er denken konnte, schwärmten Frauen von seinen schönen Augen, rühmten seine stattlichen Schultern und sangen verstohlene Lieder auf seine biegsamen Lenden. Natalia aber sagte kein Wort. Ihr Gesicht blieb reglos. Zögerlich streckte Warti die Hand nach ihr, sah ihre Schultern kaum merklich zucken und ließ sie wieder sinken. »Natalia.« Sie schwieg. Er hatte gelernt, wie man Frauen betörte, doch bei dieser versagte sein Wissen. Er fühlte sich hilflos neben ihr, und das Ungeheuerlichste war, dass er dieses Gefühl auch noch genoss.

Dass ein Mann eine Heirat unter seinem Stand einging, kam in Vineta nicht selten vor. Allerdings taten so etwas in der Regel Männer, die bereits eine Gattin von edlerer Herkunft besaßen und eine Nebenfrau für ihr Vergnügen begehrten. Warti aber war sicher, dass er keine andere als Natalia wollte. Er war vom einen zum anderen Ende seiner Welt gereist, hatte Frauen geliebt und sich lieben lassen, aber nicht eine von ihnen als Gefährtin begehrt. Sie war die Einzige. Er wollte Kinder von ihr. In die Truhe in seinem Haus wollte er ihr flandrisches Leinen legen.

Stepan erklärte ihn für verrückt, doch das kümmerte ihn nicht. Im Gegenteil, es bereitete ihm diebisches Vergnügen. Länger als je blieb er diesmal in Nowgorod, um für Natalia einzukaufen. Er hatte ihre Habseligkeiten zusammenpacken lassen, sie besaß kaum ein Bündel voll. Wenn sie mit ihm nach Vineta kam, sollte sie Kleider haben, Kämme und Schmuck im Überfluss. Stepan bot an, seine Nichte, die mit einem Nachbarn verheiratet war, könne die Einkäufe für ihn erledigen, aber Warti lehnte ab. Er wollte es selbst tun.

Stunde um Stunde zog er durch Gassen und wählte Stücke, von denen er hoffte, dass sie ihr ein Lächeln auf die Lippen zaubern würden. Im Viertel der Töpfer erstand er Geschirr aus weißem Ton und bei einem Silberschmied einen Kelch, damit sie in der Fremde etwas Vertrautes hatte, um davon zu essen und zu trinken. Er ließ ihr Seide im Rot von Salerner Wein färben und einen Umhang daraus schneidern. Natalia aber lächelte nicht. Im Haus von Stepans Nachbarn hatte er sie unterbringen lassen, und dorthin trug er ihr am Abend seine Schätze. Sie sah sich alles an, berührte nichts und sprach kein Wort.

Ihn focht das nicht an. Es gefiel ihm, dass sie ihm das Beste abverlangte, ein Bestes, von dem er bisher nicht einmal gewusst hatte, dass er es besaß. Für sie wollte er sich selbst übertreffen. Wenn er für gewöhnlich durch die Straßen einer Stadt ging, so hielt er nach Errungenschaften Ausschau, die er heim nach Vineta tragen konnte, Werkzeug, unbekannte Materialien, Neuerungen, die das Leben erleichterten. Jetzt aber, auf seinen Wanderungen durch Nowgorod, hatte er für nichts von alledem ein Auge, sondern fragte sich einzig: Könnte dies Natalia gefallen oder jenes? Und: Ist sie hier entlanggelaufen, mit einem Korb am Arm, oder dort, mit einer Freundin scherzend? Es mochten zwanzig oder dreißigtausend Menschen in Nowgorod leben, für ihn aber war es allein Natalias Stadt.

Voller Freude kaufte er einem Greis, der mit Spielzeug handelte, ein Paar *Pisanki* ab, mit Holzperlen gefüllte Toneier, die eine Kinderhand greifen und schütteln konnte. Ungestüm packte ihn. Er musste rennen. Aus dem Bezirk der Händler lief er über die Wolchow-Brücke und auf die fünf Kuppeln der Kathedrale zu, die bläulich in der Sonne schimmerten. Er hörte seine Sohlen auf den Holzbohlen klappern und nahm Abschied von einem Teil seines Lebens, warf Häute ab, die ihm nicht mehr passten.

Als sie Nowgorod verließen, hatte Natalia noch immer kein Wort gesprochen. »Ihr seid des Wahnsinns«, sagte Stepan. »Die da wollt Ihr wirklich zur Frau nehmen?«

Natalia kam, in den roten Umhang gehüllt und von einer Magd begleitet, in den Hafen. »Ja«, sagte Warti geistesabwesend und sah den beiden Frauen zu.

»Ich hätte Euch eine meiner Töchter gegeben, obwohl Ihr ein Heide seid und zur Hölle fahrt.«

»Davon bin ich geehrt und danke Euch. Aber bevor ich

in der Hölle schmore, muss ich das bisschen Leben auf der Erde nutzen.«

»Heidnischer Schwätzer«, fluchte Stepan.

Warti lachte. »Na kommt, beladet mir eine Barke mit Euren Tuchen. Ich nehme sie Euch ab.«

»Den ganzen Bestand?«

»Den ganzen. Und legt ein paar Fässer von Eurem Branntwein dazu. Auf meiner Hochzeit soll niemand ohne Rausch bleiben.«

Vier Flussschiffe waren nötig, um die Fracht nach Ladoga zu befördern, wo Warti seinem Schiff den Namen *Natalia* gab. Sie blieben gerade lange genug, um die Umladung abzuwickeln und das Schiff mit Proviant auszustatten. Plötzlich hatte er es eilig fortzukommen, auch wenn er Ladoga und Nowgorod womöglich nie wiedersehen würde. Zum ersten Mal konnte er sich vorstellen, in Zukunft einen Handelsvertreter auf Fahrt zu schicken und sich mit Leib und Seele den Belangen in der Heimat zu widmen.

Was würde Natalia sagen, wenn er ihr sein Haus zeigte, wenn sie vor Rügen in die Bucht einliefen und sie Vineta zu sehen bekam? Das Leuchtfeuer, den Turm des Sturmglockentores und die Dächer, die sich über die Küste erstreckten, so weit das Auge reichte? Sein Herz schlug hart bei dem Gedanken. Zuvor aber würde er sechs Tagesreisen lang auf See mit ihr allein sein. Er unterdrückte ein Grinsen. Er war Warti Sliwosz, dem sein Ruf im Flüsterton vorauseilte, in der Rolle des Draufgängers so gewandt wie in der des seidigen Verführers. Hier aber stand er und fürchtete sich vor einem Sommertag mit einer schönen Frau.

Die neue Takelage kam kaum zum Einsatz. So windstill war es, dass die Rojer sich mit allen Kräften ins Zeug legen mussten, um das Schiff Richtung Heimat zu treiben. Sie hielten sich dicht bei der Küste, und jeden Abend ließ Warti einen Hafen anlaufen, damit Natalia eine ordentliche Mahlzeit bekam und in einem Bett schlafen konnte. Er aß mit ihr. Im Wirtshaus saß er ihr gegenüber und berauschte sich an süßen Bildern. Er stellte sie sich unter dem von Thietmar ererbten Deckenleuchter, einer Korona mit fünfzig Kerzen, vor, sah die Glanzlichter auf ihrem Haar. Seine Augen waren süchtig nach jeder Einzelheit von ihr. Sie aß wie eine, die Hunger hatte, riss tüchtig Fleisch von den Hühnerkeulen und trank den Wein, den er ihr einschenkte. Aber sie bediente sich nicht selbst, sondern nahm nur, was er ihr hinschob, so oft er sie auch ermunterte: »Nimm, was dir schmeckt, es ist ja alles für dich.«

Sie furchte die federfein gezeichneten Brauen. Er badete in ihrem Bernsteinblick und beschwor sich, nicht mehr zu verlangen. In Wahrheit aber sehnte er sich unbändig nach einem Lächeln, einem Wort von ihr. Er hatte Stepan gefragt, ob sie womöglich stumm sei, und der hatte, um die schon eingesackte Griwne fürchtend, hastig verneint. »Nicht doch, nicht doch, die ist nur mächtig verstockt. Wie ich sagte, ich gäbe ihr die Rute zu kosten, aber vielleicht bringt's ihr ja auch die Zähne auseinander, wenn sich zwischen ihren Schenkeln ein wendischer Hengst austobt.«

Er ließ sie allein mit der Magd, die er Stepans Nachbarn abgekauft hatte, in einer Kammer schlafen. Sie war seine Braut, er wollte nicht mit ihr liegen wie mit einer Hübschlerin, doch als er sie, berauscht von ihrer Nähe und vom Wein, die Stiege hinaufgeleitete, übermannte ihn Verlangen. Er schlang die Arme um sie und zog sie an sich, ihren Leib an seinen. »Natalia.«

Sie schrie nicht, stieß ihn nicht von sich fort, sondern schlug sich die Arme um den Leib und wurde starr. Im

Licht der Wandfackel sah er, wie jeder Muskel ihres Gesichtes sich spannte. Er gab sie frei, ließ die Arme hängen. Stand vor ihr wie ein Knabe, dem vor Scham die Wangen glühten. »Verzeih.«

Sie sagte nichts.

»Ich will dir kein Leid antun, Natalia.«

Wie eine Rüstung umschlossen ihre Arme ihren Körper. Ein paar quälende Augenblicke wartete sie, um dann, als sie wohl sicher war, dass er sie nicht daran hindern würde, die hölzerne Tür aufzustoßen und wortlos in der Kammer zu verschwinden.

Warti blieb verstört davor stehen. Ihm fiel nichts ein, das er nicht hier und jetzt hergeschenkt hätte für ein Wort von ihr. Mit dem nächsten Herzschlag kehrte sein Überschwang zurück: Er würde auf sie warten, um sie werben, solange sie es wünschte. Sich ihre Liebe erobern wollte er, nicht sie geschenkt bekommen wie die der zahllosen anderen. Als er die Stiege hinunterstürmte, um sich in der klaren Nacht den Kopf auszulüften, hätte er singen mögen. Soeben hatte er, ein Mann jenseits der dreißig, die erste Abfuhr seines Lebens eingesteckt, und war noch glücklich dabei, zog durch die nächtlichen Straßen der Stadt Kolberg, den Mantel über eine Schulter geworfen und ein Lied im Herzen.

Der Morgen des Tages, an dem sie Vinetas Strand erreichen sollten, erwachte strahlend und blau. Warti ließ die Rojer ausruhen. Leichter Wind schaukelte das Schiff voran, es gab keinen Grund zur Eile, und seine Ungeduld war ihm köstliche Qual. Beim Steuer stand er und sah über den Spiegel des Meeres, als könne er Vineta an den Horizont beschwören. Er versuchte, das glitzernde Wasser mit ihren Augen zu betrachten. Hatte sie vor dieser Reise je das Meer gesehen? Schon wieder sehnte er sich mit solchem Ungestüm nach ihr, dass er jeden Vorsatz vergaß und ihren Namen rief. Sie mochte stumm sein, aber taub war sie nicht. Auf sein Rufen kam sie in Begleitung der Magd Mala an Deck.

Sie trug ein hellgraues Kleid. Er selbst hatte Schnitt und Stoff dazu gewählt und sich an dem Perlmuttschimmer der Seide gefreut. Jetzt aber schien die Farbe ihm zu blass, nicht silbern, sondern regengrau, derweil ihr flüchtig aufgestecktes Haar wie rotes Holz im Sonnenlicht leuchtete. Er hatte vielen Frauen Kleider geschenkt, besaß Übung und Geschmack, aber begriff, dass er Natalia erst in ihrem innersten Wesen kennen lernen musste, ehe er passende Kleider für sie wählen konnte. Still stand er und sah sie an, und sie stand ebenfalls still und ertrug seinen Blick. Am Ende würden sie beide zu Schweigern, weil ihre Schönheit ihn stumm schlug. Dabei drängte es ihn, mit ihr zu sprechen, beinahe so stark wie es ihn drängte, sie in die Arme zu ziehen.

»Stell dich hier zu mir, Natalia. Du musst mich nicht fürchten. Ich will nur bei dir sein, wenn Vineta in Sicht kommt.« Er streckte ihr seine Hand hin. Als sie nicht einschlug, nahm er sie behutsam beim Arm und führte sie an die Reling. Die Magd sandte er mit einem Wink unter Deck. »Du hast von Vineta gehört, nicht wahr? *Venedig des Nordens* nennt man es, nach seinem Netz von Kanälen. Aber auch Heidenbabel, Paradies der Sünder. Ob wir Sünder sind, weiß ich nicht. Aber dass es gut ist, in Vineta zu leben, weiß ich, dass unser Marschland fruchtbar ist und unser Deichbau durchdacht. Bei uns darf jeder den Himmel anbeten, der ihm passt, und dazu trinken, was ihm schmeckt. Keine Frau muss ihren Bankert ersäufen, weil sie ihn nicht satt bekommt und kein Mann braucht zu stehlen. Wenn es etwas Besseres gibt, dann ist es zu gut für mich.« Er musste lachen, schämte sich seines Redeschwalls. Einen Herzschlag lang glaubte er, in ihren Augen einen Widerschein des Lachens zu erkennen. »Natalia, es ist schön in Vineta. Nicht wahr, du fürchtest dich nicht?«

Sie sagte nichts.

»Du musst nicht mit mir sprechen, wenn du nicht magst. Darf aber ich mit dir sprechen? Ich bin ein Schwätzer, ich sitze gerne mit Kumpanen beim Wein und schwatze mich um Kopf und Kragen. Und dir, Natalia, dir möchte ich mein ganzes Leben erzählen. Ich möchte schwatzen und schwatzen, bis du mir deine Hand auf den Mund legst und mich zum Schweigen bringst.«

Sie verzog keine Miene. Perlweiß und hoch war ihre Stirn, und ihr Haar wuchs in einer kleinen Spitze hinein, ihr Gesicht wie ein Herzrund umfassend. Dennoch war es kein liebliches Gesicht. Wie in Holz geschnitten prägten Linien und Flächen sich dem Betrachter ein. Das graue Umschlagtuch, das sie vor der Brust zusammenhielt, war ihr von der Schulter gerutscht und gab am Ansatz des Halses eine Handbreit Haut frei. Beinahe schmerzlich zog sich Wartis Herz zusammen.

»Natalia«, begann er von neuem. »Auf unserer Hochzeit soll die ganze Stadt Firle'fei tanzen. In die Bernsteingasse, wo unser Haus steht, lasse ich Tische räumen, gedeckt in weißes Leinen und bestreut mit Rosenblättern.«

Der Steuermann, der drei Schritte weit an der Pinne stand, drehte den Kopf und sandte ihm ein freundschaftliches Grinsen. »Jeder ist eingeladen«, rief Warti ihm voll Übermut zu. »Du, Jero, komm mit deinen acht Kindern. Vielleicht bringt's Glück und der Triglav beschenkt uns genauso reich wie dich.«

Das Wetter blieb den Tag über herrlich, erst am frühen

Abend zogen Wolken auf. Warti ließ einen Tisch an Deck bringen und Eier, Pökelfleisch und roten Wein auftragen. Selbst bekam er kaum einen Bissen hinunter, sah aber wiederum mit Freude Natalia bei ihrer Mahlzeit zu. »Ich wünschte, ich hätte Spielleute hier. Zu unserer Hochzeit bestelle ich Musiker aus dem Langue d'Oc.«

Die Magd räumte die Essensreste fort, und Warti führte Natalia an die Reling zurück. Im letzten Schritt hielt er inne. Der Batzen Land, der sich jäh vor ihnen aus dem Wasser schälte, musste schon Rügen sein. Und richtig, gleich darauf drängte der Steuermann die Pinne hart nach Backbord, um die Raneninsel zu umschiffen. »Wir sind zu Hause, Natalia. Dort vorn ist Rügen, und wenn wir das hinter uns haben, bekommst du Vineta zu Gesicht.«

Sie stand stumm, hielt mit einer Hand ihr Tuch und mit der andern die Reling umklammert. Wind kam auf. Die Sonne sank, begann zinnoberrot zu zerfließen und verbarg sich immer häufiger hinter vorbeifliehenden Wolkenschichten. »Hör mich an, Natalia«, brach es aus ihm heraus. »Ich habe das noch nie zuvor getan: Ich bitte den Perun, meinen Freund unter den Göttern, um ein Orakel. Der Perun hat mein Vineta aus dem Wasser gehoben, wusstest du das? Ihr in der Rus, wenn ihr keine Christen seid, betet auch zum Perun, nicht wahr? Sie verbieten es euch, aber ihr tut es trotzdem, weil man ja einem Menschen das, was ihm im Kopf steckt, nicht verbieten kann. Du bist doch keine Christin, Natalia? Stepan hat gesagt, dass du Heidin bist.«

Sie sagte nichts. Im schwellenden Wind glitt das Schiff um die Spitze der Insel. Dort, wo Himmel und Meer sich berührten und die Sonne ihr Zinnober vergoss, kam die Küste in Sicht.

»Das musst du wissen, Natalia: Wenn du Christin wärst,

würde ich mich nicht daran stören. Ich hätte gern, dass du in meinem Haus meine Götter verehrst, aber den deinen könnten wir dazu verehren. Ich verstehe nicht viel vom Christentum. Mir gefällt, dass der Christengott fordert, wir sollen Frieden mit den Nachbarn halten. Nur halten unsere christlichen Nachbarn leider nicht allzu gern Frieden mit Vineta.«

Er hielt inne, stockte. Dann brach sich eine neue Flut von Worten Bahn: »Schau nach vorn, Natalia, siehst du das Feuer blinken und den hohen Turm? Das ist mein Vineta. Der Turm gehört zum letzten Stadttor vor dem Hafen, darin läutet der Perun die Glocken, um uns vor Stürmen zu warnen. Ich bitte ihn um ein Orakel für uns: Wenn es falsch ist, dass ich dich herbringe, dann soll er jetzt die Sturmglocken läuten, und ich lasse auf der Stelle wenden und bringe dich zurück nach Nowgorod. Wenn die Glocken aber schweigen, werden wir hier glücklich sein.«

Vor Anspannung schloss Warti die Augen. Wie im Spiel klatschten Wellen an den Schiffsleib, sonst drang kein Laut in die Stille. Den Schiffern, die vor Vinetas Küste navigierten, stand eine gefahrlose Nacht bevor. Ein letzter Sonnenstrahl kitzelte Wartis Lider. Dann spürte er ebenso federzart eine Berührung auf den Lippen und schlug ungläubig die Augen auf. Natalias Gesicht stand so dicht vor dem seinen, dass ihr Atem seine Wange streifte. Auf seinem Mund, der sich erneut öffnen wollte, ruhte ihre Hand.

So war es Vorschrift in Vineta: Grün-schwarz berockte Helmträger mit stoßbereiten Flügellanzen scharten sich um die Rampen eingetroffener Schiffe und prüften jeden, der Einlass in die Stadt begehrte. Auch die grandiose Scharteke des Ratsherrn vom Silbertor war davon nicht ausgenommen.

Von seinem Posten unter dem Dach eines Lagerschuppens sah Bole, wie die Mannschaft seines Bruders von Bord ging. Vor einigen Wochen hatte er ein neues Geschäft begonnen, zusätzlich zu seinem Handel mit Fischen: Gegen einen Anteil vom Lohn verlieh er Arbeiter, die den einlaufenden Schiffern beim Entladen ihrer Fracht halfen. Sein Name, Sliwosz, schuf Vertrauen, doch mehr als das zählte Schnelligkeit. Wer Aufträge einheimsen wollte, musste die Kaufleute abfangen, sobald sie Fuß auf festen Boden setzten.

Boles Konkurrenten waren sich dessen bewusst: Kaum gaben die Soldaten Wartis Rampe frei, ward sie auch schon von Aufsehern umringt, die lauthals die Dienste ihrer Leute priesen. Bole hingegen blieb auf seinen Säcken sitzen, als ginge ihn das Spektakel nichts an. Einer seiner Männer sprang auf, aber Bole wies ihn mit unwirscher Geste zurück. »Zügle dich, Mann. Auf welches Schiff wir gehen, entscheide ich.«

Am Fuß der Rampe sah er seinen Bruder, der wie üblich den prachtvollen Ratsherrenmantel schlampig über einer Schulter trug und mit den Wachen schwatzte. Ein Lachen schwirrte durch die Abendluft. Dann entdeckte er Jakub, weißbärtig und kahlköpfig, der sich seinen Weg durchs Getümmel bahnte. Natürlich, der durfte ja nicht fehlen. Wo Warti auftauchte, war sein getreuer Schatten nicht weit. Boles Mund wurde trocken. Wie üblich sah er blendend aus, sein Herr Bruder, gesund, kräftig, mit sorglos zuckenden Schultern. Aber auch er wurde älter, und sein Trost im Alter würden ein zerzauster Jude und seine übellaunige Krähe von Mutter sein.

Jakub und Warti umarmten sich und tätschelten einander die Rücken. Keine Scham kannten die, wie zwei Waschweiber. Dann drehte Warti sich um und rief etwas die

Rampe hinauf. Aus der Luke, die unter Deck führte, tauchten zwei Gestalten auf.

Frauen. Eine kleine im dunklen Überwurf und eine große, in Grau gehüllte, die um ihr brandrotes Haar kein Schläfenband trug. Genügten Wartis Unersättlichkeit Vinetas Weiber nicht mehr, dass er sich jetzt Hübschlerinnen aus der Rus mitbrachte? Wie eine Hübschlerin aber sah die grau gekleidete Frau nicht aus, auch wenn Bole aus der Entfernung nichts Genaues ausmachen konnte. Sie hielt sich aufrecht, schloss den grauen Umhang vor der Brust. Im nächsten Augenblick stürmte Warti die Rampe hinauf, streckte der Hochgewachsenen die Hand hin und führte sie achtsam über das schwankende Holz.

Als die Frau den Kopf wandte, erkannte Bole, wie jung sie war. Das zarte Gesicht strafte die damenhafte Haltung Lügen. Warti half ihr an Land, beugte den Rücken und küsste ihre Hand. Boles Herz krampfte sich zusammen. Ein grausiges Quieken schrillte auf, und sein Sohn Kasi, die Missgeburt, drängte sich mit rudernden Armen zu den Versammelten durch. Warti lachte, ging in die Hocke und legte einen Arm um das Krüppelkind. Danach sah Bole nichts mehr. Die Umstehenden schlossen sich zum Kreis um die Gruppe und schirmten sie vor Blicken.

Mit einem Satz sprang er von den Säcken. »Los, faules Pack, Arbeit tut sich nicht von selbst.« Kurz vor Wartis Schiff war ein weiteres im Seehafen eingelaufen, ein bauchiger Frachter, der sich durch seine eisenvernieteten Planken und die mittig angebrachte Takelage leicht als dänisches Gefährt erkennen ließ. Seit Menschengedenken mieteten dänische Händler ein Kontor in Vineta. Auch die Dänen hatten schließlich Waren loszuschlagen, brauchten Mehl zum Backen und Honig, um sich am Met zu besaufen, und Vineta gewährte Kaufleuten aus aller

Herren Länder Freizügigkeit, wenn auch Christen der römischen Kirche kein Niederlassungsrecht erhielten. Auch mussten Dänen ihre Schiffe selbst entladen, da kein Vineter sich gern für sie verdingte. Dass ihr König Erik Emune die Stadt als seinen Besitz betrachtete, war in den Hütten um den Hafen nur allzu bekannt.

»Heda, vorwärts.« Mit einem Schwung seines Stocks scheuchte Bole zwei auf Säcken dösende Arbeiter auf.

»Und wohin?«, wagte einer der beiden zu fragen.

»Das seht ihr doch. Der Däne mit seinen Kisten kann ein paar Hände, die mit anpacken, brauchen.«

»Der Däne? Wir sollen dem Dänen beim Entladen helfen?«

»Los, beweg dich, für dumme Fragen gibt's kein Geld.« Boles Stock streifte den Mann an der Schulter. Ohne Hast rappelte der sich auf die Füße. »Wenn Ihr meint«, murmelte er. »Dass einer lieber dem Feind aus der Hand frisst als dem eigenen Bruder, braucht einer wie ich ja nicht zu verstehen.«

Um seine Schar vor die Rampe des Dänenschiffs zu führen, musste Bole an Wartis Kai vorüber. In seinem Rücken hörte er Geschwätz und Gelächter, mit dem die Ansammlung sich zerstreute. »Ich gratuliere!«, rief Zemu Reric, der koboldhafte Freund seines Bruders, der dem Gerede nach sieben Weiber und an die zwanzig Kinder zu versorgen hatte. »Ein feiner Anfang, mein Bester, und nun hörst du so schnell gewiss nicht auf.«

Erneut ertönte Gelächter. Wozu ließ sich sein Bruder jetzt schon wieder gratulieren, und womit hörte er so schnell nicht auf? Bole trieb seinen Tross vorüber. Zwei Arbeiter rollten fluchend ein mächtiges Holzfass über die Planken des Kais. »Los, da mit angepackt«, kommandierte er. Der dänische Aufseher verstand kaum drei Worte Pomoranisch. Unter Gestammel und Gefuchtel musste Bole um den Lohn für seine Leute feilschen. Anschließend warf er sich in die Arbeit, sodass ihm keine Zeit blieb, sich umzudrehen und nach Warti und der Frau zu sehen. Er ergriff einen Sack, der bei der Rampe stand, und wollte damit losstürmen, als er eine Hand auf seiner Schulter spürte. »Guten Abend, werter Herr. Ihr seid der Fischhändler Boleslaw Sliwosz, richtig?«

Bole wandte den Kopf und fand sich einem blondbärtigen Mann im kurzen Mantel gegenüber, der Pomoranisch mit dem harschen Einschlag der Nordländer sprach. »Und richtig ist doch auch, dass Ihr des Ratsherrn Wartislaws Bruder seid? Wie freundlich von Euch, uns mit dieser Fuhre hier zur Seite zu springen. Aber den Sack lasst stehen, darum sollen sich die Arbeiter kümmern.«

»Wer seid Ihr?«, stammelte Bole dümmlich.

Der Däne schwenkte seinen leeren Mantelärmel. »Man nennt mich Thore Einarm aus Roskilde. Was ist, kommt Ihr mit auf einen Becher Bier? *Carpe diem,* mein Freund, ich denke, wir zwei haben Grund genug, ein Wort zu wechseln.«

Als Jakub an ihre Kammertür klopfte, hatte Oda gewusst, dass er nicht über die Schlachtung eines Huhns zum Nachtmahl oder die Sichtung flandrischer Tuchbestände mit ihr sprechen wollte. Ihr Blick flog nach dem Ahorn über der Tür. Er bröckelte schon. Sie hätte frischen aufhängen sollen, die Mittagsfrau war nicht der einzige Dämon, der auf ungeschütztem Weg hereingelangen konnte. Wie es seine Art war, schob Jakub die Tür nur eine Ritze weit auf und quetschte sich hindurch. »Was gibt es?« Andere Frauen hätten den Kamm fahren lassen, Oda aber zog ihn sich ungeniert durch ihr bis zur Hüfte offenes, ergrauendes Haar.

»Ich habe dir etwas zu sagen, Oda.«

»Daran zweifle ich nicht.«

»Darf ich mich setzen?«

Es gab keinen weiteren Stuhl in der nur für einen Menschen ausgestatteten Kammer. Sie sagte nichts. Jakub ließ sich mit lachhafter Umsicht auf der Bettstatt nieder. »Es geht um Warti. Er ist aus Nowgorod zurück und hat von dort eine Frau mitgebracht. Natalia heißt sie. Er wartet unten in der Halle darauf, sie zu dir heraufzubringen, weil er sie heiraten und hier mit ihr leben wird.«

Es gab diese Augenblicke in ihrem Leben, in denen sie nichts empfand, nur eine leere Stille. Oda sah sich an einem sturmschwarzen Nachmittag am Fischerstrand, über ein leeres, gedunsenes Gesicht gebeugt, und hörte fremde Stimmen in ihren Ohren gellen: *Geh heim, schwarze Oda. Deinem Witsach hilfst du nicht mehr.* Wenn man nichts empfand, nichts sagte und nichts glaubte, ging solch ein Augenblick vorüber. Sie wusste das, und Jakub wusste es auch und ließ sie tun, was ihr beliebte.

»Ich gehe sie holen, ja?« Eine Antwort erwartete er nicht, sondern stand auf und ging zur Tür. »Sie ist ein sehr schönes Mädchen. Ich bitte dich, sei gut zu ihr.«

Als er mit den beiden zurückkam, drehte sie sich nicht um, sondern hielt den Blick aufs Fenster gerichtet und zog sich ihren Kamm durchs Haar. Dennoch sah sie im Augenwinkel ihren Sohn. »Guten Abend, Mutter. Hier bringe ich dir Natalia. Eine Tochter für dich.«

Oda betete nie, weil sie sicher war, die Götter erhörten nur Männer. Frauen hatten sich mit den schwirrenden Geistern und Dämonen zu bescheiden, die sich nicht auf den Lauf der Welt, sondern höchstens auf ein paar Tücken und Schliche verstanden. Dennoch hatte sie sich in den verzweifelten, schmerzblinden Wochen nach Witsachs

Tod bei einem Gebet ertappt: *Dreiköpfiger Triglav, gib mir keine Tochter. Lass mein Kind ein Sohn sein und zu einem Mann wie Witsach wachsen, nicht zu einem Weib wie ich, der, was sie anfasst, zuschanden geht.*

»Geh und begrüße meine Mutter, Natalia.« Ein Jauchzen schwang in seiner Stimme. Mit dem Mädchen am Arm kam er heran. Er war eine Augenweide wie sein Vater, das Gesicht von Wind und Lebenslust gerötet, das Haar zerzaust, der Mantel unbekümmert über einer Schulter. Nur um ein winziges Stück wandte Oda den Kopf. Und dann geschah etwas Grauenhaftes.

Sie sah es neben ihm stehen. Zu seiner einen Seite das Weib und zur andern, zur Herzseite, sein totenbleiches Ebenbild. Das Haar, das der Wafelgestalt ins Gesicht hing, war grau wie von Reif überfroren, und die gebrochenen Augen standen in geweiteten Höhlen. *Sie bringt Tod über ihn. Sie fasst ihn an und er geht zuschanden.* Oda umklammerte den Kamm. »Schick das Weib weg, Warti.«

»Wie bitte? Das Weib ist meine Braut Natalia, in zwölf Tagen vermählt uns der Priester vor dem Heiligen Hügel.«

»Das darf nicht sein. Die da darfst du nicht heiraten.«

»Ich darf nicht? Hör zu, Mutter, ich habe keine Ahnung, weshalb du dich so garstig beträgst, aber ich bin kein grünes Bürschlein mehr. Die Zeiten, in denen du bestimmt hast, was ich durfte, sind seit langem vorbei.«

Die Wafelgestalt griff mit knochigen Fingern nach der Schulter ihres Sohnes, der töricht vor sich hin schwatzte. Genauso war Witsach gewesen: Stark und zum Leben geschaffen wie die heilige Eiche, aber zu sorglos und dumm, sich vor finsterem Wirken zu schützen. Wenn Oda auf den Mann und sein Zerrbild sah, hätte sie kaum zu sagen vermocht, wer da zweifach vor ihr stand, der Vater oder der Sohn. Am Arm hielt er das Weib, das keine Miene verzog, ihr Gesicht eine Maske aus Gleichgültigkeit. »Schick sie weg, sage ich!«

»Aha. Und warum, meinst du, sollte ich das tun?«

»Sie bringt Verderben über dich.« Die Wafelgestalt löste sich in zahllose Funken wie Sandkörner auf und verschwand. Sie hatte ihre Warnung ausgesprochen, mehr blieb nicht für sie zu tun. Oda wandte sich wieder nach dem Fenster. »Bring das Weib aus meines Witsachs Haus, und zwar schnell.«

»Es ist jetzt mein Haus, Mutter. Und es wird Natalias Haus sein.«

Blind holte Oda mit dem Kamm aus und traf ihn an der Wange. Sah im Augenwinkel, wie er den Arm des Weibes losließ und verstört eine Hand an sein Gesicht hob. Seine Braut, an seiner Seite, blieb stumm. Sie war eine große Frau, reichte ihm bis an die Schulter und hatte rotes Haar. Der Mann, der sie heiraten wollte, der sich um ihretwillen schlagen ließ, war ihr keinen Blick wert. Sie würde ihn kränken, ihn im Stich lassen und am Ende in den Tod treiben.

Wie nicht anders zu erwarten, griff Jakub ein, ihr ewiger Jakub, verlässlich wie die Fliegenschwärme, die auf der Gasse überm Kehricht surrten. »Lass es gut sein, Warti.« Seine mickrige Gestalt schob sich zwischen Oda und das Paar. »Gib deiner Mutter Zeit.«

Oda nahm den Kamm, hieb sich die Zinken wie Nadeln in die Kopfhaut, riss sie sich durchs Haar. *Schwarze Oda, Waflerin, sagst das Sterben voraus.* Aus dem Fenster starrte sie auf die dunkle Wand des Hauses gegenüber. Auch im Augenwinkel sah sie nichts anderes mehr.

Er hatte ihn gebeten, sein Brautführer zu sein. Ihn, den Juden Jakub, der nicht geladen war, als man das Fest seiner

Geburt beging, noch, als man ihn zum Mann weihte, den hergelaufenen Flüchtling, der keinen Tropfen Blut mit ihm teilte. »Das kannst du nicht tun.«

»Ich kann tun, was ich will.«

Warti hatte Einnahmen aus Tagesgeschäften in eine silberne Schatulle gezählt. Er hielt inne, warf den Rest der Münzen klirrend obendrauf und sah Jakub herausfordernd an. Seine Augen blitzten. Auf seiner Wange prangte blutrot der Striemen, den der Kamm seiner Mutter ihm verpasst hatte. Rachels Kamm. *Wie alt bist du, Himmelsstürmer?*, wunderte sich Jakub und war machtlos gegen seine Freude an ihm. *Über dreißig? Nie im Leben. Das entzückende Mädchen, das du heimführst, ist gesetzter als der Heißsporn, der sie freit.* »Natürlich kannst du. Aber willst du das wirklich?« Er packte Warti, der unter Geschepper in den Münzen wühlte, am Arm. »Dich gegen alles und jeden stellen, nur du und deine Natalia gegen den Rest der Stadt?«

»Das ist dummes Zeug.« Unwirsch befreite er seine Hand aus Jakubs Griff. »Ich liebe die Stadt, das weißt du wohl. Keine andere, weder eine dünkelhafte Christenfestung noch einen Hort ängstlich im Alten verharrender Heiden, könnte ich ertragen. Vineta ist meine Stadt, und von jetzt an wird sie auch Natalias Stadt sein. Sei ehrlich, Jakub: Du glaubst doch selbst, Vineta wird Natalia lieben?«

Ohne zu zögern, erwiderte Jakub: »Ja. Das glaube ich.« *Sie wird euch beide lieben, weil sie eine glückliche Stadt ist, die das Leben und die Schönheit liebt. Aber nicht alle tun das. Jenen, denen ihr Leben eine Qual ist, hältst du arglos deine ungedeckte Flanke hin.*

»Na bitte. Jetzt mach kein so sauertöpfisches Gesicht, sondern eines, das dem Vater eines Bräutigams geziemt.

Denn ein Vater bist du mir, Jakub. Und du wirst es Natalia sein. Sie ist scheu wie eins von den verletzten Tieren, die Bole im Wald auflas und mit nach Hause schleppte, aber zu dir hat sie Vertrauen gefasst.«

Jakub sah zu Boden, um seine Rührung zu verbergen. Seine Fußspitze zeichnete Kreise in den Staub der Lagerhalle. »Hör zu, mein Lieber.«

»Was gibt es denn noch?«

»Du hast deinen Bruder erwähnt. Ich bitte dich, lass ihn deine Braut zum Heiligen Hügel führen, wie du die seine geführt hast.«

»Ach was.« Wartis Hände fuhren wieder in die Münzschatulle. »Das ist doch Jahrhunderte her, und glaub mir, die Jula war alles andere als glücklich dabei. Mein Brautführer ist Herr Jakub aus Worms und damit Schluss. Auf meiner Hochzeit soll die Braut glücklich sein.«

Dazu müsste sie dich lieben, schoss es Jakub durch den Kopf. *Tut sie das? Dann kümmert sie nicht, wer sie zum Tempel führt.*

»Und weißt du, was ich jetzt mache?« Zum Überquellen mit Münzen gefüllt tauchten Wartis Hände aus der Schatulle auf. Ohne hinzusehen, stopfte er sie sich am Gurt in seinen Beutel, geradeso wie er als Junge Süßkram hineingestopft hatte. »Ich gehe zu Wito, dem Glaser, und beauftrage ihn, meine Fenster zu verglasen.«

»Was für Fenster? Die in unserer Halle?«

»Alle«, erwiderte Warti, schnappte sich seinen Mantel und wandte sich zum Gehen.

Jakub nickte lediglich. Die beiden einzigen Gebäude in Vineta, die sich verglaster Fenster rühmten, waren das Rathaus und der Wohnturm in der Burg des Tysjatschnik. Das Haus von Wartislaw Sliwosz auf der Bernsteingasse würde das dritte sein, und während Jakub dem Davonstürmenden nachsah, stellte er fest, dass ihn das nicht im Geringsten überraschte.

Sie gaben ihr ein Kleid in einem Rotbraun, das einen Schwarm verbotener Gedanken befreite: Gedanken ans Rotbraun frisch gepflügter Erde, an trockene Tannennadeln, von Waldameisen zu Hügeln gehäuft. Natalia hätte sich Schmerz zufügen sollen, um die Gedanken zu vertreiben, doch vermutlich hätte sie den Schmerz nicht einmal gespürt.

Das Kleid, das von fünf Mädchen herbeigetragen worden war, hatte schwer in ihren Händen gelegen, schmiegte sich aber auf die Haut so leicht wie die Seeluft der Reise, so als sei es nicht dazu gedacht, ihr Fleisch zu verstecken, sondern es zu liebkosen. Vier der Mädchen, alle bis auf die Mala, waren Vineterinnen, reizend gekleidet und wohlgenährt. Flink wie Haselmäuse umsprangen sie Natalia, schlossen hier eine Fibel, lockerten dort ein Band, warfen sich Kämme, Schleifen, Schmuckstücke, dazwischen Worte im Springquell ihrer Sprache und Perlenschnüre von Gelächter zu.

»Natalia, Natalia aus Nowgorod! Was für ein hübscher Name und was für eine wunderhübsche Braut du bist!«

Zu Natalias Überraschung bereitete es ihr keine Schwierigkeiten, die fremde Sprache zu verstehen, der lediglich die Schwermut und Erdgebundenheit ihrer eigenen fehlte. Schon der Mann hatte Pomoranisch mit ihr gesprochen. Der Mann, auf dessen Schiff sie hergekommen war, in dessen Haus sie seit Tagen aß und schlief und dessen kostbares Kleid ihr die Mädchen eben um die Schultern drapierten. Der Mann, dem sie nach all diesem Aufwand überreicht werden sollte wie ein blank geputztes, schlachtreifes Schwein.

»Hübsche Natalia, hat der gute Gott Svarog in deinen Hals keine Stimme gelegt?«

»Ha, dafür hat er Vinetas strammstes Mannsbild in ihr Bett gelegt! Vielleicht hat ihr ja unser schmucker Herr Warti mit seinem Hammer die Sprache verschlagen?«

Vierkehliges Lachen platzte auf, ausgelassen, wie Gewieher von Pferden, nur die Mala stand mit Bittermiene abseits. Und sie selbst, Natalia, die Heidenmetze, verprügelte Küchenratte, prangte zwischen ihnen wie ein deftiger Hohlbraten, an dem vier Künstlerinnen sich zu schaffen machten.

»Seht euch das an, ihr Haar ist genauso rot wie das Kleid.«

»Die Seide dazu hat der Herr Warti eigens für sie färben lassen.«

Was dächten wohl diese emsigen Meisterinnen, wenn ihr Kunstwerk auf einmal den Kopf einzöge und sich im Schweinsgalopp davonmachte? Natalia hätte den Mund, auf den eins der Mädchen sorgfältig Schminke pinselte, aufreißen und hinausschreien wollen: *Ich bin eine von euch! Nehmt mir den Plunder ab, und gebt mir einen Topf mit weißen Bohnen. Ich kann Böden wienern, Säcke schleppen, sogar Holz hacken, ich kann alles, was ihr wollt, nur eines nicht: Dieses Mannes Frau werden.* Stramm und schmuck nannten ihn die Mädchen, ihr aber schauderte vor ihm. Sie hatte nie zuvor einen Mann gesehen, der so viel Raum einnahm. Vermutlich konnte er einem Hammel mit bloßen Händen den Hals umdrehen. Solange er mit Hammeln vorliebnahm. Natalia schüttelte sich. *Broni und Anya.* Ob er sich ihrer Namen noch erinnerte, wenn er sie überhaupt je gekannt hatte? Natalia erschien es, als trüge der schreckliche Mann sie als Mal in seine Stirn gebrannt.

Dennoch hatte sie gewagt, ihn zu berühren. Ohne Zwang. Hatte die Hand ausgestreckt und sie ihm auf den Mund gelegt, damit er endlich verstummte und sie in Stille betrachten ließ, was sich vor ihnen aus dem Schwarzgrün des Meeres hob. Vineta. Haus an Haus, so weit das Auge reichte, und auf den Dächern fing sich goldrot der Glanz des Abends. Natalia hatte den Mann ans andere Ende der Welt gewünscht. Sie hätte mit Anya hier stehen sollen, mit Anya hatte sie sich all dies gewünscht: Das Meer, Vineta, einen Mann, der kam und sie zur Frau nahm. Nichts davon, nicht ein Funke war der armen Anya vergönnt gewesen, und ohne Anya bedeutete es auch Natalia nichts mehr. »He, hübsche Natalia! Musst du weinen?« Eines der Mädchen, ein stämmiges Geschöpf mit dichtem, dunkelbraunem Haar, tupfte ihr einen Finger auf die Nase und riss sie aus der Trance. Ein anderes Mädchen kniete vor ihr und steckte ihr mit Nadeln das Kleid um die Taille straff. Vor Natalia wippte der struppige Schopf auf und ab. »Das macht gar nichts. Ob vor Glück oder Kummer, an ihrem Hochzeitstag weint sich in Vineta jedes Mädchen die Augen aus. Ich bin eine, die's wissen muss: Kveta heiß ich und bin Eures Nachbarn Zemu Rerics Weib.«

Das Mädchen ließ von ihrer Steckarbeit, blickte auf und Natalia ins Gesicht. Eine der Nadeln, die sie wohl im Mund gehalten und zum Sprechen ausgespuckt hatte, klebte ihr an der Unterlippe. Sie hatte eine missgestaltete, seitlich verbogene Nase, aber ihre Augen glänzten, und ihr Lächeln war so geradeheraus, dass Natalia es genoss, sie anzusehen. Ihre Haut war rosig braun wie die eines Bauernmädchens. »Na komm, lass die Tränen laufen, hübsche Natalia.«

Natalia schüttelte den Kopf.

»Sie versteht mich!«, jubelte Kveta, selig wie einst Anya,

als sie entdeckte, dass man schweigen und dennoch wie ein Mensch seinen Kopf gebrauchen konnte. »Du willst nicht weinen? Ha, dann werden wir dich *Natalia, die nicht weint,* nennen. Na komm, *Natalia, die nicht weint,* lass mich dieses Kleinod von Schläfenband um dein entzückendes Haar legen, damit dein Herr vom Silbertor nicht warten muss.«

Sie hielt das Band in die Höhe. Im Halblicht der Kammer sah Natalia das geflochtene Metall rot leuchten und hörte die hauchfeinen Ringe klirren. »Ha! Weiß eine von euch Gänschen, was das ist?« Kvetas Wangen glühten, und Natalia raste das Herz. »Dann werd ich's euch sagen, ich hab's von Pisko, dem Goldschmied, der's gefertigt hat. Keine Bronze ist das. Sondern rotes Gold!«

Sie hatte noch nicht ausgesprochen, da hatte Natalia ihr das Band aus den Händen geschlagen. Mit einem scheppernden Laut schlug die kunstvolle Schmiedearbeit auf dem Boden auf, während Kveta verstört auf ihre leeren Hände starrte. »Was tust du denn? Bist du irre?«, rief eine andere. Natalia beachtete sie nicht. Ihr Blick schien an dem Schmuckstück fest geleimt. *Anyas Schläfenband.* Das Herz schlug ihr noch immer bis zum Hals, als es verhalten an der Tür pochte.

»Seid ihr so weit, ihr knospenden Buschwindröschen? Die Karren sind angespannt. Mein Herr Warti ist ein Mann voller Tugenden, aber Geduld gehört nicht zu seinen Stärken.« Im Türspalt tauchte der Kopf des zierlichen Alten auf, der sie bei ihrer Ankunft im Hafen abgeholt und sich seither jeden Tag um sie bemüht hatte. Natalia mochte seine Stimme. Sie war die leiseste Menschenstimme, die sie je gehört hatte, und er war der Einzige, der nicht Pomoranisch, sondern ein kauziges, butterweiches Russisch mit ihr sprach. »*O bosche moi.*« Fast wisperte er. »Bei der

Wahl einer Braut hat mein Warti allerdings Geduld bewiesen, und wie klug hat er daran getan! Können wir fahren, Natalia? Alle Götter dieser Stadt und aller Städte seien mit dir.«

Kveta, nicht Natalia, wies stumm zu Boden, auf das Schläfenband. Der Alte, Jakub, trat in die Kammer und erfasste mit einem Blick die Lage. »Du willst es nicht tragen?«

Natalia schüttelte den Kopf, dass ihr Haar um die Wangen flog.

Jakub legte seine winzige Hand auf ihren Arm. »Kveta Reric, Amselkind, nimm das Band, und winde es dir selber um die Schläfen. Ich bin sicher, den Herrn Warti wird es freuen.«

Er führte sie die Treppe hinunter. Unten, in der geräumigen Halle, drängten sich Menschen, die jubelten und klatschten. Ihre Gesichter verschwammen miteinander. Jakub packte entschlossen ihren Arm und geleitete sie geradewegs zur Tür. Nach der dämmrigen Kühle der Kammer sprang der heiße, helle Sommermorgen sie an wie ein Tier. In einer Reihe warteten mit weißen Blumen und Bändern behängte Karren. Der vorderste, der von einer Art Baldachin überdacht war, mit einem weißen Pferd bespannt. Der kleine Jakub wollte Natalia hinaufhelfen, aber sie war flugs schon selbst aufgesprungen, froh, der Vielzahl von Händen zu entfliehen. Diese Vineter erschienen ihr wie ein Rudel Hundewelpen, das sich neugierig und gänzlich ungeniert um den Wagen scharte.

Umständlich kletterte Jakub hinterdrein. Ehe er die Zügel aufnahm, stellte er ihr einen kleinen Weidenkorb auf den Schoß. »Die Liebesgabe deines Bräutigams. Ein vinetischer Hochzeitsbrauch, Natalia.« Die Reihe der Wagen setzte sich in Bewegung. Natalia senkte den Blick. In dem Korb lagen ein rundes Brot, eine goldene Münze, ein kaum fingerlanges Silbermesser und ein Eichenblatt. »Brot und Gold als Versprechen, dass dein Mann es dir an nichts fehlen lassen wird, das Messer, mit dem er dir seinen Schutz verspricht, und das Blatt der Eiche als Versprechen seiner Güte. Die Eiche ist der heilige Baum des Svarog, der den Vinetern als Vater aller Götter gilt. Er ist schon recht betagt, deshalb überlässt er das Tagesgeschäft seinem Sohn Svantovit, unter dessen Segen du heute vermählt wirst. Aber über Güte und Liebe zwischen Mann und Frau wacht noch immer der alte Zausel Svarog.«

Natalia berührte den Korb nicht. Zum Gerumpel des Wagens hüpfte er auf ihren Schenkeln auf und ab, bis Jakub ihn fortnahm und beiseitestellte. Nicht schnell, aber stetig rollte ihr Gefährt den übrigen voran. Von den Rändern der Gasse ertönten Jubelrufe, auf dem Pflaster klapperten die Pferdehufe, so anders als auf den hölzernen Bohlen von Nowgorod. Diese Stadt musste wahrlich reich sein, wenn sie sich so viele gepflasterte Fahrtwege, so viele hohe, in die Gassen auskragende Häuser und so viele Menschen, die ihre Arbeit niederlegten, um einem Tross Wagen zu winken, leisten konnte. Nirgendwo entdeckte Natalia Wächter, die wie in Nowgorod herumlungerndes Volk auseinandertrieben. Eine Frau warf einen Strauß zerzauster, buttergelber Blumen in den Wagen, ein Bursche riss sich die Kappe vom Kopf und schleuderte sie in die Höhe. »Ein langes Leben und an jeder Hand fünf Kinder, Frau Natalia!«

Schon wieder rollten sie über eine Brücke. Die ganze Stadt schien von Kanälen durchzogen, über die Schiffer mit Stangen schlanke Kähne trieben. Mächtige Bäume mit dreigezackten Blättern neigten ihre Äste auf das Wasser. »Der Ahorn ist der Baum des Gottes Triglav.« Der alte

Mann an ihrer Seite hatte ihre schweifenden Blicke offenbar bemerkt. »Sein Laub soll stark und gesund machen, Vinetas Lebensadern schützen und vor Geistern aller Art bewahren. Natalia, ich wüsste dir gern etwas zu sagen, das deine Angst lindert. Aber das ist nicht möglich, oder?«

Sie hob den Kopf. Ihr Blick traf den seiner lebhaft funkelnden Augen. Wer immer er war und welche Stellung er im Haus bekleidete, dieses zerbrechliche Männchen konnte unmöglich der Vater des blonden Riesen sein. »Ich habe ihn aufgezogen«, ertönte seine leise Stimme wie als Antwort auf eine unhörbare Frage. »Natalia, du bekommst einen guten Mann. Er mag sich gelegentlich wie ein verwöhntes Balg betragen, sein Hochmut braucht Dämpfung, und er muss noch lernen, sich zu zügeln. Aber sein Herz ist liebevoll und großzügig, und er würde alles tun, um dich glücklich zu machen.«

Mich glücklich machen. Mit dem Schläfenband meiner geraubten Gefährtin. Mit Truhen voll Tand, den meine Anya wollte, nicht ich. Glücklich gemacht hatte sie allerdings eines seit ihrer Ankunft in Vineta: das Essen. Sobald sie begriff, dass all die Platten voller aufgehäufter Köstlichkeiten wirklich für sie bestimmt waren, dass ihr niemand den Kopf an den Haaren zurückriss oder ihr mit dem Rührstab auf gierige Finger drosch, schlang sie sich in einem wahren Glücksrausch hinein, was nur passte. Dabei vergaß sie, was vor oder hinter ihr lag. Sie war eben doch mehr Tier, mehr gefräßiges Schwein als Menschenkind. Wie zum Echo ihrer Gedanken hörte sie auf einmal Schweine grunzen. Abrupt hielt der Wagen.

»Es lebe die Braut! Es lebe der edle Herr vom Silbertor!«

Das Gegrunze schwoll an. Borstige Rüssel schoben sich über den Rand des Wagens, stupsten Natalia gegen Arm und Schenkel, zupften kostend an der Seide ihres Kleides. Weder sie noch Jakub hätte aus dem Wagen steigen können. Mitten auf der engen, gepflasterten Gasse war das Gefährt wie zuvor von Menschen von den wimmelnden Leibern zahlloser Schweine umringt.

Jakub stand auf, wechselte über Natalias Kopf hinweg Worte mit den zwei Männern, die verzweifelt versuchten, die massigen Tiere von ihr wegzudrängen. Natalia lehnte sich zurück und schloss die Augen, spürte raue Schweinelippen an der Hand und hätte laut herauslachen wollen. Ihre Brautfahrt, ihr Gang zur Schlachtbank aufgehalten von einer Horde Schlachtvieh! Ohne Zweifel würde der Mann, dessen Eigentum sie war, die Herde beschlagnahmen, die Schweinehirten auspeitschen und die Fahrt sogleich fortsetzen lassen. Der Augenblick des Aufschubs aber war umso süßer.

»Natalia?« Jakub berührte ihre Schulter. Sie schlug die Augen auf, sah die Schweine an die Häuserwand zurückgedrängt und fand sich den zwei Männern mit flachen Kappen gegenüber. Der eine von ihnen hielt einen Hund mit platter Schnauze am Strick, und der andere trug auf den Armen ein quiekendes, rosiges Ferkel. In ihren sonnenverbrannten Gesichtern blitzten lächelnde Münder. »Natalia, Vjelko, der Schweinebauer, möchte dir sein prächtigstes Ferkel als Hochzeitsopfer schenken.«

Ehe Natalia sich's versah, hatte der Mann dem Ferkel einen Riemen um den Rüssel gewunden und es zu ihren Füßen in den Wagen gesetzt. »Fettes Schwein bedeutet heiße Liebesfreude, schöne rote Braut.« Der Braungesichtige packte ihre Hand und küsste sie. Jakub nahm die Zügel des Schimmels auf und trieb ihn in Schritt, wobei er Mensch und Tier Zeit zum Auseinanderstieben ließ. Verstört verbarg das Borstenvieh sich im Dunkel unter ihrem

Kleid. *Jetzt sind wir schon zwei,* dachte Natalia, beugte sich vor und streichelte die raue Haut des Tieres.

Die gesamte Stadt schien von einer zinnenbewehrten Mauer umgeben. Hatten Riesen diese Gesteinsbrocken herbeigewälzt und die gewaltigen Trutzanlagen aufgetürmt? Gab es tatsächlich zwölf Tore, und wenn ja, besaß ein jedes einen Turm und silberblinkende Torflügel wie jenes, auf das ihr Wagen zuhielt? Im Näherkommen erkannte Natalia das ins Silber gepunzte Reliefbild, das sich teilte, als das Tor sich auftat: Eine überlebensgroße, bärtige Gestalt, die sich kopfüber auf tosende Wellen senkte und zwei Hände voll Häuser daraus barg, derweil eine Schar viel kleinerer Gestalten vom Ufer aus zusah. »Der Perun, Herr über Sturm und Meer, hebt Vineta aus dem Wasser«, erklärte Jakub. »Dies ist das Silbertor, das deinem Bräutigam untersteht. Für gewöhnlich gelangt man durch das Schweinetor am schnellsten zum Heiligen Hügel, aber heute wollte Warti gern den Umweg fahren, damit seine Wachen dich zu Gesicht bekommen. Zudem hatten wir von Schweinen ja wohl schon genug.« Ein wenig unsicher lächelte er.

Die sich teilenden Flügel gaben die Sicht auf die Zugbrücke frei, die sich über den Stadtgraben senkte. Dahinter erstreckte sich Land wie ein Teppich aus sommergrün und sommergelb leuchtenden Flicken. Im sachten Wind wiegten sich Gras und Korn. Natalia hielt den Atem an. Seit jener Soldat im dunklen Rock ihr einen Sack über den Kopf gezogen und sie in die Stadt Nowgorod geschleppt hatte, war ihr Blick nicht mehr über so weites Land geschweift. Verbotene Gedanken erhoben sich wie die Kette des Waldes, der in der Ferne die sich dehnende Ebene begrenzte.

Der Soldat, der jetzt an den Wagen trat, trug keinen dunklen, sondern einen tannengrünen Rock mit schwarzen Besätzen. Er strahlte über sein ganzes schweißglänzendes Gesicht und sah nicht wie ein Soldat aus, eher wie der semmelblonde Sohn einer Bäckerin. »Natalia, das ist Miroslaw, Herrn Wartis oberster Torwächter. Miro, hier hast du Natalia, unsere schöne Braut aus der Stadt Nowgorod.«

Tief verbeugte sich der junge Wächter und verhielt in der unbequemen Stellung mehrere Herzschläge lang. »Alle Götter sollen Euch segnen«, murmelte er wie in Andacht, als er sich endlich aufrichtete. »Weil Ihr unserm Herrn Segen bringt.«

Über Natalia und das zwischen ihre Waden geklemmte Ferkel hinweg reichte Jakub dem Mann einen Korb, aus dem ein zugedeckter Krug schaute. »Genießt ihn mit Respekt«, sagte er. »Es ist gebrannter Wein aus Frau Natalias Heimat, viele Male feuriger als das stärkste Bier. Herr Warti wünscht, dass heute keiner ohne Rausch bleiben soll, doch mit Wachen, die vorm Tor einschlafen, wäre uns schlecht gedient.« Dann nahm er die Zügel fest in die Hände, hob sie und ließ sie auf die Kruppe des Pferdes schnellen. Natalia rührte sich nicht. Der wasserblaue Blick des Jungen traf den ihren. *Hilf mir,* hörte sie sich rufen, *zieh die Brücke hoch, lass uns nicht weiterfahren.* Der Junge aber hörte offensichtlich nichts. Rumpelnd fuhr der Wagen an. Geradewegs ging nun die Fahrt auf den Hügel zu, der vor dem Wald in den wolkenlosen Himmel ragte.

Ihre Vermählung mit dem Mann, von dem Broni und Anya geträumt hatten, an dem sie zerbrochen waren und vor dem die ganze Stadt zu buckeln schien, erlebte Natalia wie hinter Schleiern gnädiger Fassungslosigkeit. Sie war kein Mensch mehr, nicht einmal ein Tier, sondern eine holzgeschnitzte Gliederpuppe. Andere mussten sie aus dem Wagen hieven und in den von Steinen umgrenzten Kreis mehr schleifen als führen. Rings um den Steinwall standen weiß gewandete Gestalten mit Fackeln, die leblos vor sich hin starrten. Als Natalia durch den Rauch der Flammen sah, dass von der anderen Seite her der Mann in den Kreis geleitet wurde, wandte sie den Blick rasch fort. Stattdessen sah sie den Hügel hinauf, erblickte das Tempelgebäude und davor eine hohe, schneeweiße Bildsäule, die scharf ins Himmelsblau schnitt. Svantovit. Der Gott mit dem viermal männlichen Gesicht.

»Du musst knien, Natalia«, wisperte der kleine Jakub, sich an ihr Ohr reckend. Erleichtert gab sie der Schwäche in den Beinen nach und ließ sich fallen. Der Schmerz, mit dem ihre Knie auf den Boden schlugen, der Ratsch, mit dem irgendwo das Kleid riss, taten wohl. Zart berührte Jakub noch einmal ihre Schulter, dann trat er aus dem Kreis zurück, und sie war mit dem Mann allein. Sie sah ihn nicht an. Aber sie spürte dicht neben ihrem Körper seine fleischige, atmende Gegenwart.

Wieder die verbotenen Gedanken: Ihre Mutter hatte sich mit ihrem Vater vermählt, vor irgendeinem Priester, auf irgendeinem verborgenen Heiligtum. War sie glücklich gewesen? Oder hatte sie steif vor Abscheu auf harter Erde gekniet wie ihre Tochter? Flankiert von zwei Fackelträgern trat ein weiß gekleideter Riese in den Kreis. Der Hohepriester. Das Dreigespann blieb so dicht vor Natalia stehen, dass ihr der Schweiß ausbrach und das flackernde Licht der Flammen in ihren Augen brannte. Dann schien der Boden unter dem Schall zweier Hörner zu erbeben. Die beiden Fackeln wurden in die Erde gerammt.

»Wartislaw, Sohn von Witsach und Oda, vor dem erhabenen Svantovit, Gott der Götter, Herr und Hüter der Stadt, befehle ich Natalia, Tochter aus Nowgorod, unter deinen Schutz.«

Wieder blökten die Hörner auf. Natalias Eltern blieben

ungenannt. Sie versuchte sich auf ihre Namen zu besinnen, doch sie fielen ihr nicht ein. Sie war niemandes Tochter. Einer der Fackelträger beugte sich vor, Natalia blickte auf und sah in seiner Hand ein Messer blitzen. Sollte sie geschlachtet werden wie ihr Schicksalsgenosse, das Ferkel? Und wenn ja, war das nicht besser, als diesem Mann geopfert zu sein? So viele Gedanken drängten sich in einen einzigen Herzschlag. Zu sterben war niemals besser. Natalias Hände schnellten in die Höhe.

Mit einer ruhigen Geste schob der Priester ihre Hände zur Seite. Verblüfft bemerkte Natalia, dass sich auf das versteinerte Gesicht die Spur eines Lächelns stahl. Im Handumdrehen hatte der Fackelträger ihr eine Strähne Haar abgeschnitten und richtete sich wieder auf. Neben ihm kam auch der zweite Gehilfe aus der Hocke, und beide übergaben ihre Beute dem Priester.

Der drehte sich um, hielt das sacht wehende Haar der mächtigen Bildsäule auf dem Hügel entgegen. »Erhabener Svantovit, Hüter der Ordnung, Gottvater Svarog, Meister begieriger Leidenschaft, betörender Triglav, Herr der Fruchtbarkeit, gebt diesem Bund euren Segen, und verleiht ihm Stärke, Liebeslust und Kinderreichtum.«

Mit dem letzten Wort wirbelte er herum. In beiden Händen hielt er die verflochtenen Strähnen. Golden und Rot. An Natalias Seite hob der Mann an zu sprechen:

»Mein Schicksal und deines verwebe sich.
Mein Blut und deines werde eins.
Aus deinem Fleisch komme meines.
Dein Herz sei Herz von meinem Herzen.«

Seine Stimme war klar und dunkel. So nah bei ihr kniete er, dass ihr Körper jede Regung des seinen spürte. Einer der Gehilfen trat vor sie und sprach sie an:

»Natalia, Tochter aus Nowgorod.

Gürte deinem Herrn die Lenden,
Wie du ihn in Tagen des Krieges mit dem Schwert
Und in Tagen des Friedens mit deiner Liebeslust gürten wirst.«

Natalia sah hoch. Auf den gestreckten Armen hielt der Priestergehilfe ihr einen prachtvollen Gurt aus vielfarbigen Lederflechten entgegen. Der Gurt war etwa so breit wie zwei Hände und endete vorn in einer Art Kappe aus dunklerem Leder. Ein zweiter Gehilfe ergriff Natalias Arme, hob sie, half dem ersten, das Ledergeflecht darüber auszubreiten. Neben ihr erhob sich der schwere Körper des Mannes, setzte einen Schritt zur Seite und ragte jäh vor ihren Augen auf. Mit demselben Herzschlag begriff sie: Von ihr wurde erwartet, dass sie den ledernen Gurt um dieses Mannes Hüften legte, die dunkle Kappe über die Schwellung zwischen seinen Beinen zog und die Riemen schloss. Sie glaubte zu schwanken, den Halt zu verlieren, stützte sich mit einer Hand am Boden, sodass der Gurt herunterfiel. Dann hörte sie sich schreien. Kein Mensch schrie so und kein Tier. Der Priester aber, seine Gehilfen und der furchtbare Mann schienen nichts zu hören.

Er beugte sich dennoch zu ihr hinunter. Schob mit einer Hand den Gurt beiseite und hielt ihr die andere hin. »Vergessen wir das. Kommst du, mein Herz?«

Um nichts auf der Welt hätte Natalia sich rühren können. Der Atem des Mannes, der nach Salbei roch, streifte ihre Wange wie eine schlagende Hand, die Hitze seines Körpers prallte ihr entgegen. Seine Hände schlossen sich um ihre, verharrten kurz und zogen sie zu sich empor.

Jula Sliwosz, die Schwägerin des Bräutigams, stand mit der blassen Schar ihrer Töchter und ihrem Mann, der in den Händen linkisch seinen Hut zerdrückte, am Rand der

Gasse. Unter den zahllosen Schaulustigen wartete sie auf den Brautzug vom Heiligen Hügel. *An meinem Hochzeitstag war der Himmel schwarz, mein Kleid und war alt und unter peitschendem Regen zerfloss die Straße zu Schlamm. Zu ihrer aber, zu der Hure Hochzeit, strahlt die Sonne und leichter Wind säuselt Liebesweisen in ihr Ohr.*

Raben und Fliegen würden leer ausgehen. Am Abend zuvor hatten emsige Hände den Abfall aus der Gasse gekehrt. Jeder andere Gast aber mochte sich nach Herzenslust den Bauch vollschlagen. Vom ersten Morgenlicht an huschten Horden von Bediensteten umher und beluden weiß gedeckte Tische mit erlesenen Speisen. Auf den längsten Tisch hievten Männer ein Weinfass und drehten den Hahn auf, sodass der samtrote Wein sich auf die Straße ergoss und kein Gott durstig blieb. *Ist es genug, was er dir in den Schlund wirft, rotes Luder? Um keine von uns gab er mehr als ein Zucken seiner hübschen Schulter, um dich aber macht er sich zum Narren vor der Stadt.*

Jetzt kamen sie. Zwar versperrte noch das Haus vor der Biege die Sicht, doch Geschrei und Gelächter kündigten die Brautleute an. Den Zug zum Heiligen Hügel hatte Jula sich erspart. Bole dagegen hatte einen Wagen auftreiben und mitfahren wollen. »Er ist trotz allem mein Bruder«, hatte er gesagt, und sie hatte zurückgefaucht: »Das macht es noch schlimmer. Dein eigener Bruder versetzt dir einen Tritt, und seine Schmähung trifft dich beileibe nicht allein. Er beleidigt deine Frau und deine Kinder ebenso, aber geh du nur, und hechle ihm und seinem Juden hinterdrein.«

»Und was ist mit dir?«

»Mir sollen beide Füße abfallen, ehe ich mit meinen Kindern einer Hübschlerin das Brautgefolge mache.«

Also blieben sie alle auf der Gasse bei den gedeckten Tafeln, den wartenden Spielleuten und dem heuchlerischen

Pack, das hinter hohlen Händen über diese Braut, die kein Mensch kannte, munkelte, sich die Gelegenheit zum Prassen jedoch nicht entgehen ließ. »Jetzt kommen sie«, rief einer, und schon hämmerten Hufe auf gewienerte Pflastersteine, schlugen Zimbeln, klang das geflötete Brautlied auf. Hüte wirbelten in die Höhe, und aus hundert Kehlen brach Jubel los, als der Zug um die Häuserecke kam. Einen vierrädrigen Wagen hatte Warti Sliwosz seiner Braut bauen lassen und einen Schimmel mit Kummet davorgespannt. Weiße Bänder flatterten von Zaum und Achsen. Weiß war die Farbe des erhabenen Svantovit, doch die Braut mit ihrem Feuerhaar trug blutdunkle Seide. Sie lächelte nicht. Starr saß sie neben dem Juden und hielt ihr wie in Metall gegossenes Gesicht der Menge hin.

»Heil der Braut! Ein langes Leben und viele Kinder!«

Sie lächelte auch nicht, als der ihr frisch vermählte Gatte, Warti Sliwosz, um den Vinetas Weiber gerauft hatten wie Gassenkatzen, an den Wagen trat, um ihr hinauszuhelfen. »Schau nur, Mutter, sie sind ja beide so schön!«, hörte Jula ihre älteste Tochter jauchzen. Sie ballte die Hand in den Kleiderfalten, um das Kind nicht vor der halben Stadt zu ohrfeigen. Warti Sliwosz trug ebenfalls Rot. Ein seidenes Wams, das um Brust und Schultern spannte. Er hielt der Braut die Hand hin, und als sie nicht danach griff, schloss er die Arme um sie und hob sie wie ein Federgewicht aus dem Wagen. Die Menge johlte. Ehe er die Frau auf die Füße stellte, neigte er den Kopf und lehnte sein Gesicht einen Herzschlag lang an ihres. Jula wurde übel. Die andere mochte ein Palast mit gläsernen Fenstern erwarten, derweil Jula in einem Verschlag aus Brettern hauste, aber dass sie obendrein dies hatte, diesen Augenblick, in dem der stolze Mann sich ihr ergab, war mehr, als Julas Herz ertragen konnte. *Fluch dir, Warti Sliwosz. Deine Hexe aus der Rus soll dich leiden lehren.* Die Musikanten begannen ihr Spiel. Linder Wind wehte Rosenblätter in kleinen Wirbeln von den Tischen.

Bole hatte nicht hinsehen wollen, doch als von allen Seiten der Jubel losbrach, hob er wie von selbst den Kopf. Die Frau war zweifellos schön. Jula nannte sie eine Hübschlerin, und vielleicht war sie das ja, mit ihren hohen Brüsten, dem Kupferhaar und dem Mund, der breit war wie ein Männermund. Sein Bruder hatte von jeher eine Schwäche für sittenlose Weiber. Bole hingegen empfand Ekel vor ihnen, vor der schandroten Paste, die sie sich auf die Wangen strichen, vor ihrem verschlagenen Lächeln und vor dem süßlichen Duft, der ihnen aus den Kleidern stieg. Er empfand Ekel vor der hoch gewachsenen Frau, die an diesem Morgen seine Schwägerin geworden war. Zu gleicher Zeit aber sah er, dass sie schön war, dass sie etwas besaß, dem keiner der Gäste, keins der Schandmäuler und Lästerzungen sich entziehen konnte. Mit den läppischen Gänsen, die seinen Bruder wie Fliegen zu umschwirren pflegten, hatte sie nichts gemein.

Bole sah, wie sie sich von Warti an einen der Tische führen ließ, wie sie sich niedersetzte und mit ihrem Männermund den eingeschenkten Wein trank, das aufgetischte Lammfleisch von den Knochen riss. Dabei sprach sie kein Wort, gab keine Antwort auf ringsum gestellte Fragen. Etwas in Boles Brustkorb zuckte. Er hatte nie eine andere Frau schön gefunden, nur Jula, die verhärmt und mager im grauen Alltagskleid bei ihm stand.

»Hier, kauf dir Stoff zu einem Festkleid, für meines Bruders Hochzeit.« Mit diesen Worten hatte er ihr vor Tagen den Beutel Münzen, den der Däne ihm gegeben hatte, auf den Tisch geworfen. »Kauf auch den Mädchen was.«

»Woher hast du das? Haben die Sprotten vor der verdammten Stadt neuerdings Gold im Maul?«

»Ich gebe den Sprottenhandel auf«, hatte er mit leisem Triumph in der Stimme erwidert. »Von jetzt an bin ich Kontorvorsteher.«

»Kontorvorsteher? Und wo willst du das wohl sein?«

»Unten im Dänenkontor. Die brauchen einen, der Bescheid weiß und sich nicht übers Ohr hauen lässt.«

»Im Dänenkontor? Ist das dein Ernst? Das tust du mir auch noch an, dass du dich jetzt bei den Dänen verdingst?«

Sie war eine Heuchlerin. So wie alle. Für die Dänen zu arbeiten war schändlich, auf der Gasse würde man nach ihnen spucken, aber das Geld nahm sie trotzdem, kaufte zwar keinen Kleiderstoff dafür, aber leerte die Münzen in eine Schatulle und verschloss sie. »Das sparen wir für noch üblere Zeiten.«

»Es kommen bessere Zeiten, Jula.«

Sie schnaubte wie ein ermüdetes Pferd. »Für die Hübschlerin von deinem Bruder vielleicht. Aber für unsereins liegt die beste Zeit im Grab.«

Die Musik wurde lauter. Unter Johlen und Klatschen nahm Warti seine Braut bei der Hand. Flinke Helfer trugen die Tische beiseite und räumten eine Tanzfläche frei. Sein Bruder hatte sich nicht lumpen lassen: Nicht weniger als acht Musikanten spielten, und alles, was in Vineta Rang und Namen hatte, war auf der Gasse zusammengeströmt. Die Prasserei aber verbarg nicht, dass ein Gast fehlte. Bole sah sich noch einmal um und konnte einen Anflug grimmiger Freude nicht verhehlen: Mutter Oda war auf der prunkvollen Hochzeit ihres Lieblingssohnes so wenig erschienen wie auf der glanzlosen Feier ihres Zweiten.

Wenig war Bole so verhasst wie der Tanz. Auch Jula schüttelte entrüstet den Kopf. Seine Mädchen hingegen hüpften und zappelten erregt wie kleine Tiere, bis sich eines von der Mutter eine Ohrfeige fing. Im Handumdrehen schwang alles sich im Takt der Weise, und nur Boles Schar blieb allein am Rand der Gasse zurück. Die Spielleute gaben ihr Bestes. Rebec und Gusli maßen sich mit Flöte und Trommel, befeuert von klappernden Sohlen und schnalzendem Zungenschlag. Der rote Rock der Braut stob auf, ließ im Tanze fliegende Schenkel sehen. Sie wechselte zum nächsten Tänzer, und sein Bruder, Warti, sonst ein Gott des Tanzes, sah ihr gedankenverloren hinterdrein. Prompt geriet er aus dem Schritt und taumelte gegen Zemu Reric, der Kveta, die jüngste seiner Frauen, umtanzte. »Heda, mein Bester, schon vor der Nacht schwindlig im Kopf?«

Gelächter platzte los. Zemu patschte Warti auf die Schulter, die Braut aber drehte nicht einmal den Kopf. Heute Nacht würde sie seinen Bruder in den Armen halten, würde mit liebeswilden Händen seinen Rücken streicheln, den frischen Schweißfilm auf der Haut, den aufgestellten Flaum. Vor Boles Augen verwischten Farben, wirbelten Glieder, Köpfe und Kleiderfetzen durch die Sommerluft. Erst seine Frau, die ihn zornentbrannt am Arm rüttelte, schreckte ihn aus der Benommenheit: »Bist du noch bei dir, Mann? Los, mach schon, hol das Tier da weg, oder ist's vielleicht nicht deine Brut?«

Bole schüttelte sich. Kasi, das Tier, das wer weiß wo in den Kehrrichtgräben hauste, kam gelockt von der Musik herangesprungen und versuchte, in den Kreis der Tänzer einzudringen. Sein widerliches Gesicht war zu einer grinsenden Fratze verzerrt. Mit beiden Händen drosch er sich auf die Schenkel, vollführte Hopser und stieß juchzende Laute aus. Ein Mann, an dem er vorbeischlüpfen wollte, versetzte ihm mit der Hüfte einen Stoß. Kasi schwankte, stürzte fast, aber fing sich und hüpfte gleich wieder los.

»He, Krüppel, pack dich. Verdirb der Braut mit deinem Anblick nicht die schönen Augen.« Ein zweiter Mann stieß ohne Rücksicht zu und warf Kasi zu Boden.

Das Pack tanzte weiter. Kaum eine Achsel zuckte, als sei Kasi tatsächlich ein Tier oder weniger als das. Die Braut aber, die schöne Natalia im heideroten Kleid, hielt auf einen Schlag inne und bahnte sich durch wabernde Leiber ihren Weg. Einer nach dem anderen blieb stehen, Köpfe drehten sich, Augen starrten. Die Musik verstummte. Natalia kniete sich aufs Pflaster, zog ein Tuch aus dem Ärmel und trocknete Kasi das Gesicht. Tröstend strich sie durch sein Haar, das schwarz wie das Pech der Kalfaterer und störrisch wie ein Büschel Schweineborsten auf dem Kopf des Krüppelkindes spross. Die zwei Stummen, die Missgeburt, die er, Bole, auf seinem ehelichen Bett gezeugt hatte, und das schöne Mädchen, das herrliche Söhne gebären würde, schienen jäh von einer Art. Warti, ihr Bräutigam, trat hinter sie und legte eine Hand auf ihre Schulter. »Natalia. Kasi.«

Als sei er nicht da, erhob sie sich und half dem Krüppel auf die Füße. Er reichte ihr knapp bis an die Taille. Flüchtig nahm sie seinen Kopf in die Hände und barg ihn an ihrem Leib. Dann ließ sie ihn los. Mit zum Strahlen verzogenen Zügen glotzte der Krüppel zu ihr auf. Der äffische Zemu Reric pfiff durch die Zähne. »Deine Rose aus Nowgorod wird eine feine Mutter, mein Bester. Nur musst du sie rasch mit deinem Samen abfüllen, bevor sie sich von der Gasse aufliest, was da kreucht.«

Das Gelächter nahmen die Musiker zum Zeichen, die Instrumente wieder anzusetzen. Die Tänzer gerieten in Bewegung, schlossen sich zum Kreis um Kasi, der selig seine Sprünge vollführte. Die Braut aber tanzte nicht mehr, sondern ließ sich von Warti zur Seite geleiten. Fürsorglich sprach er auf sie ein, hielt das Gesicht geneigt, schob eine Strähne roten Haars aus ihrer Stirn. Unwillkürlich flog Boles Blick zum Himmel. Schon zerfloss der Feuerball der Sonne. Bedienstete stellten rings um die Tanzfläche Fackeln auf. Nicht mehr lange, dann würden die Brautleute das Fest verlassen und hinauf in die Schlafkammer steigen, derweil die Gäste ihnen trunkene Segenswünsche nachriefen. Suchend sah Bole sich um, entdeckte einen Burschen mit einem Krug und winkte ihn heran. Er verabscheute Wein, aber er würde welchen trinken müssen oder an der Glut in seiner Kehle ersticken.

Über der Bettstatt, auf der er so viele Nächte allein verbracht hatte, wölbte sich jetzt ein Himmel aus Seidenbahnen. Kein Insekt, kein Wind und kein Dämon sollte Natalias Schlaf stören. In schaumweißem Leinen war das Bett bereitet, bestreut mit Rosenblättern und beträufelt mit Liebesessenzen aus dem Orient. Er hatte diesen Augenblick herbeigesehnt. Den Tag über hatte er ihr zugesehen, wie sie aufrecht und stumm neben Jakub im Brautwagen saß, wie sie vor dem Priester, ohne den Rock zu raffen, sich ins Gras kniete, wie sie selbstvergessen tanzte und wie sie sich Kasis annahm, als sei er ihr Kind. Er hatte die Blicke der Gäste gesehen, Männer, die mit Verachtung, und Frauen, die mit Neid auf sie starrten, die jedoch einer nach dem andern vor ihrem Zauber die Waffen strecken mussten. Er hatte all dies genossen und sich zugleich in Ungeduld verzehrt. Jetzt war der Augenblick gekommen. Von unten drangen die lustvollen Klänge der Musik und die Gerüche der Festnacht ins angelehnte Fenster, und er geleitete Natalia in die Kammer, die sie fortan miteinander teilen würden.

Sie ließ sich führen. Blieb er stehen, so stand auch sie still. »Ist dir bange, mein Herz?« Nie würde er sich an ihrem Gesicht sattsehen, das ernst und weiß war und weder erst achtzehn Jahre jung noch jemals alt sein konnte. »Du musst dich nicht fürchten. Ich weiß, man sagt, ein Mann schert sich nicht um seine Frau, sondern nur um seine Lust, und ich gestehe: Du machst mir so viel Lust, dass ich mich selbst vergessen könnte. Aber dich vergessen kann ich nicht. Ich will, dass du glücklich bist, Natalia. Heute und jede Nacht, und jetzt bin ich schon wieder ins Schwatzen geraten und brauche deine Hand auf meinem Mund.«

Sie rührte sich nicht. Er musste ihre Hand ergreifen und sie sich auf die Lippen legen. Als er die Haut ihrer Finger kostete, hielt er nicht länger an sich, sondern zog sie in die Arme. Er hatte unzählige Küsse bekommen, war mit Küssen überschüttet worden, aber diesen bekam er nicht. Er durfte ihn nur stille und ergeben schenken. Ihr Mund war fest, wie er sein Wildbret liebte, und schmeckte schwach nach Kirschen wie sein Wein. Er ließ von ihr ab und sah sie an. Keine Miene verriet, was hinter ihrer Stirn vorging. »Magst du nicht mit mir sprechen, mein Herz?«

Er wollte sie Zoll um Zoll aus den Kleidern schälen und dabei ihr Verlangen wecken, sie lehren, wie beglückend die Liebe war. Dem Göttlichen fern sei der Mann, der sich zur Frau begibt, predigten die Christen. Warti aber war zumute, als erfasse er erst jetzt das Göttliche, das von der Zeit Unantastbare in allen Dingen. Fast andächtig zog er die Bänder ihres Mieders auf. Dass sie auf gleiche Art sein Wams geöffnet hätte, wünschte er sich, doch sie blieb starr. Kleid und Unterkleid fielen. Weiß stand sie vor ihm. Durch den Fensterspalt drang der schwere Duft der Sommernacht.

Auf seinen Reisen, in zahllosen Nächten und zahllosen Betten, in Schobern und Kellern und unter der verschwiegenen Kuppel des Himmels, hatte Warti die Kunst der Liebe erlernt. Er war sicher, die Träume der Frauen zu erspüren, und er mochte Frauen, er erfüllte ihre Träume mit Freuden. Mehr als alle Frauen auf der Welt aber mochte er Natalia. Als er sie endlich in den Armen hielt, als Deiche brachen, dachte er für einen Augenblick: *Jetzt könnte ich sterben. Ich habe alles genossen.* Er dachte dies aber nur einen Herzschlag lang, dann wollte er leben und weiter genießen. Und vor allem wollte er, dass sie es genoss.

Stöhnen vor Lust sollte sie, die Augen schließen und unter keuchenden Atemzügen seinen Namen rufen. Sie hielt sie offen und lag stumm. Bernsteinhell war ihr Blick, unter merkwürdig geraden Wimpern. Nachtwind bewegte den Himmel aus Seide und blies die Kerze aus. »Natalia.«

Sie starrte ihn an oder durch ihn hindurch. Auf einmal fragte er sich: *War ich ihr erster Mann?* Sie hatte nicht geschrien, kein Blut verloren. *Und wenn ich nicht der erste war, hat sie den, der vor mir kam, geliebt?* »Ich liebe dich«, sagte er, rollte von ihr herunter und fiel ermattet in die Kissen. Unbedeckt lag sie in der Kühle der Nacht. Auf der glatten Haut der Hüften prangten feine, wie ins Fleisch geschlitzte Male. Er lag wach, bis die Musik auf der Gasse verklang. Mit dem letzten Funken des Bewusstseins nahm er wahr, wie Natalia sich vom Bett erhob, zum Fenster ging und die Läden schloss. Draußen graute schon der Sommermorgen. Zum ersten Mal seit seiner Kindheit schlief Warti bis tief in den Tag.

Der Wiec, Vinetas Versammlung der Ratsherren, tagte fünfmal in jedem Mondkreis. War es nötig, so kamen die Herren auch öfter zusammen, und wenn Vineta bedroht schien, in Zeiten von Krieg oder Hochwasser, trafen sie sich sogar jeden Tag. Die Sitzungen wurden im Saal des Ratsgebäudes abgehalten. Um den langen Tisch herum saßen die

Hüter der Stadt und zerbrachen sich, nur ab und an von einem Becher Honigwein erfrischt, die Köpfe. Durch das rötliche Glas der Fenster fiel schillerndes Licht, das die Männer für die Dauer der Sitzung ihrer Wirklichkeit entrückte. Hier, in diesem gewölbegleichen Saal unter seiner holzgetäfelten Decke, unter der schon Vinetas Gründer gesessen haben mochten, zählte kein Einzelner mit seinen Sorgen oder Freuden, sondern nur Vineta. Bei aller Mühsal nahm Warti gern an den Versammlungen teil. Er hatte mehr Grund als je, sich um das Wohl seiner Stadt zu kümmern: In diesen Herbsttagen hoffte er, dass seine Liebste in ihrem schönen Leib sein Kind trüge.

Mit den meisten der Herren verstand er sich gut. Der zappelige Zemu Reric, Herr vom Schweinetor, war sein Freund, und der greise Starost, Torkiel Guter, von dem es hieß, er poliere sich den Schädel mit Butter, amüsierte ihn. Dennoch wünschte er insgeheim, die Sitzung möge nicht zu lange dauern. Er hatte es eilig, in sein Haus zurückzukehren, seit Natalia darin lebte, seit sie sein Feuer entzündete, ihm sein Fleisch auflegte und den Krug voll Wein vorsetzte, seit sie ihm im Licht der Korona mit den fünfzig Kerzen gegenübersaß und nach dem Essen das Schachbrett aufstellte. Sie sprach noch immer kein Wort, weder zu ihm noch zu irgendeinem anderen. Eines Abends aber hatte sie wortlos das Brett zum Tisch getragen, ihn fragend angesehen und schließlich die Figuren aufgebaut.

Fassungslos hatte Warti zu ziehen begonnen, entschlossen, sie gewinnen zu lassen. Sie aber spielte so geschickt, dass er die Absicht vergaß und nur um Haaresbreite einen Sieg errang. Seither spielten sie Abend für Abend, und bereits zweimal hatte sie ihn geschlagen. Sie sprach nicht mit ihm, aber zwischen ihnen flogen Blicke, Mienen, Zeichen, ein Lächeln huschte über ihr Gesicht, wenn ihr ein

Zug gelang, und wenn ihre Finger sich über den Figuren berührten, zuckte sie nicht zurück. Hinterher gingen sie zusammen hinauf in ihre Kammer, und er nahm sie, erfüllt von Zärtlichkeit und dem innigen Wunsch, mit ihr Leben zu zeugen. Empfand sie bei der Liebe auch noch immer kein Glück, so war es zumindest nicht Qual, die er ihr von den Zügen las.

Eines Tages würde sie glücklich sein, das hatte er sich geschworen. »Lass ihr Zeit«, hatte Jakub ihn ermahnt. »Sie ist gerade erst angekommen, und was sie im Gepäck hat, weißt du nicht.«

Damit hatte der Alte zweifellos Recht. Unter Natalias kümmerlichen Habseligkeiten hatte Warti die kaum handtellergroße, aus Bernstein gehauene Statuette einer Frau entdeckt. Die Gestalt war nackt, hatte schwere Brüste und Gesäßbacken und bis zu den Füßen wallendes Haar. Jakub, der Jude, hatte Warti erklären müssen, was es damit auf sich hatte. »Es ist ein Bildnis der Mokosch, Herrin der fruchtbaren Erde. Eine Schwester eurer Todesgöttin Morana ist sie, auch wenn hierzulande kein Mensch mehr zu ihr betet.«

»Wenn Natalia zu dieser Mokosch betet, dann will ich es auch tun. Ich will ihr ein Opfer bringen – was opfert man, wenn man ihr Dank schuldig ist?«

»Vielleicht wartest du, bis deine Frau dir das selbst erklärt«, hatte Jakub erwidert und die Figur in die für Natalia bestimmte Truhe unter ihre Kleider gelegt. Auch damit hatte der alte Gefährte ohne Zweifel Recht.

Zu warten würde er lernen müssen, wenngleich alles, was Natalia betraf, ihn mit Ungeduld erfüllte. Auch jetzt hielt er es auf seinem hölzernen Ratsherrenschemel kaum aus, während die endlose Sitzung an ihm vorüberstrich. Um Papier ging es, soviel bekam er mit. Um Papier, das er selbst von einer Reise in die hispanischen Länder mitgebracht hatte. »Es wird aus Wasser geschöpft«, erklärte Marek Czorba, der Ratsherr vom Westtor, der ihm eine Schiffsladung davon abgekauft hatte. »Dieses hier stammt vom Ufer des Flusses Tajo, wie der werte Kumpan Sliwosz mir versichert hat. Unsere Oder, meint er, würde so etwas auch hergeben, wenn wir das Geld für eine Mühle aufbrächten.«

»Es lässt sich leichter beschriften als Pergament«, rief der kleine Zemu begeistert dazwischen. »Auch viel sauberer.«

Gelächter schwappte auf. »Ho, Zemu, befasst du dich neuerdings mit Lesen und Schreiben?«

»Bei so vielen Weibern im Bett, wer hielte sich denn da beim Lesen auf?«

»Ums Lesen geht's mir ja nicht«, verteidigte sich Zemu, dessen dürftige Fähigkeiten auf diesem Gebiet allgemein bekannt waren. »Ich bin einfach der Ansicht, bei einer so wichtigen Neuerung sollte Vineta Vorreiter sein. Wir haben das Wasser, wir haben das Wissen und das Geld. Warum sollten wir also kein Papier haben?«

»Hübsch langsam, mein Herr Reric.« Schwerfällig hievte Torkiel Guter, der Starost, sich aus dem Sessel. Im roten Lichtschein schillerte sein kahler Schädel. »Da wir eben von Geld reden, Eure Torwache wartet seit zwei Mondkreisen auf ihren Lohn.«

Verlegen senkte Zemu den Kopf. »Ich war in diesen letzten Wochen nicht recht flüssig«, murmelte er.

»Zu viele durstige Weiber, mein Lieber«, ertönte ein Zwischenruf. »Da trocknet's den tosendsten Springquell aus.«

»Kein Problem.« Mühsam riss Warti sich aus süßen Grübeleien und begann Leinenlappen aus seinem Beutel zu nesteln. »Ich helfe dem Kumpan Zemuzil gern aus. Was das Papier betrifft, gebe ich ihm nicht Unrecht: Wir werden es in naher Zukunft brauchen. Wenn aber der Herr Starost es vorzieht zu warten, so besteht gewiss kein Grund zur Eile.«

Dankbar strahlte Zemu von der Seite her zu ihm herüber. Er wusste, wie brenzlig seine Lage war. Wer die Wache für sein Tor nicht länger unterhalten konnte, der verlor es und zugleich den Platz im Wiec und das Ansehen, das damit einherging. Das Handelshaus Reric wäre nicht das erste gewesen, das diesem Gesetz zum Opfer fiel. Vinetas Sicherheit musste unter allen Umständen gewahrt bleiben, selbst wenn ein beliebter Bürger dafür über die Klinge sprang.

»Wärmsten Dank, mein Herr vom Silbertor«, ließ sich der krächzende Bass des Starosten vernehmen. »Zwar scheint Ihr, werter Reric, zu glauben, dass der Schatz dieser Stadt aus allen Nähten platzt, doch halte ich in so gefahrvollen Zeiten lieber meinen Daumen drauf.«

Wann tut Ihr das nicht?, wäre Warti um ein Haar herausgeplatzt. Dass der Starost mit dem Geld der Stadt wie mit eigenen Notpfennigen knauserte, war bekannt. Ganz unbegründet war solche Vorsicht nicht: Vinetas Schatz, der in einer Seitenkammer des Tempels bewahrt wurde, speiste sich allein aus Mieten und Erträgen von Gemeindeland, denn anders als die Bewohner christlicher Städte zahlten die Vineter keine Steuern. Guter aber war längst zu alt zu erkennen, dass manche Ausgabe den Wohlstand der Stadt mehren, nicht schmälern würde.

»Der dänische Erik würde nur zu gern Wogen vor seiner Tür glätten, indem er als Sturmflut uns ins Haus fällt«, nahm Guter seinen Faden wieder auf. »Demnächst wird der edle Tezlaw, siebzehnter Tysjatschnik von Vineta, mich um einen Batzen zur Erweiterung der Flotte angehen. Und den Tysjatschnik kann ich wohl kaum mit Kriegsschiffen aus Eurem phantastischen Papier abspeisen, oder?«

Zemu gab keine Antwort, und der Starost schien auch keine zu erwarten. »Das bringt mich zur nächsten Frage.« Seine Stimme erinnerte an ein Reibeisen, das über dünn gewetztes Holz gezogen wurde. »Wir müssen uns entscheiden, ob wir das Salz für eine Weile rationieren und nur an die ausgeben wollen, die es für ihr Gewerbe brauchen. Der Tysjatschnik rät dringend, kein Vineter Kaufmann solle in der nächsten Zeit zum Salzeinkauf ins Holsteinische segeln. Die Angriffe von Seiten der Dänen nehmen überhand. Allein im vergangenen Sommer haben wir elf Schiffe samt Waren und Mannschaft verloren.«

Eine Zeitlang war nur Gewisper zu hören: Ein jeder überschlug, was ein solcher Beschluss für sein Geschäft bedeuten würde. Zemu beispielsweise, dessen zwei Schiffe für weite Strecken nicht ausgerüstet waren, würde einen Verzicht auf die einträgliche Fahrt ins Holsteinische nur schwer verschmerzen können. Warti hingegen hatte keinen Grund zur Sorge. Auf seinen Lagern lag Salz genug, um sämtliche Schweine Pommerns einzupökeln, und die acht Schiffe seiner Flotte liefen Häfen in aller Welt an, sodass der Verlust des Holsteinischen Marktes kaum ins Gewicht fiele. »Ehe wir uns selbst beschneiden, sollten wir erst mal den Hafen für das Dänenpack schließen«, warf plötzlich jemand ins allgemeine Getuschel.

Warti blickte auf. Der Sprecher war Ladi Lubin, Julas Vetter, der sich unter erheblichen Mühen einen Platz im Rat erkämpft hatte. Aus seiner Abneigung gegen ein Glückskind wie Warti machte er wenig Hehl. Und jetzt, durchfuhr es Warti, mochte seine Missgunst greller lodern denn je. Zlata, Ladis Frau, war eine lebenssprühende Rose, die als Schönste der Stadt besungen worden war und erst allmählich verblühte. Natalia aber war noch schöner. Nicht lange und Vinetas Sänger würden ihre Lieder ihr zueignen.

Widerstrebend erhob sich Warti. »Vineta hat noch niemals einem, der in friedlicher Absicht kam, den Einlass verwehrt«, begann er. »Keinem Sachsen, keinem Polen und auch keinem Dänen. Genauso hat kein vinetischer Handelsherr sich je vorschreiben lassen, wohin er segeln durfte. Ich weiß, Erik Emune ist nicht zu trauen und das Ringen um seinen Thron stachelt ihn gegen uns auf. Wenn wir aber jetzt bereits Vinetas Freiheiten seinetwegen in den Wind schreiben, dann erklären wir Krieg mit ihm, noch ehe er ihn uns eröffnet.«

»Holla«, triumphierte Lubin. »Schön gesprochen, Kumpan Warti. Und dürfen wir auch noch erfahren, wessen Bruder seinen Brei mit dem Dänenklüngel kocht und wer es deshalb jetzt mit der Angst kriegt, dass der Sippschaft die goldene Gans geschlachtet wird?«

Warti spürte, wie sich aller Augen auf ihn richteten. Er hätte dagegenhalten können, dass er seinen Bruder seit Jahren nicht gesprochen, ja dass dieser nicht einmal auf seiner Hochzeit das Wort an ihn gerichtet hatte, aber er tat es nicht. Der Schmerz darüber ging niemanden an, schon gar nicht Ladi Lubin. »Was meinen Bruder betrifft, so darf er seinen Posten gern verlieren«, erwiderte er scheinbar unbewegt. »Ich nähme ihn lieber heute als morgen selbst in Dienst. Vielleicht bereden wir aber unsere Familienhändel besser nachher beim Wein und lassen den Tysjatschnik nicht auf Antwort warten? Ich, wie gesagt, rate, sein Gesuch um unserer Stadt willen abzulehnen.«

Unter Beifallsbekundungen setzte er sich. Natürlich hatte er Recht: Vineta konnte nur Vineta bleiben, wenn es die Freiheit seines Handels um jeden Preis verteidigte. Dennoch verspürte er leises Unbehagen, weil der Sieg ihm so mühelos zugeflogen war. Lubin war kein Gegner für ihn. Der Fettwanst taugte nicht zum Redner, sein Geist mahlte langsamer als seine Zunge, und in der Stadt genoss er keinen Bruchteil der Beliebtheit, der Warti sich erfreute. Das Gesuch des Tysjatschnik wurde abgelehnt und die Sitzung für beendet erklärt. In Grüppchen zerstreuten sich die Männer. Gleich neben dem Ratsgebäude gab es eine Schänke, den *Blauen Hengst,* in dem man sich anschließend noch auf einen Krug Bier oder Honigwein traf.

»Hab Dank, mein Bester«, murmelte der kleine Zemu. »Du hast mir die Schlinge vom Hals geschnitten, gerade als Guter sie zuzerren wollte.«

Warti winkte ab. »Das nächste Mal stecke ich in der Patsche, und du hilfst mir aus.«

»Dazu bist du zu vernünftig. Anderenfalls hättest du längst ein Dutzend Weiber und nagtest am selben Hungertuch wie ich.«

»Ich bin nicht vernünftig«, erwiderte Warti. »Ich bin verliebt und das ein für alle Mal.«

»Wer sollt's dir verdenken. Deine Rose aus Nowgorod ist selbst im feinsten Garten noch ohne Vergleich. Übrigens lässt meine Kveta einen Gruß bestellen. Wenn's recht ist, holt sie Natalia morgen ab und geht mit ihr zum Schweinemarkt.«

»Sehr gern.« Kveta, Zemus jüngste Frau, war kaum drei Jahre älter als Natalia und, obgleich sie bereits für ein Kind zu sorgen hatte, von mädchenhafter Fröhlichkeit. Warti merkte Natalia an, dass sie die Gesellschaft der anderen genoss. In der Küche hatte er einmal beide miteinander lachen hören. Als er hernach Kveta fragte, ob Natalia mit ihr sprach, schüttelte diese den Kopf: »Muss man denn sprechen, um sich gern zu haben? Die liebe Nat ist eben eine Stille, und ich, mein Herr Warti, bin Schwatzmaul genug für uns zwei.« Es beruhigte ihn, wenn Kveta sich Natalias annahm.

»Brennt deine Rose vor Sehnsucht nach dir oder hast du noch Zeit für einen raschen Becher?« In Zemus Frage schwang ein bittender Ton.

»Einer wird sich wohl schaffen lassen«, stimmte Warti gutmütig zu. Er warf sich den Mantel über und wollte eben neben dem anderen zum Ausgang drängen, als der Starost ihnen den Weg verstellte. »Auf ein Wort, Sliwosz.« Mit einem Wink wies er Zemu die Tür. »Ihr trollt Euch, Reric. Euer Kumpan vom Silbertor kommt Euch gleich nach.«

Kaum war der kleine Mann von dannen gezogen, herrschte Guter den verdutzten Warti an: »Setzt Euch gefälligst wieder auf Euer Hinterteil.« Sich selbst ließ er auf einen Schemel gegenüber sacken, dessen Beine sich unter der Fleischeslast zu biegen schienen. Die verschwollenen Augen bohrten sich in seine. »Ich habe Euch nicht gemocht, Sliwosz. Um des braven Thietmar willen musste ich Euch meine Stimme geben, aber vernagelte Wenden hatte ich wahrlich genug im Wiec. Das Bürschlein vom Bernstein-Sliwosz, der an seinem Leichtsinn ersoffen ist, hatte mir gerade noch gefehlt. Zum Perun hätte ich Euch schicken wollen.«

»Ich weiß«, erwiderte Warti. »An Eurer Stelle hätte ich vermutlich nicht anders gedacht.«

»Das will ich hoffen«, brummte der Starost. »Denn eines Tages werdet Ihr an meiner Stelle stehen. Ich habe mich in Euch getäuscht. Ihr habt Eure Fehler wie jeder und Euer Geschwätz von Salz, Papier und neuen Deichen bringt mich noch um den Verstand. Aber Ihr seid ein besonnener Mann und versteht vielleicht besser als ich, was Vineta braucht, wenn es der neuen Zeit trotzen will. Fangt an, Euch was zur Seite zu legen. Das Sturmglockentor verschlingt einen schönen Batzen Geld.«

Warti starrte sein kahlköpfiges Gegenüber an, als begreife er keines von dessen Worten. »Das ist Euch nicht ernst«, stammelte er.

»Zu Scherzen neige ich nicht«, erwiderte Guter, sich die Lippen leckend.

»Ihr wollt mir also ernstlich erklären, Ihr wünscht mich als Herrn des Sturmglockentores, als ersten Bürger Vinetas und meine Frau Natalia als erste Dame?«

»Wird wohl so sein, wenn ich's so sage.«

»Aber ...«

»Kein Aber.« Geschwinder, als man es ihm bei seiner Körperfülle zugetraut hätte, stand der Starost auf und drosch Warti die Hand auf die Schulter, dass der glaubte, seinen Knochen splittern zu hören. »Wer wäre denn Eurer Ansicht nach besser geeignet? Euer Freund Zemu Taschenleer oder Euer Leib- und Magenfeind Ladi Kanns-Maul-nicht-halten? Nein, mein Goldjunge, da gilt kein Kneifen. Drei, vier Jahre schlepp ich dies Geschmeide noch mit mir herum, dann ist die Reihe an Euch.«

Er hob die schwere Medaille, die er am schwarz-grünen Band um den Hals trug, auf und ließ sie sich auf die Brust prallen. Gebannt starrte Warti auf das Goldstück mit den zwei eingeprägten Glocken. »Ihr seid mir im Wort, guter Freund. Ich hoffe, Familienfehden sind bis dahin beigelegt, damit kein Knirschen im Gebälk zu hören bleibt. Eure Frau, nehme ich an, ist schwanger?«

»Ich vermute und wünsche es, mein Herr Starost.«

»Dann sei Euch ein kräftiger Sohn beschert. Und jetzt raus mit Euch. Jemand muss schließlich dem armen Reric einen Krug ausgeben.« Zum zweiten Mal sauste die Pranke auf Wartis Schulter nieder. Als er aufstand, bebten ihm die Knie. Er wusste, er hätte Guter noch einmal auf die Erneuerung der durchgefaulten Deichfüße ansprechen müssen, aber er tat es nicht. Nebeneinander, ein jeder in sein Schweigen vertieft, verließen sie das Gebäude. Es dämmerte schon, sacht und stetig fiel Regen. Auf dem Torg räumten Krämer ihre Waren zusammen und rollten rot-weiße Zelttuchdächer ein. Warti fühlte sich noch immer benommen, als ein Geschrei ihn aus dem Taumel riss. »Herr Starost, Herr Sliwosz!«

Quer durch das abendliche Treiben stürzte eine Handvoll Männer auf sie zu. Warti erkannte Volckwin Lang, einen Kaufmann, der vor Tagen mit seinem Schiff ins Holsteinische aufgebrochen war. Ihm folgten vier seiner Leute. Schwer atmend, als sei er vom Hafen heraufgerannt, blieb Volckwin stehen. Sogleich waren sie von Schaulustigen umringt. »Herr Starost …«

»Nehmt Euch zusammen, Mann. Was ist denn geschehen, ein neuer Überfall?«

»Oh nein, wir sind heil gelandet, dem erhabenen Svantovit sei Dank.« Noch immer keuchte der Mann. »Es ist Erik Emune.«

»Der dänische Erik? Ja und, was ist mit dem?«

»Er ist tot«, antwortete der erschöpfte Händler. »Wir kommen eben aus Schleswig, da ist's in aller Munde. Sein eigener Neffe, Erik Lam, hat ihn erschlagen.«

Der Starost fuhr sich mit seiner Bärenpranke an den kahlen Schädel. »Dieses Dänenpack! Wozu macht unsereins sich eigentlich Sorgen, derweil die sich gegenseitig die Kerzen ausblasen? Der zänkische Emune also gibt fortan Ruhe. Und wer schwingt jetzt sein Zepter über Dänemark?«

Volckwin hob die Hände und schüttelte den Kopf »Das wissen die Götter«, sagte er.

In diesem Jahr brach der Winter plötzlich ein, blieb bis tief in den März und war harsch wie eine Sense. In den Ställen erfror den Bauern das Vieh, und vor erloschenen Feuern erfroren Kinder. Vor Hunger wölfisch zogen Plünderer durchs Land, fielen über Gehöfte her und zerrissen in Blutgier, was sich darin regte. Krankheit wütete. Zu hoch lag der Schnee, zu hart war der Boden, um die Verreckten zu bestatten, die in der Eisluft nicht einmal verwesten. Wer sich am Morgen noch die Mühe machte, vor der Tür seinen Nachttopf auszuschütten, dem gefror seine Notdurft im Strahl.

Die Bürger hinter den Stadtmauern mochten mit den Zähnen klappern und dem Winter fluchen, doch vor Erfrieren und Hungertod waren sie geschützt. Der Wiec eröffnete Wärmehäuser und ließ Korn, Milch und Feuerholz an Bedürftige austeilen. Wer etwas auf sich hielt, stattete Tafeln aus, an denen die Armen sich sattessen konnten. Bole hatte nicht übel Lust, die gefräßige Horde seiner Töchter an solche Tafel zu schicken. An die seines hochherzigen Bruders womöglich, wo Tagediebe sich am Südwein besoffen und Straßenhuren Honigkuchen fraßen. Stattdessen tischte Jula ihnen tagein, tagaus getrocknete Heringe auf, dazu Brot, das sie aus dem Gemeindemehl buk.

Der Tod des Dänenkönigs hatte Bole härter getroffen als der Frost. Seit er mit Thore Einarm Geschäfte machte, hatte er den Fischhandel aufgegeben. Doch nun blieb sein dänischer Partner von einem Tag auf den anderen fort, es gab keine Ladung und kein Silber mehr, und letzten Endes war das Dänenkontor geräumt und neu vermietet worden. Zwar riefen ihm die Jungen auf der Gasse noch immer »Dänen-Schieber« hinterher, doch war seinen Ohren offenbar eine undurchdringliche Haut gewachsen. Hätte er noch einmal ein Pferd unter sich und ritte hinaus nach dem Weiher, so würde er womöglich keinen Laut mehr hören, keinen Hufschlag, kein Grillenzirpen und keinen Kuckuck, dessen Ruf die Stunden zählte.

Er hatte nichts mehr zu tun. Dennoch ging er jeden Morgen hinunter in seinen Schuppen am Fischerstrand, weil weder er noch Jula den endlosen Tag miteinander ertrugen. Es war schlimmer geworden zwischen ihnen. Sie sprach nicht mit ihm, beschimpfte ihn nicht, teilte Befehle und Ohrfeigen nur an die Töchter aus, aber verfolgte ihn auf Schritt und Tritt mit Blicken. So ging es seit jener Nacht, der Hochzeitsnacht seines Bruders, als er benebelt von Wein, Neid und Erinnerung sich selbst betrogen hatte: In seinem Wahn hatte er gehofft, ein erloschenes Feuer neu zu entfachen. Doch im Morgengrauen fiel ihm ein, dass in Julas Herzen für ihn nie ein Feuer gebrannt hatte. Seither schlurfte sie durchs Haus wie eine Anklägerin, die ihm mit jedem Blick seine Schuld vorhielt. An der Schuld ließ sich nicht vorbeisehen: Jula war wieder schwanger.

Der Kälte im Haus zog Bole die Kälte im Lagerschuppen vor. In seinen Mantel gehüllt hockte er auf einem Berg Säcke und flickte an Seilen, wie er seinerzeit am Zaumzeug des Pferdes Feliz geflickt hatte. Das schöne Tier, das ihm von Rechts wegen nie gehört hatte, war längst verkauft wie alles, das sich zu Brot machen ließ. Von seiner Arbeit, die keine war, blickte er nicht auf, deshalb sah er die Frau nicht kommen, sondern zuckte erst zusammen, als sie zu ihm sprach. Er hatte sie seit Jahren nicht gesehen, aber erkannte ihre Stimme sofort.

»Herr Boleslaw? Mein edles Herrchen?«

Er hob den Kopf und erschrak. Die Gestalt vor ihm gehörte unverkennbar dem Mädchen, das ihm die Stirn gestreichelt und in lieblichsten Tönen zu ihm gesungen hatte, doch zugleich einer fremden Greisin, die unmöglich mit ihm zu tun haben konnte. Sie trug so viele Schichten von Lumpen, dass ihr Leib um mehr als das Doppelte aufgequollen schien. Auch um den Kopf, um das einst schimmernde Holunderhaar, hatte sie sich Lumpen gewickelt. Daraus hervor lugte ein winziges, verschrumpeltes Gesicht mit weiten Augen. Zögerlich streckte sie eine zitternde Hand nach seinem Arm. »Was willst du«, herrschte er sie an. »Bist du des Wahnsinns, hierherzukommen?«

Lenka schlug den Blick zu Boden. »Bin seit paar Stunden gelaufen«, murmelte sie. Erst jetzt bemerkte Bole, wie mühsam sie sich auf den Beinen hielt. »So müde bin ich.«

»In Ordnung.« Missmutig hievte sich Bole von den Säcken, ging in den hinteren Teil des Schuppens und holte aus seinem Bündel einen Fladen fast gefrorenen Brotes. »Hier, iss. Und dann geh.«

Kurz sah sie ihn an. Dann schlug sie die Zähne in das Brot, hielt es dabei wie ein Nagetier in beiden Händen und sprach erst wieder, als sie den letzten Rest verschlungen hatte. »Habt Dank, mein edles Herrchen.«

»Jetzt pack dich.«

Auf einmal sprang sie ihn an und klammerte sich an seinen Arm. »Schickt mich nicht fort«, zischte ihre Stimme an seinem Ohr. »Ich fleh Euch an, nehmt mich in Euer Haus. Nicht als Euer Weib, natürlich nicht. Aber eine Magd könnt ich Euch sein, eine gute Magd. Still bin ich, auch reinlich und bescheiden. Brauch nur einen Sack Stroh für die Nacht und etwas Mehl zu meinem Brot. Feines Brot back ich. Hat es Euch nicht stets bei mir geschmeckt?«

Er versuchte sie abzuschütteln, aber fand sich vor Widerwillen starr. Sie stank, trotz der Kälte. Noch fester krallte sie sich an ihn und brachte ihr Gesicht so nah an seines, dass er jede Schuppe auf der rau gefrorenen Haut ausmachen konnte. »Ich fürcht mich«, wisperte sie. »Die Mutter liegt und wartet auf den Tod, und ich bin ganz auf mich gestellt. Ich hab kein Holz, kein Mehl, und um die Hütte streicht Gesindel, das zerfleischt, was es erwischt.«

Dann krepier doch, durchfuhr es Bole. *Was bleibt dir Besseres in dieser Welt zu tun?* Er riss sich zusammen, streifte ihre Hände von seinem Arm und ging wiederum nach hinten, um sein Bündel zu holen. »Wie dem auch sei, bei mir kannst du nicht bleiben«, verwies er sie, das übrige Brot und den Trockenfisch herausnestelnd. Er würde den Tag über hungern müssen, doch das war das Schlimmste nicht. Aus seinem Mantel förderte er eine einzelne Münze zutage.

Sie sah seine Gaben an, aber rührte keine Hand, sie anzunehmen.

»Meine Frau würde es nicht dulden«, fügte er hastig hinzu, als schulde er ihr eine Rechtfertigung. »Du musst verstehen. Sie bekommt wieder ein Kind, es ist nicht leicht für sie.«

»Ach ja«, murmelte Lenka und blickte zu ihm auf. »So wie damals, als sie Euren Sohn Kasimir bekam.«

Verstört hielt er inne. In ihrem zerrütteten Gesicht erkannte er auf einmal sich selbst, die verstrichenen, vergeudeten Jahre. Eilig wandte er sich ab, raffte alles zusammen und warf es ihr in die Hände. »Schluss jetzt. Steck das ein und geh, und lass dich hier nicht wieder blicken. Es tut mir leid um dich, aber Schuld hast du selbst. Wer auf Verlierer setzt, dem nützt kein Klagen.«

Reglos hielt sie Brot, Fisch und Geld in den Händen und starrte ihn verständnislos an. Einen Augenblick lang fürchtete er, sie werde in Tränen ausbrechen. »Geh, Lenka. Glaub mir, ich kann nichts für euch tun.«

Noch einen Herzschlag lang starrte sie in sein Gesicht. Dann schaufelte sie die paar Dinge in eine Falte ihres lumpigen Gewandes, drehte sich um und schleppte sich davon.

7. Kapitel

Während die Tage vergingen, einer froststarrer als der andere, musste Warti erkennen, dass er sich geirrt hatte. Natalia erwartete kein Kind. Ihr Leib blieb flach, ihr Mund verschlossen, und bei der Liebe lächelte sie nicht, schlang nicht die Arme um ihn und gab ihm keinen Kuss. Den Winter über saß er mit ihr beim Holunderfeuer, spielte Schach, erzählte ihr, was er den Tag über erlebt hatte, und warb geduldig um sie. Dann, Ende März, als der Frost noch immer nicht wich, ertrug er es nicht länger und sprach mit Jakub. Jakub war einst Apotheker gewesen und hatte Frau und Kind gehabt. Zudem hatte Warti ihn sein Leben lang um Rat gefragt. »Sag mir, was du denkst, Jakub. Empfängt sie kein Kind von mir, weil sie mich nicht mit Freude empfängt?«

Sie saßen beieinander in der Schreibstube, die Jakub zugleich als Schlafkammer diente. Vor dem Fensterglas war längst Dunkelheit aufgezogen. Den ganzen Tag über hatte der alte Mann hinter dem schweren Pult gehockt und Arbeit erledigt. Jetzt erhob er sich mühsam. »Was ist, gehen wir noch ein Stück spazieren?«

»Ist dir dafür nicht zu kalt?«, fragte Warti besorgt wie stets, wenn ihm bewusst wurde, wie alt Jakub war.

Der aber lachte. »Na komm schon. Meine Greisenglieder werden eher vom Sitzen als vom Frieren steif.«

Seite an Seite, wie so oft, gingen sie die Gasse hinauf bis zur Brücke. Schneidender Nordwind schlug ihnen entgegen. Seit mehreren Mondkreisen schon bedeckte eine

Eiskruste den Kanal. Ein tückischer Eisgang stand bevor, weshalb Warti den Rat gedrängt hatte, zumindest die älteren Deiche durch eine Reihe hölzerner Pfähle zu verstärken. Torkiel Guter jedoch hatte diesen Vorschlag wieder einmal abgewiesen: Solche Verstärkung sei teuer und nutzlos, wer völlige Sicherheit wünschte, der dürfe so nah am Meer nicht leben.

Warti hatte die Schultern gezuckt und sich gefügt. Vielleicht hatte der greise Starost sogar Recht: Als junger Mann hatte er schwimmen gelernt und dabei erfahren müssen, dass ein Mensch mit seinen zwei Armen und Beinen im Ernstfall gegen das Meer verloren war. *Ich mit meinem Schwimmen und meinen Deichen,* entdeckte er, *bin gar nicht so viel vernünftiger als meine Mutter, die Ahornbüschel über ihrer Tür aufhängt.* Letzten Endes half nichts als Vertrauen aufs Leben. Sein Blick flog gen Himmel. Kein Stern zeigte sich. Wolkenballen schleppten sich träge und setzten dem schwarzen Firmament weiße Flecken auf. »Meine Frage, Jakub«, erinnerte er den Gefährten. »Schlägst du mich jetzt mit Schweigen wie meine Frau?«

»Oh entschuldige«, erwiderte der andere hastig. »Ich hatte wohl gehofft, du würdest auf die Frage verzichten.«

»Und wie könnte ich das?«

»Indem du dich besinnst, wie viel Glück du hast. Deine Geschäfte gehen glänzend. Das hungernde Pommern kauft uns die Lager leer. Von dänischer Seite droht womöglich auf Jahre keine Gefahr: Erik Lam, der sich des Throns bemächtigt hat, bekommt das Land nicht unter sich vereinigt. Du lebst in Europas herrlichster Stadt, in Freiheit und Wohlstand. Du hast ein prächtiges Haus und eine schöne Frau.«

»Die mich nicht lieben kann«, fiel Warti ein.

Jakub blieb stehen. Er zögerte. Dann sah er Warti ins

Gesicht und sagte: »Nein, vielleicht kann sie das nicht. Und vielleicht wird sie es niemals können. Das ist hart für dich, eine saftige Ohrfeige für deinen Stolz. Aber soll ich dir etwas verraten? Es bekommt dir nicht schlecht. Die Unze Demut macht alles andere als einen üblen Menschen aus dir.«

Warti sah, wie der andere den Mund verzog, und schüttelte unwillig Kopf und Schultern. Jakub lachte. »Das kannst du noch immer wie als Knabe. Aber ein Mann sein, Warti, heißt hinnehmen, was sich nicht ändern lässt. Für Natalia mag es mehr Schmerz bedeuten als für dich.«

»Das ist es doch eben. Ich will, dass sie glücklich wird.«

»Das mag sie auf ihre Weise auch werden, wenn du sie nicht zwingst. Nimm an, was sie dir gibt, und verlange nicht, was sie dir nicht bieten kann. Männer sind Tiere, das weißt du, oder? Manch ein Mädchen wird von unseresgleichen so verletzt, dass etwas in ihr bricht. Die Fähigkeit, einen Mann zu lieben. Heilen lässt sich das nicht. Aber wenn das Mädchen eine so starke Natur besitzt wie deine Natalia, dann lässt sich, wie es aussieht, damit leben.«

Eine Zeitlang sprach keiner von ihnen. Stumm starrten sie auf die beschneite Fläche des Kanals, bis Jakub das Geländer losließ und sich straffte. »Gehen wir heim?«

Warti packte ihn am Arm und hielt ihn fest. »Woher weißt du das alles?« Seine Stimme gellte durch die Silberstille.

»Ich weiß nichts«, erwiderte Jakub. »Natalia spricht zu mir so wenig wie zu dir. Ich mache mir lediglich ein paar Gedanken.«

»Und was bringt dich darauf?«

»Ganz einfach.« Behutsam befreite sich Jakub und wandte sich zum Gehen. »Ich habe mehr als dreißig Jahre in ähnlicher Lage gelebt, auch wenn deine Mutter aus anderen Gründen nicht mehr lieben kann. Für dich hätte ich mir Besseres gewünscht, aber wenn dir ebendies beschert ist, lass dir sagen: Es war ein gutes Leben. Ich hätte es gegen keines auf der Welt getauscht.«

Vielleicht gab es Männer, die schon alt geboren wurden, mit lahmen Lenden und vertrockneten Körpersäften. Vielleicht war Jakub einer von ihnen. Er selbst aber, Warti Sliwosz, Liebling der Frauen, hatte ein schlagendes Herz in der Brust und brodelndes Blut in den Adern. In den ersten Wochen mit Natalia hatte er tief und erquickend geschlafen, jetzt aber lag er Nacht um Nacht wach und quälte sich. Er wollte sich noch nicht niederlegen, setzte sich mit einem Weinkrug in die Halle und schickte Jakub zu Bett. Der trollte sich. »Wenn du meinst, trotzen zu müssen, werde ich dich nicht hindern, mein lieber, verzogener Kindskopf.«

Warti blieb allein mit seinen Gedanken, die sich trübten wie ein aufgewühlter Tümpel. Er trank den Krug leer, füllte ihn am Fass neu auf und leerte ihn ein zweites Mal. Dann ging er nach oben. In der Schlafkammer herrschte Dunkel, das seine blakende Kerze durchbrach. Die Glut des Kohlebeckens war erloschen, doch trotz der Kälte klebte ihm das Hemd am Leib. Heftig zog er den Vorhang vor dem Bett beiseite. Kein Laut war zu hören, nur Natalias Atem. Friedvoll. Ahnungslos. Warti stellte die Kerze auf den Boden, riss sich die Kleider herunter und warf sich neben sie aufs Bett.

Seine Hand griff in ihr Haar. Das Weiß ihres Gesichtes auf dem Kissen, das darum aufgefächerte Rot und die geschlossenen Lider hatten ihn sonst mit Zärtlichkeit erfüllt. Jetzt schlossen seine Finger sich um ihren Kopf und schüttelten ihn. »Wach auf, Natalia. Sprich mit mir.«

Ihr Körper erstarrte.

»Du sollst aufwachen, hörst du? Ich bin dein Mann. Ich will dich.«

Ihre Augen schlugen auf. Er ließ ihr Haar los, packte sie bei den Armen und zerrte sie auf den Rücken. Mit einem Satz war er auf ihr. Seine Schenkel wie eine Zange um ihr Becken, seine Hände ins Fleisch ihrer Schultern gekrallt. *Schrei doch,* durchfuhr es ihn. Sie schwieg. Ihr Blick, starr wie der einer Puppe, durchbohrte ihn. Licht und Schatten tanzten über ihr Gesicht. Er presste seinen Mund auf ihren, küsste, biss, schmeckte Blut. Fühlte seine Hüften sich heben, ausholen wie mit der Axt überm Scheit. Wutentbrannt brach sich der Nordwind am Fenster. Wartis Körper spannte sich, als wolle er zerbersten.

Er wusste, dass es solche Männer gab. Männer, die Frauen mit Gewalt nahmen, sie des Nachts wie geile Köter ansprangen, ihre Kleider zerrissen, ihre Schreie erstickten und sich auf unsägliche Weise an ihnen vergingen. Als Ratsherr saß er über solche Männer zu Gericht. Auf dem Richtplatz vor der Stadt ließ er sie an Pfähle binden, ihnen das verderbte Fleisch in Fetzen peitschen oder die Augen blenden, auf dass sie die Schönheit keiner Frau mehr zu Gesicht bekamen. Im Halbdunkel blitzte das Antlitz eines solchen Mannes vor ihm auf.

Aber das hier war anders, oder nicht? *Sie war seine Frau, lag mit Fug und Recht in seinem Bett.* Durch seinen Leib schoss ein Zucken. Unter den Fingern spürte er stockstarre Muskeln, kalte Haut. Ihr Blick traf ihn. Ein Schrei ohne Laut. Mit einem Schlag zerplatzte die Spannung. Er sackte auf sie wie ein Bündel Lumpen, besudelte sie beide, rollte von ihr herunter und blieb liegen.

Einen einzigen Blick noch wagte er auf sie. Ihr weißer Leib lag entblößt in der Kälte, das Nachthemd hochgeschoben bis an ihren Hals. Ein Leintuch wollte er nehmen und ihr die feuchten Schlieren von der Haut wischen, jede Spur seiner selbst tilgen und die Daunendecke über sie breiten. Stattdessen würde er sich nie wieder gestatten, Hand an sie zu legen. Vor Scham und Ekel ward ihm übel. Er wandte sich fort, warf das Gesicht ins Kissen und brach in bitterliches Weinen aus.

In dieser Nacht schlug der grimmige Nordwind auf Nordwest um und trieb die vor dänischen Gestaden aufgestauten Wassermassen auf Vinetas Küste zu. Das Eis barst. Der Zorn des so lange gefesselten Wassers brach sich Bahn. Über Wellenbrecher hinweg tobten turmhohe Wogen. Im Seehafen, oberhalb des Fischerstrandes, hielt der alte Deich nicht stand. Dröhnende Sturmglocken rissen die Stadt aus dem Schlaf, derweil das Meer Hilferufe und Todesschreie schluckte.

Viele der Fischerfamilien erwachten erst, als das Wasser sich bereits Einlass in ihre Hütten verschafft hatte. Durch erst kniehohe, dann hüfthohe, schließlich bis zu den Hälsen steigende Fluten, in Schlafkleidung, ihre Kinder auf den Schultern wateten sie in die sturmdurchraste Nacht. »Zum Deich, zum Deich«, ertönten allerorts Rufe. Die Schar der Verzweifelten schlug sich voran, kämpfte darum, den Deich zu erreichen, sich auf dessen Kuppe zu retten und auf Hilfe zu warten. Das Wasser stieg weiter. Wer einen der Seinen neben sich wegtauchen sah, der wurde von den Übrigen weitergetrieben: »Vorwärts, vorwärts, deiner Rika hilfst du nicht mehr!«

Wer den Deich erreichte, jubelte auf, glaubte sich in Sicherheit. Von einer Hand zur anderen wurden Kinder und Gebrechliche hinaufgereicht. Zu Hunderten erklommen Menschen die Deichkrone, dem sich ballenden Nachthimmel und dem in Sturzbächen prasselnden Schneeregen entgegen. Die See, die sich dahinter zu zehnmal mannshohen Wellen türmte und Schiffe wie Nussschalen in die Höhe schleuderte, war durch die Dichte des Regens kaum auszumachen. »Rollt euch zusammen, bietet dem Wind keine Angriffsfläche!«

»Hier oben geschieht uns nichts, haltet euch aneinander fest.«

Mancher hatte ein Seil retten können, der band seine ganze Familie zusammen. Andere legten sich flach hin und krallten die Hände in die Erde der Deichkuppe. Viele schrien Gebete: »Erhabener Svantovit, Perun, Herr des Sturmes, seht auf uns!« Und dann vereinte sich das zerwühlte Meer zu einer einzigen himmelhohen Woge und raste zum zweiten Angriff gegen den Deich, der wie aus Reisig gebaut zusammenknickte.

Jetzt gab es kein Halten mehr. Das Meer verschlang Glieder, Leiber, Köpfe, Hütten, wirbelnden Hausrat und Vieh, entwurzelte Bäume und zerschmetterte zuletzt den vordersten Hafenkai. Ein daran verankertes Schiff wurde bis hinauf zu den Lagergebäuden geschleudert und legte eines der russischen Kontore und mehrere Bootsschuppen in Trümmer.

Als diese Nacht in einen lichtlosen Morgen überging, hatte der Sturm sich ausgetobt, und das gefräßige Meer legte sich schlafen. Es war kein Gezeitenmeer wie die benachbarte Nordsee, die kam und wieder ging, sondern eines, das nahm und blieb. In die Küstenlinie der Stadt hatte es sich eine klaffende Scharte geschlagen, darin breitete es sich aus und kräuselte sich spielerisch im Schlaf.

Hafenaufseher, die ihre Posten oberhalb der Unglücksstelle hatten, und Fischer, die mit knapper Not entkamen, Frauen in Nachtgewändern und barfüßige Kinder rannten durch die Gassen, schrien und jammerten und schlugen mit den Fäusten an Türen. Im Nu war das gesamte Hafenviertel zusammengelaufen. Während Frauen, Alte und Kinder notdürftig versorgt wurden, eilten die Männer ins Handelsviertel weiter, um die Herren des Wiec zu Hilfe zu holen. Warti schreckte beim ersten Hieb an seine Tür aus dem Schlaf. Ohne nachzudenken, sprang er in Bruech und Beinkleider, warf sich den Mantel über und eilte die Treppe hinunter.

Kaum nahm er die letzte Stufe, da öffnete sich oben Jakubs Tür und das von Angst gezeichnete Gesicht des Alten erschien.

»Es ist nichts. Leg dich wieder schlafen.«

»Nichts? Wenn man uns um diese Stunde die Tür einschlägt, ist es nichts?« Jakubs Stimme klang spitz vor Furcht.

»Leg dich schlafen«, herrschte Warti ihn an und erschrak. In seinem ganzen Leben war er nie laut gegen Jakub geworden. Der Alte verschwand in seiner Kammer. Warti durchmaß mit ein paar Schritten die Halle und riss die Haustür auf. Im Halbkreis scharten sich an die zwanzig Männer davor.

»Herr Warti, zu Hilfe! Bei der Fischersiedlung ist der Deich gebrochen.«

»Steht alles unter Wasser, die ganzen Häuser, einfach weg.«

Die Männer trugen Eimer und Schaufeln bei sich, die wenigsten von ihnen waren ausreichend bekleidet. Sie blickten zu ihm auf wie Kinder. Ihre Welt hatte sich aus der Verankerung gerissen, und von ihm erwarteten sie, dass er sie fing und zurück an ihren Platz stellte. Aus zwanzig Kehlen drang ihr Bitten auf ihn ein.

»Ihr müsst uns helfen, Herr Warti.«

»Beim Perun, wenn das noch mal losschlägt, ersaufen wir alle wie Ratten.«

Warti hob eine Hand. »Still. Weckt meine Frau nicht auf, sie ist nicht wohl. Schickt jemanden hinüber zu Zemu Reric, seine Frauen sollen Milch aus meinem Lager holen und erwärmen. Ich komme mit euch nach unten.«

Woche um Woche war Schnee gefallen und hatte das Land in Stille gehüllt. Jetzt aber fiel nurmehr Regen in feinen Fäden, und der Schnee schmolz in den Straßengräben. Wo Vinetas Fischer ihre Hütten gehabt hatten, wo ihre Kinder Fangen gespielt und ihre Frauen verschossene Wäsche zum Trocknen unter die Dächer gehängt hatten, erstreckte sich eine Wüste aus Schlamm. Obenauf trieben tote Ziegen, ein paar Hühner, ein Schwein mit aufgeschwemmtem Bauch. Aus dem Morast ragten Baumwipfel und hie und da Reste der zerborstenen Deichkuppe. An den Rändern des Schlammsees drängten sich auf bröckelnden Schollen Menschen, die versuchten, mit Stangen und Schaufeln ihr Hab und Gut aus dem Schlick zu fischen. Andere stocherten nach den Leibern der Verlorenen. Eine halbnackte, auf einer treibenden Häuserwand kniende Frau hielt ein lebloses Mädchen auf den Armen und heulte wie eine Wölfin in den Himmel. Das Meer lag ruhig bis auf ein flaches Plätschern. Vollgeschlungen und müde sang es sich selbst ein Schlummerlied.

Warti tat, was man von ihm erwartete. Er übernahm das Kommando. Befehle bellend scheuchte er Menschen von den Erdbrocken, teilte Helfer in Gruppen, wies sie an, Schlamm zu Wällen aufzuschaufeln, Sand in Säcke zu füllen und diese vor den Häusern oberhalb der Unglücksstelle aufzureihen, Wasser aus Fenstern zu schöpfen, Verletzte und Verkühlte zu versorgen, für geborgene Tote um Segen zu bitten. Umherirrende Kinder gab er in die Obhut der nächstbesten Frauen. Er war überall zugleich, trieb an, ermutigte, schickte Entkräftete heim. Dass Regen fiel, dass der Tag heraufzog, dass ihm Schweiß in Bächen Brust und Rücken herunterrann, bemerkte er nicht.

Zuletzt griff er sich selbst eine Schaufel und schippte wie von Sinnen, ohne mit seiner Kraft hauszuhalten, Morast aus der Grube. Sein Haar, getränkt von Schweiß und Regen, hing ihm in die Augen, und Dreck spritzte in sein Gesicht. Der Schlamm warf Blasen und ließ glucksende Geräusche hören, als rege sich darunter noch Leben. Aber da lebte nichts mehr. Die schwarze Brühe stank nach Fäulnis und Tod. Die Kadaver der Ertrunkenen würden das Wasser verpesten, Brunnen müssten gesperrt werden, damit nicht Seuchen die Stadt überschwemmten.

Wartis Schaufel stieß auf Widerstand und förderte einen Kessel zutage. Gestern noch mochten rührige Hände ihn über ein Feuer gehängt und mit der Kelle schwach verbrannte Milch daraus geschöpft haben. Jetzt würde niemand mehr daraus trinken, so als hätte es keinen von ihnen gegeben. Warti ließ den Kessel zurück in die Tunke sinken. Das Geschrei und Klagen der Menschen, die sich hinter der Absperrung drängten, nahm er wie aus der Ferne wahr. Seine Wangen hinunter, durch die Kruste aus Schlamm, rannen Tränen.

Eine Hand zupfte an seinem Ärmel. »Warti, mein Freund.«

Er drehte sich um. Auf der Scholle neben ihm schwankte Zemu und hielt seine junge Frau Kveta an der Hand. Das Mädchen trug den Ratsherrenmantel ihres Mannes um die Schultern. Ihre Hände umklammerten den Henkel einer Milchkanne. »Bist du von Sinnen?«, fuhr Warti den Kleineren an. »Ich habe verboten, Frauen hierher durchzulassen. Weißt du, was ihr geschieht, wenn sie einen falschen

Schritt setzt? Da unten im Moder verschwindet sie, auf Nimmerwiedersehen.« Die Stimme brach ihm. Er musste sich auf den Stiel der Schaufel stützen und nach Atem ringen.

»Nun, nun.« Besänftigend wollte Zemu ihm den Arm klopfen, aber Warti stieß ihn unwirsch weg. »Wir dachten nur, du könntest ein Horn voll heißer Milch gebrauchen. Du musst ausruhen, Warti. Davon, dass du dich schindest, bis du umfällst, wird nichts wieder heil.«

»Ausruhen?« Ohne Verständnis starrte er den anderen an.

»Wofür bestrafst du dich?«, fragte Zemu. »Du hast für die Verstärkung der Deiche gestimmt, dich trifft doch keine Schuld.«

»Keine Schuld?« Die Schaufel, die er von neuem in den Schlamm stieß, hätte er sich mit gleicher Härte auf den Rücken dreschen wollen. »Um des lieben Friedens willen habe ich mich überstimmen lassen. Müde war ich und wollte nach Hause, also habe ich Guter zugestimmt, wiewohl ich wusste, dass er schon lange nur noch ein selbstgefälliger Greis ist. Wiewohl ich wusste, in Vineta darf kein Deich je vernachlässigt werden.« Er wandte sich ab. Eine Woge von Verzweiflung erfasste seinen Körper, dass er um ein Haar den Halt verlor. »Und wer bezahlt für meine Unlust? Die da unten. Die im Schlamm erstickt sind und nicht einmal mit dem Finger auf mich weisen können.«

»Beim guten Gott Svarog, Warti …«

»Troll dich, Zemu. Bring deine Frau nach Haus.«

Einen Moment lang zögerte der kleine Mann, dann zuckte er die Schultern und zog mit Kveta davon. Warti schloss seine zitternden Hände um den Stiel der Schaufel. Es regnete. Vor seinen Augen begann der Morast sich zu drehen. In den Ohren, im ganzen Schädel rauschte sein

Blut. Er stürzte vornüber, landete auf Händen und Knien wie ein Tier. Mit dem nächsten Herzschlag drang die Stimme zu ihm. Russisch, nicht Pomoranisch. Er hatte sie nie zuvor gehört.

»Lasst mich durch, lasst mich zu ihm. Ich bin Natalia Sliwosz.«

Brüchig und aufgeraut war die Stimme, wie kostbarer Stoff, den man in seiner Truhe bewahrt und vergisst. Seine Frau war bei ihm, ehe er zu Sinnen kam. Mit ihren schmalen Händen half sie ihm auf und legte federleicht die Arme um ihn. »Es ist ja gut jetzt. Alles gut.«

Er öffnete den Mund, aber brachte kein Wort heraus.

Sie hob eine Hand an seine Wange, strich ihm über tränennasse, schlammverklebte Haut. Eine Zeitlang betrachteten sie einander, dann schloss sie ihn von neuem in die Arme. Sein Gesicht drückte sie auf ihre Schulter nieder und ließ ihn weinen, liebkoste ihm den bebenden Rücken, bis er sich beruhigt hatte. Endlich hob er den Kopf und suchte ihren Blick. »Natalia.«

Ihre bernsteinbraunen Augen sahen ihn an.

»Du sprichst. Du bist hergekommen. Heißt das, dass du mir verzeihen kannst?«

Sie sagte nichts.

»Nein, nicht das, Natalia, das ertrage ich nicht. Straf mich nicht wieder durch Schweigen, auch wenn ich nichts Besseres verdiene. Sprich jetzt. Verzeihst du mir?«

Sie hob eine Hand und legte sie auf seine Lippen. »Ja, Wartislaw. Was immer du getan hast. Ja.«

Mit der Katastrophe am Fischerstrand schien der harten Jahreszeit Tribut gezollt. Die Ausbreitung todbringender Seuchen ließ sich durch eilige Sperrung aller Brunnen der Unterstadt eindämmen. Ein Segen war es, dass in Vineta an reinem Wasser kein Mangel herrschte. Dem bitteren Winter folgten ein milder Frühling und ein ertragreicher, honigsüßer Sommer. Auf Wartis Gesuch hin wurde eine erhebliche Summe aus dem Schatz der Stadt bereitgestellt, um einen neuen Deich mit steinernem Fuß zu errichten. In seinem Schutz erhielten die Fischer neue Quartiere.

Um in Erfahrung zu bringen, wie es seinem Bruder ergangen war, sandte Warti einen Kundschafter in die Unterstadt. Offenbar notgedrungen hatte Bole nach dem Tod Erik Emunes den Fischhandel wieder aufgenommen, die Flut aber hatte ihm den Schuppen weggeschwemmt. Unter einem Vorwand ließ Warti ihm Geld zuspielen. Bole aber, der wohl ahnte, woher der Beutel stammte, sandte ihn zurück. Inmitten des Elends gebar seine Frau ihm die fünfte Tochter, die den Namen Lara erhielt. In der Stadt hieß es von der Kleinen, sie sei von solchem Liebreiz, dass sie dem säuerlichen Blut ihrer Eltern unmöglich entstammen konnte.

Drei Wünsche hegte Warti in diesen Sommertagen, und für keinen wurde ihm Erfüllung gewährt. Als Erstes wollte er sich mit seinem Bruder aussöhnen und Natalia einen Schwager schenken. »Ist er dir ähnlich, dein Bruder?«, hatte sie ihn gefragt.

»So wenig ähnlich wie nur möglich«, hatte er lachend zur Antwort gegeben. »Meine zweite Hälfte ist er. Was in mir angelegt war, aber keinen Platz zum Sprießen fand, das blüht in ihm.«

Bole jedoch wies die im Stillen ausgestreckte Hand zurück. Warti war ratlos. Dem Bruder hinterherzulaufen, verbot ihm sein Stolz. Bole schließlich hatte seine Hilfe ausgeschlagen, er hatte ihn gemieden, wo er konnte. Ihre letzte Begegnung unter vier Augen lag Jahre zurück, und damals, an irgendeinem Abend im Hafen, hatte ihn Bole aufs Übelste beschimpft. *Betrüger, Mädchenschänder, Hurenbock.* Den Grund für seinen Zorn hatte Warti nie erfahren und hätte mit Freuden all dies Vergangene vergessen. »Er fehlt mir«, gestand er Natalia. »Womöglich war er der einzige Mensch, der mich gekannt und dennoch bewundert hat.«

Auch der zweite Wunsch, der an ihm nagte, blieb unerfüllt: Seine Mutter kam nicht herunter, um mit ihm und seiner Frau die Mahlzeiten zu teilen, sondern aß in ihrer Kammer und zwang Jakub, sich für eine der Parteien zu entscheiden. Sooft er sie umzustimmen suchte, drehte sie ihm den Rücken zu und schwieg. »Beim Perun, aus was für Wackersteinen ist eigentlich ihr Herz?«, machte er sich bei Natalia Luft. »Ich habe ihr die beste Schwiegertochter der Welt geschenkt, ich halte sie wie eine Herrscherin in meinem Haus. Und wie dankt sie es mir?«

»Was willst du?«, fragte Natalia zurück. »Dass sie dir übers Haar streicht und dir sagt, wie stolz sie auf dich ist? Wenn sie das nicht getan hat, als du ein Knabe warst, ist es jetzt zu spät dazu.«

»Du hast Recht«, erwiderte er kläglich.

Ernst sah sie ihn an, strich ihre Hand durch sein Haar und sagte mit ihrer rauen Stimme und in ihrem Russisch, in das sich von Tag zu Tag mehr pomoranische Brocken mischten: »Du bist ein braver Mann, Warti Sliwosz. Deine Mutter kann stolz auf dich sein, und ich bin stolz, deine Frau zu sein.«

Er hatte das Gefühl, sein Eingeweide schmelze ihm wie Schmiedeeisen. Das Orakel des Perun hatte Recht gesprochen: Sie waren glücklich, auch wenn ihr Glück keiner schwärmerischen Vorstellung glich, sondern sich seine eigene Wirklichkeit schuf. Er sang sein Lied nicht mehr, die traurigen Liebesworte aus der Rus, sondern zupfte es an stillen Abenden wortlos auf der Gusli. Es war, wie Jakub gesagt hatte, und doch war es völlig anders. Wohl tat ihm zuweilen weh, dass gerade Natalia, die mit ihrem prachtvollen Mund und dem Leib einer Verführerin für die Liebe geschaffen schien, auf ihrem Lager keine Lust verspürte, doch er lernte, ihr stattdessen etwas anderes zu schenken: Achtung und Zärtlichkeit.

Sie hatten auf eigene Art ihre Lust aneinander, spielten Schach, neckten sich, zankten sich und vergaßen die Welt um sich im Tanz. Seine Götter zwangen einem Mann keine Treue auf, aber er war Natalia gerne treu, weil sie ihn sesshaft machte, aus einem alternden Jüngling einen Mann. Er füllte seinen Platz aus, in seinem Heim wie im Wiec. Der greise Starost blieb der Form nach im Amt, doch die Zügel nahm ihm Warti aus den Händen.

Eine Zeit des Friedens war Vineta vergönnt: Der Dänenkönig Erik Lam hatte genug Sorgen in seinem eigenen Land, und jüngst war auch der Polenfürst Boleslaw verstorben, altersschwach auf seinem Bett. Statt das Erbe beisammenzuhalten, wie es in Vineta selbst der ärmste Vater getan hätte, hatte er verfügt, dass Polen unter seinen fünf Söhnen aufgeteilt wurde. Von dem zerstückelten Reich drohte Vineta vorläufig keine Gefahr, und wenn auch Bernhard von Clairvaux weiter Hetzreden gegen das wendische Sündenbabel schwang, so ließ er es bei Wortgeklingel vorerst bewenden. Warti und sein Wiec durften die Kriegsaxt beiseitelegen und sich anderem widmen: dem Studium des Wasserbaus, der Verstärkung der Deiche und der Errichtung einer Mühle zur Papiergewinnung.

Seine Geschäfte gingen gut. Er war ein leidenschaftlicher Seefahrer gewesen, jetzt aber nahm er Abschied vom Meer und ernannte einen Handelsvertreter. Cord Strahle bot sich an, doch Warti konnte sich für den verbissenen

Deutschen nicht erwärmen. Nach kurzer Überlegung gab er den Posten Zemu, dem die zusätzliche Einkunft mehr als recht kam.

Warti genoss sein Glück, obgleich sich auch sein dritter und heftigster Wunsch in diesem Sommer nicht erfüllte: Natalia wurde nicht schwanger. Er rief mehrere Ärzte, die Wehfrau und eine Kinderzauberin zu ihr, doch alle erklärten dasselbe: Seine Frau war gesund und wohlgestaltet, er solle die Götter und die Kräfte der Natur nur walten lassen. Diesen Rat nahm er an. Er hatte keine Zeit zu verlieren, aber Zeit mit Natalia war nicht verloren. Vor Erntedank ging er mit ihr aus der Stadt hinaus, ans Meer, wo in Reihen kahler Bäume die Kormorane nisteten. In den Dünen teilten sie Wein und Früchte, er spielte ihr sein Lied und schenkte ihr einen Griffel aus Bronze, verziert mit einem Hirschen, der den Kopf rückwärtswandte. »Jetzt sind wir ein Jahr beisammen«, sagte er. »Vielleicht ist dieses Ding zum Schreiben zu schwer, aber das macht nichts, im Haus liegen Hunderte von Griffeln. Mir gefiel der Hirsch. Ich hätte gern, dass wir irgendwann so wie er zurück auf unser Leben blicken: ohne Furcht und Reue.«

Auch im Winter empfing Natalia kein Kind, und im folgenden Frühling war sie noch immer nicht schwanger. Flüchtig erwog Warti, einen weiteren Arzt hinzuzuziehen, unterließ es aber aus Angst, sie zu verletzen.

Die junge Kveta war eine glückliche Frau. Als letzte in der Töchterschar eines nicht eben begüterten Tuchhändlers, dazu mit schiefer Nase geboren, vermochte sie ihr Glück kaum zu fassen, als ihre Eltern sie dem Ratsherrn Zemu Reric in die Ehe gaben. Ein wenig angegraut mochte der Bräutigam wohl sein, aber er war bis an die Ohren verliebt in Kveta. Er nannte sie *Herzenstäubchen* und *Rosenfer-*

kelchen und befleißigte sich des Nachts auf ihrem Lager so gepfeffert, dass kein jugendlicher Gimpel hätte mithalten können. Die älteren Frauen im Haus hätschelten Kveta wie eine Schar Hühnerglucken. Stets bekam sie bei Tisch die besten Bissen, und so täppisch sie sich im Haushalt auch anstellen mochte, setzte es niemals Schelte oder gar Schläge für sie.

Im ersten Jahr ihrer Ehe hatte sie ihrem Gatten ein Töchterlein geschenkt, das zu ihrem Entzücken mit pfeilgerader Nase zur Welt gekommen war, und derzeit ging sie mit ihrem zweiten Kind schwanger. Als sie an diesem frostklaren Frühlingsmorgen, von der kleinen Kamila umsprungen, zum Haus ihrer Freundin Natalia spazierte, den Korb schwenkte und hier und da Bekannte grüßte, wurde ihr wieder einmal klar, wie glücklich sie war.

Sie hatte ihren Gatten herzlich lieb gewonnen und musste beim Gedanken an die Nächte mit ihm kichern, doch eine harmlose Schwärmerei für einen anderen war einem Mädchen ihres Alters wohl vergönnt. Warti Sliwosz mit seinen Schultern, über denen sich der Hemdstoff spannte, und seinen wendigen Hüften, war fraglos der appetitlichste Mann der Stadt, und sein Haus, das ausgekragte Doppelhaus in der Bernsteingasse, übertraf den Palast des Tysjatschnik. Außerdem sah der propere Herr Warti neben Natalia keine andere an. Er spielte Gusli für sie, und kaum sprach sie einen Wunsch aus, sprang er auf und erfüllte ihn. Fürwahr, es traf zu, was die Frauen in Kvetas Küche tuschelten: Natalia war eine beneidenswerte Frau. Dennoch hätte Kveta um allen Reichtum Vinetas nicht mit ihr tauschen wollen und den Kummer, der ihre Freundin quälte, hätte sie nicht einmal einer Feindin gewünscht.

Auf Kvetas Klopfen öffnete die russische Magd der Sliwoszs die Tür und eilte grußlos gleich wieder davon. Das plumpe Geschöpf sprach mit niemandem ein Wort. Sie war Christin, hatte Natalia ihr erzählt, und fürchtete, in der Hölle zu enden, wenn sie sich mit Heiden auf Freundschaft einließ. Kveta hätte so eine nicht in ihrem Haus haben wollen, Natalia aber schien mit eigentümlicher Treue an ihr zu hängen. Die Freundin stand schon ausgehfertig in der Halle, trug ein in tiefem Blau gefärbtes Kleid mit passendem Schultertuch und sah wie immer so unwirklich schön aus, dass Kveta die Luft anhalten musste. Kamila aber rannte ohne Scheu auf sie zu und warf sich in ihre Arme. »Liebstes Tantchen Nata.«

Sie hatte unterwegs ein Stück Honigbrot verspeist und presste den verschmierten Mund an den edlen blauen Stoff. Natalia sah nicht aus, als schere sie sich darum, sondern drückte das Gesicht des Kindes an sich, packte die Kleine dann bei den Armen und wirbelte sie im Kreis um sich. »Heda, du wilde Windfrau. Was bringst denn du mir für ein fürchterliches Fuder Frost ins Haus?« Ihre Stimme war noch immer rau wie Schleifpapier. Herr Warti hatte Ärzte kommen lassen, die ihr die Gurgel pinselten, sie mit Sirup gurgeln ließen und den heilenden Segen des guten Gottes Svarog erflehten. Als nichts von alledem half, erklärten die Ärzte, Natalias Stimme werde auf immer so bleiben, wie Eisenwerkzeug, das rostet, wenn niemand es benutzt.

»Ach, Tantchen Nata, dein Haus ist so schön mollig warm, aber du musst ohnehin mit uns hinaus, und ohne Kappe wird sich dein hübsches Haar eine Erkältung holen.«

Beide lachten aus vollem Halse, und dann hielt das Kind die Hände auf, weil es schon wusste, dass ein Geschenk auf es wartete. Natalia legte ein verschnürtes Paket hinein. »Hier hast du ein Stückchen Samt, zu einem Kleid fürs

Pogodafest.« Sie sprach in schleifenden Sätzen, die noch nicht ganz Pomoranisch, aber auch nicht mehr Russisch waren und zu ihrer rauen Stimme passten.

»Roten Samt? So wie der von deinem Hochzeitskleid?« Wie ein Hündchen hüpfte das Kind an Natalia hoch.

Die verzog ihren seltsamen Mund zu einem Lächeln. »Aber ja doch. Was sonst wäre denn für Pogoda gut genug? Schneidern aber muss es deine Mutter, denn wenn ich mich dran versuchte, käme höchstens ein Säckchen zum Brotholen heraus.« Oben auf das Paket legte sie zwei bunt bemalte Eier aus Ton. »Und hier noch etwas zum Spielen. Die halte in Ehren, der Herr Wartislaw hat sie einem Spielzeugmacher in der Stadt Nowgorod abgekauft.«

»In Nowgorod, wo du geboren bist, Tantchen Nat?«

»Ja, mag sein, dass ich dort geboren bin«, erwiderte Natalia.

»Nein, Nata, die gib ihr nicht!«, fuhr Kveta dazwischen. »Ich hab ja mit der Jara geredet, die hat unter uns Reric-Weibern die meisten Söhne, und die hat mir erklärt, was du tun musst. Sorge dich nicht, es ist ganz einfach. Wenn's wieder Winter wird, hast du dein eigenes Kind.«

»Schscht«, machte Natalia und legte einen Finger auf die Lippen. »Nicht hier, lass uns gehen.« Dann beugte sie sich zu Kamila, die verwirrt auf die vielfarbig glänzenden Pisanki blickte. »Und du steck die ein. Wenn der Herr Warti ein Kind hat, wirst du ja wohl kommen und mit ihm spielen, oder nicht?«

Der Tag war ausnehmend schön. Die Luft war kalt und windstill, und am Himmel stand gleißend und fast weiß die Sonne. Seite an Seite machten die beiden Frauen sich auf den Weg zum Torg. »Jetzt lass mich erzählen.« Kveta hätte von einem Bein aufs andere hüpfen wollen wie Kamila, die ihnen voraussprang. »Es ist ganz einfach, du kannst sogleich beginnen, und im Nu schwillt dir der Bauch.«

»Du hast es ja eilig, als ginge es um dich selbst.« Natalias Pomoranisch trug noch den schleppenden Einschlag des Russischen. »Dabei ist nicht zu übersehen, dass ihr beide, du und dein Zemu, euch auch ohne Hilfe bestens drauf versteht.«

Wie von selbst senkten Kvetas Hände sich auf ihren runden Leib. »Aber es geht ja um mich selber! Du bist mir lieb wie eine Schwester, Nata, und wenn deine Schwester leidet, dann leidest auch du, ist's nicht so?«

»Das weiß ich nicht. Ich habe ja keine.«

»Nicht mal eine Schwester hast du, arme Nata. Keine Mutter, keinen Vater, nichts. Aber deinen Herrn Warti hast du, und einen feineren Mann könntest du in ganz Vineta nicht finden.«

»Nein, gewiss nicht«, erwiderte Natalia.

»Und er wird dir die strammsten Söhne von ganz Vineta machen. Man sagt, er hat mindestens zwanzig in der Oberstadt.«

Natalia lachte. »Man sagt so manches, Kveta.«

»Ja, da hast du Recht, und wen kümmert das schon, das Geschwätz. Dein Sohn wird der strammste von allen. Du musst dir nur den Triglav, der die Kinder austeilt, gnädig stimmen, hat die Jara gesagt. Es ist ganz einfach: Ein schönes Trinkhorn brauchst du, am besten eines aus Silber, das bringst du in der Frühe dem Priester, damit er's weiht und dir mit Honigwein füllt. So hängst du's unter die Tür in eurer Kammer. Du musst warten, bis der Triglav den Wein bis auf den Satz am Boden ausgetrunken hat, vielleicht vierzehn Tage und Nächte. Danach nimmst du's ab und mit den verbliebenen Tropfen besprengst du dein Lager, bevor dein Liebster kommt und dich umarmt. Du wirst sehen, hat die Jara gesagt, der Triglav füllt dir den Leib mit einem Sohn, und dein Herr Warti wird sich vor Freude nicht zu fassen wissen.«

Natalia gab keine Antwort. Schweigend ging sie neben Kveta einher, bis diese sie am Arm packte. »He, Nata, hast du nicht gehört, was ich gesagt habe?«

»Doch«, murmelte Natalia, befreite ihren Arm und sah Kveta nicht an. »Nur glaube ich nicht, dass das hilft.«

»Aber die Jara muss es doch wissen. Die hat selbst einen Sohn nach dem anderen gekriegt.«

»Das sei ihr gegönnt. Nur kann ich nicht glauben, dass sie es irgendeinem Gott verdankt.«

Das Gesicht der Freundin erschreckte Kveta: Es war versteinert und blass. »Warum nicht, Nata?«

»Warum nicht? Weil es nach allem, was ich weiß, keinen Gott kratzt, was wir hier tun oder lassen, was wir uns wünschen und wovor wir uns zu Tode fürchten. Ist vielleicht ein Gott zur Stelle, wenn Häscher die Hütte eines Bauern überfallen, ihm die Frau schänden, die Töchter verschleppen und die Söhne totschlagen? Kümmert sich ein Gott um ein verheultes Kind, das ganz allein zurückbleibt? Bestimmt nicht. Wenn es Glück hat, findet es ein anderes gebeuteltes Geschöpf, das es wärmt und es lieb hat und ihm das Lesen und das Tanzen beibringt. Eine Gefährtin. Aber wenn die von einem Augenblick zum andern verschwindet, als hätte sie nie einen Fuß auf die Erde gesetzt, dann taucht gewiss kein Gott auf und tröstet das Häuflein Elend, das ihre Freundin war.

Wir sind allein hier. Weißt du, wie allein du bist, wenn sich plötzlich ein Mann vor dir aufbaut, der nichts in dir sieht als einen Batzen Fleisch? Der dich mit einem Stoß zu Boden schleudern und dir den Rücken brechen kann? Kein Gott rührt eine Hand, wenn so ein Kerl sich über dir verspritzt und dir auf deinem Bauch verreckt. Für solchen Dreck, den wir Würmer uns antun, hat kein Gott Zeit. Aber manch eine von uns kommt trotzdem davon. Manch eine begegnet Warti Sliwosz, der ihr die andere Seite des Lebens zeigt. Das Licht und das Lachen. An die Güte von Menschen glaube ich, Kveta. Nicht an die von Göttern.«

Jetzt war es an Kveta, neben der Freundin einherzugehen und kein Wort herauszubringen. Sie kamen an die Brücke. Kamila war wie ein Pferdchen darüber hinweggaloppiert und begrüßte auf der anderen Seite eine Handvoll Kinder. Vom Platz drang Musik her, Stimmen, das heitere Kunterbunt eines Markttags. Das Eis war geschmolzen. Schwarz glänzend trieb der Kanal ein paar Schollen vor sich her. Es würde Fluten geben, aber keine Katastrophe, nur ein Schwappen über Uferdämme, das an den Deichen abglitt. Kveta war stehen geblieben, und auch Natalia stand still und sah über das Wasser.

Scheu berührte Kveta ihren Ellenbogen. »Ich hab dich lieb, Nata«, murmelte sie, und als die andere keine Antwort gab, fuhr sie hastig fort: »Was du durchlebt hast, wünsch ich der schlimmsten Metze auf der Erde nicht. Aber jetzt machen's die Götter an dir gut. Glaub mir, du kriegst einen Sohn.«

Natalia wandte ihr das Gesicht zu und zuckte eine Schulter. »Wenn nicht, soll Warti sich eben eine andere nehmen.«

»Sag so etwas nie wieder. Den Herrn Warti hat keine so verdient wie du. Er hat nur dich lieb, was immer die Weiber auch schwatzen.«

Natalia sah sie an. Ihre Augen waren hell und ausdruckslos, als blicke man in einen Becher Bier. »Mag sein«, sagte sie und zuckte wieder die Schulter. Dann verzog sie den Mund und packte Kveta beim Ärmel. »Na komm, hör auf, dich zu sorgen. Gehen wir zum Silberschmied und lassen ein Trinkhorn fertigen, damit dein Freund Triglav nicht durstig bleiben muss.«

Ein weiteres Jahr verstrich, ein beschauliches Jahr für Vineta, derweil ringsum sich Kräfte umeinanderwälzten. Ein fruchtreiches Jahr, obgleich Natalia noch immer kein Kind in sich trug. Er müsse zufrieden sein, beschwor sich Jakub. Für sein Alter erfreute er sich beachtlicher Gesundheit, tat seine Arbeit mit Lust und lebte wie ein Vater, verehrt von Sohn und Schwiegertochter, im vornehmsten Haus der Stadt. *Was willst du noch, Nimmersatt,* fuhr er sich an. *Ein Versprechen, dass dies alles über deinen Tod hinaus besteht? Wem willst du solches Versprechen denn abhandeln und um was für einen Preis?* Er bemühte sich, die Sorge, die ihn in mancher Nacht heimsuchte, dem Alter und dem Leben, das er auf dem Buckel trug, zuzuschreiben. Wenn man erfahren hatte, dass es möglich war, alles zu verlieren, war es nicht eben weise, ein zweites Mal nach allem zu greifen.

Er traf Natalia in der Küche, die Warti im letzten Winter neu hatte ausstatten lassen. Sie beschäftigten jetzt einen Koch und neben der stillen Christin Mala zwei Küchenmägde, obwohl Natalia schimpfte, sie werde fett wie eine Schlachthenne, wenn man ihr nichts zu tun ließe und sie dabei derart üppig beköstigte. Warti ließ sich den Tadel wie Wasser vom Gefieder perlen und stellte noch einen Burschen ein. Sie war seine Königin und sollte einen Hofstaat haben. Zudem fand sie reichlich zu tun: Aufs Spinnen und Nähen verstand sie sich nicht, stattdessen bat sie Jakub, ihr Lesen und Schreiben in der lateinischen Schrift beizubringen. Er hatte es Oda beigebracht und dann Bole und Warti. Sie alle hatten rasch und leicht gelernt, aber keiner mit solchem Hunger wie Natalia. Die Schriftzeichen der Rus hatte sie bereits in Nowgorod gelernt, und bald hörte er sie des Abends mit Warti über Schriften streiten.

Sie stattete Tafeln für die Armen aus, wie es von alters her Sitte in Vineta war, und gab Festmähler für ihre Freunde. Sie hatten Scharen von Freunden, auf ihren Festen schlug Warti die Gusli, und Natalia sang mit ihrem kratzigen Männerlachen deftige Verse dazu. Kochen und Backen lagen ihr nicht, also überließ sie es dem Küchenpersonal, doch sie würzte einen herrlichen Wein und braute Bier, das manch trinkfestem Kerl die Füße wegzog.

Auch jetzt stand sie über einen Kessel voll duftendem Gebräu gebeugt, rieb Nelken hinein und probierte mit dem Finger. Für den Abend wurden Zemu Reric, Marek Czorba und ein paar andere Ratsherren mit ihren Frauen zu geröstetem Frühlingslamm erwartet. An ihre Flanke, das sah Jakub erst, als er eintrat, drückte sich eine gekrümmte Gestalt. Kasi. Mit einer Schöpfkelle füllte Natalia einen kaum fingerhohen Becher und reichte ihn dem Krüppelkind hinunter. »Hier hast du, Lämmchen. Geh zu den Mägden, die sollen dir eine Scheibe Fleisch dazu schneiden.«

Kasi griff den Becher mit der Faust, trank ihn leer und hielt ihn Natalia hin. Ein Rinnsal Rot troff aus seinem Mundwinkel, und über sein verzerrtes Gesicht glitt ein Strahlen. Natalia brach in ihr heiseres Männerlachen aus. »Mehr gibt's nicht, du Schluckspecht. Aber Milch kannst du haben, wenn du magst.«

Sie wirbelte herum zu den Milchkannen und entdeckte Jakub in der Tür. Ihr Lächeln war breit und schief und das Schönste daran, so fand Jakub, war seine völlige Absichtslosigkeit. »Oh weh, Kasi – man hat uns beim Weinstibitzen ertappt.«

Zwei Paar weit geöffneter Augen schauten ihm entgegen. Natalia legte ihren Arm um Kasis Schultern. *Herrgott, gib ihr ein Kind,* durchfuhr es Jakub. Er hatte seit Jahrzehnten nicht gebetet, nicht seines schwächelnden Glaubens wegen, sondern weil er die Erfüllung von Wünschen so abergläubisch fürchtete wie Oda den Aufmarsch ihrer Wafelgeister. »Vielleicht ließe sich der Entdecker ja bestechen«, brachte er heraus, »indem man ihn an der Missetat beteiligte.«

Wieder lachte Natalia, füllte Kasi eine Schüssel mit Milch und Jakub einen Becher mit Wein und bewegte sich dabei zwischen ihnen mit tänzerischer Leichtigkeit. Sie stützte Kasi den Nacken, half ihm, die Schüssel leerzutrinken, strich ihm schließlich das Haar glatt und schickte ihn in den Hof. Als er verschwunden war, zog sie Jakub einen Schemel heran. »Setzt Euch, Herr Jakub. Ihr solltet nicht so lange stehen.«

»Du bist ja schlimmer als dein Mann«, protestierte Jakub, aber ließ sich folgsam auf den Schemel nieder. »Euch mag ich schon mit einem Bein im Grab erscheinen, tatsächlich aber verrichten meine Beine auf der Erde noch recht brav ihren Dienst.«

»Für mich steht Ihr nicht mit einem Bein im Grab«, verwies ihn Natalia. »Und für Warti erst recht nicht. Er wüsste nicht, was er ohne Euch anfangen sollte.«

Jakub lächelte. »Weniger Grillen eines Greises aufschnappen. Weniger schuften und sich mehr an seiner schönen Frau erfreuen.«

»Ratet Ihr ihm das wirklich? Dass er weniger für die Stadt und mehr für sein Vergnügen tun soll?«

Ihre Blicke trafen sich. Geschlagen schüttelte Jakub den Kopf. »Nein, Natalia.«

Sie krauste die Stirn und wies auf den Becher, den er in seinem Schoß umschlossen hielt. Dankbar trank er. Der

Wein, für den Natalia die Würze selbst mischte, war von einer schweren, süßen Bitterkeit. »Ich habe nur Angst, dass meine Sorgen ihm das Leben vergällen«, begann er. »Vermutlich sorge ich mich ohnehin umsonst. Damals, als Warti ein Knabe war, hieß es von meinem Freund Thietmar und mir, wir sähen überall Gespenster von Kreuzfahrern.«

»Und jetzt seht Ihr sie wieder?«

Er zögerte nur einen Herzschlag lang. »Ja.«

»Liebster Herr Jakub«, sagte Natalia, füllte sich selbst einen Becher, deckte ein Leintuch über den Wein und wandte sich ihm zu. »Ich stamme zwar aus einem Land, in dem Gespenster zuhauf umeinanderziehen, aber eines, das sich ein Kreuz aufs Hemd malt und Kirchen auf seines Nachbarn Acker baut, ist mir noch nie begegnet. Gibt es denn römische Christengespenster überhaupt? Hält ihr Teufel sie nicht in ihrer Hölle fest?«

Jakub sah sie an und vergaß für Augenblicke die Angst in seinem Kopf. Von der Wärme des Herdfeuers glühten ihre Wangen, und aus ihrer Haarkrone kräuselten sich feuchte Strähnen. Mit Mühe besann er sich. »Wer weiß das schon? Vielleicht erhalten sie Ausgang, wenn ihre Sünden lässlich sind? Eine kleine Plünderung oder ein geschändetes Mädchen sind mit ein, zwei Morden an gottlosem Gezücht gewiss gesühnt.«

»Veralbert mich nicht«, fuhr sie ihn an. »Warti versucht das auch, aber ich warne Euch, es bekommt ihm schlecht. Auch wenn er beteuert, er mag mir die Ruhe nicht rauben …«

»Und Recht hat er.«

»Hat er nicht.« Ihr Blick hielt den seinen fest. »Ich kann nicht ändern, dass mein Schopf nicht zum Frisieren taugt, meine Hände nicht zum Hohlbratenkneten und mein Schoß nicht zum Gebären. Zu irgendwas muss ich ihm nütze sein, oder? Ich habe ihn eine Griwne gekostet, und ich fresse und saufe wie ein Pferd.«

»Natalia!« Jakub erhob sich halb von seinem Schemel. »Du bist die Welt für ihn.«

»Ich weiß.« Ihr Blick gebot ihm, sich wieder zu setzen. »Und soll ich ihm das nicht vergelten, so gut ich eben kann? Ich will seine Gefährtin sein, Herr Jakub. Aber das kann ich nicht, wenn Ihr beide mich behandelt wie ein törichtes Balg. Sogar der arme Kasi scheint besser dran als ich: Solange ich stumm war, spracht Ihr einfach weiter, ob ich dabeistand oder nicht, weil Sprechende wohl glauben, wer keine geläufige Zunge besitzt, bei dem kann's auch mit den Ohren nicht weit her sein.«

Eine Zeitlang maßen sie einander. »Du hast Recht«, sagte er dann.

»In der Tat. Also heraus mit der Sprache. Wo sucht der Spuk der Ritter mit dem Kreuz Euch heim?«

»Rings um uns. In immer engeren Kreisen. Wie du selbst sagst, die römisch-christlichen Nachbarn, von denen wir umgeben sind, marschieren auf unseren Acker, plündern sich zusammen, was ihnen gefällt, und bauen ihre Kirchen draus. Pommern wird Bistum, Natalia, und Julin sein Bischofssitz. Ich war schon lange nicht mehr in Julin, aber als ich das letzte Mal dort war, brachten die Leute noch Triglav und Svantovit Opfer dar.«

Sie lehnte mit dem Rücken am Herd. »Aber sind Vinetas Nachbarn nicht geschwächt von inneren Kämpfen?«

»Ja, das mag sein. In Polen wie in Dänemark toben Kriege um den Thron, und auch in Sachsen weiß keiner, wer Herr im Hause ist. Aber gerade deshalb warten sie alle umso begieriger auf einen Ruf, der ihnen Richtung gibt, der sie hindert, einander die Hälse umzudrehen, indem er ihnen einen gemeinsamen Feind vorsetzt.«

»Und dieser Feind sind wir?«

Zu seiner eigenen Verblüffung verzog Jakub den Mund.

»Warum lächelt Ihr?«

»Weil es mich freut, dass du *wir* sagst. Sich gemeinsam zu fürchten, lässt Furcht schrumpfen, ja, es macht sie sogar ein wenig lächerlich. Hab Dank, dass du so gut zur Gefährtin taugst, Natalia. All das andere wird dir auch noch gelingen. Bis auf die Hohlbraten vielleicht.«

»Und bis aufs Maulhalten. Wer also macht uns zum Feind der halben Welt? Dieser französische Mönch, den Warti den Armutsprediger nennt?«

»Bernhard von Clairvaux.« Jakub nickte. »Seine Stimme ist die lauteste und findet allerorts Gehör.«

»Und warum hören die Ohren gekrönter Häupter in Sachsen, Dänemark und Polen auf das, was ein Mönch in Frankreich schwatzt?«

»Wer weiß. Vielleicht weil er den Ton trifft, nach dem seine Zeit zu tanzen wünscht?«

Sie schien nachzudenken, wandte sich ab und sah nach der Fensterluke zum Hof. Draußen wartete ein Frühlingstag mit seinen Düften nach Erde und Neubeginn. Der Hof war groß, seit Warti die Mauer zwischen seinem und Thietmars Grundstück hatte abtragen lassen. Über das sonnenbeschienene Pflaster führte der Bursche ein Packpferd, das schwer an Einkäufen für das abendliche Festmahl schleppte. Am Ziehbrunnen saßen die zwei wendischen Mägde und verlasen trödelnd Linsen. Zu ihren Füßen, auf dem Stein hockte Kasi und teilte sein Fleisch mit dem Federvieh.

»Dieses Haus ist so friedlich«, murmelte Natalia. »Obgleich Frau Oda Euch wohl den Bart zausen wird, weil Ihr so lange bei der roten Dämonin hockt und ihr giftiges Gebräu von Wein trinkt. Ich weiß nicht, was Euch in Eurem Leben zugestoßen ist, und Ihr wisst nicht, was mir zugestoßen ist, aber dass dieses Haus gerupften Vögeln wie uns eine Zuflucht schenkt, weiß ich, und dafür ist es mir teuer. Ehe ich herkam, ahnte ich nicht einmal, dass Leben etwas anderes sein kann als Elend, dass es Lachen und Tanzen sein kann, Wein und Freundschaft und Essen, bis einem der Bauch schmerzt. Ich ahnte nicht, dass ein Haus ein Heim sein kann, und jetzt will ich nicht, dass meinem Heim etwas geschieht.«

»Ich auch nicht, Natalia. Bitte mach dir nicht zu viele Sorgen.«

»Aber sie werden kommen, Eure Kreuzritter. Dieser französische Mönch erzählt ihnen, wenn ihnen die Fahrt in den Orient zu mühsam ist, können sie getrost ein paar Heiden vor der eigenen Tür erschlagen, nicht wahr?«

»Ja, das erklärt er wohl. Aber was immer kommt, wenn wir klug genug sind, mag es auch wieder gehen. Vineta war Jahrhunderte hindurch klug genug. Und sein Geschick liegt in den Händen eines kundigen Seglers, der es mit Umsicht durch Stromschnellen lenkt.«

Natalias Mundwinkel hob sich. Jakub erwiderte ihr Lächeln und stand auf. »Noch etwas, Natalia. Du musst mit Frau Oda nachsichtig sein.«

»Keine Bange, ich nehme ihr nichts übel. Höchstens, dass sie mit den Schlägen, die sie mir zudenkt, ihren Sohn verletzt.«

»Sie kann nicht anders.«

»Ich weiß«, antwortete Natalia. »Herr Jakub.«

»Ja?«

»Ihr seid mir lieb.«

»Und du mir. Hab Dank für den unwiderstehlichen Wein.« *Herrgott, gib ihr ein Kind,* betete er im Hinausgehen, obgleich er sich mehr denn je vor der Erfüllung von Wünschen fürchtete.

Am Abend, als er mit Oda in ihrer Kammer ein Lendenstück vom Lamm teilte, bat er sie, die Läden offen zu lassen. Ihr Fenster ging nicht auf den Hof, in dem an einem langen Tisch die Gäste lärmten, sondern auf die enge Gasse, aber die Luft war so prall von den Gerüchen des Frühlings, dass sie sich durch jede Ritze drängte. Jakub brachte es nicht übers Herz, sie auszuschließen. »Lass uns zur Feier des Tages von dieser süßen Luft zum Essen trinken, ja?«

»Was feiern wir denn? Es ist nicht schon wieder Pogodafest, oder?«

»Nein.« Jakub legte ihnen beiden von dem köstlichen Fleisch auf und füllte ihre Becher. »Bis Pogoda sind es noch fünf Wochen. Aber du und ich sind schon in einem Alter, in dem wir besser jeden Tag feiern, weil wir schließlich nicht wissen, ob wir zum nächsten Fest noch da sind. Dein Wohl, schönste Herrin. Auf alles, was wir beide überlebt haben.«

»Hast du vorm Essen schon getrunken?«

»Ja, mit Natalia in der Küche und sie hat mich gewarnt, du würdest mir den Bart dafür zausen. Aber das tust du ja nicht. Du fährst mir höchstens mit dem Kamm hinein.«

»Nimm dich zusammen«, zischte Oda und setzte Becher und Messer ab. »Die Suppe, die das rote Weib dir eingeschenkt hat, löffle ich nicht aus.«

Er fügte sich, nickte. Eine Zeitlang aßen sie schweigend, zwischen sich die flackernde Kerze und den Duft von Rosmarin. Erst nach dem Mahl, als er die Becher noch einmal füllte, konnte Jakub nicht länger an sich halten. »Oda«, entfuhr es ihm, »ich wollte, du würdest Natalia deine Tür öffnen. Du kennst sie nicht. Sie ist einer jener Menschen, deren Gegenwart wohltut und heilt.«

»Ich kenne sie besser, als du denkst«, versetzte Oda. »Besser als einer von euch Männern sie je kennen wird, und ihre Gegenwart macht mich krank.«

»Warum, Oda?«

Ihr scharfer Blick traf seinen. Sie hätte ihm Schweigen gebieten können, wie sie es meist bei solchen Fragen tat. Aber für dieses Mal stand sie ihm Antwort. »Weil es ist, als hätte ich zweimal mich selbst im Raum. Mein Sohn wird an ihr zuschanden gehen, wie Witsach an mir zuschanden ging. Um meinetwillen ist er bei dem verfluchten Wetter ausgelaufen und ersoffen.«

Jakub sprang vom Schemel, stieß den leeren Krug dabei um. »Oda.«

»Setz dich«, verwies sie ihn ruhig. »Warum soll man nach all den Jahren die Wahrheit nicht in den Mund nehmen dürfen? Sie wiegt ja nichts mehr und schmeckt nach nichts. Aber dass das rote Weib meinem Sohn dasselbe antut, das dulde ich nicht. Außerdem ist sie nicht fähig, ihn zu lieben. Sie soll gehen.«

»Sie gibt ihm alles, was sie aufbringen kann.«

»Nicht genug.«

»Wer sind wir, dass wir darüber urteilen wollen?«

»Sie gibt ihm keinen Sohn.«

»Daran trägt sie keine Schuld. Wenn ihr Körper wirklich keine Kinder empfängt, dann hat sie Mitleid verdient.«

Oda, die mit einem Tuch ein paar verspritzte Tropfen Wein vom Tisch getupft hatte, blickte auf. »Wer sagt dir das? Vielleicht versteht sie sich auf einen Zauber wie die Hübschlerinnen, die lieber den Aussatz an den Hals bekämen als ein Kind in den Bauch. Von der roten Hexe weiß ich mehr als du. Sie ist mir ähnlich, vergiss das nicht.«

Jakub brauchte einige Zeit, um die Stimmen des Zweifels zum Schweigen zu bringen. »Nein«, sagte er dann. »Natalia will ihrem Mann ein Kind schenken. Und sie ist dir tatsächlich ähnlich. Ein Kind wäre ihr ein Segen, so wie dein Warti dir ein Segen war.« *Nur dass du zwei Kinder hattest, war zu viel,* dachte er und sah nach dem Fenster, dem Streifen Abendlicht, der in die enge Gasse brach. *Eines konnte sich durch eine Ritze in dein Herz zwängen, das zweite blieb im Dunkeln stehen.*

»Du glaubst also noch immer daran, dass in diesem Haus ein Kind geboren wird?«

»Ich bete darum«, erwiderte er.

Sie furchte die Brauen. Er fand sie immer noch schön. »Du wirst wahrhaftig alt, Jakub. Wirst du demnächst auch noch anfangen, in die Synagoge zu laufen?«

Dass du am Sabbat meinen Leuchter anzündest, das hätte mir gefallen, bei aller Schwäche im Glauben. Er lachte und schüttelte den Kopf. »Ich glaube nicht, dass man mich dort noch aufnähme. Nicht alle Götter lassen ihren Gläubigen so gnädig die Zügel schleifen wie die euren.«

Sie winkte unwirsch ab wie stets, wenn die Rede auf die Götter kam. »Hör zu, ob sich um dein läppisches Beten jemand schert oder nicht – wenn das Weib meinem Warti einen Sohn gebiert, soll sie mir meinetwegen eine Tochter sein.« Ehe er den Mund aufbekam, hob sie den leeren Becher. »Dein Wohl, mein Alter. Auf alles, was uns beide überlebt.«

Nach der Flutkatastrophe vor drei Jahren hatte Bole sich Geld geliehen, um sein Geschäft wieder aufzubauen. Er brauchte einen neuen Lagerschuppen und musste verlorene Bestände ersetzen. Ladi Lubin half ihm aus, verlangte aber auf jeden Pfennig Wucherzinsen. »Wenn's dir nicht passt, soll dir doch dein Bruder was leihen. Ich tu's aus Freundlichkeit, weil mich die Jula dauert. Aber dem feinen Herrn Warti, der's dicker hat als unsereins, ist wohl die darbende Verwandtschaft einerlei.«

Bole brachte kein Wort zu Wartis Verteidigung auf. Zwei

Jahre lang mühte er sich nach Kräften, seinen Pflichten nachzukommen, eine Frau und fünf Töchter durchzubringen und Ladi wenn schon nicht fällige Raten, so doch immerhin den Zins zu zahlen. Dann kam der glutheiße Sommer, das Salz wurde knapp, und seine Ware verdarb ihm auf der Halde. Ladi wartete bis Erntedank, dann nahm er statt des Geldes den Schuppen. »Um deine Frau könnt's mir leidtun, Bole. Aber wer sich einem glücklosen Tölpel wie dir in die Hand gibt, der hat's im Grunde nicht besser verdient.«

Es wurde Winter, und Bole war ohne stetes Einkommen. Seine Tage verbrachte er im Hafen und verdingte sich als Hilfsarbeiter. Dieser oder jener ließ ihn für ein paar Pfennige einen Dienst verrichten, weil er um Boles Namen willen Mitleid mit ihm hatte. Die meiste Zeit über saß er jedoch tatenlos auf einem angestammten Platz vor den Russenkontoren, von denen das größte bei der Sturmflut zerstört worden war. Die zerborstene, vor sich hin modernde Ruine schien ihm wie ein Abbild seiner selbst und seines Geschicks.

Manchmal noch, derweil er Stunde um Stunde dort zwischen übel riechenden Fischbottichen hockte, flog ein anderer Duft ihn an, eine Spur Lavendel und das Harz von Tannenzweigen, der Hauch versunkener Zeit, der sich nicht greifen ließ. Dann glaubte er wieder, den Schrei des Kuckucks zu hören, der den Menschen ihre Stunden vorzählte und sie mahnte: Vergeudet keinen Augenblick. Um ihn herum ging das emsige Volk Geschäften nach, zahlte Waren, trug sie fort, winkte Schiffen, schloss Heimgekehrte in die Arme und kümmerte sich nicht um einen, der von der Welt vergessen auf einem Bottich saß. Bole bedeckte sein Gesicht mit den Händen. Oft genug geschah es ihm, dass er vor Ekel vor sich selbst weinte.

Als schließlich der Frühling nahte, war kein Pfennig mehr im Haus. Bole sah sich gezwungen, seine Schar an die Armentafel zu führen und bekam dabei seine Schwägerin zu Gesicht. Die Rote, von deren Schönheit die Stadt sprach. Sie teilte aus einem Korb Brot aus, sandte hierhin und dorthin ein Lachen und störte sich nicht an dreckverschmierten Händen, die ihr an der weißen Seide ihres Kleides rissen. Ihn schien sie nicht zu erkennen, schäkerte aber mit der kleinen Lara, bis Jula dem Kind eine Ohrfeige gab. Auf dieses Letztgeborene hatte sie es mehr als auf die andern abgesehen, obgleich es ein folgsames Kind war, dessen weizenblonder Liebreiz ans Herz rührte. »Ach, schlagt es doch nicht«, rief die Rote aus. »Es war ja meine Schuld.«

»Mein Kind hat mit Euch nichts zu schaffen«, versetzte Jula, den Blick aufs Holz des Tisches gesenkt. »Lieber will ich's von früh bis spät prügeln, als dass ich's mit Hübschlerinnen schwatzen lass.«

Mit einem Schlag verstummten Gemurmel und Geschirrgeklapper. All die Tagediebe und Streuner heftcten ihre Blicke auf die Rote. Die verzog den Mund zur Seite, sodass ihr schönes Gesicht einen beinharten Ausdruck annahm. »Wie Euch beliebt, gute Frau. Ich frage mich nur, warum sich dann eines Eurer Kinder tagtäglich am Feuer der Hübschlerin wärmt.«

Das galt ohne Zweifel dem Krüppel, der mehr oder weniger unter Wartis Dach zu hausen schien. Also wusste sie doch, wer vor ihr saß und gezwungen war, ihre Almosen zu essen. Bewegungslos starrte Bole auf den Tisch. Bis an die Haarwurzeln spürte er die Glut der Scham. Zwischen ihm und Jula stand sie, ihre sich wölbende Hüfte neben ihm. Er hätte sie berühren können, ihr mit Wucht auf die Rundung klatschen, sodass sie die verdammte Ruhe verlor. Er erschrak vor seinen Gedanken. Der Duft, der aus ihren Kleidern stieg, schien ihm die Sinne zu vernebeln. Sein Leben lang hatte er einzig Jula geliebt, deren Duft schwach und ihm nicht einmal erinnerlich war. Natalias Duft hingegen war stark wie Wein und dunkel wie sternenlose Nächte. Bole verkrallte die Hände ineinander. Ihr Duft drang ihm in die Poren und strömte ihm ins Blut.

Durch Schleier nahm er wahr, dass Jula im Aufspringen ihren Schemel umriss. Er brauchte nicht hinzuschauen. Wie sie aussah, zerrauftes Haar, wutverzerrte Züge, wusste er zur Genüge und würde es bis an sein Lebensende wissen. »Du von allen musst reden, Metze.« Auch ihre Stimme würde ihm bis ans Ende seiner Tage in den Ohren gellen. »Warum lechzt du denn nach andrer Frauen Kindern? Weil du selbst keins kriegen kannst. Der Stier, der die halbe Stadt geschwängert hat, schafft's nicht, dich abzufüllen. Bist du überhaupt ein Weib, oder wächst dir da unten ein Dornengestrüpp, das jeden Mann zerfleischt?«

Irgendwer sprang auf, riss Jula von der Roten weg. Vineta war keine Stadt, die zusah, wenn einer schönen Frau eine Kränkung widerfuhr. Und die Rote war mehr als eine schöne Frau. Sie war die Frau des Herrn vom Silbertor, den noch der dreckigste Gassenköter glühend verehrte.

»Halt dein stinkendes Maul, Rabenaas.«

»Geh nach Hause, friss aus leeren Schüsseln.«

Jemand schlug Bole auf den Rücken. »He, bring dein Zankluder heim, dass manierliche Leute in Frieden bei Tisch sitzen können.«

Eines seiner Mädchen weinte, Oda wohl, die bald zwölf war und in der ganzen Stadt keinen Freier finden würde. Lara, die kaum Dreijährige, glitt vom Schemel, um ihrer Mutter zu helfen, die unter Püffen und Stößen zu Boden stürzte. Wie an Gewichte gekettet erhob sich Bole. »Kommt,

Kinder. Wir gehen nach Hause.« Die schöne Rote trat zur Seite. Er streckte Jula die Hand hin, doch die spuckte danach. Er spürte nichts, war längst abgestumpft. Nur der Duft der Roten lag noch immer in der Luft des trüben Tages.

Am Abend beschimpfte ihn Jula wie in alten Zeiten, zerkratzte ihm die Wangen und riss ihm ein Büschel Haar vom Kopf. Er empfand nicht einmal mehr Schmerz, nur grenzenlose Müdigkeit. »Lass mich schlafen gehen, Jula. Ja, du hast Recht, ich bin der erbärmlichste Versager der Stadt.«

»Aber schlafen willst du! Der Herr legt sich zu wohligem Schlummer, derweil seine Kinder vor Hunger kein Auge zukriegen.«

»Hätte ich also doch das Geld von meinem Bruder nehmen sollen, das ich auf dein Geheiß zurückgeschickt habe? Wenigstens bekäme ich dann meine Töchter einmal satt.«

»Was du nicht sagst. Und als Nächstes verkaufst du deine Töchter deinem sauberen Herrn Bruder für sein Lotterbett.«

Dafür sind sie nicht hübsch genug, dachte Bole. Sein Kopf, der zu Mittag wirr und vernebelt gewesen war, erschien ihm jetzt ganz klar.

Wieder ging Jula auf ihn los, fluchte, schlug ihn, blieb schließlich ermattet stehen und ließ die Arme sinken. In völliger Ruhe sah er sie an, die grauen Haarsträhnen, die ihr übers Gesicht hingen, die Kerben um den Mund, die erloschenen Augen. *Einst liebte ich dich. Einst wähnte ich mich sicher, um deinetwillen ertrüge ich das Leben.* Versöhnlich griff er nach ihrer Hand. »Gehen wir schlafen, Jula. Das hier hat ja keinen Sinn.«

»Ach, und schlafen vielleicht? Wozu denn? Damit der Herr sich morgen ausgeruht dem Nichtstun widmen kann?«

»Meinethalben auch das. Ich habe selbst keine Antwort mehr. Wer weiß, vielleicht macht die Oda eine gute Partie und hilft uns allen aus der Not.«

»Ja, gewiss.« Sie warf den Kopf in den Nacken.

Auch das liebte ich einst. Dass du nicht lachen konntest. Dass dir das leichte Leben so schwerfiel wie mir.

»Einen feinen Herrn kriegt die Oda, den Sohn von Tysjatschnik Tezlaw, warum nicht? Ich hatte ja selbst kein Heiratsgut, und nun seht her, mit welchem Goldstück von Gatten ich gesegnet bin.«

Am folgenden Tag, an dem es vom Morgen an leicht regnete, saß Bole wiederum an seinem Platz vor den Russenkontoren, dröselte in seinem Schoß ein zerschlissenes Seil auf und kämpfte gegen den Drang, sich vom Bottich gleiten zu lassen und in Schlaf zu fallen, mit dem Kopf in Dreck und Regenpfützen. Schiffer und Händler, die ankamen und wieder aufbrachen, riefen sich Grüße, Fragen und Befehle zu. Bole vernahm Worte, ohne ihre Bedeutung zu erfassen, als gehörten sie einer fremden Sprache an. Als sei all die quirlige Geschäftigkeit durch gläserne Wände von ihm getrennt. Seine Anwesenheit schien nicht einmal jemanden zu stören.

Dann aber trat ein Mensch durch die Glaswand auf ihn zu. Eben war das Seilende seinen Händen entglitten, er bückte sich, und als er den Kopf wieder hob, sah er den Mann. Er war seltsam gekleidet, in eine Art deckenähnlichen Umhang, wie Händler aus dem Orient ihn sich um die Körper schlangen. Auch sein Haar und die untere Hälfte des Gesichtes waren unter dem Tuch verborgen. Gemächlich und zielstrebig zugleich näherte er sich Boles Sitzplatz. Keinen Schritt weit vor ihm blieb er stehen. Das feuchte Tuch strömte einen Geruch aus, der Bole an Ritte an regnerischen Tagen denken ließ. »Guten Morgen, mein Freund.«

Der Schreck fuhr Bole ins Mark. »Ihr?«

Das selbstzufriedene Grinsen des anderen blieb hinter dem Tuch verborgen. »*In sucum et sanguinem.* Gut erkannt.«

»Was tut Ihr hier? Was soll diese alberne Vermummung?«

»Scht.« Der Mann legte sich einen Finger über den verhüllten Mund. »Der Lumpen dient nur meiner Sicherheit. Ich bin über Land gekommen, von Holstein, und als christlicher Herr mag ich in Euren rauen Gefilden nicht jedermann ins Auge springen. Es treibt sich derzeit eine Menge Gesindel herum, und wem der Magen grollt, der fackelt nicht lange.«

»In Vineta? Bei uns muss keiner vor Hunger zum Wegelagerer werden.« Bole begriff selbst nicht, warum er die Stadt, die wenig genug für ihn getan hatte, noch immer verteidigte.

»Nein, nein, nicht in Eurem Heidenbabel«, lenkte der Däne rasch ein. »Hinter Euren zwölf gotteslästerlichen Toren seid Ihr behütet und umsorgt wie Wickelkinder. Vor Euren Stadtgräben aber tobt sich noch immer gnadenlos das Leben aus.«

Als Bole nichts darauf erwiderte, wies der Einarmige auf sein Gesicht. »Hübsche Schrammen habt Ihr da. Hat Euch im Dunkel ein wütiges Katzenvieh erwischt?«

»Kommt zur Sache, Thore. Weshalb seid Ihr hier?«

»Scht«, machte der Däne noch einmal. »Können wir nicht woanders hingehen? In Euren heimeligen Schuppen vielleicht, wie vor Jahr und Tag?«

»Den Schuppen gibt's nicht mehr.« Was wollte der Kerl? Jahrelang hatte er seinen Kontorvorsteher, der ihm Ruf und Stand geopfert hatte, auf Trümmern sitzen lassen, und jetzt spazierte er mir nichts, dir nichts in die Ruine seines Lebens hinein, als sei seither nichts geschehen? Bole spuckte aus. »Vor drei Jahren, bei der Sturmflut, hab ich ihn verloren. Der Deichfuß war morsch, ist geborsten, aus und weg.«

»*O tempora o mores*. Das böse Element macht also nicht einmal vor dem ummauerten Vineta Halt.«

»Lasst das Gewäsch«, begann Bole, doch Thore hielt ihm bereits seinen einen Arm hin, um ihm aufzuhelfen. »Kommt, mein Freund. Ein Ort, an dem wir in Ruhe sprechen können, wird sich doch irgendwo finden.«

»Dort hinten ist eine Kaschemme, aber …«

»Was heißt aber?«

»Was hätten wir wohl zu sprechen?« Widerstrebend hievte sich Bole auf die Füße. »Sagt bloß, Ihr wollt wieder ein Kontor mieten?«

Thore Einarm wiegte seinen Kopf. »Ich bedaure. Ein dänisches Kontor in Vineta wird es nicht mehr geben. König Erik Lam hat den Handel mit Heiden untersagt. Unser Seelenheil ist ihm teurer als unser Silber im Beutel. Für uns Händler bedeutet das allerdings, dass wir uns nach andern Verdienstquellen umtun müssen.«

»Und was habe ich damit zu tun?«

»Ich komme als Gesandter des Hofes«, antwortete der Däne jovial. »Für einen wackeren Mann wie Euch hat mein König *de facto* Besseres zu tun als die Aufsicht über ein paar Warenkisten.«

»Euer König sitzt doch nicht einmal fest auf seinem Thron.«

»Aber er sitzt darauf. Das ist der *punctum saliens*, der Punkt, der springt, richtig? Kommt Ihr, mein Freund? Gehen wir in Eure Kaschemme, es steht ja auch noch ein Batzen Lohn aus, für all die Monate, in denen ich den Weg hierher nicht machen konnte.«

Wieder bot er Bole seinen Arm. Der zögerte einen Herzschlag lang, dann griff er zu. Gemeinsam gingen sie den Bohlenweg hinunter in Richtung Sturmglockentor. Von all dem Volk hinter gläsernen Mauern nahm keiner von ihnen Notiz.

Natalia stand auf den Stufen des Ratsgebäudes. Es wurde Frühling, der frühe Abend war sonnenhell, sie aber hielt die Arme um den Leib geschlungen, als friere sie. Auf dem Torg rund um die Sonnenuhr tätigten Händler letzte Geschäfte. Ab und an drang ein Lachen herüber, wenn der Possenreißer auf hohen Stelzen jemandem die Mütze stibitzte oder der Eiernarr aus seinem gefederten Hintern für ein Kind ein Ei zauberte. Immer wieder eilten Männer die Stufen hinauf, die wohl im Rathaus ein Messgerät eichen lassen oder ihr Leinengeld in Silber tauschen wollten. Wer an ihr vorbeilief, entbot ihr respektvoll seinen Gruß, aber Natalia gelang es kaum zurückzugrüßen. Sie fühlte sich elend wie ein Zaungast, der noch einmal dem Fest zusieht, zu dem er nicht geladen ist.

Sie hatte gewiss eine Stunde gewartet und der Platz hatte sich bereits geleert, als das bronzebeschlagene Portal sich öffnete und die Ratsherren ins Freie entließ. Ihren Mann sah sie sofort. Er trug wie üblich als Einziger keinen Hut. Jedes Mal, wenn er sie erblickte, blieb er stehen, und über sein Gesicht glitt eine Regung. Ehe sie sich besann, war sie bei ihm, fasste ihn bei den Schultern und küsste ihn auf den Mund. Sie tat dies nicht oft und nie ohne Überwindung. Sein Körper flößte ihr nach wie vor Unbehagen ein, aber sie mochte den Geschmack seines Mundes. Salbei, nicht Fleisch. Er stand, sooft sie ihn geküsst hatte, noch immer vor ihr wie ein beschenkter Knabe. »Natalia. Mein Herz.«

Hinter ihm drängelte sein Freund, der schlüpfrige Zemu

Reric an einem anderen vorbei. Er stieß Warti den Ellenbogen in die Seite. »Fein, fein, mein Bester. Wie ich sehe, hast du heut Abend bessere Gesellschaft. Empfehle mich, schönste Rose aus Nowgorod. Meine Kveta und die Kinder lassen grüßen.«

Warti legte die Arme um sie. In den bald vier Jahren, die sie miteinander lebten, hatte er gelernt, sie nicht fest zu umarmen, sondern sacht. »Ist etwas nicht in Ordnung, Herz von meinem Herzen? Kommst du von der Armenspeisung, gab es etwa Schwierigkeiten?«

Sie schüttelte den Kopf, befreite sich, zog ihn am Ärmel. »Komm mit zum Wasser. Ich habe mit dir zu reden.«

»Oho. Keine Strafpredigt, hoffe ich.« Er hob die Brauen und lächelte, aber Natalia wandte sich ab.

Durch das Gewirr der Gassen und über zwei Deichkronen gingen sie hinunter zu dem Streifen Strand, wo die Kormorane nisteten. Sie gingen oft dort spazieren. Zuweilen sprachen sie über Fragen der Stadtregierung, wobei Warti ihr auswich und versuchte, Belastendes von ihr fernzuhalten. Dann packte sie ihn bei den Ohren oder zerraufte ihm das Haar, bis er klein beigab und ihr sagte, was sie wissen wollte. Er war mehr als ihr Gefährte. Ihr Freund, der ihre Leidenschaften teilte: Er tanzte mit ihr, schwelgte mit ihr an überladenen Tafeln, las im Wechsel mit ihr lateinische Verse vor oder zog sich wie sie das Schuhwerk aus und rannte vor Lebenslust brüllend in die eisigen Wellen. Nie hätte sie sich träumen lassen, welches Glück es sein konnte, einen Mann zum Freund zu haben.

Er war ein Lachsack wie sie. Sie alberten wie Kinder, neckten sich, flüsterten sich Lästereien über diesen oder jenen in die Ohren und brachen in Gelächter aus. An anderen Tagen sprachen sie über ihr Haus und seine Bewohner, über Jakub, den sie beide verehrten, über Oda, die er allmählich zu nehmen lernte, über den Aufseher Strahle, der ihm Verdruss bereitete, über Feste, die sie geben, und Freunde, die sie dazu einladen wollten. Einmal, in ihrem ersten Frühling in Vineta, hatte Natalia hier, an diesem Strand, ohne Absicht begonnen, von Anya zu sprechen.

Der Himmel war klar gewesen wie heute und auf dem aufgewühlten Meer brach sich die Abendsonne. »Die arme Anya wollte so gern das Meer sehen«, war es aus ihr heraus gesprudelt. Sie war stehen geblieben, hatte sich abgewandt und in die sich türmenden Wellen gestarrt. »Nun stehe statt ihrer ich hier, und sie ist nirgendwo.«

»Du bist wie Jakub«, hatte Warti erwidert. »Du sprichst einen einzigen Satz aus, und dahinter steckt eine ganze unendlich traurige Geschichte. Erzähl sie mir. Ich will deine traurigen Geschichten kennen.«

Sie hatte den Kopf geschüttelt. »Es steckt ja keine ganze Geschichte dahinter. Die arme Anya war nichts als ein farbloses Mädchen, das eines Tages auftauchte und eines anderen Tages wieder verschwand. Sie war niemandem wichtig. Nur mir.« Sie wollte schlucken, was ihr in der Kehle brodelte. An jenem Morgen der Sturmflut hatte sie geschworen, dass sie es ihm verzeihen und vergessen würde. Jetzt aber stob sie herum und warf es ihm ins Gesicht: »Hast du sie nicht gekannt? In Nowgorod? Ein verhuschtes Geschöpf mit farblosem Haar, das dir bei Tisch den Wein einschenkte, sich ungeschickt mit den Platten anstellte und dich mit schmachtenden Blicken verschlang?«

Er brauchte nicht lange zu überlegen. »Ja, ich erinnere mich, allerdings sind mir die schmachtenden Blicke wohl entgangen. Musik mochte sie. Nach dem Essen sangen wir zur Gusli, und sie freute sich daran so sehr, dass ich Boris bat, sie bleiben zu lassen.«

Natalia stand wie versteinert. »Und dann?«

»Und dann? Mein Herz, ich fürchte, mehr weiß ich nicht. Irgendwann schickte Boris sie hinaus, und als ich das nächste Mal kam, war sie nicht mehr da. Doch, eines fällt mir noch ein: Sie trug ein herrliches Schläfenband. Es gefiel mir so gut, dass ich dir von Pisko, dem Goldschmied, ein gleiches zu unserer Hochzeit schmieden ließ. Aber du mochtest es nicht. Du hast es Kveta geschenkt.«

Sie hatte ihm die Arme um den Hals geworfen und ihn auf Augen, Wangen und Lippen geküsst. »Wofür war das?«, hatte er anschließend voll Verwunderung gefragt, aber sie war ihm die Antwort schuldig geblieben. Was sie ihm zugetraut und was sie nächtelang gepeinigt hatte, brauchte er nie zu erfahren. Seither sprachen sie manchmal von Anya, wenn sie am Meer entlanggingen, erwähnten ihren Namen, so wie Warti Thietmar und seinen Vater erwähnte, damit die Toten ihnen nicht spurlos versickerten wie die züngelnden Wellen im Sand.

Sie liebte es, mit ihm zu sprechen. Ihre raue und seine klare Stimme waren Kameraden, rieben sich, zankten sich, flachsten, tauschten Gedanken und lösten in Natalia stets von neuem Begeisterung darüber aus, dass sie sprechen konnte und dass ein Mensch zu ihr sprach. Heute aber versetzten Wartis Versuche, ein Gespräch zu beginnen, sie in Rage. Sie sah auf ihre Füße, die Furchen in weißen Sand pflügten, und fühlte sich den Kormoranen ähnlich: Nahezu gespenstisch hockten die schwarzen Flügelwesen in abgestorbenen Bäumen und durchbrachen, von einem vereinzelten *Koar Koar* abgesehen, mit keinem Laut ihre Einsamkeit.

Warti hingegen hob neben ihr an zu schwatzen, erzählte eine Geschichte über Zemu, der ein Auge auf ein Schankmädchen im *Blauen Hengst* geworfen hatte, bis Natalia es nicht länger ertrug. Er hatte ihr Macht verliehen, ihm

Schweigen zu gebieten, wann immer sie es wünschte. Sie fuhr herum. Mit der Wucht eines Schlages landete ihre Hand auf seinen Lippen. Er verstummte sofort. Nur seine Augen unter Muschellidern stellten Fragen.

Natalia schluckte. Sie musste sich abwenden, der Reihe schwarz zerklüfteter Bäume zu, in denen die furchterregenden Vögel hockten. »Warti«, rang ihre krächzende Stimme sich ab. »Verlass mich.« Sie war *Natalia, die nicht weint.* Sie machte den Rücken steif und schlang die Arme um den Leib.

»Mein Herz.«

»Nein.« Seine Hand streckte sich nach ihr, doch sie schlug sie, ohne ihn anzusehen, weg. »Verlass mich, Warti. Ich kann dir nichts geben. Wo die rechten Frauen mit einem Nest für die Liebe aufwarten, habe ich ein Dornengestrüpp.«

Wind fasste ihren Rock und ließ ihn flattern, fasste ihr Haar, das zu stark für Spangen und Schläfenbänder war. Sie wies nach den Reihen der wie verbrannten Baumleichen. »Siehst du die Kormorane, weißt du noch, was du mir von ihnen erzählt hast? Der Baum, auf den sich so ein Vogel setzt, ist verdorben und stirbt. Ich will nicht dein Haus verderben, Warti. Schick mich weg.«

Er war bei ihr, noch ehe ihr die Stimme brach. Packte sie bei den Schultern, drehte sie zu sich herum und schloss die Arme um sie. Nicht sacht diesmal, sondern fest. Ihr Kopf sank auf seine Brust, an ihrem Ohr schlug sein Herz mit tröstlicher Kraft. Stumm hielt er sie an sich gedrückt, bis ihre Atemzüge sich beruhigten. »Natalia«, hörte sie schließlich seine Stimme über sich. »Ich verlasse dich nicht. Wenn du eines Tages nicht mehr bei mir sein willst, dann wirst du mich verlassen müssen.«

Ein Schrei entfuhr ihr. Er strich glättend über ihr Haar.

»Wenn du gehst, werde ich nicht wissen, wie ich ohne dich gelebt habe. Du verdirbst mein Haus nicht. Wo du einziehst, mein Herz, zieht das Leben ein.«

»Aber ich kann dir kein Kind geben. Du hast Besseres verdient. Eine Frau, die dir zur Hochzeit die Lenden gürtet, die dich mit ihrem Körper liebt und die dir Kinder gebiert.«

»Natalia«, sagte er noch einmal, hob mit beiden Händen ihr Gesicht und zwang sie, ihn anzusehen. »Ich habe mir von Herzen ein Kind gewünscht, einen Teil von dir und mir, der bleibt, wenn unser Rad sich nicht mehr dreht. Da aber die Götter mir den Wunsch versagen, mag es gefährlich sein, darauf zu beharren. Der junge Mann, der ich war und der auf nichts verzichten wollte, macht mir Angst. Lass mich verzichten und dich behalten. Etwas von uns, was immer das sein mag, wird trotzdem bleiben. Und jetzt hab Erbarmen mit einem elenden Schwätzer, dem nichts mehr einfällt, das er schwatzen könnte.«

Er wollte nach ihrer Hand greifen und sie sich auf die Lippen legen, aber sie kam ihm zuvor, reckte sich und verschloss ihm den Mund mit einem Kuss. Zog seinen Körper zu sich. Sie hatte keine Ahnung, wie es sich anfühlte, einen Mann zu begehren, aber hier und jetzt war sie glücklich, ihn in den Armen zu halten und die gespannten Muskeln seines Rückens zu streicheln. »Ich liebe dich«, sagte er wie benommen, als sie sich von ihm löste.

In bald vier Jahren hatte er es ihr Tag für Tag gesagt, obgleich sie ihm niemals Antwort gab. Jetzt nahm sie seine Hand. »Ich habe dich auch lieb, Warti. Wenn du ohne Kind leben kannst und vor den Dornen einer roten Metze keine Angst hast, bleibe ich bei dir.«

Ihre Augenpaare tauschten ein Lachen, wie um einen

Pakt zu siegeln. Hand in Hand gingen sie in der Abenddämmerung zurück zu ihrem Haus.

Wenige Tage später wurde eine Sitzung des Wiec von einem Boten unterbrochen, wie es zuweilen geschah, wenn ein Notfall es erforderte. Der Bote, der in der schwarz-grünen Uniform eines Wächters steckte, schien außer Atem und verwirrt: »Am Silbertor begehrt ein Karren Einlass.«

»Und deswegen störst du uns?«, blaffte Torkiel Guter. »Soweit ich weiß, kommt das alle naselang vor und ihr werdet wohl auch ohne unseren Beistand damit fertig werden.«

Warti erhob sich. Der Bote war einer seiner Torwächter, den er als verlässlichen Mann kannte. »Wenn es vor meinem Tor ein Problem gibt, sehe ich lieber selber nach dem Rechten.«

Mit ihm stürmte schließlich der gesamte Wiec hinter dem Wachmann her. Durch das Gespinst von Gassen, das am Stadtrand in einzelne Häuser zerflockte, ging es zum Silbertor. Es war ein feuchtkalter, lichtloser Tag. Endlich ragte der steinerne Turm des Tores über den letzten Dächern in die Höhe. Ein Ring von Schaulustigen hatte sich vor den silberbeschlagenen Torflügeln eingefunden und versperrte ihnen die Sicht. »Macht das Tor auf.« Warti kämpfte sich durch den Block aus Leibern und scherte sich nicht darum, wer ihm folgte.

Miro, sein oberster Wächter, stemmte die schweren Riegel, die nur bei Gefahr vorgeschoben wurden, zurück. »Dem erhabenen Svantovit sei Dank, dass Ihr kommt, Herr.« Auf ihren Fersen schwappte eine Woge Gaffer durch den Spalt. Die Brücke über den Stadtgraben senkte sich. Davor stand eine erbärmliche Schindmähre, der die Knochen aus dem Leib staken und die sich augenscheinlich kaum auf den Beinen halten konnte. Die bedauernswerte Kreatur war vor einen hölzernen, zweirädrigen Karren gespannt, wie ihn die Bauern benutzten, um Waren auf die Märkte der Stadt zu schaffen. Jemand lachte. »Wahrlich, da haben wir die gesamte Vorhut von Dänen-Eriks Heer.«

»Und den ruhmreichen Truppenführer obendrein!« Ein paar Männer zogen ihre Hüte zum spöttischen Gruß vor der Gestalt, die auf dem Karren hockte.

Warti drängte die Wachen beiseite und baute sich vor dem Fremden auf. »Was ist Euer Anliegen?«, hatte er fragen wollen, doch die Worte gefroren ihm auf der Zunge. Vor ihm auf dem Karren saß kein Mann, sondern ein Junge von höchstens zehn Jahren. Sein Anblick prägte sich Warti untilgbar ins Gedächtnis: schwarzes Haar und ein Strom von Blut, der über die Stirn und das kaum kindliche Gesicht troff. Ein Auge war zugeschwollen, von schwarzem Blut verkrustet, das zweite aufgerissen. Mit einer mühsamen halben Drehung des verletzten Kopfes wies der Junge hinter sich in den Karren. Dann stürzte er vornüber. Ohne Zögern streckte Warti die Arme aus und fing ihn auf.

Das Gesicht des Jungen ruhte an seinem Hals, bewegungslos, wie in tiefstem Erschöpfungsschlaf. Aus der Wunde, die quer über dem Schädel klaffte und das Schwarz des Schopfes teilte, sickerte ohne Unterlass Blut. Wartis Wams und Hemd waren im Nu durchtränkt. Unwillkürlich schloss er die Arme fester um das Kind, ehe er ging, um den Karren zu inspizieren. Der Wächter Miro verstellte ihm den Weg. »Nicht weiter, Herr. Erspart Euch das.«

Mit der Schulter schob Warti ihn beiseite, spähte über den Rand des Karrens und hielt den Atem an. Die Frau, die mit gekrümmtem Rücken in dem zu kleinen Gefährt lag, war tot. Daran bestand kein Zweifel, denn sie trug ihren Kopf nicht auf dem Hals. Weiß und bloß ragte ein Wirbel aus dem blutverklebten Stumpf. Der Kopf lag daneben. Wirre Haarsträhnen hingen über das Gesicht, entseelte Augen glotzten ins Nichts. Warti schluckte an einem Klumpen in der Kehle. Erst als Miro ihn am Arm berührte, wandte er sich ab.

Von einem schweigenden Tross gefolgt, trug er den Jungen auf den Armen in die Stadt. Als sie sein Haus erreichten, schien kaum mehr ein Hauch Atem in ihm. Warti ließ ihm in einer Kammer im Lagerhaus ein Bett bereiten und schickte unverzüglich nach Ärzten. Dreißig Tage lang fochten Tod und Leben um das Kind. Dann errang die Zähigkeit der Jugend den Sieg. Als der Junge endlich wieder zu Bewusstsein kam, zeigte sich, dass er keinerlei Erinnerung an sein früheres Leben, an seine Mutter oder ihre Mörder besaß. Nur auf eine Frage wusste er Antwort. Auf die nach seinem Namen. Anton.

DRITTER TEIL

Die Mutter

Juni 1141

8. Kapitel

Es war ein Morgen im frühen Sommer. An den Apfelbäumen im Hof prangten statt schneeweißer Blüten schon winzige Früchte. Über das sonnenwarme Pflaster ging Natalia zum Lagerhaus, um Wein und Gewürze für ein abendliches Gastmahl auszusuchen. Sie erwarteten niemand Besonderen, nur Zemu und Kveta, aber Natalia mochte diese zu viert durchschwatzten Abende gern. Zudem hatte die arme Kveta ein gutes Essen und ein paar Becher Würzwein bitter nötig. Ihr Gatte, der so unscheinbar wirkende Zemu, hatte sich eine neue, die sechste Ehefrau ins Haus genommen, ein blutjunges Mädchen, das bereits mit seinem Kind schwanger ging.

»Er kann es eben nicht lassen«, hatte Warti den Freund verteidigt. »Ich werde ihm den Lohn erhöhen, dann werden auch die paar Mäuler mehr noch satt.« Natalia aber wusste, dass Kveta sich nicht um das Brot auf ihrem Teller sorgte, sondern gekränkt war, weil ihr Liebster ihrer so offensichtlich überdrüssig wurde. Natalia blieb stehen. Sie würde nie begreifen, warum, während andere litten, sie selbst mit solchem Überfluss gesegnet war. In seinem fünfunddreißigsten Jahr galt Warti noch immer als der stattlichste Mann der Stadt. Er hätte sich Frauen zuhauf nehmen und mit ihnen Kinder zeugen können, aber sooft Natalia die Frage berührte, beteuerte er ihr: »Du und ich, das ist alles, was ich will.«

In den Sonnenflecken auf der Brunnenmauer aalte sich verschlafen eine Katze. Die Zweige der noch jungen Bäume warfen tanzende Schatten aufs Pflaster. Bald würden die Mägde den Tisch hertragen und ihn mit ihrem schönen Leinen decken. Würde eine von ihnen, eine andere als die Mala, noch glauben, wer einst Natalia gewesen war, aus welchem Elend sie kam? Hastig schüttelte sie sich und ging weiter. Sie wollte Wartis dunklen Wein vom Lager holen und mit Honig süßen, sodass ihr Mann beim Trinken die Augen schloss und hinterher aus tiefstem Herzen seufzte.

Sie zog die Tür zum Lagerhaus auf und vernahm sogleich das Geräusch. Ein dumpfes Klatschen, furchtbar vertraut. Dann ein tiefes, unterdrücktes Stöhnen. Natalia blieb im Vorraum stehen. Wieder ertönten das Klatschen und das Stöhnen, ein gurgelnder Laut, wie ein Würgen an Blut. Fehlte nur noch das Pfeifen, mit dem der Stock die Luft zerschnitt, und als sie einen Schritt weiterging, hörte sie auch das.

Vor ihr erstreckte sich in düsterem Licht der Lagerraum, der einst die Wohnhalle von Jakubs Freund Thietmar Starck gewesen war. Jetzt stapelten sich hier Kisten und Säcke, reihten sich Fässer und Zuber. Dazwischen, an einem der Packtische, stand der bullennackige Cord Strahle, Wartis deutschstämmiger Aufseher. Er war dabei, einen der Lagerburschen, der offenbar eine Missetat begangen hatte, durchzuprügeln. Mit solcher Hingabe beschäftigt war er, dass er Natalias Eintritt nicht bemerkte. Die blieb stehen wie erstarrt.

Natürlich wusste sie, dass ungehorsame Dienstboten mit Stockschlägen abgestraft wurden, aber nie zuvor hatte sie dabei zugesehen. Mit einer Hand drückte Strahle den Oberkörper des Delinquenten auf die Tischplatte. In der anderen führte er den Stock, schwang seinen Arm weit aus und drosch das grausame Werkzeug auf das Gesäß des Jungen nieder. Der Kopf des Gezüchtigten zuckte in die Höhe. Verbissenen Lippen entrang sich ersticktes Stöhnen. Natalia schrie auf. Sie glaubte zu spüren, wie der Blick des Jungen sie traf. Kastaniendunkle, schimmernde Augen. Der Findling Anton, den Warti halbtot aufgelesen, gesund gepflegt und in seinem Lager behalten hatte, weil er nirgendwo zu Hause war. Ein Kind noch. Verschwindend zart unter der Hand seines Peinigers. Der drehte sich nicht einmal um, sondern hob den Stock zum nächsten Hieb.

»Haltet ein!«

Natalia überlegte nicht, was sie tat. Blindlings sprang sie hinzu und stieß den kräftigen Mann zur Seite. Packte den Jungen, riss ihn an sich und schloss die Arme um ihn. So standen sie still. Sie war eine hochgewachsene Frau und er ein aufgeschossener, spindeldürrer Knabe. Er reichte ihr bis zur Brust. So fest hielt sie seinen Leib umklammert, dass ihr die Arme zitterten. »Nie wieder«, hörte sie sich sagen, bekam die Worte kaum hervorgekrächzt. »Ihr werdet ihn nie wieder schlagen, oder ich sorge dafür, dass man Euch schlägt. Ich sorge dafür, dass man Euch mit der Ochsenpeitsche aus dem Haus prügelt.«

Strahle stand gegen den Tisch gelehnt. »Der miese Bankert hat Brot gestohlen.«

»Dann wohl, weil Ihr ihm nicht genug zu essen gebt. Platzt dieses Haus nicht am Überfluss aus allen Nähten? Der Herr würde nicht dulden, dass unter seinem Dach ein Wesen Hunger leidet.«

Sie ließ ihn stehen und sah hinunter auf den schwarzen Schopf des Knaben. Sein Herzschlag mischte sich mit ihrem, fliegend, erregt. *Ich weiß von keinem Leib*, durchfuhr es sie, *den ich je so gehalten hätte*. Der Junge hob den Kopf. Er war bleich, doch auf seinen Wangen glühten die Male der durchlittenen Tortur. Wie von selbst fuhr ihre

Hand in sein verschwitztes Haar. »Ganz ruhig, sei ganz ruhig.«

Er ließ den Blick nicht von ihr. Sie streichelte ihn. »Niemand wird dich mehr schlagen, niemand krümmt dir mehr ein Haar.« Verblüfft hielt sie inne. Sie hatte Russisch gesprochen. Ins Pomoranische wechselnd fuhr sie fort: »Du heißt Anton, nicht wahr? Ich nehme dich mit hinüber ins Haus, da kannst du dich waschen und bekommst zu essen. Ihr, Cord, geht an Eure Arbeit. Und vergesst nicht: Der Junge steht unter meinem Schutz.«

Die Blicke der Hausangestellten, der mürrischen Mala und der wendischen Mägde, beachtete sie nicht. Ihren Burschen schickte sie hinüber zu Zemu Rerics Haus. »Gebt Frau Kveta Bescheid, ich muss für heute Abend absagen.« Dann wies sie den Koch an, dem Knaben eine Schüssel Brühe mit Rahm und Wildkräutern aufzufüllen und setzte sich mit ihm zu Tisch, unter die Korona, wo sie sonst mit Warti saß. Anton zögerte nur einen Augenblick, ehe er den Löffel ergriff und begann, das Essen in fliegender Hast in sich hineinzuschlingen.

Trotz ihrer Erregung musste Natalia lachen, weil sie die gleiche Gier von sich selbst kannte. Damals, in ihren ersten Wochen in Vineta, hatte sie keinen Teller mit Speisen stehen lassen können, sondern gegessen bis zur Übelkeit. Ohne nachzudenken griff sie nach dem Brot, das sie ihm hingelegt hatte, doch ehe sie sich's versah, schnappte er es ihr fort. Sie griff von neuem danach, er ließ nicht los, und der Brotfladen riss in zwei Hälften. Natalia stopfte sich ihren Teil in den Mund und musste wieder lachen. Er sah sie an. In seinen Augen zuckte etwas. »Oh Anton«, rief sie bestürzt. »Wir haben Brot genug, um das Heer der Stadt durchzufüttern. Schlag dir den Bauch voll. Ich erlaube nicht, dass man dich dafür straft.«

Verstand er sie? Vermochte er zu sprechen? Seine Züge waren scharf, sogar schön geschnitten, wirkten jedoch wie in der Mitte zerbrochen und um Haaresbreite falsch zusammengesetzt. Er war am Kopf verletzt gewesen, erinnerte sie sich. Ein Hieb mit der Axt, was für Verheerungen mochte der angerichtet haben? War der Junge womöglich umnachtet wie der arme Kasi? Sie sah ihn wieder an. Seine Augen flackerten. »Ich stehle nicht«, sagte er.

Seine Stimme ging ihr ins Mark. Rein wie Wasser, blank wie eine Schwertschneide. »Ach, vergiss das doch. Wenn du ein Stück Brot genommen hast, weil du hungrig warst …«

»Ich stehle nicht«, unterbrach er sie. »Es ist nicht fürs Stehlen, dass der Herr Cord mich schlägt. Er sagt, ich bin ein Dorn im Fleisch, ein Christenbalg, und wenn er mir die Seele aus dem Leib drischt, tut er der Stadt einen Dienst.«

»Ist das denn wahr, Anton? Bist du ein Christ, waren deine Eltern Christen?«

Er wandte die Augen nicht von ihr ab, und auf einmal sah sie die Leere darin und erkannte, was Strahle dem Jungen angetan hatte und was weit tiefer verletzte als Schläge. »Ich weiß nicht«, sagte er.

Sie stand auf und legte die Arme um ihn. So sacht hielt sie ihn, als könne der leiseste Druck ihm Schmerz bereiten. »Ich weiß, wer du bist«, sprach sie auf seinen Schopf hinunter. »Du bist Anton, und ich bin Natalia. Dies ist unser Haus. Uns tut hier niemand ein Leid.«

Als Warti an diesem Abend von seinen Geschäften nach Hause kam, sah er seine Frau in der Tür stehen. Sie trug ihr weißes, schmuckloses Kleid, und der Sonnenkegel, der zwischen den Häusergeschossen in die Gasse fiel, tauchte ihre Gestalt in einen Wasserfall aus Licht. Er freute sich auf sein Heim. Wenn er sich recht erinnerte, hatte Natalia

Gäste geladen und würde mit einer Tafel, die sich unter Köstlichkeiten bog, aufwarten. Er öffnete die Arme. »Du hast mir gefehlt, mein Herz.«

Sie blieb stehen. »Ich muss mit dir sprechen.«

»Hier? In der Tür?«

Verdutzt hob er die Brauen, doch sie packte ihn am Ärmel und zog ihn mit sich ins Haus. »Setz dich hin.«

Der Tisch war nicht gedeckt. »Kein Essen heute? Noch nicht einmal Wein für einen Mann, der nach einem heißen Tag zu seiner Frau nach Hause kommt?«

»Setz dich«, sagte sie wieder. »Ich habe Kveta und Zemu abgesagt. Wir beide können essen, wenn ich mit dir gesprochen habe.«

Sie wies auf seinen Schemel am Tisch, und ihm blieb nichts übrig, als ihr Folge zu leisten. »Warti«, begann sie, kaum dass er sich den Schemel zurechtgerückt hatte, »du hast gesagt, du willst mir jeden meiner Wünsche erfüllen, aber ich hatte ja nie einen Wunsch. Jetzt habe ich einen. Erfüllst du ihn mir?«

Sie stand über ihn gebeugt, ihr Gesicht sah weiß und angestrengt aus, und aus ihrem zurückgekämmten Haar hingen Strähnen. Er hob die Hand und wollte ihre Wange berühren, aber etwas ließ ihn innehalten. »Was wünschst du dir?«

»Ein Kind.«

Er biss sich auf die Lippen. Es tat noch immer weh und würde wohl bis ans Lebensende wehtun. Das Kind, das aus einem Teil von ihr und einem Teil von ihm gewebt war und das er so deutlich vor sich sah, würde nie Gestalt annehmen, nie ihm aus der Tür seines Hauses entgegenlaufen, nie eigenen Kindern erzählen, wer seine Mutter und wer sein Vater gewesen waren. »Natalia. Du weißt, dass ich mir nichts sehnlicher…«

»Nein«, fuhr sie ihm ins Wort, »ich meine kein Kind von dir und mir, das wir nun einmal nicht haben dürfen, sondern eines, das schon auf der Welt ist, aber keinen Menschen hat, der für es sorgt.«

Kasi. Sie wollte den armen Krüppel, die verstoßene Missgeburt seines Bruders, ins Haus nehmen. Warti lächelte. Kasi kam sowieso an den meisten Tagen und ließ sich von ihr mit gutem Essen und Zärtlichkeiten verwöhnen. Wenn sie ihn ganz bei sich behalten wollte, so stünde er ihr gewiss nicht im Weg. Der Gedanke verschaffte ihm sogar eine Art von Frieden: Als käme mit Kasi ein Stück von Bole in sein Leben zurück. »Den Wunsch erfülle ich dir gerne. Es ist Kasi, nicht wahr?«

»Nein«, antwortete sie, »es ist Anton.«

»Wer?«

»Der Bauernjunge mit dem Karren, dem sie die Mutter erschlagen haben. Er hat sein Gespann vor dein Tor gelenkt, und du hast ihm das Leben gerettet. Du bist verantwortlich für ihn.«

»Aber Natalia …«

Er wollte nach ihren Händen greifen, doch sie verschränkte sie hinter ihrem Rücken. »Erst sag, dass er im Haus bleiben darf.«

»Im Haus bleiben?«

Sie wies zur Decke. »Er ist oben und schläft. Ich habe ihm die leere Kammer neben deiner Mutter gegeben.«

Er fuhr zurück, als habe sie ihn geohrfeigt. In der Kammer stand das Bett, das er für sein Kind hatte zimmern lassen, und auf dem Wandbord bewahrte er die Dinge, die er für es gesammelt hatte. »Das geht nicht.« Der Schmerz, den er empfand, war lächerlich. »Ich habe den Jungen in mein Lager genommen, er hat ein Dach über dem Kopf. Damit habe ich meiner Verantwortung Genüge getan.«

»Im Lager kann er nicht bleiben. Cord Strahle hat es auf ihn abgesehen. Ich bin heute dazugekommen, als er ihn mit dem Stock verprügelt hat.«

»Dann wird er es wohl verdient haben.« Wieder streckte Warti die Hand nach ihr, aber sie wich ihm aus. »Beruhige dich doch, ich bitte dich. Es ist schließlich zum Besten dieses Jungen, wenn Strahle sich seiner annimmt und ihn Manieren lehrt.«

»Ab heute nehme ich mich seiner an und lehre ihn Manieren.«

»Natalia.« Warti sprang auf. »Dieser Junge ist ein Christ.«

»Woher weißt du das?«

»Seine Mutter trug das Zeichen bei sich. Ein hölzernes Kreuz. Es wohnen ja jetzt viele Christenbauern rings um uns. Die Sachsen schicken sie her, damit sie sich über unser Land ausbreiten.«

»Also haben wendische Wegelagerer Anton und seine Mutter als Christen erkannt und überfallen?«

»Alles weist darauf hin.«

Wie Gegner standen sie einander gegenüber. Sie hielt die Hände noch immer auf dem Rücken und sah ihm mit brennenden Augen ins Gesicht. »Er selbst weiß nichts davon. Er hat keine Ahnung, was das ist, das er an sich trägt und das jedem das Recht gibt, ihm wehzutun.«

Er fand sie schöner denn je. Er wünschte sich, dieses Gespräch zu beenden, sie in die Arme zu ziehen und ihr die Augen zu küssen, bis das fremde Brennen daraus verschwand. »Ich werde Strahle sagen, er soll mehr Milde walten lassen«, bot er an. »Und du wirst vernünftig sein und den Jungen ins Lagerhaus zurückbringen. Er ist nicht unseresgleichen, bitte lass dir das von mir sagen.«

»Ja, von dir, von dir!« Wie eine Peitschenschnur schoss

ihre Stimme in den Raum. »Aber was verstehst denn du? Weißt du, was es heißt, ein Nichts zu sein und aus dem Nichts zu kommen? Du in deiner hübschen, blitzsauberen Weltschachtel, Warti Sliwosz, der Goldjunge, dem jedermann Trauben ins Mündchen und Verehrung in den Hintern schiebt. Wie Vineta bist du, das seit Jahrhunderten selig inmitten von Aufruhr und Zerstörung schläft und nicht begreift, worüber die andern sich so aufregen. Bernhard von Clairvaux, Kreuzzugshetzer, Dänemark, das sich in Kämpfen zerfleischt, Sachsen, wo ein Knabe nach Herrschaft greift, das ist euch Hätschelkindern zu verquer, um darüber nachzudenken. Dass Menschen nackt sein können, in die Flut gestoßen mit nichts als einer unstillbaren Gier nach Leben, das fasst ihr nicht, denn bei euch geht ja alles traulich seinen Trott. Selbst wenn die Welt in Flammen steht, baut ihr euch Buden zum Pogodafest, und wird's mal stürmisch, dann küsst euch der Perun mit seinen Glocken aus dem Schlaf.«

Jäh brach sie ab, ihr ging der Atem aus. In drei, vier schweren Zügen hob und senkte sich ihre Brust. Dann ließ sie die Arme sinken. Entsetzen verzerrte ihr Gesicht. »Oh Warti, warum hast du mich das sagen lassen? Warum hast du mir nicht die Hand auf den Mund gelegt?«

Mit einem Satz war er bei ihr und schloss die Arme um sie. »Ich hatte wohl ein paar harte Worte nötig«, murmelte er an ihrem Ohr. Er hätte zornig auf sie sein sollen oder zumindest auf den Jungen, der all dies verursacht hatte. Stattdessen war ihm zumute wie nach einer gründlichen Reinigung, wenn die Haut prickelt und das Blut ungehindert strömt. »Kannst du einem anmaßenden, verhätschelten Dummkopf verzeihen?«

»Dem nicht«, sagte sie. »Aber dir. Meine Worte waren ungerecht.«

»Und wenn schon. Du bist meine Sturmglocke. Wenn ich es brauche, rüttelst du mich wach. Eine Zeitlang hat mein Bruder das für mich getan.«

Sie schwieg. Ließ zwei Finger über seine Wange gleiten.

»Was meinst du, wollen wir essen, mein Herz? Willst du den Jungen dazu wecken?«, fragte er.

Sie löste sich. »Anton.«

Er nickte. »Geh und ruf Anton.«

Die Aussicht, in seinem hohen Alter noch einmal ein Kind zu unterweisen, erschreckte Jakub. Nahezu über Nacht hatte er bemerkt, dass er gebrechlich wurde. Noch immer freute er sich an den Speisen, die Natalia nach seinen Vorlieben zubereiten ließ und die er wie stets mit Oda teilte, doch wurden die Mengen, die er bewältigte, von Tag zu Tag kleiner. Er fiel vom Fleisch, wie ein Tier sein Winterhaar verliert, und wusste des Nachts kaum, wie er die schmerzenden Knochen lagern sollte. *Ist dies die gnädigste Art zu sterben? Dass wir vor uns hin schwinden, bis das Leben zu mühsam wird für den Funken, der von uns übrig ist?* Den beschwerlichen Weg in den Hafen sparte er sich an den meisten Tagen. Nach wie vor erledigte er Arbeit in der Schreibstube, doch entging ihm nicht, dass Warti ihm Stück um Stück abnahm, auch wenn dieser sich noch so bemühte, es zu verbergen.

Und dann kam Natalia und brachte ihm den Jungen. »Lehrt ihn Lesen und Schreiben, Herr Jakub, und alles, was Ihr Warti und mich gelehrt habt. Für den Rest bestellt ihm Lehrer. Keiner versteht sich auf die Auswahl so wie Ihr.«

Mit einem Blick erkannte Jakub, dass er kein gelehriges, dankbares Kind vor sich hatte, sondern ein schwieriges, verstocktes, das womöglich einen beherzten Lehrmeister brauchte, keinen nachsichtigen, schon halb verblichenen Greis. Er hätte ablehnen wollen, sich auf seine Erschöpfung berufen. Dann aber sah der Knabe zu ihm auf, und er erkannte noch etwas anderes. Natürlich konnte er nicht Natalias Kind sein, er war im Höchstfall zehn Jahre jünger als sie. Und natürlich war er auch nicht das erflehte Kind seines Warti. Dennoch fand Jakub in den herben Zügen etwas seltsam Vertrautes. Das Haar des Jungen, ein seidiges Schwarz, rührte an sein Herz, weil es dem Haar der jungen Oda glich.

Nein, Anton war nicht das Kind von Warti und Natalia, aber er war das Kind, das zu den beiden passte, als hätte wahrhaftig ein Gott es aus dem Weiher der Seelen für sie ausgewählt. Von dem Tag, an dem er ins Haus kam, blühte Natalia auf. Das Verzehrende in ihr schien sich zur Ruhe zu legen, sie wurde fülliger, ihre Schönheit irdischer und, so fand Jakub, noch um einiges berückender.

Warti, den zunächst Zweifel plagten, verbrachte bald alle Zeit, die er erübrigen konnte, mit Anton. Der unnahbare Knabe, der Liebkosungen auswich, nicht schmeichelte, nicht zu gefallen suchte, sondern Strafe schier zu fordern schien, wurde fügsam unter seiner Hand. Die Gründe dafür waren unerfindlich. Womöglich besann sich sein Körper darauf, dass Warti ihn auf seinen Armen in die Stadt getragen hatte, und vergalt es ihm. Warti war zum Vater geboren. »Es war herrlich, eine Frau zu haben und zu ihr nach Hause zu kommen«, gestand er Jakub. »Aber eine Familie zu haben ist noch viele Male herrlicher. Manchmal fürchte ich, mir platzt mein enges Herz.« Überhaupt war dies in Wartis Leben der höchste Punkt auf dem Rad, und sein Sommer währte länger als die knappen drei Monate, die der Himmel hell, das Korn hoch und das Meer voll Frieden blieb.

Jakub selbst brauchte keine zehn Tage, um den Jungen in sein Herz zu schließen. Gewiss, er reizte ihn, gab sich faul und widerspenstig, da aber in ihm kein Spieltalent steckte, war die Verstellung leicht zu durchschauen: Seine Wissbegier ließ sich nicht zügeln. Wo sie hervorbrach, legte Anton die schärfste Auffassungsgabe an den Tag, der Jakub je begegnet war. So schnell, wie ein Buch oder Schriftstück ins Haus kam, so schnell hatte er es sich angeeignet. Eines Abends fand Jakub ihn am Schreibpult über das *Antidotarum* gebeugt, das medizinische Werk des Nicolas Prevost, das die Rezepte der Ärzteschule von Salerno enthielt. Jakub trat ein, Anton fuhr herum und schwenkte den Packen Pergament. »Ihr versteht Euch darauf, nicht wahr?«

Nach kurzem Zögern nickte Jakub. »Ja, das tue ich wohl. Wenn mich mein Gedächtnis nicht im Stich lässt.«

»Aber das möchtet Ihr gern. Euer Gedächtnis verlieren, so wie ich meins verloren habe. Ihr wart Apotheker und verbergt es. Stattdessen hockt Ihr hier über Listen von Beständen, die jeder Narr aufnotieren könnte. Warum tut Ihr das?«

»Vielleicht weil es mein Platz im Leben ist. Und weil Vergessen gnädig sein kann, Anton. Möchtest du dich wahrhaftig an den Moment erinnern, in der man deiner Mutter den Kopf abschlug?«

»Und warum wohl nicht?«

»Weil du dann den Blick nie mehr frei für Neues hättest. Manche Bilder löschen alle übrigen aus.«

Einen Augenblick lang sah es aus, als würde der Junge auf einer Erklärung beharren. Dann aber besann er sich anders und griff nach einem weiteren Stoß Pergament. »Und was ist mit dem hier?« Natürlich konnte er nicht Hebräisch lesen, aber die lateinischen Worte auf dem Deckblatt hatte er erkannt. Es handelte sich um Schriften des

Gelehrten Jehuda Halevi, die sich mit dem Schicksal des jüdischen Volkes befassten. »Warum lest Ihr das? Ich denke, Ihr fühlt Euch dem Judenglauben nicht mehr zugehörig.«

»Es bleibt mein Volk«, versuchte Jakub sich innerlich windend zu erklären. »Vielleicht gibt es eben etwas in mir, das aus dieser Haut nicht herauskann und eine so bedeutsame Schrift darüber zu kennen verlangt.«

Anton gab darauf keine Antwort, sondern beugte sich über den Text Halevis. Jakub packte Furcht, etwas Falsches gesagt zu haben. Er hatte mit Natalia darüber gesprochen, ob es recht sei, ein Christenkind im heidnischen Glauben zu erziehen. »Was bleibt uns sonst zu tun?«, hatte Natalia gefragt. »Es ist der einzige Halt, den wir ihm bieten können.«

»Ich bin anders als Ihr«, sagte Anton. »Ich will alles kennen.« *Es ist nicht Halt, sondern Freiheit, nach der du strebst,* dachte Jakub und sah den schmalen Rücken des Kindes an, das sich nun wieder den Papieren auf dem Pult zuwandte. Nur mit Mühe widerstand er der Versuchung, ihm die Hände auf die Schultern zu legen.

»Bringt es mir bei.«

»Was?«

»Hebräisch, was sonst? Ich mag keine Schrift liegen sehen und nicht entziffern können, davon tut mir der Kopf weh, dass ich denke, ich verliere den Verstand.«

Ob Hebräisch, Heilkunde oder Latein, Warti überließ Jakub in allem, was Antons Unterricht betraf, die Führung. Nur zwei Dinge wünschte er ihm selbst beizubringen: das Gusli-Spiel und das Schwimmen. Der Junge teilte die Begeisterung seines Ziehvaters für das Instrument nicht, verfügte aber über eine hinreißend schöne Singstimme, die selbst die alte Oda in ihrer Kammer aufhorchen ließ. »Das ist der Christenbankert, den das Weib meinem Sohn in den Pelz gesetzt hat?«, fragte sie.

»Wenn du darauf bestehst, ihn so zu nennen.«

»Er kommt von Christen, oder nicht? Und ein Bankert muss er ja sein, wenn sie bei der geköpften Metze keinen Kerl gefunden haben.«

Das Wort *geköpft* ließ Jakub zusammenzucken. Unten sang Anton in Tönen, die nicht von der Erde zu stammen schienen. »Würde er bei seinen Leuten aufwachsen«, fuhr denn auch Oda nachdenklich fort, »so würden sie ihn in eines ihrer Klöster geben, damit er mit dieser Himmelsstimme ihren Gott besingt.«

»Ja, das würden sie wohl«, erwiderte Jakub, verwundert, dass Oda überhaupt etwas anderes als Schimpfworte über den unerwünschten Zögling hören ließ. »Und vielleicht würde ihn das glücklicher machen als das, was wir ihm angedeihen lassen.«

Er spürte ihren scharfen Blick von der Seite. Es war verlorene Liebesmüh, ihr etwas vorzumachen. »Du hast dein Herz an dieses Balg gehängt, hab ich Recht? So als wär er meines Warti Sohn.«

»Ja«, platzte Jakub heraus, »und so, als wäre er dein Enkel. Er hat etwas von dir.«

»Was?«

»Deine Zähigkeit, die manche Blindwütigkeit nennen würden. Deinen Überlebenstrieb. Und dein nachtschwarzes Haar.«

Ihr Gesicht war von Rissen und Kratern durchzogen, die Haut wie eine alte Lederhülle, aber es war noch immer ihr Gesicht, und ihre Augen schienen so wachsam wie vor Jahren.

Am nächsten Tag verlangte sie, dass Warti ihr die Treppe hinunterhalf, damit sie das Abendessen mit der Familie einnehmen konnte. Von da an aßen sie täglich gemeinsam in der Halle, auch wenn Oda kaum ein Wort sprach.

Anton blieb mager wie ein Hänfling, doch sein Körper kräftigte sich. An einem sonnigen Morgen im Frühling, als er schon bald ein Jahr im Haus gelebt hatte, machten Vater und Sohn sich auf den Weg zum Kormoran-Strand, um dort das Schwimmen zu üben. Vom Absatz der Treppe sah Jakub ihnen beim Aufbruch zu. Warti beugte sich zu Anton hinunter. In seinem weizenhellen Haar schimmerte jetzt viel Grau. Es schien, als erlaube er sich, seit der Junge da war, zu altern, und es stand ihm, wie jedes Lebensalter ihm gestanden hatte.

Er legte Anton eine Hand auf die Schulter und zeigte ihm den Stecken, den er tags zuvor vom Haselstrauch geschnitten hatte. »Ich habe dich noch nie geschlagen«, sagte er. »Und ich wünsche nicht, es zu tun. Du bist klug, Anton. Ein straffer Zügel wäre eine Kränkung für dich. Wenn du aber glaubst, im Wasser bummeln zu können wie auf der Gusli, dann werde ich dir deine Faulheit ausprügeln. Du sollst hinter meiner Bahre gehen, nicht ich hinter deiner. In unserem Meer sind schon Kerle ersoffen, die waren das Dreifache von dir.«

Jakub war ein wenig unwohl, wenn er an Warti dachte, der den Jungen mit überbordender Zärtlichkeit liebte und seine Drohung womöglich wahr machen musste. Es war nicht einfach, Anton zu durchschauen, aber darin war Jakub sich sicher: Wenn der Knabe nicht schwimmen lernen wollte, so würde ihn nichts auf der Welt dazu bringen, weder die Furcht vor Schlägen noch der Wunsch, dem Ziehvater, für den er glühte, zu gefallen.

Jakubs Furcht aber erwies sich als unbegründet. Anton wollte schwimmen lernen, und wie er wollte! Er bewegte sich in dem eisigen Geschäume, als sei das unwägbare Wasser sein Element. Die ganze warme Jahreszeit über vergnügten die beiden sich, sooft Warti Zeit fand, in der See. »Darin ist er wahrhaftig mein Sohn«, erklärte er Jakub mit vor Stolz gerötetem Gesicht. »Er hat den Tropfen Salzwasser im Blut, der einem Mann in Vineta das Leben versüßt. Im nächsten Jahr, wenn die Lage sicher genug ist, gebe ich ihn Zemu mit auf See. Er wird es lieben, wie ich es liebte, auch wenn es Natalia und mir das Herz brechen wird, ihn zu entbehren.«

»Das Haus Eures Bruders ist nachgerade zum Armenhaus verkommen!«

Der Wind pfiff nicht länger, er fauchte. Vereint mit dem Branden aufgewühlter Wellen und dem Gehämmer der Arbeiter sorgte er dafür, dass man sein eigenes Wort nicht verstand. Jeden Augenblick würde das Donnern der Sturmglocken diesen Radau noch übertönen. »Weshalb meint Ihr das?«, brüllte er zurück. »Weil Kasi, das Tier, mehr oder minder bei ihm wohnt?«

Der Mann an seiner Seite, der zum Schutz gegen den Wind eine Mütze trug, formte die Hände vor dem Mund zum Trichter. Dennoch vernahm Bole von seinem Wortschwall nur Fetzen: »... der glotzende Krüppel ... die maulfaule Russenmagd ... die rote Hure und obendrein das Christenbalg.«

»Was sagt Ihr? Mein Bruder hat einen Christen im Haus?«

Der andere, Cord Strahle, mit dem Bole sich über ein paar Bechern Wein in der Wirtschaft angefreundet hatte, schrie etwas zur Antwort, das aber im Getöse unterging. Der Sturm hatte zwei auf Leitern stehenden Arbeitern eine Planke aus den Armen gerissen, die unter Gepolter auf den Boden fiel. Der Krach riss Bole aus seiner Trance. Mit steifgefrorenen Fingern rieb er sich die Augen und vermochte noch immer nicht zu fassen, was er hier tat: Er baute sich ein Schiff. Keinen Kahn, um Fischer auszusenden oder zu mageren Tauschgeschäften hinüber nach Rügen zu schippern, sondern ein Handelsschiff mit vierzig Rojerplätzen, mit gewiefter Takelage und dem bauchigen, Tiefgang fordernden Laderaum, der neuerdings die Schiffe betuchter Kaufleute auszeichnete.

Die *Natalia*, die Prunkscharteke seines Bruders, mochte eindrucksvoller anzusehen sein, aber das Gefährt, das hier entstand, war bei weitem praktischer. Es konnte mehr Waren an Bord nehmen, ohne an Schnittigkeit einzubüßen. Bau und Unterhalt würden teurer werden, als sein Beutel es erlaubte, doch auch für dieses Problem bot sich bereits eine Lösung an. Bole knetete seine eiskalten Finger. Cord Strahle rief etwas. »Feines Schiff habt Ihr da«, verstand Bole.

»Ja, gefällt es Euch? Noch vor dem Sommer soll es fertig werden, und dann geht es gleich hinaus auf Fahrt.«

»Meinen Glückwunsch, Kumpan Bole.« Strahle pfiff durch die Zähne.

»Wisst Ihr was? Wenn es Euch wirklich so gefällt, könnten wir ins Geschäft kommen. Was haltet Ihr davon, mir eine Parte abzukaufen?«

Kaum hatte er ausgesprochen, setzte der betäubende Schlag der Sturmglocken ein. Gleichzeitig riss der Himmel auf, und es begann, in Strömen zu regnen. Strahle tippte sich auf die Ohren, um Bole zu bedeuten, dass er nichts mehr hörte.

»Los, kommt, gehen wir auf einen Becher.« Bole packte den Deutschen am Ärmel und riss ihn mit sich fort. »Ein vernünftiges Wort kann man hier ja sowieso nicht mehr wechseln.«

Strahle hinter sich her zerrend stürmte Bole durch die Deichpforte und in eine holperige Gasse, die kaum breit genug war, einen Mann einzulassen. Zur Linken riss er eine Tür auf. Rauchgeschwängerte Wärme schlug ihnen entgegen. Der Schankraum barst vor Menschen, die vor dem Sturm geflüchtet waren. Bole stieß Strahle ins Getümmel und zog die Tür rasch zu. Sie fanden noch Platz am Ende eines Tisches. Von den Trinkern und Würfelspielern scherte sich niemand um sie, sodass sie ungestört würden sprechen können.

»Schickt Ihr die Arbeiter bei dem Wetter nicht nach Hause?«, fragte Strahle, als er zu Atem gekommen war.

Bole schüttelte den Kopf. »Die sollen weitermachen, solange ein Feuer sich am Brennen halten lässt.«

»Ihr seid aber mächtig anders als Euer Mildherz von Bruder, was?«

»Ich hatte ein mächtig anderes Leben.«

Ein drallbrüstiges, schief gewachsenes Schankmädchen brachte ihnen Krug und Becher. Bole kannte den Wein, den sie hier ausschenkten, es war ein saures, minderwertiges Gesöff, aber das störte ihn nicht. Geschmacklich war ihm Wein selbst in der edelsten Form zuwider, er trank ihn um der Wirkung willen, die den Bildern in seinem Hirn die Schärfe nahm und seinen Kopf schaukelte wie Frühlingswind ein Bündel Schilf. Einer der Männer, die mit ihnen den Tisch teilten, drosch der Verwachsenen klatschend auf die Hinterbacken. Bole schüttelte sich. Mit Genugtuung bemerkte er Strahles angewiderten Gesichtsausdruck. »Sprechen wir lieber von Euch.« Er hob seinen Becher. »Habe ich Euch vorhin recht verstanden, Ihr fühlt Euch in den Diensten meines Bruders nicht mehr wohl?«

»Das könnt Ihr laut sagen«, brummte Strahle. »Bei all

dem Pack, das wie Herrschaft Nasehoch durchs Haus stolziert.«

»Ihr sagt, er hat jetzt sogar noch einen Christen aufgenommen?«

»Nicht erst jetzt«, versetzte Strahle entrüstet, als sei es ein Vergehen, nicht zu wissen, was im Haushalt derer vom Silbertor vor sich ging. »Der Bauernbengel, den er seinerzeit aufgelesen hat, ist doch Christ.«

Bole fühlte seinen Körper sich spannen. »Woher wisst Ihr das?«

»Wieso, woher weiß ich das? Jeder weiß es, auch wenn Euer Bruder ihn noch so oft zum Tempel schleppt. So etwas lässt sich nicht verbergen. Der erhabene Svantovit hat vier Gesichter, aber solcher Ausgeburt wendet er keines zu.«

Sauer war der Wein, dass sich die Haut im Mund zusammenzog, doch er kam als ein Segen, besänftigte den Sturm im Kopf.

»Und dann dieser Name«, ereiferte sich Strahle. »Anton. Heißt so vielleicht ein braver Vineter?«

»Es ist der Name eines römischen Feldherrn«, entfuhr es Bole. »Eines Siegers.«

Strahle starrte ihn an. Seine Augen wurden schmal.

»Wie auch immer.« Rasch zwang Bole sich zu einem Schulterzucken. »Was kümmert Euch dieser Junge? Wenn Euch der Dienst bei meinem Bruder nicht mehr passt, wieso geht Ihr dann nicht und fangt was Eigenes an? Genug Geld hat er Euch ja wohl in all den Jahren bezahlt, und Ihr habt davon weder Weib noch Kind das Maul zu stopfen.«

Der Deutsche horchte auf. »Was meint Ihr, Mann?«

»Nun, wie ich schon sagte, unter Umständen wäre ich bereit, Euch eine Parte an meinem Schiff zu verkaufen. Ihr könntet ein Geschäft eröffnen. Die Waren, die Ihr einkauft, nähme ich an Bord und schlüge sie anderswo nach Euren Wünschen los. Oder Ihr stecht, wenn Ihr das vorzieht, selbst in See. Mir käme das gelegen, denn ich bliebe lieber hier und hielte ein Auge auf die Bestände.«

»Versteh ich Euch recht? Ihr schlagt vor, ich soll meine eigenen Waren einkaufen und einen Handel beginnen wie der Herr Wartislaw und seinesgleichen?«

»Warum denn nicht?« Mit gespielter Gleichgültigkeit lehnte Bole sich zurück. »Den Verstand dafür besitzt Ihr und Jahre der Erfahrung dazu.«

»Und wo würde ich meine Waren lagern?«

Bole seufzte. Dieser Strahle sah in allem zuerst die Haken und Fallen. »Ich bekomme einen Schuppen im Seehafen. Wetterfest und geräumig, darin sollte sich auch für Euch noch ein Plätzchen finden lassen.«

»Und woher bekommt Ihr den?« Noch immer stand Misstrauen in Strahles Gesicht, doch in seinen Augen sah Bole den Funken Begierde aufglimmen, den er nur allzu gut von sich selbst kannte.

»Mein Schwiegersohn stellt ihn mir zur Verfügung. Er hat derzeit keine Verwendung dafür.«

»Euer Schwiegersohn? Ja, hat denn eine Eurer Töchter sich vermählt?«

»Noch nicht, aber bald. Die Oda, meine Erstgeborene, legt im Frühjahr Brautgewänder an.«

»Und wer ist der Glückliche? Bei uns im Lager wird gegackert wie im Hühnerhaus, aber davon hab ich noch nichts läuten hören.«

»Kein Wunder. Der Herr ist in Vineta nicht bekannt.« Bole spürte, wie die Geduld ihm schwand. Auch war bis auf eine körnige Neige kein Wein mehr im Krug. Vergeblich reckte er den Hals über die johlende Gesellschaft hinweg nach der Verwachsenen. »Hört, Cord, ich kann die Parte auch einem anderen geben. Ich wollte Euch gefällig sein, aber deshalb bin ich Euch nicht Rechenschaft über mein Tun und Lassen schuldig. Sagt mir frei heraus, dass Ihr kein Interesse habt, und die Sache ist zwischen uns erledigt.«

»Beim Pripegala, nein, so hab ich's nicht gemeint.«

»Ihr beschwört Pripegala?« Dass ein Deutschstämmiger den wendischen Göttern huldigte, kam in Vineta häufig vor. Den Namen des Blutgottes aber mieden Deutsche wie Wenden gleichermaßen.

Wieder verengten sich Strahles Augen. »Pripegala ist der zu Unrecht vergessene Gott. Diese Stadt täte gut daran, sich seiner zu besinnen, so wie die Lage sich um uns spitzt.«

»Wovon redet Ihr?«

»Von vielem. Von diesem Kinderherzog Heinrich zum Beispiel, dem sie das Sachsenland in den Schlund geworfen haben. Er hasst alle Wenden und sähe uns am liebsten von der Erde getilgt.«

»Welchen Grund hätte ein Kind, uns zu hassen?«

Strahle zuckte wissend mit den dürren Brauen, eine Geste, die Bole schier zur Weißglut reizte. »Unser Judengreis, der mit Weibern über den Lauf der Welt spricht, hat's der Hure aus der Rus erklärt: Der Sachsen-Heinrich ist ein enteignetes Kind, und als solches hasst er jeden, dem es besser ergeht.«

Bole drehte seinen leeren Becher in den Händen. Bei Strahles letzten Sätzen glaubte er, Jakubs Stimme zu hören, die nicht länger von einem fremden Sachsenherzog sprach, sondern von keinem als ihm, Bole.

»Was jetzt also diese Parte betrifft, Kumpan Bole«, begann Strahle, doch was immer er hatte sagen wollen, wurde von jähem Lärm verschluckt. Die Tür der Schänke flog auf, und in einer Woge des Sturmes wirbelte eine Gesellschaft gut gekleideter Gestalten herein. Bole erkannte eine Dame im golddurchwirkten Umhang, die mit einem Lachen den Kopf in den Nacken warf, dass die Schläfenringe klirrten. Zlata Lubin. Das aufgetakelte Weib von Julas Vetter Ladi. In ihrem Gefolge entdeckte Bole zwei offenbar ausländische Gäste und den Vetter selbst.

»Holla, wenn das nicht der Hungerleider Bole Sliwosz ist! Und mit so einem setzt ein Vineter Bürger sich zum Wein?« Rüde mit den Armen schwenkend drängte er sich zwischen Zechern hindurch zu ihrem Tisch. »He, Mädchen, hierher mit dem guten Nass. Will meinem Vetter einen Becher ausgeben, damit ich nicht Dänenpisse saufen muss.«

Die Verwachsene, die sich mit mehreren Krügen an den Trinkenden vorbeizuschlängeln suchte, bekam einen weiteren Klatsch auf den Hintern, sodass ihr schiefer Leib zur Seite schwankte. Lubin stieß einen Kerl samt Schemel beiseite und nahm ihr zwei der Krüge ab. »Na na, Kumpan. Hast du daheim keine Früchtchen zu pflücken und musst dem Krüppelgewächs in die Vollen grabschen?«, erkundigte sich Lubin und brach wie über einen prächtigen Witz in Gelächter aus. Er ließ sich auf die Tischkante plumpsen und stellte krachend einen der Krüge vor Bole hin. »Wohl bekomm's, mein Herr Vetter.« In seinem Bart glänzten Regentropfen.

»Was willst du, Ladi?« Die Enge, in der es kein Ausweichen gab, schnürte Bole die Kehle zu. »Wir sitzen hier über Geschäften.«

»Das kann ich mir denken. Ah, der Herr Strahle ist auch von der Partie. Wie geht es denn meinem Kumpan vom Silbertor? Alles gesund, das Weibchen und die Brut hübsch munter?«

»Der Christenbalg ist nicht Herrn Wartislaws Brut«, presste Strahle zwischen dünnen Lippen heraus.

»Da wäre ich mir nicht so sicher«, versetzte Ladi gelassen. »Vielleicht hat er den kleinen Galgenstrick mit einer von diesen schmachtäugigen Römerchristinnen gezeugt, damals, als er noch durch die Lande schiffte und sich keinen prallen Arsch entgehen ließ. Nicht einmal einen mit dem Kreuz auf den Backen. Aber an solchem Kreuz störst du dich ja auch nicht mehr, was, mein Freund?«

Bole wollte aufspringen, Lubin aber langte über den Tisch, legte ihm die Hand wie einen Bleiklotz auf die Schulter und drückte ihn auf den Schemel zurück. »Holla, wo willst du denn hin? Draußen drischt der Perun uns die Flausen aus, und hier drinnen wird's doch eben erst interessant. Auf dein Wohl, Vetter. Und auf das der liebreizenden Jungfer Oda. Wie steht's denn, schrubbt sie sich schon das Fell mit dem Bimsstein, damit kein Ziegendung dranklebt, wenn der Galan aus Roskilde sich gütlich tun will?«

»Halt's Maul, Ladi«, schrie Bole und schüttete blindlings den vollen Krug nach ihm aus. Dann schloss er die Augen. Platschen und Kreischen schienen meilenweit von ihm entfernt. Erst als die Aufregung schließlich im Treiben der Schankstube versickerte, schlug er die Lider wieder auf.

Lubin war vom Tisch gesprungen und hockte mit dümmlicher Miene auf einem Schemel. Strahle saß steif an seinem Platz und stierte angewidert vor sich hin. »Ihr habt fein reden, ihr Heuchler«, sagte Bole. »Wer seid ihr denn und wann wart ihr das letzte Mal beim Tempel? Euch sind doch allen die Götter einerlei, solange sie euch prassen, saufen und eure Brunst verspritzen lassen.«

Er holte Atem. Vor seinen Augen verschwammen die in Rauchschwaden tanzenden Fratzen. »Ja, es ist wahr und jeder kann es hören: Ich geb meine Tochter einem Dänen zur Frau, und ich erlaub ihr, dass sie sich taufen lässt. Und wollt ihr auch hören, warum ich das tue? Weil mir von euch Maulaufreißern keiner meine Tochter satt macht. Weil's von euch keinen schert, ob einer wie ich in seinem Dreck verreckt. Nur wenn er's wagt, sich sein Stück von eurem Fett zu schneiden, dann schreit ihr auf, zeigt mit dem Finger auf ihn und gebt euch frömmer als die Priesterschaft.«

Es schien, als hätte ein Bann den Lärm der Schänke stumm geschlagen. Kein Gemurmel war mehr zu hören, kein Becherklirren und kein Singen. Aller Augen fühlte er auf sich gerichtet. Eine kleine, ganz allein verlebte Ewigkeit verstrich. »Hört hört«, ermannte sich endlich Lubin. »Und nun sag mir noch eines, Kumpan: Wenn deine frisch versippten Dänen vor unseren Toren auftauchen, um hier alles kurz und klein zu schlagen, mit wem hältst du's dann?«

Wie auf ein Zeichen löste sich die Spannung. Gespräche wurden wieder aufgenommen, und das verwachsene Mädchen schob sich zaghaft durch die Reihen. »Das wird wohl kaum geschehen«, antwortete Bole.

»Ach nein? Hab ich nicht läuten hören, dieser König Erik, den sie den Heiligen nennen, sei ein Heidenhasser sondergleichen?«

»Das mag er wohl sein, aber er ist kein einflussreicher Führer. Der dänische Adel trauert noch immer um Knud Lavard, ihren ermordeten Thronanwärter, und würde Erik Lam in keinen großen Krieg folgen. Wenn Vineta also Gefahr droht, dann eher von den Sachsen, wie mein Freund Cord mir just erläutert hat.«

»Ich bin nicht Euer Freund«, fuhr Strahle auf. »Und ich mache auch keine Geschäfte mit Euch. Mir ist jetzt klar, an was für einem Schuppen Ihr mir einen Anteil aufschwatzen wolltet. Ihr meint das Dänenkontor! Da hinein stapelt Ihr Eure Waren und erwartet, dass rechtschaffene Vineter sie Euch abkaufen.«

Wie ein Weib spricht er, dachte Bole. *Wie ein weinerliches, verdrießliches Weib, das glaubt, das Leben sei ihm für seine Wohlanständigkeit etwas schuldig und es zahle diese Schuld auch aus.* »Wie Euch beliebt«, warf er mit einem Achselzucken hin. »Ich bin auf Euch als Teilhaber nicht angewiesen.«

»Pfui.« Strahle spuckte auf den Tisch, und mindestens zwei der Umsitzenden taten es ihm gleich. *Ein Herdentier wie das Rindvieh ist der Mensch,* dachte Bole. *Von dem Freisinn des Fuchses, der Beherztheit des Falken steckt kein Gran in ihm.* »Euer Bruder mag unter der Knute eines Weibes stehen und einen Christenwurm am Busen nähren, aber er bleibt ein ehrenhafter Mann. Lieber schuft ich mir für ihn den Buckel krumm, als mich mit Euch einzulassen, der sein Fleisch und Blut an den Feind verschachert und den Zorn Pripegalas auf uns alle ruft.«

Die Nennung des Blutgottes löste einen Tumult aus. Bole, der fühlte, wie die schon bekannte Müdigkeit von ihm Besitz ergriff, nutzte den Augenblick, um seinen Mantel überzuwerfen. Die Schlappe mit Strahle war nicht das Ende der Welt. Ein anderer Teilhaber würde sich finden, und wenn nicht, musste er den Einarmigen eben um eine Erhöhung seines Lohns angehen. Schließlich waren sie, wie das Großmaul Ladi sich ausdrückte, frisch versippt, auch wenn der Däne keinen seiner Söhne, sondern lediglich einen Neffen für Oda aufgeboten hatte. Gerade hoffte Bole, unbemerkt zu entschlüpfen, da vertrat Lubin ihm den Weg. »Du willst schon gehen, Vetter? Zieht's dich heim zu deinem Honigkind von Eheweib?«

»Lass mich durch, Ladi.«

Der Vetter baute sich wie eine Wand vor ihm auf. »Eine Frage gestattet mir doch noch, Meister Neunmalklug. Dass eure dänischen Spießgesellen zahnlose Lämmchen sind, habe ich ja vernommen. Was aber ist, wenn sie sich mit den sächsischen Löwen verbünden, um uns vereint die Gurgeln durchzubeißen?«

Das ist dummes Gewäsch, wollte Bole sagen, *warum sollten sich zwei zusammentun, die um den gleichen Apfel streiten?* Aber er sagte es nicht. »Dann wird Vineta sich dem neuen Wind anpassen müssen«, vernahm er mit Entsetzen seine eigene Stimme. »Und wenn es das nicht vermag, dann ist es Schnee vom alten Jahr und muss schlucken, was ihm aufgetischt wird.«

Bole duckte den Kopf und hob die Arme vors Gesicht. Jeden Augenblick würden die Zecher und Buhler, die ganze Horde dünkelhafter Gutmenschen, sich auf ihn stürzen und ihm die Prügel seines Lebens verpassen. Er war kein Held. Er fürchtete sich vor Schmerz, dem Dröhnen von Schlägen, dem Geschmack von Blut. Ein Schatten sprang von der Seite auf ihn zu. Von hinten packten ihn Hände an den Schultern, ließen aber gleich darauf wieder los.

Die Tür wurde aufgestoßen. Mit einem Röhren fuhr böiger Wind in den Raum und hinterdrein sprang ein Mann, der die Kapuze der Stadtausrufer trug. »Hört alle her!«, rief er mit vom Schreien heiserer Stimme. »Bürger Vinetas, dies ist ein Abend der Trauer. Torkiel Guter, unser geliebter Starost und Herr vom Sturmglockentor, ist soeben verstorben. Der Wiec tritt unverzüglich im Rathaus zusammen, um seinen Nachfolger zu wählen. Trinkt, Mitbürger, trinkt, und weint zum Segen unseres guten Starosten! Möge sein Weg ins Dunkel leicht und Morana ihm eine sanfte Führerin sein.«

Natalia war stolz auf ihn, natürlich war sie stolz. Er hatte es seit Jahren gewusst, der alte Guter selbst hatte ihm das Amt angetragen. Als es aber tatsächlich geschah, als ihn die zwölf Räte Vinetas zum Herrn der Stadt bestimmten, war er der Fassung beraubt nach Hause getaumelt und hatte sich wie ein Knabe in ihre Arme gestürzt. »Herz von meinem Herzen, jetzt stehen wir zwei tatsächlich ganz oben auf dem Rad.«

Fortan trug er das Medaillon des Starosten auf der Brust und war der Hüter des Deichsystems und des bedeutsamsten unter den Stadttoren. Das Sturmglockentor erforderte die doppelte Anzahl Wächter, die ordentlich bezahlt werden wollten. Wartis Geschäfte jedoch gingen besser denn je, er konnte es sich leisten. Bedächtig führte er die Stadt, die sich unter weiten Sommerhimmeln aalte wie ein Weizenfeld. Auf Natalias Frage, ob er auch einen Glöckner bezahle, hob er mit einem Lachen die Brauen: »Der Perun ist mein Leib- und Magengott, seit ich in diese Welt gepurzelt bin. Manches, mein liebstes Herz, bleibt ein Geheimnis zwischen ihm und mir.«

Natalia war stolz auf ihren Mann, aber ihren Sohn, der sich auf seiner ersten Reise nach Süden befand, vermisste sie, wie sie es sich nie hätte träumen lassen. Der Schmerz des Sehnens war schrecklich und köstlich zugleich. »Grollst du mir?«, hatte Warti sie gefragt, sie in der Taille umfasst und ihr prüfend in die Augen gesehen. »Bist du mir böse, weil ich darauf bestanden habe, ihn mit Zemu zu senden, obwohl du mich beschworen hast, er sei zu jung?«

»Vielleicht ein wenig.« Im Scherz hatte sie ihm einen Streich auf die Lippen versetzt. »Ihr Männer und eure ewige Angst, ein Knabe könnte bei seiner Mutter verweichlicht und verzärtelt werden.«

»Die habe ich nicht«, widersprach Warti. »Kein Zug an

Anton ist verweichlicht, und seine Mutter ist stark wie eine Birke, die gibt Kraft, nicht Schwäche. Und ihr Verzärteln lasse ich mir viel zu gern selbst gefallen, um es meinem Jungen zu missgönnen.«

Hatte sie nicht Glück? Musste eine Frau nicht Tag und Nacht ihrem Schicksal danken für einen solchen Mann? Sie küsste ihn. »Warum hast du Anton dann fortgeschickt?«

»Weil es seiner Natur entspricht. Ich hoffe, dass er immer wiederkommt, aber für einen wie Anton ist selbst Vineta zu eng.«

Sie überlegte, dann nickte sie. »Du hast Recht.«

Er zog sie an sich. »Komm, mein Herz, lass uns zwei Vögel im Nest beieinanderhocken und stillvergnügt auf die Rückkehr der Brut warten.«

Das hatten sie getan, die vier langen Monde des Sommers über. Kasi ging im Haus ein und aus, und Natalia merkte, dass auch er nach Anton suchte, wie ein Hündchen nach seinem Herrn. Den alten Jakub ertappte sie in der Kammer des Knaben, wo er gedankenverloren dessen Flotte geschnitzter Schiffe polierte. Oda natürlich erwähnte Anton mit keinem Wort, aber Natalia entging nicht, wie die Greisin aufhorchte, wenn am Tisch die Rede auf den Jungen kam.

Und von ihm geredet wurde ständig. Aus den Häfen des Südens, Venedig, Neapel und Byzanz, sandte Anton Briefe, in seiner kühnen Handschrift hingeworfene Zeilen voll scharfer Beobachtungen und unerhörter Ideen. Einer von ihnen, Warti, Jakub oder Natalia, las den Brief vor, und die Übrigen ergingen sich in Begeisterung über geschliffene Wendungen und unkindlichen Weitblick. *Wir sind wahrhaftig eine Schar alter Vögel,* dachte Natalia, *eine Horde Glucken um unser einziges Junges, unser ersehntes Wunderkind.*

Sie selbst tat Dinge, von denen sie sicher gewesen war, dass sie sie nie im Leben tun würde. Von Kveta ließ sie sich den Umgang mit der Nadel lehren, kaufte Ballen feinsten Leinens und fertigte Hemden, in deren Saum sie einen Stern einstickte. Jetzt, wo seine Heimkehr bevorstand, kandierte sie Früchte in Honig und legte zartes Gemüse in Wein und Kräuter ein.

Vielleicht käme er heute. Auf dem Tisch in der Halle sortierte sie Geschirr. Es war einer dieser hellen, windigen Morgen, mit denen in Vineta der Sommer seinen Abschied nahm. Sonnenstrahlen brachen durchs Fensterglas und ergossen sich lustvoll auf die blanken Silberbecher. Ihr Mann stand schon in der Tür und wandte sich zum Gehen. »Hab einen schönen Tag, mein Herz.«

Sie blickte von ihrer Arbeit auf, sah, dass sein Haar schief gestutzt war und entdeckte einen Riss am Schulterbesatz des kostbaren Mantels. *Wie verwundbar ein Mensch ist. Selbst so ein Kerl, der gebaut ist wie ein Ringer. Was würde aus mir, wenn er eines Tages nicht mehr wiederkäme?* »Warti«, rief sie ihn zurück.

Er schloss die Tür und kam zu ihr. »Was hast du?«

»Nichts.« Rasch reckte sie sich auf die Zehenspitzen und gab ihm einen Kuss. »Gib auf dich Acht, mein Liebling.«

Verwundert hob er die Brauen. »Das hast du noch nie zu mir gesagt.«

»Dann wird es Zeit«, sagte sie und schob ihn sacht von sich fort.

Anton kam nicht an diesem Tag zurück und auch nicht am nächsten. Eine Woche später aber, als Natalia schon nichts mehr mit sich anzufangen wusste, sondern in dem geschmückten Haus umherstrich wie ein eingesperrtes Tier, kam ein Bote aus dem Hafen und verkündete völlig außer Atem: »Die *Natalia* ist da. Und mit ihr der Herr Reric und Euer Junge.«

Obwohl es kühl war, warf Natalia sich nicht einmal den Mantel über, sondern lief im Hauskleid aus der Tür. Bekannte, die ihr Grüße zuriefen, flogen wie Schatten vorbei. Sie rannte bis zur Deichpforte vor dem Seehafen, wo eine Schar helmtragender Wächter ihr den Weg verstellte. Erschrocken blieb sie stehen. »Heda, Rotschöpfchen, nicht so hastig.« Ein Bursche im knappen Uniformrock pflanzte die Spitze seiner Flügellanze zwischen ihre Brüste. Die Uniform war nicht braun wie die der Schergen von Nowgorod, sondern grasgrün, verziert mit schwarzen Rauten wie Vinetas Banner. Dennoch erstarrte Natalia. »Oder bist du etwa ein Luftgespinst? Na komm, lass mich sehen, ob diese zwei Weinschläuchlein wirklich mit nichts gefüllt sind als mit süßen Träumen.«

Eben langte seine Hand nach Natalias Brust, da verpasste sein Nebenmann ihm einen Hieb mit der Lanze, dass er zur Seite stürzte. »Bist du des Wahnsinns, Kerl? Die Dame ist die Frau des Starosten. Bitte verzeiht das Benehmen dieses Tölpels, Frau Natalia. Es ist nicht seine Schuld. In seinem Schädel steckt Kuhmist, nicht anders als bei Kasi, dem Tier.«

»Schlimmer ist, dass er seinen Schwanz drin stecken hat«, versetzte Natalia, zog sich das Kleid über den Brüsten glatt und durchschritt, um Gesetztheit bemüht, die Pforte. In ihrem Rücken brandete Gelächter auf.

Auch an der Rampe des Schiffes, das ihren Namen trug, standen grün berockte Soldaten, alberten mit den Heimkehrern und bewunderten von Bord geschleppte Schätze. Natalia sah Warti und Jakub, schob und drängte sich durch die Menge, und dann sah sie Anton. Sie begann wieder zu rennen, und ehe sie zu Sinnen kam, stand sie vor ihm.

Er war gewachsen in den paar Mondkreisen und noch magerer geworden, das Gesicht nur Knochen und darüber gespannte, dunkelbraun verbrannte Haut. Sein Haar bedurfte eines Kamms. Schon hob sie die Hand, um es zu glätten, da fing er ihr Gelenk. Den Mund verzog er nicht. Das tat er nie. In der Stadt nannten sie ihn *Anton, der nicht lächelt.* In seinen Augen aber glommen Funken. »Bei allen guten und bösen Geistern, Anton, gab's auf dem Schiff keinen Bottich zum Waschen?« Sie zog ihn an sich und küsste ihn auf beide Wangen. Seine Haut schmeckte salzig, sein Duft war ein Gemisch aus frischem Brot und Hundefell. Sie wollte ihn um ihre Achse wirbeln, sich mit ihm im Kreis drehen zu nicht endender Musik. *Ohne dich war ich einsam. Du bist ein Stück von mir. Meinesgleichen.* Mit einer brüsken Drehung befreite sich der Knabe.

Zemu Reric kam mit einem Bündel die Rampe hinunter und patschte Anton, der ihm über den Kopf gewachsen war, auf die Schulter. »Seid gegrüßt, schönste Rose aus Nowgorod. Einen feinen Burschen habt ihr da, zäh und tüchtig, sich für nichts zu schade. Und im Kopf hat's der Bengel, da kommt unsereins nicht mit.«

Hinter ihm lachte jemand. »Dazu braucht's nicht viel, Zemu.«

Gutmütig winkte der kleine Mann ab und hielt Natalia das Bündel entgegen. »Hier, das bringt Euch Euer Pflegesohn von seiner Reise. Feinste orientalische Seide, wie sie die edlen Damen in Venedig tragen.«

Als sie danach griff, verrutschte das Zelttuch, das um den Stoff geschlagen war. Vor Überraschung ließ Natalia den Packen fallen. Die Seide leuchtete in dem so schwer zu färbenden Blau von Kornblumen. »Aber Anton, weshalb bringst du mir denn solche Kostbarkeit? Meinst du, ich zeige bei meinen Kleidern nicht genug Geschmack?«

Ein Blick auf sein Gesicht verriet ihr, was sie ihm angetan hatte. Unter dem Sonnenbraun breitete sich glühende Röte aus. »Eure Kleider sind hübsch.« Seine Stimme kratzte ein wenig, vor Verlegenheit oder weil sie bald brechen würde. »Aber die der Venezianerinnen sind elegant.«

»Und du meinst, ich müsse solche Kleider tragen?«

»Und warum wohl nicht? So schön wie Ihr ist keine Venezianerin.«

Ein paar der Umstehenden lachten. Ärgerlich fuhr Natalia herum und gebot ihnen mit einer Handbewegung Schweigen. Anton hielt den Blick gesenkt. Behutsam, mit zwei Fingern, hob sie ihm das Kinn. »Hab Dank, mein Sohn.« Seine Augen, so fand sie, glichen Vinetas Nacht: tiefes Schwarz, erhellt von Leuchtfeuern.

Venedig, daran bestand kein Zweifel, hatte es Anton angetan. Er war kein gesprächiges Kind, aber zu diesem Thema sprudelten ihm die Worte wie Sturzbäche aus dem Mund. Die in einer Lagune, ins Wasser hineingebaute *Serenissima* musste bald so reich sein wie Vineta, besaß noch mehr Kanäle und war eine Christenstadt. »Ihr Kirchturm ist höher als der Turm vom Sturmglockentor.« Er hatte für Warti Wein mitgebracht, einen Packen Schriften für Jakub und für Oda einen aus Glas geblasenen Kammständer.

Ihr Weg hinauf zur Bernsteingasse glich einem Triumphzug. Anton stützte den alten Jakub, Zemu Reric gab, von einem zum anderen hüpfend, Zoten von der Reise zum Besten, und Natalia, an Wartis Arm, fühlte sich zum ersten Mal wie die erste Dame der Stadt. Die Wachsoldaten an der Deichpforte traten beiseite und zogen grüßend ihre Helme von den Köpfen.

»Seit wann stehen die da, Warti? Vorhin, als ich kam, haben sie mich aufgehalten.«

»Das bedaure ich«, erwiderte er. »Diese Leute tun oft

des Guten zu viel, aber das ist mir lieber, als wenn sie zu wenig täten. Mach dir keine Sorgen, mein Herz. Ich habe angeordnet, die Zugänge zu den Häfen schärfer zu überwachen, aber das hat nichts weiter zu bedeuten.«

»Ach nein? Gib dir keine Mühe, mein Herr vom Sturmglockentor, zum Lügner taugst du schlecht. Du führst nicht einfach schärfere Kontrollen ein, wenn keine nötig sind.«

Ertappt schüttelte er den Kopf. »Nein, das täte ich nicht, denn Misstrauen schafft Feindseligkeit. Die Stadt ist voller Fremder, die seit Jahr und Tag mit uns Handel treiben, und wenn es nach mir geht, wird sich daran auch in Jahr und Tag nichts ändern.«

»Warum also die Wachsoldaten?«

»Eine Vorsichtsmaßnahme, für ein paar Tage. Man hat mir eine Warnung zugespielt, in der es heißt, es befänden sich dänische Spitzel in der Stadt.«

Sie blieb stehen. »Ist das wahr?«

Er lachte, drückte sie an sich und führte sie weiter. »Und wenn schon. Vielleicht sind diese Spitzel ja nur hier, um auszukundschaften, wie wir unser Papier aus dem Wasser stampfen oder Brücken bauen, die nicht beim ersten Platzregen durchfaulen. Solche Geheimnisse schauen schließlich auch wir uns anderswo ab. Warum hätten wir sonst wohl unseren kostbaren Erben einen ganzen Sommer lang in die Fremde geschickt?«

Natalia sah nach vorn zu Anton, der den alten Jakub geleitete. Hatte der Knabe gehört, wie Warti ihn seinen Erben nannte, hatte er den Stolz vernommen, der in seiner Stimme schwang? Er hielt im Schritt inne, als spüre er ihren Blick in seinem Nacken. Erst jetzt entdeckte sie, dass er ihn nach Art der Römer kahl geschoren trug. Aus dem Halsbund am Hemd ragte spitz der oberste Wirbel. »In Venedig reden sie von Euch«, murmelte er, sich nach Warti drehend.

Der streckte ihm mit jener offenen Zärtlichkeit, für die Natalia ihn liebte, die Arme hin und nahm ihn darin auf. »Aha. Und was sagen sie von mir? Dass ich mich in meiner Jugend unter zu viele Tavernentische gesoffen und zu viele brave Mädchen vom Pfad der Tugend abgebracht habe?«

»Habt Ihr das?«

»Ach was. Ich mag mich vergnügt haben, aber im Grunde war ich ein linkischer Hasenfuß wie alle Jungen.«

»In Venedig sagt man von Euch: Solange dieser Mann das Heidenbabel führt, bleibt es die mächtigste Stadt Europas, und Sachsen wie Dänen beißen sich vergebens die Zähne daran aus.«

Natalia sah ihren Mann an, diesen gestandenen Kerl im schwarz-grünen Mantel des Starosten, dem die Röte in die Wangen schoss wie einem Knaben. *Ich habe dir mehr gegeben als einen Sohn. Einen Gefährten, einen neuen Bruder.* Ohne dass sie es gemerkt hatte, war Jakub neben sie getreten. Er berührte ihren Arm. »Gehen wir heim, auf dass Frau Oda uns nicht grollt? Ihr wisst, wie sie es hasst, wenn man sie auf ihr Essen warten lässt.«

Warti lachte. »Ja, beim Perun, nehmen wir die Beine in die Hand. Ich mag der Starost von Europas mächtigster Stadt sein, aber vor dem Zorn meiner Mutter rutscht mir noch immer das Herz in die Bruech.«

Jahre des Kummers hatten das Glücksmädchen Kveta ihrer Unbeschwertheit beraubt. Zu der schiefen Nase waren harte Züge um Mund und Augen getreten, die sie, wie sie wusste, nicht reizvoller machten. Ihr kleiner Gatte, der sie einst so liebestoll umschwänzelt hatte, kam des Nachts nicht mehr zu ihr. Er hatte sechs Frauen und bald zwanzig Kinder zu erhalten, und was ihm an Lust verblieb, tobte er in den Armen der Jüngeren aus. Kveta hatte sich damit abgefunden. Dank ihrer Freundin Natalia, die sich ihre Klagen tagein, tagaus angehört und ihr Ströme von Tränen vom Gesicht gewischt hatte, war sie eines Morgens aufgewacht und hatte befunden, mit dem Trübsalblasen müsse es ein Ende haben.

Ihre Kräfte verwandte sie fortan darauf, ihre Kinder aufzuziehen, dafür zu sorgen, dass es ihrer Kamila und ihrem kleinen Pribislaw an nichts fehlte. Natalia half ihr dabei. Für die Kinder war sie das glühend verehrte Tantchen Nata, das ihnen aus dem Überfluss des Sliwosz-Haushalts manchen Wunsch erfüllte. Hätte man Kveta gefragt, wen sie auf der Welt am meisten liebte, so hätte sie zuerst ihre Kinder und gleich darauf ihre Freundin Natalia genannt.

Wieder stand ein Winter vor der Tür. Es wurde Zeit, die Ritzen der Häuser zu verdichten, die Bestände an warmer Kleidung zu ergänzen und die Vorratskammern aufzufüllen. Der festliche Heringsmarkt vor dem Rathaus, zu dem Händler aus aller Herren Länder nicht nur Fisch, sondern Waren jeglicher Art in die Stadt schafften, war bestens geeignet, um sich mit allem Nötigen einzudecken.

Noch immer sah Kveta den Tagen, an denen Natalia mit ihr zum Torg ging, mit Entzücken entgegen. Die Freundin hätte ihre Mägde schicken können, von der Gattin des Starosten erwartete niemand, dass sie ihre Einkäufe selbst tätigte. Als aber Kveta einmal zaghaft anfragte, was denn Warti davon hielte, wehrte Natalia mit ihrem Kehlenlachen ab: »Was glaubst du denn? Dass mein Mann mir unsere Marktbummel verleidet, die mir so viel Vergnügen machen? Du liebe Güte, Kveta, nur weil Warti jetzt die Stadt regiert, wird er doch nicht zum Tyrannen. Er ist ein sanfter Regent, ein sanfter Mann und euer Freund wie eh und je.«

Sie versteht nichts von Männern, dachte Kveta. *Sie weiß nicht, wie selten das ist, was sie an ihrem prächtigen Warti hat.* Der setzte um die Taille Fleisch an, was ihm nicht übel stand, und sein hübsches Haar wurde grau, doch ansonsten war er ganz der Alte und noch immer ein wenig zum Verlieben. Wie wundervoll wäre ein Sohn von ihm gewesen, ein weizenblondes, manierliches Knäblein, dem sie mit Freuden ihre Kamila zur Frau versprochen hätte. Unwillkürlich umfasste Kveta die Hände ihrer Kinder fester. Was für Schätze sie waren, ihr Bübchen und ihr Mädchen, die sie die Bernsteingasse hinunterführte. Kurz vor der Brücke wurde ein Haus gebaut, wie überall in Vineta neuerdings gebaut wurde. Die Stadt füllte ihre Mauern aus wie eine wohlgenährte Frau ihr Kleid.

Kaum hatte Kveta mit Wehmut des Sohnes gedacht, den zwei so erfreuliche Menschenkinder wie Nat und Warti nicht haben durften, als sie die Freundin in ihrem Hoftor auftauchen sah. Natürlich klebte ihr Kasi, das Tier, am Bein. Natalia hob die Hand zum Winken, und der arme Krüppel verzog grinsend die Fratze und tat es ihr nach. Die dritte Gestalt, die hinter den beiden sichtbar wurde, winkte nicht. Natalia hatte einen Burschen, um ihr das Packpferd zum Torg zu führen, doch statt seiner nahm sie den Fremdling Anton mit.

Kveta konnte sich nicht helfen. Vor dem Jungen graute ihr. Er war kein Kind, das nach Vineta passte, sein Blick so schwarz wie sein Haar, und er lächelte nie. Verbockt und aufsässig schien er, Pack, das seinen Platz nicht kannte. Zudem war er auch kaum mehr ein Kind zu nennen, sondern wuchs bald Natalia über den Kopf. Umso überraschter war Kveta, als der Junge ihr die Hand gab und sich artig verbeugte, wenngleich sie den Gruß, den er raunte, nicht verstand. Sein wildes Haar war ordentlich gekämmt und er trug einen weich fallenden, dunklen Mantel im venezianischen Schnitt. Als Kveta aufblickte, sah sie das Strahlen, das über das Gesicht ihrer Freundin glitt. »Machen wir uns auf den Weg, Liebes? Gut, dass Anton uns hilft, denn ich wenigstens habe vor, ganze Berge einzukaufen.«

Arme Nat, dachte Kveta. Die erste Dame der Stadt, die statt wohlgeratener Kinder einen Idioten und einen hergelaufenen Christen aufzog, wollte so gern stolz auf diese zwei traurigen Gestalten sein.

»Du brauchst nicht mitzukommen«, hatte Natalia Anton zuvor versichert, obgleich ihr der Gedanke, auf diese intime Vergnügung unter Frauen und Kindern den Hausburschen mitzunehmen, widerstrebte. »Ich weiß, es fällt dir nicht leicht, mit Kveta zusammen zu sein.«

Es fiel ihm mit keinem ihrer Freunde leicht. Natalia spürte Zorn in sich schwellen. Wie hätte auch einem stolzen Geschöpf der Umgang mit einer Horde leichtfallen sollen, die ihn begaffte wie die Jahrmarktsattraktion mit den zwei Köpfen? Wenn Natalia die Augen schloss, sah sie noch immer den erschreckend zarten Knaben, der Strahles Schläge über sich ergehen ließ und an den Schreien würgte. Dabei war Anton schon lange nicht mehr zart. »Ich komme gern mit Euch«, durchbrach seine Stimme die Bilder. »Wenn Ihr mich wollt.«

»Was für ein törichter Satz. Natürlich will ich dich.«

Er kniete mit dem Feuer beschäftigt vor dem Ofen. Sie ging zu ihm, beugte sich nieder und drückte einen Kuss in sein Haar, obgleich sie sich geschworen hatte, dergleichen nicht mehr zu tun. Unwillig schüttelte der Junge sie ab. »Ich bin gleich fertig.«

Er hatte Kveta voll Achtung begrüßt, wie es sich für einen Sohn aus gutem Hause ziemte, und den ganzen Tag lang betrug er sich vorbildlich. Während die Frauen sich endlos Waren vorführen ließen, harrte er geduldig mit Kasi und den Kindern aus. Er kaufte ihnen Honigkuchen und zeigte ihnen die Gaukler, die zwischen den Buden Kunststücke vollführten, den breithüftigen Mann im Federkleid, der wie eine Henne gackerte und Eier legte, den quirligen Jongleur und die Feuerschlucker.

Es war einer jener schweren, stillen Herbsttage, an denen das Grau sich am Himmel ballte und keine Sonnenuhr die Stunden zählte. Irgendwann strebten die Ratsherren aus dem Gebäude und zogen in den *Blauen Hengst*, das benachbarte Wirtshaus, um. Gern wäre Natalia hinterhergelaufen, um rasch ein Wort, ein Lachen mit Warti zu wechseln und ihm vorzuführen, wie trefflich Anton der neue Mantel stand.

Kveta aber wollte nichts davon wissen: »Dein Herzliebster ist der Einzige von dem Haufen, der sich in der Schänke gern von seiner Frau stören lässt. Der Meinige dagegen hält sich lieber schadlos an den Schankmädchen.«

»Schon gut, Liebes. Es war ja nur ein Gedanke.« Zemus Weibstollheit war ein Thema, auf das man Kveta besser nicht brachte. Das Himmelsgrau begann sich zu schwärzen, und die ersten Händler holten die rot-weißen Zelttuchdächer ein. »Sowieso wird es Zeit für den Heimweg«, fügte Natalia rasch hinzu.

Als der kleine Pribislaw bettelte, auf dem Packpferd reiten zu dürfen, lud sich Anton die Säcke mit dem Eingekauften auf die Schultern und hob das strahlende Kind auf den Pferderücken. Von Kamila und Kasi umtanzt führte er den Schecken über die steinerne Brücke. Die beiden Frauen schlenderten hinterdrein. Endlich konnte auch Kveta nicht länger an sich halten. »Wie wohlerzogen er ist«, rief sie aus. »Kaum zu glauben, dass in dem hübschen Mantel einer von diesen sächsischen Bauernflegeln steckt. Nat, du hast ein Wunder vollbracht.«

»Das vergesst ihr ihm nie, nicht wahr?« Wieder ballte sich Zorn wie ein harter Knoten in Natalias Unterleib. »Dass er von Bauern stammt, von Christen? Für was hältst du ihn? Für eine Art sabbernden Halbmenschen, dem wir mit Müh und Not ein bisschen Anstand einbläuen? Anton ist klüger als du und ich und selbst als Warti und Herr Jakub.«

Erschrocken hielt sie inne. Ihr Zorn verpuffte und wich einer matten Traurigkeit. Die Kinder und Anton mit dem Pferd waren stehengeblieben und wandten die Köpfe. »Oh liebste Nat, sei doch nicht so aufgebracht.« Kveta packte ihren Arm. Im gleichen Augenblick entdeckte Natalia, warum ihr Zug ins Stocken geraten war: Vorn an der Bernsteingasse, gleich hinter der Brücke, war ein Haus abgerissen worden und ein neues wurde gebaut. Auf dem Hinweg war es ihr kaum aufgefallen, jetzt aber versperrten zwei mit Steinen beladene Ochsenkarren den Weg.

»Ich hab doch nur etwas Nettes sagen wollen«, schwatzte Kveta eilfertig weiter. »Wirklich Nat, ich verstehe dich. Ich weiß, was für ein Schmerz es für dich ist, dass du deinem Warti kein Kind schenken kannst.«

Jetzt begannen auch andere zu sprechen, Heimkehrer, die wie sie selbst nicht weiterkamen. Natalia aber nahm kaum wahr, was irgendwer sagte. Ihr Blick erfasste Anton, sein so unkindlich scharfes, wie in den Abendhimmel gemeißeltes Gesicht und sein Haar, das der Wind hob. *Für kein Kind der Welt ließe ich von dir. Für gar nichts. Wenn es eine Bestimmung gibt in diesem Dasein, wenn wir nicht allen Mächten gleichgültig sind, dann bist du mir be-*

stimmt. Der Blick des Jungen traf den ihren. Dunkler als der Himmel. Er lächelte nicht.

Eine andere als Jula hätte an einem so unwirtlichen Abend die Arbeiter nach Einbruch der Dunkelheit heim an ihre Herdfeuer geschickt. Vermutlich wäre eine andere als Jula gar nicht erst samt ihrer Kinder hier heraufgekommen, sondern hätte den Bau des neuen Hauses ihrem Mann überlassen. Jula aber war keine andere, sosehr sie sich das ihr Leben lang gewünscht hatte. Die andere, ihre Feindin, wohnte weiter unten in der Gasse, in die sie nun endlich zurückkehrte. Keinen Augenblick des Triumphes hätte Jula freiwillig versäumt.

Und erst recht ließ sie sich keinen von ihrem Mann verleiden, der an allen Ecken zu knausern versuchte und behauptete, sie könnten sich ein derart herrschaftliches Haus nicht leisten. »Was willst du?«, hatte sie ihn angefaucht. »In deiner elenden Hütte habe ich meine besten Jahre vergeudet. Jetzt hast du mir die Tochter an die Christen verschachert, und für solchen Preis soll ich nicht wenigstens angemessen wohnen dürfen?«

Er wusste ihr nichts entgegenzusetzen. Wie ein Schluck Wasser war er, nicht das sich bäumende Wasser des Meeres oder das reißende des Flusses, sondern das trübe, träge des Kanals. Also hatte sie sich ihr Elternhaus an der Brücke, das ihr Vater versoffen hatte wie ihr Heiratsgut, zurückgekauft. Ohne Federlesens ließ sie das baufällige Gemäuer einreißen und beaufsichtigte nun den Bau ihres neuen Heims, während ihr Mann seinen schmierigen Geschäften nachging. Auf den Salzhandel hatte er sich verlegt. Dank seiner Beziehungen zu dänischem Gesindel konnte er gefahrlos ins Holsteinische reisen, von wo er seekrank zurückkam. »Dänenjula«, riefen sie ihr auf der Straße hinterher, aber Jula gab längst nichts mehr auf den Spott von Gassenbengeln.

Etwas anderes beunruhigte sie weit mehr. Seit geraumer Zeit besuchte sie die Zusammenkünfte einer Handvoll rechtschaffener Bürger, die wie sie um das Wohl der Stadt besorgt waren. Natürlich ging eine Frau wie Jula nicht in Schänken. Die Versammlungen, zu denen sie häufig auch ihre Töchter mitnahm, fanden vor der Stadt, auf einer Waldlichtung beim Weiher der Seelen statt. Cord Strahle, der Lageraufseher des hochedlen Hauses Sliwosz, stand den Sitzungen vor, führte die unumgänglichen Rituale durch und hielt seiner Schar die drohende Gefahr vor Augen. Obgleich deutschstämmig, war er auch bei etlichen wendischen Bürgern Vinetas aufgrund seines entschiedenen Auftretens hochgeschätzt. Zuweilen unterwies er auch einen der Gläubigen einzeln, und so hatte er eines nebligen Abends Jula beiseitegenommen, um allein mit ihr zu sprechen. »Auf dem Haus, das Ihr Euch baut, ruht nicht der Segen der Götter«, hatte er gesagt. »Es ist mit üblem Geld erkauft und wird Euch keinen Tag Frieden bescheren.«

»Aber nicht ich hab die Oda an die Christen verkauft«, verteidigte sich Jula. »Mein Mann hat's getan, und welches Recht hab wohl ich als sein Weib, mich ihm zu widersetzen?«

»Gleichwohl«, erwiderte Strahle. »Von einem Haus wie dem Euren wendet der erhabene Svantovit sich ab. Es nützt nichts, dass Ihr ihm huldigt. Sein Auge ruht nicht mehr auf Euch.«

Entsetzen hatte Jula erfasst. Wenn Svantovit einem Haus seinen Schutz entzog, war es dem Zorn der Elemente ausgeliefert. »Aber das Haus meines Schwagers ist sündiger als meines«, wagte sie einen letzten Versuch des Widerspruchs.

»Euren Schwager lasst aus dem Spiel«, wies Strahle sie zurecht. »Sein Ohr hört auf falsche Zungen und sein Vertrauen mag ihm zum Verhängnis werden. Aber er ist der Starost dieser Stadt, der Hüter des Sturmglockentores, und wer ihn anrührt, zieht den Zorn des Perun auf sich. Die Gnade der Götter gewinnt Ihr nicht zurück, indem Ihr ein fremdes Haus mit Schmutz bewerft. Kehrt vor Eurer eigenen Tür.«

»Aber wie kann ich das?«

»Einfach wird es nicht. Euch bleibt keine Wahl, als das Äußerste zu tun. Ihr müsst dem Pripegala ein Opfer bringen.«

Der Name des Gottes schuf Furcht und Stille. Sie kamen im Wald zusammen, um den erzürnten Herrn des Blutes zu besänftigen, doch sein Name fiel dabei so gut wie nie. »Ein unreines Kind«, fügte Strahle leise hinzu, ehe er sie stehen ließ. »Ein Balg der Dämonen, dessen Blut zu Recht vergossen ist.«

Seither plagte sich Jula mit zermürbenden Gedanken. Sie wusste nur von einem unreinen, den Göttern höhnenden Kind, dem schwarzen Bastard, der bei der Feindin lebte. Sie hegte keinen Zweifel, dass Strahle von diesem gesprochen hatte. Was aber stellte der Mann sich vor? Dass sie mit ihren eigenen Händen ein immerhin menschliches Wesen ergriff, es überwältigte, in den Wand schleifte und ihm auf dem Blutstein des Pripegala die Kehle durchschnitt? Jula stand fröstelnd beim Fundament ihres Hauses. Zerstreut sah sie der Entladung der Steine zu und zerbrach sich wieder einmal über ihre bedrängte Lage den Kopf, als eine Gruppe von Marktbesuchern die Brücke hinunterkam.

Jula erstarrte. Als erhelle ein Blitzstrahl die Nacht, erkannte sie das Gesicht des schwarzen Bastards. An seine Seite drängte sich das Monstrum, das aus ihrem Leib gekrochen war. Einen Moment lang hielt sie inne. Hatte Strahle womöglich das Tier gemeint? Aber ein Krüppel war eine von den Göttern auferlegte Bürde, der sich niemand entledigen durfte. Nein, es bestand kein Zweifel. Das Tier war zwar missgestaltet, aber nicht unrein, schließlich war es ebenso wie ihre Töchter auf ehelichem Lager gezeugt worden.

Im Dämmerlicht des Abends machte Jula neben dem Bastard ein Pferd und zwei Kinder aus. Dahinter kamen zwei Frauen. Kveta Schiefnase und die andere. Die Feindin. Leibhaftig vor ihr stand die Frau, die bei Tag und Nacht ihre Gedanken beherrschte. Mit einem Jauchzen wollte die kleine Lara, die im Staub der Gasse mit Kieseln gespielt hatte, auf die Feindin zueilen. Jula bekam das Kind am Arm zu fassen, riss es zurück und versetzte ihm eine Ohrfeige, die es zu Boden warf. Das Kind dort liegen zu sehen, erleichterte den Druck auf ihrer Brust. Es hatte Augen wie Sommerregen und Haare wie ein reifes Weizenfeld.

Als sie es am Kleid in die Höhe zog und erneut zum Schlag ausholte, war er bei ihr und bog ihr den Arm auf den Rücken. Der schwarze Bastard, dessen Antlitz die Götter verhöhnte. Wie Eisen war sein Griff. »Kommt zu Euch, Frau. Ein Kind totzuschlagen ist verboten, selbst wenn es Euer eigenes ist.« Die liebliche Stimme eines Spielmannsknaben aus dem Körper eines Scheusals. Seine Berührung widerte sie an. Sie riss sich los und sprang zurück. Er maß sie mit seinem nicht mehr kindlichen, ja nicht einmal menschlichen Blick. Dann beugte er sich zu Lara hinunter und half der Kleinen auf die Füße. Im gleichen Augenblick, ohne nachzudenken, bückte sich Jula nach einem der Feldsteine.

»Anton!« Der Schrei der anderen gellte durch die Nacht. Der Stein flog. In dem Tumult riss sich das scheckige Pferd los und galoppierte auf die Gasse. Der Tierleib schirmte den Bastard ab. An der Flanke getroffen bäumte der Schecke sich auf, und in Todesangst brüllte ein Kind. Kveta Schiefnases Junge. Er würde stürzen und sich den Hals brechen. Jula sah, wie er den Halt verlor, rutschte, und dann stand wie aus dem Boden gewachsen ein Mann da, fing den Zügel des Pferdes und mit dem freien Arm das Kind. Die Zeit stand still.

Als sie sich wieder bewegte, übergab der Mann das Pferd dem Bastard, trug das Kind hinüber zu den erschütterten Frauen und legte es der Mutter in die Arme. »Keine Sorge, Kveta. Euer tapferer Reitersmann ist unversehrt. Vielleicht ist es aber an der Zeit, dass Freund Zemu ihm ein Steckenpferd schnitzt?« Damit wandte er sich um und ging zu Jula. Der grüne Mantel hing ihm von einer Schulter. Wind zerstob sein Haar.

»Du rührst meine Familie nie wieder an, hast du gehört? Du bist die Frau meines Bruders, Jula, deshalb soll, was hier geschehen ist, vergessen sein. Aber ich warne dich. Versuch noch einmal, meiner Familie Leid anzutun und ich behandle dich wie die Verbrecherin, als die du dich beträgst.«

»Deiner Familie, Warti Sliwosz?«, schrie sie ihm außer sich vor Wut ins Gesicht. »Der Bauernmetze und dem Dämonenbalg, die deines Vaters Haus entehren? Wart's nur ab, mein schöner Schwager. Wer sich zu Nattern ins Bett legt, dem beißen sie eines Tages die Kehle durch.«

Sie sah, wie er ausholte. Die hellen Augen, deren Blick sie ihr Leben lang verfolgt hatte, funkelten zornentbrannt. Etwas in ihr schrie *Ja, ja,* als sei sie einer Erfüllung nahe. Fast warf sie sich seinem Schlag entgegen. Dann besann er sich. Ließ die Hand sinken. »Ich habe dich gewarnt«, warf er ihr müde hin, drehte sich um und ging zurück zu seinem Rudel. »Komm, mein Junge.« Der Führer der Ochsen lenkte Tiere und Karren beiseite und gab die Gasse frei für die Familie des Starosten. Warti breitete die Arme um den Bastard und die Metze und ging mit ihnen fort.

Das Schlagen der Haustür schreckte Jakub, der in der Schreibstube auf das Abendessen wartete, aus seinem Halbschlummer. Mühsam rappelte er sich hoch, schlurfte in den Gang und spähte hinunter in die Halle. Nie zuvor hatte er Natalia in solchem Zustand gesehen. Schier aufgelöst vor Zorn oder Schmerz stand sie vor Warti, hatte den schweren Mann bei den Schultern gepackt und ihn zu sich herumgerissen. »Sieh mich an, ist das dein Schutz für uns? Diese Frau lässt du davonkommen, das Mörderweib, das versucht hat, auf offener Straße mein Kind zu steinigen?«

»Unser Kind«, verbesserte Warti matt.

Natalia stieß ihn von sich, dass er einen Schritt zurückwankte. »Doch wohl nicht, wie man gesehen hat. Wäre Anton dein Kind, der Sohn des kostbaren Starosten, dann säße das Weib jetzt im Verlies. Aber ein sächsischer Bauernflegel, ein Christenbalg ist solchen Aufwand ja nicht wert.«

»Natalia!«

Jakub war versucht hinunterzueilen, so schnell die brüchigen Knochen es erlaubten, und ihnen Einhalt zu gebieten. Warti war nicht sein Sohn, und dennoch hätte kein Vater der Welt einen Sohn mehr lieben können, als er den Mann dort unten in der Halle und dessen Bruder in dem Haus am Hafen liebte. Er hätte Natalia beschwören wollen, dass die Liebe zu Anton Warti das Herz sprengte, aber er durfte es nicht, sondern musste die beiden ihre Schlacht selbst ausfechten lassen. *Bei solchen Wunden hilft nur sie aufzureißen, sie eitern zu lassen und zu sterben oder zu genesen.* »Anton ist mein Leben«, hörte er Wartis erschöpfte Stimme. »Du und Anton. Weißt du das nicht? Ich habe heute dem Wiec mein Gesuch vorgelegt, Anton als meinen Sohn und Erben ins Buch der Stadt einzutragen.«

Von den beiden unbemerkt schob der Junge, der offenbar das Pferd in den Hof geführt hatte, die Tür auf und stahl sich in den Raum. Wenige Schritte hinter Natalia blieb er stehen. Als er den Kopf hob, fiel sein Blick geradewegs Jakub ins Gesicht. Das genügte zum Zeichen. Sie schwiegen beide.

»Ich würde von Herzen gern für Anton einen Drachen töten«, fuhr Warti, der mit hängenden Armen vor Natalia stand, fort. »Aber weißt du was? Es gibt ja keine Drachen. So wenig wie Dämonen, die meine Mutter ständig über ihre Schwelle krauchen sieht. Es gibt immer nur Menschen, und im Grunde weiß das auch meine Mutter, nur ficht es sich gegen krude Ungetüme eben leichter als gegen einen aus dem gleichen Saft. Ich hätte auch der Jula gern den Hals umgedreht. Dass ich es nicht getan habe, hat nichts mit Anton zu tun. Jula ist Boles Frau.«

»Du liebst ihn noch?«

»Ja. Straf mich dafür mit Verachtung. Ich bin ein Schwächling und habe dich enttäuscht.«

Hilflos, wie um sich selbst zu stützen, schlang Natalia die Arme um den Leib. »Wofür dürfte ich dich wohl strafen? Weiß ich, was ich in deiner Lage täte? Ich habe ja keinen Bruder.«

»Nein, und ich auch nicht.« Er wollte einen Schritt auf sie zu tun, zögerte aber und blieb stehen. »Beim Perun, Natalia, was für ein Versager bin ich? Vor Jahren habe ich meinen Bruder im Stich gelassen, er hat mir nie verziehen, und ich verzeihe mir auch nicht, aber dafür hätte ich heute nicht dich und Anton im Stich lassen dürfen. Glaubst du, ihr beide könnt mir irgendwann verzeihen?«

»Und warum wohl nicht?« Die Stimme des Jungen hieb wie ein Schwert durch den halbdunklen Raum. »Zu verzeihen gibt es ja nichts.«

»Anton! Wie lange bist du schon hier?«

»Lange genug«, erwiderte Anton ruhig. »Ihr solltet nicht meinetwegen so ein Aufhebens machen. Ich war selbst schuld, ich hätte mich nicht einmischen dürfen. Was geht es mich an, ob diese Frau ihr Kind verdrischt?«

»Ich bin stolz darauf, dass du dich eingemischt hast«, sagte Warti. »Ich bin stolz darauf, dass du von heute an vor aller Welt mein Sohn bist, Anton.«

»Zum Stolz besteht kein Grund.« Noch immer bemühte sich Anton um Ruhe. Jakub aber kannte ihn gut genug, um zu wissen, was die Beherrschung ihn kostete. Hinter dem Gehabe eines abgeklärten Mannes steckte ein verstörter, zu lang geratener Knabe von kaum mehr als zwölf Jahren. »Vielleicht haben die Leute ja Recht, die Frau an der Brücke und der Herr Cord. Vielleicht bin ich wirklich eine Natter wie die anderen Christen, die alle Wenden mit Stumpf und Stiel ausrotten wollen. Ihr solltet mich nicht füttern, Herr Warti, sondern mir den Kopf zertreten.«

Ehe er sich's versah, war Warti bei ihm und schloss den zum Bersten gespannten Körper in die Arme. »Beim Perun, woher hast du das? Mit Stumpf und Stiel ausrotten, das sind Bernhard von Clairvaux's Worte. Wer erzählt dir so etwas, wer gibt dir das zu lesen?«

»Ich«, platzte Jakub heraus. Drei Köpfe flogen herum. Unbehaglich klammerte er sich ans Treppengeländer.

»Aha«, bemerkte Warti trocken. »Es freut mich zu wissen, dass man in diesen vier Wänden so hübsch für sich mit seiner Frau plaudern kann. Aber da sich dieses Gespräch ja nun einmal zur Versammlung ausgewachsen hat, gebe ich hiermit bekannt: In meinem Haus ist das Geschwätz des verdammten Armutspredigers verboten. Habt ihr verstanden? Ich will von all der Kreuzzugshetze und Angstmacherei kein Wort mehr hören.«

»Willst du uns verbieten, uns zu fürchten?«, herrschte Natalia ihn an.

»Nein«, erwiderte Warti geschlagen. »Aber übersteigerte Angst nützt niemandem. Bernhard von Clairvaux ist nicht die Christenheit, und Vineta mag zwölf Tore haben, ist jedoch deshalb noch lange nicht Jerusalem. Aber damit gibst du dich nicht zufrieden. Bei dir bekomme ich heute kein Bein mehr auf den Boden, nicht wahr?«

»Nicht wenn du versuchst, mich einzulullen wie ein dummes Kind.«

»Das versuche ich ja nicht. Ja, du hast Recht, wir haben auch im Wiec heute zum hundertsten Mal über die Lage in Sachsen und die Gefahr eines Kreuzzugs gegen unser Land gesprochen. Wir werden an mehreren Stellen die Stadtmauer verstärken lassen und im Frühjahr wird Tysjatschnik Tezlaw die Truppen vergrößern. Wir sind auf der Hut, Natalia. Uns ist klar, dass wir uns keinen Augenblick des Leichtsinns leisten dürfen. Zurzeit aber besteht kein Grund zu einer Furcht, die Menschen aufhetzt und sie zu eben den Taten anstachelt, die wir verhindern wollen.«

»Du bist und bleibst ein begnadeter Schwätzer, mein Herr vom Sturmglockentor.«

»Sprecht nicht so zu ihm«, rief plötzlich der Junge dazwischen, der zweifellos nicht bemerkt hatte, wie seine Ziehmutter den Mundwinkel im Scherz verzog. »Ihr sollt ihn ehren. Er ist der beste Mann, den Ihr finden könnt, ob hier, in Venedig oder anderswo.«

Warti wollte protestieren, doch Natalia kam ihm zuvor.

»Da hast du Recht, Anton«, sagte sie. »Er ist der Beste. Ansonsten hätte er nicht verdient, dein Vater zu sein.«

Einige Herzschläge lang herrschte Stille. Dann half Jakub ihnen allen aus der Verlegenheit: »Soll ich Frau Oda sagen, dass wir essen können?«

»Ach bitte, tut das.« Sofort fischte Natalia den Anzünder für die Korona vom Bord und machte mehr Licht. Behutsam lösten sich Warti und Anton voneinander. Aus einem Spind holte Warti einen Krug, füllte ihn am Fass mit Wein und stellte ihn auf den Tisch. Mit dem Bukett des Weines durchzog Erleichterung den Raum. Jakub wollte sich zum Gehen wenden, blieb aber stehen und konnte den Blick nicht von den dreien wenden. Er hätte ebenfalls erleichtert sein sollen. Er verstand nicht, warum er es nicht war.

»Darf ich Euch noch etwas fragen, Herr Warti?«, ließ sich leise Anton vernehmen, als Natalia nach den Mägden gerufen hatte und sie gemeinsam Schüsseln und Becher auf dem Tisch verteilten.

»Du darfst mich fragen, was du willst. Aber muss es schon wieder über Bernhard von Clairvaux sein?«

»Nein.«

»Dem Perun sei's gedankt.«

»Ihr habt einen Bruder?«, fragte Anton. »Und diese Frau an der Brücke ist sein Weib?«

Warti füllte zwei Becher mit Wein, wandte sich zu Anton und reichte ihm einen davon. »Ja. Ich habe einen Bruder. Boleslaw heißt er. Er spricht nicht mit mir. Vielleicht erzähle ich dir eines Tages, warum. Ich hätte dennoch gern, dass du ihn als deinen Oheim ansiehst, und seinen Sohn Kasi, den du lieb hast, als deinen Vetter.«

Anton, der sich gesetzt hatte, sah auf den Becher in seinem Schoß. »Ja, Herr Warti.«

»Musst du noch immer Herr Warti zu mir sagen?«

»Nein.«

»Auf dich.« Warti hob seinen Becher und trank. »Sag Vater zu mir, so wie ich es nie zu jemandem gesagt habe. Ich bin nicht der beste Mann, den du finden könntest, Anton. Nur ein Mann voller Fehler und Eitelkeiten, der dich bis ans Ende seiner Tage lieben wird.«

9. Kapitel

Freu dich des Lebens, alter Zickenbart, schalt sich Jakub. *So gut wie dir ging's zuletzt dem formidablen Salomo, und kein Patriarch mit acht Kindern wird zärtlicher umhegt als du. Deine Schwiegertochter, die schöner ist als die Königin von Saba, lässt dir Süßigkeiten aus dem Orient kommen, um deine Magerkeit zu mästen. Wer bis zu solchem Alter lebt, mit regem Geist und steifen, doch gesunden Gliedern, wem so wie dir das Alter zur Krönung des Lebens gerät, welches Recht hat der, sich nicht zu freuen?*

Es wurde Winter, aber das Haus war warm, sie hatten Holz im Überfluss, aßen nach Herzenslust und tranken köstlichen Wein. Seine Familie, die Handvoll Menschen, die das Leben ihm zugetrieben hatte, schien seit jenem reinigenden Abend einander fester verbunden als je. Selbst seine Oda blühte den letzten Herbstrosen gleich noch einmal auf. Das Haus verließ sie nicht, aber so manchen Abend blieb sie nach dem Essen in der Halle und verlangte, dass gesungen wurde. Traumversunken zupfte Warti die Gusli, Natalia sang falsch und kraftvoll wie das Leben selbst, und Anton sang direkt zum Himmel. Dabei saß Oda, deren graues Haar er liebte, wie er ihr schwarzes Haar geliebt hatte, hielt die Augen geschlossen und summte vor sich hin.

Er hätte glücklich sein sollen. Warti verausgabte sich bis zur völligen Erschöpfung, damit die, die er liebte, keinen Grund zur Sorge hatten. Während der kalten Jahreszeit kamen kaum Kaufleute und damit weder gute noch schlechte Nachrichten nach Vineta. In ihrem Wintertrott lebte die Stadt vor sich hin. Jakub aber kannte keine Ruhe mehr. Am Tag irrte er gehetzt durchs Haus, fand nicht genug zu tun und verspürte den Zwang, unaufhörlich Natalia zu belagern, als könne ihr, sobald er sich abwandte, etwas geschehen. Wovor aber hätte ein Greis sie schützen sollen? Seit jenem Abend im Herbst wuchs seine schwelende Furcht sich zur Besessenheit aus und des Nachts quälten ihn unsägliche Träume.

Natalia mit ihrem scharfen Blick entging nichts. »Sind es noch immer die Kreuzritter, oder plagt Euch etwas anderes?«, fragte sie ihn, als er wieder einmal bei ihr in der Küche saß.

»Wenn ich das nur wüsste. Die Kreuzritter vermutlich. Die fixe Idee eines alten Narren, denn was sollte es sonst geben?«

»Damit kann ich Euch nicht helfen, Herr Jakub. Darauf müsst Ihr selbst kommen.« Sie wärmte Holunderwein, der wie der Wald vor den Stadttoren duftete, und schenkte Jakub einen Becher voll. »Hier, trinkt das, damit Ihr uns gesund bleibt. Eure Furcht vor einem Kreuzzug verstehe ich.«

»Darüber bin ich froh. Niemand als du versteht es.«

»Warti versteht es auch, und das wisst Ihr«, erwiderte sie. »Er will nicht, dass wir uns ängstigen, das ist eben seine Art, aber er rüstet die Stadt für den schlimmsten Fall. Seit er mir das gesagt hat, seit ich die Arbeiter gesehen habe, die überall Tore und Türme verstärken, fürchte ich mich nur noch halb so arg.«

»Du hast Recht.«

Sie setzte sich ihm gegenüber, sah ihn schweigend und prüfend an.

»Kannst du mir eines sagen, Natalia? Fürchtest du nichts anderes? Bedrückt dich keine namenlose Ahnung? Fühlst du dich geborgen und beschützt in deinem Haus?«

»Nein«, antwortete sie unumwunden. »So wird eine, die erlebt hat, was ich erlebt habe, sich niemals fühlen. Mir ist all mein Glück, mein Mann und mein Sohn, in den Schoß gefallen wie ein Blitz von Wartis Lieblingsgott Perun, und nun werde ich mein Leben lang fürchten, dass ein Blitzschlag mir alles wieder nimmt. Ein Blitz von Menschen, Herr Jakub. Dass es immer Julas geben wird, die nach Eindringlingen mit Steinen werfen, weiß ich. Aber ich fühle mich geborgener und beschützter als je, und damit will ich zufrieden sein.«

»Ja, Natalia. Sei zufrieden. Du hast eine Gabe, dich am Leben zu freuen, wie ich sie nie zuvor erlebt habe.«

Wie üblich ließ sie sich nicht ablenken. »Ist es möglich, dass es um Eure Furcht so ähnlich steht? Dass die Vergangenheit Euch nicht aus ihren Klauen lässt?«

»Wenn ich das nur wüsste«, erwiderte Jakub, ergriff Natalias Hand, küsste sie und ging, ehe sie ihn aufhalten konnte. Er wusste es. Soeben war es ihm klar geworden: Sosehr die Vergangenheit ihm zusetzte, an jenem Abend hatte er sich vor etwas anderem erschrocken: Vor keiner Gefahr, die das Haus von außen bedrohte, und vor keiner, die Jahrzehnte zurücklag, sondern vor einer, die mitten unter ihnen schwelte. Er würde keine Ruhe finden, ehe er nicht herausfand, worin diese Gefahr bestand.

Vorerst aber sollte er keine Gelegenheit dazu erhalten. Der Frühling kam, und mit ihm kehrten die Kaufleute und ihre Neuigkeiten aus allen Winkeln der Welt nach Vineta zurück. Die Gefahr von außen erhob ihre Stimme und übertönte das Übrige. Im Mai traf der Kaufmann Ephraim aus Toledo, mit dem Jakub seit Jahren bekannt war, im

Seehafen ein und suchte Jakub, als er ihn nicht wie früher in den Lagerhallen fand, zu Hause auf. Er habe eine Nachricht für seinen Herrn, den Starosten, aber er wolle als Erstes Jakub davon wissen lassen. Edessa, die von Rittern des ersten Kreuzzugs gegründete Grafschaft, war an die Muselmanen des Emir von Mosul gefallen. »Es mag einen neuen Kreuzzug geben«, sagte Ephraim, »zumindest ruft Abt Bernhard von Clairvaux in Frankreich dazu auf. Aber was das betrifft, wird Euer Herr Wartislaw am besten wissen, was zu tun ist. Ich bin nicht deshalb erst zu Euch gekommen.«

Jakub nickte.

»Ich weiß nicht, ob Ihr in Eurer Heimat noch Verwandte habt, die Euch teuer sind und die Ihr gern in Sicherheit wüsstet…«

Ich wüsste gern jeden in Sicherheit, der hinter der Tür seines Hauses ahnungslos mit seinen Lieben schläft, dachte Jakub, aber er sagte: »Nein, ich habe niemanden mehr. Ich bin ja seit bald fünfzig Jahren von dort fort.«

»Umso besser, darf man da wohl sagen. Falls es aber doch jemanden gibt, so rate ich, ihn auf schnellstem Wege in Eure behütete Stadt zu holen. Die Leute sind aufgehetzt wie gepeitschte Hunde. Ein Sündenbock tut not. Einer von unserm Geblüt hat mit dem Schlimmsten zu rechnen.«

Das hat einer von unserm Geblüt doch immer, befand Jakub im Stillen. Aber wie rechnete man mit dem Schlimmsten, ehe man ihm mit eigenen Augen ins Gesicht gesehen hatte? Vergeltungsschläge gegen Juden im Rheinland, Verwüstung, Gemetzel, das alles waren nur Worte. Er wollte nicht länger nachdenken und schickte Ephraim zu Warti, der ohne Verzug informiert werden sollte. *Dies ist Vineta, die weltferne Insel,* beschwor er sich. *Wen sie aufnimmt, den spuckt sie nicht wieder aus, all das bunte Menschengewimmel bewahrt sie wie einen Hort von Edelsteinen.*

Er verspürte den Drang, mit jemandem zu sprechen, selbst wenn ihm nichts einfiel, was er hätte sagen können. Erst als er vor Odas Kammertür stand, besann er sich. Was wollte er? Ihr erzählen, was ihm geschehen war, was sein Leben in zwei Hälften zerschnitten hatte, das Schlimmste, das fünfzig Jahre zurücklag und dennoch nicht vorüberging? Er hatte es einmal dem halbwüchsigen Warti erzählt, in dürren Worten, weil dieser ihn gefragt hatte, warum er nichts mehr aus seinem Haus in Worms besaß, keine Locke einer Liebsten, kein Andenken an Mutter und Vater. Nur Rachels Kamm, den er gepackt und nicht losgelassen hatte, der Himmel mochte wissen, warum. Jakub schob ihre Tür auf. *Wir haben beide unser Liebstes verloren, meine Liebste. Und sind weitergegangen. Lass es mich einmal erzählen, und dann lass uns auch diesmal weiter und den Weg zu Ende gehen.*

Oda jedoch saß schlafend in dem Lehnstuhl, den Warti ihr hatte tischlern lassen. Jakub fand sie jetzt häufig so. Sie war vom Leben müde. Ihre Züge wirkten ein wenig aus den Fugen gerutscht, ihr Mund stand offen, und ihr Haar, das die Farbe von tagealtem Schnee hatte, hing ihr übers Gesicht. Mit einer Hand hielt sie ein Bündel Ahornlaub umklammert, mit der anderen Rachels Kamm. Jakub hob eine Decke, die ihr zu Füßen lag, auf und deckte sie zu. Vor den Fensterladen, durch dessen Ritzen der Wind pfiff, stopfte er ein Kissen. *Schlaf weiter, meine Liebste. Ich gebe Acht, dass keine Mittagsfrau dich stört.* Er würde ihr nichts sagen, weder jetzt noch später. In der Halle warf er sich seinen Mantel über, brach zu einem Marsch durch die kalte Frühlingsluft auf und kehrte erst in der Dunkelheit zurück.

Die anderen saßen schon bei Tisch, hatten sich um ihn gesorgt. Er habe sich den Kopf auslüften müssen, beruhigte er sie, essen wolle er nicht, sondern wolle sich gleich schlafen legen. »Dein Freund Ephraim war bei mir«, rief ihm Warti hinterher. »Jakub, es besteht kein Grund zur Furcht. Von Edessa wussten wir bereits, aber selbst wenn es nun einen Kreuzzug gibt, hat das mit uns nichts zu tun.«

»Nein, hat es nicht.« *Nur mit mir.* »Gute Nacht.«

Sein Körper schien mit Blei gefüllt. Er hievte sich auf sein Bett und schlief ein, kaum dass sein Kopf die Kissen berührte. Dann begannen die Träume. Das Hämmern an der Tür. Die Schwärze. Das grauenhafte Lärmen, die Schreie, die Fetzen, die umeinanderkreisten, das erst brandrote, dann schwärzlich getrocknete Blut. Er erwachte, weil er zu ersticken drohte. Es war dunkel. Jemand hielt ihn. Er weinte so sehr, dass er keine Luft bekam.

»Ganz ruhig, mein lieber Herr Jakub, ganz ruhig. Erst zu Atem kommen. Dann erzählt es mir.«

Sein Kopf lag in ihrem Schoß und sie wischte ihm mit einem Tuch die Nässe vom Gesicht. Rotz und Tränen. Immer wieder. Bis das wilde Schluchzen verebbte und heftigen, nach Leben ringenden Atemzügen wich. »Verzeih mir, Natalia. Beim Himmel, wie du dich ekeln musst.«

»Ich ekle mich nicht. Erzählt mir von Worms.«

Sie machte kein Licht. Eine Zeitlang war nichts zu hören als der Wind vor dem Fenster und ihrer beider Atem, Natalias, der kraftvoll und gleichmäßig ging, und Jakubs, der sich allmählich wieder beruhigte. Herb und sauber roch der Stoff ihres Rocks, nach der Zitronenmelisse, die sie zwischen ihre Kleider legte. Wie ein Blinder, der sich seinen Weg ertastet, begann Jakub in die Dunkelheit hinein zu sprechen. »Am Brunnenplatz hatte ich meine Wohnung, mein schmales Haus auf meinem schmalen Gässchen. Unten war die Apotheke, die vom Großvater auf den Vater und vom Vater auf mich gekommen war, und oben unterm Dach, wo es im Sommer heiß wie im Siedekessel wurde, waren die Stube und die Kammern. Dort wohnte ich mit meiner Familie.«

Tief atmete er, ehe er ihre Namen nannte. »Mit Aron, dem Vater, der gebrechlich war, wie jetzt ich es bin, mit der schönen, stillen Rachel, die eingewilligt hatte, meine Frau zu werden, und mit Hannah, meinem *Faygeleh,* mit dem wir gesegnet waren. Ob wir glücklich waren, ob wir uns liebten? Wir hatten keinen Grund, danach zu fragen, denn wir wussten nichts von Furcht. Ich mischte Salben und las Bücher, der Vater saß auf seinem Schemel beim Feuer, und meine schönen Mädchen kämmten sich ihr schwarzes Haar. Ich betete wenig, war liederlich im Glauben, doch an den Feiertagen führte ich die Meinen in die Synagoge. Wir lebten in den Tag, wie Tiere es tun. Bis die Männer kamen.

Wir hätten gewarnt sein müssen, weißt du das? Überlebende des Mordens in Metz und Rouen hatten Boten geschickt, auf die unsere Rabbiner und Vorsteher freundlich Antwort wussten: *Wir werden fasten und Euch auf jede Weise helfen, aber zu fürchten haben wir nichts.* Wir wähnten uns doch unter dem Schutz des Kaisers, wir, die *Schum,* das Bündnis der Rheinlandjuden, denen der Erzbischof von Mainz beteuert hatte: *Tausendfach erhöht euer Dasein das Ansehen unserer Stadt.*

Die Männer kamen trotzdem. Sie schlugen mit Fäusten an die hölzerne Tür. Es war Nacht und Frühling, so wie jetzt, aber in den Städten am Rhein sind Frühlingsnächte schwer von Blütenduft. Meine Frau erwachte vor mir, weckte die Magd und ging mit ihr hinunter. Die beiden schoben den Riegel zurück, ehe die Tür zerdroschen wurde.

Die Männer hackten sie tot. Zehn, fünfzehn Männer mit Knüppeln und Äxten, rote Kreuze auf der Brust. Dann kamen sie nach oben, wo wir in den Betten lagen. Dem Vater schnitten sie den Bauch auf und dem Kind den Kopf vom Hals. Den Kopf rollten sie die Stiege hinunter, *klop klop klop*, darüber lachten sie und vergaßen mich.

Unten hieben sie alles in Stücke. Die Tische und Spinde und all die Töpfe und Tiegel, daran hatten sie Spaß, an dem Geschepper und Geklirr. Dann zogen sie weiter. Ich weiß nicht, wie ich aus dem Haus gekommen bin, in die Nacht hinaus, über die Scherben und das Blut, an dem Kinderkopf vorbei und den zerhackten Körpern. Ich weiß nicht, wer sich meiner annahm und mich weiterschleppte, nach Norden, derweil das Heer der Erlöser nach Süden zog. Danach weiß ich gar nichts mehr, Natalia. Nur …«

»Vineta«, sagte sie.

»Ja. Nur Vineta.«

Noch immer hielt sie seinen Kopf in ihrem Schoß. An seiner Wange spürte er das Zittern ihrer Hand. »Und jetzt kommen sie wieder, nicht wahr? Ob ihre Könige nun beschließen, gen Jerusalem zu ziehen oder nicht, erst einmal ziehen Horden von Schlächtern durch Eure blütenduftende Stadt am Rhein.«

»Ja«, sagte Jakub, »das tun sie wohl. Aber Worms ist nicht mehr meine Stadt. Ich habe dort niemanden mehr.«

Ihre Hand löste sich von seiner Wange. Er wusste, sie schlang sich die Arme um den Leib. »Ihr habt niemanden mehr in Worms, und ich habe niemanden mehr in Nowgorod«, sagte sie. »Wir haben niemanden schützen können. Unsere Stadt ist Vineta.«

»Ja.«

»Wir werden Vineta schützen.«

Einige Herzschläge lang starrten sie beide wortlos ins

Dunkel. Dann stand Natalia auf. »Versucht zu schlafen, Herr Jakub«, sagte sie, zog seine Decke über ihn, bis an sein Kinn. »Bald ist Tag.«

Wie erwartet drängte Bernhard von Clairvaux das ganze Jahr hindurch zum Kreuzzug, doch kein Funke sprang über, der einen Brand entzündet hätte. Die Fürsten, die er bestürmte, steckten bis an den Hals in eigenen Händeln. In Vineta sprach bald kein Mensch mehr von Edessa, denn der Sommer war prächtig, und die Einfuhr im Herbst so überreichlich, dass man zum Großen Opfer zwei Paar Rinder schlachtete, zwei Milchkühe und zwei junge Stiere. Vor dem ersten Frost war Boles Haus bei der Brücke fertig. Jakub spielte mit dem Gedanken, ihn zu besuchen und ihm unter dem neuen Dach mehr Frieden als unter dem alten zu wünschen, doch er verwarf ihn wieder. *Es mit dem einen zu halten, heißt den andern zu verraten,* klang Boles Stimme ihm im Ohr. Seit jenem Steinwurf auf der Gasse ließ sich daran nicht mehr rütteln.

Die Leute redeten über das Haus. Hinein ging niemand. Man setze sich, so hieß es, nicht mit dänischen Handlangern zu Tisch. In einer Stadt, in der die meisten Sünden als lässlich galten, hatte Bole offenbar eine Grenze überschritten. Er blieb ausgeschlossen, als stünde er draußen vor dem verbreiterten Stadtgraben, vor der Mauer mit ihren flugs erhöhten Zinnen und den Kübeln voll siedendem Pech.

Vineta konnte es sich leisten, seine Schutzanlagen auszubauen. Auch das nächste Jahr war üppig und segensreich. Emsig sprudelte das Leben der Stadt durch die Gassen, derweil der dänische Adel seine Kräfte in Thronstreitigkeiten verausgabte und der kindliche Herzog Heinrich von Sachsen vergebens um sein bayrisches Erbe stritt. Trotz ständiger Gefechte zwischen Byzanz und Antiochia, kehrten die Schiffe, die Warti in die Region entsandte, unbehelligt heim. Einzig seinem Sohn verbot er, Zemu auf solche Reisen zu begleiten. Stattdessen durfte der Junge den Sommer wiederum in Venedig verbringen, und als er zurückkam, war er nachgerade zu einem Fachmann für Wasserbau geworden. Hingerissen entwarf er mit Warti Pläne für den Ausbau des Kanalsystems oder erklärte dem Älteren, wie der Lauf des Flusses sich begradigen ließe. »Einst gebietest du dem Meer, nicht wahr, Anton?«

»Und warum wohl nicht?«

Es war die reinste Freude, ihnen zuzusehen.

In Venedig war Anton die Stimme gebrochen. Jakub verstand nichts von Musik, aber Antons Gesang ließ ihn an einen Silberdolch denken, den man einschmilzt, um ihn gestählt und schärfer neu zu schmieden. Die Stimme hatte nun an Umfang und Tiefe gewonnen, ohne die strahlende Reinheit in der Höhe zu verlieren. An einem Knaben war diese Stimme bezaubernd gewesen, an einem Mann aber ließ sich ihre klare, nahezu ausdruckslose Schönheit kaum ertragen. »Wenn es Frühling wird, begehen wir deine Mannesweihe«, sagte Warti. »Dann lehre ich dich mein Lied, damit du es für deine Liebste singen kannst, so wie ich, wenn ich von deiner Mutter träumte.«

»Ich habe keine Liebste«, widersprach Anton, der tatsächlich keinen Umgang mit dem jungen Volk der Stadt pflegte und seinen Kopf, statt ihn schon hie und da nach einem hübschen Mund und einer schlanken Taille zu drehen, zumeist in Schriftwerken stecken hatte. Anders als Warti in seinem Alter verwandte er nicht die geringste Mühe auf sein Äußeres, schnitt sich sein schwarzes Haar kurz und lief, obwohl Natalia ihn lachend dafür ausschimpfte, am liebsten in grob gewebtem Leinen herum.

Mit einem nachdenklichen Lächeln betrachtete ihn

Warti. »Wirklich, war dir noch keine von den jungen Birken, die da herangewachsen sind, einen Blick wert? Wenn du nicht bald beginnst, den Mädchen nachzulaufen, dann laufen sie dir nach, schneller als du flüchten kannst.«

»Und warum wohl?«

Den Tonfall des Jungen nachahmend erwiderte Warti: »Und warum wohl nicht?«

Im folgenden Jahr jedoch wurde Anton nicht am Fuß des Heiligen Hügels zum Mann geweiht. »Der Tag, an dem wir unseren Sohn feiern«, sagte Warti zu Natalia, »soll sein, wie unsere Hochzeit war. Ungetrübt. Lass uns warten, bis die Lage sich beruhigt hat. Was kommt es schließlich in Antons Alter auf ein Jahr an?« Im Winter zuvor hatte Papst Eugen eine Bulle erlassen, die Europas Adel zum Kreuzzug rief. War das Echo zunächst noch verhalten, so schlug das frostige Klima, noch ehe der Frühling begann, in fiebernde Hitze um. Ludwig VII., König von Frankreich, erklärte sich bereit zu einer »bewaffneten Pilgerfahrt ins Heilige Land.« Daraufhin erneuerte der Papst seinen Appell an die Christenheit. Der Weg war frei. Bernhard von Clairvaux, der Besessene, dem ganz Europa folgte, war dem Ziel seiner Träume nah.

Noch versilberte Raureif die Zweige von Natalias Apfelbäumen. »Werden wir in diesem Herbst Äpfel pflücken?«, fragte sie Jakub. Sie waren in den Hof gegangen, um sich Luft zu verschaffen. Es war schon dunkel, gerade war ein Bote aus dem Rathaus gekommen, um zu melden, dass Warti zum Essen nicht daheim sein würde. »Wir werden doch hier sein, wenn die Äpfel reif sind?«

Jakub versuchte trotz des flauen Gefühls im Magen zu lächeln. »Nun, in meinem Alter sollte ich es wohl für möglich halten, dass ich nicht mehr hier bin. Aber das ist ein erträglicher Gedanke, wenn ich weiß, dass du hier bist und mit Anton und Kasi Apfelwein braust.«

Als Warti schließlich kam, war der Tisch längst abgeräumt. Oda war vor Stunden schlafen gegangen und Natalia hatte auch Anton dazu bewegen wollen, doch der hatte patzig erwidert, er ließe sich von ihr nicht zu Bett schicken. Warti, der ja stets erschöpft von der Arbeit kam, wirkte zum Umfallen müde. Er ließ sich auf den Schemel fallen und stürzte einen halben Becher Wein hinunter. »Ich fahre nach Frankfurt«, sagte er dann. »Ich breche morgen auf, ein Flussschiff steht bereit.«

»Aber der Fluss treibt doch noch Eis!«

»Das hilft nun nichts. Ich muss es eben wagen.«

»Und weshalb du, weshalb nicht Zemu? Schließlich bezahlst du ihn, um dir solche Fahrten zu ersparen.«

»Dieses Mal genügt kein Zemu«, erwiderte Warti. »Ich bin der Starost dieser Stadt, ich muss nach Frankfurt, wo der Reichstag zusammentrifft. Vor Ort lässt sich am schnellsten in Erfahrung bringen, was dort beschlossen wird. Zemu bleibt hier und geht euch im Geschäft zur Hand, und dann ist ja auch Anton da, der sich bald besser auskennt als ich.«

»Ich bleibe nicht hier«, rief Anton. »Ich komme nach Frankfurt mit Euch.«

»Nein«, schrie Natalia, »nicht auch noch du.«

In Antons Augen funkelten Blitze. »Was mischt Ihr Euch ein? Hört auf, mich zu gängeln.«

Der Wangenstreich, den Warti ihm versetzte, war mehr Liebkosung als Schlag. »So hast du zum letzten Mal zu deiner Mutter gesprochen. Weißt du nicht, wie klug sie ist? Ich brauche dich hier, Anton. Dich, deine Mutter und Herrn Jakub.« Als erinnere er sich in diesem Moment an dessen Anwesenheit, fuhr er zu Jakub herum. »Dir wollte ich sagen, dass Vinetas Tore deinen Glaubensbrüdern offen stehen.«

»Meinen Glaubensbrüdern?« Der Lage zum Trotz verzog Jakub den Mund. »Welchem Glauben hänge ich denn an, dass ich darin sogar Brüder habe?«

»Schon gut, mein Herr Spitzfindig. Ich sprach von den Männern, Frauen und Kindern, die vor meuchelnden Haufen aus ihrer Heimat fliehen. Die Stadt stellt Häuser und Vorräte bereit, um die Verfolgten mit dem Nötigsten auszustatten.«

Wartis müder Blick traf sich mit Jakubs. Über den Tisch streckte Jakub die Hand aus und deckte sie über die des Jüngeren. »Danke, dass du mir das gesagt hast. Gib Acht auf dich, mein Lieber. Wird man dich in Frankfurt denn überhaupt einlassen?«

»Das wäre das erste Mal, dass eine Stadt des deutschen Reiches dem Starosten von Vineta die Tür weist«, erwiderte Warti. »Und jetzt muss ich schlafen. Ich liebe euch.« Damit stand er auf, küsste Frau und Sohn auf die Köpfe und ging. Am nächsten Morgen machte er sich noch vor Tagesanbruch auf den Weg nach Frankfurt.

Als er zurückkam, standen die Apfelbäume in Blüte. Zartblau und weiß betupft strahlte der Frühlingshimmel über der Stadt. »Vineta ist mir noch nie so schön vorgekommen«, sagte er im Hof, in staubigen Reisekleidern, zu Jakub und Natalia. »Keine kann ihr das Wasser reichen, Frankfurt nicht und keine Stadt auf der Welt. Ich war zu lange nicht fort, ich hatte ganz vergessen, wie herrlich es ist, nach Hause zu kommen.«

Er wollte Natalia küssen, aber die schob ihm rasch eine Hand vor den Mund. »Du bringst schlechte Nachrichten?«

»Ach komm, mein Herz, gib mir einen Kuss, ich habe mich tagelang danach gesehnt. Dann bist du mich los. Ich muss sofort in den Rat.«

»So schlimm?«

»Nein. So eilig. Es gibt noch vieles zu planen. Du weißt doch, wenn die Welt in Flammen steht, baue ich mir Buden zum Pogodafest.«

Tatsächlich stellte Warti aus dem Schatz der Stadt Gelder bereit, um das üppigste Pogodafest aller Zeiten zu feiern. Zur allgemeinen Begeisterung maß er sich trotz seiner dürftigen Reitkünste mit den Jünglingen im Hahnenschlagen. Kein Bürger Vinetas sollte den Glanz dieses Tages vergessen. Als die Nacht heraufzog, loderten Freudenfeuer in den Himmel, und die Priesterinnen des Frühlingsgottes baten in akrobatischen Tänzen um Segen für die Äcker.

Kaum war der Festlärm verklungen, erließ Warti eine neue Verordnung: Jeder Kaufmann, der ein Handelsschiff auf Fahrt schickte, musste den fünften Teil seines Laderaums zur Verfügung stellen, um Vorräte für die Stadt hereinzuschaffen. Schon bald war jede Kammer, jeder Schober gefüllt. »Du rechnest mit einer Belagerung?«, fragte ihn Jakub.

»Ich rechne mit allem. Was nicht heißt, dass auch nur eines davon eintreffen muss.« So war er, und so blieb er. Wartislaw Sliwosz, unter dem Lächeln der Sonne geboren und keinen Herzschlag lang bereit, daran zu zweifeln, dass das Leben ihm wohlgesonnen war. *Und Recht hat er,* dachte Jakub bei sich. *Wenn etwas uns durch diesen Sturm führt, dann ist es weniger seine Sorge um uns als seine Zuversicht.*

Denn dass auch Warti sich sorgte, wusste Jakub nur zu gut: Auf dem Reichstag in Frankfurt hatte der deutsche König Konrad das Kreuz genommen. Gleichzeitig bekundeten die Fürsten der nördlichen Reichsgebiete, unter ihnen der jugendliche Heinrich von Sachsen, ihren Unmut: Weshalb sollten sie sich einem Zug in weit entfernte Lande anschließen, solange Heiden ihre Grenzen bedrohten und Götzentempel das Umfeld ihrer Kirchen entweihten? Darauf schienen Papst Eugen und Bernhard von Clairvaux nur gewartet zu haben. Einhellig erhoben die zwei mächtigsten Männer der Christenheit den Krieg gegen das Wendenvolk zum Kreuzzug: »Tod oder Taufe«, rief Abt Bernhard im Siegesrausch. »Wer sich nicht bekehren lässt, dessen Staat werde ausgelöscht.«

»Und dabei dachte ich, dass der Christengott den Hass verbietet«, sagte Warti zu Jakub. »Ist das nicht sonderbar? Mein Freund Perun hat gegen ein bisschen Hass nichts einzuwenden. Dennoch ist es mir nie gelungen, mit solcher Leidenschaft irgendwem übel zu wollen.«

»Vielleicht magst du darauf keine Kraft verschwenden«, schlug Jakub vor. »Die verbrauchst du ja in der Leidenschaft, mit der du liebst.«

Sie sahen einander an. »Weißt du, was in Frankfurt jemand zu mir gesagt hat?«, fragte Warti. »Jemand, den ich lange kenne, ein Handelspartner, der mir nichts Böses will?«

»Erzähl es mir.«

»Euer Kythera an der unwirtlichen Ostsee, hat er gesagt, wo Hinz mit Kunz zusammen haust und der Fuchs den Hasen laufen lässt, das hat doch längst seine Zeit überlebt. Was ist Kythera, Jakub?«

»Die Insel der Seligen.«

»Und meinst du, es stimmt? Hat unsere Insel, auf der wir selig sind, ihre Zeit überlebt?«

»Ich weiß es nicht. Auch wenn ich dir lieber eine andere Antwort gäbe.«

»Ich glaube nicht daran!« Trotzig schüttelte Warti Kopf und Schultern. »Sag ehrlich: Eine Zeit, in der für unseren Bienenstock Vineta kein Platz mehr ist, wer wollte in der denn leben?«

Wenig später gab es noch einmal Hoffnung, der ganze Spuk werde sich wie die jüngste Flut der Oder im Sand verlaufen. Erik Lam, der Dänenkönig, der sein Land nie recht für sich hatte gewinnen können, dankte ab und zog sich in ein Kloster zurück. Da er keinen Erben berief, entbrannte der dänische Thronfolgerkrieg heftiger denn je. In Seeland und Schonen ließ sich Sven, der Sohn des einstigen Königs Erik Emune krönen, in Jütland dagegen Knut, Sohn des Prinzen Magnus und jener polnischen Herzogstochter.

Inmitten der Trommelwirbel, die Europa zu den Waffen riefen, atmete das Wendenland auf: Zumindest in Dänemark hätte vorläufig niemand Kraft für einen Krieg. Noch einen Herbst und Winter lang nahm das Leben in Vineta seinen altvertrauten Lauf. Natalias Apfelbäume hatten schwer an Früchten getragen, sie hatte Schläuche voll Wein daraus gekocht, den sie an kalten Abenden beim Feuer tranken.

Dann wurde es Frühling. Geschwind schmolz das Eis. Jakub, der umso weniger Schlaf brauchte, je älter er wurde, hörte Warti jeden Morgen vor Sonnenaufgang das Haus verlassen und oft erst heimkehren, wenn die Familie schlief. Auch Anton bekam man die Tage über selten zu Gesicht. Warti hatte Zemu gebeten, ihn in die Lehre zu nehmen. Der kam der Bitte mit Freuden nach, denn er hatte den Jungen in sein Herz geschlossen. »Der hat mehr hinter seiner Runzelstirn als meine fünf Buben miteinander«, begeisterte er sich. »Bei denen geht's nur um hübsche Hinterbacken, aber beim Anton, da denk ich manchmal: Armer Kerl, zerspringt dir nicht der Kopf von all dem Zeug, das da drinnen steckt?«

Natürlich hätte Warti seinen Ziehsohn gern selbst ausgebildet. Da er jedoch so viel Zeit mit den Geschicken der Stadt verbringen musste und den Jungen nicht Cord Strahle anvertrauen mochte, schien er bei Zemu besser aufgehoben. Um sich nicht anmerken zu lassen, wie sehr Anton ihr fehlte, lenkte Natalia sich mit Arbeit im Hof ab, grub feuchte Erde um, legte Gemüsebeete an und pflanzte Rosenstöcke. Von ihrer Schar war ihr nur Kasi geblieben, den sie geduldig lehrte, einen Schößling in ein Pflanzloch zu setzen. Über jeden Erfolg brach sie mit ihm in kindlichen Jubel aus.

An einem besonders milden, windstillen Nachmittag kam sie in erdverschmutzten Kleidern ins Haus gestürmt und rief: »Herr Jakub, habt Ihr Kasi gesehen? Er ist mir vor Stunden entschlüpft und allmählich mache ich mir Sorgen.«

»Nicht nötig«, suchte Jakub sie zu beruhigen. »Du weißt doch, Kasi liebt es, durch die Gassen zu streunen.«

»Das schon, aber sein Essen liebt er noch mehr. Für gewöhnlich findet er sich, sobald eine Mahlzeit ansteht, wieder ein.«

Da Natalias Unruhe sich nicht legte, erbot sich Jakub, hinüber zum Reric-Haus zu gehen, um nachzusehen, ob Kasi vielleicht Anton besuchte. Er hatte jedoch kein Glück. Noch in der Tür erklärte ihm eine der zahllosen Gattinnen, Zemu sei in den Rat gerufen worden, Anton nehme irgendwo eine Fuhre dieses neuartigen Brennmaterials entgegen und von Kasi habe niemand einen Hemdzipfel gesehen. Als er nach Hause kam, war der Krüppel noch immer nicht aufgetaucht. Sie schickten den Hausburschen aus, der kurze Zeit später unverrichteter Dinge zurückkehrte. Natalia war außer sich. »Vielleicht hat er Musik gehört«, beschwor Jakub sie. »Du weißt, wenn er tanzt, vergisst er die Welt um sich.«

»Es ist kein Tag für Musik.«

»In Vineta gibt es doch an jedem Tag Musik«, widersprach Jakub, doch insgeheim stimmte er ihr zu. Eine Stille lastete über der Stadt, die sich weder greifen noch benennen ließ.

»Was ist, wenn das schreckliche Weib ihn erwischt hat, die Bestie da oben an der Brücke?«

»Du klingst wie Oda.« Ratlos standen sie in der Tür des Hauses. Natalias Blick flog die Gasse hinauf und hinunter in der Hoffnung, Kasi doch noch heranhoppeln zu sehen.

»Ich kenne Jula ihr ganzes Leben und verstehe, dass sie dir Grauen einflößt. Glaub mir aber, sie ist genau wie die meisten Schreckgestalten nichts als ein Menschenkind, dem sein Dasein zur Qual geworden ist. Sie will ihrem Sohn kein Leid antun. Andernfalls hätte sie ihn wohl erwürgt, als er in Windeln in ihrem Weidenkorb lag.«

»Ihr habt Recht. Ich vergesse immer, dass sie Kasis Mutter ist, weil ich nur die Furie sehe, die alle Menschen, die ich liebe, mit ihrem Hass verfolgt.«

»Glaubst du das wirklich?«, fragte Jakub. »Dass es Hass ist, der sie umtreibt, auch gegen deinen Mann?«

»Gegen Warti? Ich bin sicher, dem schnitte sie gern eigenhändig die Kehle durch.« Verwundert sah sie ihn an. Jakub überlegte gerade, ob er ihr die Wahrheit erzählen sollte, die Geschichte von Warti, Bole und Jula, die in den Nebel ihrer Jugend zurückreichte und zweien von ihnen das Leben vergiftet hatte, als ein Geräusch die Stille zerriss. Hier herauf drang das betäubende Dröhnen nur gedämpft, aber der Klang war unverwechselbar. Die Sturmglocken. Gott Peruns Warnung an seine Lieblingsstadt. Gleichzeitig flogen ihre Blicke zum Himmel. Keine Wolke zeigte sich. Binnen kurzem würde die Sonne untergehen, doch der frühe Abend war so mild und windstill, wie der Tag gewesen war.

»Was hat das zu bedeuten?« Aus allen Häusern traten Menschen auf die Gasse.

Ein weiteres Geräusch, das Knirschen der Tür in ihren Angeln, ließ Jakub herumfahren. Keinen Schritt hinter ihm stand Oda. »Wo ist mein Sohn? Wo ist der Junge?« Ihr Haar war zerwühlt und ihren Kleidern entstieg ein muffiger Geruch. Sie hatte ihren Fuß nicht mehr über die Schwelle des Hauses gesetzt, seit damals das Geläut der Sturmglocken sie in den Hafen gerufen hatte, wo Seeleute um den angeschwemmten Leichnam ihres Liebsten hockten.

Jakub presste sich die Hand auf den Mund. Oda hatte Witsach wafeln sehen, und sie beharrte darauf, Warti gesehen zu haben. Wer war er, das alles als abergläubische Hirngespinste abzutun? Mit hängenden Armen stand er vor ihr. Natalia erbarmte sich schließlich, griff Oda unter die Achsel und stützte sie. »Warti ist zu einer Sitzung im Wiec und Anton überwacht die Lieferung der Steinkohle. Das ist ein neues Brennmaterial, das Warti für die Stadt gekauft hat, weil es besser einheizt als Holz.« Einmal mehr bewunderte er ihre Kraft. Nur wer sie sehr genau kannte, hätte das Beben in ihrer Stimme bemerkt.

»Es ist Kasi, den wir suchen«, fuhr sie fort. »Aber der hat sich gewiss nur in der Stadt verbummelt, und demnächst treibt ihn der Hunger heim.«

»Und warum läuten die vermaledeiten Glocken?«

Natalia zuckte die Achseln. »Ein Versehen. Der Perun, sagt Warti, trinkt gern einen über den Durst.«

Gleich darauf verstummten die Glocken, und die Knäuel

erregt schwatzender Menschen lösten sich auf. »Kommt«, sagte Natalia und führte Oda zurück ins Haus. »Sorgen wir dafür, dass eine Mahlzeit auf dem Tisch steht, wenn uns die hungrige Meute an die Tür schlägt.«

An die Tür aber schlug einige Zeit später, als es schon dunkelte, Marek Czorba, der Herr vom Westtor. Natalia machte ihm auf. »Du liebe Güte, Herr Marek, was ist denn los?«

Der Ratsherr hatte Kasi im Schlepptau, hielt die Arme des Krüppels umklammert, als habe er ihn hier heraufgezerrt. »Guten Abend, Frau Natalia. Ich bringe Euch Euer Tier, das wir im Hafen aufgegriffen haben, mit einem Gruß von Eurem Gemahl.«

»Im Hafen, Marek? Aber warum denn dort?« Natalia breitete die Arme aus, Kasi riss sich los und warf sich ihr an den Leib.

»Was das Tier dort getrieben hat, mag der erhabene Svantovit wissen. Wir jedenfalls waren auf dem Weg zur Burg, zu einer Unterredung mit dem edlen Tysjatschnik.«

»Ist etwas geschehen?«

»Ja«, sagte Marek und senkte den Kopf. »Der Herzog Heinrich von Sachsen, der Markgraf Albrecht der Bär und die Fürsten Böhmens und Polens haben das Kreuz zum Kampf gegen die wendischen Völker genommen.«

»Aber ohne die Dänen können sie doch nichts gegen uns ausrichten!«

»Sie sind nicht ohne die Dänen. Für den Kreuzzug haben sich die verfeindeten Könige versöhnt. König Svens Flotte, so heißt es, steht schon vor Demmin.«

Natalia umklammerte den heulenden Kasi.

Linkisch legte ihr Marek eine Hand auf den Arm. »Von dem fabelhaften Kerl, mit dem Ihr vermählt seid, soll ich Euch sagen: Bleibt im Haus, und sorgt Euch nicht. Er hat

Euren Sohn bei sich und schickt ihn Euch mit Zemu vom Schweinetor heim.«

»Aber er selbst kommt nicht?«

»Nicht mehr heute«, antwortete Marek. Er holte eben Luft, um weiterzusprechen, da gellte die Stimme des Ausrufers durch die Nacht: »Bürger, bleibt in euren Häusern. Der Starost von Vineta hat die Schließung der Tore befohlen und über die Stadt den Kriegszustand verhängt.«

Seine Stadt war verriegelt. Seine freie, nach allen Weltenden offene Stadt war zugeschmiedet wie ein Vogelkäfig, jedes Tor verrammelt, jede Zinne bewaffnet, und vor den Mauern wachte das Heer. Wer Vineta verlassen wollte, musste nachweisen, dass die Reise unumgänglich war, und den Seeweg benutzen. Die Landwege, Vinetas vor Lebensblut sprudelnde Adern waren fest verpfropft.

Während die Städte Demmin und Stettin unter feindlicher Belagerung ächzten, war er, Warti Sliwosz, den Kreuzfahrern zuvorgekommen: Der Starost von Vineta belagerte seine Stadt selbst. Er wusste, dass man allenthalben seine Klugheit pries, zuweilen aber fühlte Warti sich entsetzlich dumm: Waren Demmin und Stettin nicht christliche Städte? Verlangte der Gott, der ohne ein Zeichen von Macht an einem Holzkreuz verblutet war, dass seine Jünger sich gegenseitig ausbluteten? *Vielleicht bin ich zu alt, um die Christen zu verstehen,* dachte er. *Und Zeit dazu bleibt mir auch nicht. Von mir verlangt man, dass ich sie besiege, nicht begreife.*

Stockfinster war es, der volle Mond jetzt hinter Wolken verborgen. Kein Kerzenschein schimmerte durch Fensterritzen, und keine Hübschlerin wärmte sich an mattem Feuer. Die Gassen der verschlossenen Stadt, durch die Warti nach Hause ging, lagen totenstill. Er hätte in dem vierrädrigen Wagen fahren können, in dem er Stunden zuvor, in der Dämmerung, durch das Schweinetor aus der Stadt herausgeschleust worden war, aber er wollte nicht, dass das Hufgetrappel Menschen aus dem Schlaf riss. Der Fußweg, so sagte er sich, tat ihm gut.

Zu Tode erschöpft war er. Die vergangene Stunde lastete wie Blei auf seinen Schultern. Torkiel Guter, das wusste er, hatte das Orakel mehrmals bemüht, er aber war davor zurückgescheut. Erst als überdeutlich wurde, wie sehr die Vineter solchen Urteilsspruch brauchten, entschloss er sich, das uralte Ritual vollziehen zu lassen. »Wieso befragst du nicht den erhabenen Svantovit?«, hatte sein Freund, der unbezahlbare Zemu, ihn schon vor Tagen bestürmt. »So steht es geschrieben, oder? *Ist die Stadt in Not, geh zum Svantovit um Antwort.* Auch wenn du es ja lieber mit dem Polterkopf Perun hältst. Vor dem erhabenen Svantovit, der überall ein Auge drauf hat, gruselt's dich ein wenig, hab ich Recht?«

»*Ist die Stadt in höchster Not*«, verbesserte Warti, und ebendas ließ ihn zögern. Wenn er den Viergesichtigen anrief, den Ritus vollzog, dann gestand er vor sich selbst ein, dass Vineta sich in höchster Not befand. Und wenn das Orakel statt der erlösenden Antwort die undenkbare erbrachte? Hätte er dann noch die Ruhe, das Notwendige zu tun? Tage später jedoch, als er aus allen Winkeln den Ruf nach dem Gottesurteil hörte, erkannte Warti, dass ihm keine Wahl blieb.

Er sandte Boten nach dem Heiligen Hügel. Allein der Hohepriester und seine Diener durften das Ritual zelebrieren, und keiner als der Starost der Stadt durfte dabei anwesend sein. Zudem mussten ein voller Mond und ansonsten gänzliches Dunkel herrschen. An diesem Abend hatten ihn die vier Diener des Priesters, zwei Jünglinge, die vor der Mannesblüte standen, und zwei Alte, die sie überschritten hatten, am Schweinetor abgeholt. Die Reihen der schwer bewaffneten Soldaten, die ihr Wagen passierte, hätte ihn beruhigen sollen, doch der Anblick der Panzerhemden bedrückte ihn wie die sich senkende Dämmerung.

Am Fuß des Hügels ließen sie den Wagen stehen. Kein Pferd als der Schimmelhengst Svantovits betrat je diesen Hang. Dieser war als einjähriges Füllen hinaufgeführt worden, um nie wieder nach unten zurückzukehren. Auch von den Bürgern der Stadt erklomm kaum je einer die geheiligte Anhöhe. Geburten, Weihen und Hochzeiten wurden unten, in ihrem segnenden Schatten gefeiert.

Der Hügel wurde nicht bewacht. Auf Wartis Geheiß hin war der Schatz der Stadt aus dem Tempel ins Rathaus verbracht worden, sein Heiligtum aber würde Svantovit selbst schützen müssen. *Ist das Ehrfurcht,* fragte sich Warti, der von den Dienern geleitet den Anstieg begann und seine Schenkelmuskeln zittern fühlte. *Ist es Ergriffenheit oder nackte Angst?* In makellos weißer Stille ragte die Bildsäule des Gottes, fünfmal höher als ein Mann, vor ihm auf. Dahinter lag ebenfalls weiß das gestreckte Gebäude des Tempels, zu dem für gewöhnlich einzig der Priesterkreis Zugang hatte.

Jeder der Diener war von Kopf bis Fuß in weiß leuchtende Tücher gehüllt, sodass nur das Rund seines Gesichtes und der heraushängende Bart zu sehen waren. Den beiden Älteren wuchsen die Bärte bis auf die Brust. Einer von ihnen, in dessen Greisenantlitz überraschend blaue Augen blitzten, bemerkte, dass Warti stockte, nahm ihn beim Arm und führte ihn durch das verhüllte Tor ins Innere des Tempels. »Auf Eure Knie, mein Herr Starost«, flüsterte er und drückte ihm die Schulter nieder. Vor ihm erstreckte sich eine riesige Halle, deren Leere ihn überwältigte. Fackeln loderten an den Wänden, ließen Schlangenschatten übers Mauerwerk tanzen. Warti sank in die Knie. Die kühle Härte des Bodens tat ihm gut, verband ihn mit der Wirklichkeit.

Zwei Schritte vor ihm, in Paaren, bauten sich die Diener auf. Wie eine einzige erhoben sich die vier Stimmen. »Du, Wartislaw, Sohn von Witsach und Oda, Starost von Vineta, bist gekommen, um das Orakel des erhabenen Svantovit anzurufen?«

Es dauerte eine kleine Ewigkeit, bis ihm klar wurde, dass sie auf eine Antwort von ihm warteten. »Ja«, murmelte er, nicht sicher, ob jemand ihn hörte.

»Was für ein Krieg ist das, dessen Ausgang der erhabene Svantovit dir weissagen soll?«

Warti straffte die Schultern, rang um Festigkeit. »Es ist der Krieg, zu dem sich unsere Nachbarn gegen unser Volk verbündet haben. Den sie den Wendenkreuzzug nennen und den sie führen, um unseren Glauben und unsere Art zu leben von der Welt zu tilgen. Erhabener Svantovit, für deine Stadt Vineta bitte ich dich um Antwort: Werden wir diesen Krieg, in dem es keine Sieger geben wird, überstehen?«

Für Momente herrschte Stille, in der Warti nichts als den Boden unter seinen Knien und den Schlag seines Herzens spürte. *Sind wir darin dem Göttlichen nahe?*, durchfuhr es ihn. *Im Schmerz des auf Knien Liegens, in der Kälte der Nacht und im Schweigen? Ist das Svantovits Atem und wenn ja, ist es wirklich wichtig, ob wir ihn Svantovit nennen oder anders?* Dann geriet die Tempelhalle in Bewegung. In den Mauern taten sich Öffnungen auf und entließen einen Schwarm weiß gekleideter Gestalten, die in Windeseile zwei Reihen gegabelter Stäbe in den Boden rammten. Eine Armlänge über dem Boden hängten sie Lanzen daran auf. Als sie fertig waren, traten sie zurück und stellten sich entlang der Mauern auf. Sehr leise und wie zur Klage begannen sie zu singen. Sie waren die Richter, die den heiligen Ritus überwachten und den Spruch des Orakels deuten würden.

»Erhabener Svantovit«, schallten wiederum die vereinten Stimmen der vier Männer durch den Raum. »Hier ist Wartislaw, Starost deiner Stadt Vineta. Sprich zu ihm.«

Sprich zu mir. Aber will ich hören, was du sagst? Das Ende der Halle verschwand in einer Schwade weißen Nebels. Unwillkürlich kam Warti der Tag in den Sinn, an dem er schon einmal einen Gott um ein Orakel gebeten hatte, der sonnengleißende Tag, als er mit Natalia nach Vineta gekommen war. *Hätte mein Perun damals anders gesprochen, hätte ich ihm geglaubt?* Er erschrak. Was da aus ihm brach, war Frevel, aber aufhalten ließ es sich nicht mehr. *Und wenn jetzt Svantovit anders spricht, werde ich ihm glauben? Werde ich der Stadt, die schlafend auf die Antwort wartet, im Morgengrauen die Wahrheit sagen?* Aus den sich legenden Nebeln schälten sich Pferd und Reiter, weiß durch die Dunkelheit leuchtend. Der Gesang der Richter verstummte. Dies war Svantovits Hohepriester, der den Schimmel des Gottes ritt.

Das Paar war zu weit entfernt, um Einzelheiten zu erkennen, aber Warti wusste: Das Pferd trug keinen Zügel, weil nicht der Priester, sondern Svantovit selbst es über den Parcours der Lanzen lenkte. Würde einer der Hufe dabei eine Lanze streifen, so bedeutete dies einen Sieg der Feinde, und fiele eine zu Boden, so fiele Vineta mit ihr. Überwand das von keiner Menschenhand gebändigte Tier jedoch die Hindernisse, ohne sie zu berühren, so käme die Stadt durch Svantovits Gnade heil davon.

Der Hengst bäumte sich halb und fiel in Galopp. Unbewegt kniete Warti auf dem unter Hufschlägen zitternden Boden. Satz für Satz sprang das Tier, Lanze für Lanze, wuchs im Näherkommen ins Riesenhafte. Schon war die Hälfte der Halle durchquert. Die Konturen schärften sich, geweitet die Augen, die Nüstern gebläht. Die Gestalt auf dem Pferderücken war ein Schemen aus Schleiern, darin ein undurchdringliches, vielleicht nicht lebendes Gesicht. Noch zehn Lanzen, neun, acht. Die Flanken des Tieres bebten und sein Schnauben schwoll zum Tosen. Noch fünf, noch vier. *Natalia, ich liebe dich. Hätte Perun die Glocken geläutet, ich hätte nicht von dir lassen können.* Noch zwei. Die letzte. *Gerettet.* Im ganzen Körper spürte Warti eine schier absurde Lust zu lachen.

Das Orakel hatte gesprochen. Aber das Pferd blieb nicht stehen. Die Diener flohen auseinander, sodass das Tier in ungebremstem Galopp geradewegs auf Wartis Brust zu stob. *Steh auf,* schrie es in ihm, *wirf dich hin, stirb nicht wehrlos.* Stattdessen jedoch blieb er still auf seinen Knien liegen. Keine Handbreit vor ihm bäumte sich der Hengst, stieg mit schrillem Wiehern in die Höhe. Der Hohepriester umklammerte den Pferdehals. Einer der rudernden Hufe streifte Wartis Stirn. Dann flog das Tier herum, galoppierte zurück und zertrat wie in rasender Zerstörungswut die Lanzen.

Warti wurde schwarz vor Augen. Als er wieder zu sich kam, hatten die Diener ihn aus der Halle in die Kühle der Nachtluft gezogen.

»Seid Ihr verletzt, mein Herr Starost?« Der kornblumenäugige Alte, der im Innern des Tempels so weltentrückt gewirkt hatte, war jetzt, da er sich über ihn beugte, nicht mehr als irgendein Mann im weißen, nicht ganz sauberen Gewand.

»Mir geht es gut.« Warti setzte sich auf. An seiner Schläfe

klopfte ein Schmerz und er fühlte sich so entkräftet, als sei er von Vineta bis vor das belagerte Demmin gerannt. Ansonsten aber verspürte er nichts als den Wunsch, nach diesen endlosen Tagen nach Hause zu eilen, seine Frau zu umarmen und sich an ihr festzuhalten, an ihrem schönen, blutdurchströmten Fleisch.

»Dem Svantovit sei Dank.«

Die vier Männer begleiteten ihn den Hügel hinunter und fuhren mit ihm bis zum Schweinetor. Der Blauäugige bot an, ihn auf dem Wagen ins Rathaus zu bringen.

»Nein, ich schlafe heute Nacht in meinem Haus«, lehnte Warti ab. »Den Spruch des Orakels verkünde ich morgen in der Frühe.«

»Das ist vernünftig. Selbst Ihr seid ein Mensch und braucht Schlaf. Sollen wir Euch also in die Bernsteingasse fahren?«

»Nicht nötig. Ich gehe gern zu Fuß.«

Er war schon vom Wagen gesprungen, als der Alte ihn zurückrief. »Mein Herr Starost.«

»Was ist noch?«

»Zweifelt nicht. Die Antwort des erhabenen Svantovit war gesprochen, sobald sein Schimmel die Lanzen überwunden hatte. Die Richter haben es bestätigt: Auf Euch ruht Svantovits Wohlgefallen, um Euretwillen wird er seine Stadt bewahren.«

»Ich weiß«, erwiderte Warti und klopfte dem Diener der obersten Gottheit den Arm. »Gute Nacht und habt Dank.«

Alleine ging er in der Finsternis durch totenstille Gassen. Unter seine Kleider kroch ein zwar sachter, doch empfindlich kühler Wind vom Meer. Er ging schneller, als zöge ihn sein Haus zu sich. *Halt mich, Natalia. Eine Nacht will ich in deinen Armen schlafen und dann der Stadt die*

Kunde bringen: Das Orakel hat gesprochen. Vineta bleibt unversehrt. Ein Rascheln ließ ihn herumfahren. Hinter ihm lag regungslos die Gasse. Eine Ratte vermutlich, der Wind im Frühlingslaub des Ahorns. Eilig überquerte er den verlassenen Rathausplatz. Zur Erntezeit sollten hier wieder Buden stehen, sollten Schankburschen jungen Wein austeilen und Hirten ein Paar weißer Zwillingsrinder durch offene Tore in die Stadt treiben.

Er hatte eben die Brücke überquert und ging am Haus seines Bruders vorüber, als es von neuem raschelte. So schlurfte kein Tier. Er war kein schreckhafter Mann, doch als er herumstob und sich einem Kerl in dunkler Kapuze gegenüber fand, fuhr ihm Entsetzen ins Mark. *Ein Meuchelmörder, von Dänen gedungen und in die Stadt geschleust. Ein Stich in die Kehle und all das Sehnen, Pulsen, Hoffen ist vorbei.* Der Mann hob die Hände. »Keine Angst, mein Herr Starost.«

»Ich habe keine Angst«, fuhr Warti wütender als beabsichtigt auf. »Was treibt Ihr Euch um solche Zeit hier herum, Cord? Und was soll der Mummenschanz? Ich könnte Euch des Dienstes für den Gegner verdächtigen und auf der Stelle festnehmen.«

»Mich? Des Dienstes für den Feind?« Cord Strahle streckte die Hand aus, die in der Finsternis einer Klaue glich, und schloss sie um seine Schulter. »Herr, Ihr wisst, dass ich dazu um keinen Preis der Welt imstande wäre. Kennt Ihr mich nicht bald Euer ganzes Leben? Vineta hat keinen Sohn, der ihr ergebener ist, und Ihr keinen treueren Mann in Eurem Stab.«

»Schon gut.« Unwillig suchte Warti sich freizuschütteln, doch die Klaue des Mannes saß fest wie eine Zwinge. »Was tut Ihr hier?«

»Ich bin gekommen, Euch zu warnen.«

»Zu nachtschlafender Zeit auf der Gasse? Hört zu, wenn Ihr mir etwas zu sagen habt, kommt morgen Vormittag ins Rathaus. Ich weiß, ich habe mich letzthin zu wenig um das Geschäft gekümmert, aber ich verspreche, mir morgen Zeit für Euer Anliegen zu nehmen.«

»Es ist nicht das Geschäft«, fiel Strahle ihm ins Wort.

»Was wollt Ihr dann von mir?«

Die Finger des Mannes schienen sich ihm wie Nägel in die Schulter zu bohren. »Ihr habt das Orakel des erhabenen Svantovit befragt. Welche Antwort habt Ihr erhalten?«

»Die Frage steht Euch nicht zu.« Wieder klang seine Stimme erregter als gewollt. »Den Spruch des Orakels erfahrt Ihr wie alle andern morgen früh.«

»Mein Herr.« Strahle schob sich noch näher, sodass sein hitziger Atem Warti ins Gesicht schlug. »Wenn es Euch Schlimmes geweissagt hat, verzagt nicht. Noch lässt das Unheil sich abwenden, Ihr müsst nur entschlossen sein, das Rechte zu tun.«

»Aha. Und was soll das sein?«

»Jagt den Christenbankert aus Eurem Haus.« Hinter einer Wolke trat der Mond hervor und warf ein fahles Licht auf die erbitterten Züge des Mannes. »Solange Ihr an dem Dämon festhaltet, hat der Svantovit kein Auge für Euch. Um Eures Weibs willen seid Ihr mit Kinderlosigkeit gestraft, aber Erben von Eurem Blut gibt es dennoch: Euren Bruder und die, die nach ihm kommen. Ihr dürft nicht, was der gute Herr Thietmar und Euer eigener Vater aufgebaut haben, einem Christen in den Schlund werfen, oder Ihr beschwört Zerstörung auf uns alle. Entledigt Euch des Bösen, Herr. Führt Euren Bruder von der Buhlerei mit den Feinden fort und auf den rechten Pfad zurück. Danach bringt dem Gott der Bedrängnis ein Opfer dar, damit der Fluch von Euch genommen wird.«

»Dem Gott der Bedrängnis?« Mit einem Ruck riss Warti sich aus Strahles Griff frei. Der wilde Drang, dem Kerl Gewalt anzutun, erschreckte ihn. Er ließ die Hände sinken. Auf einmal spürte er wieder die Erschöpfung und den hämmernden Schmerz an seiner Schläfe. »Hütet Euch, Strahle. Wenn mir zu Ohren kommt, dass Ihr mit jenen Unbelehrbaren zusammensteckt, die im Wald blutspritzende Rituale vollziehen, verlasst Ihr noch heute Nacht mein Haus.«

»Aber mein Herr...«

»Seid still, ich mag nichts mehr von Euch hören. Und mein Sohn ist kein Christenbankert, habt Ihr verstanden? Dass Ihr ihn hasst, weiß ich so gut wie er. Die Narben, die Ihr ihm eingeprügelt habt, werden ihn ein Leben lang an Euch erinnern. Grausamkeit ist keine Stärke, Strahle, erst recht keine, die in Vineta hochgehalten wird. Findet Euch ab. Anton ist mein Erbe und damit ein Wende aus Vineta wie ich. Dasselbe gilt für meine Frau. Wer sich an Natalia und Anton vergreift, der vergreift sich an mir.«

Stumm maßen sie einander, bis Warti sich abwandte. »Geht jetzt.«

»Unser Weg ist derselbe.«

»Nein. Ich gehe ins Rathaus. Ihr trollt Euch heim, verbrennt diese lachhafte Maskierung und bleibt mir die nächsten Tage aus den Augen.« Ohne sich umzudrehen, ging er über die Brücke, in die Verlassenheit der Nacht zurück.

Ihren Mann bekam Natalia tagelang nicht zu Gesicht. Sie stürzte sich in Arbeit, versorgte das Haus, sprach mit Jakub, drängte darauf, dass Anton, der sich ins Geschäft vergrub, zumindest ab und an etwas aß. Aus dem Vorrat der Stadt gab sie Lebensmittel an Bedürftige aus und beruhigte die Flut verschreckter Bürger, die ihr unablässig ins Haus strömte. Kreuzfahrerheere lagen vor Stettin und Demmin und hungerten die zwei Städte, die auf nichts vorbereitet waren, aus. Von überall her drangen Gerüchte über Schlachtgemetzel, Zwangstaufen und dem Erdboden gleichgemachte Dörfer durch die Ritzen der verriegelten Stadt.

Die Ranen von Rügen, hieß es, hätten eine Flotte entsandt, um den Belagerten beizuspringen. Vernichtend sei das Heer des Inselvolkes geschlagen worden, und nun munkelte man, Vineta werde es ihm nachtun, den Schutztrupp von den Toren abziehen und gen Demmin entsenden. Natalia wurde der Lage kaum Herr. Scharen verstörter Menschen drängten sich in ihrer Halle. Eine beleibte Frau, die fünf Kleinkinder um sich hatte, warf sich ihr schluchzend vor die Füße. »Wir sind unser acht«, rief sie. »Drei Frauen und diese fünf Löwenmäulchen, und der Mann steht vor dem Osttor auf Wacht. Wenn sie den nach Demmin schicken, den Christenschlächtern vor die Lanzen, wer füttert uns dann?«

»Beruhigt Euch.« Natalia fasste sich ein Herz, griff der Frau unter die Achseln und stemmte sie in die Höhe. »Euer Mann wird nicht nach Demmin geschickt und auch niemand sonst.«

Zu Natalias Entsetzen fiel ihr die nach Atem ringende Dicke um den Hals. »Euer herrlicher Gemahl lässt das nicht zu, nicht wahr?«

Woher soll ich das wissen? Mein herrlicher Gemahl lässt sich in diesem Haus nicht blicken und hat Besseres zu tun, als Weiber, Söhne und Greise über seine Pläne aufzuklären.

»Natürlich nicht. Euer Mann kommt zu Euch nach Hause, sobald die Lage sich gefestigt hat.«

Mit einem Poltern, von dem die Dielen zitterten, plumpste die Frau ihr wiederum zu Füßen. »Habt Dank, beste, schönste Dame. Wir leiden nämlich jetzt schon Hunger, wisst Ihr?«

»Geht über den Hof zum Lager, stellt Euch an. Der Starost hat verfügt, dass jeder erhält, was er braucht.«

»Der gute Gott Svarog schütze Euren Gemahl.« Augenblicklich rappelte die Frau sich hoch. »Er ist ein großer Starost. Das Orakel hat recht gesprochen, der Svantovit wird Vineta bewahren. Er hat uns Wartislaw Sliwosz geschickt, der alles Übel von uns fernhält.«

Wartislaw Sliwosz mag der größte Starost aller Zeiten sein, aber wenn ich ihn jetzt vor mir hätte, dann packte ich ihn bei den Ohren und schüttelte ihn, bis er mir Rede und Antwort stünde. Wage nicht, mir das anzutun, mein Herr vom Sturmglockentor, dich von dannen zu stehlen und nicht wiederzukommen. Ich warne dich. Lass dir den Hals aufschlitzen wie ein weißes Rind und ich werde deiner nicht in Liebe gedenken, sondern dir bis ans Ende meiner Tage böse sein.

Am frühen Abend kam Anton heim. Im Grunde gab es für ihn kaum etwas zu tun, da kein Außenhandel stattfand und die Kaufleute lediglich versuchten, sich verderbliche Waren gegenseitig zuzuschustern. Er warf einen mürrischen Gruß hin und lief die Treppe hinauf in seine Kammer. So ging es seit Tagen. Was Natalia auch ersann, um ihn aufzuheitern, Musik, Schachpartien, auf venezianische Art gefüllte Braten, der Junge blieb gerade so lange, wie es die Höflichkeit gebot, gab einsilbig Antwort und zog sich zurück. Er war ja auch kein Junge mehr, hatte bei aller Magerkeit längst Schultern und Kreuz von einem Mann. Natalia aber ertrug es so wenig, ihn sich quälen zu sehen, wie sie vor Jahren ertragen hatte, dass Strahle ihn schlug. Kurzerhand stieg sie ihm nach, schob seine Tür auf und trat, ohne abzuwarten, ein.

Er saß am Schreibpult, aber sah nicht auf die verstreuten Papiere, sondern aus dem Fenster in den Hof, über dem zinnoberrot die Sonne unterging. Sein Haar war zerrauft. Er hatte die Angewohnheit, sich beim Denken hineinzufahren. Sichtlich widerwillig wandte er den Kopf. »Was gibt es? Ist schon Zeit zum Essen?«

»Nein. Ich will mit dir reden.«

»Worüber?«

»Das frage ich dich. Ich will wissen, worüber du dir Sorgen machst.«

»Über nichts.«

»Das ist nicht wahr. Sind es die Christen, Anton? Wenn dieser Kreuzzug dir Angst macht, warum sagst du nichts davon? Du bist beileibe nicht allein damit.«

Sie wusste, sie hatte ihn falsch angepackt, noch ehe das letzte Wort gesprochen war. Er sprang nicht auf und stieß seinen Schemel um, wie er es manchmal tat. Mit seinem Jähzorn konnte sie umgehen, mit seiner eiskalten Ruhe jedoch nicht. Unter seinem Blick begann sie, von einem Fuß auf den anderen zu treten und wie ein törichtes Mädchen ihre Hände zu kneten.

»Ja, die Christen«, stieß er heraus, seine Stimme glatt wie eine frisch gewetzte Schneide. »Die jagen euch Angst ein, ihr wackeren wendischen Heiden. Das ist gut zu verstehen, wo sie doch mit Schwertern über euer Land marschieren und Köpfe abhauen, bis sie knietief in Blut waten. Aber ich bin einer von ihnen, oder nicht? Meiner Mutter hat ein wendischer Heide den Kopf abgehauen, und diese edle Stadt ist voll von Menschen, die mit mir liebend gern dasselbe täten.«

»Anton!« Ihr Wunsch, ihn in die Arme zu reißen, ihn zu halten, solange der Schmerz in ihm wütete, war so stark, dass sie ihn nicht mehr zu beherrschen wusste.

Er stand auf, hob die Hände. »Lasst mich.«

Sie war Natalia, die nicht weinte, aber ihre Augen schienen dennoch blind. »Wie können sie dir nur so wehtun«, schrie sie hilflos. »Das dürfen sie nicht, kein Mensch darf das.«

»Und warum wohl nicht?«

»Oh, Anton, ich will dir so gern helfen.«

»Dann hört auf, mir die Ohren zu zerbrüllen. Geht nach unten. Sicher warten Herr Jakub und Frau Oda auf ihr Essen.«

»Kommst du nicht?«

»Doch. Natürlich. Was ist mit Vater?«

Oh Warti, was ist mit dir? Welches Recht hast du, uns in solchem Aufruhr allein zu lassen? Sie zuckte die Achseln. »Ich weiß nicht.«

Er sagte nichts mehr, also ging sie. Wenig später kam er herunter und setzte sich mit ihnen zu Tisch. Wenn Jakub ihm eine Frage stellte, gab er in knappen Worten Antwort, ansonsten aber saß er über seine Suppe gebeugt und löffelte sie stumm in sich hinein. Die schweigende Mala trug den Braten auf. *Ich bin ein Monstrum, mit mir spricht man nicht,* dachte Natalia und verspürte eine böse Lust zu lachen. Dann klopfte es an der Tür, und noch ehe jemand aufsprang, knirschte der Riegel und Warti kam herein.

Ein Hausherr, der an seine eigene Türe klopfte. Sein Gesicht war grau vor Müdigkeit. »Für eine Nacht konnte ich mich davonstehlen. Ich habe mich so nach euch gesehnt.«

Sein Lächeln blieb in der Luft hängen. Niemand rührte sich, bis sich endlich steif der alte Jakub erhob und ihm mit verkrümmten Fingern die Schulter tätschelte. »Setz dich doch hin, mein Lieber. Iss mit uns, ruh dich aus.«

Natalia sprach nicht mit ihm, wie Anton nicht mit ihr sprach. Nach dem Essen ging er mit Jakub und Anton in die Schreibstube, um geschäftliche Belange zu erörtern. Einen Moment lang fühlte sie sich versucht, die Tür aufzureißen und sie alle drei über ihrer aufgeblasenen Wichtigkeit mit den Köpfen zusammenzustoßen. Natürlich tat sie nichts davon, nicht sie, Natalia, die Vernünftige, Gefasste. Stattdessen ging sie in die eheliche Kammer, blies die Kerzen aus und legte sich ins Bett. Kurz darauf kam Warti.

»Mein Herz. Du weißt nicht, wie lange ich darauf gewartet habe.« *Dann wirst du warten müssen, bis du schwarz bist.* Er hatte einen Leuchter mitgebracht, den er neben das Bett stellte. Im Licht der drei Kerzen warf er seine Kleider ab. Durch das angelehnte Fenster drangen die Düfte der Frühsommernacht, die berückende Süße von Thymian und Rosen. Als er neben ihr unter die Decken glitt, schob sie sich bis an den Rand des Bettes von ihm fort.

Er kam nach, legte die Arme um sie und versuchte, sie an sich zu ziehen. Sie entwand sich, stieß ihm den Ellenbogen in die Rippen. Mehr vor Verblüffung als vor Schmerz entfuhr ihm ein Laut.

»Natalia.«

Sie stob herum. Er sah sie an, die Augen meergrau und verwirrt. Die ebene Schönheit seiner Züge versetzte sie in solchen Zorn, dass sie ihn am liebsten ins Gesicht geschlagen hätte. Bei ihm aber, das begriff sie irrwitzigerweise in diesem Moment, genügten Worte. »Fass mich nicht an.«

»Aha. Ich verstehe.« Nackt, wie er war, stieg er aus dem Bett. »Bei den Christen legt ein Mann sein Schwert in die Bettmitte, um die Unantastbarkeit der Dame zu wahren. Leider habe ich kein Schwert und bin kein feuriger Christenkrieger, sondern nur ein todmüder wendischer Schwachkopf, der sich in den Armen seiner Frau ein bisschen ausplärren wollte. Sei trotzdem unbesorgt. Ich schlafe auf dem Boden.« In einem Atemzug blies er die Kerzen aus. Natalia hielt die Arme um den Leib geschlungen. Gedanken jagten durch ihren Kopf und zerstoben. Sie war sicher, bis zum Morgen wach zu liegen, aber ehe sie sich versah, schlief sie ein.

Mit dem nächsten Atemzug war sie nicht mehr in Vineta. Das war das Erste, was sie erfasste, die völlige Fremdheit des Ortes, an den man sie geschleppt hatte. Halb lag, halb kniete sie im Staub einer Gasse, in die zwischen hohen Gebäuden hindurch kein Licht fiel. Keines dieser in dunklem Stein aufragenden Häuser hatte sie je gesehen. Auch die Menschen, die sie umringten, hatte sie nie gesehen, sie waren so fremd, dass ihre Gesichter blank blieben. Sie streckten die Hände nach ihr, berührten sie und sprachen in einer Sprache, die sie nicht verstand, auf sie ein. *Was fragen die mich? Sie müssen mich ja fragen, woher ich komme.* »Aus Vineta«, schrie sie, »aus Vineta!«

Die Gesichtslosen schüttelten die Köpfe, gestikulierten und ließen Worte in der fremden Sprache auf sie niederprasseln. Sie wollte ausbrechen, doch ihre Glieder blieben starr. »Bringt mich nach Hause! Aus Vineta bin ich.«

Da trat ein Mann in den Kreis, ein Geograph offenbar, denn unter dem Arm trug er Kartenrollen. »Wir bedauern«, sagte er zu Natalia in einer Sprache, die nicht der vertraute Singsang des Pomoranischen war, aber die sie immerhin verstand. »Einen Ort mit solchem Namen gibt es nicht.« Er entrollte eine der Karten, in die blau das Meer und bräunlich das Land gezeichnet war. Mit spitzem Finger wies er auf einen weißen Flecken. Dort, wo sich ihr schilfgrünes, moorschwarzes Pommern erstreckte, wo Vineta stand, war nichts, kein Name und kein Zeichen. »Es gibt kein Vineta.« Die Leute wandten sich ab. Natalia schrie.

Als sie zu sich kam, lag ihr Kopf auf Wartis Brust und er hielt ihren Körper an seinem. »Bist du wieder bei mir,

Herz von meinem Herzen? Gibt der scheußliche Nachtmahr dich mir zurück?«

Das war seine Stimme, der Salzduft seiner Haut, die Festigkeit seiner Arme und der Honigflaum auf seiner Brust. Um sie lag ihre Kammer im Kerzenlicht, sie beide beschirmt von ihrem Himmel aus Seide, eingewühlt in ihre mit Rosenöl beträufelten Laken. Ihr Haus, ihr Mann, ihr Leben. Sie klammerte sich an ihn. »Oh Warti, es war so entsetzlich.« Ihre Sprache Pomoranisch. Unbeholfene Worte, aber solche, die sie beide kannten. »Vineta war fort, ausgelöscht, keiner erinnerte sich, und ich war irgendwo und konnte nie mehr heim. Es war das Grauen, Warti, ich ertrage es nicht!«

»Ich weiß, mein Herz. Und das musst du auch nicht.« Er schloss die Arme fester um sie, summte sein Lied in ihr Haar und wiegte sie, bis ihre Glieder sich entspannten. »Vineta bleibt, wo es ist, weil solche wie wir es brauchen und es uns nicht nehmen lassen.«

Wie lebten Frauen, deren Männer nicht die Kraft eines Lastenträgers in den Schultern hatten, keine vor Lebensmut blitzenden Augen und kein liebkosendes Lachen in der Kehle? Halt mich, Warti. Sie konnte sich wieder rühren, schlang die Arme um ihn und küsste seine Halsgrube. »Vineta bleibt doch wirklich, nicht wahr? Wir überstehen diesen Krieg?«

»Ja«, sagte er, nahm ihr Gesicht in die Hände und sah ihr in die Augen. »Es war nicht recht von mir, dir meine Ängste zu verschweigen, du hast mir oft genug gesagt, wie sehr du das hasst. Aber jetzt bin ich aufrichtig zu dir. Ja, es liegt eine harte Zeit vor uns. Im Innern der Stadt, die schließlich Freiheit gewohnt ist, brodelt Zündstoff, und etwas gibt es, das ich lieber meinem Nachbarn aufpackte als mir. Und trotzdem sieht es besser für uns aus, als ich zu hoffen wagte. Die Abschreckung greift. Wenn wir bis zu den Zähnen in Waffen noch eine Weile ausharren, werden vermutlich weder Sachsen noch Dänen einen Angriff riskieren.«

»Aber müssen sie das nicht?« Halb löste sie sich aus seiner Umarmung und stützte den Kopf in eine Hand. »Unser Heidenbabel bekehren oder austilgen, ehe sie Städte wie Demmin angreifen, die doch als christianisiert gelten?«

»Vielleicht müssten sie das. Aber so genau nehmen sie es nicht. Bauerndörfer lassen sich leichter niederbrennen, unbefestigte Siedlungen leichter fluten als wir mit unseren Wehranlagen, unserer Kriegsflotte und unserem undurchdringlichen Deichsystem.«

»Das tun sie? Dörfer niederbrennen und Siedlungen fluten?«

»Ja.«

Sie zögerte, sah ins Weiß des Lakens und dann wieder ihm in die Augen. »Warti?«

»Frag mich, was du willst.«

»Gebietet den Kreuzfahrern nicht ihr Gewissen, uns anzugreifen, selbst wenn sie eine Niederlage fürchten?«

»Den Kreuzfahrern, wenn du damit Heinrich von Sachsen und Knut und Sven von Dänemark meinst, gebietet weniger ihr Gewissen als der Wunsch nach Land und Macht«, erwiderte er. »Und natürlich hätten sie kein Land lieber als unseres und keine Stadt so gern in ihrer Macht wie Vineta. Aber sie sind nicht völlig unbedacht. Andernfalls hätten sie sich mit König Konrad ins Heilige Land aufgemacht, wo ihre Brüder in aussichtslosen Gemetzeln wie die Fliegen krepieren. Solange wir sie glauben machen, mit uns nähme es weder ihr Gott noch ihr Teufel auf, bescheiden sie sich mit leichterer Beute. Und um das, was du ihr Gewissen nennst, zu befriedigen, reite ich morgen zu einem kleinen Opfer nach Julin.«

»Zu was für einem Opfer?« Ihre Hände ballten sich.

»Ich beuge vor Adalbert, dem Bischof von Pommern, mein Knie und erkläre, dass Vineta künftig den Christen der römischen Kirche dasselbe Niederlassungsrecht gewähren wird wie allen anderen Zugereisten.«

Überrascht setzte sie sich auf. »Ist es das, was du lieber deinem Nachbarn aufpacken möchtest? Die Erniedrigung?«

Er schüttelte den Kopf. Haar fiel ihm über die Stirn wie einem Jungen. »Das ist das Schlimmste nicht. Sollen die Christen nur kommen. Vineta wäre nicht Vineta, wenn es sich einem Strom von solcher Kraft verschlösse. Und meine Knie sind geschmeidig. Nur als junger Spund war ich in diesen Gelenken etwas steif.«

Sie ließ sich wieder in die Laken gleiten, zog seinen Kopf zu sich und küsste ihn. »Die Leute haben Recht. Du bist ein großer Starost, mein Herr vom Sturmglockentor.«

»Nein, Natalia.«

»Oh doch. Widersprich mir nicht. Was tust du wegen Demmin?«

»Ich kann unsere Truppen nicht teilen. Vineta wäre einem Angriff ausgesetzt und das halbierte Heer würde niedergemacht wie der zerraufte Ranenhaufen. Ich werde Bischof Adalbert beschwören einzuschreiten. Derzeit, so berichten mir unsere Boten, befinden sich Sven und Knut vor Stettin, und die Belagerer unterstehen dem Befehl von Ascer, dem Bischof von Roskilde. Vielleicht gelingt es ja einem Bischof, dem andern begreiflich zu machen, dass kein Gott der Welt die Aushungerung seiner eigenen Gläubigen wünscht.«

Natalia nickte. Er war ein großer Starost, weil er seiner

Klugheit erlaubte, größer als sein Mut zu sein. »Es ist gefährlich, nach Julin zu reiten, nicht wahr?«

»Schlachte meinem Freund Perun einen Eber, mein Herz, damit er mich dem Gaul nicht aus dem Sattel rutschen lässt. Ich bin der lausigste Reiter der Stadt, und vor einem Pferdehuf graut mir mehr als vor dem schärfsten Sachsenpfeil.«

Sie stimmte in sein Lachen ein, ließ zu, dass er sie in seine Arme und in einen Strudel riss, rollte sich mit ihm über die Länge des Bettes, warf ihn auf den Rücken und erstickte das, was er sagen wollte, mit einem Kuss. An der Hitze, mit der er sie wiederküsste, spürte sie, wie ausgehungert er war. Dann fasste er sich. Nahm ihr Gesicht in die Hände und hielt es von sich weg. »Mein Herz?«

»Was ist los?«

Sein Kehlkopf zuckte, als würge er an einem Brocken. »Du musst dich nicht zur Liebe mit mir zwingen. Du hast das so lange getan, obgleich es dir widerwärtig war, und ich will nicht, dass du dich noch länger quälst. Auch ich werde schließlich älter.« Er gab sie frei und fügte kläglich hinzu: »Selbst wenn ich so nah bei dir vom Alter und von der Ruhe, die damit einhergehen soll, noch nicht viel spüre.«

Hell lachte sie auf. Sie hatte einen Schrecken erwartet und hätte vor Erleichterung singen wollen. Sie wusste nicht, wie es sich anfühlte, einen Menschen zu begehren, aber nichts an diesem schweren, goldfleischigen Männerkörper war ihr widerwärtig. »Für einen so klugen Mann schwatzt du reichlich törichtes Zeug, mein Liebling.« Sie verschloss ihm mit der Hand den Mund und küsste seine Brust. »Wenn ich kalt zu dir war, so gewiss nicht, weil mich vor dir ekelt. Sondern weil ich die Angst, dich zu verlieren, nicht ertrage. Mach Liebe mit mir, damit ich spüre, dass wir beide uns noch haben.«

Er liebte sie, wie es seinem Wesen entsprach, kraftvoll und innig und ohne ihr Leid anzutun. Hinterher löschte er die Kerzen, gab ihr aus seinem Zinnbecher Wein zu trinken und lag still bei ihr, derweil der Schweiß auf ihrer Haut wie Meerschaum trocknete. Vor dem Fenster verblich das Schwarz der Nacht. Lange sah sie ihn an und nahm sein Bild in sich auf. An seiner Stirn schimmerte ein bläulicher Schatten, Spur einer heilenden Verletzung, von der sie nicht wusste, wie er sie sich zugezogen hatte. Sie hätte über Anton mit ihm sprechen müssen, über die Zweifel, die den Jungen peinigten, aber aus unerfindlichem Grund fing sie nicht davon an. »Warti«, fragte sie. »Was ist das Schlimmste?«

»Was meinst du?«

»Das Schlimmste, das du lieber deinem Nachbarn aufpacktest. Welchem Nachbarn überhaupt? Doch wohl nicht Zemu?«

»Bestimmt nicht.« Er stöhnte. »Ich muss mich selbst damit schleppen, denn keiner als ich trägt daran Schuld. Oh mein Herz, ich sollte meinen Gürtel hernehmen und mich durchpeitschen.«

»Komm her, das tue ich für dich.« Sie hob die Hand an sein Gesicht, strich ihm feuchtes Haar von der Wange und ließ die Finger zärtlich über glühende Haut gleiten. »Hier hast du die Peitsche, die du verdienst. Spar ein wenig Milde für dich selbst auf, Warti. Du bist nicht mehr als ein Mensch, der diese ganze Stadt in Schutz nehmen muss, weil sich kein Gott darum kratzt. Nein, streite nicht mit mir über Götter. Sag mir lieber endlich, was dich quält.«

»Salz«, brach es aus ihm heraus.

»Salz?«

»Ich habe an alles gedacht«, fuhr er auf, als sei aus einem Schlauch voll Verzweiflung der Pfropfen gesprungen.

»Korn, Wein, Wolle, Berge von der neuen Wunderkohle, falls der Spuk über den Winter dauert, und sogar eine Kiste dieser verrückten, mit Graphit gefüllten Griffel, damit dir und Anton nicht das Schreibwerkzeug ausgeht. Aber das Wichtigste, das, was eine vor Waren berstende Handelsstadt wie Atemluft braucht, habe ich vergessen. Salz. Wir haben schon fast nichts mehr, um es an Kaufleute auszugeben, geschweige denn an gewöhnliche Familienväter, die es für das bisschen Fleisch in den Schüsseln ihrer Kinder brauchen.«

»Oh Warti. Es tut mir so leid.« Auf einmal sah sie ihn wieder am Fischerstrand stehen, an jenem lichtlosen Morgen im Regen, sah sein von Schlamm und Tränen verschmiertes Gesicht und das blanke Entsetzen in den Augen. So zart sie es vermochte, zog sie den Bogen seiner Wange nach. »Ein Schiff ins Holsteinische zu schicken wäre zu riskant, nicht wahr?«

»Allerdings. Graf Adolf von Holstein hält es mit dem dänischen Knut. Dessen Schniggen würden sich auf unser Frachtschiff stürzen wie Raben auf Aas. Außerdem ist es Dänen wie Holsteinern verboten, uns Satanssöhnen Salz zu verkaufen.«

»Was wirst du also tun?«

»Mir bleibt nur eine Möglichkeit.« Draußen war es fast Tag. Er griff nach ihrer Hand, die seine Wange liebkoste, und hielt sie kurz in der seinen, ehe er aufstand und sich nach seinen Kleidern bückte. »Ich muss jemanden bitten, der gefahrlos reisen kann, der mit Holstein Handel treibt und der sowieso auf seinem Lager Salz in rauen Mengen hat.«

»Und wer ist das?«

Ohne hinzusehen, schnürte er sich den Gürtel. »Mein Bruder Bole«, sagte er.

In der Schänke unten, bei der Verwachsenen, ließ sich kein sauber beleumundeter Vineter mehr blicken, seit das Gerücht ging, dass dänische Spitzel dort verkehrten. Bole war es recht so. Er hatte gern seine Ruhe, heute nicht weniger als damals, als er das Ufer des Waldsees dem schmierigen Schänkentisch vorgezogen hatte. Außerdem legte er keinen Wert darauf, je wieder Ladi Lubin in den Wanst zu rennen oder anderen Bekannten zu begegnen, die sich naserümpfend von ihm wegdrehten. Bis die Stadttore dichtgemacht wurden, traf er sich hier mit Thore Einarm, der in der Reisekleidung eines Händlers aus Brandenburg auftrat. »Als Muselmann gewandet wird mir die Luft zu heiß, jetzt wo alle Welt vom Kreuzzug schwatzt.«

Als er den sauren Wein probierte, spuckte er angeekelt in den Becher. »*De gustibus non est disputandum,* aber ist das die vielgerühmte Gastlichkeit Vinetas?« Im Herbst, als Bole mit Frau und Töchtern in sein neues Haus umgezogen war, hatte der Einarmige ihn zum letzten Mal aufgesucht. Bole hatte ihn nicht an seinen Tisch geladen, sondern sich wiederum bei der Verwachsenen mit ihm getroffen. »Ihr seid ein Geizkragen, Bole Sliwosz, das ist die Krux mit Euch.«

»Ich war mein Leben lang arm.« Und gerade jetzt, wo er gehofft hatte, die Armut abzustreifen wie ein zerschlissenes Wams, rissen ihre knochigen Finger ihn am Hemd zurück. Erik Lam, die Jammergestalt, die sich König nannte, hatte den Schwanz eingekniffen und sich in ein Kloster verdrückt. Damit versiegte der Geldstrom, der bisher in sein Haus geflossen und dort versickert war. Thore Einarm machte keine Anstalten, die üblichen in Samt eingenähten Griwnen aus dem Reisesack zu ziehen und ihm über den Tisch zu schieben. »Mit wem halten wir's?«, fragte Bole geradeheraus. »Mit Sven von Seeland oder Knut von Jütland? Von welchem bekomme ich künftig meinen Lohn?«

Nachsichtig, als spreche er mit einem Schwachsinnigen, wiegte der Einarmige den Kopf. »Mit keinem von diesen, denn sie werden beide nicht bleiben. Wir halten es mit dem Knäblein Waldemar.«

»Mit wem?«

»Mit dem Söhnchen des schändlich gemeuchelten Knud Lavard. Waldemar zählt zur Stunde zarte fünfzehn Jahre und kämpft löwenmutig, um das teure Blut des Vaters zu rächen.«

»Lasst das Gewäsch, Thore. Ich will Geld sehen, das Euer Knäblein wohl kaum aufbringen kann.«

Der Einarmige beugte sich zu Bole hinüber, bis die feucht glänzenden Lippen beinahe sein Ohr berührten. »Und überhaupt, hat unser Freund Bole denn dieses Geld, das er sehen will, letzthin verdient? Hat er die klitzekleinen Auskünfte, die unserem Königshaus gedeihlich sind, beschafft?«

»Wenn nichts geschieht, kann ich auch nichts melden.«

»Oho, also nichts geschieht hinter den zwölf dem Himmel höhnenden Toren von Vineta. Ein beschauliches Bild. Nur leider kein ganz echtes. Soweit wir vernehmen durften, aus anderen Quellen, versteht sich, da die Eure ja eher spärlich tröpfelt, herrscht im Gegenteil emsige Tätigkeit. Der schöne Wartislaw, der, wenn ich mich recht erinnere, mit Euch nicht allzu weitläufig verwandt ist, soll mit rührigem Eifer zum Gefecht rüsten. Wenn dem so ist, warum erfahren wir so etwas nicht von Euch?«

»An meinen Bruder komme ich nicht heran«, gestand Bole missmutig ein.

Wieder wiegte der Däne den Kopf. »Ich verstehe, mein Freund. Ich verstehe. In eine Spelunke wie diese verschlägt es den sinnesfreudigen Herrn Bruder wohl kaum. Man müsste ihm eine Laus wie Euch also geradewegs in den Pelz setzen, richtig? In den Wiec zum Beispiel.«

»Mich in den Wiec? Eher wählen die Vineter einen Hammel ohne Hörner.«

»Wie bedauerlich, mein Freund. Mir scheint, Eure Mitbürger wissen Eure Tugenden nicht gebührlich zu schätzen. Aber ein solcher Wind kann ja im Handumdrehen umschlagen. *Hic Rhodos, hic salta,* mein Freund. Zeigt uns, was Ihr könnt. Mein Prinz Waldemar und ich setzen hohe Hoffnungen auf Euch.«

»Euer Prinz Waldemar ist ein Knabe ohne Krone.«

Der Einarm lächelte fein, langte zwischen seinen Beinen in sein Bündel und brachte einen Flicken Samt zum Vorschein, der gut und gern dreimal so groß war wie jeder der früheren. »Hier, das schickt Euch mein Herr.« Er schob den Flicken über den Tisch. »Es ist ja möglich, dass ich mich eine Weile hier nicht sehen lassen kann. Wie vermutlich sogar Ihr habt läuten hören, ruft der Abt von Clairvaux uns gegen die heidnische Teufelssaat zum Kampf. *Deus vult,* mein Freund. Umso teurer ist meinem Prinzen *in absentia* sein Ohr und Auge in Vineta. Ihr versteht mich, richtig?«

Bole nickte, streckte die Hand aus und zog den Flicken zu sich.

»Seid unbesorgt.« Der Einarmige stippte seinen Becher um, dass der Rest Wein über den Tisch rann, und stand auf. »Unser Herr Waldemar wird auf dem Thron von Dänemark sitzen. Und nicht nur das. Beileibe nicht nur das.«

Ein halbes Jahr später hatte der Reichstag in Frankfurt den Angriff auf wendische Gebiete zum Kreuzzug erklärt. Wartislaw Sliwosz beruhigte sein aufgeschrecktes Volk, ließ seinen Hausgott Perun die Sturmglocken läuten und versiegelte die Stadt. Die Kreuzfahrer, die von allen Seiten, aus Dänemark, Sachsen, Böhmen und Polen, ins Wendenland drängten und zweifellos Vineta, den saftigsten Apfel, vom angesägten Ast hatten pflücken wollen, prallten von den bewehrten Mauern ab und zogen wieder ab. Weiter westlich gab es schließlich Städte zu plündern, über die kein begnadeter Stratege seine Hände hielt. *Sie beten ihn an,* dachte Bole. *Wenn er ihnen heil durch diese Flut voranschwimmt, stellen sie sein Bildnis vor das Rathaus, um davor zu knien.*

Seit der Umsiedlung in die Bernsteingasse hatte er gefürchtet, seinem Bruder über den Weg zu laufen, aber er bekam ihn nicht einmal von weitem zu Gesicht. Offenbar war der beflissene Starost unentwegt im Dienst der Stadt auf den Beinen und hatte nicht einmal Muße, sich in seinem Haus zu Bett zu legen.

Häufig dagegen sah er Natalia, Kasi und den schwarzhaarigen Jungen. Der war hoch aufgeschossen, bald zwei Köpfe größer als das Tier, das etwa gleich alt sein musste, aber nicht mehr wuchs. Schlaksig ging er, in Gedanken versunken, das Hemd aus dem Gurt gezerrt, die Haare wüst und ohne je zu lächeln. Sie hingegen, Natalia, die Kinderlose, die das Sängervolk die schönste Frau Vinetas nannte, strahlte bei jedem Blick auf ihn. Ihr Haar trug sie ohne Schläfenband, im Wind sich bauschend, in wüsterem Rot als ihr Kleid.

Mit dem Tier, das seinen schiefen Leib an sie lehnte, stand sie des Morgens in der Tür und winkte dem Jungen nach, der mit dem Tölpel Reric die Straße hinunterzog. Mit ihrer Stimme wie Rauch rief sie ihnen hinterdrein: »Gebt auf ihn Acht, Zemu. Sorgt mir dafür, dass er zu Mittag isst.«

Wenn Bole sich nach solchem Tagesbeginn an sein Pult

setzte, bekam er diese Stimme nicht aus seinem Ohr. Ohnehin gab es für ihn wenig zu tun. Der Außenhandel der Stadt war völlig zum Erliegen gekommen, kein Schiff verließ mehr den bewachten Hafen, und in Vineta kaufte kein Mensch von ihm. Somit hatte er lediglich ein paar Bestandslisten zu prüfen, doch selbst die schlichten Zahlenreihen verwischten ihm vor Augen. Stattdessen sah er den schwarzhaarigen Jungen, der mit Zemu davonging, und die Frau in der Tür, die ihm winkte. *Morgen früh bleibe ich in meinem Haus*, schwor er sich, doch kaum riss das erste Licht ihn anderntags aus quälenden Träumen, stand er schon wieder an der Gasse, verdeckt von einem Häuservorsprung und darauf fiebernd, dass ihre Tür sich auftat.

Und dann sah er ihn eines Morgens doch. Seinen Bruder. Den Herrn des Sturmglockentores, von dem jedes verdreckte Kind in jedem verdreckten Winkel der Stadt schwatzte. Wieder einmal war er in tiefster Nacht aus dem Schlaf geschreckt und hatte mit jagendem Herzen wach gelegen, bis er es nicht mehr ertrug. Unweigerlich zog es ihn hinaus. So süß und milde war seit Tagen das Wetter, wie er die Sommer seiner Jugend im Gedächtnis hatte. Und dieses Erinnern, die Sternennacht, die an dem Streifen Himmel zwischen den Dächern verblasste, die zirpenden Töne und Düfte, erfüllten ihn mit einem Schmerz, der ihm die Kehle abschnürte. Ein paar Schritte ging er, bald taumelnd. Dann wich er hinter den Vorsprung zurück.

Mit leisem Quietschen schwang die Tür, durch die er selbst so oft hindurchgegangen war, voll Erwartung hinaus und voll Vertrauen hinein, nach innen und entließ zwei Gestalten in die Blässe des Morgens: die Frau, die einen Umhang über ihr Nachtgewand geworfen hatte, und seinen Bruder.

Er stand mit dem Rücken zu ihm. Von seinen Schultern, auf die einst lose Mädchen Lieder der Lust gedichtet hatten, fiel sein Mantel, grün mit schwarzen Besätzen. Die Farben Vinetas. *Verdammt seist du, Warti Sliwosz, unter dem Grinsen der Sonne geboren, was hält dich jung, das Blut von Hübschlerinnen?* Um die umschmachteten Schultern schlossen sich die Arme der Frau. So fest, als werde sie ihn nicht seiner Wege ziehen, sondern sich an seinem Leib davontragen lassen. *So fest, als liebte sie ihn,* durchfuhr es Bole. Sonst tat sie nichts. Stand nur still auf Zehenspitzen und gab ihm diese innige Umarmung mit auf den Weg. Irgendwann lösten sie sich. Sie sagte ein Wort, berührte seine Wange. Was sein Bruder tat, konnte Bole nicht sehen, aber bezweifelte nicht, dass er lächelte.

Einen Augenblick später wandte er sich fort, dass der Mantel flog, und ging zum Hoftor, wohl um sein Pferd zu holen. Ein lausiger Reiter war er, aber wer störte sich daran? Seine Frau stand in der Tür und sah ihm nach, umhüllt von weißer Seide, die um ihre Schenkel spielte, und von ihrem Fuchsschweifhaar. Boles Kehle schien mit schmelzendem Blei gefüllt. Er drehte sich um und spie auf die Gasse. Dann schleppte er sich an der Häuserwand entlang den Weg zurück.

Tage später trat Adalbert, der Bischof von Pommern, auf das Schlachtfeld. Er ließ sich vor die Tore der belagerten Stadt Demmin geleiten und beschwor die Kreuzfahrer, die längst christianisierte Stadt nicht länger zu bedrängen. Die heiligen Krieger, so wurde berichtet, setzten nach einigem Palavern ein Strohkreuz auf die Stadtmauer, rückten ab und zogen metzelnd und plündernd durch die nächsten Dörfer.

Am selben Abend erklärte sein Bruder die Burg des Tysjatschnik, die durch das Sturmglockentor zugänglich war, zur Fluchtburg für Verfolgte aus dem Umland. Tezlaw selbst, geleitet von seinen Helmträgern, verkündete auf dem Torg seine Zustimmung. Zwar bestand trotz verstärkter Bewachung Gefahr, dass ein Spitzel des Feindes sich einschlich, doch die Vineter zeigten sich vertrauensvoll wie eh und je: »Unser Starost ist der Liebling des Perun«, hörte Bole ein gelb gelocktes Weibsbild auf der Gasse schwatzen. »Wenn von den Landräubern einer sein Tor bedroht, reißt der Sturmgott am Glockenseil, dass dem Unhold Hören und Sehen vergeht.«

Die Milde des Frühsommers wich einer wie eingekochten, fast windlosen Gluthitze. Brunnen und Quellen der verriegelten Stadt wurden überwacht und Wasserverschmutzung unter Strafe gestellt. Über Kot und Abfall in den Gassen prassten Fliegen, auch wenn der Rat täglich karrenweise Unrat davonschaffen und außerhalb des Hafens ins Meer schütten ließ. Bole fühlte sich von Dreck und Gestank schier verfolgt. Neben seiner Arbeit, in die er sich wie ein Tier in seinen Bau grub, wurde Reinlichkeit zu seiner Besessenheit. Hatte er längere Zeit draußen, in der milchig flimmernden Luft zubringen müssen, so nahm er unverzüglich ein Bad. Außerdem unterzog er sich, so oft es seine Zeit erlaubte, einer gründlichen Säuberung in der Schwitzhütte, die er sich im Hof seines neuen Hauses hatte einrichten lassen.

Vielleicht war dies das Letzte, dem er mit einer Art von Freude entgegensah, die Ruhestunden in dem fensterlosen Holzbau, wo er all das Gift, all die fauligen, stinkenden Säfte aus seinen Poren herausfließen lassen konnte. Auf die Steinglut im Ofen schöpfte er Wasser, sodass der Raum sich mit schweißtreibenden Schwaden füllte. Dazu schlug er sich den Rücken mit Birkenzweigen, um sein Blut zum Strömen zu bringen und seine Haut gegen Verderbnis zu wappnen. So hockte er zuweilen einen halben Vormittag lang auf der Schwitzbank, sah dem Geflacker der Kienfackel zu und vergoss Schlacken, als häute er sich.

Der Bursche, der ihm anschließend einen Packen frischer Leintücher brachte, sorgte dafür, dass ihn während dieser Zeit niemand störte. Eilige Geschäfte gab es nicht, und Jula ging ohnehin ihre eigenen Wege. Seit sie das neue Haus hatten, lebten sie beinahe friedlich beieinander, indem sich der eine nicht scherte, was der andere tat.

In dieser Nacht war es ihm elend ergangen. Es erging ihm in den meisten Nächten elend, auch wenn die Träume, die ihn marterten, am Morgen weder Namen noch Bilder hinterließen. Nur das Gefühl des Unbehagens, das sich durch seine Eingeweide fraß und wühlte. In Eile erledigte Bole das Nötigste. Dann befahl er dem Burschen, den Ofen zu heizen, Öl von Nadelbäumen in den Aufguss zu mischen und einen frischen Bund Birkengrün zu schneiden. Kurz darauf zog er sich in sein Refugium zurück.

Ihm war bekannt, dass in dem öffentlichen Badehaus in Hafennähe Männer wie Weiber sich mit Wonne gemeinsam entkleideten, kichernd und kreischend einander Bänder und Gurte aufzupften, sich gegenseitig in Zuber tauchten und mit den Ruten auf dralle Hinterbacken klatschten. Ihm selbst wurde schon von den erdachten Bildern übel. Zum Schwitzen ging er allein und entledigte sich seiner Kleider nicht eher, als er die Holztür hinter sich verriegelt wusste. An seinem Körper sah er nur ungern hinunter. Er war mager geblieben in all den Jahren. Schlechte Ernährung ließ die Haut von seinen Knochen hängen wie die Schale einer Schrumpelpflaume. Das äffische Schwarzhaar auf Armen und Beinen wurde grau.

Sich zu entspannen fiel ihm an diesem Morgen schwerer als je. Wie Aasvögel kreisten seine Gedanken ihm im Schädel. War es die bleierne Windstille, der Druck des Eingeschlossenseins, der über der gesamten Stadt lastete? Was aber hatte ihn die Stadt zu kümmern? Er schüttete Wasser mit solchem Schwung auf den Ofen, dass Rauch, Hitze und scharfer Duft nach Fichtenharz ihm für kurze Zeit den Atem nahmen. Als die Schwaden sich legten, packte er das Zweiggeflecht mit beiden Händen und versetzte seinem Rücken einen Hieb.

Es ist nicht die Stadt, nicht wahr? Es ist das Weib. Wieder schlug er sich, so fest, dass ihm ein Schmerzenslaut entfuhr. Aber es nützte nichts. In ihm hauste ein verstocktes Balg wie seine jüngste Tochter, bei der, wie Jula sagte, kein Prügeln half. *Das verfluchte Weib steckt dir im Kopf, die Hübschlerin, die sich des Nachts mit deinem Bruder in den Laken wälzt.* Gewiss lachten sie. Solche wie die fanden immerfort Grund zum Lachen. Bole glaubte sie vor sich zu sehen, splitternackt einander gegenüber, Salerner Wein saufend, blutrot in silberblanken Bechern. *Und wenn sie sich zutrinken, versinken sie einander in den Augen, Bernsteinbraun in Himmelsgrau, und die verfluchte Welt um sie steht still.* Auffahrend wollte er nach der Schöpfkelle greifen, da pochte es an der Tür. Verzagt erst, sodass er meinte, er habe sich verhört. Gleich darauf jedoch lauter.

Wut übermannte ihn. »Verfluchter Kerl, verlangt's deinen Arsch nach dem Stock? Zum abertausendsten Mal, ich will auf der Schwitzbank nicht gestört werden.«

»Ja, Herr.« Das Gestammel des Burschen ließ sich durch das Holz kaum verstehen. »Nur ist doch jetzt unerwartet ein Besucher gekommen.«

»Der kann warten.«

»Das hat er auch gesagt, aber ich dachte …«

»Denken nennst du das, wenn du den Kohl in deinem Kopf umeinanderrührst? Also los, was dachtest du?«

»Dass Ihr ihn wohl gleich sehen wollt, Herr.«

»Soso«, entrang sich Bole, ein Herzrasen niederkämpfend, für das er keinen Ursprung sah. »Wer ist es denn? Der erhabene Svantovit höchstselbst?«

»Der Starost von Vineta«, drang das Stimmchen des Burschen durch die Wand. »Euer Herr Bruder.«

Manche Nacht hatte er es sich ausgemalt. Er würde kommen, an die Tür seines Hauses klopfen und in den Gestank nach Fisch und Kinderkot hinein *Guten Tag, Bole* sagen, mit seiner Stimme weich wie Moos. Weiter ging seine Vorstellung nie. Was würde er selbst tun, was zur Antwort geben? Seit er nicht mehr im Hafenviertel lebte, hatte dieses Wachträumen aufgehört. »Soll ich ihm sagen, dass Ihr kommt?«, fragte der Bursche eingeschüchtert.

»Nein«, erwiderte Bole. »Sag ihm, er soll zu mir kommen. Bring Wein. Einen Krug, zwei Becher. Und dann verschwinde und untersteh dich, irgendwen in den Hof zu lassen.«

Es dauerte nur Augenblicke. Durch eine Klappe in der Tür reichte der Bursche den Wein herein, ehe er sich aufs Schnellste verzog. Dann klopfte es. Im Sitzen, ohne sich umzudrehen, tastete Bole nach dem Riegel. Der Luftzug, der seinen Nacken traf, war kaum kühler als die Hitze in der Kammer. »Guten Tag, Bole.«

Schwerfällig schöpfte Bole eine Kelle Wasser auf die Glut und sah den Schwaden zu, die sich um seine Hüften legten.

»Soll ich hereinkommen oder hier stehen bleiben?«

»Beeil dich, mach die Tür zu. Du schwemmst mir den Gestank von draußen in die Kammer.«

»Wonach stinkt es denn?«

»Nach Verkommenheit. Nach elendem Drecksleben.«

»Aha.« Sachte schloss sich die Tür.

Ohne aufzublicken, wies Bole nach der Bank an der Wand gegenüber, keinen Schritt von der seinen entfernt. »Setz dich.«

Der andere rührte sich nicht.

Bole hob den Kopf. Vor ihm stand tatsächlich sein Bruder, der mit seiner Länge und Breite, seiner vibrierenden, federnden Lebendigkeit die enge Kammer bis zum Bersten füllte. »Setz dich hin«, herrschte Bole ihn an.

»Zu Befehl.« Warti wandte sich halb nach der Bank.

»Wenn du den albernen Mantel nicht ausziehst, bist du schneller, als du schnaufen kannst, erstickt.«

»Das fürchte ich auch.« Achtlos löste der Bruder die Fibeln, schüttelte den Mantel ab und ließ sich auf der Bank nieder. Er trug kein Wams. Nur ein Hemd aus fein gewebtem Leinen. Unbefangen, die Schenkel gespreizt, saß er Bole gegenüber. »Geht es dir gut? Dein Haus gefällt mir. Und Natalia würde deinen Garten lieben.«

»Zieh dich aus«, hörte Bole sich sagen.

Unbeirrt hielt der Blick des Bruders den seinen. *Dass einer schöne Augen hat, soll man von Mädchen denken, nicht von Männern.* Die dichten Brauen stoben in die Höhe und zogen die Muschelschalen der Lider nach.

»Verdammt, du störst mich beim Schwitzen. Also tu gefälligst mit oder verschwinde.«

»Willst du nicht erst hören, weshalb ich gekommen bin, bevor du entscheidest, ob ich das eine oder das andere tun soll?«

»Lass das Gewäsch, Warti.«

Wie ein träges Tier erhob sich sein Bruder. Bole den Rücken zukehrend, nestelte er sich das Hemd auf, warf es zu Boden und ließ Bruech und Beinkleider folgen. Über die goldbraune Haut schwirrten Schatten des Feuers. »Das ist schön«, sagte er.

»Was?«

»Wie du *Lass das Gewäsch, Warti* zu mir sagst.« Er drehte sich um und setzte sich wieder auf die Bank. Rauchschwaden legten sich. Sie musterten einander. »Du hast mir gefehlt, Bole.«

»Habe ich? Du siehst aus, als wärst du prächtig ohne mich vorangekommen.« Daran ließ sich nicht rütteln. Vor ihm saß kein abgerackerter Mann mit vierzig Jahren im Kreuz, sondern einer in der Blüte seiner Kraft. Er hatte zu fressen bekommen, wie ein Viehzüchter seinem schönsten Stier zu fressen gibt, und dieses feste, strotzende Fleisch war nach Strich und Faden verzärtelt worden. Auf der Haut, auf der Schweiß zu glänzen begann, fanden sich gewiss noch Spuren von den Liebkosungen der Roten.

»Und wenn ich aussehe wie ein schlachtreifes Schwein, ich habe dich dennoch vermisst und bin froh, dass du mir nicht die Tür gewiesen hast.«

»Soso.« Um ihn nicht länger anstarren zu müssen, schenkte Bole die Becher voll. »Willst du Wein?«

»Nein.«

»Nein? Als ich dich das letzte Mal sah, warst du König der Schluckspechte. Ist mein Wein vielleicht nicht edel genug für deinen feinfühligen Gaumen?«

»Mein Gaumen ist derb wie ein Ledersattel«, kam es gleichmütig von Warti. »Und dem Aroma nach nimmt es dein Wein mit meinem schwärzesten Salerner auf.«

»Na also. Weshalb säufst du ihn dann nicht, statt dumm zu schwatzen?«

»Weil du mir diesen Becher hinhältst, ohne mich zumindest dabei anzusehen.«

Bole blickte auf. Warti beugte sich vor und nahm ihm den Becher aus der Hand. Salbeiduftender Atem traf seine Wange. »Du bist ein Hundsfott, Warti«, entfuhr es ihm.

»Ich weiß.«

»Wenn ich dir so gefehlt habe, warum kommst du erst jetzt?«

»Das frage ich mich selbst. Erst war mir mein Stolz im Weg. Dann habe ich mich geschämt.«

Bole griff nach seinem Becher und stürzte den Wein hinunter. Sein Blick glitt an dem anderen hinab: an den unglaublichen Schultern, der sich hebenden, senkenden, schweißbedeckten Brust, der fülligen Taille, den noch immer jünglingshaften Hüften und den Schenkeln, zwischen denen sorglos seine Männlichkeit baumelte. »Stolz nimmt man dir ab, Warti. Scham nicht.«

»Nicht? Das ist schade, denn ich schäme mich noch immer.«

Bole griff nach dem Rutenbündel, umklammerte es, wie um sich festzuhalten. »Du bist also gekommen, um mich um Verzeihung zu bitten? Ist das wahr?« *Und wenn es so wäre, verziehe ich dir? Nach zwanzig Jahren, verziehe ich dir mein verpfuschtes Leben, den Fischgestank, das ewige Getöse der Glocken, meine verhärmten, unansehnlichen Töchter, die Älteste in Schande verkauft, und die Verachtung in den Augen der Frau, die ich mehr geliebt habe, als einer wie du je begreifen wird? Kann ich dir das verzeihen? Mich dir an die Brust, in die Arme werfen und auf dein Herz lauschen, als wären wir noch Kinder?*

»Nein«, sagte Warti.

»Was sagst du?«

»Ich wäre glücklich, wenn du mir verzeihen könntest, Bole. Aber gekommen bin ich, um ein Geschäft mit dir zu machen.«

Die feuchte Hitze stieg Bole zu Kopf und ließ ihn schwindeln. Er öffnete den Mund, doch aus der trockenen Kehle drang kein Wort.

»Ich will etwas von dir kaufen und einen guten Preis dafür bezahlen. Einen Preis, den du benennen kannst.«

Deinen Kopf. Dein brandrotes Weib. Den Schwanz, der wie der Maßstab der Welt zwischen deinen Schenkeln baumelt. Er räusperte sich, griff nach mehr Wein, derweil die freie Hand sich noch immer um die Rute krallte. »Und was ist das, das du dir derart dringlich wünschst, dass du so leichtsinnig dein Wort verpfändest?«

»Salz.«

Salz. Absurderweise starrte Bole auf seinen Arm, an dem Schweiß wie Meerwasser herunterrann. »Und wozu bitte solltest du mein Salz brauchen? Deine goldene Nase verdienst du dir doch wohl nicht neuerdings mit Tierkadavern?«

»Ich brauche es nicht für mich. Sondern für die Stadt.«

»Für die Stadt? Ist die denn nicht mit allem so reichlich eingedeckt, dass die Weiber ihren Bälgern schon mit weißem Brot die Hintern wischen?«

»Nicht mit allem. Ich habe vergessen, die Salzvorräte aufzufüllen.«

»Was du nicht sagst. Du hast es vergessen? Der gottgleiche Wartislaw Sliwosz ist fähig, einen Fehler zu begehen?«

In dem schönen Gesicht seines Bruders zuckte es. »Wenn es dir wohltut, mir ein paar Hiebe zu verpassen, sei es dir gegönnt.«

Oh ja, es tut mir wohl. Bole sprang von der Bank. *Wenn du wüsstest, wie wohl es mir tut, dir würde angst und bange in deiner unversehrten Haut.* »Nun, du kommst als Bittsteller. Kannst dir kaum aussuchen, was du über dich ergehen lässt. Was wäre denn eigentlich, wenn ich nein sagte und dir für keinen Preis, den du aufbringen könntest, mein Salz verkaufte?«

»Dann fingen die Vorräte für die Stadt demnächst an zu faulen. Auch die verderblichen Waren. Wenn das Wetter nicht umschlägt, hockten wir binnen kurzem auf Bergen von stinkendem Fleisch.«

»Was du nicht sagst. Und dann müsste dein Volk von Hätschelkindern hungern? Am Ende ginge ihnen womöglich auf, dass ihr angebeteter Starost so anbetungswürdig gar nicht ist, und sie jagten ihn samt seinem Glöcknergott zum Tor hinaus.«

Warti hob eine Schulter und ließ sie wieder fallen. »Ja, vielleicht tun sie das. Wenn sie mich nicht vorher zwingen, dem Handel die Tore zu öffnen und unsere Gegner in die Stadt zu lassen.«

»Und da besinnst du dich plötzlich auf mich? Kommst hierher, damit ich dir aus der Klemme helfe.« Bole sah auf seinen Bruder hinunter. *Dein Haar wird doch grau, verdammter Hundsfott. Wessen Blut du auch saufen magst, nicht einmal vor dir verneigt sich die Zeit.* »Und warum sollte ich das tun? Weil ich dein Bruder bin? Weil du mir so selbstlos beigestanden hast, als ich dich darum bat? Sag es mir. Hat mir mein Bruder geholfen, das einzige Mädchen zu gewinnen, das ich jemals liebte? Das Mädchen, das derselbe unersättliche Bruder kurz darauf geschwängert hat.«

»Beim Perun, Bole, wer redet dir so etwas ein? Ich habe die Jula nie im Leben …«

»Halt jetzt endlich dein verdammtes Schwatzmaul«, schrie Bole und stieß Warti, der halb aufgesprungen war, so hart vor die Brust, dass dieser auf die Bank zurücksackte.

Bole taumelte rückwärts und ließ sich ermattet auf seine Bank sinken. »Was weiß denn einer wie du, wie viele Bälger er hat«, murmelte er. »Und das Kind ist ja auch nie zur Welt gekommen. Der Jula im Leib gestorben ist es. Ein Sohn, sagt sie.«

»Deshalb hasst du mich, nicht wahr? Deshalb hast du mir damals im Hafen ins Gesicht geschrien, du wünschtest mich tot und verrottet in der Grube. Du hast versucht mich zu erwürgen, und ich stand starr da, zu gelähmt, um mich zu wehren. Ein Tier hast du mich genannt. Einen Mädchenschänder.«

Bole starrte zu Boden, auf die Maserung des Holzes, die Narben und Schmisse in der blanken Oberfläche. »Und bist du das etwa nicht?«

»Nein«, antwortete Warti. »Ich mag die Jula geküsst haben, vor einem halben Leben, in irgendeiner schwachen, versoffenen Stunde. Aber ich habe ihr kein Kind gemacht. So wüst dir mein Leben auch erscheinen mag, wenn ich eine Frau für eine Nacht wollte, pflegte ich solches Begehren nicht zu meiner Base zu tragen.«

»Leider habe ich keinen Grund, dir zu glauben.«

»Nein, den hast du wohl nicht. Ich habe alles verpfuscht, nicht wahr? Ich hätte dir das Haus geben müssen. Mir war ja gerade das von Thietmar in den Schoß gefallen, dazu das Geschäft und der Sitz im Rat. Ich habe einzig an mich gedacht und dich mit leeren Händen ziehen lassen.«

»Wärst du nicht gewesen, vielleicht hätte meine Frau mich lieben können.« Vor Boles Augen verschwamm das zerpflügte Holz. Zwischen den schartigen Rissen erstand das Bild jenes Morgens auf der Gasse: Die Arme der Roten, die sich schwer vor Zärtlichkeit um die Schultern seines Bruders schlangen. »Ich habe mir selbst ein Haus gebaut, ich brauche deines nicht mehr. Aber das, was du sonst noch besitzt und was teurer ist als alle Häuser Vinetas, werde ich niemals haben. Weißt du eigentlich, wie unverdient und unermesslich reich du bist?«

»In der Tat, das weiß ich. Ich bin unverdient reich, und ich widere dich an.«

Wider Willen blickte Bole auf. Der Bruder hielt den Kopf geneigt, eine Hand auf die Bank gestützt, ein Bein angewinkelt. *Verdammt, Warti, warum war jeder Mensch gezwungen, dich zu lieben?* »Ja, das tust du«, sagte er und nahm das Bündel Birkenzweige wieder in die Hände.

»Bole.« Kein Rauch stand mehr im Raum. Die Luft erkaltete. »Wenn wir diesen Wahnsinn überstehen, lassen Natalia und ich unseren Jungen zum Mann weihen. Sosehr du mich hasst, ich hätte gern, dass du dabei bist. Ich würde meinen Jungen einer deiner Töchter geben.«

Du hast ja keinen Jungen. Noch weniger als ich. Meinen Töchtern, die in der ganzen Stadt keinen Mann finden, hast du nichts zu geben.

»Hilf nicht mir, Bole. Hilf Vineta.«

»Du warst beim Bischof in Julin, nicht wahr?«, fragte Bole, als habe er den anderen nicht gehört. »Und der Bischof in Julin hat dich eingelassen, so wie die Reichstagsstadt Frankfurt dich eingelassen hat. Du bist zwar ein Wende, der Herr des Heidenhortes, den Abt Bernhard die Saat des Teufels nennt, aber wenn der Teufel so liebenswert daherkommt, so hübsch und mit so wonnigen Manieren, wer könnte ihm seine kleinen Wünsche abschlagen? Du hast also dein bezwingendstes Lächeln aufgesetzt und den Bischof gebeten, Demmin zu Hilfe zu eilen.«

»Beim Perun, Demmin ist eine christliche Stadt, die ein Anrecht auf seinen Schutz hat.«

»Aber du hast ihn gebeten.«

»Ja.«

Boles Herz schlug so heftig, dass er fürchtete, es werde ihm in den Kopf schnellen. »Dann bitte jetzt mich.«

Ihre Blicke trafen sich. Der seine flackerte nicht länger, sondern hielt dem Himmelsgrau stand. »Ich bitte dich, Bole. Verkauf mir das Salz, das unser beider Stadt braucht.«

Sehr langsam schüttelte Bole den Kopf, hob die Birkenrute und deutete damit auf das Holz zu seinen Füßen.

»Das ist nicht dein Ernst. Ist dieses Spiel nicht unter unserer Würde?«

»Was unter deiner Würde ist, entscheide selbst, mein Herr Starost.«

Warti stand auf. In der Enge zwischen den Bänken hatte ein so großes Geschöpf kaum Raum, sich zu rühren. Boles Hand schloss sich um die Birkenrute, so fest, dass sich die Schrunden in sein Fleisch bohrten. Einen trommelnden Herzschlag lang zögerte sein Bruder. Dann sank er auf den hölzernen Dielen in die Knie.

Boles Herz drohte, ihm den Schädel zu zersprengen. Sein Atem war Schnaufen, das in seinen Ohren hallte, derweil er auf den gewölbten Rücken seines Bruders starrte. Hellgoldene, schweißblanke Haut, straff gespannt über dem biegsamen, Wirbel für Wirbel sich zeichnenden Rückgrat. Das Werk eines Meisterdrechslers. Unfasslich zart. Er wollte schlucken, doch seinen Mund nässte kein Tropfen Speichel. *Schmeckt so Macht? Triumph? Unmenschlichkeit?* Er hob die Rute. Bedächtig schlug er auf eins der flügelgleichen Schulterblätter. Den sonst stillgehaltenen Rücken hinunter zuckte kaum merklich ein Muskel. *Liebkost dich hier deine Schöne? Aalt sich dein Fleisch unter streichelnden Fingern, küsst sie dich mit dunklen Lippen wund?* Er führte die Rute zum Hals hinauf, strich das Haar beiseite und ließ sie auf dem Nackenwirbel ruhen.

»Ich bitte dich. Verkauf mir das Salz für meine Stadt.«

Wie sind wir so weit gekommen, Warti, und wofür muss ich dich sogar jetzt noch bewundern?

»Eine Griwne für einen Scheffel«, hörte Bole sich sagen. Seine Stimme klang verzerrt, und das Getöse seines Herzens hätte jedes weitere Wort übertönt.

10. Kapitel

Vielleicht, so überlegte Oda, war dieser Sturm, den sie den Wendenkreuzzug nannten, tatsächlich der wildeste gewesen, den Vineta in all den Jahren zu bestehen hatte. Sie aber hatte zahllose Stürme erlebt, pechschwarze, berstende Himmel und Meeresgebrüll, das bis in ihre Kammer heraufdrang. Sie war an ihrem Platz am Fenster sitzen geblieben und hatte unbewegt zugesehen. Tatsächlich hatte ein mildes Unwetter genügt, um ihr Witsach zu nehmen, und seither waren es nicht mehr wilde Stürme, sondern ganz andere Kräfte, die ihr bange machten.

Jakub hingegen schien unter der Furcht wie welkes Ahornlaub zu bröckeln. Er sprach immer weniger, würgte am Essen, geisterte tagsüber ziellos umher und legte sich des Nachts nicht schlafen. Oda war kurz davor, die Geduld zu verlieren, da erstürmte der Alte eines Morgens, kurz vor Wintereinbruch, wie ein Gassenjunge ihre Tür. »Es ist vorbei, Oda. Die Kreuzfahrerheere brechen den Feldzug ab und verlassen unser Land.«

»Unser Land, Alter?«

»Wenn einer um ein Land so sehr zittert, dann ist es auch das seine«, erwiderte Jakub mit einem Anflug von Trotz. »Es lebe das freie Vineta. Des erhabenen Svantovits Stadt.«

»An den Svantovit glaubst du gleich auch?«

Der Glatzkopf grinste, sodass Oda wieder einmal auffiel, wie sehr seine Ohren den Henkeln eines Nachttopfs glichen. »Heute glaube ich an alles. Sogar an deine Mittagsfrau.«

Oda selbst hingegen glaubte seit langem an keine Mittagsfrau mehr. Zumindest war ihr die Mittagsfrau gleichgültig, seit ein anderer Dämon begonnen hatte, ihr Besuche abzustatten. Ein Dämon, der ihr nur allzu bekannt war und der sich von Ahorn nicht abschrecken ließ. Über diese Besuche sprach sie jedoch nicht einmal mit Jakub.

»Auf deinen Sohn bin ich stolz wie ein Pfau«, bekundete Jakub und die Nachttopfohren glühten dazu. »Er ist, um diese Stadt zu bewahren, über sich hinausgewachsen.«

Tatsächlich rannten Kinder und junges Volk tagelang die Gasse hinauf und hinunter und riefen Wartis Namen: »Es lebe das freie Vineta und Warti Sliwosz, ihr herrlicher Starost.« Wäre es Frühling gewesen, hätten sie Blumen geworfen, so aber wirbelte um sie der erste Schnee.

Wird es dir einsam auf deinem Sockel?, fragte sich Oda. *Wagt noch einer dich anzurühren, hält noch einer für möglich, dass du frierst und schwitzt und in einen Topf pinkeln musst wie gewöhnliches Erdengewürm?*

Warti hätte seiner Stadt ein Fest geben können. »Kreuz und quer im Land reicht ein Fest dem anderen die Hand«, hörte Oda ihn zu dem roten Weib, dem er verfallen war, sagen. »Aber von den alten pommerschen Orten, die in diesen Marschen Jahrhunderte überdauert haben, hat jeder zweite nichts mehr zu feiern, denn es gibt ihn gar nicht mehr. Auch wenn die Kreuzfahrer ihr Ziel verfehlt haben, sind ringsum viele zu Christen geworden. Andere werden ihr Land an Siedler verlieren, dic der Sachsenherzog in Scharen herüberschickt. Wir brauchen Ruhe, um Kräfte zu sammeln. Für ein Fest ist im Frühling Zeit.«

Noch vierzig Wintertage, nachdem die Dänen sich mit ihren Verbündeten nach Norden, die Sachsen nach Westen und die Polen nach Osten zurückgezogen hatten, blieb Vineta aus Vorsicht verschlossen. Dann erst wurden die

Helmträger vor den Toren abberufen, und die Stadt fand in ihren Alltag zurück. Von alldem bemerkte Oda in ihrer Kammer wenig, aber sie spürte, welch ein Wind im Haus wehte, und erfuhr wie eh und je von Jakub, was außerhalb ihrer von Luftgeistern bevölkerten Welt geschah. Es war ein karger Winter, aber einer, in dem die Städter nach Herzenslust genossen, was sie hatten. Auch das Weib tischte auf, dass sich die Tafel bog, und lief in Prunkgewändern aus venezianischer Seide umher. Zum ersten Mal sprang ins Auge, wie viel jünger sie war als Warti.

Der stürzte sich, ohne sich zu schonen, ins Geschäft. Er nahm den Jungen mit. An dem Jungen, dessen Verstand scharf wie eine Lanze und respektlos wie ein Platzregen war, hatte er Freude ohne Ende, aber er ließ sich von ihm nichts von den Schultern nehmen. Während die anderen sich erholten und schon die Arme nach dem Frühling reckten, sah Oda zu, wie ihr Sohn an Kraft verlor.

»Bald sieht er aus wie seine eigene Wafelgestalt, so wie damals, als er mir das Weib hier heraufgebracht hat«, sagte sie nicht zu Jakub, denn mit dem hatten Gespräche über das Weib keinen Sinn, sondern zu ihrem Besucher, der wie jetzt häufig auf ihrem Bett unter der Dachschräge saß. »Würde sie ihn lieben, dann nähme sie ihn am Ohr und schärfte ihm ein: Du hast nur dieses Dasein. Geh um meinetwillen bedachter damit um.«

»Hast denn du das getan?«, fragte ihr Besucher mit jenem Unterton, der ihr ein Schaudern abzwang.

Wir legen den Toten ein Messer ins Grab, damit sie bleiben, wo sie sind, aber das ist so sinnlos wie der Rest unserer albernen Gebräuche. Das Messer kommt den Toten gerade recht. Sie kratzen uns die Türen damit auf.

»Nein, ich habe es auch nicht getan«, antwortete sie. »Deshalb eben hasse ich das Weib. Sie ist so mitleidlos wie ich, und er wird an ihr zuschanden gehen. Du weißt, ich habe ihn wafeln sehen.«

»Das ist Jahre her. Hast du dich nicht getäuscht?«

»Keiner weiß besser als du, dass ich mich nicht täusche«, sagte Oda, und ihr Besucher sah sie mit seinen leeren Augen an und nickte.

Oda hätte sich den Anblick ihres müden, bleichen Sohnes und des Weibes, das neben ihm vor Saft aus den Nähten platzte, ersparen und wieder in ihrer Kammer essen können. Aber sie wollte den Jungen sehen. Um des Jungen willen ließ sie sich allabendlich nach unten tragen, auch wenn sie sich eine Närrin schalt. Mit jedem Tag wurde es wärmer, so rasch wie nie, und zudem stünde, so berichtete Warti, seit Menschengedenken der mildeste Eisgang bevor. »Es ist, als wolle die Natur uns nach allem, was wir durchlitten haben, streicheln«, sagte Jakub.

Etwas so Törichtes, Unwendisches gäbe kein anderer als ihr jüdischer Flausenkopf von sich, aber ihr Sohn nickte ihm mit einem Augenzwinkern zu. »Bei uns im freien Vineta, mein Lieber, danken wir für solches Streicheln dem Pogoda.« Dann wandte er den Kopf zu seiner Frau, und Oda sah, wie beider Blicke ineinanderschmolzen. *Das hat ihm sein Vater mitgegeben. Diese Liebe ohne Vernunft. Mehr als zehn Jahre sind sie schon beisammen und noch immer hat er keine andere genommen, sondern lechzt nach jedem Blick von ihr.* »Kaum zu glauben, oder? Bald darf ich schon wieder ans Budenbauen denken.«

»Bau dir den prächtigsten Budenzauber deines Lebens, mein Liebling.«

»Ich denke, das werde ich tun«, sagte Warti. »Denn zugleich wird es ja höchste Zeit für ein anderes Fest.«

Die flundergesichtige Magd aus der Rus kam an den Tisch, aber Warti nahm ihr den Krug ab und schickte sie fürsorglich zu Bett. In all den Jahren hatte die Christin ihn mit hasserfüllten Blicken verfolgt, er jedoch schien dies nicht einmal zu bemerken. Vermutlich konnte er einfach nicht anders mit einem Menschenwesen umgehen, ein ewiger Brautwerber, der der griesgrämigen Welt den Hof machte. Er schenkte Wein in ihrer aller Becher, hob den seinen und ließ ihn gegen den des Weibes klirren. »Auf unseren Sohn, der ein Mann geworden ist. Und auf dich, Herz von meinem Herzen. Dass du mir dies zusammengehalten hast, meine Familie, in der kaum zwei dem gleichen Glauben anhängen oder dem gleichen Stamm entspringen, bedeutet mir mehr, als ich dir sagen kann. Solange solche wie wir beieinander hocken, solange wird Vineta stehen.«

Blitzschnell streckte das Weib die Hand aus und presste sie ihm auf den Mund. Die ungeheure Masse ihres Haars glitt von ihrer Schulter auf den Tisch. »Halt sofort ein, hörst du? Kein weiteres Lobeswort, das mir nicht zukommt, oder ich lasse diese schwatzhaften Lippen den ganzen Abend nicht mehr los.«

»Gib nach, Warti«, rief Jakub. »Auch wenn du Recht hast. Dir entgeht dein Wein.«

In gespielter Verzweiflung suchte Warti sich zu befreien, hob schließlich ergeben die Hände, das Weib ließ ihn los, und sie alle, auch der quiekende Krüppel, brachen in Gelächter aus. Nur der Junge nicht. Der Junge wartete, bis jeder sich beruhigt hatte. »Du brauchst für mich kein Fest zu geben, Vater«, sagte er dann.

»Ich brauche nicht? Aber ich will, mein Sohn. Seit der Hochzeit mit deiner Mutter hatte ich keinen solchen Grund zum Feiern.«

Also war es beschlossen, zu Pogoda würde der Junge geweiht. Über das übliche Alter dafür war er längst hinaus und in gewisser Weise auch über die achtzehn, neunzehn

Jahre, die er zählen mochte. Statur und Stimme waren die eines Mannes, und die um den Mund gepflügten Kerben hätten einem lebensmüden Greis gehören können. Oda sah ihn sich an, wie sie es oft tat, während die anderen mit sich selbst beschäftigt waren. Sie verstand sich selbst nicht. Der Anblick Boles, des dunklen Balgs, das sie geboren hatte, war ihr stete Erinnerung an ihre Herkunft und damit tägliche Qual gewesen. An diesem Fremdblütigen aber, an seinem Rabenhaar, den überscharfen Zügen und den Augen ohne Ruhe, ergötzte sich ihr Blick. »Zur Mannesweihe braucht er einen neuen Namen«, schoss es ihr aus dem Mund, sodass sie mehr als die Übrigen erschrak. »Einen wendischen Namen. Witsach soll er heißen.«

Sie starrten sie an. Warti, Jakub und das Weib. Der Krüppel zerpflückte Brot auf dem Tisch und summte dazu. Der Junge aber wandte sich ohne das geringste Zeichen von Erregung zu ihr um. »Ich heiße Anton«, sagte er. »Einem, der von seiner Mutter nichts hat als seinen Namen, seht nach, dass er nicht davon lassen mag. Auch bin ich kein Wende. Dennoch danke ich Euch.«

Die Tage flogen. Es wurde noch wärmer. »Ein sonnendurchfluteter Frühling«, schwärmte Jakub. Die emsige Betriebsamkeit, die Oda an den Nerven zerrte, schien ihren Gefährten zu beflügeln. Sie hatten mehr Mägde, einen fremdländischen Koch, eine Pastetenmacherin und einen Schneider ins Haus genommen, auf dass zur Mannesweihe für alles im Überfluss gesorgt sei. Zum Festtag selbst wurden Spielleute aus dem Süden Frankreichs erwartet, die berühmt sein mochten, die gegen die Lerchenflöte aus Antons Kehle jedoch gewiss nichts aufzubieten hatten.

Ich heiße Anton. Oda musste an sich halten, um nicht den Mund zu verziehen. Sie mochte ihn. Das war kaum zu fassen. Sie hatte Witsach geliebt und liebte auf ihre Weise auch den Sohn, den sie von Witsach hatte. An Jakub hing sie, wie einer an seinem Leben hängt, ohne viel nach Gründen zu fragen. Dass sie aber imstande war, einen Menschen zu mögen, war neu für sie und fühlte sich zugleich erschreckend und berückend an. Sie würde seinen Willen achten und ihn Anton rufen. In einem irrte er trotzdem. Er war ein Wende, woher auch immer er kam. Kein verdrehter Jude und schon gar kein blassbackiger Deutscher besaß solche Zähigkeit, solchen holzköpfigen Starrsinn und solchen Mut.

Sie wusste, dass dem Jungen all der Aufwand um ihn nicht behagte. Die Gehilfin des Schneiders hatte ihm den dürren Leib vermessen sollen, um das weiße Gewand zu fertigen, das für die Mannesweihe vorgeschrieben war. Das unberührte Weiß von Blüten, Schnee und Schwänen war die Farbe des Svantovit. *Wenn der viel gepriesene Svantovit Verstand unter einer seiner vier Schädeldecken hat,* dachte Oda, *dann weiht er diesen Burschen auch in Sackleinen zum Mann.* Anton selbst sah dies offenbar nicht anders. Es gab einen Lärm in der Halle, die Schneidergans kreischte auf und dann polterten Antons Schritte die Stiege hinauf und die Tür seiner Kammer schlug zu. Kurze Zeit später folgte ihm das Weib, das sich seine Mutter nannte.

Sie klopfte an und zog die Tür wieder auf »Ich verstehe dich«, hörte Oda, die nebenan an ihrem Fenster saß, sie sagen. »Ich würde es auch nicht ertragen. Ich habe ihr zugesehen, ihren Fingern auf deinen Schultern, und habe mich mit dir gequält.«

Der Junge sagte nichts.

»Ich habe sie weggeschickt, Anton. Sie kommt nicht wieder. Ich denke, ich weiß recht gut allein, wie groß ein

Hemd für dich sein muss, ich habe dir schließlich etliche geschneidert.«

»Seitdem bin ich gewachsen.« So scharf war sein Ton, dass selbst Oda, die hinter der Wand saß, erschrak. »Hemdchen, in deren Saum Ihr mir Zeichen stichelt, passen mir nicht mehr. Genauso wie es mir seit langem nicht mehr passt, dass Ihr noch immer einen verdroschenen Rotzbengel in mir seht, den Ihr vor der bösen Welt beschützen müsst.«

Kurz herrschte Schweigen. »Ich habe so manches in dir gesehen«, sagte dann das Weib. »Einen verdroschenen Rotzbengel allerdings nie. Aber vergessen wir das. Was tun wir also? Bis zur Weihe sind es noch drei Tage, und dafür brauchst du ein weißes Gewand.«

»Ich will kein weißes Gewand.«

»Das weiß ich. Du willst weder ein weißes Gewand noch überhaupt die ganze Weihe, und wenn du mir jetzt sagst, dass alles abgeblasen werden soll, dann gebe ich das so an deinen Vater weiter. Ich war jedoch der Ansicht, du würdest die Strapaze auf dich nehmen, weil deinem Vater so viel daran liegt.«

»Darf ich das denn?« Der Schmerz in seiner Stimme schnitt Oda, die sich für abgehärtet hielt, ins Mark. »Meine Eltern waren Christen, sie gehörten jener Kirche an, die den Wenden vor einem Jahr Feindschaft bis auf den Tod erklärt hat. Und jetzt stelle ich mich hin, lasse mich von Wenden umjubeln und in die Gemeinschaft ihrer Männer aufnehmen?«

»Ist dir einmal aufgefallen«, fragte das Weib wie in Gedanken versunken, »dass dein Vater nie von Feindschaft spricht? Er nimmt solche Erklärungen nicht an. Die Christen sind, wenn sie dies denn sein wollen, seine Gegner, vor denen er seine Tore verschließt. Zugleich aber erklärt er ihrem Bischof: Wenn dieser Irrsinn mit der Gegnerschaft sich legt, sind meine Tore offener denn je.«

»Verlangt von mir nicht, was mein Vater schafft. Ich habe weder seine Größe noch seinen Edelmut.«

»Glaubst du, das ist Edelmut? Ich dagegen glaube, es ist wendische Klugheit. Vineta ist eine Handelsstadt, Anton, sie lebt seit Jahrhunderten von diesem Gesetz: Mach dir niemanden zum Feind, schneide keinen Rückweg ab und prüfe bei jedem, ob du von ihm lernen kannst. Du und ich brauchen Papier wie Brot, oder nicht? Die Herstellungsmethode hat dein Vater christlichen Spaniern abgeschaut. Und was seine Größe betrifft, so hegt er derzeit denselben sehnlichen Wunsch wie der geringste Mann der Stadt: Er will seinen Sohn in die Gemeinschaft der Männer von Vineta aufgenommen sehen.«

Oda schämte sich vor sich selbst. Aber sie konnte nicht anders. Sie stemmte sich an den Armlehnen des Stuhls in die Höhe und schleppte sich, am Bett Halt suchend, zur Wand. Sie ließ sich auf das Kopfteil des Bettes fallen und presste ein Ohr an die Mauer. Ihr Sohn hatte hier wie in den anderen Räumen Samt spannen wollen, aber sie hatte sich gewehrt, in ihrer und in Witsachs Kammer solle alles so bleiben, wie es war. Jetzt kam ihr das zupass. Kein Samt verschluckte die gemurmelten Worte.

»Ihr habt Recht«, sagte Anton. »Ich bitte Euch um Verzeihung. Könnt Ihr mir wohl irgendein Hemd schneidern lassen, das der Vorschrift für die Weihe Genüge tut?«

»Ich schneidere es selbst. Und verzeihen kann ich dir nicht, weil es nichts zu verzeihen gibt.«

»Näht es nicht selbst.«

»Nein? Zugestanden. Ich bin die erbärmlichste Näherin der Stadt.«

»Daran liegt es nicht. Ich mag nicht, dass Ihr es tut.«

»Gut, Anton. Ich bedränge dich nicht weiter. Erlaubst du mir bitte, dass ich dir etwas gebe? Ich habe bis zur Weihe warten wollen, aber wir werden ja auf der Weihe kaum allein sein.« Schwach drang das Geräusch ihrer Schritte durch die Wand. Dann noch einmal ihre Stimme. »Nimm sie und behalte sie. Meine Mutter hat sie mir gegeben, bevor sie mich verließ. Dann besaß sie ein Mädchen, das ich liebte, das mich lesen und tanzen lehrte und dann verschwand. Die Figur ließ sie zurück. Jetzt will ich sie dir geben, zum Zeichen, dass ich dich nie verlassen werde.«

Oda glaubte, ihrer beider Atem durch die Mauer zu hören, aber es war auch möglich, dass sie sich dies nur erdachte. Dann waren wieder die Schritte zu vernehmen und die Tür, die sich leise schloss. Gleich darauf lief das Weib durch den Gang und die Stiege hinunter in die Halle. Danach war es still.

An dem Morgen vor bald dreißig Jahren, als Warti und Bole vor den Heiligen Hügel geführt und dort zu Männern Vinetas geweiht werden sollten, hatte Jakub sie in der Tür seinem Freund Thietmar übergeben. Er selbst hatte im Haus auf ihre Rückkehr warten müssen. An diesem Morgen war ihm, wie es so selten geschah, die feine Eisschicht um sein Herz zerplatzt. Das Bild seines Kindes Hannah erstand ihm, doch war aus der molligen Dreijährigen eine junge Frau im Königinnenkleid geworden, eine Tochter des Gebotes, die die Stiege seines Hauses hinunter-, der wartenden Gemeinde entgegenschritt.

Die Vineter mochten als gottlos gelten, aber im Kern glichen ihre Rituale um Tod und Leben denen, die Christen, Juden und selbst Muselmanen in der ganzen Welt begingen. Ein Menschenkind wurde im Kreis der Seinen begrüßt und eines Tages wieder hinausgeleitet. Die Bräuche der Väter bauten dem Leben ein Dach, nach dem Jakub sich an jenem Morgen mit plötzlicher Gewalt gesehnt hatte.

Seither aber waren bald drei Jahrzehnte vergangen. Seither hatte er die wendische Braut Natalia zum Heiligtum geleitet und seinen Zögling Warti zum Starosten der Stadt aufsteigen sehen. Er hatte seit einem halben Jahrhundert mit Witsachs Witwe gelebt, und die, die sich einst darüber die Lippen heiß getuschelt hatten, fanden an dem buckligen Greisengespann längst nichts Bemerkenswertes mehr. Ob er beschnitten war oder nicht, er gehörte zum Urgestein der Stadt. Daran, dass er wie ein ordentlicher Großvater im Zug der weißen Wagen mit zum Heiligen Hügel fahren würde, gäbe es kein Rütteln.

Die Zeremonie war den Männern der Familie vorbehalten. So würde ihr Zug lediglich zwei Wagen umfassen, einen für Anton und seinen Patron, zu dem flugs Zemu Reric ernannt worden war, und einen, den Jakub sich mit Warti teilte. Jakub wusste, dass sie auch den Kummer über den Wagen, der fehlte, teilten, aber darüber sprachen sie nicht. Seit einiger Zeit nahm Warti den Namen seines Bruders nicht mehr in den Mund. Er hatte die Stadtausrufer verkünden lassen, dass die Salzsäcke, die Vinetas Fleischbestand gerettet hatten, aus dem Lager von Bole Sliwosz stammten, aber daheim wich er Fragen aus, bis Jakub nicht länger in ihn drang.

Seit einer Reihe von Tagen war es leuchtend und warm gewesen, doch am Morgen der Weihefeier erwachte der Tag sumpfschwarz und von hauchfeinem Regen durchglitzert. Jakub hätte an diesem Morgen glücklich sein sollen, so wie er seit dem Ende des Wendenkreuzzugs erleichtert sein sollte. Er spielte den vor Glück und Erleichterung hüpfenden Judengreis mit solchem Geschick, dass er sich selbst auf den Leim ging. Zuweilen aber riss ihn sein alter

Schrecken aus dem Schlaf und blieb ihm den Tag über wie feuchte Kälte in den Knochen kleben. Noch immer hatte der Schrecken weder Namen noch Gesicht.

Jakub trat vor das Fenster. Dass einer wie er wie ein Burgherr hinter verglasten Fenstern schlief, war immerhin ein Schmunzeln wert und einen zärtlichen Gedanken an Warti. Auf dem Fensterglas funkelten Tropfen wie Tränen.

Von Lebensfreude kündender Lärm drang durchs Haus. Als Jakub herunterkam, fand er es voller Frauen. Natalia, Kveta, Marek Czorbas Frau Lita und etliche andere wirbelten mit der Schar der Mägde durch Küche und Halle, klirrten mit Silber und schepperten mit Ton, rührten und kosteten, reichten sich Arme voll Geschirr zu und sangen und alberten dabei. *Könnte ich noch ein Leben beginnen,* dachte Jakub, *dann käme ich gern als Frau und als Natalias Freundin zur Welt.* »Guten Morgen, Herr Jakub!«, rief sie ihm zu. »Ich würde mich wundern, wenn Ihr nicht gekommen seid, um meinen Wein abzuschmecken.«

Sie war immer schön gewesen und würde immer schön sein. Während des Kreuzzugs aber war mit dieser Schönheit etwas geschehen, so wie eine ihrer weißen Nowgoroder Schalen bei einem Sturz einen Sprung erhalten hatte, und dieser Sprung war es, der Jakub das Herz umdrehte. Sie trug ihr Festkleid aus der sommerabendblauen Seide, die Anton ihr aus Venedig mitgebracht hatte, zu bloßen Füßen und unfrisiertem Haar. Er fühlte sich wie ein kopfloser Lustgreis, vor Stolz berstender Vater und angsterfüllter Freund zugleich und konnte seinen Blick nicht losreißen. *Als wüsste ich, dass ich sie bald verliere.* Sie trat zu ihm, berührte seinen Arm. »Mein Herr Jakub, woran denkt Ihr denn?«

»Daran, dass mir gleichgültig ist, welcher Gott das Leben so köstlich gemacht hat. Deine Schönheit, Antons Singen, ein Schwatz mit deinem Mann – ich danke jedem Himmelsfürsten, der in Frage käme, herzlich dafür.«

Die Umstehenden brachen gutmütig in Gelächter aus. »Wenn Ihr mit Danken fertig seid, dann macht gleich mit Beklagen weiter«, rief die stämmige, rotgesichtige Lita Czorba. »Diesen Trauertanz von Wetter will der Perun uns ja wohl nicht ernstlich zumuten.«

»Für den Perun ist mein Mann zuständig.« Mit einer Armbewegung scheuchte Natalia ihre Frauenschar an die Arbeit zurück. »Los, los jetzt, wir Schnattertäubchen räumen besser die Tische nach drinnen, denn auf der Gasse wird wohl heute niemand tafeln wollen.«

Den ganzen Tag über blieb der Himmel hinter schwarzen, ineinander verschwimmenden Wolken verborgen. In der Oberstadt waren die Pfade durchweicht, sodass die Räder der Wagen, deren weiße Pracht bald schlammverspritzt war, sich nur mühsam vorwärtswälzten. Es war ein stilles, kein jubilierendes Wetter, aber damit passte es zu Anton, einem jungen Mann, der keinen Grund zum Lächeln kannte und dem jede Art von Lärm schier körperlichen Schmerz bereitete. Der haardünne Regen schien ein würdiges Zeichen von Trauer um eine Kindheit, die zu Ende war. Zur Mannesweihe weinten für gewöhnlich die Mütter, und da Antons Mutter eben Natalia, die nicht weinte, war, tat es der lautlose Regen für sie.

Trotz des unwirtlichen Wetters hatten sich Menschen am Rand des Weges versammelt, die den Zug ihres Starosten mit Hochrufen grüßten und Blumen und Geschenke unter die schützenden Planen warfen. Jakub sah Warti zu, der unverwandt auf die Winkenden starrte. Sieben Jahre lang hatte er den Jungen unter seinem Dach heranwachsen sehen. Rollten diese sieben Jahre wie die Menschengesichter, die vereinzelten Häuser an ihm vorbei? Jakub hatte seine Andacht nicht stören wollen, aber kurz vor dem Schweinetor, durch das sie Vineta verlassen würden, stach etwas so Sonderbares ihm ins Auge, dass die Frage aus ihm herausspritzte: »Siehst du das? Was wird denn da gebaut?« Gut zwei Dutzend Männer waren auf einem steinernen Fundament beschäftigt, das gewiss sechsmal so viel Boden wie selbst das herrschaftlichste Wohnhaus einnahm.

»Eine Kirche«, gab Warti zur Antwort, als würden von jeher in Vinetas Oberstadt Kirchen gebaut.

»Eine Kirche, Warti? Hat der Bischof das von dir verlangt, dass nach Vineta ein Priester entsandt und eine Kirche errichtet werden darf?«

»Das brauchte er nicht. Ich habe es ihm angeboten. Die Gläubigen, die sich hier ansiedeln, müssen irgendwo beten, oder? Die russischen Christen haben ihre eigene Kirche, und falls es dir entgangen sein sollte: Beim Bronzetor, das mancher schon das Judentor nennt, steht eine Synagoge, und die stand bereits dort, als ich mir noch die Hosen nass machte.«

Durch morastigen Boden schleppte sich erst der Wagen mit Zemu und Anton, in den der anhängliche Kasi sich eingeschlichen hatte, und dann der ihre an dem Bau vorbei. »Es wird eine prächtige Kirche«, murmelte Jakub.

»Was denn sonst? Sie wird die christliche Kirche von Vineta. Den Glockenturm entwirft ein Baumeister aus Torcello. Weißt du, was ich mir jetzt manchmal vorstelle? Wenn das Meer sich in tausend Jahren mein Vineta zurückholt, dann läuten dort unten der Christengott und mein Perun bis in alle Ewigkeit vereint.«

Vielleicht hatten Wartis Perun und der, den er den Christengott nannte, ja auch vereint für das Wetter gesorgt. Vor dem Himmelsschwarz wirkte die Weiße der Zeremonie nahezu durchscheinend, als stammten der in Rauchschwaden gehüllte Priester und die stumme Heerschar seiner Fackelträger wahrhaftig aus jenseitiger Welt. Jakub stand allein, wie es Vorschrift war, bei der Seite, Warti, an dessen Flanke sich der vor Kälte schlotternde Kasi klammerte, zwei Schritte von ihm entfernt.

Er musste an Natalia denken, sah sie vor sich, wie sie an ihrem Hochzeitstag in dem von Feldsteinen begrenzten Halbrund vor dem Priester niedergekniet war, ohne ihren Rock anzuheben. Jetzt war die Reihe an ihrem Jungen, der stehen blieb, bis mehrere Priesterhelfer wild mit den Armen fuchtelten, und sich dann, als trüge er statt der schimmernden Seide einen Sack am Leib, geradewegs in den Schlamm fallen ließ. Jakub wollte lächeln, das vor Rührung wunderliche Großväterchen mimen, doch stattdessen erschrak er bis ins Mark.

Vielleicht ist es das Unbekannte, die fremde Heiligkeit, suchte er sich zu beschwichtigen. *Das Schweigen, das selbst Vögeln und Grillen zu gebieten scheint, die Dämpfe, die mir den Verstand trüben. Oder Svantovit selbst, der Riese aus Felsgestein, der, von keinem Kreuzritter behelligt, wie seit Jahr und Tag auf uns herunterstiert.* Es mochte Scheu vor dem Akt sein, mit dem jetzt der Priester dem knienden Anton das aus Rosshaar geflochtene Band um die Schultern schlang. *Aber dieser Junge ist ein Christ,* zuckte es in ihm auf, doch gleich kämpfte er den Zweifel nieder. Christentum vererbte sich nicht übers Blut. Und wenn seine Hannah überlebt hätte, wüsste er sie nicht lieber unter dem Schutz fremder Götter als wurzellos? In die Zeremonie geriet Bewegung. Zwei Gehilfen, die rechts und links von Anton standen, hoben bald mannshohe, wie Trinkhörner geformte Instrumente an die Münder.

»Anton, Sohn von Wartislaw und Natalia, Bürger Vinetas, steh auf.«

Der Schall der Hörner war ohrenbetäubend. Den Schrecken aber vermochten sie nicht zu übertönen. Der Junge, der sich jetzt auf die Beine rappelte, drehte sich um und sah Jakub ins Gesicht. Jakub las darin, aber es war, als entziffere man Zeichen einer fremden Sprache, die sich zu keinerlei Erkennen fügten.

Dem Brauch nach nahm eine Handvoll lediger Männer den frisch geweihten Gefährten in ihren Kreis auf, indem sie mit ihm durch die Spelunken der Stadt zog. Wer sie noch besaß, so hieß es, verlor in dieser Nacht seine Jungfräulichkeit. Anton hatte bereits vor Tagen verkündet, er werde dabei nicht mittun. Wenn es denn eine Feier geben müsse, so bringe er sie im Haus seines Vaters hinter sich. Genauso hatte sich vor all den Jahren Bole geweigert, nur war damals gar nicht gefeiert worden. Bei einem Krug Schlehenwein hatten Jakub und Bole die ganze Nacht über wach gesessen, bis etliche Männer den armen Warti, der sich die Seele aus dem Leib spie, nach Hause schleppten.

Heute hingegen war die Halle so verstopft von Menschen wie in den Tagen der Verriegelung der Stadt. All der Tanz und die Ausgelassenheit, die über die Gasse hatten wirbeln sollen, tobten jetzt durchs Haus. An der Längsseite war die aus dem Regen gerettete Tafel aufgebaut, an der sich dicht gedrängt Gäste lärmend und becherschwingend auf gehäufte Köstlichkeiten stürzten. Jakub, der sich verstört und durchnässt durch die Tür treiben ließ, glaubte seinen Augen nicht zu trauen. Am Fuß der Treppe, als stünde ihr Lehnstuhl auf einer von Wellen umbrüllten Sandbank, thronte Oda.

Bocksköpfig rammte er sich zwischen Leibern hindurch, glitt aus und stolperte ihr vor die Füße. Kein Anblick der Welt war so wirksam gegen Todesschrecken. »Tritt mich wie einen Gassenhund aus dem Haus, Oda. Ich liebe dich.«

»Gab es da Starkbier auf dieser Männerfeier? Und du und mein Sohn schämt euch wie üblich nicht einmal vor dem Jungen, der keinen Tropfen anrührt.«

Er presste seinen Mund auf ihre Hand, die einer verrunzelten Nuss glich. »Hast du gehört, was ich gesagt habe?«

»Ja, ja. Jetzt troll dich und hol mir von dem Schwanenbraten, vom Lamm und vom gefüllten Kohl, aber nicht vom Fisch.«

Er wollte sie eben fragen, ob er ihr nicht lieber einen Platz an der Tafel suchen sollte und warum sie auf einmal keinen Fisch mehr mochte, da schüttelte sie den Kopf. »Nicht für mich. Mir hat das Weib aufgetan, nachdem sie mich aus meiner Kammer geholt hat, woran von euch ja keiner gedacht hat.«

»Dass du uns diese Ehre erweist, hätten wir nie zu hoffen gewagt«, entgegnete Jakub. *Meine zauberhafte, zänkische Alte. Welche apfelbrüstige Jugend nähme es mit dir auf?*

»Ich erweise sie ja nicht euch, sondern Anton. Außerdem bräuchtet ihr weniger zu hoffen, wenn ihr mich stattdessen fragen würdet.«

»Also gut, dann frage ich dich: Was willst du mit dem Essen, das ich dir holen soll?«

»Scht, nicht so laut. Das Essen gibst du in eine von den guten Schüsseln, füllst einen Krug Salerner dazu und stellst alles oben auf den Tisch, an dem sonst wir gegessen haben.«

»Und wer isst heute dort und verschmäht den köstlichen Fisch?«

»Witsach«, erwiderte Oda. »Wenn du elendig ersoffen wärst, würdest du dann noch Fisch essen wollen?«

Im Verlauf des Nachmittags fuhr Warti mit seinem Sohn hinunter in den Hafen, um ihm das Schiff zu zeigen, den schlanken, nach venezianischem Vorbild gebauten Anderthalbmaster, der ihm von heute an gehören sollte. Die Handvoll beschwingter Gäste, die auf dem Karren mitgefahren war, verlangte johlend, der neue Schiffseigner müsse der Scharteke einen Namen geben: »Heraus damit, lasst hören, welche Schöne das Herz der besten Partie der Stadt gestohlen hat.«

»Venetia«, beschied sie Anton.

Die emsig bechernden Gäste verstanden *Vineta* und brachen in Jubel aus. »Recht so, erst die Heimat, dann die Weiber. Warti, dein Junge mag außen schwarz wie die Nacht sein, aber drinnen ist er aus taghellem Holz geschnitzt.«

Warti legte Anton den Arm um die Schultern und führte ihn zum Wagen zurück. Er wusste ebenso wie Jakub, was den Gästen unbekannt blieb: Nicht lange nach dem Feiertag würde Anton mit seinem neuen Schiff in See stechen und den Sommer wiederum in Venedig verbringen, weil er überzeugt war, bei einem dort ansässigen Handelspartner mehr zu lernen als daheim. *Und es ist gut so,* beschwor sich Jakub. *Was soll ein rastloser Jungspund am Feuer mit uns Alten?*

Als sie zum Haus zurückkamen, war es noch nicht Abend, aber dunkelte schon. In der Zwischenzeit hatten Boten ein weiteres Geschenk gebracht, um das sich vor der Haustür eine Gruppe Menschen scharte. Als Warti das Zugpferd zügelte, löste sich Natalia aus dem Kreis und war bei ihnen, kaum dass sie vom Wagen stiegen. Wie um den viel Größeren zu schützen, nahm sie ihren Mann in die Arme. Das Geschenk, das verstört den Kopf aufwarf und zur Seite tänzelte, war ein Füllen mit fuchsfarben leuchtendem Fell. Den wie gedrechselten Gliedern war die andalusische Zucht anzusehen. »Das hat mein Bruder geschickt?«

»Ja«, sagte Natalia. »Anton, hier hast du ein Geschenk von deinem Oheim Boleslaw.«

Sie wollte den Sohn bei der Hand nehmen und an das Tier heranführen, Anton aber zog seine Hand zurück. »Auf einem Pferd kann ich mich keine hundert Schritte weit halten.«

»Das geht mir nicht anders«, bekundete Warti, der wie üblich nichts auf dem Kopf trug, sodass sein Haar aussah, als habe er Perlen daran aufgezogen. »Mir rutscht darauf der Hintern wie Butter auf der Sahne. Dein Oheim Bole dagegen ist ein formidabler Reiter, und er hat dir ein höchst großherziges Geschenk gemacht. Du hast jetzt ein Schiff und ein Pferd, und ich habe einen Mann zum Sohn. Gehen wir nach drinnen? Ich möchte gern gegen dieses scheußliche Wetter etwas trinken.«

Leer geschlungene Platten wurden beiseitegeräumt, die Frauen machten Wein heiß, und der Abend dauerte noch lang. Die aquitanischen Spielleute, deren Klänge Herzogspaläste zu füllen vermochten, heizten dem Jungvolk ein, derweil die Älteren vom Prassen träge zuschauten. Manch einer schlief auf dem Boden, zwischen Pfützen verschütteter Getränke ein. Anton saß bei Warti, Jakub und Zemu, zwischen denen sich ein Gespräch über die sich ständig erhöhende und bald das Hafenbecken überfordernde Tonnage von Frachtschiffen schleppte, bis es schließlich versickerte. Im Lehnstuhl hinter ihnen gab die schlummernde Oda Gurgellaute von sich.

»In deinem Alter hätt ich mich für Geld nicht zu den tattrigen Greisen gehockt«, murmelte Zemu in Antons Richtung, als eine seiner Töchter, Dana, ein hasellockiges

Sonnenkind von vierzehn Jahren hinzusprang und den jungen Mann am Arm packte. »Auf die Füße, Anton! Den Firle'fei darfst du dir nicht entgehen lassen.«

»Und warum wohl nicht?« Anton schüttelte seinen Arm so heftig frei, dass das Mädchen zurücktaumelte. Im Nu strömten weitere Mädchen und Frauen herbei, unter ihnen Natalia, die alle überragte. Die Musik war verstummt. Einzig Kasi schien davon nichts zu bemerken, sondern vollführte in seliger Versunkenheit seine tolldreisten Sprünge durch den Raum.

»Du magst nicht tanzen, Anton Sliwosz?« Die Stimme gehörte Zdenka Reric, die ebenso haselbraun gelockt, aber offenbar kecker als die jüngere Schwester war. »Das ist unfein, das tut man reizenden Jungfern nicht an. Kommst du mit mir? Manch eine mag denken, du wärst ein hässlicher Bursche, aber das ist nicht wahr. Du bist sogar hübsch, wenn man nur lang genug schaut.«

Jakub glaubte, die Blicke, die sich in Antons Gesicht gruben, auf seiner eigenen Haut zu spüren. Er war sicher, dass der Junge bis an die Haarwurzeln erröten würde, wie wenn Warti ihn lobte. Aber Anton errötete nicht. Er wurde totenbleich. Die bedauernswerte Zdenka im zu knappen Tanzkleid sah er an, als wolle er sie schlagen. Vielleicht fürchtete Warti, er würde dies tatsächlich tun, denn er packte ihn am Arm. »Ruhig, mein Sohn. Wenn du nicht tanzen magst, wird dich kein Mensch dazu zwingen.«

Es war Natalia, die die erstarrte Zdenka zurück zu den anderen zog. Mit verschleierten Augen starrte Anton in die Frauenschar.

»Schicken wir die Musiker zu Bett«, sagte Warti. »Und singen uns selbst noch eins, auf dass wir müde werden.«

»Oh ja, Anton, sing für uns!«, rief schon wieder eine unbeherrschte Mädchenstimme.

Jetzt griff auch Jakub zu. Jeder Muskelstrang auf Antons dürrem Oberarm war steinern gespannt. »Ich gebe euch nicht länger den Possenreißer, der zur allgemeinen Gaudi tiriliert.« Seine Stimme klang auch jetzt noch blank wie Glas. Irgendwer, vermutlich wieder Natalia, war klug genug, eine Gusli aufzutreiben und sie an Warti weiterzureichen. Als dieser Anton losließ, wandte der Jüngere den Kopf und ihre Blicke trafen sich. Warti hob die Gusli auf seinen Schoß und begann, mit zärtlicher Hand die Saiten zu streichen.

Die Töne beruhigten die aufgepeitschte Luft. Wer Platz fand, setzte sich nieder, lehnte den Kopf an eine nahe Schulter. Auf der leeren Tanzfläche trudelte Kasi mit ausgebreiteten Armen wie ein Kreisel um sich selbst, bis er fiel und zusammengekugelt, als wolle er in sich hineinkrauchen, liegenblieb. Natalia und Kveta huschten umher und löschten Kerzen, bis nur noch einzelne auf der Korona brannten. »Das ist ein trauriges Lied, Herr Warti«, murmelte Kamila, die jüngste der Reric-Töchter, die an seinen Knien lehnte.

»Ja, vielleicht ist es das«, antwortete Warti, senkte die muschelweißen Lider und ließ die Finger über die Saiten spielen. »Zumindest für einen, der seine Liebste verloren oder nie gefunden hat.«

»Hat es keine Worte, singt Ihr es nie?«

Mit halb geschlossenen Augen spielte Warti weiter. »Nein. Nie. Für mich hat es keine Worte mehr, seit meine Natalia mit mir lebt.«

Zwei Tage nach der Mannesweihe kam Warti ohne Anton von Geschäften heim. Natalia blieb ihre Frage im Hals stecken, als sie bemerkte, dass ihnen allen, Warti, Jakub und Oda, ein *Weißt du denn nicht* ins Gesicht geschrieben stand. Sie und Kasi hockten eins ans andere gekauert wie dumme Kinder auf ihrem Schemel. »Mein Herz.« Wartis Stimme wand sich. »Antons Schiff ist heute Morgen ausgelaufen.«

»Wieso heute Morgen? Ich habe doch vor einer Stunde, als ich Kveta und die Kinder heimbrachte, noch Zemu hier gesehen.«

»Er macht die Reise ohne Zemu. Hat er sich denn nicht von dir verabschiedet? Ich hatte ihn doch noch einmal hinaufgeschickt.«

»Von mir hat er sich allerdings verabschiedet«, trumpfte Oda, die fleischgewordene Maulfaulheit, auf, während ihr höflicher Gefährte betreten auf den Tisch starrte.

»Von Euch also auch, ja, Herr Jakub?«

»Natalia!«

»Nein, schweigt beide. Manchmal weiß ich schon nicht mehr, wer von euch zweien in diesem väterlichen Grabeston zu mir spricht.« Sie hätte Angst um ihn haben sollen. Der Kreuzzug im Heiligen Land erstickte unter einem ungeheuren Berg zersäbelter Leiber und überall im Mittelmeerraum kreuzten Schiffe voll enttäuschter Heidenhasser, die nichts mehr zu verlieren hatten. Aber Natalia hatte keine Angst. Alles, was sie verspürte, war eine übermächtige Woge von Zorn, die sie an Warti und Jakub austoben musste, damit sie nicht darin ertrank. Anton war fort. War einfach losgezogen, um auf Monde fortzubleiben, und hatte jedem Lebwohl gewünscht, nur nicht ihr. Hätte er jetzt vor ihr gestanden, so hätte sie ihn geschlagen, zum ersten Mal in ihrer beider Leben.

»Vielleicht wollte er dir keinen Kummer machen.«

Wartis Blick war zweifellos liebevoll gemeint, aber Natalia fand ihn hündisch und wandte sich ab. »Das ist nicht dein Ernst, oder? Habe ich in all den Sommern davor versucht ihn aufzuhalten, habe ich in meinen Ärmel schnäuzend am Kai gestanden, damit er weiß, er bricht dem armen Mütterlein das Herz? Ich glaube nicht, dass ich so etwas getan habe.«

»Du hast alles andere getan als das.«

»Warum willst du mir dann weismachen, der schlecht erzogene Flegel habe sich wie ein Dieb davongestohlen, um mir keinen Kummer zu machen?«

Im nächsten Atemzug tat es ihr leid. Wenn irgendwer Schuld an all dem trug, so gewiss nicht Warti, der genug auf seinen Schultern schleppte und an manchem Abend gebeugt durch die Tür kam. Dass sie seinen Anton, auf den er in bald einfältiger Weise stolz war, einen Flegel nannte, traf sein Herz. Sie griff nach seiner Hand. Ihr Wissen verschloss sie in einer Kapsel in der Brust: Anton hatte Warti, Jakub, Kasi und sogar die Giftzunge Oda als seine Familie angenommen und liebte sie glühend, aber sie, Natalia, die ihn in dieses Haus gebracht hatte, liebte er nicht. Er hasste sie. Er hatte so gehandelt, um ihr wehzutun, und mit einer Kraft, die sie entsetzte, wünschte sie sich, es ihm heimzuzahlen.

Der Sommer, der so verheißungsvoll begonnen hatte, zog sich klamm und düster dahin und brachte eine kärgliche, von Fäulnis noch geschmälerte Ernte. Wenn Nachricht von Anton eintraf, so war sie nicht an sie gerichtet. »Es geht ihm gut«, war alles, was sie von Warti erfuhr. »Er mag ein Mädchen gefunden haben, es ist ja mehr als an der Zeit. Wenn die erste Leidenschaft ausgefiebert ist, besinnt er sich und schreibt an seine Mutter.«

Untersteh dich, dachte Natalia. *Den Brief reiße ich in Streifen und wische mir den Hintern damit.* In dieser endlosen Kette düsterer Tage, an denen es meist zu nass war, um draußen herumzustreunen, bemühte sie sich mehr denn je um Kasi. »Meine arme Nat«, spöttelte Kveta. »Du bist zum Muttertier geboren. Ich bin jetzt, wo wir älter werden, doch reichlich froh, dass mein Goldstück von Gatte seine Nächte anderswo verschwitzt und mir kein Kleines mehr anhängt. Aber du bist regelrecht trübsinnig, seit dir dein Kuckuck ausgeflogen ist. Du hängst dein Herz an den Krüppel, dieses Kalb, das nie zum Stier auswächst. Ihr hättet Kinder haben sollen, du und dein Warti. Eine Schande ist's, dass ihr kein einziges habt.«

Vielleicht hatte Kveta Recht, und sie war nichts als eine gackernde Mutterglucke auf leer geräumtem Nest. Solange Kasi bei ihr war, ihr den Kopf in den Schoß legte und sich mit Beeren und Honigkuchen füttern ließ, hatte sie immerhin ein Wesen, das sie brauchte, das schwach war, nicht einmal den Wunsch hegte, stark zu sein, und das sie von ganzem Herzen liebte.

Aber Kasi liebte auch Anton. Seit er fort war, schlief der Krüppel in Antons Kammer, war jedoch durch nichts zu bewegen, sich in des Ziehbruders Bett zu legen, sondern rollte sich auf dem Boden zusammen. Zum Einschlafen liebkoste er das Hanfseil, das Anton als Gurt zu tragen pflegte. Sobald er zu schnarchen begann, nahm Natalia ihm den Strick weg, weil sie fürchtete, er könne sich darin erhängen. Kaum war sie aus der Tür, erwachte Kasi und brach in jämmerliches Wimmern aus, das nicht abriss, bis sie ihm den Strick zurückbrachte. »Wir unterschätzen ihn«, sagte Warti. »Er spricht nicht, aber in ihm ist ein Sinn lebendig, den die meisten von uns sich längst totgeschwatzt haben.«

Dafür wollte sie ihn küssen. Dafür, dass er Dinge achtete, die in seiner Welt niemals vorgekommen waren. Wenn er ihr nicht in den Armen einschlief, machte sie Liebe mit ihm, innig und zärtlich, die vertraute Wärme ihrer Körper teilend und auf Jahre zurückblickend wie der bronzene Hirsch, den er ihr geschenkt hatte. Ohne Furcht und Reue. Trotz aller Erschöpfung ging er zweimal mit ihr tanzen, unter Svarogs Eiche, wo sie sich zur Rebec drehten wie ein ganz junges Paar. Sie hatten allen Grund, zufrieden zu sein.

Der Sommer, der keiner hatte sein wollen, ging zu Ende. Der Glockenturm der römisch-christlichen Kirche überragte schon die Dächer der Oberstadt. Trotz magerer Erträge und verworrener Probleme mit zu großen Frachtern im Seehafen, erfreute Vineta sich wie eh und je des Daseins. Im Jahr zuvor hatte man Erntedank nicht feiern können. Kein Großes Opfer für Svantovit, keine Faustkämpfe, Hahnenstecher, Possenreißer, keine Balz, um sich kurz vor dem Frost noch einmal an der Glut eines Gefährten zu wärmen. In diesem Jahr aber wurde alles nachgeholt.

Nach dem Trubel des Festes schien es mit einem Schlag Winter zu sein. Der alte Jakub zog sich einen Husten zu, der sich nicht mehr legte. Bei Tisch zerpflückte er sein Essen mit Fingern wie Vogelknöchlein.

Natalia war zornig auf sich selbst, aber sie konnte nicht anders. Immerhin besaß sie die Geistesgegenwart, nicht Warti, sondern Zemu zu fragen. »Für eine Segelreise ist es jetzt zu spät im Jahr, nicht wahr? Ein vernünftiger Schiffer liefe doch gewiss nicht mehr aus, sondern bliebe bis nach dem Eisgang vor Anker?«

Der Schlaufuchs durchschaute sie sofort. »Recht habt Ihr, schönste Rose aus Nowgorod, an der kein Blättchen welkt. Euer feiner Anton ist ja nicht auf den Kopf gefallen. Ich denke, er gönnt sich einen Winter bei den feuchtäugigen Sirenen der *Serenissima* und kommt im Frühjahr heim.«

Sie versuchte, sich dies zu sagen: *Er ist erwachsen, dir*

gehört er nicht mehr. Lass ihn sein Leben auskosten, wie er es hier nie konnte.

Zwei Tage nach diesem Gespräch fiel Schnee, und nach zwei weiteren Tagen kam Anton.

Warti, der offenbar durchs Schneegestöber gerannt war, stürmte mit strahlenden Augen und glühenden Wangen ins Haus. »Jemand sollte dem Burschen für seinen Leichtsinn eine kolossale Tracht Prügel verpassen, aber beim Perun, ist er nicht wundervoll?« Aus seinem Mantel tropfte Schnee in Bächen und bildete um seine Füße eine Pfütze. Er packte Natalia, die ihn seit den Tagen vor dem Wendenkreuzzug nicht mehr sorglos gesehen hatte, in der Taille und wirbelte sie um seine Achse. »Mein Herz, ich habe stets geprahlt, der größte Segler dieser Stadt zu sein, doch damit ist es vorbei. Mein Sohn ist der größte Segler von hier bis Byzanz.«

Er stellte sie auf die Füße, legte seine Arme, die in durchnässtem Samt steckten, um sie und küsste sie vor aller Augen. Die Nässe ließ sie schaudern. »Und wo steckt der Wunderknabe?«, blaffte Odas Stimme in ihr Ohr. »Du Kindskopf, lass das Geturtel und sag uns, wann wir den Heimkehrer zu fassen kriegen.«

Natalia sah Jakubs sieches Gesicht zu einem seligen Grinsen verzogen. »Zemu hat ihn zum Essen eingeladen«, sagte Warti. »Er hätte unmöglich ablehnen können, aber kommt gewiss gleich hinterher nach Hause.«

»Seit wann ist denn an Zemus Tisch eine Brotkruste übrig, um sie an Fremde zu verfüttern?« Natalia ekelte sich vor sich selbst, vor dem Herzen, das gegen ihre Rippen drosch, und vor ihrem geifernden, neidgelben Ton.

»Anton ist doch kein Fremder. Zemu liebt ihn, er würde seinen letzten Krug Bier mit ihm teilen, und er wäre froh, ihm eine seiner Töchter zu geben.«

»Von den Krähen taugt für ihn keine«, fuhr Oda dazwischen.

Warti lachte, ging zu seiner Mutter und küsste sie, obgleich sie mit einem Lederlappen nach ihm schlug, auf den Kopf. »Du bist ein böses Weib, liebste Mutter, schlimmer als deine Mittagsfrau. Aber Recht hast du trotzdem. Um sich diesen Prachtkerl zu holen, muss die Schönste von allen her, eine andere bekommt ihn nicht.«

Anton kam auch am nächsten Tag nicht heim, sondern zog, wie Warti beteuerte, mit Kameraden in die Schänke. Anton aber hatte keine Kameraden, und in Schänken war es ihm zu dreckig, zu verhurt und zu laut. In der Stadt ging ein mildes Fieber um, mit dem Natalia sich dem Anschein nach angesteckt hatte. Drei Tage lang stand sie nicht aus dem Bett auf, litt an Herzrasen, Schwindel und konnte keinen Bissen essen. Sie hatte, seit sie nach Vineta gekommen war, ununterbrochen gegessen und war nicht einen Tag krank gewesen. Der besorgte Warti wollte den Arzt rufen, aber Natalia wehrte ab. Am Morgen des vierten Tages stand sie auf, nachdem die Männer das Haus verlassen hatten, und ging allein, ohne Kveta oder Kasi, zum Einkauf.

Sie ging nicht auf den Torg vor dem Rathaus und auch nicht hinunter in den Hafen, sondern in die Oberstadt, wo auf dem Schweinemarkt Bauern ihr Borstenvieh und Handwerker Waren aller Art feilboten. Sie verbrachte Stunden dort, ohne etwas zu kaufen. Am Ende erstand sie einen Tiegel mit einer grünlichen Tinktur, die ein Kräuterweib als heilsam gegen Husten anpries. Gegen Jakubs Husten half nichts mehr, aber Natalia gönnte der Alten die Münzen. Ehe der Abend kam, bezog der Himmel sich gelb, und es begann zu schneien. Natalia hüllte sich fester in den schmeichelnden Pelz, den Warti ihr geschenkt hatte, schlang die Arme um den Leib und rannte heim.

Sie hörte es, sobald sie die Tür ihres Hauses aufschob. Bronis Lied. Anyas Lied. Das Lied, das Warti für sie spielte. Sie hatte es Hunderte von Malen, aber nie zuvor gesungen gehört. In einem anderen Leben hatte sie seine Verse entziffert, Zeichen für Zeichen auf verflecktem Pergament. Wenn sie seit Tagen geglaubt hatte, ihr rase das Herz, so lernte sie jetzt, zu welcher Raserei ihr Herz fähig war, ohne zu platzen oder ihr die Brust zu sprengen.

»*Wo ich gegangen bin, singt meine Spur von dir.*
Wo wir gelegen sind, zerdrückt sind Gras und Blumen.
Wo du mich küsstest, flüstert zärtlich noch der Bach.
Wo du mir Liebe schworst, da weinen alle Vögel.
Hätt ich dich nie gekannt, so hätt ich nie geliebt.
Hätt ich dich nie umfangen, hielt ich noch die Fiedel.
Hätt ich dir nie gelauscht, nie deinem Schwur geglaubt,
Du falsche Schöne, ach, so müsste mir mein Herz nicht sterben.«

Jakub hatte gesagt, dass Antons sternklare Stimme direkt zum Himmel sang. Aber das stimmte nicht. Antons sternklare Stimme sang, obgleich er abgewandt saß, in Natalias Gesicht. Dann verstummte er und drehte sich um. Seine Haut war dunkelbraun verbrannt und spannte sich fleischlos über abgezehrten Knochen. »Umarmst du dich selbst?«, fragte er.

Womöglich hätte vieles in ihr sein sollen, Erschrecken, Erregung und die Frage, wer sich im Haus befand – Jakub, Oda? In ihr aber war nichts als ein gewaltiges Lachen, weil sie auf einen Herzschlag begriff, was sie ihr Leben lang hätte begreifen und vorausahnen sollen. Dann rannte sie. Oder er rannte. Ihr Mantel fiel zu Boden. Seine Arme fingen sie auf, und ihre fingen ihn.

Etwas polterte die Treppe herunter, ein Geschöpf fiepte

auf. Wie ein kleines Tier wischte es an ihnen vorüber, floh aus der Tür und schlug sie zu. Um sich umzublicken, war es längst zu spät. *Verzeih, mein Lämmchen Kasi.* Ein entsetzliches Schluchzen packte Natalia, schüttelte ihren Körper, ließ Kopf und Arme zucken wie willenlose Puppenglieder. Sie hörte erst auf, ihn zu küssen, als sie keine Luft mehr bekam. Nässe rann ihr aus Augen und Nase. Er sah auf ihr Gesicht hinunter. Eine Spur weit hob er die Mundwinkel, und in den kastaniendunklen Augen glomm ein Schimmer. Sie hätte schreien, es herausbrüllen wollen: *Sieh uns an! Ich bin Natalia, die nicht weint, und du bist Anton, der nicht lächelt.* Aber die Stimme erstickte ihr.

Erst als sie wieder gleichmäßig atmen konnte, spürte sie in ihrer Mundhöhle dem Geschmack seines Kusses nach. Derweilen hielt er ihren Leib so fest umklammert, dass ihm die Arme zitterten. *Ich weiß von keinem Leib, den ich je so gehalten hätte.* Sie presste ihre tropfnasse Wange an seine. »Ich will dich«, sagte sie. Sie wollte es hören, um es zu glauben.

Er stöhnte. »Wie sehr ich dich will, das weißt du nicht.«

So standen sie noch, als das Dröhnen begann. Nicht laut, dazu war es zu weit weg, aber unüberhörbar. »Was ist das?« Sie wussten beide, was es war.

Er löste sein Gesicht von ihrem. »Es gibt wohl Sturm«, sagte er.

VIERTER TEIL

Die Liebende

März 1149

11. Kapitel

Ihr Atem ging in Stößen, malte Rauchfahnen in die Dunkelheit. Bis zur Opferstätte war es eine knappe Stunde zu Fuß, und vor Erregung war sie fast den ganzen Weg gerannt. Jula hasste den Wald. Bei jedem Schritt knackte, knisterte, scharrte es, etwas stürzte aus Wipfeln oder huschte über den Boden. Noch der letzte Winkel war belebt. Im Gestrüpp, in der Uferböschung des Weihers, in Astlöchern verbargen sich die Geister schlechter Weiber. Über der Wasserfläche stand eine Unzahl gelber Augen und glotzte sie an. Die Seelen der Ungeborenen, die ihr höhnten, weil sie wie eine Greisin nicht mehr blutete: *Der Triglav sei mit Euch, Jula Ohnesohn!* Auf dem Grund des Wassers aber hausten die Rusalki, die Metzen, die der Blutgott sich geholt hatte und von deren grauenhaftem Lachen ein Mensch wie ein gefällter Baum tot umstürzen konnte.

Jula trug ihren kostbaren Pelz, der in der feuchten Luft schwer von ihren Schultern hing. Ihre Ohren schmerzten vom Wind. Dennoch kam sie nicht umhin zu bemerken, dass die Umklammerung des Frostes nachgab. Vor ihr auf dem Waldboden schmolz glasig der Schnee, der vor Tagen noch fesselhoch gelegen hatte. Das samtweich gegerbte Leder ihrer Schuhe klebte an ihren Füßen wie ein Haufen Lumpen. Sie hätte im Pferdekarren fahren können, aber woher sollte sie wissen, wie man den verdammten Karren lenkte? Sie hatte im Leben keinen besessen, und den Burschen, Boles Speichellecker, mitzunehmen, kam nicht in Frage.

Das Mädel hatte mitkommen sollen, Bozena, die zweitgeborene ihrer Zwillingstöchter und womöglich die hässlichste von allen. Julas Handflächen kribbelten. Ihre Töchter setzten kein Fleisch an, keine Brüste, keine Ärsche, Hungerleider trotz üppigster Beköstigung. Alle, bis auf das goldblonde Biest, hatten Julas Haar geerbt, die mausgrauen Strähnen und die wachsbleiche Haut. Auf ihre eigene verborgene Weise aber war sie, Jula, einst schön gewesen, sie hatte einem Mann in den Armen gelegen, der sie küsste, als sei das Leben eine Süßkirsche. Bozena würde niemand so küssen. Wenn sie nicht tat, was ihre Mutter ihr sagte, war sie verraten und verkauft wie ihre Schwestern.

Teilnahmslos hatte das Mädchen vor einer Stunde auf ihrer Bettstatt gehockt. »Du bist nicht fertig? Hol deinen Mantel, faules Aas, es ist spät.«

»Ich komm nicht mit.«

»Hol deinen Mantel, sag ich, oder ich mach dir Beine.«

Aber es half nichts. Kein Schreien, kein Drohen, keine klatschenden Backenstreiche, keine Hiebe mit der Hundegerte. Das fade, dürre Ding, bisher die gefügigste ihrer Töchter, hatte sich vor ihr aufgebaut und gekreischt: »Ich komm nicht mit«, und als sie vor ihr auf den Dielen lag, sich krümmte, winselte, noch einmal: »Ich will nicht, Vaci sagt, es ist böse, ich komm nicht mehr mit.«

Vaci Reric. Jula spuckte auf den Waldboden. Sie war außer Atem und musste ihren Schritt verlangsamen, aber durchs Dickicht sah sie schon den Schein des Feuers und hörte die flammende Stimme. Ihn musste sie fragen, Cord Strahle, den Wissenden: *Herr, was soll ich tun? Meine Tochter Bozena, die verstockt ist wie Holz, will den zweitgeborenen Reric zum Mann. Die macht sich zur Bettlerin vor einem pfenniglosen Burschen, der sie abweist, weil ihr Vater keine Ehre hat.*

Jetzt stand anderes an. Jula zwängte sich zwischen zwei Sträuchern hindurch, stieg über den Graben und den Wall aus Feldsteinen und schob sich in den Kreis. Sie waren nur wenige. Vielleicht fünfzehn oder zwanzig Menschen. Aber eines Tages würden sie viele sein. Zu beiden Seiten des Opfersteins loderten Feuer an eingerammten Pfählen, erhellten bald dieses, bald jenes Gesicht. Jula erkannte sie alle, ihr gegenüber stand ihr Vetter Ladi mit Zlata, aber wer sie waren, spielte hier keine Rolle. Sie kamen als Verbündete im Kampf gegen das Übel, das die Stadt bedrohte. Ihre Gesichter im Feuerschein waren unbewegt.

Vor dem Stein stand Strahle, der Wissende. Er mochte der einzige Deutschstämmige unter lauter Wenden sein, aber auch das spielte keine Rolle. Er war der erwählte Sprecher des Blutgottes, trug zum Zeichen die dunkle Robe, die bis zum Boden reichte, und eine Kapuze, die sein Gesicht in Schatten tauchte. Mit einer Kelle schöpfte er Öl aus einem Kübel und ließ es über den Stein rinnen. »Komm uns zu Hilfe, Gott des Blutes, Gott von Gewalt und Kraft. Wir sind vom Anker gerissen und führerlos in Stürmen.«

Strahles Stimme jagte Schauder durch Julas Körper. »Ratibor, Herzog des Pommernlandes, hat das schändliche Wasser der Taufe genommen und erlaubt seinen Christenbrüdern, unser Land zu rauben. Wartislaw, unser Starost, ist irregeleitet von Christenbrut in seinem Haus. Gott des Blutes, zerfetze ihm die Schleier von den Augen.«

Gott des Blutes, lass ihm den Schädel bersten wie die Schale einer Nuss. Jula glaubte, eine Trommel zu hören, doch es war nur ihr Puls, der in ihren Ohren hämmerte. Strahle warf die Kelle fort, riss eine der Fackeln aus dem Boden und hob sie in die Höhe. »Gott von Strafe und Vergeltung, nimm unser Opfer als Zeichen unserer Gefolgschaft an.«

Der Wissende verstummte, hielt den Arm mit der Fackel gereckt. Die Flamme züngelte in die Schwärze, und bis auf ihr Zischen und das Pfeifen von Wind in kahlen Kronen schien der Wald in Totenstille zu erstarren. Aber die Stille währte nicht lange. Ein schrilles, ohrenzerfetzendes Fiepen durchbrach sie. Von vorn, aus dem undurchdringlichen Dickicht traten zwei Männer in den Kreis, die einen beindicken Ast zwischen sich über den Schultern trugen. Kopfüber, die Beine an den Ast gefesselt, baumelte ein dunkler Leib, der sich warf und wand und markerschütternd schrie.

Ein Kitzbock. Das Geweih noch nicht mehr als zwei Spitzen, die aus der Schädeldecke ragten. Mehrere Männer sprangen hinzu, packten das Tier an Kopf und Läufen und halfen, das aufgesperrte Maul mit Seilen zu umwickeln, bis es verstummte. Dann banden sie den wild zuckenden Körper vom Ast los und schleuderten ihn auf den Opferstein. Strahle, mit der Fackel in der Hand, musste zur Seite springen. Ein junger Kerl bekam die keilenden Hinterläufe in den Bauch und ging zu Boden. Niemand half ihm auf. Fünf Männer waren nötig, um den Bock auf der Gesteinsfläche niederzuhalten.

Ein Kitzbock. Das schönste Stück Wild aus Pommerns Wäldern. Strahle rammte die Fackel wieder in die Erde, sodass ihr Licht über den gefesselten Körper flutete. Der zuckte noch immer, aber die fünf Paar Männerhände hielten ihn fest. Schlank war das Tier, die Läufe beinahe zerbrechlich. Das Fell glänzte. Der Hals bog sich über den Rand des Steines, an der Gurgel gehalten, damit der Bock den Kopf mit dem so jungen Geweih nicht mehr aufwarf. Die Augen, kastanienschwarze, riesenhafte Kugeln, schienen Jula anzustarren. Aber in so dunklen Augen ließ sich nichts lesen, kein Zorn, keine Todesangst. Cord Strahle beugte sich über den Stein, setzte das Messer unter das Kinn und schlitzte dem Tier die Kehle auf.

Mit der Kraft von Geschossen sprudelte Blut aus der Wunde. Strahle hielt sein Gesicht in den Schwall wie ein Durstiger. Dann zog er das Messer weiter, öffnete Brust und Bauch des Bocks, sodass schwarzrotes Nass die zwei Rinnen im Stein hinunterströmte. War das Tier schon tot? Es musste ja tot sein. Die Männer hatten den Körper losgelassen, und der ausgeblutete Hals hing schlaff herab. Wohin floh das Leben? Mit dem Rauch der Flammenspitzen in die Leere des Himmels? Der Wissende legte das Messer zu Boden, hob stattdessen die Axt auf und trennte mit einem einzigen Hieb den Kopf des Tieres vom Hals.

Am Fuß jeder Blutrinne stand ein Tonkrug. Waren beide Krüge bis an die Ränder gefüllt, so bedeutete dies, dass die Gottheit das Opfer angenommen hatte. Strahle hob einen auf, setzte ihn an und trank. Hinterher tauchte er die Hand hinein und fuhr sich mit allen fünf Fingern von der Stirn das Gesicht hinunter. Dann erst reichte er den Krug an den Nächststehenden weiter, legte den Kopf in den Nacken und brach in Geheul aus.

Die Übrigen taten es ihm nach. Eine Zeitlang sprangen, heulten, tanzten sie alle mit blutgezeichneten Gesichtern durch den Kreis. Jula beging diesen Teil des Rituals nicht zum ersten Mal. Noch immer ließ der Geschmack, ja schon der Duft des Blutes sie würgen, aber die Kraft, die sie danach erfasste und mit sich riss, war wilder als Begehren, mächtiger als Lust. Sie hörte sich keuchen, sah ihre Hände wie von selbst durch die Luft greifen. Ihre Füße stampften wie Stößel. Herz und Puls stimmten ein.

So rasch wie sie aufgebrandet war, fiel die Woge der Erregung zusammen. Das Heulen erstarb. Mit einer Kanne Wasser löschte Strahle die Fackeln. Die Zeugen des Opferritus knieten oder hockten sich auf den Boden und wuschen sich mit Schnee das Blut von der Haut. Zu zweit oder einzeln verließen sie schweigend den Kreis. Hier wurde nicht geschwatzt und gealbert wie am Fuß des Heiligen Hügels, wo die Vineter ihre Gaben dem Priester aushändigten und dann in Trauben lärmend von dannen zogen. Hier regierte tödlicher Ernst. Als der Kreis sich geleert hatte, trat Jula auf Strahle zu. Der säbelte mit Axt und Messer den Rumpf des Opfertieres in mehrere Stücke, die er in den hölzernen Kasten auf seinem Handkarren lud. »Ich muss Euch sprechen, Herr.« Sie fror.

Strahle drehte sich um. Als Einziger trug er noch die Zeichnung, die fünf schwarz verkrusteten Linien auf den Wangen. »Was wollt Ihr? Hab ich Euch nicht alles gesagt?«

»Ich bringe Euch einen Eber«, platzte Jula heraus. »Ein Jungtier, das mein Mann für seine Dänenfreunde mästet. Oder besser: Ich bringe Euch ein Pferd. Mein Mann liebt Pferde, gleich als er zu Geld kam, hat er einen Stall voll gekauft. Eines hat er an den dämonischen Bastard verschenkt, der bei seinem Bruder und dem roten Weibsbild lebt, aber ich bringe Euch seinen rosenfarbenen Falben, den er wie einen Hausgott hält. Wird das den Gott der Vergeltung nicht meinem Haus gewogen machen?«

Der Wissende wiegte den Kopf mit der Kapuze, hob einen der Krüge aus dem Kasten und zeigte ihn Jula. »Seht Ihr das?«

Sie musste näher treten und in den Krug hineinspähen, um zu erkennen, was Strahle meinte. Das Gefäß war bis auf einen Satz am Boden leer.

»Der Pripegala ist ungehalten. Er hat heute wissen lassen, dass ihm kein Tier, nicht einmal das wertvollste, genügt, um Vinetas Hochmut abzugelten.«

»Aber warum ich?«, schrie Jula auf. »Die Stadt ist voll von Lumpen, Hübschlerinnen, Hurenböcken, Christen und Gottlosen. Warum ich, die den Göttern ein Leben lang gehorsam war, einem Säufer eine brave Tochter, einem Verräter ein treues Weib und fünf nutzlosen Mädchen eine strenge Mutter? Hat man mir nicht genug aufgepackt und nichts dafür gegönnt?«

»Schweigt«, zischte der Wissende. »Euer Geschrei beleidigt seine heilige Stätte. Wo ist Eure Tochter Bozena, Frau?«

»Ihretwegen habe ich mit Euch sprechen wollen.« Tränen raubten Jula die Sicht. »Die Bozena gehorcht mir nicht mehr, ist widerspenstiger als die Ratte Lara. Sie will, dass ihr Vater sie einem Sohn des Ratsherrn Reric zur Frau gibt, aber der weist sie ab. Ihren Vater empfängt er nicht einmal, weil der mit Dänen paktiert. Ich brauche Eure Hilfe, Herr Cord, die Hilfe des starken Gottes. Ihr wisst nicht, was es heißt, einen Mann zu wollen, der einem verloren ist, aber ich weiß es.« *Wilder als Irrsinn, giftiger als Wundbrand.* »Was muss ich tun, damit der Gott diesen Fluch von meinen Kindern nimmt, dieses Wollen ohne Sinn?«

»Ich sage Euch seit Jahr und Tag, was Ihr tun müsst.« Strahle wandte sich ab, versenkte den Krug wieder im Kasten und schloss den Deckel. »Heute hat der gewaltige Pripegala gezeigt, dass seine Geduld am Ende ist. Bringt ihm das Opfer. Den Unreinen, dessen Anblick seine Augen verwundet. Gehorcht Ihr, so fällt an Eure Töchter, was ihnen dem Recht nach gebührt. Gehorcht Ihr nicht, so kümmert keinen Gott, was aus Euch wird.«

Er ließ sie einfach stehen. In dem Wald, den sie hasste, mit einem Gewirr von Geräuschen und einem Kopf voller sich hetzender Gedanken. Ja, sie wusste, was sie zu tun hatte, sie wünschte sich, stark und grausam zu sein wie der Gott, den sie verehrte. Wie aber sollte sie es anfangen? Wer sich am Leben eines Vineters vergriff, der wurde an den Eschen vor dem Osttor aufgeknüpft oder wie eine Katze in der Oder ertränkt. Durch das Rauschen der Nacht schien eine Stimme zu gellen: *Versuch noch einmal, meiner Familie Leid anzutun, und ich behandle dich wie die Verbrecherin, als die du dich beträgst.* Jula begann zu rennen. Eine Atempause gönnte sie sich erst, als sie am Waldsaum aus dem Dickicht brach.

»Wo bist du gewesen? Verdammt, wie siehst du aus?«

Auf der Stufe vor ihrer Haustür stand der Versager, mit dem sie verheiratet war. Neben ihm saß flennend, das Gesicht in den Händen versteckend, Lutiza, ihre mausgraue zweitjüngste Tochter. Jula blieb stehen und sah an sich herunter. Kleid und Pelz waren schlammverspritzt, der Rock vorn bis zur Fessel eingerissen. Sie drehte die Hände, starrte in die Handflächen. An ihren Fingern klebten Schmutz und Blut.

»Jula! Bist du taub?« Er kam zu ihr. Er, der Schwächling, der vor ihr wie ein Köter kuschte, packte sie, schloss seine Hände um ihre Oberarme und schüttelte sie. »Wo warst du, wo sind Bozena und Lara? Sie ist ein Kind, Jula, hörst du? Lara ist ein kleines Mädchen von elf Jahren!«

Er tat ihr weh. Der Schmerz zerschlug die Trance. Sie riss sich frei. »Lara. Das ist, was du im Kopf hast. Wärst du ein Vater, der diesen Namen verdient, dann kriegte die Bozena Prügel von dir, weil sie sich ihrer Mutter widersetzt.«

»Begreifst du nicht, Jula?« Sein Atem stank. Wieder wollte er nach ihrem Arm greifen, aber hielt inne, als ekle er sich. »Sie sind verschwunden, beide. Ich dachte, du weißt, wo sie sind.«

»Was soll das heißen, verschwunden?«

»Bozena und Lara. Lutiza sagt, sie sind zusammen gegangen. Verdammt, Jula, was ist hier geschehen? Wir haben die Truhe geöffnet. Bozenas Kleider und die Griwne für ihre Heirat sind fort.«

12. Kapitel

Über dem Bodden, dort wo vor bald fünfzehn Jahren das Meer den Strand der Fischer eingefordert hatte, war auf einer Warft ein Schuppen stehen geblieben. Der Heringsfischer, der hier seine Reusen aufbewahrt hatte, war ertrunken, und da seine Witwe auf dem verlassenen Land nicht bleiben mochte, hatte Warti ihr den Schuppen abgekauft. Er war in den Jahren verwittert, bis Anton nach seinem ersten Besuch in Venedig anfing, mit Wasser zu experimentieren. Warti hatte ihm den Schuppen mit Freuden überlassen. Hier konnte er ungestört seine Modelle für Dämme, Deiche und Kanäle bauen und hier fand er Zuflucht, wann immer ihm die Welt zu laut wurde.

Hinter der Deichpforte fiel Natalia ins Rennen. So hatte sie es immer getan, den ganzen Winter über, und jetzt neigte der Winter sich dem Ende. Zwischen den Dünen war der Weg von tauendem Schnee verschlammt. Braune Brühe spritzte auf, beschmutzte ihr Schuhe, Kleid und Mantel. Natalia achtete nicht darauf. Auf dem Dünenkamm, im hohen Gras, begann sie zu lachen, rannte lachend den Sandhang hinunter, bis sie außer Atem die in den Angeln ächzende Tür des Schuppens aufstieß.

Er hatte auf sie gewartet. Hinter der Tür riss er sie in seine Arme. »Du kommst spät.«

»Ich habe Kveta getroffen.«

»Die dumme Truthenne, Maulzerreißerin. Die soll dich nicht aufhalten. Du weißt, ich kann nicht arbeiten, bekomme nichts zustande, wenn ich auf dich warte.«

Natalia konnte nichts mehr sagen, weil sie so heftig nach Luft rang und weil es sie so sehr drängte, ihn zu küssen. Also küsste sie ihn, bis sie ihn halb erstickt freigeben musste, weil Husten und Lachen aus ihr herausplatzten. Er klopfte ihr den Rücken. »Du bist so albern.« Kaum kam sie zu Atem, stürzten sich ihre Münder erneut aufeinander. Wie Taubenschnäbel, die sich stritten, wer welchen Flecken zuerst küssen, kosten, beißen durfte. Seine Bartstoppeln zerschrammten ihr die Haut. Sie grub ihre Hände in sein Haar.

Ab und an heizte er den Schuppen, indem er in einem mehr schlecht als recht zusammengemauerten Verbau aus Steinen ein Feuer entzündete. So war er. Es störte ihn nicht, dass der Raum sich mit kratzendem, beißendem Rauch füllte. Über den Werktisch gebeugt und in seinen Versuchen versunken, schien er es nicht einmal zu bemerken. Wenn das Feuer ausging, wurde es in dem zugigen Bretterverschlag rasch schneidend kalt.

Um ihretwillen hatte er den Werktisch beiseitegerückt und aus Decken und Säcken auf dem Boden ein Lager aufgetürmt. Das Bett ihrer Liebe. Es stank nach Rauch, Pech und vor allem nach Fisch. Zu kalt war es, um sich ganz aus den Kleidern zu schälen. Umso maßloser lechzte die Gier nach jedem blanken Stück Haut. Antons Brust war fast haarlos. Natalia schlug die Zähne hinein, traf auf den Rippenbogen. Hielt inne, sah das halbrunde Mal über seinem Herzen und biss noch einmal zu, in ihrem Kopf ein Schwindel.

»Natalia.«

Zerfließend, so fühlte sie sich, in tausend Hände geteilt, an jeder Stelle seines Körpers zugleich. Sie zerrte ihm die Bruech von den Hüften. Er war mager wie ein Stock, abgezehrt, wie es kein Mädchen schön fand. Seine Schönheit war ihr Geheimnis, ihr Schatz, den keine als sie gehoben hatte, ihre Entdeckung, gehüllt in erregendes Schweigen. Die Wendigkeit dieser Knabenhüften ebenso wie das Gespinst feiner Risse in der glatten Haut. Narben, die seine schlanken Hüften ebenso zeichneten wie ihre üppigen, runden. Zwei von einer Art.

Er drehte sie auf den Rücken und sie zog ihn in sich. Schauderte, als ihre Knochen aufeinanderprallten. Lust auf Lust. Schmerz auf Schmerz. Er stemmte sich hoch, stöhnte aus enger Kehle und stieß in ihre Tiefe. »Anton, Anton!« Unter keuchenden Atemzügen rief sie seinen Namen. Schloss die Augen. Stoß für Stoß trieb er sie der Spitze zu. Ihr Becken bäumte sich. Am entblößten Halsansatz krallte sie ihre Nägel in ihn. Ihr Schrei griff in seinen.

So war es immer, und doch war es jedes Mal neu. Es würde lange dauern, bis es nicht mehr neu war, bis zwei Ausgehungerte gelernt hatten, dass sie zu essen bekamen. Sie liebten sich, als blieben ihnen nur Augenblicke zum Leben. Dann liebten sie sich noch einmal. Und erst beim dritten Mal, als ihre Körper erschöpft waren, liebten sie sich langsam genug, um zu denken. *Ich brauche dich,* dachte Natalia. *Wie mein Innerstes. Ohne dich bin ich ausgeweidet.*

Hinterher blieben sie ermattet aneinander liegen. Sein Kopf auf ihrem Arm, sein Holunderhaar verschwitzt und glänzend. Sie sprachen nicht. Allmählich schöpften sie wieder Luft und Kräfte, bis sie zu frieren begannen und ihre Mäntel über sich zogen. Seine Haut, die so braun gewesen war, war jetzt weiß, und das bisschen Flaum darauf stand aufgerichtet.

Der Strand der Kormorane lag auf der anderen Seite des Seehafens. Zudem waren Kormorane stumme Vögel und die meisten von ihnen waren kaum aus ihren südlichen

Quartieren heimgekehrt. Dennoch war Natalia fast sicher, ihr heiseres Krächzen zu hören, ihr *Koar Koar*, mit dem zuweilen einer von ihnen ihre Stummheit durchbrach. Kurz war ihr zum Weinen. Dann lachte sie. Sie konnte sich nicht helfen, sie war eben so gemacht.

»Worüber lachst du?«

»Über uns. Wir sind so verwöhnt, Anton, zwei verzärtelte Augäpfelchen, bekommen Daunenkissen in den Hintern gestopft und Balsam in den Schlund geträufelt. Und jetzt liegen wir hier auf Lumpen, lassen uns von Flöhen beißen, haben keinen Wein und keine Kerze, und trotzdem kommen wir immer wieder, lassen alles stehen, nur um hier zu sein.«

»Ich kann Wein und Kerzen beschaffen, wenn dir daran liegt.«

»Mir liegt daran. Aber nicht hier, mit dir.«

»Dann lach nicht. Du weißt, wie zuwider mir das ist.«

»Ja, Anton. Ich weiß.«

Sie lachte nicht mehr, sondern streichelte ihn. Seinen so schlanken Arm und die sehnige Schulter hinauf, die geschwollene Ader am Hals entlang und über sein Gesicht. Es kam ihr zerbrechlich vor, obgleich borstige Stoppeln Kinn und Wangen bedeckten. Auf den Wangenknochen wirkte seine Haut wie sehr dünne Seide. Seine Brauen waren tintenschwarze Bögen, und in seine Stirn gruben sich zwei Furchen, die selbst die zärtlichste Hand nicht glätten konnte. Ihn anzusehen machte ihr noch immer Hunger, so satt sie sich auch an ihm gegessen hatte. »Du bist so schön, mein allerliebster Zaunkönig.«

»Nein. Bin ich nicht. Ich bin nicht schön, ich denke nicht an Wein für dich und darüber hinaus bin ich der widerlichste Dreckskerl, der in dieser Stadt herumläuft.«

»Und mein Ein und Alles bist du. Mein Glück.« Sie

küsste seine vor Trockenheit gesprungenen Lippen. »Wir sind es beide, Anton. Dreckskerle. Widerlich. Wenn du es so willst. Oder wir sind zwei Menschen, mit denen das Leben etwas vorhat, das mächtiger ist als ihr Wunsch, rechtschaffen und schuldlos zu bleiben.«

Sie schloss einen Arm um ihn. Durch Wams und Hemd spürte sie, wie sein Rücken zitterte. Ihre Hand liebkoste ihm den Kopf. Dort wo die Axt in seinen Schädel gefahren, wo ein Stück Metall sein Gedächtnis und beinahe sein Leben ausgelöscht hatte, wuchs kein Haar, aber neben der schnurgeraden Narbe wucherte es dicht. *Ich will nicht, dass irgendetwas auf der Welt dir Schmerz bereitet. Ich will alles von dir nehmen, Axthiebe, Stockschläge, Gewissensqualen. Lass mich sie haben, meine Haut ist zäher als deine.* Die Kastanienaugen ruhten auf ihr. Sie las darin wie in einer Lieblingsschrift, die sie auswendig hersagen konnte und mit der sie doch nie zu Ende kam.

»Das, was wir tun, macht mir Angst, Natalia.«

»Ja, Liebster. Mir macht es auch Angst.«

»Ich arbeite Tag und Nacht an diesen Plänen.« Mit einer Schulterdrehung wies er nach dem Werktisch. »Was für ein Heuchler bin ich? Als könnte ich damit etwas Schlimmes in etwas Gutes kehren.«

In seinem Ton wütete der Drang, sich zu bestrafen. Sie packte sein Gesicht bei den Wangen. »He, lass einen Stein auf dem andern. Was immer du sein magst, zum Heuchler hast du nicht das mindeste Talent. Worum geht es bei diesen Plänen? Noch immer um das Problem mit den zu großen Schiffen?«

»Das weißt du doch wohl.«

»Woher soll ich das wissen? Wenn er es vermeiden kann, spricht Warti mit mir nicht von Sorgen.«

Brüsk machte Anton sich frei. »Lass das, Natalia. Sag

ein schlechtes Wort über ihn und du siehst mich nicht mehr.«

»Ich sage kein schlechtes Wort über ihn. Glaubst du, dazu bedarf es deiner Drohung? In all den Jahren hat er mich von Übel fernhalten wollen, und dafür verdient er nichts als Achtung von mir.«

Kein Mensch konnte mit solchem Abscheu schnauben wie Anton. Er sah an seiner nackten Brust herunter und riss sein Hemd noch ein Stück weiter auf. »Ist das vielleicht Achtung, was wir hier tun?«

Sie hielt seinen flackernden Blick, dachte kurz nach und sagte dann: »Nein. Vielleicht nicht. Aber dein Selbsthass macht daran nichts besser. Jetzt erzähl mir von diesem Problem mit der Tonnage und von deinen Plänen.«

»Willst du das wirklich wissen?« Er sprang auf, ging zum Werktisch, nahm einen sich rollenden Bogen Papier auf und trug ihn zurück zu ihrem Lager. Auffordernd blickte Natalia zu ihm hoch. Er setzte sich wieder neben sie, kreuzte die Beine und breitete den Bogen über ihre Knie. Das Blatt roch nach Graphit. Es war über und über mit hingeworfenen Linien bedeckt. Natalia verstand nichts vom Wasserbau, und Antons wirrer Zeichenstil war nicht dazu angetan, ihrem Verständnis aufzuhelfen. Immerhin erkannte sie mit einem Blick, dass die Skizze Vineta darstellte. »Hier ist der Seehafen, nicht wahr? Und dies ist das Sturmglockentor.«

Anton nickte. »Unser Problem beruht darauf, dass die Tonnage der Schiffe, die bei uns vor Anker gehen, ständig wächst. Reisen sind gefahrvoll und teuer. Um Kosten zu sparen, bauen die Leute sich immer größere Schiffe, die immer mehr Ladung transportieren. Das ist gut für Vineta. Mehr Waren kommen herein und mehr gehen wieder hinaus. Nur haben diese größeren Schiffe eben auch einen größeren Tiefgang. Größer als unser Hafenbecken es erlaubt.« Aus seinem offenen Gurt zog er den Griffel und zog Striche an der Stelle, die das Meer vor Vinetas Küste bezeichnete. »Hier, da hast du das Hafenbecken, hundert Zoll gibt es her. Das genügt bei weitem nicht. Wir brauchen mindestens hundertfünfzig Zoll, wenn nicht noch mehr in kommenden Jahren.«

»Und was bedeutet das?«

Er blickte auf, und seine linke Braue zuckte. Die rechte, die ein wenig schräger stand, ließ sich bedingt durch die Kopfverletzung nicht mehr rühren. »Das bedeutet, dass die Schiffer sich, wenn wir nichts dagegen tun, über kurz oder lang einen anderen Umschlagplatz suchen. Dass sich das Handelszentrum des Wendenlandes in eine andere Stadt verlagert.«

»Wäre das nicht das Ende? Vineta lebt vom Handel.«

»Das wäre es wohl.«

»Aber es lässt sich verhindern? Wie, Anton?«

»Indem wir unser Hafenbecken mit mehr Wasser füllen.« Wieder beugte er sich über das Papier, fuhr sich mit einer Hand ins Haar und zog mit der anderen kreuz und quer über die Karte Linien. »Siehst du das? Wir zapfen den Fluss an. An Vinetas Westseite begradigen wir seinen Lauf, dazu braucht es zwei Durchstiche an diesen tiefen Schleifen hier.« Er zeigte auf die Karte. »Von der reißenden Strömung, die dort entsteht, nehmen wir uns, was wir bekommen können. Wir schlagen zwei breite Kanäle durch die Stadt, leiten das Wasser in den Hafen und bauen einen Damm, um es zu stauen.«

Er hatte sich in Rage geredet. So tief saß er über den Bogen gebeugt, dass seine Wirbelsäule sich Glied für Glied durch das Hemd zeichnete, und so sehr gefiel er ihr, dass sie trotz allem lachen musste. Sogleich sah er auf und ließ den Griffel sinken. Sein Haar stand ihm gesträubt vom Kopf. »Was gibt es zu lachen?«

»Nichts. Ich sollte beleidigt sein, weil diese Wasserverläufe in dir mehr Leidenschaft erwecken als ich.«

Der Griffel fiel, der Bogen rollte sich zusammen. Er griff nach ihr, bohrte ihr die Finger in die Schultern. »Sag das nie wieder, Natalia.«

»Nein.« Sie warfen die Arme umeinander und küssten sich. Bis sie Blut schmeckte, seines oder ihres. Bis sie sich steifgliedrig lösten, die zerknickte Rolle Papier zwischen sich und die Blicke verzahnt. »Hast du mit Warti über deinen Plan gesprochen?«

»Ja. Er wird ihn dem Rat vorstellen. Wir haben alles Mögliche erwogen, aber es gibt keinen besseren Weg.«

»Spricht denn etwas dagegen?«

»Im Fall einer Sturmflut und bei Eisgang wäre die Stadt durch den veränderten Flusslauf und die neuen Kanäle stärker gefährdet. Das ist in Venedig, wo sich bald jedes Haus auf dem Wasserweg erreichen lässt, nicht anders, aber das Meer vor Venedig ist nicht so hungrig wie unseres.«

»Können wir die Kanäle nicht eindeichen?« Ihre Hand fuhr seinen Arm hinauf und hinab.

»Genau das werden wir tun müssen. Das Deichsystem erweitern, noch höher und sicherer bauen als bisher. Und da das alles, die Durchstiche, die Kanäle, die Dämme und Deiche, einen Berg Geld kostet, wird Vater …«

Sie streichelte ihn weiter. »Was wird dein Vater?«

»Dem Rat die Erhebung einer Abgabe verkünden, um die Summe für die Maßnahmen aufzubringen.«

»Aber Anton!« Vor Bestürzung stockte ihr die Hand. »Wie im Leben wollt ihr das durchsetzen? Abgaben, den Zehnten zahlen, das ist eine christliche Anordnung, die kein Vineter dulden wird.«

»Und warum wohl nicht? Sie ist nicht zu vermeiden. Glaubst du etwa noch immer, alles, was Christen tun, ist falsch?«

»Das zu beurteilen, maße ich mir nicht an.«

»Die neue Zeit verlangt, dass wir neue Zeichen setzen.«

Sie schlang die Arme um den Leib. »Für mich ist es die alte Zeit, Anton. Der Zwang, Abgaben zu zahlen, hat meine Familie das Leben gekostet.«

Sie sahen einander an. Endlich streckte er, als bereite es ihm Mühe, die Hände nach ihr, löste ihr die Arme und zog sie zu sich. Jäh spürte sie die Kälte und bemerkte, wie dunkel es geworden war. Sie presste sich an ihn, ließ ihre Hände unter sein Hemd und seinen Rücken hinaufgleiten. Er küsste ihren Hals. »Natalia.«

»Es ist gut. Ich weiß, dass ihr mit Umsicht handelt, Warti und du. Lieb mich noch einmal, ja, mein Zaunkönig? Dann müssen wir gehen.«

Er stöhnte, warf sich mit ihr nieder. »Ich müsste nach Venedig«, stieß er über ihr heraus. »Studien fortführen, ehe wir mit dem Bau beginnen. Aber ich kann nicht. Ich kann von dir nicht weg.«

»Nein, geh von mir nicht weg.« Sie schloss die Hände um seine Hinterbacken, spreizte die Beine und nahm ihn in sich auf. »Denk nicht daran. Noch ist das Eis nicht vom Fluss.«

Warti beendete die Sitzung, als es vor den rötlichen Fensterscheiben, vor die sich längst Dunkelheit gesenkt hatte, zu regnen begann. Es hatte keinen Sinn, länger hin und her zu reden. Lieber schickte er sie alle nach Hause, ins Trockene, und ließ aufgewühlte Wogen sich legen. Trotz allem musste er den Verlauf des Abends als Erfolg werten. Er hatte gewusst, dass niemand über die Maßnahme in

Jubel ausbrechen würde. Zu sehr klang jedes der Worte – Steuerpflicht, Abgabe – nach dem verhassten Joch des Christentums. Zu lange waren die Vineter daran gewöhnt, dass das, was in ihrem Beutel klingelte, ihnen gehörte und niemandem sonst. Dass ihnen die Anordnung nicht schmeckte, war verständlich, von Bedeutung aber war nur, dass sie ihm folgten. Er war noch immer ihr Starost, dem ihr Vertrauen wie ihre Verehrung galt.

Für gewöhnlich summte dieser Saal vor Leben. Auch jetzt standen die Herren in Gruppen beisammen, aber es herrschte Stille, als warteten sie darauf, dass er als Erster den Raum verließ. Nur zu elft waren sie, denn Zemu, der eine Ladung in Empfang nehmen musste, hatte sich entschuldigt. Der Freund fehlte ihm, auch wenn er wusste, dass dem ewig pfenniglosen Zemu die Abgabe nicht mehr behagte als Ladi Lubin, der lautstark dagegen gewettert und ihn einen Beutelschneider geschimpft hatte. Ein Seufzen unterdrückend erhob er sich. Rückte den Mantel zurecht, spürte verstohlene Blicke. Mit jäher Heftigkeit sehnte er sich nach Natalia.

An Abenden wie diesem konnte er es nicht erwarten, ihre Arme um sich zu spüren, ihre Hände, die ihm den erschöpften Rücken liebkosten, ihre Küsse auf seinen Wangen, die jede Strapaze der Welt wert waren. Zunächst natürlich würde er Anton Bericht erstatten müssen. Anton war jung. Für ihn barg Neues Verheißung, nicht Schrecken, und er brannte darauf zu erleben, wie seine Gedanken Gestalt annahmen. Brillante Gedanken. Auf die Lösung, die der Zwanzigjährige ersonnen hatte, war kein doppelt so alter Geist gekommen. Die Vineter würden sich dreinschicken. Bis Erntedank wäre die Wassersteuer Schnee vom letzten Winter, so wie der Wendenkreuzzug oder die Sturmflut am Fischerstrand.

Er gab sich einen Stoß, grüßte nach links und rechts, verließ den Saal und das Gebäude. Schneeregen fiel. Wie üblich trug er nichts bei sich, um seinen Kopf zu schützen. Eisige Nässe rieselte ihm in den Nacken. Auf den Stufen vor dem Rathaus saßen zwei Mädchen, die aufblickten, als sie seine Schritte hörten.

Eine mit sonnenblonden und eine mit zimtbraunen Flechten unter Schläfenbändern, beide in Leinenkleidern, ohne Mäntel und Hauben. Sein Herz, das wie Blei gewesen war, schüttelte Ballast ab. Wie schön sie waren. Und wie schön war das Leben in Vineta, welch missliebige Maßnahme auch nötig sein mochte, um es zu erhalten. Mädchen wie diese, zart wie Birken, quirlig wie Frühlingsfluten, würden noch heranwachsen, wenn Natalia und er als Greisenpaar an Stöcken gingen. Die Mädchen standen auf. Das Kleid der Größeren war über der Schulter zerrissen. Ihr Gesicht war verweint, ein Auge verschwollen, die Oberlippe aufgeplatzt. Jäh fiel ihm ein, wer die beiden waren.

»Beim Perun, was ist euch geschehen?« Er kannte sie kaum und war nicht sicher, ob sie ihn kannten. Kamen sie zu ihm als dem Starosten der Stadt oder als dem Verwandten, der ihnen Hilfe schuldete? Er fühlte sich entsetzlich dumm. »Seid ihr überfallen worden?«

Die Kleinere, deren straff geflochtenes Haar trotz der Nässe wie der Fruchtstand vom Weizen leuchtete, trat auf ihn zu, beugte leicht die Knie und richtete sich wieder auf. »Herr Starost? Ich bin Eure Nichte Lara. Ich bringe meine Schwester Bozena zu Euch, weil wir sonst niemanden wissen, der ihr helfen kann.«

Wie alt war das Kind mit der Rotkehlchenstimme, schon älter als zehn Jahre? »Ich bin kein Herr Starost. Ich bin euer Oheim Warti. Was ist euch zugestoßen? Oder nein, kommt mit, ihr müsst zuerst ins Trockene.«

Suchend sah er sich um. Aus dem Portal des Rathauses strömten Marek, Dubslaw und gleich darauf die Schar der Übrigen. »Gibt es Schwierigkeiten, Warti? Das sind doch Dänen-Boles Töchter!«

Warti wollte zur Antwort ansetzen, doch das Kind kam ihm zuvor. »Wir sind Bozena und Lara, die Töchter von Bole Sliwosz. Wir kommen, um unsern Oheim und den Herrn Zemu Reric zu sprechen.«

»Zemu? Der ist heut unten im Hafen, damit ihm von seiner armseligen Fuhre nicht noch jemand was stibitzt.«

Warti hob die Hand. »Lass gut sein, Dubslaw. Ich kümmere mich um die beiden. Was wollt ihr von Herrn Zemu, Lara?«

Das ältere der Mädchen, Bozena, brach in Schluchzen aus. Warti konnte das geschundene Gesicht kaum ansehen, breitete die Arme aus und zog den mageren Körper an seinen. »Es wird gut, hörst du? Was immer man euch angetan hat, wir bekommen die Welt wieder geradegerückt.«

Bozena presste sich an ihn. Ohne nachzudenken, riss er sich den Mantel von den Schultern und legte ihn um sie, hob das nasse Haar aus ihrem Nacken. Die Schritte der Ratsherren verhallten im Dunkel.

»Ihr seid ein sehr guter Mann, nicht wahr?«, vernahm er wieder Lara. »Den Retter Vinetas nennt man Euch. Nur die Mutter sagt, dass man Euch totschlagen sollte und von den Raben auf der Gasse in Fetzen picken lassen.«

»Das ist Unsinn, Lara. Das eine wie das andere. Ich bin euer Oheim und will euch helfen.«

»Bozena kann nicht mehr nach Hause. Mutter prügelt sie tot.«

»Das hat deine Mutter getan?« Behutsam nahm Warti das Gesicht des Mädchens in die Hände. Um das verschwollene Auge war die Haut schon blauschwarz verfärbt.

»Mutter sagt, sie kriegt Prügel, weil sie nicht mit ihr zum Blutstein will. Aber in Wahrheit ist es, weil sie Vaci Reric liebt.«

Bozena heulte auf wie ein Tier. Warti schloss wieder die Arme um sie und barg ihren Kopf an seiner Brust. Ihr Haar durchnässte ihm Wams und Hemd. *Zum Blutstein.* Er würde etwas unternehmen müssen. Gerüchte über finstere Riten hinter dem Weiher der Seelen waren ihm bereits mehr als einmal zu Ohren gekommen, seit er in jener Nacht Strahle in der Kutte des Blutpriesters begegnet war. Eine Stadt wie Vineta glich einem Menschenleib, an dem nicht die kleinste Verletzung unversorgt bleiben durfte, weil Wundbrand ausbrechen und das ganze Gefüge ins Verderben reißen konnte. Im Augenblick aber hatte das Geschöpf in seinen Armen Vorrang: Seine Nichte, die ihm die Brust nass weinte.

Das erstaunliche Kind, Lara, bückte sich, hob ein in Tuch geschlagenes Bündel von der Stufe und hielt es ihm entgegen. »Hier, das ist Bozenas Heiratsgut. Ihre guten Kleider, die sich umschneidern lassen, ein ganzer Block Salz und ein Silberstück.«

»Hat euer Vater euch das gegeben?«

»Nein. Das wagt Vater nicht. Wir haben es genommen, denn schließlich gehört es Bozena, nicht wahr? Ihr Vaci will sie nicht, weil sich Vater mit Dänen einlässt. Aber er ist ja ein armer Schlucker, sagt Bozena. Da wird er sie mit dem Heiratsgut vielleicht doch wollen.«

Warti löste einen Arm von Bozenas Schultern und nahm dem Kind das triefnasse Bündel ab. Ihre Augen unter muschelblanken Lidern ließen an bewölkte Sommerhimmel denken. »Kommt, ihr beiden. Vaci Rerics Vater ist mein Freund, ich spreche mit ihm.«

Zu Fuß, über aufgeweichte, hier und da noch vereiste

Wege dauerte der Weg in den Hafen seine Zeit. Sie mochten ein wunderliches Bild abgeben, wie sie durch den Regen eilten, unter seinem Arm das Bündel, an seiner Hand das Kind, im anderen Arm das Mädchen im Starostenmantel. Auf Zemu, der einen beladenen Ochsenkarren und außer Vaci noch zwei weitere seiner Söhne bei sich hatte, trafen sie vor dem Deich.

»Guten Abend, Herr Starost.« Vaci sah den Ratsherrn als Erstes.

»Warti, mein Bester. Ich grüße dich.« Auch Zemu blickte auf.

Der kleine Mann mit seinen Buben und der große mit den zwei Mädchen wären um ein Haar aufeinandergeprallt. Warti würdigte den Freund keiner Antwort, sondern wandte sich an den vierschrötigen Burschen, in dessen fleischig derben Zügen eine von Zemus verflossenen Leidenschaften nachklang. »Guten Abend, Vaci. Ich denke, du und meine Nichte Bozena seid einander bekannt?«

»Ja, ja«, war alles, was der Junge herausstammelte, wobei er rückwärtsstolperte und sich am Zaum des Ochsen fing. Eine Woge von Stolz auf Anton erfasste Warti. *Mein Sohn ist ein Mann, kein halbgares Bürschlein mit Backpfeifengesicht. Mit meinem Sohn, armes Taubenkind, wärst du besser bedient.* Unwillkürlich fiel sein Blick auf Lara, die sich stumm und gerade an seiner Seite hielt.

»Was ist denn das für ein Aufmarsch, Warti?« Zemu, der vor der dreimal mannshoch in den Himmel ragenden Pfahlreihe des Deiches winzig wirkte, nahm seinem Jungen den Ochsenzügel aus der Hand. »Haben unsere Kumpane vom Wiec dir das Fell versohlt? Ach wo, von uns bringt's doch keiner fertig, dir ein Haar zu krümmen, was für eine krause Dummheit du uns mit dieser Steuer auch auftischen magst.«

»Den Wiec lass heraus«, erwiderte Warti. »Der hat nichts damit zu tun. Und eine krause Dummheit begeht, so denke ich, dein Sohn Vaci, der einem reizenden Mädchen erst Hoffnungen macht und es dann stehen lässt wie einen Krug sauren Wein.«

In der Stille wurde der Schneeregen hörbar, sämige Tropfen, die in den Schlamm platschten. Warti gab Lara das Bündel und trat auf den Jungen zu, griff nach seiner schlaffen Hand und legte Bozenas Hand hinein. »Meinen Glückwunsch, Vaci. Ein Kerl, für den ein Mädchen so viel auf sich nimmt, hat Grund, den Göttern auf Knien zu danken.«

Die jungen Leute standen schweigend voreinander. Warti trat zurück, wollte Lara das Bündel wieder abnehmen, da packte Zemu ihn beim Arm. »Was tust du, was denkst du dir dabei? Du bist ein Juwel von einem Freund, der beste, den ein Mann haben kann, aber das darfst du nicht von mir verlangen.«

»Aha. Darf ich nicht?«

»Beim guten Gott Svarog, es geht um meinen Jungen.«

»Und um mein Mädchen. Meine Nichte. Wenn ich sie anschaue, wüsste ich nicht, weshalb dein Sohn sich zu beklagen hätte.«

»Das weißt du wohl!«

»Und selbst wenn. Soweit mir bekannt ist, hast du kaum die Mittel, einen Zweitgeborenen gebührend auszustatten. Wie man als mittelloser Zweiter aber sein Leben fristet, musst du nicht mich, sondern meinen Bruder fragen.«

Er sah, wie Zemu nach Luft schnappte. Ein Rinnsal Regen lief seine Lippe hinab in seinen Mund.

»Sprich doch aus, was du gern zu mir sagen möchtest. Dreckslump? Hundsfott?«

Zemu schüttelte den Kopf. »Nein. Nicht mal, wenn du's verdienst. Dazu hast du zu viel für mich getan.«

»Danke.« Schlagartig wurde ihm klar, wie weh es ihm täte, den kleinen Gefährten, der ihm ein Leben lang an der Seite klebte, zu verlieren. »Zemu, Bozena erhält ein stattliches Heiratsgut, von dem die zwei sich einen Hausstand einrichten und ein eigenes Geschäft aufbauen können.«

»Kennst du mich so schlecht? Ich will das Verrätergeld von deinem Bruder nicht.« Zemus Stimme krächzte, als kämpfe er gegen Tränen.

»Und meines?«

»Was willst du damit sagen?«

»Nichts, das dich erniedrigt«, antwortete Warti. »Das Salz meines Bruders hat Vineta gerettet, und ich wünschte, ich könnte deine Meinung von ihm bessern. Hier aber geht es um ein Mädchen, das nichts verbrochen hat, als jemandes Tochter zu sein. Ich bezahle ihr Heiratsgut. Und Natalia und ich richten ihr die Hochzeit aus.«

Alle starrten ihn an. Zemu, Vaci, dessen Brüder und Bozena im schwarz-grünen Mantel. Vielleicht auch Lara, die neben ihm stand. »Es tut mir leid«, murmelte Warti. »Ich hätte mich früher darum scheren sollen, dass ich Nichten habe. Selbst mein Aufseher, der unsägliche Strahle, lag mir deshalb im Ohr.«

»Na komm, mach halblang. Um die ganze Welt kann sich nicht einmal Warti Sliwosz kümmern.« Zemu trat vor ihn hin und klatschte ihm mehrmals unsanft auf die tropfnasse Schulter. »Dein Perun weiß, dass ich den Fehler meines Lebens begehe, aber was bleibt mir übrig? Die Bozena bekommt meinen Vaci.«

Mit einem Aufschrei stürzte das Mädchen ihrem Liebsten in die Arme. »Du bist ein furchtbar feiner Kerl, mein Freund.« Zemu ließ die Hand auf Wartis Schulter ruhen. »Ich hab nicht wenig Angst, du drehst dir daraus einen Strick.«

Warti verzog den Mund. »Der Grabeston steht dir nicht, Zemu.«

»Ich weiß. Machen wir uns auf den Weg? Deine Rose aus Nowgorod denkt, ich wollte dich ersäufen, wenn sie dich sieht.«

»Du bist durchaus nicht trockener. Ich nehme euch alle noch mit auf einen Wein.«

Zemu schüttelte den Kopf. »Nicht heute. Eines noch: Das Mädel muss sich entscheiden. Wenn sie's mit meinem Jungen hält, dann hat sie keine Eltern mehr.«

»Ich verstehe. Bis zur Hochzeit wohnt sie in meinem Haus.« Auf einmal fiel ihm das Kind ein, dessen klamme, kleine Hand noch immer in seiner steckte. Er beugte sich zu ihr. »Was ist mit dir, Lara? Du weißt, ich müsste dich deinen Eltern nach Hause bringen.«

»Das geht nicht«, rief ihre Schwester aus der Umarmung des Bräutigams. »Mutter verdrischt sie, dass ihr Hören und Sehen vergeht.«

»Davon sterb ich nicht.« Lara warf den Kopf mit den klatschnassen Flechten in den Nacken und zuckte eine Achsel.

Die Bewegung war Warti so vertraut, dass er gegen ein Lächeln kämpfen musste. »Ich spreche mit deiner Mutter.«

»Das lasst besser bleiben, Herr Warti.«

Sie wollte noch etwas sagen, verstummte aber, als ein Geräusch aus dcr Höhe sie zusammenfahren ließ. Gepolter von Schritten, eine Stimme. Alle Hälse reckten sich. Gegen das Dunkel des Himmels zeichneten sich zwei Gestalten, die über die Deichkrone kamen.

Für gewöhnlich benutzten die Vineter, zumal wenn sie mit Lasten unterwegs waren, die Deichpforten, doch wer es eilig hatte, konnte den Hafendeich auch übersteigen.

An der Wasserseite fiel er mild genug ab, und in die Pfahlreihe der Landseite waren zu diesem Zweck Stiegen eingelassen. Trotz der Finsternis erkannte Warti die zwei Menschen auf der Kuppe sofort. Zwar war unerklärlich, wo sie herkamen, aber das kümmerte ihn nicht. Er ließ Laras Hand los, war mit einem Satz beim Deich und begann, die eisernen Stiegen zu erklimmen.

»Guten Abend, schönste Rose aus Nowgorod«, rief Zemu. »Und Meister Anton, seid mir gegrüßt. Etwas unwirtliche Witterung für eine Kletterpartie, meint Ihr nicht?«

Warti hörte nicht, was sie zur Antwort gaben, er stieg blindlings hinauf in die Nacht. Schon hatte er Natalia, die als Erste herunterkam, erreicht. Ihre Füße in schlammdurchweichten Lederschuhen standen auf der Stiege über seinem Kopf. »Herz von meinem Herzen.« Er zog sich auf die nächste Strebe und umschlang ihre Schenkel, presste sein Gesicht in ihren triefenden Rock. »Du weißt nicht, wie froh ich bin.«

Er spürte ihre Hand, die sich auf seinen Kopf senkte und sich in seinem Haar vergrub. Sie sagte nichts. Ihre Beine zitterten. Müdigkeit flammte in ihm auf, der Wunsch, sie aus dem nassen Stoff zu schälen und vor dem Feuer in ihrer Kammer in Decken zu hüllen. Ein paar Herzschläge lang stand er mit ihr still. Dann setzte er einen Fuß zwischen ihre Füße, zog sich hinauf und löste ihr die Hände von der Stiege. Sie ließ es geschehen. In seinen Armen trug er sie den Deich hinunter.

Manches Mal, wenn Jakub zu spät in ein Backhaus gekommen war und mit dem letzten Laib Brot hatte vorliebnehmen müssen, hatte er sich diesen schöngeredet, frisch und einladend, denn immerhin war es Glück, noch einen zu bekommen. *Wie oft,* wunderte er sich, *habe ich schon geglaubt, dies sei mein letzter Frühling?* Sein Husten, ein staubtrockenes Keuchen, das ihm die Kehle versengte, war ihm den Winter über treu geblieben, und mit dem Schrecken hatte er sich eingerichtet wie mit den schmerzenden Knochen und dem kahlen Kopf.

Gern hätte er Warti geholfen, der bis über die Ohren in der Vorbereitung der Volkszählung steckte, die zur Erhebung der Wassersteuer notwendig war ... Der aber ließ sich nicht helfen: »Es genügt, wenn ich mir die Hände damit schmutzig mache. Wie mein Freund Zemu bemerkt hat, bin ich vermutlich der Einzige, der dafür nicht das Fell versohlt bekommt.«

»Pass nur auf«, entfuhr es Jakub. »Erst gestattest du den Bau einer Kirche, und jetzt erhebst du auch noch diese Steuer. Du nimmst nicht eben wenig auf dich.«

Wie in alten Tagen verzog Warti den Mund und hob die Brauen. »Und selbst wenn. Wer von der zärtlichsten Frau der Welt getröstet wird, den bringt eine Abreibung nicht um. Im Gegenteil, mein Lieber. Ich bin ein schamloser Hund, der sich im Mitleid seiner Herrin wie in Milchrahm suhlt.«

Er schien sich seiner Sache sicher. Erst die Kirche, die nach Pogoda geweiht werden sollte, dann die Steuer, und zudem brachte er noch das Mädchen Bozena ins Haus, zu deren Hochzeit die Brauteltern nicht geladen sein würden. Ihn darauf allerdings anzusprechen war ein Griff ins Wespennest. »Beim Perun, was habe ich denn für eine Wahl? Ist dies das hundertste Scharmützel zwischen zwei angegrauten Rotzjungen, oder geht es um eine Siebzehnjährige, die bescheiden genug ihr Herz an den besitzlosen Vaci Reric hängt?«

Gib ihm Rahm in Strömen, dachte Jakub jedesmal, wenn Natalia und Warti nach dem Essen nach oben verschwanden. Er hatte das Leuchten in Wartis Augen gesehen, als er Boles Geschenk für Anton erblickte, er hatte die Hoffnung förmlich in der Luft gespürt und spürte jetzt, wie sie sich völlig zerschlug. Dass Bole diese Demütigung nicht verzeihen konnte, wusste Jakub, und Warti wusste es auch.

Mit Oda über Bozena zu sprechen, hatte, selbst wenn sie zum Sprechen bereit und nicht gänzlich in ihre Beschäftigung mit Witsach versunken war, keinen Sinn. Aus unerfindlichem Grund war sie überzeugt, das Mädchen sei ins Haus gekommen, um Anton zu verführen. Und dies, so beharrte Oda, müsse um jeden Preis verhindert werden. »Ich habe Witsach nicht vor mir bewahrt, und ich habe Witsachs Sohn nicht vor dem schlechten Weib bewahrt. Aber ich werde Anton bewahren. Darauf nimm Gift, wenn du willst.«

Voll Kummer musste Jakub sich eingestehen, dass er sie verlor, dass ihr Geist, um dessen Schärfe kaum jemand gewusst hatte, dabei war, sich zu verflüchtigen. »Vor Natalia brauchst du Warti nicht zu bewahren«, sagte er. »Sie tut ihm gut, sie ist die Frau, die er braucht.«

Oda sah ihn nur an und schnaubte durch die Nase.

Am nächsten Morgen in der Küche fragte er Natalia, ob auch sie wusste, was Bozenas Einzug für die Beziehung der Brüder bedeutete. Natalia, die in einem Tiegel Honig und Kräuter zu einem Brustwickel gegen seinen Husten verquirlte, war bleich, als habe sie nicht schlafen können. Wieder einmal hatte sie vergessen, sich das Haar zu kämmen, und statt einer Bluse trug sie eins von Wartis Hemden, viel zu weit und schlampig in den Rock gestopft. Jakub erschien sie derart entzückend, dass er, sobald er sie ansah, schlucken musste.

»Er hat doch Recht.« Wütend schwenkte sie den Rührstab, dass der klebrige Honig über den Tiegelrand schwappte. »Was soll er denn tun? Das Mädchen dafür büßen lassen, dass er ein Schwein zum Bruder hat?«

»Bole ist kein Schwein.«

»Doch, das ist er.« Sie warf den Messingstab auf die Tischplatte. Über die Kante tropfte gekräuterte Honigtunke auf den Boden. »Ich habe es satt, Herr Jakub, zum Erbrechen satt. All dies Geschwätz über Böse, die in Wahrheit nichts als zu kurz gekommene Gute sind, die Dörfer verbrennen und Töchter verprügeln, weil das niederträchtige Leben sie nicht weich genug gebettet hat. Ihr seid so schlimm wie Warti, und der ist schlimmer als die Christen. Die dürfen nicht hassen, weil ihr Gott sie dafür ins Verderben schickt, aber mein Herr vom Sturmglockentor ist sich zum Hassen zu fein und webt sich sein Verderben selbst. Einen Marder streichelt er noch, wenn der ihm schon mit den Zähnen in der Kehle sitzt.«

Sie schrie sich aus, bis ihr der Atem stockte. Wäre sie nicht Natalia gewesen, die nicht weinte, hätte Jakub geschworen, dass die Augen ihr in Tränen schwammen. Er ging zu ihr, blieb mit dem Fuß in der Honigpfütze kleben. »Herrje, mein *Faygeleh*. Zieh dem Graukopf, der dir immerzu Sorgen macht, die Ohren lang, aber nimm ihn doch nicht ernst. Dein Warti ist ein Baum von einem Kerl, der besser als wir alle weiß, was er sich auf den Buckel laden kann. Ich liebe dich, *Faygeleh*. Dafür, dass du dich quälst, wenn Warti sich quält, liebe ich dich noch mehr.«

Sie stand wie versteinert. Ohne genau zu wissen, was er tat, strich er ihr das Hemd glatt und schob es Falte für Falte mit Sorgfalt in den Rockbund.

»*Faygeleh*«, sagte sie, ihre Kehle rissiger als seine wundgekrächzte. »So habt Ihr Eure Tochter genannt?«

»Ja, vielleicht. Du bist meine Tochter, Natalia.«

»Und ein ziemlich fettes Vöglein.«

Das Lachen misslang ihnen beiden. Ihres ein Kratzen und seines ein Husten. Zusammen aber schien es Jakub so einladend wie der letzte Laib Brot.

Rauch hatte den Raum verdüstert, so dass sie in kurzen Stößen atmen und sich des Öfteren Tränen aus den Augen blinzeln mussten. Jetzt aber legten sich die Schwaden, wie ihre Erregung sich legte und bedürfnisloser Befriedigung wich. Natalia hatte von solchem Zustand nichts gewusst. Sie hatte geglaubt, ein Geschöpf wie sie befände sich ständig auf der Jagd. Dass sie so still liegen konnte, ohne ein Beben, die nassen Schenkel aufgefaltet, die Hand auf Antons Brust, verblüffte sie. Sie fror nicht einmal. In diesen Tagen war das Wetter vollends umgeschlagen. Obgleich das Feuer erloschen war, kühlte der Raum nicht mehr aus.

Sie war gekommen, um sich die Sinne vollzusaugen. Seine Stimme in ihren Ohren, sein Fluchen, Flüstern, Seufzen, seine Haut an ihrer Haut, unter ihren Lippen, zwischen ihren Zähnen, die Magerkeit seines Körpers in ihren wie versiegelten Armen. Sein Duft, in den sich der beißende des Rauchs und der vertraute des Meeres mischten. Sein Bild in ihr Gedächtnis gebrannt. Jeder einzelne Zug. Die geraden Schultern, aus denen Knochen wie Deichseln stachen. Der Hals, zartblau geädert, das scharf geschnittene Gesicht. Seine Stirn, der man die Kopfschmerzen ansah. Das Wetterleuchten seiner Augen. Seine schneeweißen Hände, schwer auf ihrem Fleisch. Ihre Ruhe war zu Ende. Sie wollte sich über ihn werfen und sich an ihm betrinken. Aber sie tat es nicht.

Sie war gekommen, um etwas zu sagen und sie würde es sagen. Sie mochte manches sein, aber sie war keine wankelmütige Frau. »Ich will, dass du gehst, Anton.«

Ich will, dass du aufstehst, jedes Stück Haut an deinem geliebten Leib bedeckst und dich abwendest, hinter dir die Tür schließt und mich hier liegen lässt, bei den Flöhen. In der Leere, aus der ich zu dir kam und von der ich nicht einmal ahnte, dass sie leer war.

Ich will, dass du gehst, Anton. Dass du mich dorthin zurückstößt, wo du mich gefunden hast, wo ich dich gefunden habe, für nur einen Augenblick. Ein Augenblick ist genug, um eine Welt zu versenken, aber nicht um eine aus dem Boden zu stampfen. Wir werden uns wieder beruhigen. Dein Fluss, den du begradigst, damit er mit all seiner Kraft und Leidenschaft dem Meer entgegenschießt, ließe sich der wohl noch einmal in sein altes Bett zwingen? Ich will, dass du gehst, Anton. Auch wenn wir vertrocknen. Wo ich gegangen bin, singt meine Spur von dir.

Er richtete sich auf. »Sag das noch einmal.«

»Ich will, dass du gehst.«

Er streifte die Decke ab und stand auf, strich an seinem nackten Körper herunter, als habe er Kleider zu glätten, ging zum Werktisch und holte Weinkrug und Becher, die er für sie bereitgestellt hatte. Es war kein südlicher, sondern billiger pommerscher Wein, der sauer blieb, weil er nicht genug Sonne bekam. »Damit wirst du dich bescheiden müssen«, hatte er bei ihrer Ankunft gesagt, als er ihr das blasse Rot einschenkte. »Ich werde mich nicht hinreißen lassen, mich mit ihm zu messen. Auch wenn es das ist, was Frauen wollen, oder? Dass Männer um sie raufen, mit Waffen wie mit ihrem Wein.«

»Glaubst du das wirklich? Nein, das ist nicht, was ich will.«

»Und warum wohl nicht? Wenn du schlicht den Besseren von uns wolltest, hielte er dich in den Armen, nicht ich.«

Er hatte sich abgewandt, und sie hatte ihn, weil sie wie üblich seinen Schmerz nicht ertrug, zu sich herumgerissen und ihn geküsst. Hatte den Wein stehen lassen und sich mit ihm auf die Lumpen geworfen, um ihn haltlos zu lieben. *Du hältst mich in den Armen, weil in mein Buch geschrieben steht, dass ich dich will.* Sie ließ es ihn fühlen. Gewaltsam. In triumphaler Verzweiflung, wie beim ersten Mal und bei jedem: *Ich will dich, Anton. Als hätte ich nie zuvor etwas gewollt.*

Er kam mit dem Wein zu ihr zurück. Ging in die Hocke und gab ihr den Becher. Sie trank, um ihm nicht in die Augen und noch weniger zwischen die Beine zu starren. Sie mochte den Wein. Er schmeckte nach Stachelbeeren. Nach Pommern. »Weißt du«, sagte Anton, »dass ein Mann, dem so etwas angetan, der so entwürdigt wird, das Recht hat, beide, die Frau und das Schwein, das sie besteigt, zu erschlagen?«

Sie stellte den Wein ab und ohrfeigte ihn, darauf bedacht, ihm nicht wehzutun. »Hör damit auf. Du redest von Warti Sliwosz, weißt du das noch?«

Er senkte den Kopf. »Ja.«

»Und es macht einen Mann nicht würdiger, gnadenlos zu sein.« Sie starrte jetzt selbst zu Boden, in die zerwühlten Decken, aus denen der schwindelerregende Geruch ihrer Vereinigung stieg.

»Natalia«, sagte er und hob ihr Kinn. Zwang sie, seinem Blick zu begegnen. »Ich frage dich nur einmal, dann nicht mehr. Du würdest nicht mit mir kommen, oder?«

»Nein.«

Er nickte, ließ ihr Kinn los und stand auf. Zerstreut und konzentriert zugleich, wie nur er es konnte, begann er, seine Kleidung vom Boden aufzusammeln und seinen Körper darin zu verstecken.

»Anton, kannst du eins von zwei Dingen noch einmal für mich tun?«

»Eins von welchen zwei Dingen?«

»Lieb mich noch einmal. Oder sing mir noch einmal das Lied aus der Rus.«

»Und warum wohl?«

Weil ich fühlen will, ob ich leben kann. Jeden Tag. Jeden Morgen, wenn ich aufs Neue begreife, dass der Wahnsinn Wirklichkeit ist. Weil ich wissen will, wie tief die Wunde bei jedem Schritt klafft. »Nur so«, sagte sie, »ohne einen Grund.«

Halb angezogen setzte er sich auf den Schemel. In der Sprache der Rus, falsch intonierend und mit seiner Singvogelstimme, die zum Quäken verzerrt war, sang er:

»Was bleibt uns Vertriebenen,
Als unser Land zu verlassen
Und in den Wogen zu hausen.
Was bleibt uns anderes,
Als Raub und Verrat,
Uns, die ihr Heimatland verstoßen hat.«

Er sah sie an. Trotzig, Bestrafung fordernd, wie als Knabe.

»Was ist das?«

»Ein Lied der Waräger.«

Der Verschworenen, die vor Jahrhunderten ihre Länder verlassen hatten, um vom Seeraub vor fremden Küsten zu leben. Verfemt und verachtet hatten sie neue Siedlungen gegründet, aus denen schließlich der Staat der Rus hervorgegangen war. Natalia setzte sich auf und tastete nach ihren Kleidern. »Wenn du es aushalten kannst zu bleiben, dann tu's«, sagte sie. *Ich halte es aus. Alles. Selbst dass mein Lämmchen Kasi mit ansehen muss, wie seine Mutter und sein Bruder sich nach Tierart aufeinander-*

stürzen. Selbst dass aus dem Nichts mein Mann vor mir steht und mir die Schenkel liebkost, von denen dein Samen rinnt. Meine Haut ist zäher als deine. Ich halte all das eher aus, als ohne dich zu sein.

»Nein«, sagte er. »Du hast Recht.«

»Du bist kein Waräger, sondern ein Mann aus Vineta, Zaunkönig. Und du kommst wieder. Irgendwann. Alle Stürme legen sich.«

Er rollte Papiere auf dem Werktisch zusammen. »Nicht alle. Ich muss in die Oberstadt. Die Strecke für den Kanalverlauf ist abgesteckt, und wir wollen einen Blick darauf werfen.«

»Dann geh du zuerst. Ich warte eine Weile, ehe ich mich auf den Heimweg mache.«

Sie vergrub den Blick in die Decken, solange er am Tisch stand. Sah jede Linie scharf, nicht verschwimmend. Wie unter einem Hieb fuhr sein Körper zusammen. Dann ging er und schloss hinter sich die Tür.

Seine Hände erschienen ihm steif. Mit einiger Anstrengung schloss er sie um den Fellwirbel, der auf dem Widerrist des Pferdes spross. Er schob einen Fuß in den Steigbügel und zog sich hinauf. Seit er das Pferd, den roten Andalusier besaß, hatte er leidlich reiten gelernt. Er tat es noch immer nicht gern, er tat nichts gern, das er nicht ausnehmend gut tat, aber er wusste inzwischen die Vorteile zu schätzen: Man verschwendete keine Zeit mit lästigem Anspannen oder gar Laufen und saß in sicherem Abstand von grabschenden Händen und aufgesperrten Mündern.

Anton zügelte das Pferd so hart, dass es den Kopf aufwarf, ehe er die Schenkel schloss und begann, es in tastenden Schritten die Warft hinunterzutreiben. »Unsereins hält sich besser an die gemächlichste Gangart«, hatte sein

Vater ihm erklärt und ihm die Sporen von den Stiefeln entfernt. »Tritt damit zu, der Gaul macht einen Satz, und du findest deinen Hintern auf dem Boden wieder. Glaub mir, ich bin dabei schon so übel gelandet, dass ich tagelang nicht sitzen konnte.«

Er musste sich konzentrieren, sein Gewicht verlagern, damit das Tier nicht aus dem Tritt geriet. Kurz fragte er sich, wovor er Angst hatte. Davor, sich den Hintern blau zu schlagen oder davor, sich den Hals zu brechen? Wäre aber das nicht die sauberste Lösung? Was für ein grandioser Feigling war einer, der vor dem Tod zitterte, ohne dem Leben etwas abzugewinnen? Mit einem Schütteln der Schultern warf er den Gedanken ab und sammelte sich. Am Fuß des Hügels ließ er ein Stück Zügel schießen und den Hengst in Trab fallen. Anton warf keinen Blick zurück.

Auf dem Kamm der Düne bog der Wind das hüfthohe Gras. Er war gern hier, viel lieber als in der Stadt. Das Geräusch des Meeres, das patschende Vor- und Zurückschwappen, das immer da war, beruhigte den Schmerz in seinem Kopf. Das Wasser forderte ihn, gab sich mit Halbheiten nicht zufrieden. Sein Vater hatte ihn schwimmen gelehrt und ihm für jede Unachtsamkeit Prügel angedroht: »Lieber tue ich dir weh, als dass ich es das Meer tun lasse. Unterschätze die Macht des Wassers einmal, und du hast es zum letzten Mal getan.« Anton unterschätzte die Macht des Wassers nie. Wem das Meer und der Fluss erlaubten, sich ihrer Stärke zu bedienen, von dem verlangten sie Respekt und verziehen nicht die kleinste Nachlässigkeit.

Er ritt durch die hinterste Deichpforte, um das Getümmel des Seehafens zu meiden. Ohne Absicht glitt ihm der Blick nach der Seite, wo der Turm des Sturmglockentores schwärzer denn je in den blauweißen Frühlingshimmel schnitt. Rasch wandte er sich ab, versetzte dem Pferdehals mit dem Zügel einen Streich. Dass Menschen sich solchem Firlefanz, solcher lachhaften Gewalt beugten, Göttern, die Glockenseile schwangen und aus Hörnern soffen, Dämonen, die vor Ahorn zitterten, erfüllten ihn mit Verachtung. Eine Gewalt, die es wert war, sich ihr zu unterwerfen, hätte weltenfern, unantastbar und grausam sein müssen.

Ungeordnet wie Flecken säumten die ersten Häuser der Stadt seinen Weg. Je höher er kam, desto gefügiger reihten sich Gebäude in Gassen, desto stetiger klapperten die Hufe auf Pflaster, wo sie zuvor den lockeren, grasbewachsenen Boden aufgewühlt hatten. Anton musste die Zügel straffen, denn jetzt strömten ihm Menschen entgegen. Nie einzeln, sondern in Paaren oder Scharen, wie es Menschenart war. »Seid gegrüßt, Anton Sliwosz, wie ein andalusischer Grande sehr Ihr aus!« Anton trieb sein Pferd vorbei, als höre er nichts.

In dem schönen Stadtkern mit seinen schmalen Gassen, seinen auf Steinsockeln ruhenden, ausgekragten Fachwerkhäusern und den sich neigenden Ahornbäumen um den glasklar glitzernden Kanal war er aufgewachsen, hatte er alles Leben, an das er sich erinnerte, verbracht. *Hier werden wir auch eindeichen müssen,* war alles, was er dachte. Das schlanke, in tiefem Becken treibende Gewässer wirkte selbst jetzt, nach dem Eisgang, harmlos wie eine Wiesenschlange, doch was der aus seinem Lauf gerissene Fluss tat, ließ sich nur unzureichend im Voraus berechnen. War er krank, fehlte in seinem ewig schmerzenden Schädel ein Sinn? Welcher Mensch, dem ein Herz im Leib schlug, befasste sich in solcher Stunde mit Kanälen? Die Bernsteingasse meidend verließ er das Handelsviertel und ritt, vom Mief der Gerbereien begrüßt, in die Oberstadt ein.

Er musste über den Schweinemarkt, durch das wabernde,

hundertköpfige Untier aus Leibern. Anton wurde übel. Er tat etwas, für das er sich verachtete, griff sich unter den Brustlatz, zerrte ein Stück Spitze heraus und grub die Nase hinein. Die unachtsame Natalia hatte es sich an einem Türnagel vom Ärmel gerissen. Seine Hand, die das Gewebe auf sein Gesicht presste, kam ihm noch immer steif vor, als knackten bei jeder Bewegung die Knochen. Finger griffen nach ihm, langten ihm an die Schenkel und bis hinauf auf die Hüften. Menschenlärm schlug über ihm zusammen. In solchen Augenblicken war er dem unbekannten Schenker, Boleslaw Sliwosz, dankbar für das Pferd.

Dort wo das irre Treiben sich verlief, entdeckte er den Mann. Wie üblich hielt dieser sein Reittier am Zügel, mutete sich nicht länger als irgend nötig den Sitz im Sattel zu. Als er Anton kommen sah, hob er den Arm und winkte, wobei ihm sein Mantel von der Schulter rutschte. Vor Antons Augen stockte das Bild. Das Getöse verstummte. Der Anblick des Mannes mit dem erhobenen Arm prägte sich ihm ein. Er sah aus, wie ein Mann aussehen sollte, breitschultrig, breit lächelnd, sich aufs Leben verstehend. Keiner von all den Laffen und Schöntuern konnte ihm das Wasser reichen. Natalias Spitzenfetzen fiel ihm aus der Hand und segelte zu Boden. Dann setzte das Lärmen wieder ein, und Anton trieb sein Pferd voran. Einen Schritt vor seinem Vater hielt er an und sprang ab.

»Schön, dich zu sehen, mein Junge.«

»Du siehst mich doch ständig.«

Der andere umarmte ihn und klopfte ihm den Rücken. »Warte ab, bis du selbst wohlgeratene Kinder hast, an denen du dich nicht sattsehen kannst. Wollen wir uns auf den Weg machen? Ich habe nachher noch eine Sitzung, die sich nicht verschieben ließ.«

Anton wandte sich nach seinem Pferd und löste den

Gurt, mit dem er die Papierrolle am Sattel befestigt hatte. Sie rollten sie zwischen sich auf, beugten die Köpfe darüber, studierten den geplanten Verlauf. Ihre Stirnen berührten sich. Dann ließ Warti das Blatt sinken. »Das ist und bleibt eine blitzgescheite Zeichnung. Komm, ich zeige dir, wo die Leute heute Morgen angefangen haben, die Grasnabe abzutragen.«

Nebeneinander, ihre Pferde führend, gingen sie den mit gelben Fähnchen abgesteckten Pfad entlang in Richtung Fluss. Da sie bereits alles bis ins Kleinste besprochen hatten, nahmen sie ohne viele Worte die Besichtigung vor. Hier und da prüften sie, ob das Bett für den Kanal die erforderliche Breite hatte und ob genügend Abstand zu Häusern und Werkstätten eingehalten war. Nirgendwo gab es Grund zur Beanstandung. Handverlesene Fachleute hatten ordentliche Arbeit geleistet. Das war auch nur recht und billig. Wer sich hier eine Schlampigkeit erlaubte, gehörte ausgepeitscht.

Im nächsten Schritt stockte er. Sein Vater blieb mit ihm stehen. »Jagt sie dir Schrecken ein?«

»Nein.« Auf einer aufgeschütteten Anhöhe, keinen Steinwurf vor dem trutzigen Schweinetor stand die Kirche. Ein klar geschnittenes Bauwerk mit einem einzigen Schiff und einem schlanken Turm, der es an Höhe mit dem des Sturmglockentores aufnehmen mochte. Die Farbe sprang ins Auge, das rötliche Braun gebrannter Erde. Die römisch-christliche Kirche war das erste Gebäude in Vineta, das aus Steinen der neuen Ziegelbrennerei errichtet worden war. Kreuzfahrer, verstreute Überbleibsel der Riesenheere, die in die Heimat zurückgekehrt waren, hatten dieses Handwerk nach Europa mitgebracht. Am Dach des achteckigen Anbaus, des Baptisteriums, in dem den frisch Bekehrten die Taufe zuteilwerden sollte, wurde noch gebaut. »Nein, die Kirche schreckt mich nicht«, sagte Anton. »Ich frage mich nur, warum sie hier leben wollen. Christen, meine ich. In einer Heidenstadt.«

»Weil es ihnen hier gut geht, nehme ich an. Die meisten Menschen sind schlicht gewebt, sie gehen dorthin, wo Schinken hängen und Duft aus Honigtöpfen steigt.«

»Und ist das klug? Ihnen Schinken und Honig vorzusetzen, um sie herzulocken? Der Bischof kommt aus Julin, um die Kirche zu weihen, oder? Was sagt dein Svantovit-Priester dazu?«

»Auf Klugheit verstehst du dich besser als ich«, erwiderte sein Vater. »Für mich ist klug zuerst das, was notwendig ist. Weshalb sich aber der Priester an dem Bischof stören sollte, wüsste ich nicht. Es ist schließlich der Christengott, der keine anderen Götter neben sich duldet. Unser Svantovit mag etwas Gesellschaft gern.«

Wäre ich ein Gott, durchfuhr es Anton, *ich triebe jeden, der sich neben mich drängte, mit dem Flammenschwert aus.*

Dann vergaß er die Kirche. Sie näherten sich der Oder, und obgleich er die gesamte Strecke zu seiner Zufriedenheit abgesteckt fand, wuchs in ihm mit jedem Schritt vertrautes Unbehagen. Das kaum merkliche Ziehen in den Wadenmuskeln verriet die Neigung, die der Boden zum Fluss hin nahm. Anton musste an die Flussmarschen denken, einen breiten Streifen Land, der sich quer durch Vineta und das Umland zog und geringfügig tiefer lag als der Wasserspiegel. Das abgesackte Land, das durch Gräben und Siele entwässert worden war, bot fruchtbare, feinkörnige Äcker, doch ohne ausreichenden Schutz konnte es der Stadt zum Verhängnis werden. Sein Vater, der gelassenen Schrittes neben ihm ging, berührte seinen Arm. »Du machst dir Sorgen wegen der Flussdeiche, habe ich Recht?«

Anton wandte den Kopf. Schweiß brach ihm aus. Er war ein Menschenhasser, eine Missgeburt mit krankem Hirn, aber er liebte diesen Mann. In diesem Moment, in dem er in die ruhigen, wie Wasser schillernden Augen sah, hätte er wie ein schwärmerischer Troubadour für ihn durchs Feuer gehen wollen. »Ein Schardeich«, begann er stattdessen, »selbst wenn er erhöht wird, mag gegen den Fluss, der richtig in Fahrt gerät, nichts ausrichten.«

Sein Vater nickte. »Ich denke, ich habe das nach allem, was du mir im Winter erklärt hast, verstanden. Du willst einen neuen Deich, der wie die Seedeiche zum Wasser hin abfällt und dem Fluss Platz zum Überfluten lässt. Diesen Deich würdest du etwa hier ziehen.« Sein Arm fuhr beschreibend durch die Luft. »Obgleich Häuser dafür weichen müssten.«

»Es tut mir leid«, sagte Anton.

Sein Vater hob die Brauen und verzog den Mund. »Dir tut es leid? Mein Sohn, du bist unbestritten der Meister des Wasserbaus, aber dass du der wilden Oder gebietest, bezweifle ich denn doch. Seien wir ihr für die Wildheit dankbar, denn ohne diese bekämen wir unser Hafenbecken nicht gefüllt. Für den Bau des Deiches werde ich sorgen und für die Umsiedlung der Leute auch. Zwar wird mich das in der Stadt nicht eben beliebter machen, aber die Rüstung des unfehlbaren Helden war mir ohnehin zu eng.«

Anton sah von ihm weg auf den alten Deich, über den das Geschrei von Möwen drang. »Der Deichfuß muss aus Stein sein, das ist wichtig. Der Fluss wird durch die Begradigung an Wildheit gewinnen, wie wir es uns jetzt nicht einmal vorstellen können.«

»Der Deichfuß aus Stein, natürlich. Wenn du willst, kannst du die Bauarbeiten selbst überwachen.«

»Nein«, sagte Anton. Jäh fiel ihm ein, wie er einmal beim

Großen Opfer dem Priester zugesehen hatte, der mit lockerer Hand die Klinge in den Hals des ahnungslosen Rindes senkte. »Ich werde nicht hier sein. Ich will mein Schiff bevorraten lassen und so schnell wie möglich aufbrechen.«

»Du willst nach Venedig? Aber warum denn jetzt? Zemu fährt in spätestens sechs Wochen, was spricht dagegen, dass ihr zusammen reist?«

»Ich reise nicht«, erwiderte Anton, die verwitterte Pflockreihe des Deiches anstarrend. »Ich will in der *Serenissima* bleiben. Dich wollte ich fragen, ob du mir Handhabe gibst, dort drüben ein Kontor einzurichten. Aber wenn du meinst, dazu eigne ich mich nicht, werde ich auch etwas anderes finden.«

Ins Gekreisch der Möwen mischte sich hie und da die Trompete eines Kranichs, der an seinen Nistplatz zurückkehrte. Hoch über den Deich hinweg glitt ein Dreigestirn der mächtigen Vögel. »Ich dachte nicht, dass du mich so etwas fragen musst«, vernahm er die Stimme seines Vaters. »Du bist mein Erbe, Anton. Mir gehört nichts, das nicht dir gehört.«

Anton fuhr herum. Sie sahen einander an. Der wollfellige Rappe, den sein Vater am Zügel hielt, scharrte in der lehmigen Erde. Endlich hob der Vater die Hand und schloss sie um seinen Arm, in dem sich die Steifheit seiner Hände ausgebreitet hatte. »Mach dir nicht so viele Gedanken. Es tut mir weh, dass du gehst, und deine Mutter wird mir die Ohren heiß klopfen, weil ich dich ziehen lasse. Aber ich hatte nie vor, um dich einen Deich zu bauen, Anton. Lieber warte ich darauf, dass irgendeine Flut dich uns zurückspült. Bleibst du zur Hochzeit deiner Base Bozena?«

»Nein. Ich will so schnell wie möglich los.«

Der Vater nickte. »Dann tu, was richtig für dich ist. Niemand weiß das besser als du.« Zart fuhr die große

Hand seinen steifen Arm hinunter, drückte noch einmal sein Gelenk und gab ihn frei.

Der Einarmige war lange nicht gekommen. Nach dem Ende des Wendenkreuzzugs, als die Tore sich für Fremde wieder öffneten, hatte er einen Gesandten geschickt, der Bole lediglich die Hälfte des vereinbarten Betrages in Silber auszahlte. Bole vermochte sich zu denken, was seinen Auftraggebern missfallen hatte, aber er ließ sich davon nicht aus der Ruhe bringen. Mit dem Verkauf des Salzes hatte er sich ein Polster geschaffen, auf dem sich der Unmut dänischer Herren aussitzen ließ. Auch die Stimmung in der Stadt war umgeschlagen, seit die Ausrufer in jedem Winkel verkündet hatten, dass auf dem Platz vor dem Rathaus Salz ausgegeben würde, das aus den Beständen von Bole Sliwosz stammte.

Natürlich brachten ihm die Vineter noch immer keine Liebe entgegen, doch daran störte Bole sich nicht. Er liebte all das Volk nicht mehr als es ihn. Noch immer hätte sich keiner zu einem Mahl an seinen Tisch gesetzt, aber Bole hatte sowieso an keinen Fresser und Schmarotzer etwas zu verschenken. Für ihn zählte einzig, dass es dank jener Salzverträge nicht mehr als ehrenrührig galt, mit Bole Sliwosz zu handeln. Sein Geschäft blühte auf. Gleich nach der Öffnung der Tore erfüllte er sich seinen Traum, auch wenn der lange aufgehört hatte, in ihm zu locken und zu säuseln. Er ließ die Schwitzkammer, in die er ohnehin keinen Fuß mehr gesetzt hätte, abreißen und stattdessen einen Stall für vier Pferde bauen.

Kostbare Pferde. Zwei langfellige, auf dem Gestüt der Stadt gezüchtete, für seine Wagen, und zwei andalusische Stuten, eine Braune und eine Falbe, an deren Gliedern sich jede einzelne blutdurchpulste Ader abzeichnete. Er ritt nur selten. Ein einmal zerbrochener Zauber ließ sich nicht wie ein Tongefäß zusammenstückeln, aber der Gedanke an die Tiere im Stall beschwichtigte den Aufruhr in seiner Brust. Wären Söhne im Haus gewesen, so hätten sie Pferde gehabt. Ihr Leben hätte lichter begonnen als das seine.

Mit einem Sohn, so erschien es ihm zuweilen, hätte er Frieden finden können. Das eine Leben, das er zu durchwandern hatte, war nicht schön, sondern hart gewesen, doch ob man bitteres Brot oder gefüllte Wachteln und Trauben schluckte, dem Magen zählte einzig der gestillte Hunger. Ein Sohn von ihm hätte ein großes Haus und Geschäft zum Erbe erhalten, das sein Vater für ihn aufgebaut hatte.

In Boles Haus aber gab es Töchter, keine Söhne. Töchter, die zu Erntedank mit irgendwem zum Tanz gingen, mit irgendwem Küsse tauschten, dafür Prügel einsteckten und allen Prügeln zum Trotz an irgendwen ihr Herz hängten. Seine Älteste lebte längst in Dänemark, und für Alena, eine der Zwillingsschwestern, die Bole bis dahin kaum auseinander halten konnte, hatte sein Schwiegersohn einen Mann besorgt. Die zweite jedoch, Bozena genannt, trieb sich krumm und blau verdroschen mit einem Sohn von Zemu Reric durch die Gassen. Bole hätte eine Verbindung mit dem angesehenen Haus Reric gern gesehen, der Bursche mochte mittellos sein oder nicht. Zu Brautverhandlungen aber kam es nicht: Der Habenichts hatte es gewagt, sein Mädchen abzuweisen.

Und dann wurden mit einer Drehung der Hand die Würfel neu geschüttelt und eine andere Augenzahl lag auf dem Tisch. Bozena floh mit der Kleinen, Lara, aus dem Haus, und sein Bruder Warti, seines Zeichens Herr über Leben und Sterben, mischte sich ins Spiel. Als halbgares Bürschlein hatte er der Mutter Münzen gestohlen, um sie beim

Würfeln zu riskieren. Mit prallen Taschen war er heimgekehrt und hatte statt der Rutenhiebe, die er hundertfach verdiente, ein paar zärtliche Patscher auf die Schultern bekommen. Er hatte sich nicht verändert: Warti Sliwosz, der Jongleur, warf um das Schicksal niederer Geschöpfe Kegel und sackte ein, was ihm gefiel. Auf der Gasse verkündeten Ausrufer die Hochzeit von Bozena, Tochter von Boleslaw und Jula, aus dem Haus ihres Oheims vor den Tempel geführt.

Tagelang konnte Bole weder schlafen noch seiner Arbeit nachgehen, sondern saß mit den Händen im Schoß an seinem Pult. Wenn er die Augen schloss, sah er ihn wieder vor sich, damals in der Schwitzkammer. Splitternackt und auf Knien. Überlebensgroß. *Begib dich noch einmal in meine Hand, Warti, und du kommst mir nicht mit heiler Haut davon.* Hatte er zuvor zum ersten Mal mit dem Gedanken gespielt, nach Dänemark überzusiedeln und Vineta hinter sich zu lassen, so wusste er jetzt sicher, dass er bleiben würde bis zum Ende. *Und wenn ich dich totschlüge, du wärst noch als Kadaver eine Augenweide. Ich will dich austilgen, Warti. Dich und alles, was du bist.*

Erst als der Bote aus dem Hafen heraufkam und berichtete, eine Barke aus Roskilde sei eingetroffen, der Schiffsführer wünsche Herrn Bole zu sprechen, besann er sich. Im Grunde war ihm auch der Bote gleichgültig, das Dänengeld, der Grünschnabel Waldemar, dem demnächst sicher irgendein Vetter einen Dolch in den Rücken stieß. Wenn er aber jetzt nichts tat, täte er womöglich nie mehr etwas, sondern sah in ein paar Tagen seiner Tochter zu, die von Warti ausstaffiert im Brautstaat auf der Gasse tanzte. Bole ging in den Stall, sattelte sich die falbe Stute und ritt in den Hafen.

Der Tag war schon warm. Die Luft erfüllte der übliche

Fischgestank, dazu ein ohrenzerfetzendes Gebrüll aus den Schlünden heimkehrender Vögel. Thore Einarm war ohne Ware gekommen, wollte aber, wie er Bole wissen ließ, eine Ladung Honig mit zurück nehmen, der jetzt im Frühling teuer war. »Das lässt sich schon machen. Obwohl ich dachte, Ihr treibt mit Vineta keinen Handel mehr.«

»Nun, Ihr, Freund Bole, seid nicht unbedingt Vineta, richtig? Letzthin haben die Herren Schwiegersöhne und ich uns schon gefragt, wann Ihr wohl eigentlich die Taufe nehmt.«

»Ist das alles, weshalb Ihr gekommen seid? Honig und törichtes Gewäsch?«

Der Einarmige ergriff den leeren Ärmel seines Rocks und begann ihn zu kneten, als massiere er ein lebendiges Glied. »*Mel et fel,* was? Honig und Galle? Aber nicht doch. Der Honigkauf war als freundliches Obendrein für Euch gedacht. Oder würdet Ihr uns vielleicht lieber Salz kredenzen?«

Sein Lachen gemahnte entfernt an das balzende Kollern eines Auerhahns. Aber der Auerhahn war ein würdiges Tier und sein Balzen ehrliche Werbung. Der Einarmige hörte auf, seinen Ärmel zu kneten und klopfte Bole die Schulter. »Nichts für ungut, nur ein schuldloser Scherz unter Freunden. Ich bin hier, um Euch eine Botschaft zu bringen. Nur zu gern ließe ich mich ja in Eure gastliche Lieblingsspelunke entführen, doch leider ist mir die Zeit ein wenig knapp. Also lasst meinen Burschen Euer Ross tränken, und genießt mit mir den Ausblick auf Vinetas Hafentreiben. Was für ein schwülblütiges Heidenmädchen von Schiff ist eigentlich dies hier?«

Die *Venetia.* Der Einarm brauchte nicht nach vorn zu weisen, um Bole zu bedeuten, dass er das Schiff des Jungen meinte, das zum Auslaufen aufgetakelt und beladen am Nachbarkai lag. Eine einzige Stadt, so groß sie auch sein mochte, war für zwei, die sich hassten, kleiner als ein Nadelöhr. Ohne hinzusehen, wusste Bole, dass dort drüben, hinter der niedrigen Kaimauer sein Bruder stand.

»Meine Botschaft also«, sagte der Einarm, als habe er keine Frage gestellt, und begann von neuem, den Ärmel zu kneten. »Sie wird Euch freuen. Mein Prinz Waldemar, von dessen Siegen mit König Sven in Seeland Ihr gewiss gehört habt, ist Euch nicht länger gram. Eine Freudennachricht, richtig? Ihr habt womöglich befürchtet, mein Prinz Waldemar habe Euch aufgrund Eures Treuebruchs fallen lassen. Aber derlei Ärgernisse nimmt man letztlich am besten *cum grano salis,* mit einer Prise Salz und etwas Sinn für Humor.« Er warf den Kopf zurück, als wolle er sich ausschütten vor Lachen, seinem Auerhahnkollern, das über das Hafenbecken schallte.

»Was soll das, Thore? Wenn Ihr mir nicht mehr zu sagen habt, dann würde ich gern zurück an meine Arbeit gehen.«

»Und verpassen, wie diese eichenhölzerne Jungfer ihrem Buhlen, dem Meer, entgegengleitet?« Wider Willen blickte Bole auf und sah die *Venetia,* die sich so langsam, als finge jeder Augenblick die Ewigkeit, vom Kai löste. Ein Streifen glitzernden Wassers schob sich zwischen ihr mit Schnitzwerk verziertes Heck und die Bohlen des Kais. Die schwarz-grünen Bänder, die sie gehalten hatten, tanzten lose im Fahrtwind.

»Ein erhebender Anblick, nicht wahr?«

»Verdammt, Thore, hört endlich auf, an diesem Arm, den Ihr nicht mehr habt, herumzukneten, bevor ich den Verstand verliere.«

»An dem Arm, den Ihr nicht mehr habt, das ist nicht unschlau ausgedrückt, mein Freund. Aber auch etwas, das man nicht mehr hat, kann hin und wieder zwicken, wusstet Ihr das nicht? Dieser Arm, den ich nicht mehr habe, bereitet mir Pein, sobald es ums Wetter steht wie an dem Tag, an dem ich ihn verloren habe.«

»Zur Sache.« Unwillkürlich flog Boles Blick zum wolkenlosen Himmel.

»Zu welcher Sache? Ist denn nicht alles gesagt? Ach, womöglich wollt Ihr noch wissen, warum unser Prinz Waldemar Euch so großmütig verzeiht? Nun, unser Waldemar ist weniger großmütig als klug. Euer Körnchen Salz in der Suppe mag so übel nicht schmecken, denn was nützt es uns, wenn der Apfel fällt, ehe wir unsere Kiepe drunterhalten? Ihr versteht mich, richtig? Unser Waldemar ist der Ansicht, die kleine Politur, die Euer Ruf erfahren hat, könnte uns zur rechten Zeit zugute kommen.«

Was immer er noch hatte sagen wollen, ein Ruf, der sich über Hafenlärm und Vogelschreie erhob, schnitt es ihm ab. Der Einarm wandte den Kopf und pfiff durch die Zähne. »Meiner Treu, was für ein leckeres Weibchen. Wer lüde sich die nicht gern zum Wärmen in sein kaltes Bett?«

Nein, schrie es in Bole, *ich will das nie mehr ertragen müssen.* Aber es half nichts. Zwischen den Hafenschuppen brach die Rote hervor und stürmte hinunter zum Kai. Ihr Kleid, so moosgrün wie der verdammte Mantel ihres Buhlen, wehte hinter ihr her und ihre Füße flogen, als liefe sie barfuß wie ein Kind. Mit aller Wucht ihres Körpers warf sie sich Warti an die Brust, hielt sich an seinem Hals und bedeckte sein Gesicht mit Küssen. Sein Bruder legte die Arme um sie und senkte, als sie sich müde geküsst hatte, seine Wange auf ihr Haar. Sie waren Liebende. Beischläfer. Ihre fleischigen Körper zwei platzende Früchte der Lust. Aber sie waren noch mehr, und das war das Bitterste: ein Elternpaar. Vater und Mutter, die ihr Kind aufs Meer ziehen sahen und einander trösteten.

Nicht ihr Kind. Ein Fremdes, das sie sich gestohlen hatten wie seine Tochter Bozena, wie selbst den Krüppel, den sonst keiner wollte. Diese zwei stahlen Kinder, weil sie auf nichts verzichten mochten. Hinter der Kaimauer streichelte die Rote Warti die Wangen. Die Rote. *Natalia.* Auf seiner eigenen Haut glaubte Bole die gleitenden Finger zu spüren, und als sie den Mann in ihren Armen voll Verlangen noch einmal küsste, brannten ihm die Lippen.

»He, mein Freund, ist Euch nicht wohl?« Der Einarm zupfte ihn am Wams. »Ja, ja, der schöne Herr Wartislaw. Da könnte unsereins doch glatt grün vor Neid werden.«

Bole fuhr herum wie ein Geschoss: »Verdammt, warum nennt Ihr ihn so? Legt man sich in Eurer dänischen Eisnacht vielleicht zu Kerlen ins Bett statt zu Weibern?«

Die Brauen des Einarms zuckten. »*Suum cuique*, mein Freund, jedem das Seine. Wer wird denn die eigenen klammen Träume einem andern unterschieben? Euren Bruder nennt halb Europa den schönen Herrn Wartislaw, auch wenn dieser ansehnliche Nacken ja wohl gerade ein paar Schläge einzustecken hat.«

»Was wollt Ihr damit sagen?«

»Lebt Ihr eigentlich in Vineta oder hinter dem Mond? Der schöne Herr Wartislaw hat sich mit seiner Wassersteuer in einen Strauch Nesseln gesetzt, das will ich sagen. Vielleicht hätte er es lieber uns überlassen sollen, heidnische Sturbuckel unter ein christliches Joch zu zwingen.«

Bole starrte zu Boden. Die Risse im Holz schienen Schriftzeichen zu formen. Auf den morschen Planken entzifferte er einen Namen. *Du wirst verrückt,* schrie er sich stimmlos an. Als hätte er keine Gewalt über sie, fuhr seine Fußspitze den Zeichen nach.

Erschöpfter als in den Tagen, in denen er Fischreusen auf seinen Armen hatte schleppen müssen, kehrte er zu seinem Haus zurück. In seiner Satteltasche steckte ein mit Silber gepolstertes Stück Samt, für das der Einarm Auskünfte über den neuen Hafendamm und die Kanäle wollte. »Da mag noch mehr für Euch zu holen sein«, hatte er gesagt. »Wer weiß, vielleicht gar ein Verwandter von Prinz Waldemar für eine Eurer Töchter? *Per aspera ad astra,* mein Freund. Durch Mühsal zu den Sternen.«

Er hätte das Angebot zurückweisen müssen, bei dem bleiben, was er dem Dänen einst geschworen hatte: *Über Wasserbau sage ich kein Wort.* Stattdessen hatte er das Silber, dessen Besitz ihn nicht einmal mehr erregte, eingesteckt. Es dämmerte schon. Über den Hof führte er sein Pferd in den Stall. Hob den Sattel von dem feucht geschwitzten Rücken, nahm zwei Hände voll Stroh und rieb das Tier damit trocken. Eine Welle von Schwäche überfiel ihn. Er begrub sein Gesicht in dem seidigen Fell. »Liebst du mich?«, murmelte er in Duft und Wärme hinein. »Ist irgendein Wesen, das atmet, fähig, mich zu lieben?«

Dann hörte er Schritte. Kurze, hastige Schritte, die über das Pflaster des Hofes trommelten, und eine Stimme wie das Zwitschern frisch geschlüpfter Vögel. »Vater, Vater! Seid Ihr endlich da?« Das kleine Gesicht schob sich in die Stalltür. »Die Mutter sagt, es gibt heute kein Abendessen, sie muss noch fort und kann sich nicht um alles kümmern. Deshalb hab ich Euch vom Mittag etwas aufgehoben.« Ihre Hand hielt ihm eine Schüssel entgegen, in der ein paar Streifen kalten Fleischs vertrockneten. »Rollbraten vom Hammel gab es, und es hat sehr gut geschmeckt.«

Bole ließ das Stroh fallen und ging, ohne zu wissen, was er tat, in die Hocke. »Komm zu mir, Lara. Bitte komm zu mir.«

Verdutzt zögerte das Mädchen, seine honigsüße Tochter im gebleichten Leinenkleid. Dann stellte sie die Schüssel zu Boden und eilte ihm in die Arme.

Natalia stand bei der Mauer, die ihren Hof nach Süden hin begrenzte. Milde fing sich das Licht darauf, malte gelbliche Tupfen und Streifen. Die Apfelbäume, die sie in ihrem ersten Jahr in Vineta gepflanzt hatte, neigten wie Weiden ihre Zweige. Mit einem Lachen erinnerte sie sich. Sie hatte sie Tag um Tag gehegt und doch den Augenblick verpasst, in dem sie ihr über den Kopf gewachsen waren. Eines verregneten Sommermorgens hatte sie festgestellt, dass die kräftigen Äste ihr ein Dach boten. Mittlerweile waren die Apfelbäume, die zu Bozenas Hochzeit schneeweiß geblüht hatten und jetzt schon schwer an nussgroßen Früchten trugen, hoch genug, ihre Zweige über die Mauer zu strecken.

In dem Beet voller Frühlingskräuter, aus dem der frischeste, würzigste Duft aufstieg, kniete der Krüppel, grub die Hände in vor Feuchtigkeit schimmernde Erde und verrieb sie sich wie kostbare Salbe auf den Wangen. »Kasi«, sprach Natalia ihn an und erntete sein glücksverzerrtes Lächeln. »Tust du mir einen Gefallen? Gleich kommt der Herr Warti heim, wirst du dann ins Haus gehen und uns für kurze Zeit allein lassen? Ich habe etwas mit ihm zu reden. Du, lass dir inzwischen in der Küche ein Stück Schinken geben.«

Der Krüppel strahlte sie an. *Der Umnachtete* war das wohl freundlichste Wort, mit dem die Leute ihn bedachten, aber es war ebenso falsch, wie ihn einen Idioten oder ein Tier zu schimpfen. Kasi war der *Umtagte,* in seinen Augen glomm Sonne, solange niemand sie von seinem Himmel riss. Er machte keine Anstalten aufzustehen, stattdessen rupfte er ein paar Stängel Petersilie aus und hielt sie ihr entgegen. Ihr Ritter Kasimir. »Dann bleib eben«, sagte sie, nahm seine Gabe und schob sie sich auf die Brust, wo sie seit Wochen ihr Herz mit wachsenden Kräften pumpen fühlte. »Du weißt sowieso alles, nicht wahr? Mehr als wir. Wann es stürmt, weißt du und wann es aufhört zu stürmen. Ich kann dich nicht schützen. Nur lieben kann ich dich.«

Sie drehte sich um und sah ihren Mann im Hoftor stehen. Er lächelte. Natalia sah ihn nicht oft im Tageslicht, weil er jeden entbehrlichen Augenblick bei der Arbeit an den Flussschleifen verbrachte, und letzthin hatte sie überhaupt vermieden, ihn anzusehen. Nun aber sah sie ihm geradewegs ins Gesicht. Etwas in ihr regte sich und reizte sie sogar jetzt zum Lachen.

»Was ist so spaßig, mein Herz? Habe ich mir das Gesicht mit Oderschlamm beschmiert?«

»Nein.« Rasch legte sie einen Arm um Kasi und eine Hand auf ihren Leib. *Ich umarme mich nicht selbst,* durchfuhr es sie. »Verzeih. Ich sollte nicht lachen.«

»Aber ja doch, das solltest du. Und vor allem solltest du mir verraten, worüber du lachst.«

»Ach, nur ein alberner Gedanke: Damals, als wir jung waren, war ich womöglich das einzige weibliche Geschöpf, das bei deinem Anblick nicht in stöhnende Verzückung ausbrach.«

»Falsch. Meine Mutter stöhnt zwar bei meinem Anblick, aber verzückt ist sie höchstens, wenn sie mich von hinten sieht.«

Sein Lächeln verbreiterte sich zum Grinsen, und Natalia konnte nicht länger an sich halten. Sie ließ Kasi los und rannte zu ihm, legte ihm die Hände auf die Schultern und küsste die Kerbe, die der Schalk ihm in die Wange grub. Dann zog sie die Hände weg und trat zurück. Als er sich vorbeugte, um sie seinerseits zu küssen, schüttelte sie den

Kopf. »Das sollst du wissen, Warti. Ich habe dich damals nicht schön gefunden, für mich war nichts weniger schön als ein Mann. Aber ich finde es jetzt. Deine lachenden Augen. Deinen Mund, der so ist wie du: ein bisschen zu groß und ein bisschen zu offen und zu zärtlich. Weißt du, was ich am schönsten an dir finde? Dass das Leben mit dir schön ist, dass es ein so tanzendes, trinkendes, alberndes Leben unter Apfelbäumen ist.«

Seine Brauen schoben seine Stirn in Falten. Er war kein Mann, der errötete, aber wer ihn kannte, wusste das Zucken am Haaransatz zu deuten. »Danke, mein Herz. Das ist der Ehre zu viel, aber es trinkt sich wie Honigwein. Wolltest du mich heute Abend bei dir haben, um mir das zu sagen?«

»Nein«, erwiderte Natalia. »Um dir etwas anderes zu sagen: Ich erwarte ein Kind.«

Sie sah, wie sein Gesicht erstarrte. »Natalia.«

Als er auf sie zukam, hob sie die Hände, und als er sich nicht davon aufhalten ließ, versetzte sie ihm einen Stoß. »Nein, so ist es nicht. Nicht so, wie du es dir Jahr um Jahr gewünscht hast, klammheimlich, um mich nicht zu quälen. Weißt du noch, wie du mir gesagt hast, wenn ich nicht mehr bei dir sein wollte, müsste ich dich verlassen? Nun denn, das tue ich. Ich verlasse dich. Das Gesetz spricht dir das Recht zu, mich zu töten oder aus deinem Haus zu peitschen, und da ich weiß, dass du nichts davon tun wirst, gehe ich selbst. Das Kind, das ich erwarte, ist nicht deines.«

Sie schloss die Augen. *Eine feige Ratte bist du. Kasi, der im letzten Frühling eine Amsel zerquetscht hat, hatte zumindest Mut genug, sie anzusehen.* Kaum dachte sie an Kasi, da spürte sie seine Nähe, seinen kompakten, zu klein geratenen Körper, der angesprungen kam und sich nach

Hundeart um ihre Beine ringelte. Auch sein Wimmern glich dem eines Welpen. *Feige Ratte, mach die Augen auf.* Ihr Leib schien sich ihren Händen entgegenzuwölben. Das Irrwitzigste war, dass sie trotz allem eine Seligkeit verspürte, die ihren Kopf wie zu viel Atemluft schwindeln machte.

»Natalia.« Waren Jahre vergangen? Die Stimme, die sie hörte, war die eines Greises. »Ich bitte dich. Sieh mich an.«

»Ich kann nicht.«

»Warum nicht? Schämst du dich? Ich schäme mich auch. Ich habe in den Tag gelebt und dich so vieles nicht gefragt: Warum trägst du die Göttin Mokosch bei dir, und wer lehrte dich das Schachspiel? Wer hat dir vor der Liebe Angst gemacht? Schlafende Ungeheuer soll man wecken, nicht wahr? Ein Mann, der hinnimmt, dass seine Frau sich nächtelang neben ihm selbst umarmt, hat allen Grund, sich zu schämen.«

Wie von allein flog ihre Hand in die Höhe und wollte ihm den Mund verschließen. Gerade noch rechtzeitig besann sie sich. Sie schlug die Augen auf und sah seine Lippen an. »Natalia, ich bitte dich, verlass mich nicht. Dies ist dein Haus wie meines, lass uns zusammen darin leben. Ich habe schon ein Kind, das du mir gebracht hast, als das meine aufgezogen, und es hat mir nichts als Glück beschert.«

»Nein«, sagte sie. »Ich muss gehen.« In ihre nackten Waden krallten sich Kasis Nägel, die sie vor Tagen hätte stutzen sollen.

Wartis Kopf sackte vornüber, das Haar fiel ihm übers Gesicht. Sie starrte ihn an, einen Mann, der getan hatte, was er konnte und jetzt nichts mehr zu tun wusste. Ihren Mann. Sie hatte ihn oft getröstet, aber durfte ihn jetzt nicht trösten und sich nicht von ihm trösten lassen. Sonnenlicht fing sich an seinem Scheitel.

»Wenn es nichts mehr zu sagen gibt, dann gehe ich jetzt meine Sachen packen. Nur ein paar Kleider und meinen Mantel.« Wahrhaftig erst bei diesen Worten fiel ihr ein, dass sie noch keinen Gedanken darauf verwendet hatte, was sie morgen essen und was sie im nächsten Winter ihrem Kind zu essen geben sollte.

»Verachtest du mich?« Er sprach, ohne den Kopf zu heben.

»Nein.«

»Dann wirf nicht alles von mir weg. Ich habe dich zu meiner Frau gemacht, ohne mich nur einmal zu fragen, wie es dir dabei erging. Du hast dich geweigert, mir die Lenden zu gürten, aber selbst das hielt mich nicht auf, denn vermutlich hast du Recht: Ich war sicher, jedes weibliche Geschöpf müsse bei meinem Anblick in stöhnende Verzückung ausbrechen. Zum Ausgleich hast du ein Recht auf meinen Schutz. Wenn du den nicht mehr willst, nimm für alles, was du mir geschenkt hast, wenigstens Geld von mir an, damit du dich selbst schützen kannst.«

Für alles, was ich dir geschenkt habe. Für den Schnitt in dein Herz nehme ich dein Geld und kaufe dem Kind deines Lieblings dafür Milch. »Ja«, sagte sie.

»In der Truhe oben liegen dein Wittum und deine Morgengabe.«

»Und gib mir die Mala mit.«

»Die Mala?« Endlich blickte er auf. »Du magst sie doch nicht. Ich gebe dir Anda.«

»Warti, du hast die Mala um meinetwillen in dein Haus genommen, und wenn das überhaupt möglich ist, dann hasst sie dich mehr als mich. Ich nehme sie mit.«

»Wie du willst. Und was ist mit ihm?«

Natalia vergrub eine Hand in Kasis Haar. Der Krüppel umklammerte ihre Knie und rieb seine Wange an ihrem Schenkel. »Behalte ihn bei dir. Er streunt durch die Stadt, aber wenn er Hunger verspürt oder müde ist, kommt er hierher zurück. Dies ist das einzige Zuhause, das er kennt.« *Außerdem brauchst du ihn, mein Herr vom Sturmglockentor.* Sie konnte nicht fassen, dass sie selbst in diesem Moment an einem Lachen schluckte.

Sein Blick fiel auf ihr Gesicht. Seine Augen waren geweitet, grau und leer. »Darf ich dich noch etwas fragen?«

»Frag nicht«, rief sie. »Ich sage es dir auch so: Ja, ich liebe den anderen. Bei Nacht wie bei Tag und mit allem, was ich bin.«

Er nickte. »Und du wirst mit ihm leben?«

»Nein.« *Ich werde mit ihm leben, wo immer ich bin und wo immer er ist.* Sie hatte geglaubt, sie sei wie einer ihrer Apfelbäume, der fruchtlos geblieben war und den der Bursche abgehauen hatte. Aber sie war nicht so. *Ich werde mit ihm leben. In meinem Leib ist sein Kind.*

Warti trat zu ihr, pflückte ihr den wimmernden Kasi von den Beinen und wandte sich mit ihm zum Haus. »Du bist schön«, sagte er, ohne sich nach ihr umzudrehen. »Wenn du mich angesehen hast, sah das Leben mich an.«

13. Kapitel

In dem Vorort Torcello, im Haus des Spitzenhändlers Pietro Corner, hatte Anton Quartier bezogen. Der Kaufmann, der mit Frau und Tochter in dem mehrstöckigen Stadthaus lebte, gehörte zu der Handvoll Leute, an die er sich auf Anraten seines Vaters nach seiner Ankunft in Venedig hatte wenden sollen. Corner hatte ein Zimmer anzubieten, und da sich Anton in dem für sich gelegenen Bischofsstädtchen behaglicher fühlte als auf den überquellenden Kanalufern der Großstadt, hatte er zugesagt, auch wenn die Geschwätzigkeit des Alten ihm an den Nerven zerrte.

Corner war ein Schlitzohr von einem Emporkömmling, der durch die Ausfuhr von Gläsern von der Insel Murano reich geworden war. Wie die meisten venezianischen Kaufleute vermochte er zu schreiben, sprach aber ein mangelhaftes, schier unverständliches Latein und wechselte nach wenigen Sätzen ins *Volgare.* Da auch unter den Schiffbauern auf dem Werftgelände des *Arsenals* die wenigsten Latein verstanden, eignete Anton sich das *Volgare* innerhalb von wenigen Wochen an.

Zwar verbrachte er den langen Sommer mit dem Aufbau des Kontors in Torcello, doch hielt er sich in jenem Arsenal, dem Zentrum des Schiffbaus, am liebsten auf. Die Anlage war streng bewacht und für Ausländer im Allgemeinen nicht zugänglich. Pietro Corner hatte ihn dorthin mitnehmen und als Sohn des Starosten von Vineta einführen müssen. Warti Sliwoszs Name schien immer und überall Türen zu öffnen. Ohne ihn war Anton ein Nichts.

Das Gelände des Arsenals befand sich am Rand der Stadt, war vollständig von einer Mauer umgeben und durch fünfzehn Türme geschützt. Es umfasste mehrere Schiffswerften, Werkstätten für Seiler und Segelmacher und ein palastartiges Amtsgebäude, das den Sitz der *Scuola,* der Bruderschaft der *Arsenalotti,* beherbergte. Hier fand Anton Dinge, die ihn fesselten, die er studieren, Wissen, das er sich aneignen konnte. Nur hier, wo ihm Gerüche nach Fisch und Pech die Nase und Lärm von Hämmern und Hobeln die Ohren füllten, wo sein Blick sich über Wasser strecken und sein Hirn sich mit Schiffslängen und Ruderpositionen beschäftigen durfte, fand sein zermarterter Kopf vorübergehend Erleichterung.

Mit der enormen Zahl von Schiffen, die in Venedig gebaut, und den Bergen von Holz, die dafür verbraucht wurden, konnte selbst Vineta nicht mithalten. Diesen Umstand gedachte Anton sich zunutze zu machen. Bereits auf früheren Reisen war ihm aufgefallen, welchen Reichtum das Hinterland der *Serenissima* mit seinen Eichen-, Eschen- und Buchenwäldern barg. Hinzu kamen die Nadelgehölze der nahen Alpen, alles in allem ein schier unerschöpflicher Schatz des kriegswichtigen Gutes. Auf diesem Standbein wollte Anton sein Kontor errichten. Er würde sowohl die *Arsenalotti* beliefern als auch im Fernhandel Fuß fassen, indem er den wertvollen Rohstoff in die waldarmen Länder Arabiens ausführte.

Feuchtwarme, von Fliegen durchsummte Sommertage lang vergrub er sich in seine Arbeit. Am liebsten war es ihm, wenn er weder mit seinen Wirtsleuten noch mit irgendwem sonst mehr als geschäftlichen Umgang pflegen musste, wenn kein Mädchen in der Enge einer Gasse ihm

Schmeicheleien zuwisperte noch ein Mann ihn auf einen Becher einlud. Solange er für sich blieb und bis zu den Ohren beschäftigt war, ließ der Schmerz sich ertragen. Erst am Abend, in seinem weitläufigen, leeren Zimmer, auf dessen Boden aus *Terrazzo*, zerstoßenem Marmor, jeder seiner Schritte hallte, erwachten die Gedanken.

Es gab kein Leugnen: Seine Absicht war gescheitert. Er war hergekommen, um Natalia zu vergessen, und wenn sich Gespinste um Natalia auch durch Arbeit, Schiffe und Holz beiseitedrängen ließen, dachte er dennoch mit jedem Atemzug an sie. Und an sie zu denken bedeutete ein Kribbeln von den Schenkeln in die Eingeweide, als strömten ihm nadelfeine Splitter im Blut. Seine Fensterluke ging hinaus auf die Basilika Santa Maria Assunta, an deren Vorhalle tagsüber gebaut wurde, um die des Nachts aber Stille regierte. In die Luke hinein drangen die verwirrenden Düfte und zirpenden Töne der südlichen Nacht. Stundenlang lief Anton mit hallenden Schritten in der Kammer umher. Er war gekommen, um sie zu vergessen, aber setzte sich nach endlosem Ringen eines Abends doch ans Pult, griff nach Papier und Griffel und schrieb an sie:

Geliebte.

Wo ich dich nicht halten kann, hält mich der Wahn. Ich weiß nicht, was mir verhasster ist: Der Gedanke an dich oder das Verbot, an dich zu denken. Mein darfst du nicht sein und bist es doch, wie ich dein bin, und für keinen von uns gibt es Entrinnen.

Er siegelte den Brief nicht und sandte ihn nicht ab, aber warf ihn auch nicht weg. Papier war teuer, und Anton geizte mit Pfennigen, er wollte seinen Vater nie wieder um Geld angehen müssen. Also ließ er den Brief auf dem Pult liegen und schrieb in der nächsten Nacht weiter, wo er in der vorigen aufgehört hatte: Langsam fließende, zerquälte Sätze, die sich zu Zeilen fügten und ihm ein Gefühl für das Verstreichen der Zeit bewahrten.

Er schlief schlecht und erwachte häufig lange vor Tagesanbruch. Doch so früh er auch hinunter, in die ebenfalls mit dem Belag aus zerstoßenem Marmor ausgelegte Halle kam, die Angela, Pietro Corners Tochter, war stets schon dort, um ihm eine Schale erhitzter Milch mit Honig aufzufüllen. Ein Venezianer, so hatte der geschwätzige Corner beteuert, würde eher sterben, als mit solchem Gebräu seinen Tag zu beginnen, doch seit er begriffen hatte, dass Anton jeglichen Alkohol verabscheute, ließ er seine Tochter diesen Trunk für ihn bereiten. Die Angela war füllig und still, trug ihr Haar in einem Zopf, der wie ein schwarzbrauner Rossschweif über ihren Rücken fiel, und bewegte sich träge zwischen Küche und Halle, sodass Anton ihr nachstarren musste, gleichwohl er sich dafür hasste.

Der Mann hätte seinen Zimmerherrn von einer Magd bedienen lassen sollen, nicht von der eigenen Tochter. Es war, so hatte er Anton erzählt, sein höchster Ehrgeiz, seiner Angela einen Freier von Adel zu ergattern. »Froh bin ich, dass mir ein Mädchen geblieben ist, kein Knabe, denn was könnte dem armen Pietro eine hochedle Schwiegertochter nützen?« Dieser Absicht zum Trotz betrug sich Corner wie ein Kuppler, der die Tochter dem Nächstbesten aufschwatzt wie einen Krug saures Bier. Sooft sie beisammen waren, wurde er nicht müde, die Reize der Schwarzbraunen anzupreisen. »Ein Auge auf meinen Engel hättet Ihr doch auch recht gern. Seid nicht eben der Schönste mit Eurer zerdroschenen Visage, habt es beim eitlen Geschlecht gewiss nicht leicht. Bestens weiß ich noch, wie Euer Vater als junger Hirsch nach Venedig kam. Dem purzelten die Mädchen wie Limonen vor die Füße und vergaßen glatt, dass in der Hölle röstet, wer einen hübschen Heiden küsst.«

Anton musste sich die Lippen zerbeißen, um dem Mann nicht ins Ohr zu brüllen, er solle endlich schweigen. Sie gingen des Morgens zumeist ein Stück Weges gemeinsam, denn Corners Warenhaus lag kaum einen Steinwurf von dem Kontor, das Anton gemietet hatte, entfernt. Nur an Tagen, an denen Corner zu einer Sitzung des *Consiglio*, dem er angehörte, einen Kahn nach Venedig hinein nehmen musste, war Anton der Weg an der Basilika vorbei allein vergönnt.

Immer blieb er stehen. Um die Vorhalle der Kirche tummelten sich Arbeiter, die am Dach etwas richteten. Zugleich aber strömten jeden Tag Gläubige in das schon fertige Hauptschiff, Männer, die vor dem Portal ihre Hüte zogen, und Frauen und Mädchen, die sich mit schwarzen Spitzentüchern ihr Haar bedeckten. An Sonntagen machte sich auch die Familie des Corner zum Kirchgang bereit. Der Mann setzte einen steifen Hut auf, um ihn sogleich vor seinem Gott zu ziehen, während seine winzige Frau und die dralle Angela in schwarzen Kleidern erschienen und sich Spitzentücher um die Schultern schlangen. Ob Corner zum Kartenspiel in die Schänke oder auf einen Schwatz ins Haus eines Geschäftsfreundes ging, stets fragte er Anton, ob er mittun wolle. Ob er jedoch die Familie in die Kirche begleiten wolle, fragte er nie.

Geliebte, schrieb Anton des Nachts am Pult, *der Gott der Christen heißt seine Untertanen ihr Fleisch zu geißeln, wenn sie in Sünde lieben. Wer das nicht tut, den lässt er brennen, aber nicht sterben, dessen Qual hört nie auf.* Er warf den Griffel beiseite, ging zum Bett und zurück, setzte sich wieder und schrieb weiter: *Ich wünschte, ich könnte mein Fleisch geißeln, aber das ist zu wenig. So ist mir zumute, Geliebte, du magst mich dafür hassen: Als ließe der Christengott mich brennen und nicht sterben.*

Er versprach sich Linderung, als endlich verhalten der Herbst sich zeigte, aber selbst Regen vermochte nichts zu löschen. Da begann Anton zu grübeln, wie er es anstellen könnte fortzukommen, fort von Torcello, Venedig, vom Land überhaupt. Wenn erst das Meer ihn forderte, mochte er alles vergessen. Natalia. Vineta. Die Hinterbacken von Pietro Corners Tochter und den Gott mit den Geißeln und Feuern, die nicht für ihn bestimmt waren.

Die Schwierigkeit bestand darin, dass er all sein Geld in seinen Warenbestand, den Ankauf von Hölzern, investiert hatte. Ehe der Schiffbau den nächsten Aufschwung nahm, bekäme er seine Auslagen nicht herein. So fehlten ihm die Mittel, sein Schiff zu bemannen und für eine Fernreise zu verproviantieren, von den Kosten für ein Geleitboot zum Schutz vor Seeräubern ganz zu schweigen. Natürlich hätte er seinem Vater schreiben können, doch sobald er diesen Gedanken nur streifte, drohte er ihm die Schläfen zu sprengen.

»Ewig und drei Tage habt ihr diesen Kopfschmerz, was?« Ohne dass er es bemerkt hatte, war Pietro Corner zu ihm an den Tisch getreten. Er hatte zerstreut dort gesessen und sich von der schlampigen Angela das Abendessen auftragen lassen. Lustlos stocherte er im mit Trauben gerösteten Kapaunfleisch herum und rührte den Weinkrug wie üblich nicht an. »Zu viele Sorgen? Vielleicht kann der mit manchem Wasser gewaschene Pietro helfen?«

Es widerstrebte Anton, sich dem Schwätzer, der sich in alles einmischte, anzuvertrauen, aber ehe er sich versah, hatte er es schon herausgebracht. »Ich müsste nach Tunis, um mein Holz loszuschlagen, aber mir fehlt das Geld. Das ist alles, und nun lasst mich, Corner. Was geht Euch das schon an?«

»Mehr vielleicht, als Euch schwanen mag. Einen Vorschlag nämlich hätt ich Euch zu machen. Was eine *Colleganza* ist, habt Ihr gehört? Richtig, Ihr gebt das Schiff, ich gebe das Geld, Ihr stecht in See, und ich fasse mich in Geduld, bis Ihr wiederkommt und die fette Einfuhr mit mir teilt.«

»Und warum wohl solltet Ihr das tun? Ich bin Heide, habt Ihr das vergessen?«

»Beileibe nicht!«, jubelte der Alte. »Mein Trumpf im Spiel ist ebendas. Ganz gern würde ich nämlich den Muselmanen selbst meine Aufwartung machen, aber seit dem verwünschten Kreuzzug gibt's ein päpstliches Verbot, denen Holz für ihre Schiffe zu liefern. Darum schert sich zwar manch anderer wenig, aber freilich wisst Ihr ja, der gewiefte Pietro will hoch hinaus mit seinem Töchterlein. Besser lässt er sich also nichts zuschulden kommen, sondern schickt als stiller Teilhaber Euch gen Afrika.«

Anton überlegte nicht lange. Um auf See zu kommen, fort von dem hallenden *Terrazzo*-Boden, dem Brief auf seinem Pult und der Basilika unter seinem Fenster, hätte er mit schlimmeren als Pietro Corner Geschäfte gemacht. Innerhalb von Tagen war die *Venetia* seetüchtig und für die Reise ausgestattet, hatte Corner eine Mannschaft angeheuert, ein Frachtboot sowie ein bewaffnetes Geleitboot aufgetrieben. Am Abend vor der Abreise setzte sich Anton noch einmal an sein Pult und schrieb:

Ich fahre morgen nach Tunis und weiter von dort, und zum ersten Mal begreife ich, dass ich dich wohl nicht mehr sehe. Ich habe mir auf der Welt, von diesem Leben, nichts als dich gewünscht. Ich wünsche dich immer noch, und nur, indem ich dir dies schreibe, kann ich gehen. Ich bin dein, und ich will dir befehlen: Sei für immer mein.

Damit verschloss er den Brief, siegelte ihn und übergab ihn am Morgen Corners Burschen, der für seine Versendung nach Vineta sorgen sollte. Dann bestieg er, ohne auf Angelas Honigmilch zu warten, den Kahn, der ihn zu seinem Schiff nach Venedig bringen sollte.

Der Morgen, an dem die *Venetia* in See stach, war trübe und regnerisch, aber für einen auf der Ostsee erfahrenen Schiffer bargen die Stürme, die auf dieser Route drohten, wenig Schrecken. Sie würden die adriatische Küste hinunterfahren, in Brindisi wie auch in Messina zu Geschäften vor Anker gehen und dann um Sizilien herum und geradewegs nach Nordafrika segeln. Mit den Seeleuten, die sich in einem kräftig gefärbten *Volgare* verständigten, zu jeder Mahlzeit dem Wein zusprachen und sich anschließend in Gebeten ergingen, kam Anton mehr schlecht als recht aus. Er wusste, dass sie auf ihn, den Heiden, mit Abscheu sahen, und hätte ihnen am liebsten ihre Gebete mit der Peitsche ausgetrieben. In seinem Ohr steckte jedoch, was sein Vater ihn gelehrt hatte: *Lass jedem Fremden das Seine, damit er dir das Deine lässt.* Alles andere war unklug. Also ließ er die Leute beten, mied sie, wo er konnte, und sagte sich, dass er die Reise schließlich angetreten hatte, um von allen Menschen getrennt zu sein.

Bis Messina waren sie stets in Sichtweite der Küste geblieben. Nach einem dreitägigen Aufenthalt in der Hafenstadt, die in ihrer flirrenden Buntheit einer Fiebervision glich und Anton völlig erschöpfte, fuhren sie endlich aufs offene Meer. In Vineta wäre jetzt schon der Erntedank vorüber und die Menschen würden ihre Häuser winterfest machen. Hier hingegen glühte einem noch immer die Sonne auf den Schädel, ließ den Schmerz lodern, aber brannte wenigstens Gedanken aus.

An diesem Nachmittag allerdings, sobald die Küste außer Sicht geriet, bezog der Himmel sich dunkel, und dichter Regen setzte ein. Gegen den Wind zu segeln war schwierig, die Rojer mussten sich mit Leibeskräften in die Riemen legen, und mancher Fluch wurde laut. Was dann geschah, lief Bild für Bild vor Antons Augen ab, als geschehe es einem anderen, bis es in nackter Wirklichkeit nach ihm griff. Er stand in der Nähe des Mastes, bei der aufgetürmten Ladung und genoss es, den Regen auf der Haut zu spüren und den Blick sich ziellos strecken zu lassen. Nach einiger Zeit tauchte am Horizont ein Flecken auf, aus dem sich im Näherkommen ein an vollem Wind segelndes Schiff schälte.

Die *Venetia* war auf Schnelligkeit gebaut, aber hatte gegen Wind von vorn zu kämpfen. Das fremde Schiff hielt erstaunlich geschwind auf sie zu. Als Anton erkannte, was er vor sich hatte, war es längst zu spät. Ein volles Wendemanöver bei derart bewegter See war halsbrecherisch und hätte zudem zu viel Zeit gekostet. Das gehisste Segel des Fremden blähte sich ihnen gelbweiß entgegen. In weithin leuchtendem Rot prangte darauf das Kreuz.

Seine Leute, Venezianer, die nicht gewohnt waren, unter schwarz-grüner Heidenflagge zu segeln, gerieten erst in Panik, als deutlich wurde, was der andere vorhatte. Das Gefährt wich keinen Zoll vom Kurs ab, sondern steuerte geradewegs auf den Bug der *Venetia* zu. Was sich zuvor nur verschwommen durch Regen und Gischt gezeichnet hatte, ließ sich bald in allen Einzelheiten ausmachen. Anton, der kaum ein Gesicht vom anderen unterscheiden konnte, wusste Schiffe im Schlaf zu unterscheiden: Unaufhaltsam ihnen entgegen schoss eine byzantinische Dromone, bemannt mit mehr als fünfzig Rojern und voller Segelbesatzung, gewiss hundertfünfzig Fuß lang und an die zwanzig Fuß breit. Aus den Wellen aufblitzend sah er den Rammsporn, die eiserne Verstärkung des Bugs. Dies war keine Zierde, sondern ein tückisches Kriegsmittel, mit dem sich ein gegnerisches Schiff unterhalb der Wasseroberfläche rammen und leckschlagen ließ.

Gleich darauf entdeckte er an der Reling eine Waffe, die noch weit größeren Schrecken einflößte: den Kessel mit dem griechischen Feuer. Ohne Zweifel handelte es sich bei den Angreifern um heimwärts ziehende Kreuzfahrer aus dem Heer des Stauferkönigs Konrad. Der war mit Kaiser Manuel von Byzanz verschwägert und hatte an dessen Hof wochenlang seine Wunden auskuriert. Der Kaiser, der für eine Annäherung zwischen den Kirchen kämpfte, hatte gewiss mit Freuden dem Haufen verspäteter Heimkehrer Schiff und Ausrüstung zur Verfügung gestellt. Und was konnte diesen Geschlagenen, Gedemütigten Besseres begegnen als ein Heidenschiff, an dem sie sich nach all den Niederlagen schadlos halten durften?

Erste Wurfgeschosse flogen, Steine und Eisenkugeln, die das Wasser um die Flanken der *Venetia* aufpeitschten. Anton hätte etwas tun sollen, Befehle bellen, die Männer, die kopflos rannten, um in den hinteren Teil des Schiffes zu gelangen, zurück auf ihre Plätze jagen. Zumindest die Götter anrufen. Vor seiner ersten Reise, als Knabe mit Zemu Reric, hatte sein Vater ihm dies auf den Weg gegeben: *Gerätst du in Seenot, ritz dir mit deinem Messer den Daumen und schenk dem Perun für deine Rettung einen Tropfen Blut.* Sein Vater war ein kluger Mann, aber an Götter zu glauben, die sich mit Tropfen abspeisen ließen, war Torheit für Einfaltspinsel. Anton stand still. Mit einem Krachen, als bräche die Welt auseinander, fraß sich der Rammsporn in den Leib seines Schiffes.

Rot glühend stob ein Schweif von Funken durch die Düsternis. Das griechische Feuer. Das geheimnisumwobene Schwefelgemisch ließ sich von keinem Regen und keiner Brandung löschen. Männer sprangen und stürzten wie gewichtslos über Bord. Zu einer einzigen Woge schlugen die Geräusche zusammen: gellende Schreie, Prasseln und Zischen, mit dem der Mast und das Segel Feuer fingen, aufschäumendes Wasser und das markerschütternde Splittern, als der Rammsporn durch die Flanke der *Venetia* schlug. Die Dromone schob sich nun an ihre Seite, derweil ihr eigener Bug sich in die Schaumkronen senkte. Schneller, als Anton begreifen konnte, rutschte die Ladung ab. Ein karottenhaariger Rojerbursche warf sich auf einen Stoß Balken, glitt darauf mitten in den Kamm einer Welle und verschwand.

Von ihrem Frachtboot war nichts mehr zu entdecken. Anton sah noch, wie das Geleitboot, dessen Segel ebenfalls in Flammen stand, das Weite suchte, dann fiel er oder warf sich zu Boden. Seine Hände krallten sich an einer geborstenen Planke fest.

Die gesamte Seite entlang rückten jetzt Schützen mit mannshohen Armbrüsten auf. Dicht vor ihm war einer der Segler auf seine Knie gestürzt. Aus einem Hagel von Pfeilen trafen zwei zugleich den Mann in den Rücken. Wie gebannt verharrte sein Leib. Durch das durchnässte Leinen seines Hemdes schimmerte einen Herzschlag lang sein Fleisch, dann färbte alles sich rot. Der Mann kippte zur Seite und schlug dumpf auf den Planken auf.

Von den Stößen gegen den Schiffsleib wurde Anton hin und her geschleudert. Eine Welle, die über die Reling schoss, mischte sich mit dem Blut des Getöteten und schwemmte über ihn hinweg. *Ich werde sterben,* durchfuhr es ihn. Durch die Luft sah er schwarz einen Enterhaken blitzen. Kurz darauf zeigte sich über ihm ein dunkles Gesicht, dann blitzte eine breite Schneide auf.

Ich werde sterben. Durch den Lärm schrillte ein Geräusch, das nicht hierhergehörte. Der Schrei einer Frau.

Lauf, Anton, lauf! Lasst mein Kind! Es war nicht länger die Schneide eines Schwerts, sondern die einer Axt, die auf den Hals der Frau niedersauste. Ihr Kopf fiel wie ein Lumpenball herunter, rollte in einer roten Lache durch den Karren. *Und jetzt zu dir, Bürschlein.* Was für eine Sprache sprach der Kerl? Anton sah das Kreuz auf seiner Brust und begriff: Er lag auf keinem Karren, sondern auf seinem verlorenen Schiff, und der Mann über ihm konnte nicht der heidnische Schlächter seiner Mutter sein. Die Klinge erhob sich. Anton warf sich zur Seite und für diesmal fuhr die Axt ihm nicht in den Kopf, sondern in die Schulter. Der Schmerz raubte ihm die Sicht.

Ich werde sterben. In die Schwärze hinein wollte er etwas brüllen. Natalias Namen. Den Namen seiner Mutter. Über den Schmerz hinaus spürte er, wie jemand neben ihm niederging und wie Hände ihn packten. An der Schulter, mitten hinein in das, was da klaffte, wütete und brannte. »Ich bin einer von euch«, brüllte Anton. »Ich bin Christ.«

In den ersten Tagen war Natalia der Gedanke, in dem windschiefen Holzhaus beim Hafendeich, das sie von einem ausländischen Händler gemietet hatte, allein mit der Mala zu leben, unfasslich erschienen. Unentwegt bekam sie die Geräusche des Meeres und des Hafens zu hören, aber kein einziges an sie gerichtetes Wort. Da begriff sie, wie sehr sie ihr Haus geliebt und wie sehr es ihr entsprochen hatte: all das Leben darin, ihr Wächter Jakub, ihr Lämmchen Kasi, die plappernden wendischen Mägde, ihre Freundinnen, Kveta, Lita, die Gäste, die ein und aus gingen, und die zwei Männer, die am Abend heimkehrten. Wie sollte sie eine Nacht überstehen ohne ihren Mann, der mit ihr sprach? Einst, in Nowgorod hatte sie sich mit allem abgefunden, mit Hunger, Kälte und Prügel, nur mit dem Alleinsein nicht, mit den verbotenen Gedanken, die über schweigende Flure jagten.

Die Mala kochte für sie beide. »Was bleibt dir anderes übrig?«, hatte Natalia die Frau, die anfangs jeden Handschlag verweigerte, gefragt. »Ich kann weder kochen noch einen Koch für uns bezahlen, also wirst du, wenn du nicht Hungers sterben willst, dich wohl dreinschicken müssen.«

Die Mala kochte und schwieg. Natalia aber entdeckte dennoch, dass sie nicht allein war und es auch nie mehr sein würde. An einem Sommermorgen regte sich ihr Kind in ihr.

Das kleine Haus besaß einen Wohnraum mit verrußter, abgeteilter Küche und unter dem Dach zwei Kammern, von denen sie eine der Mala gab. Dort mochte diese nach Herzenslust Kreuze aufstellen, auf wunden Knien ihren Christus anbeten und sich ihr pfefferfarbenes Haar so straff nach hinten flechten, dass die teigige Gesichtshaut sich verzog. Natalia selbst schuftete von früh bis spät, legte in dem kleinen Hof hinterm Haus einen Garten an, wühlte in der Erde, bis ihr der Rücken schmerzte, pflanzte Kräuter und Bohnen, hackte Holz und zimmerte Verschläge, hielt Hühner und zwei Ziegen.

Auf dem kleinen Markt beim Fischerstrand, wo sie ihren Fisch und ihr Fett einkaufte, kannte sie bald jeden. Die Männer mochten sie. Sie schmeichelten ihr in losen, dreckigen Worten und widerstanden selten der Versuchung, ihr an Brüste und Hintern zu langen, ließen sich aber mit ein paar Backenstreichen in die Schranken weisen. Dies war noch immer keine Christenstadt, sondern Vineta, wo auch ihr, einer Schwangeren ohne Kindsvater, Achtung zustand. Das Recht, die Ehebrecherin zu strafen, gebührte allein dem betrogenen Mann, und da der ihre darauf verzichtet hatte, blieb sie ungeschoren und durfte tun, was ihr gefiel.

Die harte Arbeit tat ihr wohl. Als der Herbst kam, halfen die Männer ihr, mit Moos und Torf die Ritzen in den Wänden ihres Hauses abzudichten. Eine fette Amsel war sie, die ihrer Brut das Nest polsterte. Natalia, die wohl wusste, dass in der Stadt Lieder auf ihre Schönheit gedichtet worden waren, hatte darüber, ob sie schön war, nie nachgedacht. Jetzt aber fand sie sich schön, betrachtete und betastete sich mit Entzücken. Ihr Haar, das sie seit ihrem Auszug nicht geschnitten hatte, fiel ihr im Rot von taufeuchtem Herbstlaub die Schultern hinunter, über ihrem gewaltig aufgewölbten Leib spannte sich die Haut wie Perlmutt, und wenn sie ging, spürte sie, wie ihre Hüften sich wiegten und diesen ungeheuren Leib dabei schaukelten.

Die letzten Sonnentage strichen vorbei, die Stadt schmückte sich zum Erntedank, und zum ersten Mal wäre Natalia gern zum Großen Opfer gegangen. Dennoch blieb sie mit der Mala im Haus, um ihren Mann nicht zu beschämen. Sie dachte noch immer an ihn als *ihren Mann,* vielleicht weil sie es gewohnt war, vielleicht weil es leichter fiel, als ihn in Gedanken beim Namen zu nennen. Die Zeit des Regens begann, und irgendwann, das wusste sie, würden die Schmerzen einsetzen. Als sie schließlich kamen, fühlte sie sich rundum bereit. Sie setzte sich noch einmal zu Tisch und sprach allem kräftig zu, der Brühe, dem zerkochten Fisch und dem Wein, auch wenn die Mala sagte, sie solle nichts davon anrühren.

»Es hat angefangen, nicht wahr?« Wochenlang hatte Natalia versucht, die Magd zu bewegen, Pomoranisch mit ihr zu sprechen, dann hatte sie es aufgegeben. Mochte sie bei ihrem vor Jahren erstarrten Russisch bleiben, auch wenn Natalia selbst davor graute.

»Sieht man mir das an?«

»Ja. Ihr solltet nichts mehr essen und trinken.«

»Und warum nicht?« Sie hatte Hunger wie stets. Der Schmerz kam, biss wie ein verspielter Welpe zu und zog sich wieder zurück.

»Damit Ihr nachher nicht alles ausspuckt und Euren Bauch noch kränker macht.«

Natalia ließ den Löffel sinken. »Mala«, sagte sie, »du hast genau wie ich zwölf Jahre in einem Haus ohne Kinder gelebt. Setz dich zu mir, vergiss für diesen einen Tag, dass du mich hasst, und erzähl: Woher weißt du von solchen Dingen?«

»Diese Jahre sind nichts«, erwiderte die Magd ohne Ausdruck. »Nur mein Leben, das ich im Haus des christlichen Herrn Kolja führte, zählt.«

»Warum, Mala? Hat einer von uns dir je übel mitgespielt, dir je Schläge gegeben oder schlecht zu essen? Nein, antworte nicht. Ich kenne ja alle deine Antworten. Lieber lässt du dich von Christen prügeln, als von Heiden wie einen Menschen behandeln. Das begreife, wer will, nicht ich.«

Die Christin wandte ihr das Gesicht zu, womöglich zum ersten Mal, seit sie unter einem Dach lebten. Es war ein dicklich aufgedunsenes Gesicht, das dennoch auf seltsame Art geschunden und verhärmt wirkte und Natalia schaudern ließ. Im selben Augenblick kam der Schmerz und biss so heftig zu, dass sie erschrak. »Wer mit Heiden kungelt, lässt sich mit dem Teufel ein.«

Der Schmerz verebbte. Natalia dachte kurz nach, dann zuckte sie die Schultern. »Wenn du mich fragst, kommt der Teufel in jedem erdenklichen Gewand daher, auch mit dem Kreuz auf der Brust. Und ein Heide, der ein Haus voller Flüchtlinge hätschelt, sieht mir nicht eben teuflisch aus. Aber glaub, was du willst. Beim Herrn Kolja hast du also gelernt, wie ein Kind ins Leben kommt? Setz dich endlich und erzähl.«

Die Magd blieb stehen. »Meine Herrin, die auch viel gesündigt hat, aber bereut und Buße getan, hat meinem Herrn sechs Kinder geboren. Wir Mägde wurden mit Tüchern und Wasser geschickt, um der Wehfrau zur Hand zu gehen.«

Was sie hatte sagen wollen, erstickte ihr im Hals. Der Schmerz schlug Klauen in ihren Leib, dass sich ihr Rücken krümmte. Als die Klauen sich wieder lösten, rang sie nach Luft und hatte Mühe, sich aufzurichten. »Ihr müsst nach oben, aufs Bett«, sagte Mala. »Ich gehe nach der Wehfrau.«

»Nein, Mala, bleib. Wenn du schon bei Geburten geholfen hast, vielleicht können wir beide es ohne Wehfrau schaffen.« Sie wollte Aufsehen vermeiden. Es brauchte nicht in der Stadt die Runde zu machen, dass die Frau des gehörnten Starosten mit ihrem Bastard in den Wehen lag.

Die Mala schüttelte den Kopf. »Eine Kindsgeburt ist keins von Euren läppischen Spielen. Frauen sterben dabei.«

»Ich bin mehr Bärin als Frau«, brachte Natalia heraus, da biss der Schmerz von neuem zu. Sie hörte sich schreien. Mit Wolfsfängen wühlte der Schmerz sich durch ihre Eingeweide, riss ein Stück davon fort und entfloh. Außer Atem fand sie sich über ihre Knie gebeugt, die Hände in die Schenkel gekrallt.

Sie wollte sich eben aufrichten, die Schultern entspannen, als der Schmerz schon wieder vorpreschte. Kein Wolf mehr, sondern ein Drachen, ein Ungeheuer, das ihr in den Leib schlug und ihren Rücken zu zerbrechen drohte. Vor ihren flackernden Blicken tanzte die Fratze der Mala, weiß verquollen, die Augen zu Schlitzen verkniffen. »Hilf mir«, wollte Natalia schreien, doch statt der Worte ergoss sich aus ihrem Mund ein blutroter Schwall. Der Schmerz verklang.

Kein Blut. Roter Wein, vermengt mit stinkenden Fischbrocken. Im nächsten Augenblick zerbarst etwas in ihr. Ein Wasserfall ergoss sich ihre Beine hinunter auf die Dielen. »Das ist genug«, kreischte die Mala und bekreuzigte sich. »Bei meinem süßen Herrn Jesus, ich bring Euch nach oben und gehe nach der Wehfrau.«

Wie sie die Stiegen hinaufgekommen waren, das Gewicht ihres massigen Leibes auf die dickliche, schwächliche Frau gestützt, vergaß Natalia. Es verschwamm unter dem Irrwitz des Schmerzes. Die Kammer war eng und düster, aber für diesmal tat die Dunkelheit ihr wohl. Auf dem Bett unter der Dachschräge rollte ihr armer Körper sich zur Kugel. Wind ließ die Schindeln klappern. Ein neuer Angriff brach ihr die Rippen auseinander, dass sie glaubte, sie knirschen zu hören. Der Schmerz, der Leben brachte? *Frauen sterben daran.* Sie wollte die Mala am Rock packen, sie anflehen, sie nicht allein zu lassen. Aber die Mala hatte sich schon umgedreht und ging.

Mein Liebster ist auf See, und mein Leib wird geschleudert wie ein Schiff im Sturm. Läuten die Glocken nicht? Ist keiner hier? Ich werde sterben. Mein Anton, mein Zaunkönig, wer sagt dir dann, wie sehr ich dich geliebt habe? Ich bin dein, um deinetwillen bricht mein Körper in zwei Hälften. Der Schmerz ließ sie springen. Ihre Hände gruben sich in den Ausschnitt ihres Kleides und zerfetzten den durchnässten Stoff. Starre Finger streiften ihren aufgeblähten Bauch. Er würde platzen, dass sich ihr Blut und ihre Körpersäfte auf der Wand verspritzten. Zwischen zwei Angriffen ließ ihr der Schmerz keine Pause zum Atemholen mehr.

Wir sind allein hier. Keinen Gott kratzt es, wenn eine rote Metze, die das Leben liebte, auf ihrem Bett zerplatzt. Von der düsteren Kammer sah sie nichts mehr, nur

Schwärze und darin tanzende Funken. In die Schwärze wollte sie Antons Namen brüllen, den Namen ihrer Mutter, aber nichts kam, nur ein Röcheln und mehr Fisch und Wein. Ihr Herz überschlug sich, in ihren Ohren brauste ihr Blut. Natalias Körper kugelte vom Bett und prallte auf die Dielen. Im selben Augenblick sprang die Tür auf.

»Beim Triglav, hilf mir, Mädel. Wir ziehen sie wieder aufs Bett.«

Hände packten ihre Schultern, schoben sich unter ihren Hintern, hoben sie hoch, als wiege sie nichts. In ihr Gesicht traf warmer Atem, flinke Schläge prasselten auf ihre Wangen. »Ho, Rusalka, nicht untertauchen. Wir brauchen dich hier, hast es ja fast geschafft.«

Natalia gelang es, die Augen zu öffnen. Das Gesicht, das über ihr schwebte, zerfurcht wie Eichenrinde, musste tausend Jahre alt sein. »So ist es besser, Rusalka. Weiter, mit aller Kraft Luft holen, Luft, Luft!« Die Greisin kniete sich zwischen ihre Beine und bog sie auseinander. Mit der nächsten Welle des Schmerzes verschwamm das Bild. »Noch einmal, noch einmal! Luft holen, dann wieder herausstoßen, hier unten heraus, mit aller Kraft.«

Natalia hörte sich keuchen, dann spürte sie, wie der gewaltige Druck der Luft nach unten drängte und sie zerriss. Eine Lohe von Schmerz flammte zwischen ihren Beinen auf. Ihre Augen öffneten sich, erfassten den Strahl von Blut und den blauen Blitz, der aus ihr heraus in die Hände der Wehfrau schoss. Der Schmerz erlosch. Was von ihr übrig war, sackte willenlos zusammen und blieb liegen.

»Ho, mein properer Wasserkobold, sind wir zwei uns denn nicht schon begegnet?« Haut klatschte auf Haut, und dann verschaffte das Leben sich Gehör. Wutgebrüll ließ die Wände der Kammer zittern. »Mädel, bring den Zuber und ein Trinkhorn mit Wein«, schrie die Wehfrau dagegen an. »Wir haben dem Triglav für ein Stierkalb von einem Knaben zu danken.«

Die uralten Hände schoben Reste von Kleid und Unterkleid beiseite und legten das brüllende Bündel Fleisch auf die erschlaffte Hülle, die bis eben ihr trächtiger Leib gewesen war. Ungläubig, als stecke sie nicht mehr in ihrer Haut, sah Natalia, was geschah. Ihre Arme reckten sich nach dem Kind, ihre Hände schlossen sich um es, bedeckten den winzigen Rücken und zogen es hinauf. Das Geschrei verstummte. Wie an einem Froschmäulchen schnappten winzige Lippen ins Leere. Mit dem Ellenbogen schob sie ihren Berg von Brust dem kleinen Kopf entgegen. Das Mündchen fasste, saugte sich fest. Aus ihrer Brustwarze, durch ihren Busen und hinauf in Hals und Kopf rieselte ein feiner, süßer Schmerz.

Die Fensterluke, vor der es Nacht geworden sein musste, war geschlossen, aber jemand hatte eine Kerze aufgestellt. Im flackernden Schein sah sie den Kopf des Kindes mit den Saugbewegungen wippen. Sie war Natalia, die nicht weinte. Natalia, die Fassungslose, die lauthals lachte. Das Kind, das schließlich zu ihr gehörte wie ihr Arm oder Bein, ließ sich nicht stören, sondern saugte. In seinem weizengoldenen Haarschopf klebten Schmiere und Blut.

»Na los, Rusalka. Dein Mädel kommt nicht wieder, der graut's vor dem Triglav und den Dingen des Lebens. Wir zwei werden diesen Prachtkerl allein waschen müssen. Und für dich gibt es Milch zu trinken. Eine feine Mutter bist du. Gebaut für zwanzig Kälber.« Die Hundertjährige wollte nach dem Kind greifen, aber Natalias Hände schlossen sich um es wie ein Panzer. »Also schön, noch eine kleine Weile. Aber zudecken müssen wir den Herrn. Den Weiher der Seelen wärmt Triglavs heißer Atem, doch in der Welt ist es kalt.«

Mit Sorgfalt breiteten die vom Alter fleckigen Hände ein Wolltuch über den kleinen Körper. Das Kind an Natalias Brust, ein Bündel Kraft, das aus ihrem Fleisch gekommen war, hatte sich vollgetrunken und schlief ein. Das Paar der Lippen stand offen. Nichts ähnlich Entzückendes gab es auf der Welt. Die Wehfrau goss Milch in eine Schale und gab Natalia zu trinken. »Rusalka?«

Sie nahm die Schale weg. Ein Rinnsal lief Natalia aus dem Mundwinkel. »Warum nennt Ihr mich so?«

»Weil du eine Rusalka bist, oder nicht? Ein armes Geschöpf, das sie in den nassen Tod getrieben haben, das aber ins Leben zurückgekehrt ist, mit vom Seegras verschlungenem Haar.«

Mit einem Finger fuhr Natalia die Schulter ihres Kindes entlang. Womöglich hatte die Alte nicht Unrecht. Woher auch immer, sie war zurückgekehrt. »Also fällt, wenn ich lache, ein Mensch tot um?«

»Ach was«, erwiderte die Alte. »Das ist dummes Gerede von den Übelgläubigen, die im Wald Geschöpfe in Stücke hacken. Die Rusalki sind friedlich wie Wasserrosen. Nur traurig sind sie und lachen zuweilen, weil sie sonst weinen müssten.«

»Und weshalb weinen sie nicht?«

Die Wehfrau stellte die Milchschale zu Boden und setzte sich Natalia zu Füßen aufs Bett. »Wer aus dem Wasser kommt, vergießt es nicht. Weißt du eigentlich, wer ich bin, Rusalka? Die Goscha bin ich. Ich hab die Oda von deinem Mann entbunden. Wartislaw, unter dem Lächeln der Sonne geboren. Darf ich dich etwas fragen?«

»Natürlich. Ich weiß, was Ihr mich fragen wollt.«

»Warum hast du deinen Mann verlassen? Weil ein anderer dich geschwängert hat, heißt es, aber wenn dieses Goldkälbchen nicht das Kind vom Herrn Warti ist, dann weiß ich bei meinen hundert Sommern nichts von Vätern und Kindern.«

Natalia sah ihrer Hand zu, die unter dem Wolltuch hervorkroch und in das zerdrückte, flaumweiche Haar des Kindes fuhr. Dann blickte sie auf und der Alten ins Gesicht. Sie hatte braune Augen, die leuchteten wie bei sehr jungen Menschen. »Es ist nicht sein Kind«, sagte Natalia. »Aber wer weiß, vielleicht hat es ein wenig auch von ihm, weil ich so lange mit ihm gelebt habe und weil wir uns so nahe waren.«

Die Goscha sah sie lange an, ehe sie aufstand und ihr das schlafschwere Kind von der Brust pflückte. »Du hast viel Kraft«, sagte sie. »Das ist gut, denn die werdet ihr zwei brauchen. Es gibt wohl keinen Patron, der dem Kind seinen Namen aussucht, oder? Wie willst du also, dass es heißen soll?«

»Stani Sternenauge«, sagte Natalia. *Stanislaw, unter dem Lächeln der Sterne geboren*. Sie hatte vorher nie darüber nachgedacht.

Natalia hätte ihrem Kind auch dann keine Amme bestellt, wenn sie es sich hätte leisten können. Viel zu sehr genoss sie es, Stani selbst zu nähren, wie ihre Mutter sie und ihre Geschwister genährt hatte. Sie schälte ihre prallweiße Brust aus dem Kleidausschnitt, schob die gereckte Warze in das gierig schnappende Rosenmündchen und lauschte dann hingerissen den Schmatzlauten, mit denen ihr Kind sich an ihr satt saugte. Kraft, die sie im Überfluss besaß, floss von ihrem Körper in den des Säuglings und verlieh ihm Gesundheit. Sein ganzes erstes Lebensjahr, einen strengen Winter und einen regnerischen Sommer lang, war Stani nie krank. Unter Natalias Händen war vieles gewachsen, Salatschösslinge, Hühnerküken, Apfelbäume und Bohnenranken, aber nichts davon war so erstaunlich gewesen wie die Macht, mit der Stani wuchs.

Ihr Sohn war ein Wonneproppen, goldblond und rosig, mit strammen, fleischigen Gliedern. Er schien den ganzen Tag nach Nahrung zu schreien, und sie gab sie ihm willig, freute sich noch, wenn sie sich ausgezehrt fühlte. Ihr unverwüstliches Haar ging ihr in Büscheln aus, und die Haut an ihren Armen wurde schlaff. Ihr gefiel es. Mit dem Kind, mit ihrem kräftigen Jungen an der Brust fand sie sich schön.

Alles, was zu Stanis Pflege nötig war, verrichtete sie selbst und überließ ihn nicht einmal der Goscha, die, bis sie im Herbst darauf starb, oft kam, um ihr zu helfen. Der Mala, für die Stani kein zauberhaftes Menschenkind war, sondern ein in Schande gezeugter Heidenbastard, hätte sie ihn nie und nimmer anvertraut. Dennoch war sie in diesem Jahr froh, dass die Mala ihr zur Hand ging, für ihren kleinen Haushalt einkaufte, kochte, Wäsche wusch und Wohnraum und Küche reinlich hielt. Als das Jahr zu Ende ging und Stani eben anfing, auf seinen dicken Beinchen durch seine Welt zu tapsen, stieg Natalia eines Abends, nachdem sie ihren Jungen zu Bett gebracht hatte, noch einmal die Stufen hinunter, um mit Mala zu reden.

Im Licht einer blakenden Kienfunzel stand die Magd in der Küche und schälte Rüben. Umstandslos nahm Natalia sich Hackbrett und Messer und half mit. »Mala«, sagte sie, »ich habe Pläne gemacht, und ich weiß, dass sie dir nicht gefallen werden. Mein Geld geht zu Ende. Ich muss etwas anfangen, das Stani und mich ernährt. Auf das, was die Fischerfrauen für ein Zubrot tun, Netze flicken, Reusen flechten, versteht sich meine Milchziege besser als ich. Aber ich habe ein Händchen für berauschende Getränke, und ich weiß, wie man die Kerle im Hafen anpackt. Wenn der Herr, von dem ich das Haus gemietet habe, wiederkommt, werde ich um seine Zustimmung bitten und dann vom Rat die Erlaubnis zur Eröffnung einer Schänke einholen.«

In dem fahlen Licht starrte die Mala weiter auf ihre Hände, die gleichförmig ihre Arbeit verrichteten, als habe Natalia nichts gesagt.

»Ich weiß, für dich ist eine Hafenschänke ein Sündenpfuhl«, begann Natalia noch einmal. »Aber hier bist du keine Leibeigene, und ich werde dich nicht zwingen zu bleiben. Vom Rest meines Geldes gebe ich dir einen Teil, der dir genügen sollte, bis du eine Stellung findest. Vielleicht in der Oberstadt bei einem Christen, Mala. Dann kannst du dort zur Kirche gehen.« Mit einem Kopfschwenk wies sie in Richtung der christlichen Kirche, deren Glockenturm bei klarem Wetter bis in den Hafen sichtbar war.

»Es ist die falsche«, sagte Mala, Rüben schälend. »Ich bin Christin der östlichen Kirche, nicht der römischen.«

»Du liebe Güte, ja. Verzeih. Ich kann all die Götter, an die Menschen glauben, nicht auseinanderhalten. Aber Christen aus der Rus gibt es in Vineta ja zuhauf. Eine fleißige Magd wie du kommt gewiss rasch unter.«

»Wenn es Euch nichts ausmacht«, sagte die Mala schroff, als sei in Wahrheit sie die Herrin, »dann bleibe ich hier.«

»In dieser Hütte? Bei einer Heidin, die ihren Mann verlassen hat, in einer Stube voller Zecher und Würfler?«

Noch immer weigerte sich die Mala, ihr den Kopf zuzuwenden oder wenigstens das Schälmesser abzusetzen. Natalia verspürte die unwiderstehliche Versuchung, ihr einen Tritt in ihren von speckigem Tuch bespannten Hintern zu verpassen. »Ihr seid immerhin aus meiner Stadt«, kam es aus dem Mund der emsigen Schälerin. »Habt meine Leute dort gekannt, das Haus, in dem ich gewohnt habe. Und dass Ihr den Sohn des Bösen verlassen habt, war eine rechte Tat.«

»Oh Mala«, entfuhr es Natalia. »Du hast ja Heimweh. Die Hölle, von der du ständig redest, die hatte ich in Nowgorod, deshalb hielt ich nie für möglich, dass eine andere sich danach sehnt. Jetzt aber wünschte ich, ich hätte Geld, dich heimzuschicken. Du hättest den Herrn Warti darum bitten sollen. Du magst den Sohn des Bösen, ja das Böse schlechthin in ihm sehen, aber er hätte dir mit Freuden geholfen.«

Mala schoss herum. Im Zwielicht glänzte die teigweiße Haut über Wangen und Stirn. »Er hat Broni und Anya auf dem Gewissen.«

»Nein, das hat er nicht«, erwiderte Natalia, setzte sich an den schiefbeinigen Tisch und schenkte sich aus dem Krug einen traurigen Rest Wein in einen Becher. »Ich habe das auch einmal geglaubt. Aber es ist nicht wahr. Was mit Anya geschehen ist, werden wir nie erfahren. Seit ich den Gedanken, dass sie mich allein ließ, ertrage, hoffe ich manchmal, sie sei geflohen. Und Broni hat der Bojar auf dem Gewissen. Oder einer von den anderen Herren, was macht das für einen Unterschied? Mägde, Mala, sind für sie alle, Christen wie Heiden, nicht mehr als Laibe Brot auf dem Tisch, die man sich einstopft, wenn man Hunger darauf hat.«

»Und Euer Vineter?« Der Mala zitterte das Kinn. »Wieso soll der es nicht gewesen sein, war der vielleicht ein Tugendbold?«

»Nein«, erwiderte Natalia, »ein Leichtfuß, wie die meisten Männer seines Standes. Aber Broni hat sich das Leben genommen, weil sie ein Kind erwartete und weil eine ledige Magd in deiner Christenstadt als Leiche besser dran ist als mit dickem Bauch. Ich streite nicht ab: Ich habe einmal beschlossen, dem Herrn Warti zu vergeben, was immer er mit Broni zu schaffen hatte, denn womöglich sind es nicht die schlechteren Menschen, die mehr Fehler begehen, sondern die, denen das Leben die Freiheit dazu lässt.«

»Das ist heidnisches Wortverdrehen!«

»Ist es das? Hält euer Gott euch denn nicht zur Vergebung an?«

»Gott allein obliegt es zu vergeben, und nur dem, der seine Sünden bekennt.«

»Nur gibt es eben nichts zu bekennen.« Natalia hob müde den Becher, doch es war kein Tropfen mehr darin. »Wer immer sich an Broni versündigt hat, der Herr Warti scheidet aus. Er kann keine Kinder zeugen.«

Der ausländische Händler kam vor Wintereinbruch noch einmal in die Stadt, und Natalia erlangte von ihm die Erlaubnis, den Wohnraum des Häuschens zu einer Schankstube umzubauen. Auch die Genehmigung des Rates erfolgte ohne Umschweife. Auf dem Dokument prangten das Glockensiegel und der Namenszug des Starosten. Natalia fuhr mit dem Finger darüber, dann legte sie es in die Schatulle, in die ihr Mann ihr bei ihrem Auszug Geld gelegt hatte und in der sie ihren Griffel mit dem Hirschen, Haarbüschel von Stani und den einzigen Brief bewahrte, den sie von Anton in all der Zeit bekommen hatte.

Es gab unendlich viel zu tun. Natalia konnte keine Arbeitskräfte bezahlen, aber die Männer vom Fischmarkt kamen und halfen ihr auch ohne Lohn. Sie vergötterten Stani, der zwischen ihren Beinen umherstürmte und in diesem Winter begann, wie das Rad der Papiermühle zu plappern. *Er ist wie das Beste, die verfeinerte Essenz von uns dreien,* durchzuckte es Natalia. *Er hat Wartis Liebreiz, Antons immense Klugheit und meine Lebensgier.*

Der Gedanke hatte etwas so Versöhnliches, dass Natalia gern jemandem, der zu ihr gehörte, davon erzählt hätte. Aber so jemanden gab es nicht mehr, es gab nur Stani, den schweigsamen Hintern der Mala und sie. Als es Frühling wurde, war der Schankraum fertig. Zur Eröffnung plante Natalia ein Fest und bat die Männer vom Fischmarkt, die Kunde im Hafenviertel zu verbreiten. Am Abend vor dem Fest, als Stani und Mala schon schliefen und Natalia in der Küche Würzwein rührte, kam Kveta.

Sie saßen jetzt oft so zu dritt beieinander, in der bald lichtlosen Kammer, Jakub selbst, Oda und der Mora, der Geist des verstorbenen Witsach, der keinen Fisch mochte. Früher hätte an einem schönen Abend wie diesem das Fenster angelehnt gestanden, um durch den Spalt die Düfte des Frühlings einzulassen. Inzwischen aber fror Oda selbst im leichtesten Windzug. Sie waren so alt geworden, dass sie, wenn sie sprachen, Pausen einlegen mussten, um sich Luft zu verschaffen. Oft sprachen sie nicht, waren zu erschöpft. Dann hörte man in der Kammer nichts als das schwerfällige Schnaufen ihrer Atemzüge, und Jakub bildete sich ein, die Wolken von Staub und Gestank zu sehen, die aus ihren alten Kleidern, ihren verbrauchten Körpern aufstiegen.

Einzig Witsach, der Mora, blieb rein und schlüpfrig wie Wasser, aber das nützte ihm gar nichts, denn wo Oda nicht hinging, da gelangte auch Witsach nicht hin. Wenn es zutraf, dass die Toten an die Fersen von Lebenden geheftet blieben, solange diese sie lieben, dann hatte der Ärmste sich in dem knappen halben Jahrhundert seit seinem Hinscheiden in ein eintöniges Dasein fügen müssen. An einen lebendigen Witsach, der einen Körper, eine kräftige Stimme und ein heiteres Gemüt besaß, konnte Jakub sich kaum mehr erinnern, geschweige denn an eine Oda, die zum Großen Opfer, angetan mit dem Festkleid einer Kaufmannsgattin, am Arm ihres Herzensherrn das Haus verließ.

Anfangs hatte sich Jakub gegen Witsach gewehrt. Hatte auf Oda eingeredet: »Sieh hin, du hast noch immer scharfe Augen. Da sitzt kein Dritter auf dem Bett, nur du und ich sitzen hier, und das Fleisch und den Wein, den du hinstellst, räumt die Magd fort, wenn du schläfst.« Oda aber weigerte sich, ihn auch nur zu hören, und irgendwann begriff Jakub, dass nicht er, sondern sie Recht hatte: Als sie jung waren, hatte ein Dritter bei ihnen gesessen, und jetzt, da sie alt waren, saß er noch immer dort. Nur hatte inzwischen auch Jakub gegen ein wenig Gesellschaft nichts mehr einzuwenden, denn sein Leben war still und menschenleer geworden. Zwar waren seine ungeübten Ohren taub für Witsachs Stimme, aber er sah zuweilen, wie der Mora den Mund bewegte, und Oda gab ihm dessen Worte wieder: »Witsach ist zornig auf dich. Er sagt, dafür, dass du mich im Stich lässt, hat er dich nicht in sein Haus genommen.«

»Ich würde eher mich selbst als Oda im Stich lassen«, sagte Jakub. »Und das wisst Ihr, Herr Witsach. In dieser Sache aber kann ich nichts für sie tun.«

»Was heißt hier, du kannst nicht? Du musst. Sag es ihm, Witsach. Ich habe dich nicht bewahrt, ich habe deinen Sohn nicht bewahrt, und jetzt will dieser Nichtsnutz von einem Juden mir nicht helfen, unseren Jungen zu bewahren.«

Eine Zeitlang lastete Schweigen, derweil sie beide rasselnd nach Luft schnappten und auf den Mund des Mora starrten. Oda war von dem Gedanken besessen. In all der Zeit, in der ihr Denken wie Sud alleine vor sich hin geköchelt hatte, war es zu dieser Geliermasse eingedickt: Sie war schuld an Witsachs Tod. Sie würde schuldig an Wartis Tod sein. Und wenn Jakub nicht dafür sorgte, dass Anton unverzüglich in dieses Haus zurückkam, so würden sie beide schuldig an dessen Tod sein. »Herr Witsach«, krächzte Jakub, erlitt einen Hustenanfall und brauchte eine Weile, um wieder zu Atem zu kommen. »Herr Witsach, bitte sagt Eurer Frau, dass Ihr nicht zuschanden gehen musstet, weil sie Euch berührt hat.«

»Bah, so etwas Dummes wird Witsach bestimmt nicht sagen, auch wenn er ein Flausenkopf sein konnte, wie du einer bist und wie mein Sohn immer einer war. Ich hab ihn auf See gehetzt. Keinen kleinen Händler wollte ich, sondern mindestens einen Ratsherrn, wenn nicht gar den Starosten der Stadt. Witsach, habe ich gesagt, deine Schwester lacht auf dem Torg über mich und ruft mir Schimpfnamen nach. Bist du ein Mann? Dann zeig deiner Schwester, dass über die Frau von Witsach Sliwosz keiner was zu lachen hat.«

Schnaufend brach sie ab, und Jakub verspürte wieder einmal den Drang, sie in die Arme zu reißen, den er als junger Mann unentwegt verspürt hatte. Er hatte noch immer das Feuer, nur nicht mehr die Kräfte dazu. »Herr Witsach«, herrschte er stattdessen den Mora an, »sagt endlich Eurer Frau, dass ihr vergeben ist. Männer plustern sich vor Frauen auf wie Hähne, das ist eben so, was können die Frauen dafür?«

»Dummes Geschwafel«, rief Oda keuchend, »lass Witsach aus dem Spiel, und tu etwas, Jakub! Tu etwas, damit meinem Jungen nichts geschieht und er nach Hause kommt.«

»*Tu etwas.* Das hast du schon mal zu mir gesagt. *Tu etwas, Jakub, damit mein Warti einen Sohn bekommt.* Aber heute wie damals, liebste Oda, gibt es nichts, das ich tun könnte. Und wenn ich so mächtig wäre, wie du es mir zutraust, dann täte ich vermutlich etwas anderes: Ich gäbe

Warti, der beileibe nicht tot ist wie Witsach, sondern sich noch tagtäglich bei lebendigem Leibe quält, seine Frau zurück. Den Rest mag er aushalten. Schmähungen, Niederlagen, auch den Verlust von Anton. Aber seine Natalia, die ihn in Stürmen festhielt, gäbe ich ihm zurück.« Er ließ die Schultern hängen und atmete tief.

»Anton ist nicht verloren«, murmelte Oda, leiser als gewohnt. »Wäre er verloren, hätte ich ihn wafeln sehen und die vermaledeiten Glocken würden läuten. Auch Witsach hat versprochen: Noch ist Zeit, ihn zu retten. Sag mir, Jakub, wo ist unser Anton? Ist er dort unten bei dem Weib?«

Ein Schrecken wie Eiswasser schwappte Jakub in den Nacken. Er hatte das *Nein* schon auf der Zunge, da begriff er, wen Oda meinte. »Bei Bozena?«, stammelte er mühsam.

»Weiß ich, wie das Balg von Jula Lubin heißt. Bozena, nach Witsachs Schwester. Wie passend für die scheußliche Kröte, die meinen Anton in den Klauen hält.«

»Oda«, begann Jakub, dem die Erleichterung noch immer in Schaudern durch den Körper rann. »Bozena hat Vaci Reric geheiratet, um diese Zeit vor zwei Jahren, gerade als Anton ging. Inzwischen hat sie schon ihr erstes Kind, deine Urenkeltochter, aber ich weiß, darum scherst du dich nicht. So wie du dich nicht darum scherst, dass Natalia einen kleinen, blonden Jungen hat.«

»Pack dich, Jakub. Witsach will wissen, wo Anton ist.«

»Nein, nicht Witsach will das wissen, sondern du.«

»Wir beide«, erwiderte Oda und hatte natürlich damit Recht.

»Anton ist in Venedig«, sagte Jakub. »Er ist dort, weil er es so wollte, und vermutlich geht es ihm gut. Er hat lange nichts von sich hören lassen, aber das ist eben jungen Leuten eigen, aus den Augen und sogleich aus dem Sinn. Diese oberitalienischen Stadtrepubliken nehmen enormen Aufschwung, und Anton steckt mittendrin und hat gewiss für nichts anderes Zeit. Wenn er wieder einmal schreibt, lasse ich mir den Brief geben und lese ihn dir und Witsach vor.« In Gedanken war Jakub schon dabei, einen Brief abzufassen, eine heikle Arbeit, weil Antons schwertscharfer Ton sich kaum nachahmen ließ. An der Tür klopfte es und Anda, die Magd, die Warti beauftragt hatte, seine alten Eltern zu umsorgen, kam mit einem Tablett herein.

»Keinen Fisch«, fauchte Oda unter einem pfeifenden Atemzug, »wie oft sage ich das? Witsach mag Fisch nicht einmal riechen.«

»Bitte bring den Fisch wieder weg«, sagte Jakub, auch wenn der Mora, der nur sie beide in seiner Nähe ertrug, verschwunden war. Ihm selbst war gleichgültig, was er zu essen bekam. Mit ein paar Bissen Speise hielt er seinen Körper am Leben, aber all das Schwelgen und Genießen im Rubinglanz funkelnder Weine gab es nicht mehr. Es war mit Natalia gegangen. Die Magd trollte sich.

»Du wärst froh gewesen, den Fisch zu kriegen, was?«

Jakub drehte sich nach Oda um. »Nein, meine Liebe«, sagte er. »Ich bin froh, bei dir zu sein.«

Der Nachthimmel, der sternenklar gewesen war, bezog sich rasch. Natalia zog die Tür auf. Vor ihr, in einer Straßenfurche, stand die einstige Freundin, trug ein wärmendes Tuch um den Kopf und einen Korb am Arm. »Oho«, entfuhr es Natalia.

»Du klingst wie dein Herr Warti.«

»Er ist nicht mehr mein Herr Warti. Was willst du, Kveta, hereinkommen oder wieder gehen? Wenn wir noch lange hier stehen, kommt die Mala herunter oder Stani wacht auf.«

»Stani heißt er also.«

Aufseufzend trat Natalia zur Seite, um Kveta einzulassen. Sie schlug die Arme um den Leib. Die Frühlingsnacht würde Sturm bringen.

»Das machst du noch immer. Dich selbst so halten.«

»Nein, das mache ich nicht mehr. Mir ist nur kalt. Kommst du mit in die Küche? Wenn du willst, kannst du meinen Würzwein probieren, allerdings ist er um einiges stärker, als du ihn von mir kennst.«

»Dieses Haus ist scheußlich«, stellte Kveta fest, während sie Natalia in die schwach erleuchtete Küche folgte. »Und die Gegend erst. So viel Gesindel treibt sich hier herum, dass ich mich zu Tode gefürchtet hab.«

»Dazu besteht kein Grund. Den Deich entlang laufen die ganze Nacht Patrouillen. Wir hier unten sind womöglich besser bewacht, als ihr in eurer befestigten Gasse.«

»Ja, der Herr Warti hütet uns wohl, auch wenn's ihm keiner mehr dankt und das Pack sich hinter seinem Rücken die Mäuler zerreißt.«

»Bist du hergekommen, um über Warti zu sprechen? Dann verschwende nicht deine Zeit, sondern mach, dass du vor dem Sturm nach Hause kommst.«

Kveta hatte sich auf dem angebotenen Schemel niedergelassen, aber sprang wieder auf. »Du willst's nicht hören, nein? Dass dein Herr Warti, der dich geliebt hat, wie ein Mann eine Frau nur lieben kann, vor sich hin siecht, dass er sein Haar nicht schneidet und jeden Tag ein Stück stirbt, das willst du nicht hören, deshalb verrammelst du dich in dieser abscheulichen Bude und verschließt dir die Ohren mit Kalfatererpech.«

»Du hast Recht, ich will es nicht hören«, erwiderte Natalia, zog den Zunder aus der Schürze und ging in die Hocke, um den fast erloschenen Ofen wieder anzuheizen.

»Warum nicht, Nat? Du warst nie feige.«

Einen Augenblick lang wärmte sie sich die Hände an den frisch entfachten Flammen. »Dann bin ich es eben jetzt«, erwiderte sie müde. »Was ändert das, Kveta? Ich sage dir noch einmal: Wenn du gekommen bist, um mich zu Warti zurückzuholen, dann geh, denn das ist sinnlos. Warti weiß und achtet das, sonst käme er selbst.«

»Dessen bist du dir ja mächtig sicher«, rief Kveta. »Und was würdest du sagen, wenn er sich eine andere nähme?«

»Dich?«

»Das hältst du für ganz und gar undenkbar, was? Dass ein Mann, der Natalia, der Unvergleichlichen, zu Füßen lag, sich aufrappeln könnte und dem Froschgesicht Kveta zuwenden. Aber vielleicht braucht ein Mann, dem man so übel mitgespielt hat, gar keine atemberaubende Schönheit mehr, sondern nur eine gute Frau, die ihm ein wenig Zärtlichkeit schenkt.«

»Ja, gewiss doch. Keine rote Metze mit Dornengestrüpp, sondern ein weich gepolstertes Weibchen. Ist neuerdings Jula deine Herzensfreundin, Kveta?« Natalia patschte die Kelle in den Wein, setzte sie sich an die Lippen und trank sie leer. »Nun, dann irrt ihr euch beide. Mir wäre es herzlich lieb, wenn Warti sich wieder eine Frau nähme, nur vielleicht nicht gerade eine Gattin seines Freundes, damit sein Gewissen ihn nicht allzu streng bestraft.«

»Ha, also kümmert's dich doch, dass er leidet!«

»Gib es auf, Kveta. Willst du Würzwein? Was er leidet und was ich leide, geht nur ihn und mich etwas an.«

Sie hatte eben die Kelle in die dunkle Flüssigkeit gesenkt, als eine Woge davon in die Höhe und über ihre Hände schwappte. Die Wände erzitterten und der Boden der Küche schien zu schwanken.

»Was ist das?«, schrie Kveta auf.

»Die Sturmglocken, kein Grund zur Aufregung. Nur

wirst du jetzt wohl hierbleiben müssen, bis das Schlimmste vorüber ist.«

Mühsam den Kessel festhaltend füllte Natalia zwei Becher und balancierte sie zum Tisch. Sie setzten sich einander gegenüber. Eine Zeitlang dröhnten die Glocken so gewaltig, dass jeder Versuch eines Gespräches sinnlos war. So, wie der gebrechliche Tisch in ihrer Küche, mochte bei stürmischem Seegang ein Schiff geschleudert werden. Natalia dachte nicht gern an Schiffe, schon gar nicht an solche im Sturm. *Schreib mir nicht, wenn dir nicht der Sinn danach steht, aber lass mich wissen, dass du lebst.* Ihr Becher war leer. Kveta hielt den ihren noch immer an die Lippen gepresst, als das Brüllen der Glocken sachter wurde und schließlich verklang.

»Bei allen Göttern, wie hältst du das aus?«

»Was? Die Sturmglocken? Ich mag sie gern. Ihren Glöckner mag ich, der nie müde wird, uns vor Gefahr zu warnen.«

»Hast du mir nicht erzählt, du hältst's nicht mit den Göttern?«

»Mit diesem schon. Außerdem kann Stani nicht genug davon bekommen, für ihn ist das Geläut Musik, und manchmal fassen wir uns an den Händen und tanzen.«

»So groß ist er schon?«

»Zwei Winter und einen Sommer.«

Kveta zog den Korb, den sie mitgebracht hatte, unter dem Tisch hervor und hielt ihn Natalia hin. »Hier, deshalb bin ich gekommen. Meine Kleinen sind ja längst zu alt dafür, und gedacht waren die schließlich einmal für ein Kind von dir.«

Natalia beugte sich über den Korb. Vor Überraschung entfuhr ihr ein Laut. In dem ansonsten leeren Weidengeflecht lagen zwei tönerne Eier, bemalt in schillernden Farben. Das Paar Pisanki, das Warti vor einem halben Leben in Nowgorod für ein Kind von ihnen beiden gekauft hatte. »Für Stani?«

Kveta nickte, wischte sich über die Augen. »Darf ich ihn sehen?«

Natalia schob die Pisanki in ihre Schürze, zündete an der Kienfackel eine Kerze an und streckte ihr die Hand hin. »Komm.«

Der Wind toste heulend um die Bretterwände des Häuschens. Auf Zehenspitzen stiegen Natalia und Kveta die von unzähligen Füßen schiefgetretenen Stufen hinauf. »Hier hinein.« Sie zog die knarrende Tür auf, dann den Vorhang vor der Bettstatt beiseite. Eine Wandkerze brannte, weil Stani die Dunkelheit nicht mochte. Völlig entspannt und ausgestreckt, wie er meistens schlief, lag ihr Sohn auf ihrer beider Lager. Nie schien er zu frieren, hatte sich das Leintuch und die wollene Decke heruntergestrampelt. Natalia fasste beides mit der Hand und zog es über ihn, dass nur noch das Köpfchen mit dem zerwühlten Weizenhaar zu sehen war. Dann langte sie in ihre Schürze und legte die Pisanki neben das Kissen, sodass das Kind sie finden würde, wenn es am Morgen erwachte. Es hatte sich rosig geschlafen. Auf die gerundete Wange zeichnete der Kranz der Wimpern Schatten. Natalia konnte förmlich hören, wie Kveta den Atem anhielt.

»Das ist dein Junge? Aber den musst du doch vom Herrn Warti haben!«

»Schscht.« Natalia packte die andere beim Arm und zog sie aus der Kammer. Vor der Tür lehnte sie den Rücken gegen die zitternde Wand. »Du bist nicht die Erste, die das sagt.«

»Er ist ihm aus dem Gesicht geschnitten! So ein bildhübsches, goldblondes Knäblein …«

»... kann unmöglich ein Bastard sein, willst du sagen? Er ist aber einer. Es mag unglaublich scheinen oder nicht.« Ihr selbst war es nie unglaublich erschienen. Ein einziges Mal war die Frage in ihr aufgezuckt: Hätte sie sich Stani harsch und dunkel wie Anton gewünscht? Sie hatte lachen müssen. Sosehr Anton ihr fehlte, Stani war Stani. Sie hatte sich ihn so gewünscht, wie er war. Gegen die Wand in ihrem Rücken toste jetzt kein Wind mehr, sondern prasselte Regen. »Willst du bis morgen bleiben? In der Schankstube kann ich dir ein Bett aufschlagen.«

Benommen nickte Kveta. »Der andere«, murmelte sie kaum hörbar, »muss ein sehr schöner Mann sein.«

»Nein«, erwiderte Natalia. »Ich glaube nicht, dass du ihn so bezeichnen würdest.« Hintereinander gingen sie die Stiege hinunter.

»Es ist so traurig, Nat.«

»Ja, vielleicht ist es das. So wie die meisten Dinge, beglückend und traurig zugleich. Bitte sag mir eines: Hat Warti dich hergeschickt?«

Die andere schüttelte den Kopf, dann war es mit ihrer Beherrschung vorbei, und sie ließ ihren Tränen freien Lauf. Bedächtig schloss Natalia die Arme um sie. »Er hat nur gesagt, ich soll ihn wissen lassen, wenn du etwas brauchst. Ich gehe manchmal hinüber, sehe, wie er zurechtkommt, mit Kasi, dem Tier, und den zwei Alten, und auch weil Zemu sich um ihn sorgt. In der Stadt sind doch jetzt so viele gegen ihn.«

Natalia nickte und küsste die schluchzende Frau auf den Schopf. »Sag ihm, ich brauche nichts, aber ich danke euch beiden. Ich bin stolz darauf, dass ihr meine Freunde wart.«

14. Kapitel

Die Pläne und Zeichnungen, die Anton für die wasserbaulichen Maßnahmen entworfen hatte, waren mit äußerster Sorgfalt durchdacht. Eins griff ins andere, der durchstochene Fluss sollte sich in Kanäle und Rückstaubecken ergießen, neue Siele das Schwemmland der Ufer entwässern und hohe Deiche auf steinernen Füßen für die Sicherheit sorgen. Anton verstand sich auf die Schliche des Wassers, wie Warti sich in seinem Alter auf den Zauber schöner Mädchen verstanden hatte. Nur hatten sie einer wie der andere missachtet, dass jedem Gewässer, jeder Frau etwas innewohnte, das sich ihrer Berechnung entzog.

In den vier Sommern seit Beginn der Arbeiten hatte eine Überschwemmung, ein Unwetter nach dem anderen den Bau zum Stillstand gebracht. Begonnenes wurde niedergerissen und das Werk vieler Tage davongespült. Hinzu kam ein Sturm weit tückischerer Art: Anton verstand sich auf Wasser, aber weder auf Geld noch auf vinetische Gemüter. Die Beträge, die für die Maßnahmen errechnet worden waren und die durch jene erstmals erhobene Steuer erbracht worden waren, reichten bei weitem nicht aus. In allen erdenklichen Winkeln entstanden Kosten: für die Umsiedlung von Menschen, die Aufschüttung von Warften, die Einlassung von Pforten in Deiche, die sich an Kanälen entlang durch handelswichtige Zentren zogen. Warti steuerte beträchtliche Summen aus seinem eigenen Vermögen bei, doch auch das erschien höchstens wie ein Salbentropfen auf einem vom Wundbrand befallenen Leib.

So sah er sich gezwungen, im zweiten Frühling eine weitere Steuer zu erheben. Ein Aufschrei der Entrüstung gellte durch die streitbare Stadt. Das Geld, das den Widerspenstigen förmlich aus den Händen gerissen werden musste, genügte nicht. Warti verkaufte das Haus, das er von Thietmar ererbt hatte. Sein Geschäft, für das ihm ohnehin kaum Zeit blieb, hatte er verkleinert und benötigte nicht mehr all den Lagerraum. Der Mann, der das Gebäude erwarb und wieder in ein Wohnhaus umgestalten ließ, war der erste römische Christ, der auf der Bernsteingasse Quartier bezog. In einer Herbstnacht warf ihm eine trunkene Horde die mit Marienglas gedeckten Fenster ein. Dass ein Stein dabei eins der Glasfenster im Haus des Starosten zerschlug, war womöglich nicht mehr als ein Versehen.

Cord Strahle, der immerhin seit den ersten Tagen für ihn gearbeitet hatte, war durch die Verkleinerung des Geschäftes auf einen Schlag sein Heim und seine Arbeit los. Warti bot ihm an, eine Hütte auf seinem Hof zu beziehen und dort in Ruhe sein Alter zu verbringen.

»Ihr wollt mir wie einem abgehalfterten Gaul hinterm Haus das Gnadenbrot geben?« Vor Empörung schnappte der Mann wie ein Fisch mit den Kiefern. Seine Augen lagen tief in den Höhlen, wie von schlaflosen Nächten, und seine Wangen waren eingefallen.

»Ich habe nichts mehr für Euch zu tun, Cord.« Der humorlose Deutsche war Warti ein Dorn im Auge, solange er ihn kannte. Jetzt aber meinte er auf einmal, dessen Schmerz zu verstehen: Er hatte nie Frau und Kinder besessen, und das Haus, das nun verloren ging, hatte ihm Wurzeln gegeben. »Das große Lager brauche ich nicht länger. Ich habe ja nicht mehr viele Menschen zu versorgen, und mein Junge kommt vielleicht nicht einmal nach Vineta zurück.«

Tatsächlich hatte er Anton einen großen Teil Geldes

nach Venedig, zu Händen seines einstigen Partners Corner, geschickt, um dem Jungen sein Erbe zu bewahren. Der Empfang des Betrages war jedoch weder von Corner noch von Anton je bestätigt worden. Eigentlich hatte Warti vorgehabt, im Spätsommer Zemu mit der *Natalia* in die Lagunenstadt zu senden, aber die *Natalia,* sein stolzestes Schiff, ächzte inzwischen unter ihren Jahren. Zemu hatte selbst genug zu tun und genau genommen gab es für die teure Reise keinen Grund. Vermutlich hatte Anton in der zur Blüte strebenden Christenstadt schlicht anderes im Kopf, als Briefe zu schreiben.

»Ihr habt für mich nichts mehr zu tun?«, rief Strahles schnarrende Stimme ihn zur Sache zurück. »Herr, Ihr habt den Christen Tür und Tor geöffnet. Jetzt, wo sie Euch auf den Leib rücken, werdet Ihr für einen wachsamen Gefolgsmann mehr als genug zu tun bekommen. Ich würde Euer Haus mit meinem Blut verteidigen.«

Die Treue des Mannes berührte ihn, gleichwohl dessen ewiges Beschwören von Blut und Bedrohung ihm an den Nerven zerrte. »Ich weiß die Dienste, die Ihr meinem Haus erwiesen habt, zu schätzen, Cord. Deshalb biete ich Euch an, Euch hier zur Ruhe zu setzen. Wenn Euch der Gedanke aber nicht behagt, zahle ich Euch Euren Lohn für zwölf Monde aus, und Ihr könnt tun, was Ihr wollt.«

Strahle gab keine Antwort, Warti nahm an, er brauche wohl Zeit, sich zu entscheiden und ließ ihn allein. Anderntags war der Mann verschwunden. Warti gestand sich ein, dass er erleichtert war. Er hätte den Kerl überall lieber gesehen als auf seinem Hof, keinen Steinwurf weit von seinem Haus entfernt. Das Geld, das er ihm zugedacht hatte, mochte er stattdessen in den Wasserbau stecken.

Wo immer er aber aus seiner eigenen Tasche ein Loch zu stopfen suchte, riss an anderer Stelle ein größeres auf. »Was wir bräuchten, wäre ein richtiger Batzen, mit dem sämtliche Schwachstellen sich auf einen Schlag beheben ließen«, sagte er zu Jakub, nachdem ein dritter Frühling ins Land gegangen war und eine dritte Schmelze ihre Verheerungen hinterlassen hatte. Der alte Gefährte war jetzt vollends zum Greis geworden. Selten genug schleppte er seinen Leib, der an ein Vogelgerippe erinnerte, tagsüber in die Schreibstube. Weit häufiger blieb er bei Mutter Oda hocken, in der zum Schneiden dicken Luft der Kammer, auch wenn Warti sich fragte, was ein so wacher und ein so wirrer Geist sich wohl von früh bis spät zu erzählen hatten. Immerhin aber hatten sie einander, wie Schafe in einem Regenguss einander hatten, um sich Wollleib an Wollleib zu wärmen.

Mit seinen Kümmernissen hatte Warti ein Leben lang bei Jakub Gehör gefunden. So fest er sich auch vornahm, ihm nichts mehr davon aufzubürden, genügte meist ein Wort des Alten, ihm die Zunge zu lösen. »Heraus mit der Sprache.«

»Ich mag dich nicht damit quälen.«

»Mit irgendwem musst du teilen, mein Lieber. Ich weiß, dass du dich Tag und Nacht fragst, was du falsch gemacht hast, und ich denke, ich kann dir darauf Antwort geben: Du hast dich selbst überschätzt, und du tust es noch. Du bist nicht dein Sturmgott Perun, und selbst der mag hin und wieder einen Artgenossen brauchen.«

Dasselbe hatte auch *sie* zu ihm gesagt. *Du bist nicht mehr als ein Mensch, der diese Stadt in Schutz nehmen muss, weil sich kein Gott darum kratzt.* Sie war seit drei Jahren fort von ihm, aus seiner Welt verschwunden, doch der Schmerz war nicht sachter geworden. Er wütete noch immer gegen seine Rippen, als wolle er ihm den Brustkorb brechen. Er durfte sich keinen Gedanken, keine Erinnerung an sie gestatten, aber Erinnerung lauerte überall, auch als ihre Rosenstöcke längst eingegangen waren und ihre Apfelbäume keine Frucht mehr trugen. Jakub, das wusste er, ging es nicht anders als ihm. Sie tauschten einen Blick. Eines Wortes bedurfte es nicht, denn ohnehin gab es nur eines, und das blieb unaussprechlich. Ihren Namen. Er berichtete Jakub von den Geldern, die fehlten, um die Deichbauarbeiten zu beenden. »Immerhin haben wir jetzt, was wir wollten: ein tiefes Hafenbecken, florierenden Handel für Vineta. Aber aus der Oberstadt laufen uns die Leute weg, weil dort ständig alles überschwemmt.«

»Siedeln sich nicht neue Leute an?«

»Ja. Christen. Arme Schlucker, die anderswo kein Auskommen finden. Die ganze Gegend verschlammt, in jedem Sinne des Wortes. Noch kann die Stadt sich das leisten, aber wenn ihr auf Dauer die kundigen Handwerker den Rücken kehren und Platz für Hungerleider machen, dann sieht es düster aus. Ich muss mit der Eindeichung vorankommen. Aber dazu brauche ich Geld.«

»Du kannst unmöglich noch einmal eine Steuer erheben.«

»Da hast du Recht. Das ließen mir höchstens unsere Christen durchgehen, denen kein Pfennig in der Tasche klimpert. Unsere eigenen Leute zögen mir das Fell über die Ohren.«

»Und du bewunderst sie dafür.«

»Ja«, erwiderte Warti aufrichtig. »Vineta ist meine Stadt, und das wird sie bleiben. Ob sich ihre tolldreiste Unduldsamkeit nun gegen den Armutsprediger Bernhard, gegen den Sachsenheinrich und jeden einzelnen König von Dänemark richtet oder gegen mich.«

Jakub verzog den Mund. »Verzeih, dass ich scheinbar vom Thema abweiche. Habe ich dir unlängst gesagt, dass ich dich liebe?«

»Nein. Aber das weiß ich auch so. Weich nicht vom Thema ab.«

Sie tauschten ein Grinsen, das seine wohl kaum weniger zerknittert als das des Alten. »Was willst du also tun?«

»Ich kann keine Steuer erheben, aber mehr Geld brauche ich trotzdem. Somit bleibt mir nur eines: Ich muss aus weniger mehr machen.«

»Du willst Vinetas Leinengeld …«

»Richtig. Ich will Vinetas Geld entwerten. Erinnerst du dich nicht, wie du mir davon erzählt hast? Byzantinische Kaiser haben so etwas getan.«

»Byzantinische Kaiser sind dafür vergiftet worden. Außerdem bist du kein Kaiser, lieber Herr Größenwahn. Bei dir hat der Rat ein Wörtlein mitzureden, und der wird sich an deinen byzantinischen Kniffen nicht die Finger schmutzig machen.«

»Meinst du, sie haben lieber an ihren Fingern kleben, dass dort oben Menschen ersaufen?«

»Christen. Nicht Menschen.« Jakub sah ihn an. In seinen schwarzen Äuglein funkelte noch immer alles, was ihn bewegte, alle Freude, aller Stolz, alle Traurigkeit. »Und selbst wenn ihresgleichen dort sterben, ändert das nichts, denn die Prügel dafür beziehst du. Wer hat die Kanäle gewollt, wer hat die Stadt geschröpft wie ein Christenherrscher, wer hat den Plänen eines hergelaufenen Grünschnabels vertraut? Du hattest von jeher nicht nur Freunde im Rat. Sei auf der Hut, Warti.«

»Und wie könnte ich das sein?«

Auf diese Frage hatte Jakub nur mehr mühsam die Achseln gezuckt und sich einem Hustenanfall ergeben. Natürlich behielt er Recht. Wartis Gesuch, das Leinengeld, das zu fünfundzwanzig Streifen pro Silbergriwne ausgegeben worden war, auf fünfzig Streifen pro Griwne zu entwerten, wurde im Rat rundheraus abgelehnt. Einen blinden, wütenden Augenblick lang verlor Warti die Beherrschung und schrie die in Mäntel gehüllten Wänste, die an Weinhörnern nippenden Mäuler an: »Wenn das euer letztes Wort ist, dann tragt ihr die Verantwortung für alles, was dort oben geschieht.«

»Holla, mein Kumpan Starost. Weshalb denn wir, wenn die Frage gestattet ist?« Als habe Jakub den Moment vorausgesehen, wälzte Ladi Lubin seine Massen vom Schemel und stand auf. »Wer hat uns denn erzählt, wir bräuchten im Handwerkerviertel einen Deich, wie ihn der Christendoge von Venedig sich gönnt?«

»Beim Perun, Ladi, Venedig ist ins Wasser gebaut. Wenn wir von irgendwo lernen können, dann von dort.« Verzweifelt kämpfte Warti darum, seine Stimme zu dämpfen. »Vinetas Sicherheit ist teurer als ihr Wohlstand. Ich will in der ganzen Stadt Deiche, die weder ein Schwert noch eine Flut zerstören kann.«

»Und ich will eine Gans, die goldene Eier legt.« Klatschend schlug sich der Dicke auf den Schenkel. »Warum lacht Ihr nicht mit, Kumpan Starost? Wo ist Eure Frohnatur geblieben? Soll ich Euch einmal auf einen Becher einladen, in eine hübsche Schänke mit Namen *Rusalka,* wo die Wirtin noch röter und süffiger ist als der Wein?«

Gelächter schlug los wie ein Hagelsturm. Warti stand still. Erst als Zemu, der neben ihm saß, nach seinem Handgelenk griff, bemerkte er, dass ihm die Glieder zitterten.

»Was ist los? Hat's Euch in Eure windschnelle Zunge einen Knoten geschlagen?«

»Meine windschnelle Zunge ginge gern mit Euch zum Saufen, nur mag ihr in der Zwischenzeit die halbe Stadt ersoffen sein.«

»Na, na, wer ist denn auf einmal so ein Hasenfuß? Erst zieht Ihr uns das Geld für Eure Wasserspiele aus der Tasche, und jetzt wird's Euch auf einmal zu heiß unterm Arsch?«

»Zu feucht, Ladi. Zu feucht.« Mit einem Ruck befreite Warti sein Handgelenk, nahm die Tafel mit den Berechnungen vom Tisch und verließ den Saal.

Auf der Treppe vor dem Gebäude blieb er stehen. Ein Frühsommerabend. Tief sog er die traumblaue Luft in seine Lungen. An Abenden wie diesem hatte *sie* ihn manchmal von hier abgeholt, war ihm entgegengelaufen, ihr Haar aufgelöst, ihr großer Mund zum Lachen verzogen, und hatte ihm die Hände auf die Schultern gelegt. Der Schmerz begann, gegen seine Rippen zu trommeln. Warti ließ ihn gewähren. Solange er den Schmerz spürte, bestand zumindest kein Zweifel daran, dass er am Leben war. »Das war unklug«, vernahm er jäh in seinem Rücken eine Stimme. Wie kaum anders zu erwarten, war der getreue Zemu ihm gefolgt.

»Ich weiß.«

»Früher hattest immer du die Lacher auf deiner Seite, derweil Ladi seinen Schweinsrüssel nicht halten konnte und mit wehendem Mantel aus dem Saal stampfte.«

»Ich weiß.«

»Fein, mein bester Freund Alleswisser. Und weißt du auch, was noch schlimmer ist?«

Warti drehte sich nach dem Kleineren um.

»Früher wärst du mit solchem Auftritt unwiderstehlich gewesen. Aber inzwischen bist du nicht mehr der schöne Herr Wartislaw, sondern der Christenfreund mit der Wassersteuer. Dein Haar ist grau, mein Bester. Es hat einen Schnitt nötig und du eine gründliche Rasur. Kaum zu glauben, dass du einmal der eitelste Geck warst, der in ganz Pommern herumstolzierte.«

»Das liegt ein Leben zurück, Zemu.«

»Und wenn schon, du bist es immer noch!«, blaffte der Freund ihn an. »Nur trägst du jetzt dein Leiden spazieren wie früher dein gewagtes Wams. Bei Svarog, dem Liebesflüsterer, lass lieber den Zauberer zwischen deinen Beinen ab und an tanzen. Knusprige Weibstöchter gibt's fürwahr noch andere als die grausame Rose aus Nowgorod.«

»Tatsächlich?«

»Ach, bei dir ist ja alles verlorene Liebesmüh.« Zemu schlug sich die Hand vor die Stirn, und dann gingen sie nebeneinander die Stufen hinunter, über den leeren Marktplatz und die steinerne Brücke in die Bernsteingasse. Das Haus seines Bruders hatte frisch verglaste Fenster, aus denen üppiges, gelbes Licht floss. Eine Sehnsucht erfasste Warti, die sich weder schlucken noch fortschütteln ließ. »Zemu?«

»Was gibt es?«

»Hast du sie gesehen?«

»Sie?« Zemu zögerte kurz, dann schlug er sich von neuem mit der Hand vor die Stirn. »Natürlich, wir reden schon wieder von der dornigen Holden aus der Rus. Ja, ich hab sie gesehen, wenn du das unbedingt wissen musst. Mit Marek und Dubslaw kehre ich da unten manchmal ein.«

»Und, geht es ihr gut?«

Sie waren vor Zemus Haus angekommen. Der Kleinere, seinen Schlüssel schon in der Hand, verstellte ihm den Weg. »Ja, es geht ihr gut«, sagte er. »Diese Schänke, die sie hat, ist eine ziemliche Goldgrube. Du weißt ja, sie macht den süffigsten Wein der Stadt, und die Leute mögen ihre Art. Wie alt ist sie? Mitte der dreißig? Man sieht's ihr an, aber für solche Rose ließe mancher gern das taufrischeste Knöspchen stehen. Wer grabscht, kriegt eins hinter die Ohren, und die Tölpel reißen sich um ihre Backpfeifen. Küssen tut sie nur ihren blitzgescheiten Jungen, mit dem sie wie ein Zwillingswind durch die Wirtsstube tobt. Genügt dir das? Hast du dich ausgiebig dran gelabt, Salz in die Wunde, damit sie tüchtig schmerzt und ja nicht heilt?«

Um ein Haar hätte Warti genickt. Was wusste Zemu denn? Wenn die Wunde sich schlösse, so bliebe ihm nichts von *ihr*, nicht einmal *ihre* Spur. »Dank dir, mein Freund.«

»Ich schicke dir morgen Kveta, deine Zotteln und den Bart zu scheren.« Der kleine Mann schob den Schlüssel in sein Schloss. »Reiß dich zusammen, Warti. Du bist dabei, dich zu verlieren, und ich wüsste mehrere Kumpane zu nennen, die auf solchen Augenblick seit Jahren warten.«

Er musste eine Entscheidung treffen, und viele Möglichkeiten blieben ihm nicht. Also nahm er, was ihm an Geld zur Verfügung stand, ließ die Kanäle auf herkömmliche Weise niedrig eindeichen und die Arbeit am Flussdeich abbrechen. Im Herbst war die Stadt für kurze Zeit von dem Geschehen um die Wasserstraßen abgelenkt: Tezlaw, der alte Tysjatschnik, fand friedvoll in seinem Bett den Tod. Da er jeden seiner Söhne überlebt hatte, wurde sein Enkel, ein weiterer Tezlaw, als sein Nachfolger ausgerufen. Warti ergriff die Gelegenheit, um die Baumaßnahmen für beendet zu erklären. Kanäle und Deichverläufe wurden in die geheimen Pläne eingezeichnet, und Warti setzte sein Siegel darauf. Anschließend widmete er sich ganz den Trauerfeierlichkeiten, dem Opfer für die Todesgöttin Morana und der prunkvollen Einsetzung des neuen Tysjatschnik.

Die Hoffnung auf einen milden Winter, ein wenig Ruhe erfüllte sich. Es fiel kein Schnee, die Sturmglocken schwiegen und auf den Wasserstraßen trieb kaum Eis. Kaiser Konrad und Papst Eugen waren in diesem Jahr gestorben. Auch

Bernhard von Clairvaux, hieß es, habe nicht mehr lange zu leben. Der so machtvolle, unerbittliche Mann würde sterben, ohne das, was er sich am meisten gewünscht hatte, die Reform der Kirche, erreicht zu haben. In Dänemark hatte sich Sven von Kaiser Konrads Nachfolger Friedrich zum König krönen lassen, während das halbe Land weiter Knut huldigte, und der Sachsenherzog Heinrich war mit seinem Kampf um das bayrische Herzogtum beschäftigt. Womöglich brach für Vineta eine Zeit des Atemholens und der Neuordnung an. Wenn dem so war, begannen Wartis Gedanken zu spielen, dann würde er im Frühjahr zu seinem Sohn nach Venedig reisen. Es gab nicht mehr viel, das er sich wünschte, aber Anton wiederzusehen, ihn in seiner neuen Heimat zu erleben, wünschte er sich auf einmal sehr.

Frühlingsstürme und Schmelze fielen zahm aus. Als sie schon fast überstanden waren, brach des Nachts vor dem Westtor der Flussdeich. Zwei Scharwächter, die am Deich Patrouille gingen, liehen sich einen Karren, lenkten ihn hinunter ins Handelsviertel und rissen Warti durch Pochen und Rufen aus dem Schlaf. Die zwei waren angenehme Männer, Vater und Sohn. »Es ist wohl besser, Herr Starost sieht sich die Sache an und sagt, was getan werden soll«, stammelte der Jüngere, der mit vom Regen triefenden Haar in der Tür stand.

»Aber schlimm ist es nicht«, beschwichtigte sogleich der Ältere, riss sich die Mütze vom Kopf und entblößte ebenfalls triefendes Haar. »Nur ein kleines Leck, sicher gut zu verstopfen, und auf dem Flecken, der überflutet ist, wohnte ja keiner als die paar Christen.«

Es regnete noch immer heftig. Auf dem offenen, von einem uralten Pony vorangeschleppten Karren war Warti im Nu durchnässt. Dennoch war die sternenlose Nacht von einer seltsamen Helligkeit, als flammten hinter jedem Fenster Kerzen auf, derweil Gesichter sich hinter angelehnte Läden duckten. Vermutlich wäre er zu Fuß schneller gewesen, aber ihm stand der Sinn nach Trauer, nicht nach Schnelligkeit.

Tatsächlich war in dem höher gelegenen Gebiet vor dem Schweinetor das Land trocken geblieben. Warti erfasste das Ausmaß, sobald sie zwischen Svarogs Eiche und der Christenkirche über die Kanalbrücke rumpelten: Überflutet war nur die Senke, die sich direkt an den Flussdeich schmiegte, ein Viereck, auf dem vielleicht sechs oder sieben Häuser standen. Von einem von ihnen ragte die Dachspitze noch aus dem Wasser, das sich fast völlig beruhigt hatte. Schwer platschten Regentropfen auf die dunkle Fläche, schlugen Krater und verloren sich. Im Westen erhob sich der Deich, reckte seine unversehrte Kuppe in den grauenden Himmel. »Der Fuß ist gebrochen«, erklärte der alte Scharwächter, der Wartis Blick gefolgt war, und wies auf das klaffende Loch, durch das der übervolle Fluss sich entladen hatte.

»Nicht gebrochen«, erwiderte Warti müde und stieg vom Karren. »Durchgefault.«

In alten Tagen wäre der Fluss nach so mildem Eisgang nicht über die Ufer getreten. Es waren die Durchstiche, die ihn reißend und zornig gemacht hatten, und die morsche Stelle hatte ihm Gelegenheit zur Rache beschert. Auf der Wasserfläche trieben zahlreiche Flecken, die im wachsenden Tageslicht Kontur annahmen. Zersplitterte Balken, Tischbeine, Türpfosten, ein sehr kleiner Stuhl, ein Nachttopf, eine bauchige Melkkanne. Nicht viel später würden die Leiber auftauchen, Hühner und Ziegen, Männer und Frauen, Kinder und Greise, die Gesichter bis zur Unkenntlichkeit aufgeschwemmt. »Wird es Euch übel, mein Herr

Starost?« Der junge Scharwächter bot ihm seinen Arm zur Stütze. Tatsächlich schwankte Warti ein wenig auf dem schlammigen, saugenden Boden, aber übel war ihm nicht.

»Seht Ihr? Dort?« Der Junge wies nach dem letzten noch sichtbaren Dach, das zwischen den Kronen zweier Bäume hervorlugte. Der vorderste der Bäume war ohne Zweifel eine Birke. Ihr nasser Stamm glänzte silbrig, das kahle Geäst aber sah aus, als trüge es noch vor der Blüte fette Früchte. Sah man durch Regen und Morgengrau eine Weile lang hin, so begannen die Früchte sich zu bewegen: Die dünnen Zweige entlang krochen und wanden sich schwarze Ratten.

Das Blöken eines Tieres durchdrang die unheimliche Stille. Über dem Wasser tanzte der Kopf eines Schafbocks, der wohl von der Anhöhe abgeglitten war. Ein kostbares Tier, eines Bauern Reichtum. Milch und Wolle, fettes wie schieres Fleisch, Talg für Lichter, Haut für Pergament. Sinnlos rudernd schlugen die Läufe des Bocks kleine Wellen, und das markerschütternde Blöken durchdrang die Dämmerung, bis der gehörnte Kopf versank. Warti atmete auf. Als er hochblickte, sah er im hinteren der Bäume regungslos eine Handvoll Menschen kleben. Einen Mann, der nur ein Hemd trug und seine nackten, weißen Beine wie festgewachsen um den Baumstamm schlang. Eine Frau mit hüftlang triefendem Haar, die mit einem Arm den Stamm, mit der anderen die Knie eines Kindes umklammerte, das über ihr an den Baum gebunden schien. Ein weiteres Kind baumelte mit ermüdenden Armen am Ansatz eines Astes, der sich bis fast auf das Wasser neigte. »Wir brauchen jemanden mit einem Kahn«, hörte Warti sich zum Sohn des Scharwächters sagen. »Und Leitern und Decken. Sofort.«

»Sind die nicht tot, Herr Starost? Die rühren sich ja nicht.«

»Wenn sie tot wären, wären ihre Körper ins Wasser gestürzt. Das Leben in ihnen muss stärker sein als Eisen.«

»Vielleicht hilft denen ihr Gott?« Mit schräggelegtem Gesicht sah ihn der Junge an.

Sein Vater holte aus, aber ehe er zuschlagen konnte, hob Warti die Hand. Von seinem Ärmel rann in Bächen Regenwasser. »Ja, vielleicht. Ich weiß das nicht. Im Augenblick hilft ihnen ein Kahn, also beeil dich, lass den Klepper stehen.« Als der Junge losgerannt war, wandte er sich an den Alten: »Ihr weckt die Anwohner, ich die Herren vom Rat. In den Schlamm muss ein Siel geschaufelt werden und die Häuser mit Säcken geschützt, falls noch Wasser nachfließt und der Pegel steigt. Sagt den Leuten, sie sollen an den Brunnen Wachen postieren, damit niemand daraus schöpft.«

»Ich hab mein Haus selbst da oben«, murmelte der Alte und schwenkte den Arm in Richtung Anhöhe. Im selben Augenblick wurde vor der Häuserreihe eine Horde Menschen sichtbar, Männer mit Hacken und Schaufeln, die den Hang hinunter mehr rutschten als rannten. Keine Christen, sondern wendische Handwerker, Wito, der Glaser, Pisko, der über Vineta hinaus berühmte Goldschmied, und noch einige andere, von denen Warti nicht wenige erkannte.

»Dort kommt Hilfe«, sagte er zu dem Alten. Durch die Fäden des Regens sah er, dass sich auch einige Frauen unter den Heraneilenden befanden. Sie waren nur noch ein paar Fuß entfernt, er wollte ihnen etwas zurufen, da beugte eine der Frauen sich nieder, lud sich die Hände voll Schlamm und schleuderte sie ihm entgegen. »Fluch sei Euch! Ihr habt den Perun in Zorn gebracht, und jetzt ersäuft er uns alle wie Tiere!«

Eine Handbreit vor seinen Füßen platschte Schlamm auf Schlamm. Braune Fontänen spritzten.

»Wer den Fluss des Perun beleidigt, den verschlingt er!«

»Fluch sei Euch, Warti Sliwosz, der die Strafe der Götter auf uns ruft.«

»Zurück, Herr Starost!«, schrie der Scharwächter, floh selbst rückwärts bis an den Kanaldeich und duckte sich hinter den Karren. Warti blieb stehen. Schlammklumpen flogen. Nasse Erde schlug ihm ins Gesicht, hieb ihm mit tausend Nadeln in die Augen, raubte ihm die Sicht. Ein Gesteinsbrocken traf seine Wange, ein zweiter seine Schulter. Kaum beschwor er sich, um jeden Preis der Welt stehen zu bleiben, da strauchelte er. Mit einem platschenden Laut landete er auf Händen und Knien im Schlamm. Das Geschrei verstummte. Ein Schwall Erde klatschte gegen seine Stirn, ein Klumpen streifte mit einem Zischen seine Schläfe. Dann ließen die Peiniger von ihm ab.

»Seid ihr des Wahnsinns? Hat's euch den Verstand weggespült?« Die Stimme des Scharwächters gellte durch das schwarze, von Regen durchsungene Schweigen. Warti zwang sich, gegen den Schmerz der Nadelstiche anzublinzeln, bis er die Augen öffnen konnte. Der Mann kam zu ihm, streckte ihm die Hand hin, um ihm aufzuhelfen.

Er spürte die Ströme von Regen, die ihm den Nacken hinunterrannen, die sumpfige Erde unter Händen und Knien. Er hätte so weiterkauern wollen, bis aller Aufruhr vorüber war. So also fühlte sich ein Mensch, der wie ein schädliches Tier behandelt wurde. Mit gespannter Ruhe harrte sein Körper darauf, dass ein Stoß ihn in die Flanke traf, Stiefeltritte in Knochen und Weichteile, Schläge mit Spatenstielen auf Brust und Gesicht. Als nichts geschah, zerfiel die Spannung in ein Zittern. Seine Zähne klapperten. Aus seinen Augen triefte Flüssigkeit.

»Dank Euch. Ich komme zurecht.« Schwerfällig rappelte er sich auf, straffte müde die Schultern, klopfte sinnlos

Schlamm von seinem Wams. »Können wir anfangen?«, rief er mit krächzender Stimme zu den Leuten hinüber, die wie eine graue Schar Gespenster beieinanderstanden. »Wir graben ein Siel, um dem Wasser, falls es zurückkommt, Raum zum Ablaufen zu schaffen. Die Schlammerde schaufelt an den Hang, das gibt zusätzlichen Schutz.«

Ohne Widerspruch packten die Leute ihre Spaten und machten sich ans Graben. Über den Kanaldeich hinweg sah Warti einen Kahn herantreiben, von dem der Sohn des Scharwächters winkte. Er wandte sich an den Alten: »Geht Ihr und ruft den Rat zusammen. Ich helfe Eurem Jungen, die Überlebenden zu bergen.«

»Ihr seid verletzt.« Der Mann wies auf sein Gesicht.

Warti schüttelte den Kopf. »Das ist in Ordnung, sorgt Euch nicht.«

Der Scharwächter sandte seinem Starosten einen zweifelnden Blick, dann drehte er sich um und ging.

»Ich habe übrigens einen Mieter für Euer Haus gefunden«, hatte Thore Einarm gesagt. »Ein nicht ganz astreines Frauenzimmer, aber wer sonst würde die traurige Bretterbude wohl nehmen, und *pecunia non olet,* richtig, mein Freund? Geld stinkt nicht.«

Damals hatte Bole kaum einen Gedanken darauf verschwendet. Er wollte das Haus nur loswerden. Verkaufen ließ es sich nicht, und als der Däne anbot, es für ihn zu vermieten und noch einen Batzen Geld herauszuschlagen, griff er erleichtert zu. Der Einarm kümmerte sich um alles und zahlte Bole, sooft sie sich trafen, die Mietbeträge aus. Es sollte mehr als zwei Jahre dauern, bis Bole erfuhr, wer da zwischen den windschiefen Wänden, die er als junger Mann für seine Braut hatte zimmern lassen, eingezogen war. Natürlich war es wiederum Thore, der nach einer

Zusammenkunft am Russenkai verkündet hatte, er wolle Bole noch auf einen Krug einladen. »Aber heute einmal nicht in Eurer Spelunke. Gleich hinterm Deich gibt es ein neues Haus, da mundet der Wein wie Himmel und Hölle zugleich, und auch sonst wartet man dort mit ein paar Reizen auf, die Eure Verwachsene nicht zu bieten hat.«

Er ließ Bole keine Zeit, Fragen zu stellen, sondern zerrte ihn geradewegs zu seinem einstigen Haus. Von der Leere, der feuchten Kälte, an die er sich erinnerte, war nichts mehr zu spüren, auch wenn es noch immer nach Fisch und Fäkalien stank. Die kleine Schankstube war überfüllt, Lachen, Lärm und Musik drangen bis auf die Gasse. Sie zwängten sich an einen schmalen Ecktisch, und ehe sie sich versahen, standen schon Krüge, Becher und ein Talglicht vor ihnen. Auf dem Tresen hockte ein närrischer Vogel, schlug die Gusli, riss Zoten dazu. Das Volk, das sich um ihn scharte, bog sich vor Heiterkeit. Thore, der an diesem Abend in der Verkleidung eines rheinländischen Reisenden im braunen Kapuzenmantel auftrat, trank ihm leutselig zu. »*Summa summarum*, mein Freund, habe ich Euch zu viel versprochen?«

Und dann stand sie vor ihm. Beugte sich über den Tisch und stützte die gekreuzten Arme auf die Platte, dass ihre Brüste fast darauf zu ruhen kamen. Pralle Brüste unter sich spannendem heideroten Stoff. Sie trug dieselbe Farbe wie einst an ihrem Hochzeitstag, und keine andere Farbe stand ihr besser. Dem Ausschnitt des Kleides entstieg wie ein Versprechen ihr Duft. »Ihr beiden seid neu im *Rusalka*, nicht wahr? Ich bin Natalia, die Wirtin, ich grüße Euch. Hier geht es einfach und brüderlich zu, jeder gibt sich gern, wie ihm zumute ist. Wenn Ihr Christen seid, soll es uns nicht kratzen. Den Wein verwehren wir keinem, nur wer predigt oder randaliert, fliegt raus.«

Ihre Stimme war rau wie das Tuch zu ihrem Kleid. Erkannte sie ihn tatsächlich nicht, oder mochte sie nur vor dem Einarm nichts verraten? Ihr Männermund zog sich in die Breite, mit der Hand strich sie sich eine Strähne von der Wange, und in den Winkeln ihrer Augen wurde ein Kranz feiner Linien sichtbar. Sie war nicht mehr jung. Sie war die Schönste von allen. War er es, dem sie jetzt zulachte, ehe sie herumschwang und mit wiegenden Hinterbacken davonging? Ihr Gang, ihr Haar, ihr Duft beschworen, was ihm in diesem Leben am meisten Glück geschenkt hatte: ein schönes Pferd mit fuchsrotem Fell. Ein Ritt im Morgentau. Am Tresen, bei dem Narren, sah er sie mit anderen schwatzen. Die Rote. Natalia. *Seines Bruders Weib.*

An jenem Abend war er geblieben, bis eine Magd die Lichter gelöscht und der Einarm zum Aufbruch gemahnt hatte. Er hatte vor, sich an der Biege von ihm zu trennen, zu warten, bis die letzten Zecher aus der Tür getorkelt waren, und dann noch einmal zurückzukehren. Im Geiste hörte er sich sagen: *Guten Abend, kennt Ihr mich nicht? Ich bin Euer Schwager Bole, und mir gehört dieses Haus. Von jetzt an nehme ich von Euch keine Miete mehr. Seid mein Gast, Natalia. Ich bin ein reicher Mann und Euch ein Freund.*

Er hatte nichts dergleichen gesagt, weder an diesem Abend noch an irgendeinem anderen in den zwei Jahren, die seither verstrichen waren. Ins *Rusalka* ging er nur, wenn der Einarm in der Stadt war. Stattdessen hatte er sich angewöhnt, in seiner freien Zeit im Hafenviertel umherzustreifen, auf dem Fischmarkt und in der zerpflügten Gasse, in der er einmal gewohnt hatte. Freie Zeit besaß er reichlich. Seine Geschäfte liefen wie von selbst, und das Geld des Dänen verdiente er mit ein paar dürren Auskünften, die dieser sich selbst hätte beschaffen können. Wenn er Natalia begegnete, zog er den Hut und grüßte sie. »Guten Tag, Frau Natalia.« Meist hatte sie ihren kleinen Jungen bei sich, der so reizend war, dass Bole gegen seinen Willen seinen Herzschlag spürte.

Was immer die Schandmäuler tuscheln mochten und aus welchem Grund Natalia ihren Mann auch verlassen hatte, dieses sonnenblonde, himmelsäugige Geschöpf war bar jeden Zweifels die Frucht von Wartis Lenden. *Seines Bruders Sohn.*

»Mutter, wer ist der Herr?«, fragte der Knabe, als er die beiden an einem sonnigen Herbstmorgen zwischen den Verkaufsbuden der Fischer traf. Das Kind musste inzwischen etwa vier Jahre alt sein. »Ich glaub, der hat an solch schönem Tag seinen Hut nur auf, damit er uns damit winken kann.«

Natalia lachte, ging neben ihrem Sohn in die Hocke und breitete den Arm um ihn. »Frag ihn doch, Sternenauge.«

»Du, Herr«, begann das Kind, aber Bole war schon selbst in die Hocke gegangen und kam ihm zuvor: »Dein Oheim bin ich. Der Herr Boleslaw.«

Natalia blickte auf und ihre Blicke trafen sich. Jemand rempelte Bole in den Rücken, dass er zur Seite taumelte. Sie streckte den Arm und fing ihn ab. Unbeirrt ruhte ihr Blick in seinem. Ihre Augen waren zwei Bernsteine, gleißend und still zugleich.

»Das ist ein netter Name«, sagte das Kind. »Ich bin Stani, das ist auch nett, oder nicht? Und was ist ein Oheim, Mutter?«

»Ein Verwandter«, erwiderte die Mutter, wandte sich von Bole ab und strich dem Knaben das kräftige, im Sonnenlicht schimmernde Haar aus der Stirn. »Jemand, der einem kleinen Jungen wohl will.«

»Das gefällt mir.« Die Stimme des Kindes war eine Folge

jauchzender Lerchenlaute. »Kommst du mich besuchen, Oheim? Ich wohne dort hinter den Schuppen, in einem Haus, das *Rusalka* heißt, und wenn du kommst, macht die Mutter dir einen Krug Holunderwein. In meinem Haus ist es schön. Man kann die Sturmglocken hören, und wenn die läuten, tanzen wir, und die vielen Gäste, die wir haben, hauen dazu mit ihren Krügen auf den Tisch.«

Bole hätte selbst tanzen mögen und später sein Pferd auf der verstopften Gasse in Galopp treiben, wie früher auf menschenleeren Waldwegen. *Sie* hatte ihn eingeladen. Und wenn nicht sie, so doch immerhin ihr Kind. *Seines Bruders Sohn.* Wieder einmal hatte Warti bekommen, was Bole sich gewünscht hatte, aber diesmal würde womöglich nicht der Bruder, sondern er selbst an der Reihe sein, die süße Frucht auszukosten. Der Junge mochte ihn, warum also nicht? *Du stiehlst Kinder wie ein Rabe, ich drehe nur den Spieß herum. Behalte du Kasi, das Tier, ich nehme deinen Funkelstern Stani dafür.* Hätte es in seiner Natur gelegen, so hätte Bole laut herausgelacht.

Den Winter über ging er kein einziges Mal ins *Rusalka* und verfluchte sein verzagtes Herz. Während der Schmelze brach wie im Vorjahr irgendein Deich in der Oberstadt, und der Unmut gegen den Starosten sprang ihm aus jeder Gasse entgegen. Mit dem Flüstern der Frühlingswinde wisperten Stimmen, Warti Sliwosz habe im Geheimen die Taufe genommen und wolle die Stadt in die Hände der Christen spielen. Hohles Gewäsch, befand Bole, wie das meiste, was gehässige Schandmäuler von sich gaben. Eher würde der Svantovit selbst zum Christen als sein Bruder, der im Alten verhaftet war wie eine Made im Speck. Wäre er wirklich getauft, weshalb sollte er dann Deiche vor den Häusern seiner Glaubensbrüder splittern lassen?

Außerdem gebot selbst Warti nicht dem Fluss. So viel Dummheit empörte Bole, aber immerhin traf es für diesmal keinen Falschen. Dass ein Mann, der sich aus dem Sumpf eines ganzen Lebens ungeschoren herausgewunden hatte, am Ende als Schuldloser seine Strafe schlucken musste, entbehrte nicht eines pikanten Reizes.

Nach Pogoda kam der Einarm zurück. Schickte am Morgen einen Boten und forderte Bole auf, ihn beim Russenkai zu treffen. Als Bole eintraf, wartete der Däne bereits, trug wieder den braunen Kapuzenmantel, war aber nicht allein. Der Mann, den er mitgebracht hatte, war so lang aufgeschossen, dass er Blicke auf sich zog. Er war ebenfalls in einen Kapuzenmantel gekleidet, der in der Farbe dunkelsten Flieders schillerte. Ein Ton, den zu färben ein Vermögen kosten musste, und wer um alles in der Welt gab so viel Geld für eine alberne Verkleidung aus? »*Ave*, Freund Bole«, rief der Einarm, »*morituri te salutant.*« Damit brach er in kollerndes Gelächter aus. Sein Begleiter, der Riese im fliederblauen Mantel, sagte nichts.

Sie gingen ins *Rusalka*. Über Mittag war die Schänke, in der zwar Dörrfisch und Käse, aber keine warme Mahlzeit serviert wurde, nur schwach besucht. Für sich und den Fliederfarbenen bestellte der Einarm bei der Magd einen Imbiss. »Euch knurrt nicht der Magen, mein Freund?«

Bole schüttelte den Kopf. Zwar war Natalia nirgends zu sehen, aber solange er sie in der Nähe glaubte, hätte er keinen Bissen heruntergebracht. Er hielt sich an Wein. Kaum hatte er einen Mundvoll getrunken, war der Gaumen ihm schon wieder trocken wie Gebein.

Die fette Magd brachte das Essen. Das Brot war frisch und duftete, und der Gedanke, dass Natalias Hände es geknetet hatten, berauschte Bole. Mit ungeniertem Appetit, unter Messergefuchtel und Geschmatze machte der Einarm sich über Dorsch und Ziegenkäse her, während der Fliederfarbene nur ein paar winzige Krumen in den Mund schob und kein Wort sprach. Er hatte die Kapuze nicht vom Kopf gezogen. Dahinter ließ sich ein dunkel beschattetes, hageres Gesicht, das vermutlich einem Greis gehörte, mehr erahnen als erspähen.

»Wir haben Bedeutsames mit Euch zu erörtern, Freund Bole.« Der Einarm wischte sich mit einem Leintuch den Mund, wobei er aber einen Fetzen Fisch in seinem Kinnbart übersah.

»Dann kommt Ihr besser zur Sache, Thore. Euer Kumpan scheint nicht einmal genug Zeit zu haben, wie ein lauterer Mensch seinen Mantel abzulegen.«

»Mein Kumpan ist ein sehr eigener Herr. Er offenbart sich nicht jedem und schon gar nicht auf der Stelle. Aber meinetwegen, gehen wir *in medias res.* Was habt Ihr uns also heute mitgebracht?«

»Nicht viel.«

Der Däne bemühte sein Auerhahnlachen. »Viel habt Ihr doch nie, guter Freund.«

Keinen Atemzug später schwang die Tür auf, in einer Windbö stob der Duft des Frühlings herein und schwemmte Natalia mit. Sie trug Männerschuhwerk, das sah er als Erstes. Sehr derbe, vom Straßenschlamm verkrustete Stiefel, darüber einen Rock aus erdbrauner Wolle und eine sich bauschende Bluse, die einem Männerhemd glich. »Wo steckst du, Stani?«, rief sie durch den Schankraum, »Karel hat mir einen Hering für dich mitgegeben!«

Hinter dem Tresen befand sich eine Tür, die, wie Bole nur allzu gut wusste, in die Küche führte. Diese flog jetzt auf, und daraus schoss das Kind hervor, durchquerte den Raum in hoppelnden Sätzen und stieß einen Stuhl dabei um. Natalia ließ den Korb, den sie am Arm getragen hatte, fallen, warf sich auf die Knie und breitete die Arme aus. Bole hörte den Einarm schwatzen, aber verstand nicht ein Wort und scherte sich nicht darum. Mutter und Kind hockten am Boden, hatten den roten und den blonden Schopf zueinandergesteckt.

»Ich störe ja ungern Eure feuchtwarmen Träume.«

Bole fuhr zusammen. Die Hand des Dänen hatte ihn an der Schulter gepackt. Widerstrebend wandte er sich zurück zum Tisch.

Thore Einarm grinste. »Unser Kronprinz Waldemar kann ein Lied von schönen Nowgoroderinnen singen. Gerade erst hat er sich mit Sophia von Nowgorod, der teuren Schwester unseres geschätzten Königs Knut, verlobt.«

»Unseres geschätzten Königs Knut? Was soll das, Thore? Habt Ihr mir bisher nicht bis zum Überdruss erklärt, dass wir es mit Sven von Seeland halten?«

Natalia und Stani hielten sich noch immer umschlungen. Wie musste dem Mann zumute sein, der nach seiner Arbeit in sein Haus kam und seine Frau und sein Kind so fand? Wie wäre ihm selbst zumute gewesen, wozu hätte solch ein Anblick ihn beflügelt? Sie sangen miteinander. Natalia röhrte wie ein versoffener Fischhändler, aber die Stimme des Kindes war eine Kette wasserklarer Perlen. »Ihr bleibt doch immer der Alte, was, mein Freund? Steckt Euch der Kopf in den Wolken oder zwischen einem Zwillingspaar von hübschen Weiberbrüsten?«

Bole schoss herum. Er musste sein Gelenk umklammern, um den Mann nicht zu ohrfeigen. »Hütet Eure Zunge, Thore. Was also soll dieser Wirrwarr mit Euren Königen?«

»Wir haben die Seiten gewechselt. *Manus manum lavat,* wer uns einen Dienst erweist, dem erweisen auch wir uns gern gefällig.«

»Soso.«

»In der Tat. Nachdem nun die Verlobung mit der reizenden Sophia besiegelt ist, reist unser Held Waldemar auf allerkleinstem Umweg nach Viborg, zum Landesding.«

»Zum was?« Es interessierte ihn kaum. In seinem Rücken hörte er die festen Schritte der Frau und die trippelnden des Kindes, die gemeinsam den Gang durchquerten. »Schau mal, Mutter!«, jubelte die kleine Lerchenstimme. »Da ist der Oheim.«

»Na komm, Sternenauge, stör die Gäste nicht, der Oheim hat Gesellschaft.«

»Zum Landesding«, wiederholte der Däne geduldig. »Das ist die Versammlung dänischer Edler, die unseren Prinzen Waldemar zum rechtmäßigen Mitkönig ausrufen wird.«

»Das ist doch nicht Euer Ernst. Dänemark, das sich zur Herrin des Nordens aufschwingen will, wird künftig von drei zerstrittenen Königen regiert?«

»Da habt Ihr nicht Unrecht, guter Freund. *Discordia maximae dilabuntur.* Gerade deshalb bedarf es einer besonderen Glanztat, sozusagen eines Schwertes, das aus dem Stein gezogen wird, um aller Welt zu zeigen, wer in Wahrheit König von Dänemark ist.«

Rasch drehte der Einarm den Kopf nach dem Fliederfarbenen und ließ eine Flut von dänischen Worten auf ihn einprasseln. Der quittierte den Redeschwall lediglich mit einem Nicken. Bole wandte sich ab. Natalia hatte ihren Jungen auf den Schanktisch gehoben und schenkte ihm Wasser in ein Trinkhorn. Ein Kerl in einer fleckigen Tuchjoppe trat zu ihr und wollte seinen Arm um ihre Hüften schlingen. Blitzschnell schoss Natalia herum und hob drohend die Hand. Der Mann lachte, tätschelte ihr die Schulter und trollte sich.

»Der Mann, der unserem Waldemar hilft, jene Glanztat zu vollbringen, dürfte natürlich mit kostbarster Belohnung rechnen.«

Mit kostbarster Belohnung! Was wusste der Däne, der sich womöglich mit dem Fliederfarbenen durch Betten wälzte, schon von Belohnungen, von der Liebe, von der schier grenzenlosen Macht einer Frau? »Und was will Euer Waldemar von mir?«, rang er sich ab.

»Das könnt Ihr Euch denken, richtig? Es plätschert und sprudelt, strömt und tost, spendet quellend das Leben und verhängt den blanken Tod.«

Natalia hob sich ihr Kind auf die Hüfte und verschwand mit ihm in der Küche. »Darüber hab ich Euch alles gesagt«, fauchte Bole. »Mehr weiß ich nicht, der Rest ist nur den feinen Herren vom Wiec bekannt.«

»Mein Freund, mäßigt in Anbetracht unserer Gesellschaft bitte Euren Ton, wenn auch der Inhalt Eurer Worte belanglos ist.«

»Was soll das heißen, in Anbetracht unserer Gesellschaft?«

»Ist es gestattet vorzustellen?« Der Einarm packte die Kapuze des Fliederfarbenen, zog sie zurück und entblößte ein vollkommen regungsloses, wie in Holz geschnitztes Gesicht. »Waldemar, Sohn des hingemeuchelten Edlen Knud Lavard, bald König und Retter von Dänemark.«

Wie vielen Menschen geschah es wohl, dass sie sich unverhofft vor einem König fanden? Und was war ein König? Ein Gott in einer anderen Welt? Bole presste eine Hand auf seinen Magen. Der König hatte kurz geschorenes Haar und nachtdunkle Augen, die scheinbar bewegungslos ins Leere blickten. Er musste noch jung sein, fast ein Knabe, aber sein holzbraunes Gesicht war alterslos. »Prinz Waldemar versteht kein Pomoranisch«, erklärte der Einarm, als spreche er über ein dressiertes Possenäffchen.

»Er soll sich verhüllen«, stieß Bole heraus. »Verdammt, wenn jemand ihn erkennt!«

Sorgsam zog der Einarm die Kapuze wieder über den Kopf des Prinzen und zupfte sie vor dem Gesicht zurecht. »Keine Bange. Äußerste Vorsicht ist unsere zweite Natur. Wer aber könnte unserem Waldemar verdenken, dass er Vineta zu sehen wünscht? Ein jeder spricht schließlich von ihr wie vom Apfel des Paris oder vom Schwert des Keltenkönigs.«

Boles Herzschlag beschleunigte sich. »Und was soll ich dabei? Was habe ich damit zu tun?«

»Nun, mein Freund, vielleicht ist es an der Zeit, dass Ihr über Euren Aufstieg in den Wiec nachdenkt?«

»Das ist unmöglich.«

»Wir helfen Euch. Haben wir Euch nicht auf jeder Sprosse der Leiter geholfen?«

»Verdammt, was verlangt Ihr von mir?«

»Gemach, mein Freund. Ihr bringt Euer Blut zu heftig in Wallung, das ist der Gesundheit nicht förderlich. Geht nach Hause, gönnt Euch Ruhe, denkt über ein prächtiges Ross nach, das Ihr Euch bald kaufen könnt.« Er langte unter den Tisch, klatschte einen Samtbeutel auf die Tischplatte und ließ die Hand darauf liegen. »Das erwartet Euch heute Abend, wenn wir uns noch einmal treffen. Allerdings nicht hier, sondern unten bei dem Kölner Frachter, der uns zurück an christliche Gestade bringt. Dort erwarten wir Eure Entscheidung. *Ceterum censeo Carthaginem esse delendam.* Wir haben uns verstanden?«

»Nein, haben wir nicht.« Bole sprang auf. »Euer lateinisches Gewäsch, mit dem Ihr mir seit Jahren zeigen wollt, was für ein Tölpel ich bin, steckt Euch in Eure Arschspalte.

Nein, ich bin kein helles Köpfchen wie mein Bruder, an meinen tumben Schädel war Bildung verschwendet, aber meine fünf Sinne habe ich beisammen und verstehe sehr wohl, wenn einer klares Pomoranisch mit mir spricht.«

»Oh verzeiht«, erwiderte der Däne, als sei er aufrichtig verwundert. »Da Ihr nie etwas gesagt habt, nahm ich an, dass Ihr mich versteht. Aber es ist ja auch ohne Bedeutung, nicht mehr als ein Kniff der Redekunst. Der römische Senator Cato pflegte seine Reden mit dieser Wendung zu beenden. So wusste sein Publikum, dass der Herr Senator nichts mehr hinzuzufügen hatte.«

»Und wie heißt der Kniff in meiner Sprache?«

Gemächlich erhob sich Thore. »Er bedeutet: Im Übrigen bin ich der Meinung, dass Karthago zerstört werden sollte.« Mit einem Zucken der Brauen ließ er Bole stehen und ging seinem König voran aus der Schänke.

Nur noch selten ließ Bole sich tagsüber in seinem Haus blicken. Als er seinen Falben in den Hof führte, kam ihm aus der Hintertür Lara entgegen. Wie immer, wenn er das Mädchen sah, vollführte sein Herz einen schmerzhaften Sprung. Sie war sechzehn. Er hätte sich längst um einen Mann für sie bemühen müssen, aber ertrug den Gedanken nicht, sie wie die älteren Töchter nie mehr zu sehen. Eine Augenweide war sie, seine Herzensfreude. Erst als sie vor ihm stand, sah er, dass ihr geflochtenes Haar zerrauft, ihr Kleid am Ärmel zerrissen und ihre Wange verschwollen war. »Vater.« In schweren Stößen ging ihr Atem.

Er umarmte sie. Zorn verengte ihm die Brust. »Was ist dir, Lara? Hat die Mutter dich wieder geschlagen?«

In seinen Armen schüttelte sie den Kopf. »Nur ein paar Ohrfeigen. Gar nichts ist das.«

»Und wofür?«

Sie schwieg. Er legte seine Hände wie Schalen um ihr Gesicht und betrachtete es. Die brandrote, aufgeschürfte Wange, die vor Nässe verklebten Wimpern und die unerschütterlichen Augen. »Hört, Vater, es ist besser, Ihr geht nicht ins Haus.«

»Warum denn nicht?«

Ihr Kopf wand sich in seinen Händen. »Mir zuliebe, bitte bleibt ein Weilchen mit mir bei den Pferden, und erzählt von Eurem Tag.«

»Ich gehe so oder so hinein.« Er umschloss ihre Wangen fester. »Also sag mir jetzt, was da drinnen vor sich geht und warum deine Mutter dich geschlagen hat.«

Er ließ sie los und sie blickte zu Boden. »Ich war ungehorsam. Der Herr Vetter Ladi ist da und noch andere Gäste. Ich sollt bei ihnen bleiben, aber ich bin hinaufgerannt, in meine Kammer.«

»Wenn deine Mutter dir sagt, du sollst dich zu ihren Gästen setzen, dann hast du zu gehorchen«, murmelte Bole lahm.

Das Mädchen nickte, hob den Blick nicht vom Boden.

»Was ist es, Lara?«

So entschlossen sie gewesen sein mochte zu schweigen, sie war erst sechzehn, das Bedrückende sprudelte einfach aus ihr heraus. »Sie sitzen ja nicht, und ich mag nicht, was sie tun. Und den Gnevo, den Sohn vom Herrn Ladislaw, mag ich erst recht nicht. Lieber soll die Mutter mich prügeln, als dass sie mich dem Gnevo gibt, und ehe ich mit der Mutter zu ihrem bösen Gott bete und den Gnevo heirate, lauf ich weg und frag den Oheim Warti, ob er eine Dienstmagd brauchen kann.«

Er holte aus und versetzte ihr auf die heile Wange eine Ohrfeige, die ihr den Kopf zur Seite warf. Dann schlug er die Arme um sie und hielt sie fest, dass es schmerzte.

»Das wirst du nie wieder sagen, hörst du? Du brauchst keinen Warti. Du hast einen Vater, der es zu was gebracht hat, und seine Tochter kann heiraten, wer ihr gefällt.«

Fast geräuschlos begann sie zu weinen. Er wiegte sie. Was die Mutter ihm ein Leben lang verwehrt hatte, erlaubte ihm die Tochter. »Du bist kein Niemand, hörst du, Lara? Dein Leben wird nicht verschachert an einen Kerl, der dich nicht glücklich macht.«

Er erstaunte sich selbst. Augenblicke zuvor hätte er im Triumph die Faust recken wollen, weil das Großmaul Ladi klein beigekrochen kam und für sein Söhnchen um die Hand von Boles Tochter bettelte. Seine Lara war kein Krug voll saurem Bier, sondern ein Wein, der verlockend im Silberbecher funkelte. Aber das alles wog nichts gegen ihren Kummer. »Hast du denn schon einen Liebsten, Lara? Einen, von dem du träumst und mit dem du gern vor dem heiligen Hügel stündest?«

Sie hob das Gesicht. »Nicht vor dem heiligen Hügel, Vater.«

»Was meinst du?«

»Nichts.«

Ein anderer Gedanke blitzte auf. »Was ist das für ein böser Gott, den deine Mutter anbetet?«

Ihre Augen weiteten sich, und sie schüttelte wiederum den Kopf. »Komm«, sagte er, nahm ihre Hand und zog sie mit sich zum Haus.

Seine Halle war mit einer Vielzahl von Leuchtern sowie einer Korona ausgestattet, auf der nicht fünfzig, sondern hundert Kerzen steckten. Heute aber brannte keine einzige, die kostbaren Glasfenster waren verhängt, und lediglich ein vereinzelter Wandarm tauchte den Raum in spärliches Licht. Teure Teppiche an allen vier Wänden verdichteten die Düsternis. Die Luft war abgestanden, geschwängert vom Geruch nach Eisen. Über die Halle verstreut standen Menschen, die bei ihrem Eintritt in der Bewegung erstarrten. Bole blieb ebenfalls stehen. Laras Hand löste sich aus der seinen.

An der langen Tafel stand Jula und wischte mit einem Leintuch einen Becher aus. Für gewöhnlich überließ sie derlei niedere Arbeit den Bediensteten. Auf dem Boden, vor einem hölzernen Kasten, kniete ein Mann, der Bole den Rücken zuwandte, und zur Rechten stand Ladi Lubin, dessen Fass von Bauch ein gelbes Wams umspannte. Bei ihm waren seine Frau und sein Sohn. Die Frau, Zlata, hätte Bole kaum erkannt. Ihr Gesicht war aufgegangen wie Brotteig, aber das Brot schien nicht zum Laib geknetet, sondern zu Wülsten zerquetscht. Wie ihr Mann war sie in grelle Farben gekleidet und hatte damit auch auf dem verwitterten Gesicht nicht gegeizt. Die Wirkung war verheerend. Ihr Sohn, der die erste Jünglingsblüte hinter sich hatte, war auf dem besten Weg, ein Fettwanst wie sein Vater zu werden. Er trug einen albern zurechtgespitzten Kinnbart.

»Guten Abend.«

Der Mann am Boden ließ den Deckel auf den Kasten fallen und wandte den Kopf. Sein Gesicht sah aus, als habe ein Tier ihm nässende Striemen eingekratzt. Bole erkannte ihn sofort. Auf einmal verursachte der Eisengeruch ihm Übelkeit. »Was macht Ihr in meinem Haus, Cord? Ich dachte, ein rechtschaffener Vineter hat mit solchen wie mir nichts zu schaffen.«

»Bole.« Das war Jula. Aber eine andere Jula als die, die zwanzig Jahre mit ihm gelebt, ihm das Haar ausgerissen, seine Töchter verdroschen und ihrer aller Würde in Grund und Boden gestampft hatte. Es war eine Jula mit sandblonden Flechten und Waldvogelstimme, die vor seinen Augen dem Mann, den sie sichtlich liebte, um den Hals gefallen war. »Bole, Lieber, ich habe den Herrn Cord bei uns aufgenommen, weil er dort, wo er gewohnt hat, nicht bleiben kann.«

»Was heißt dort, wo er gewohnt hat? Soweit ich weiß, wohnt er in meines Bruders Lagerhaus.«

»Euer Bruder hat das Haus des Herrn Thietmar verkauft.« Strahle hatte sich zu seiner ganzen mickrigen Größe erhoben. »An einen Christen. Einen Feind Vinetas.«

»Jeder hier weiß das«, ließ sich die Stimme des Fassbauchs vernehmen. »Wohnst du eigentlich auf der Bernsteingasse, Vetter Bole, oder neuerdings bei den Huren im Hafen?«

»Halt den Mund«, keifte Jula ihn an. Dann wandte sie sich wieder zu Bole. Der sah erst jetzt, dass ihr Kleid auf Brustlatz und Rock verfleckt war, als habe sie sich in etwas Dunklem gesuhlt. »Dir ist's doch recht, nicht wahr, Lieber? Der Herr Cord braucht nicht viel, nur eine Kammer im Küchentrakt, und bei all der Arbeit, die du hast, wird er dich ohnehin nicht stören.«

»Soso.« Es war die Stimme eines Fremden, die von den Wänden widerhallte. »In der Tat, er wird mich nicht stören, weil er nämlich noch heute dieses Haus verlässt. Was habt Ihr in dem Kasten, Cord? Baut Ihr in meiner Halle Eurem Blutgott Altäre? Und meine Frau tut dabei mit? Nein, spart Euren Atem, ich will davon nichts wissen. Nehmt, was Euch gehört, und verschwindet, ehe ich die Wache rufe.«

Vor seinen Augen verwischte das Bild. Der fette Ladi und der krummrückige Strahle setzten gleichzeitig auf ihn zu, in seinen Ohren begann das Blut zu rauschen. »Und du kannst gleich mitgehen, Ladi. Ich wüsste nicht, was du und deine Sippe in meinem Haus verloren habt.«

Der Dicke trat an Strahle vorbei und blieb einen Schritt vor Bole stehen. Schweiß, der in zu knappen Kleidern klebte, mischte sich mit dem Geruch nach Eisen. »Holla, Vetter Bole, das würde ich mir an deiner Stelle überlegen. Ausgerechnet von dir hätte ich nicht erwartet, dass du die Gunst der Stunde verkennst.«

»Welche Gunst der Stunde? Lass das Gewäsch.«

»Auf Eurem Haus liegt kein Segen«, kreischte Strahle wie ein Weib hinter Ladis Rücken hervor. »Kein Altar darf hier errichtet werden, nur das Blut eines Opfers versprengt, um Pripegalas Vergebung zu erflehen.«

Weder Ladi noch Bole erhielten Gelegenheit, darauf etwas zu sagen. An Ladi vorbei stürzte Jula und hatte sich, ehe Bole sich versah, in seinen Arm geschmiegt. Sie war jene eine und einzige Jula, die er gekannt und ersehnt hatte, solange er sich selbst kannte, und sie rieb ihr Gesicht an seinem, wie sie es in seinen süßesten Träumen getan hatte. »Mein armer Bole«, säuselte ihre Waldvogelstimme, »du musst doch müde sein. Warum lassen wir nicht das Gezänk und setzen uns erst einmal? Ein schönes Stück Rinderfleisch gibt es, mit Birnen und Rosinen gekocht, und diesen Wein, den du magst. Ladi und Zlata sind nämlich zur Brautverhandlung hier. Aus dem lieben Gnevo, stell dir vor, und aus unserer Lara wird ein Paar.«

Seine geliebte Jula war sie, und sie küsste ihn. In die Halsbeuge, aufs Joch der Wange, und dann, als er etwas sagen wollte, auf die Lippen. Sie war seine Braut im blauen Kleid, sie schob ihr spitzes Zünglein in seinen Mund, und in ihm regte sich nichts.

Ich liebe dich nicht mehr. In der muffigen Halle, benebelt vom Eisengeruch, glaubte Bole klar zu sehen wie an einem lichten Tag im Wald. *Ich liebe dich nicht mehr. Das bedeutet: Ich habe um dich all meine Tränen geweint. Ich bin frei.*

Julas Zunge suchte, sich zwischen seine Zähne zu zwängen, aber kämpfte auf verlorenem Posten. Ebenso gut hätte ein Kriechtier versuchen können, das dreifach verriegelte Sturmglockentor aufzubrechen. »Ja, deshalb sind wir gekommen«, hörte er die triefende Stimme des Fettwanstes. »Hatten auf etwas mehr Gastlichkeit gehofft, aber Manieren waren schließlich noch nie deine Stärke. Sei's drum, vergessen wir den misslungenen Auftakt. Widmen wir uns lieber dem Bündnis zwischen unseren Häusern, sowohl in Liebesdingen als zum Wohl der Stadt.«

Ich liebe dich nicht mehr. Das bedeutet: Ich muss um ein Lobeswort von dir keins meiner Kinder mehr verkaufen, meine Stadt nicht verraten und mit keinem Dänen mehr Wein saufen. Bole legte seine Hände flach an Julas Gesicht und drückte es von seinem weg. »Ich höre, Vetter.«

»Das freut mich. Dann überlegen wir vielleicht jetzt gemeinsam, wie man deinem werten Bruder dabei helfen kann, sich selbst den Rest zu geben?«

»Mein Bruder ist der Starost von Vineta.« *Ich liebe dich nicht mehr. Das bedeutet: Meinem Bruder den Garaus mache ich allein.* Er schloss die Hände um Julas Gelenke und löste ihre Arme von seinem Hals. *Ich kann ihn, wenn ich will, sogar davonkommen lassen und mich im Leben nicht mehr um ihn scheren.*

Er trat einen Schritt zurück und tastete nach Laras Hand. »Ich gehe jetzt. Wenn ich wiederkomme, will ich keinen von euch hier mehr finden. Du, Gnevo, schlag dir meine Tochter aus dem Kopf. Die Lara, eine Einzige aus dieser verfluchten Familie, soll einen Mann bekommen, der ihr Glück schenken kann. Was dich betrifft«, mit ausgestrecktem Arm wies er nach Jula, »du rührst meine Tochter nicht mehr an. Ertappe ich dich noch einmal dabei, dass du sie quälst oder sie zu deinen verbotenen Riten schleppst, dann kriegst du von mir, was du seit zwanzig Jahren verdienst.«

15. Kapitel

»Sei ein Goldschatz, Mala. Versorg das durstige Volk noch eine Weile allein.« An den Nachmittagen, an denen nur vereinzelt Gäste in den Schankraum tröpfelten, verbrachte Natalia ihre Zeit mit Stani. Seit neuestem spielten sie unentwegt Schach. Natürlich war der Junge noch nicht alt genug, um das Spiel in ganzer Tiefe zu erfassen, aber das hinderte ihn nicht, sich mit glühender Leidenschaft hineinzustürzen. Den Figurensatz hatte Warti ihr zum Wittum in die Schatulle gelegt, die ihren aus Bernstein und die seinen aus Kristall. Jetzt aber bestand Stani darauf, mit den Bernsteinfiguren zu spielen, und sein tapferes, kleines Gesicht wurde rot vor verbissenen Tränen, wenn ihm eine der glitzernden Gestalten, etwa der zu Pferd einherstürmende Ritter oder die prächtige Königin, verloren ging. Nach dem Spiel bettelte er, Natalia solle bleiben, während er seine Kräutersuppe aß, und die Schar der goldbraunen Figuren müsse um seine Schüssel Aufstellung einnehmen. Heute Abend brachte sie es nicht über sich, ihm seine Wünsche abzuschlagen.

»Weshalb schließen wir nicht für die eine Nacht?«, brummte die Mala, die überm Feuer Bohnen schälte. »Ist ohnehin kein Tag zum Zechen.«

»Warum denn nicht?«

»Habt Ihr's nicht gehört? Aus dem Kanal in der Oberstadt haben sie einen Menschenkopf gefischt.« Die Magd bekreuzigte sich. »Eine der römisch-christlichen Bauernfamilien hat ihren Jüngsten vermisst. Die Brüder sind ihn suchen gegangen und in dem schwarzen Wasser haben sie ihn schließlich gefunden.«

»Nur den Kopf?«, rief Stani dazwischen. Sein Russisch, das er mit der Mala sprach, war flüssig und leicht wie sein Pomoranisch. »Haben den Rest die Fische gefressen?«

»Ihr solltet ihm Backenstreiche geben, wenn er so redet«, sagte die Mala zu Natalia. »Er ist völlig verzogen, das bekommt den wenigsten.«

»Das lass meine Sorge sein. Du gib ihm lieber eine Antwort.«

Wieder bekreuzigte sich die Magd. »Was mit dem Leib des Ärmsten geschehen ist, weiß kein Mensch. Gott, der allmächtige Herr, sei seiner Seele gnädig.«

»Also schön, jagen wir die paar Kumpane hinaus und sperren zu.« Schwerfällig stemmte Natalia sich von ihrem Schemel. Natürlich war irgendeine Bluttat in der Oberstadt für gewöhnlich kein Grund, die Schänke zu schließen, aber der Gedanke an geköpfte Christen setzte ihr zu. Sie war erschöpft von beinharter Arbeit, sie wollte den Abend mit ihrem lebenssprühenden Kind verbringen, und zudem vermisste sie Anton in diesem Frühling schmerzlicher, als sie sich eingestehen mochte. Wenn an einem Tisch in der Schankstube ein Paar sich fand, eine noch junge, noch ansehnliche Hübschlerin und ein Fischerbursche mit roten Ohren, wurde ihr zuweilen die Brust so eng, dass sie sich niedersetzen und nach Atem ringen musste. Zwischen den Schenkeln glaubte sie ihr Blut rumoren zu fühlen wie gärenden Wein. Zu allem hatte auch noch Stani vor ein paar Tagen nach seinem Vater gefragt.

Sie hatte ihm das Haar geschnitten, das stark und störrisch war wie die Mähne eines Hengstes. Als der Junge sich wehrte, war sie lachend herausgeplatzt: »Deinem Vater habe ich auch das Haar geschnitten.«

»Hast du? Wie sieht sein Haar denn aus, und wo ist er überhaupt? Warum ist er nicht hier bei uns, wie der Herings-Karel bei der Rika und bei seinen Jungen?«

»Weil es hier ein wenig eng ist für ihn.«

»Hier, in unserem Haus? Aber unseres ist größer als das vom Herings-Karel. Und dabei sind wir nur zu dritt, ich und du und die Mala, und beim Herings-Karel hausen sie zu acht.«

»Nein, hier in Vineta«, erwiderte Natalia. »Es ist wohl nicht sein Körper, der Platz braucht, sondern sein Geist.«

»Ist denn nicht Vineta die größte Stadt der Welt?«

»Die größte Stadt, die wir kennen, mag sie schon sein, mein Sternenauge. Aber dennoch vielleicht nicht groß genug für einen, der so weit hinausdenkt wie dein Vater.«

Unwillig hatte der Junge sich ihr entwunden und war aufgesprungen. »Das verstehe ich nicht. Wann kommt er zu uns zurück?«

Sie war die Antwort schuldig geblieben. *Wann kommst du zurück, mein Liebster, mein Zaunkönig, dein Leib fehlt in jeder Nacht dem meinen.* Der Gedanke, Anton könnte des Nachts neben ihr in der Kammer unter der Dachschräge liegen, brachte sie fast um den Verstand. *Alle Stürme legen sich*, hatte sie zu ihm gesagt. *Nicht alle*, hatte er widersprochen und Recht behalten. Der Sturm toste weiter, Anton käme nicht mehr zurück und sie bliebe, wo sie war, würde Neckereien mit freundlichen Trunkenbolden austauschen, bis sie zu grau dazu war, und Sterne in Stanis Hemdsäume sticken. Kein schlechtes Leben. Beileibe nicht.

Mit Malas Hilfe scheuchte sie die drei, vier Gäste aus der Kneipe, schleppte die hölzerne Verrammelung vor die Tür und freute sich auf den freien Abend.

Sie schnitt Stani Sauerampfer, Giersch und frisch gepflückten Löwenzahn in seine Suppe. Der Mala verbot sie, noch einmal von im Wasser treibenden Christenköpfen anzufangen, schickte sie bald darauf zu Bett und spielte mit Stani eine letzte Partie Schach. Als dem Jungen über dem Brett die Augen zufielen, hob sie ihn hoch und trug ihn die Stiege hinauf. In seiner kleinen Faust hielt er den bernsteinbraunen König umklammert. Sie nahm ihm seinen Schatz nicht fort. *Der Mann, der die Figuren einst fertigen ließ, hätte dir den König gegönnt.* Eine Zeitlang saß sie am Bettrand, lauschte den Geräuschen des Meeres und sah ihrem Sohn beim Schlafen zu. Trotz der Erschöpfung schien ihr Geist gereizt und überwach. Zu viele abgeschlagene Köpfe, zur Liebe verschlungene Glieder, Küsse, Worte und Träume spukten im Kreis durch ihren Schädel. Mit einem Seufzer gab sie schließlich auf, schnappte sich Griffel und Schreibpapier und ging hinunter in die Schankstube.

Mein Anton, mein allerliebster Zaunkönig. Diese Zeilen an dich bekommst du nie zu sehen. Im flackernden Licht der Talgkerze tanzten die Buchstaben über das Papier wie Spinnenbeine. *Du sollst dich von mir nicht bedrängt fühlen, aber mich wissen lassen, dass du lebst. Irgendwo. Ich würde dir so gern Stani zeigen. Kannst du das glauben, mein nachthimmelschwarzer Geliebter? Von uns beiden, die keinen einzigen ihnen blutsverwandten Menschen kannten, springt jetzt ein quicklebendiges Knäblein umher, Blut von unserem Blut.*

Natalia setzte den Griffel ab und hielt inne. Blies das Talglicht aus und lauschte in die Dunkelheit. Die schweren Schritte, die durch den Straßenmatsch patschten, konnten von einem Zecher stammen, der die Tür verrammelt finden und enttäuscht wieder abziehen würde. Genauso gut aber mochte ein Soldat der Deichpatrouille auf der Gasse nach einem Verbrecher suchen. *Nach was für einem*

Verbrecher, Idiotin?, schalt sie sich. *Einem Schwachsinnigen, der im Hafengewimmel herumzieht und Köpfe abschlägt?* Sie wünschte, sie hätte lachen können. »Du, Nat, bist ein beherztes Weibsbild«, hatte unlängst Karel, der Heringsfischer, zu ihr gesagt. Der hätte sie jetzt sehen sollen! Ein letzter Schritt patschte, jemand hustete und dann schlug eine Faust an ihre Tür.

Rückwärts, ohne den Blick von der Tür zu lassen, tastete Natalia sich zum Tresen. »Wer da? Die Schänke bleibt heute geschlossen!« Mit einer Hand hangelte sie hinter sich, über den Schanktisch hinweg nach dem darunter verborgenen Messer. Sie fand es, schob es sich unter ihrer Bluse in den Rockbund und griff nach der einzigen noch brennenden Kerze. Dann preschte sie entschlossen ein paar Schritte in Richtung Tür. »He, wer da?«

»Guten Abend, Frau Natalia«, ertönte von draußen eine Stimme, die sie kannte. »Ich bin es. Euer Schwager Bole.«

Sie hätte aufatmen wollen, aber ihre Kehle blieb wie zugeschnürt, ihre Hände um Leuchter und Messergriff starr. »Wir haben geschlossen, Herr Bole. Kommt morgen wieder. Es tut mir leid.«

»Ich bin nicht zum Trinken gekommen, Natalia. Ich habe mit Euch zu reden.«

Einen Herzschlag lang zögerte sie. Dann überwog ihre Furcht, er könne Stani wecken. Sie stellte die Kerze ab und begann, die mächtigen Riegel von der Verrammelung zurückzuschieben. Das nahm einige Zeit in Anspruch, in der er ihr Worte zurief, die sie ob des Knarrens und Quietschens der Riegel nicht verstand. Weshalb mochte er gekommen sein? War etwas mit Warti, mit Kasi oder Jakub? Wie aber hätte er davon erfahren sollen? Schließlich hatte er Jakub, auch wenn dieser krank lag, nie besucht. Natalia schüttelte sich. Mit einem Ruck zog sie die Tür auf und ließ den Besucher ein.

Er war kein Fremder für sie. Seit längerem kam er gelegentlich in die Schänke, war erst heute Mittag da gewesen, mit ihrem verstümmelten Vermieter und einem langen Gespenst im violetten Mantel. Dennoch traf es sie unerwartet, wie wenig ähnlich er seinem Bruder sah. Sehnsucht nach Wartis Zügen überkam sie, nach seinen lächelnden Augen, der Art, wie er die Brauen hob. Bole Sliwosz war kaum größer als sie selbst und mager wie ein Stock. Sein hageres Gesicht wirkte ausgezehrt, die zu scharfe Nase warf einen harschen Schatten. Das dunkelgraue Haar trug er sorgsam gescheitelt und länger, als Warti seines je getragen hatte, doch es verlieh dem Gesicht keinen lieblichen Zug. Ein hässlicher Mann war er trotzdem nicht, befand Natalia. Um Augen und Mund entdeckte sie etwas Vertrautes, das sie mochte.

»Noch einmal guten Abend. Und habt Dank für den Empfang.«

»Nun, ich kann Euch wohl kaum draußen im Wind stehen lassen, wenn man Euch zu so später Stunde zu mir hinausschickt. Wollt Ihr Euch setzen? Einen Becher Wein?«

Das Gehabe der Gastwirtin war ihr in Fleisch und Blut übergegangen. Zudem konnte sie den Zuspruch ihres Weines selbst gut brauchen. Der Schwager setzte sich an einen Ecktisch, sie stellte ihm die Kerze hin und eilte in die Küche. »Ihr irrt Euch übrigens«, sagte er, als sie mit dem Weinkrug zurückkam. »Mich hat niemand geschickt, Natalia. Ich bin aus eigenem Verlangen gekommen.«

»Tatsächlich?«

»Bitte setzt Euch zu mir. Nein, setz du dich, Natalia. Wir sind Schwager und Schwägerin, was braucht es da der Förmlichkeit?«

»Euer Bruder hat sich jahrelang gewünscht, Euch mir als Schwager vorzustellen«, entfuhr es ihr.

»Natalia.«

»Allerdings, so heiße ich. Macht es Euch Vergnügen, jedes Mal, wenn Ihr den Mund auftut, meinen Namen zu sagen?«

»Ja«, erwiderte der Mann. »Ich möchte deinen Namen von morgens bis abends und auch noch in der Nacht sagen. Natalia, Natalia. Bitte setz dich, damit wir wie Freunde reden und deinen Wein genießen können.«

Inzwischen pflegte sie lange genug Umgang mit Zechern, um vor gewissen Zeichen auf der Hut zu sein. »Ihr solltet den Wein nicht so stürzen. Er ist stärker, als er sich gibt.« Sie kam jedoch seinem Drängen nach und setzte sich. Ihre starren Hände schlang sie um den Becher aus schimmerndem, weißem Ton.

»Natalia.«

»Hört«, sagte sie entschlossen. »Ich bin rechtschaffen müde und ginge gern bald zu Bett. Wenn Ihr also die Güte hättet, mir Euer Anliegen mitzuteilen ...«

»Mein Anliegen?« Jäh schoss seine Hand vor und griff nach der ihren, dass der Wein in ihrem Becher schwappte. Er hielt sie fest, und sie ließ ihn. Es gab Schlimmeres. Ob sie Bole Sliwosz hießen oder Herings-Karel, zuweilen hatten sie alle Streit mit ihren Weibern, wurden weinerlich und brauchten wie Hundewelpen ein wenig Körperwärme. »Ich bin gekommen, weil ich nach all den Jahren endlich mit dir sprechen wollte. Solange mein Bruder da war, gab es dazu ja keine Möglichkeit.«

»Warum nicht?« Sie hatte nichts fragen wollen. Er schenkte sich eben den zweiten Becher Wein voll, und alle Fragen waren sinnlos, aber diese hatte sich nicht schlucken lassen.

»Das sind sehr schwierige, verworrene Gründe, die du unmöglich durchschauen kannst. Mein Bruder hat mir übel mitgespielt. Wäre es nach ihm gegangen, so hauste ich mit meinen Kindern noch immer hier, wo jetzt du mit deinem hübschen Kind haust. Lass mich von mir selbst sprechen, Natalia, nicht von meinem Bruder. Mein Leben lang hat sich alles um ihn und nichts um mich gedreht.«

»Sprecht, was Ihr wollt. Ich habe nicht von ihm angefangen.«

»Ich weiß, ich weiß. Hast du gehört, was ich gesagt habe? Ja, dieses Haus gehört mir, ich habe selbst einmal darin gewohnt.«

»Aber ...«

»Ja, du hast es von meinem Mittelsmann gemietet, dem Kölner Thomas, der wickelt solche Geschäfte für mich ab.«

Natalia ballte ihre Hand in der des Mannes zur Faust. Das Haus war windschief, feucht, schwer sauber zu halten, aber der Gedanke, es zu verlieren, versetzte sie in Schrecken. *Ich habe zu viel verloren. Dies ist mein Nest, in dem das Eichhörnchen sich mit seinem Wurf verkriecht. Lasst mir nur das. Mein Bett für die Nacht und meine Küche, in der mein Kind und ich beim Feuer Nüsse knacken.* »Ich kaufe es«, hörte sie sich sagen. Kaum waren die Worte ausgesprochen, da begann ihr Kopf schon zu rechnen, was er für das Haus wohl verlangen, was sie selbst aufbringen und von wem sie den Rest borgen könnte.

»Du willst was? Oh, Natalia!« Der Mann ließ ihre Hand los, sprang auf und stieß gegen den Tisch. Sein Becher hüpfte. Er fing ihn auf und schüttete den letzten Tropfen Wein zu Boden. »Für die Götter. Mögen sie dich als ihren Liebling hätscheln und deine Nachkommen mehren.« Den leeren Becher hielt er ihr entgegen. »Dürfte ich noch um einen Mundvoll von dem guten Nass bitten?«

Sie wollte ihm nachschenken, aber der Krug war leer. Eine Gelegenheit, ihm für Augenblicke zu entfliehen, Gedanken zu sammeln, einen Plan zu ersinnen. Am Kessel in der Küche füllte sie den Krug frisch auf, stellte ihn ab und massierte sich die Schläfen. Nichts wollte ihr einfallen. Der Griff des Messers stach ihr in die Magengrube und ihr Kopf schien mit nutzlosen Fetzen gefüllt. Sie griff nach dem Krug. Da hörte sie es. Die gleitenden, schleichenden Schritte, den letzten Satz, mit dem der Mann den Abstand zwischen ihrem und seinem Körper überwand. Ihre Hüften spannten sich. Gleich darauf schob sich sein Arm um sie.

Im ersten Moment wollte sie schreien. Dann besann sie sich. *Weck das Kind nicht auf. Wenn du Ruhe bewahrst, mag gar nichts geschehen.* Warm traf sein Atem auf ihr Ohr. »Ich bin nicht wie mein Bruder.« Fast flüsterte er. »Dass du in dieser Elendshütte haust und noch dafür bezahlst, das will ich nicht. Einer Frau, die mir ihre Freundschaft schenkt, habe ich Besseres zu bieten. Mein Bruder hat dich verletzt, nicht wahr? Er ist nicht mehr als ein Bock, der seinen Schwanz nicht sattkriegt, aber für mich, Natalia, für mich wärst du die Welt.«

Sie riss sich zusammen. »Ihr redet schon wieder von ihm«, versetzte sie, ohne sich umzudrehen oder seinem Arm auf ihrer Hüfte Beachtung zu schenken.

Seine freie Hand griff nach dem Krug, dann hörte sie ihn aus der Tülle trinken. »Verzeih, meine Schöne.« Kaum hatte er den Krug zurückgestellt, schloss sich sein zweiter Arm um sie. Wie in die Zwinge geklemmt stand Natalia still. Über ihre Taille hinweg kroch seine Hand ihren Brüsten entgegen. »Weißt du, dass ich dich schon seit dem Tag anbete, an dem du in deinem herrlichen roten Kleid meinen Hurenbock von Bruder geheiratet hast?«

Weich und feucht berührten seine Lippen ihre Haut, die kleine Grube zwischen Ohr und Hals. Ein Tropfen Speichel trat aus. Im selben Atemzug spürte sie zwischen ihren Hinterbacken hart wie einen Schlagstock seinen Schwanz.

Sie schrie auf. Weder Mensch noch Tier mochte so schreien, aber für diesmal war es ein Schrei der Wut. Als sie herumfuhr, hielt sie das Messer erhoben. »Lass mich los, du Stück Dreck.« *Ich bin kein stummes, klein geprügeltes Mädchen mehr, und kein Kerl tut mir mehr Gewalt an. Nie wieder.* Sie sah die funkelnde Spitze der Klinge über der Stelle, wo der Bund seinen Hals freigab. *Ich steche zu,* durchzuckte es sie. Sie würde ihm den Kopf abschneiden, die Hände, den Schwanz, durch Blut zur Tür waten, mit ihrem Kind ans Ende der Welt fliehen. *Hilf uns, Warti.* Der Mann sprang zurück.

Eine Woge der Erschöpfung erfasste sie, in der sie sich am liebsten zu Boden geworfen und nicht vom Fleck gerührt hätte. Sie ließ das Messer sinken. »Los, pack deinen stinkenden Schwanz ein und raus aus meinem Haus.«

Nur noch ein einziges Mal streifte ihr Blick sein Gesicht. Sein Mund stand offen. Die Furcht, in die er sie einen Moment zuvor versetzt hatte, schien unbegreiflich, lächerlich. Da er unschlüssig von einem Fuß auf den anderen tappte, ging sie an ihm vorbei aus der Küche, durchquerte festen Schrittes den Schankraum und begann, die Riegel aufzuschieben. Er folgte ihr in einigem Abstand, wie ein verdroschener Köter mit den Füßen schlurfend.

»Lass mich durch deinen Kölner wissen, was du für das Haus haben willst«, sagte sie. Dann zog sie die Tür auf. Erlösend traf der Wind der Nacht ihr Gesicht. Es ekelte sie, den Mann anzufassen, aber sie überwand sich, packte ihn am Ärmel und zerrte ihn durch den Spalt. »Weißt du, warum du deinen Bruder hasst? Weil er mit all seinen Fehlern zehnmal der Mann ist, der du nie sein wirst.« Die Worte waren kaum aus ihrem Mund, da wurde ihr klar, welch kolossale Dummheit sie begangen hatte. Nun, dafür mochte sie verdammen, wer wollte. Sie war Natalia, die nicht weinte, und auf irgendeinem Wege machte ein jeder Mensch seinem Herzen Luft.

Natalia kaufte das Haus. Nicht der verstümmelte Kölner, sondern ein Vineter Rechtskundiger überbrachte ihr die Urkunde und nahm den Kaufpreis in Leinengeld entgegen. Die geforderte Summe war um einiges niedriger, als sie erwartet hatte, und der Sommer bescherte ihr einen unablässigen Strom von durstigen Gästen. Seit der Damm das Oderwasser im Hafenbecken staute, liefen immer größere Schiffe die Stadt an, und Vinetas Fernhandel war zu neuer Blüte gelangt. Schließlich konnte Natalia es sich sogar leisten, einen Burschen einzustellen, Juran, einen der Söhne des Herings-Karel, der in der Schankstube half, sodass ihr selbst mehr Zeit mit Stani blieb. Natalia war gern mit ihren Gästen zusammen, sie genoss ihren Lebenshunger, aber mit Stani war sie lieber zusammen als mit jedem Menschen auf der Welt.

Eines Abends im frühen Herbst kam ebenjener Juran, ein aufgeschlossener, sommersprossiger Bursche von sechzehn Jahren, in die Küche gestürmt, in der sie mit ihrem Sohn beim Schachspiel saß. Mit ihm schwappte brodelnder Lärm von Gesprächen, Gesang und Geschepper aus dem Schankraum herein. Es war ein guter Tag, die kleine Stube vollgestopft mit venezianischen Seeleuten, die manchen Dukaten zum Verprassen in den Beuteln hatten. Schon bald würde Natalia Stani zu Bett bringen und selbst mit anpacken müssen. »Frau Natalia, eine Dame für Euch.«

»Eine Dame?«

Sie kam nicht weiter, denn hinter Juran schob sich Kveta durch die Küchentür. »Hätte ich nicht kommen sollen?« Wie bei ihrem letzten Besuch trug sie ihr Haar von einem Tuch bedeckt. »Den ganzen Tag hab ich überlegt, doch dann dachte ich, du hast immerhin ein Recht, es zu wissen, ob's dich noch kümmert oder nicht.«

»Was denn, Kveta?«

»Dein Junge ist da.«

Sogleich fiel Natalias Blick auf Stani, der gespannt von einem zum anderen sah. Kveta bemerkte es und schüttelte den Kopf. »Nicht er. Dein schwarzer Anton ist heute Morgen mit den Venezianern gekommen. Den Herrn Warti hat's vor Glück zerrissen. Wenigstens einen von euch zweien hat er zurück in seinem Haus.«

FÜNFTER TEIL

Natalia

November 1154

16. Kapitel

Dies war kein Lumpenlager auf dem Boden. Wenn auch der Kasten knarrte und die Dachschindeln über ihren Köpfen klapperten, es war ihr eigenes Bett, das sie mit ihrem Liebsten teilte. Am Morgen hatte er ihr eine Nachricht gesandt. Sie schickte ihr Kind über Nacht zu seinen Freunden, der Familie des Heringsfischers, und wartete, bis ihre Magd zu Bett gegangen war. Ein Ohr hielt sie an die Kammertür gelehnt, und als sie die Mala unter Pfeiflauten schnarchen hörte, eilte sie hinunter, riss die Vordertür auf und schrie seinen Namen flüsternd in die Nacht: »Anton, Anton!« Sie hatte Scheu erwartet, aber es gab nur Hunger. Im Schlamm der Gasse, unter den eilig ziehenden Wolken am sternenlosen Himmel fielen sie einander in die Arme.

Natalia hatte alle Kerzen bis auf eine ausgeblasen. Den Nachmittag über hatte sie teures Tannenholz verbrannt, sodass die Kammer noch nicht ausgekühlt war. Sie schälten einander aus den Kleidern. Unter dem gefütterten Wams trug er noch immer ein Hemd aus grobem Leinen, das die Haut misshandelte. Ihre Hand, die sie auf sein Herz legte, zitterte, und sein Herzschlag, so schien es ihr, zitterte auch. Sie hatte vergessen, wie groß er war, aufgeschossen und rank wie eine Haselgerte. Bei der sachtesten Berührung spürte sie sein Leben, bebend, pulsend, von keiner Schicht Fleisch gewärmt und geschützt. Als sie ihm die Hüften aus der Bruech schälte, beugte er sich hinunter und küsste sie mit seinen zersprungenen Lippen auf den Nacken.

Nackt legten sie sich einander gegenüber in die Laken. In der Dunkelheit leuchtete sein Körper weiß. Jede Linie an ihm schien erhärtet. Er war noch magerer geworden, die Muskeln schmal, die Sehnen gespannt, jeder Knochen, jede Vene sich prägend. Jäh packte sie ihn und zwang ihn auf den Rücken. Die gespreizten Hände legte sie ihm auf die Brust und ließ sie an ihm hinuntergleiten. Die hohen Rippen entlang, dann den Bauch, der flach wie ein Brett war und über den eine Ameisentrasse schwarzer Haare ins Gestrüpp seiner Scham führte. Sein Geschlecht ragte turmgerade daraus auf. Ihre Hände jagten die schlanken Hüften, die langen Schenkel hinunter. Dann fuhren sie wieder hinauf. Liebkosten, rieben, schlugen, bis ihr die Handflächen brannten. Zum Schluss schickte sie die Hände über seine Brust hinweg und streckte sich Haut an Haut mit ihm aus.

Dort wo sein Hals aus den Schlüsselbeinen wuchs, zerbrach die Glätte. Eine Wulst zerstörten, gequollenen Fleisches zog sich über die Länge der Schulter. Sie würde ihn später fragen. Im Augenblick zählte nur, dass er an der Verletzung nicht gestorben war, sondern blutwarm und salzduftend bei ihr lag. Sie wälzte sich auf ihn. Richtete sich über ihm auf. Sein Gesicht, die überscharfen, aus dem Lot geratenen Züge, die geprägten Linien und die tiefen Augen schienen ihr unerträglich schön. Mit gebleckten Zähnen ging sie auf ihn los. Biss ihn, kostete ihn, ließ Küsse wie Hagel prasseln. Zäh und zart zugleich war sein Fleisch, ließ Zunge und Lippen nach ihm gieren. Zuletzt senkte sich ihr Mund auf seinen und küsste sich fest.

Seine Hände gruben sich in ihre Hinterbacken. Drückten ihren Leib mit ganzer Wucht auf seinen nieder, auf seine Lenden, die sich ihr entgegenhoben. Tief stieß er in sie. Durch ihre Eingeweide jagte seine Kraft bis hinauf zum

Herzen. Sie hörte sich schreien. Er fuhr aus ihr heraus und von neuem hinein, er durchpflügte sie, griff sie, als sei all ihr Fleisch gewichtslos, warf sie herum, erhob sich über ihr. Wieder stieß er in sie, stieß und stieß und stieß. Seine Knochen prallten auf ihre, seine Finger krallten sich in ihre Schultern und ihre in seine, schürften Wunden. Ihr Herz raste gegen ihre Rippen. Bevor sie kam, verschloss er ihr den Mund mit seinem. Mit verschmolzenen Lippen hielten sie beide still, derweil die Woge sie zerriss.

Es schien, als hielte die Welt inne, aber es waren nur ihr Körper und der des Geliebten, die einen Herzschlag lang erstarrten, um diesen Ausschnitt Zeit zu pflücken und zu bewahren. Dann zerplatzte die Starre. Anton rollte von ihr herunter und sackte in die Kissen. Sie hörte sich aufatmen, zitternd und röchelnd, als habe eine Schlinge ihr den Hals verschlossen. Dann drehte sie sich zu ihm, legte zart die Arme um ihn und ließ ihre Wange an seiner Schulter ruhen. Es dauerte lange, bis die heißen Wellen sich legten, die Nachtkälte spürbar wurde und Natalia die Betttücher über sie beide zog. Noch länger dauerte es, bis sie sprachen.

»Ich liebe dich. Ich musste zurückkommen. Ohne dich packt mich der Wahnsinn, Natalia.«

Rasch zog sie ihn an sich, küsste ihn auf die Schläfe, streichelte sein Haar. »Ja, das musstest du, Liebster. Ich weiß. Es ist gut.«

»Der Junge, Nat …«

»Stani. Unser Sohn. Er ist bei Freunden, er kommt erst morgen früh.«

»Ich kann nicht glauben, dass ich ein Kind habe. Ich habe Angst vor ihm.«

Sie lachte, gab ihm noch einen Kuss. »Das solltest du auch. Stani ist schlimmer als du, er lässt niemandem die kleinste Dummheit durchgehen.«

Anton richtete den Oberkörper auf und stützte den Kopf auf den Arm. »Von mir hast du ihm nichts gesagt, oder?«

»Natürlich nicht. Wie könnte ich?«

»Warum um alles in der Welt hast du mir nicht geschrieben? Ich hätte zurückkommen müssen, warum hast du mich nicht wissen lassen, dass du mein Kind in dir trägst?«

Auf diese Fragen hatte sie sich in Jahren Antworten zurechtgezimmert. Jetzt sah sie ihn an und spürte nichts als Gier auf ihn, wollte, dass er aufhörte zu reden und sich ihr wieder gab. Sie setzte sich auf, zog ihm den stützenden Arm weg, drückte ihn an den Schultern bäuchlings in die Laken. »Vergiss das, Zaunkönig. Es ist gut so, wie es ist.«

»Das ist es nicht, und du weißt es.«

Sie versetzte seinem straffen Hintern, der sie entzückte, einen Klaps. Dann warf sie sich über seinen Rücken und biss ihm in den Nacken, wühlte die Nase in sein duftendes Haar. Angefangen bei der Nässe zwischen ihren Schenkeln zerfloss ihr Körper vor Lust. Er warf sie ab, war viel kräftiger, als seine Magerkeit vermuten ließ, und hatte sie in ihr Kissen gepresst, ehe sie begriff, wie ihr geschah. »Lass das jetzt. Sei einmal vernünftig.«

»Vernünftig?« Sie lachte. »Vernünftig scheint mir derzeit einzig, diesen wundervollen Burschen in meinen Armen zu lieben, ihn wieder zu lieben und wieder und wieder, bis er wund geliebt ist und um Gnade winselt.«

Er lachte nicht mit. Seine Nachthimmelaugen zwangen die ihren stillzuhalten. »Du liebst mich, ja? Warum du das tust, werde ich nie begreifen, doch es soll mir egal sein. Ich bin gekommen, um dich zu holen, Natalia. Dich und den Jungen. Ich bin nicht reich, ich hatte es schwer in diesen Jahren, aber ich bin dabei, meinen Weg zu machen.«

»Erzähl mir davon.« Sie strich seine zerstörte Schulter entlang. »Von diesen Jahren. Wer hat es dir schwer gemacht und wer hat dir dies hier angetan?«

»Ein Burgunder. Fernand. Kein übler Mann. Er hat eine Zeitlang bei Abt Bernhard im Kloster von Clairvaux gelebt, ehe er sich einem Ritterorden anschloss, um für Christus im Heiligen Land zu streiten. Zurückgesegelt ist er auf der byzantinischen Dromone, die mir hinter Messina in die Quere kam. Ich habe mein Schiff verloren, meine Ladung, alles. Mir hat Fernand eins mit dem Kurzschwert übergezogen und mich dann wie einen Sack ins Wasser geworfen.«

»Wie bitte?« Sie packte ihn bei den Schultersehnen. »Dieser Kerl ist ein Jünger von dem Bluthund Bernhard, der im letzten Jahr endlich krepiert ist, er versenkt dein Schiff, bringt dich fast um, und du redest von ihm wie von deinem Freund?«

»Ich rede von niemandem wie von meinem Freund, denn ich habe ja keinen. Abt Bernhard ist ein heiliger Mann, und ich werde nicht dulden, dass du in meiner Nähe sein Andenken beschmutzt.«

»Bist du des Wahnsinns?« Fast schrie sie. »Weißt du, was dein heiliger Mann mit dieser Stadt gern getan hätte?«

»Ja, das weiß ich. Mit dieser wie mit allen gottlosen Städten.«

Sie holte aus, um ihn zu ohrfeigen, fühlte ihren Arm jedoch aufs Kissen prallen und ließ ihn aufseufzend liegen.

»Schlag zu, Natalia.« Herausfordernd blitzten seine Augen. »Das nützt dir gar nichts.«

»Ich weiß. Du hast dich also taufen lassen?«

»Ja.«

Sie sah das Flackern des trotzigen Blicks, sah die Furcht,

die er zu verbergen suchte, und schloss die Arme um ihn. Unter den Tüchern spürte sie die Kälte seiner Haut. »Ich liebe dich, Anton.«

Mehrere Herzschläge lang hielten sie einander fest. Dann hob Anton den Kopf. »Verstehst du mich auch?«

»Ja, vermutlich tue ich das. Für dich ist es der Glaube, zu dem du heimkehrst, Taufwasser, das dir schon einmal über die Stirn geflossen ist und von dem wir dich vielleicht nie hätten abbringen dürfen. Erzähl weiter, Zaunkönig. Dieser menschenfreundliche Bernhardsjünger Fernand hat dich also ins Wasser werfen lassen, damit du wie eine Ratte verreckst.«

»Aber ich bin ja nicht verreckt. Das war mein Gottesurteil, meine wahre Taufe. Sie haben mich schließlich herausgezogen, haben meine Wunden versorgt und mich mit nach Venedig genommen, weil der Schutz des Allmächtigen über mir lag. Er hat mich vor dem Ertrinken bewahrt.«

»Vor dem Ertrinken bewahrt hat dich ein wendischer Heide, der dich das Schwimmen lehrte«, murmelte sie. Dann küsste sie ihn auf die Lippen. Nach endlosem Kampf im Salzwasser hatte sein Mund vermutlich ausgesehen wie ein Batzen rohes, wundes Fleisch. »Sei ein Christ oder was immer du willst. Ich bin nur froh, dass du lebst.«

Sie küsste ihn wieder, streichelte die geschundene Schulter, dann den Rücken hinunter bis auf die Hinterbacken. Die Lust, die von neuem erwachte, war zärtlich und schmiegsam. Er hielt sie fest. Spreizte ihr die Beine sachte mit seinen, drang so langsam in sie, als lausche er der Stille des Verlangens. Über ihr schwang er, hielt seine Augen halb geschlossen, trug sie wie in Träumen mit sich fort. Fast glaubte sie, sein Lied zu hören. Sie kam, bevor er kam, presste sich an ihn, rief seinen Namen in sein Ohr. »Mein Liebster. Anton.«

Er fiel auf sie. Rutschte tiefer, grub sein Gesicht zwischen ihren weißen Brüsten ein. »Komm mit mir, Natalia. Du bist mein.«

»Erzähl mir das Ende.« Sein Haar war so weich.

»Meine Rückkehr nach Venedig war nicht eben ein Vergnügen. Ich hatte keinen einzigen Dukaten mehr, aber musste meinem Teilhaber seine Verluste ersetzen.«

»Aber an dem Überfall hattest du doch keine Schuld.«

»Und warum wohl nicht?« Verächtlich schnauben konnte er noch immer wie als Knabe. »Wer sich übertölpeln lässt, hat Schuld. Außerdem ist Venedig nicht Vineta, Schuld oder Unschuld, das kratzt keinen Hund. Du musst ersetzen, was du verscherzt hast, und wenn du das nicht kannst, dann sei der Herrgott dir gnädig.«

Dann sei der Herrgott dir gnädig. Natalia fühlte, wie ihr durch Brust und Kehle eine Flamme zuckte. Ein Blick auf sein Gesicht gebot ihr Schweigen, aber die glutheißen Worte ließen sich nicht schlucken. »Was haben dir deine christlichen Brüder denn angedroht? Dich auszupeitschen, dich an den Pranger zu hängen, dafür dass du das Pech hattest, Seeräubern in die Hände zu fallen und dein Schiff und um ein Haar dein Leben zu verlieren?«

Anton zuckte die Achseln. »Fernand hat sich für mich verwendet und Aufschub erwirkt. Dann kam Geld aus Vineta.«

Natalia nickte, strich ihm über den Rücken.

Er schüttelte ihre Hände ab und setzte sich auf. »Ich zahle es ihm zurück, Natalia. Ich bin inzwischen in einer neuen *Colleganza,* ich rappele mich wieder auf.«

»Du weißt, dass dein Vater kein Geld von dir will.«

»Er kann es inzwischen selbst gut brauchen.« Anton senkte den Kopf, schien auf das erschlaffende Glied zwischen seinen Schenkeln zu starren. »Verrichtungen am

Wasser sind teuer, und diese verfluchte Stadt glaubt noch immer, dass irgendein mehrgesichtiger Götze alles, was ihr Herz begehrt, aus fetten Wolken regnen lässt.«

»Du wohnst bei ihm?«

»Was hätte ich wohl sonst tun sollen? Es ihm abschlagen?«

»Natürlich nicht.« Sie fror auf einmal, zog das Tuch fester um sich. Wind ließ die Dachschindeln klappern. »Sein Haus ist dein Haus. Es macht ihn glücklich, dass du wieder darin wohnst.«

»Aber mich nicht. Komm mit mir, Natalia. Es wird eine Weile dauern, bis ich ein Haus für uns kaufen kann, aber ein besseres Leben als in diesem Pfuhl habt ihr beide bei mir allemal. Er wird es niemals erfahren. Ich sage ihm, ich gehe nach Venedig zurück, und wer mit mir reist, das weiß er nicht.«

Sie sah in sein Gesicht, das sie unentwegt in ihren Händen halten wollte, in seine Augen, von deren dunklem Zauber sie sich kaum lösen konnte, ließ ihren Blick an seinem Leib hinuntergleiten und spürte, wie in ihrem eigenen Leib schon wieder an tausend Stellen Flammen zu züngeln begannen. Sie wollte ihn, als hätte sie nie etwas gewollt. Der Gedanke, ihn noch einmal zu verlieren, schien zu harsch, ihn auch nur zu streifen. »Soll ich um dich betteln?«, hörte sie ihn ungehalten fragen.

Ja, vielleicht solltest du das. »Gib mir Zeit«, sagte sie. »Und jetzt musst du gehen, ehe dein Vater sich sorgt oder mein Hahn kräht und die Mala weckt.«

»Natalia.«

Sie wusste nicht einmal, ob er sie oder ob sie ihn in die Arme riss und wer wen zuerst küsste. Sie glaubte, seinen Mund wie einen Weinschlauch leerzutrinken, sich sattzutrinken, um sofort von neuem Durst zu spüren. In seinem Nacken verschränkte sie die Hände, als ließe sich die Umarmung nur mit dem Brecheisen lösen. Wie sollte sie es ertragen, je wieder Tage und Nächte von ihm getrennt zu sein? Er umschloss ihre Wangen, hob ihr Gesicht und bohrte seinen Blick in ihren. »Natalia. Heirate mich.«

Sie fiel von ihm ab wie eine Frucht.

»Ich lasse mich nicht mehr zum Bettler machen. Ich habe ein Recht auf dich, Natalia. Und auf mein Kind.«

»Aber ich bin doch verheiratet.« In Augenblicken wie diesem bemerkte sie noch nach all den Jahren, dass ihre Stimme von der Stummheit nie genesen war, dass sie stocherte und krächzte und sich nicht zurechtfand. »Vinetas Götter gestatten Männern die Vielehe, aber in keinem Fall Frauen. Und dein Gott, so fürchte ich, fordert Treue von uns beiden.«

»Lass dich taufen, Natalia.« Antons Stimme war kalt. »Nicht hier. Wir fahren hinüber nach Julin. Du nimmst den Glauben deines Bräutigams an, wir werden rechtmäßig getraut und treten als Mann und Frau vor die Welt. Es gibt keine Schwierigkeiten. Deine nach heidnischem Ritus geschlossene Ehe gilt nichts.«

»Was sagst du?« Sie wich auf Knien zur Wand zurück, fühlte das kühle Holz in ihrem Rücken. »Meine Ehe gilt nichts, das wagst du zu denken?«

»Und warum wohl nicht?« Er sprang vom Bett, stand nackt und weiß in der Dunkelheit. »Glaubst du, ich lasse zu, dass mein Sohn als Christenbastard zwischen Heiden aufwächst, so wie ich? Weißt du, wie erniedrigend es ist, wenn jeder Drecksack dir die Seele aus dem Leib prügeln darf, wenn Pack auf dich spuckt und dich verhöhnt und du Tag für Tag für einen Vater bestraft wirst, den du nicht einmal kennst?«

»Ja, das weiß ich«, erwiderte Natalia. Ihre Stimme, wiewohl rau wie altes Leder, hatte sich wiedergefunden. »Niemand prügelt Stani, und niemand verhöhnt ihn. Er ist das Kind einer alleinstehenden Heidin, und er lebt in einer Stadt, die ihn dafür nicht bestraft. Zuweilen sprechen wir über seinen Vater. Dann erzähle ich ihm von einem Mann, für dessen Geist selbst Vineta zu klein ist, der sich aufs Wasser versteht wie kein Zweiter und der Augen wie Kastanien und Haar wie im Regen funkelnde Holunderbeeren hat.«

Sie war Natalia, die nicht weinte. Warum aber musste sie ihr Leben lang Natalia, die nicht weinte, sein? Diese paar Herzschläge lang wünschte sie sich nichts anderes, als zu ihm zu laufen, zu ihrem Geliebten, der splitternackt in der Dunkelheit stand, ihn in die Arme zu reißen und unter Tränen anzuflehen, sie nicht zu verlassen. »Meine Ehe kannst du nicht ausstreichen«, sagte sie. »Warti Sliwosz, der elf Jahre lang mein Freund war und mir gezeigt hat, dass selbst ein geprügelter, geschändeter Heidenbastard ein Mensch ist, kein Tier. Der mich festhielt. Und losließ, als ich gehen wollte.«

»Du liebst ihn noch?«

»Ich habe ihn seit bald sechs Jahren nicht gesehen, und er würde dir auf diese Frage vermutlich antworten, ich hätte ihn nie geliebt. Aber ein Drittel meines Lebens streiche ich nicht aus. Mein Haus, meinen Apfelgarten an der Bernsteingasse. Meinen Lehrer Jakub, die Vettel Oda, die mich hasst, weil wir aus gleichem unverwüstlichen Holz geschnitzt sind. Leben sie noch? Habe nicht ich sie ausgestrichen?« Sie stieg aus dem Bett und sammelte vom Boden seine Kleider: das Wams, das grob geflickte Hemd, die Bruech, die Beinlinge aus blank geschabtem Leder. Mit dem Bündel auf den Armen trat sie vor ihn. »Ich kann nicht mit dir kommen, Anton. Ein neues Leben bekommt man ja nicht. Wie weit man auch fortgeht, es bleibt immer ein angefangenes.«

Der Schnee taute. All die Menschen, die in geradem Strom und mit zu dünnem Schuhwerk die Anhöhe hinaufpilgerten, würden sich nasse Füße holen. Die Männer trugen steife Hüte, die Frauen, selbst die kleinen Mädchen, Tücher um die Schultern, die sie sich über ihr Haar ziehen würden, sobald sie durch die Pforte schritten. Sie schwatzten nicht. Anton mochte keine Menschen, weder ihren Anblick noch die Geräusche, die sie von sich gaben, und schon gar nicht ihren Geruch. Diesen aber sah er ohne Unbehagen zu. Sie gingen mit gesenkten Köpfen beieinander, scherten nicht aus, brüllten keinem Kumpan zu und traten einer nach dem andern ins Portal der Kirche. Als die letzten, Mann und Frau und ein winziger Knabe, in dem Gebäude verschwanden, setzte das Geläut der Glocken ein.

Anton sah den Hang hinunter. Am Fuß der Warft siedelte niemand mehr. Das Gehöft, von dem die eingebrochenen Wände einer Stallung noch standen, war im letzten Eisgang im Schlamm versunken. Ein vermeidbares Unglück. Vermeidbar, wenn nicht tumbe Holzköpfe, die sich an diesem Wunderwerk des Wasserbaus goldene Wänste verdienten, mit ihren breiten Hintern auf dem Geld zum Deichbau säßen. Jedes Mal, wenn Anton die Verheerungen, die das ungezügelte Wasser verursachte, zu sehen bekam, stieg ihm ein Klumpen Zorn in die Kehle. Die Familie, die dort unten gelebt hatte, war zumindest rechtzeitig umgesiedelt worden. Es handelte sich um christliche Kleinbauern, die im Herbst, kurz nach seiner Rückkehr, durch Mörderhand den ältesten Sohn verloren hatten. Jetzt besaßen sie auch kein Heim mehr. Der Vater, ein gebeugter Alter namens Irmfried, hatte eben vor Anton den Hut zum Gruß gezogen, ehe er seine Schar in die Kirche trieb.

Sie waren duldsam und zäh, diese im christlichen Glauben erzogenen Menschen, geschmeidig und unnachgiebig wie Wasser. Ihre Kirche war dem heiligen Michael, dem Engel mit dem Flammenschwert, geweiht worden, weil man umgeben von Schlamm und Feindschaft einen kämpferischen Schutzherrn brauchte. Nicht selten wünschte sich Anton, er selbst hätte während seiner Knabenjahre diese Zucht genossen, die den Christenkindern Rückhalt verlieh. Noch mehr wünschte er sich, sie seinem Sohn angedeihen zu lassen, Stanislaw, der völlig ohne Zügel aufwuchs. Er hatte sich verboten, von diesem Bild zu träumen, aber er konnte sich nicht helfen: Sobald er die Augen schloss, sah er sich selbst, der die schönste der Frauen und ihrer beider Kind in seine Kirche führte.

Den ganzen Winter über hatte er sich wie ein Verbrecher zu Natalia geschlichen. Die Bußübungen, die er sich auferlegte, Entzug von Essen und Schlaf, stundenlanges Knien im Schnee, erleichterten nicht sein Gewissen. Mehr als einmal hatte er Natalia beschworen: »Wenigstens um des Kindes willen sollten wir von der Sünde lassen.«

»Von der Sünde?« Schrill hatte Natalia aufgelacht. »Weißt du, dass ich auf das, was du Schwachkopf Sünde nennst, mein Leben lang gewartet habe?«

Das Wort Schwachkopf glich einer Ohrfeige. »Ich will, dass meinem Sohn Besseres bevorsteht als mir. Nicht, dass er verdammt ist, weil seine Eltern Sünder sind.«

»Etwas Besseres als meinen Körper, der deinen Körper liebt, weiß ich nicht. Und ich glaube nicht, dass Stani etwas Besseres weiß, als Stani zu sein. Außerdem wird dein Gott der Vergebung doch wohl kein Kind für die Sünden seiner Eltern verdammen.«

Anton schwieg darauf, weil reden sinnlos war, doch er wusste es besser. Einem Gott der Milde, der jeden Frevel verzieh und verhängte Strafen zurücknahm wie der grinsende Perun, hätte er sich niemals unterworfen.

Er hatte Natalia angedroht, nicht mehr zu ihr zu kommen, sie nicht mehr zu berühren, sich das Stöhnen der Lust zu verbeißen. Er hatte es sich selbst und seinem Gott gelobt: *Ich werde nicht mehr zu ihr gehen.* In der nächsten Nacht jedoch hatte er sich, sobald ihre Magd schlief, wieder zu ihr geschlichen. All sein geiles Fleisch hätte er sich in blutige Klumpen peitschen wollen. Vielleicht aber hätte nicht einmal das ihn abgehalten. Was das Fleisch ihm schenkte, was Natalias Küsse und ihre Liebkosungen ihm schenkten, schmeckte süß in einem Leben voller Bitterkeit.

Das bisschen ertrotzte Zeit mit dem Kind schmeckte auch süß. Sie hatten ihm erklärt, wer Anton war, ihm jedoch eingeschärft, es niemandem weiterzusagen. Der Junge glühte vor Stolz, ein so kostbares Geheimnis zu hüten. Anton hatte Kinder stets schwer erträglich gefunden, besonders, solange er ihnen noch selbst zugerechnet wurde. Stani aber war alles andere als schwer erträglich, auch wenn er sich zuweilen vorlaut betrug. Er war klug und lernbegierig. Im Hof baute Anton ihm ein Modell von Wasserstraßen und erfuhr, im Matsch kniend und im eisigen Wasser planschend, was es für einen Mann bedeutete, einen Sohn zu haben. In der windschiefen Kammer lehrte er ihn, Latein zu lesen, verlor ständig die Geduld und gab ihm Kopfnüsse, wenn er nicht schnell genug begriff. Natalia herrschte ihn an, er solle mit dem Fünfjährigen mehr Milde walten lassen, aber Stani widersprach: »Lass den Vater nur machen. Ich will mehr lernen als ihr beide zusammen, da hab ich keine Zeit zu vergeuden.«

Dass ein Geschöpf das Wort *Vater* aussprach und ihn damit meinte, ließ Anton schwindeln. In Venedig hatte er unentwegt von der jungen Stätte der Wissenschaften, der Universität von Bologna, reden hören, und Fernand hatte ihm von den Schulen von Paris erzählt, wo Gelehrte in Scharen ihr geballtes Wissen weitergaben. Im Geiste sah Anton vor sich, wie er seinen Sohn, zum Jüngling herangewachsen, an solche Stätte der Gelehrsamkeit schickte.

Der Schnee taute. Weichte die braune Erde auf, durchnässte die Reste vom Gras. Das Geläut der Glocken war auf seine eigene, melodische Art nicht weniger zwingend als das Getöse der Sturmglocken. Anton wandte sich zum Gehen, da flog eine Stimme den Hang hinauf. »Anton, Anton, du hast auf mich gewartet?«

Er drehte sich um. Mit wehenden Zöpfen, wehendem Schultertuch und wehendem Mantel stürmte sie ihm entgegen. Ihr Gesicht war gerötet, ihr Atem ging in wilden Stößen. Er blieb stehen, biss sich auf die Lippen. »Das schickt sich nicht, Lara.«

»Ich weiß, verzeih. Ich konnte der Mutter nicht früher entwischen.«

»Bitte nicht mich um Verzeihung, sondern Gott.«

Sie strahlte ihn an. Vollkommen ebenmäßig war ihr Gesicht, in dem die Farben um die Wette leuchteten: das Rosenrot der Haut, das Traubenrot der Lippen, das makellose Weiß der Zähne, das Weizengold des Haars, über das sie sich hastig ihr schäbiges Schultertuch zerrte. Nur ihre Augen, die meergrau und ruhig waren, leuchteten nicht. Sie hatte die Augen ihres Oheims, Wartis Augen, vor deren Blick Anton noch immer wie unter einem Hieb zusammenzuckte. Unbekümmert schob sie ihren Arm in seinen. »Verzeiht mir beide, ja? Der liebe Herrgott, weil ich ohne

Sammlung zu seinem Haus gerannt bin, und du, weil ich dich warten ließ.«

Vor der Gemeinde waren sie Base und Vetter, und nichts sprach dagegen, dass sie eingehakt gingen. Vermutlich war es sogar noch im Rahmen des Schicklichen, dass sie sich jetzt auf die Zehenspitzen reckte und einen federweichen Kuss auf seine Wange pflanzte. Er hätte es ihr dennoch gern verboten, aber Lara etwas zu verbieten, war, als versuchte man, den wendischen Frühling zu zähmen.

Anton zog den Torflügel zur Kirche auf. Gesang drang ihnen entgegen, Licht fiel durch das farbige Glas der hohen Fenster und ließ den tanzenden Staub schillern. Der Chor der weiß gekleideten Knaben stand tief in den Altarraum geduckt und sang das Kyrie, den Teil der Liturgie, den Anton auf Knien und aus tiefster Kehle hätte mitsingen wollen. *Herr, erbarme dich.* Zu beiden Seiten des Gangs knieten Gläubige auf steingefliestem Boden, Männer, Frauen und Kinder, in Familiengruppen beieinander. Bänke gab es nicht. Die christliche Gemeinde von Vineta war noch klein, das Kirchenschiff hätte leicht dreimal so viele Menschen gefasst. Bei der Planung hatte sein Vater klug vorausbedacht, dass die Herde Christi wachsen würde, sich ausbreiten, rascher als Seuchen und Brände. Warum aber ein Mann einem Gott, der seinen Untergang wünschte, ein Haus baute, würde Anton nie begreifen.

Lass jedem Fremden das Seine, damit er dir das Deine lässt. Torheit war das. Wenn etwas Vineta fällte, so weder Christentum noch dänische Machtgier, sondern Vinetas Starrsinn und ihre Einfalt selbst. Anton zuckte zusammen. Eilig drängte er Lara in eine Reihe, löste ihren Arm von seinem und warf sich auf die Knie. Die noch frischen Erfrierungen schmerzten, sobald sie auf den Stein prallten. Duft nach Wachs und Weihrauch umnebelte seine Gedanken. *Kyrie Eleison. Herr erbarme dich.* Keine Vergebung, keinen Straferlass wünschte er, nur dass der himmlische Vater sich seiner erbarmte. Ihn nicht fallen ließ.

Nach dem griechischen Kyrie wechselte der Accentus, der liturgische Sprechgesang, ins Lateinische. Die meisten der Knienden verstanden kein Wort. Aber das war auch nicht nötig. Der gleichförmige Singsang der erhabenen Sprache tat genug. Der Priester, der die uralten Formeln vortrug, stand so tief im Altarraum verborgen, dass seine Stimme dumpf daraus hervorhallte. Als spräche der allmächtige Gott aus seinem Mund. Ein Schauder packte Anton und riss ihn mit sich fort. War dies Erinnerung? Vernahm er zugleich mit der Stimme seines Gottes die seines Vaters, eines Mannes, der vielleicht einem dieser schlichten, braungesichtigen Bauern glich und der ihn, seinen Sohn, mit Sorgfalt erzogen hatte, wie er Stani zu erziehen wünschte? Hatte sein Vater mit ihm Gebete gesprochen, wie jetzt die Gemeinde ins Gebet fiel?

Pater noster, qui es in caelis,
Sanctificetur nomen tuum.
Adveniat regnum tuum.
Fiat voluntas tua, sicut in caelo et in terra.

Die Worte streichelten ihn. Auf der Welt gab es keine zweite so tröstliche Formel. Er würde Natalia heiraten. Vor dem christlichen Priester in Julin. *Dein Wille geschehe, wie im Himmel so auf Erden.* Von dort könnten sie unverzüglich nach Venedig weiterreisen, wo sein Teilhaber, ein Freund von Fernand, mit Waren und Aufträgen wartete. Sie würden sich durchschlagen, sich ein Leben zimmern. Stani würde als Sohn eines guten christlichen Paares aufwachsen.

Et ne nos inducas in tentationem,
Sed libera nos a malo.

Für den Nachmittag erwartete ihn Natalia. Er hatte Stani versprochen, ihn mit in die Oberstadt zu nehmen und ihm die Mündung der Kanäle zu zeigen. Seit Tagen lag ihm der Junge deswegen in den Ohren. Am Abend sollte die Schänke geschlossen bleiben und die Mala zöge sich früh in ihre Kammer zurück. *Und führe uns nicht in Versuchung, sondern erlöse uns von dem Bösen.* Er würde nicht zu ihr gehen. Weder heute noch an einem anderen Tag. Stattdessen ließe er ihr eine Nachricht zukommen und stellte sie vor die Wahl: So lange sollte sie ihn nicht zu Gesicht bekommen, bis sie sich seinem Willen fügte und für sich und ihren Sohn um die Taufe bat. Wie Sturmbrausen setzte der Concentus ein, der Chor, der aus dreißig Kehlen wie mit einer Stimme sang. *Gloria, in excelsis deo.* Anton atmete durch und hob den Kopf.

Kaum erhob sich sein Blick über die gekrümmten Rücken, da bemerkte er neben sich Lara, die sich ebenfalls aufgerichtet hatte, aber keineswegs zum Altar, sondern in sein Gesicht aufsah. Er drohte ihr mit dem Finger, und sogleich duckte sich ihr vorwitziger Schopf wieder zwischen ihre Schultern. Anton wandte sich zum Altar. Der Chorgesang war verklungen. Im zerfließenden Licht der hohen Kerzen trat der Priester, flankiert von seinen Messdienern vor und hielt die Hostie mit beiden Händen in die Höhe. Geläut einer Schelle tönte auf und Schwaden von Weihrauch hüllten die Gestalten ein.

Dies war der Augenblick. Die kreisrunde Oblate und der Wein im gleich darauf erhobenen Kelch verwandelten sich in das Fleisch und Blut Christi, der für seine, Antons Sünden hingemetzelt worden war. Anton fühlte sich taumeln, warf den Oberkörper zu Boden, das Gesicht auf den Stein. Zahllose Große Opfer hatte er unbewegt mit angesehen, die Schlachtung von Tieren, die Anrufung fratzenhafter Götzen. Mit der Gewalt und dem Wunder dieser Verwandlung hatte solch fauler Zauber nichts gemein.

Mein Vater, erbarme dich, ich werde nicht mehr zu ihr gehen. Wer die heilige Hostie nur erblickte, der hatte Teil an Gottes Kraft. *Ich zwinge sie, dir zu gehorchen, Vater. In deinen Schoß führe ich beide, mein Weib und meinen Sohn.* Anton schloss die Augen. Seine Schultern entspannten sich, der Stein kühlte ihm die Stirne und eine winzige Atempause lang ließ der Schmerz, der gegen seine Schläfen drosch, von ihm ab.

Am Ende des Gottesdienstes blieb er auf seinen Knien liegen, bis alles um ihn aufgestanden war und sich zum Auszug in den Gang gereiht hatte. Stumm, wie er hereingekommen war, strömte der Menschenfluss wieder hinaus. Lara stand neben ihm und wartete. Wie um ihm aufzuhelfen, streckte sie ihm die Hand hin. Anton beachtete sie nicht und rappelte sich auf die Füße. »Weißt du was, Anton?« Sie mochte um die achtzehn Jahre alt sein, bald das, was man eine späte Jungfer nannte, aber ihre Stimme war die eines begeisterten Kindes, glich Stanis Stimme, wenn der Junge sich vor Aufregung nicht länger zu beherrschen wusste. »Ich schau dich furchtbar gern an, wenn du so ergriffen bist. So ganz weit fort.«

»Halt deinen Mund, hörst du? Du bist in der Kirche, um Gott gefällig zu sein, nicht um fremde Kerle anzustarren.«

Sie wollte sich wieder bei ihm einhaken, aber er versetzte ihr einen warnenden Streich auf die Hand. »Du bist doch kein fremder Kerl.«

»Und warum wohl nicht? Ein Vetter ist kein Bruder.«

»Du bist mir mehr als Vetter oder Bruder«, sagte Lara bestimmt. Nebeneinander verließen sie die Kirche.

Draußen hatte in den knappen zwei Stunden eine Sonne, die vom wolkenlosen Himmel prallte, allen Schnee zu Wasser gebrannt. Es wurde Frühling. Lara griff seinen Arm, reckte sich und pflanzte einen schnalzenden Kuss auf seine Wange, auf die rechte, deren Muskel taub war, aber zuweilen zuckte, als lebe in ihm noch Erinnerung. »Du bist ein sehr schlecht erzogenes Mädchen, Lara, weißt du das?«

»Ja. Aber du magst mich trotzdem, oder?«

In der Stadt nannten sie ihn *Anton, der nicht lächelt,* und er legte nicht den geringsten Wert darauf, diesem Beinamen Unehre zu machen. Lara aber bekam ihn klein. Entwaffnete ihn. Verdrehte all seine Gedanken in ihrem Kopf zu einem ihrer Zöpfe, an dessen Ende sie kaute und den sie alsdann über ihrer Schulter hüpfen ließ.

»Dafür bekommst du noch einen Kuss.«

»Wofür?«

»Dafür, dass in ganz Vineta keiner so zum Küssen aussieht wie du, gescheiter Anton, wenn du nichts mehr zu sagen weißt.« Wieder reckte sie sich und küsste ihn mit ihren weichen Lippen auf den Mundwinkel. »Hast du Zeit? Gehst du ein Stück mit mir hinterm Deich spazieren?«

Ich habe den ganzen Nachmittag Zeit, dachte Anton. *Und den Abend dazu, solange du mit deinen kecken kleinen Händen nur meinen Arm festhältst und dafür sorgst, dass ich mein Gelübde nicht breche.* »Na komm schon«, sagte er und setzte einen Schritt den Hang hinunter.

Lara aber war stehen geblieben und hatte den Kopf nach dem Kirchentor gewendet, aus dem eben die letzten Gläubigen tröpfelten. »Hast du die gesehen? Ist das nicht die Magd von deinem Vater, die Mala, und gehört die nicht zur russischen Kirche?«

Anton sah in die angezeigte Richtung und entdeckte die feiste Gestalt, die, vom Rock bis zum Kopftuch in Schwarz gehüllt, allein aus dem Kirchentor trat. »Woher kennst du die?«, entfuhr es ihm.

»Ich habe deinen Vater manchmal besucht. Er war so allein, und ich wollt ihm vergelten, dass er gut zu mir und meiner Schwester war.«

»Mein Vater ist gut zu jedem. Du sollst nicht lügen. Die Russin ist schon seit Jahren nicht mehr in meines Vaters Haus, du kannst ihr dort nicht begegnet sein.«

»Du hast Recht.«

»Lara!« Er fuhr zu ihr herum, hob mit einer Hand ihr Gesicht, das sie jetzt züchtig zu Boden gesenkt hielt, und schwang die andere aus, als drohe er ihr mit einem Schlag.

»Sie arbeitet drunten in der Schänke. Im *Rusalka*«, murmelte das Mädchen.

»Woher weißt du das?«

»Oh Anton, wie soll ich das denn nicht wissen? Es wird so viel geredet, und das Haus da unten hat einmal meinem Vater gehört. Ich bin dort geboren worden, aber das willst du ja gar nicht wissen. Er hat's ihr verkauft. Deiner Mutter. Der roten Natalia meine ich.«

Ihre Blicke trafen sich. Anton ließ die Hand sinken und gab ihr Gesicht frei, obgleich ihm klar war, dass sie seine Frage mit keinem Wort beantwortet hatte.

Flugs reckte sie sich und fuhr ihm streichelnd über die Wange. »Lieber Anton. Sei nicht zornig, nein? Ich hab dir nichts Böses gewollt, das will ich nie. Nur neugierig war ich, ob du dir denken kannst, warum die Mala in unsere Kirche geht.«

»Und warum wohl nicht? Die Mala hasst Vineta und das Heidenvolk wie keine zweite. Da ist die Russenkirche ihr vielleicht nicht strikt genug. Jetzt komm oder aus deinem Spaziergang wird nichts.«

Sie liefen endgültig den Hang hinunter. Im Schatten des Kirchturms war es kühl, doch sobald sie daraus hervortraten, herzte Sonne, die vom Frühling kündete, ihnen jedes

Stück bloßer Haut. Dreist schob Lara wieder ihren Arm in seinen. Nebeneinander gingen sie an dem viel zu niedrigen, an zahlreichen Stellen zerborstenen Deich des Kanals entlang. Hie und da versanken ihnen die Füße im saugenden Schlamm. Wenn er mit Stani hierherkam, nicht heute, sondern an einem anderen Tag, sobald Natalia und er sich einig waren, würde er ihm zeigen, was das Wasser mit einem so lächerlichen Menschenbau zu tun vermochte. Er würde ihn lehren, wie man dem Wasser Respekt zollte und es sich zum Segen, nicht zum Verderben machte.

Zum Fluss hin fiel der Boden ab, wurde sumpfig, schlang ihre Füße bei jedem Schritt bis zu den Fesseln in sich auf. An der Deichpforte stand wie jetzt üblich ein helmtragender Wachposten, dem sie ihre Namen nennen mussten, ehe er das versteckte Tor für sie aufzog. Hinter dem Deich herrschte der Fluss. Selbst den, der an seinem Ufer aufgewachsen war, überraschte er stets aufs Neue mit seiner Breite und Gewalt. Unbeirrbar tobten die silbern schäumenden Fluten dem Meer entgegen. Möwen kreischten. Über ihre Köpfe hinweg, den wie polierten Himmel entlang, glitt das Delta eines Kranichzuges. Laras Finger zupften ihn am Ärmel. »Anton?«

»Was willst du?«

»Wie kann man Vineta hassen?«

Im Gehen betrachtete er sie. Natürlich wusste er, dass es andere Frauen als Natalia gab, die dralle Tochter Pietro Corners und Scharen ihrer Schwestern, Frauen mit schwappenden Brüsten und wogenden Ärschen, die einen Mann zwangen, ihnen nachzuglotzen. Aber mit Lara war es anders. Er hätte nicht einmal zu sagen vermocht, wie sie gebaut war, ob ihre Formen ausladend oder zierlich waren, er wusste nur, dass es wohl tat, sie anzusehen, ihr Gesicht zu betrachten, das die Sonne spiegelte, ihr Lächeln, das dem Leben zugetan war. »Ein Grashüpfer wie du versteht nichts vom Hass.«

»Dein Vater ist kein Grashüpfer. Und versteht es auch nicht.«

»Nein, er versteht es auch nicht. Halt jetzt endlich dein Plappermaul, oder ich geb dir eins drauf.«

Sie blieb stehen, vertrat ihm den Weg. »Das wagst du nicht.« Mit schräggelegtem Kopf sah sie ihn an. Wirr staken ihr Strähnen aus dem Schläfenband.

Anton seufzte. Holte aus, spürte, wie die Hand ihm stockte und platzierte einen laschen Klaps auf ihrem Mund. Ehe er sich versah, hatte sie sein Gelenk gepackt und hielt seine Hand auf ihren Lippen fest. Weich wie ein Tier, das ihm aus der Hand fraß, begann sie von seiner Handfläche zu kosten, sie mit Küssen einzudecken.

»Lara!«

Heftig schüttelte sie den Kopf, ließ seine Hand los und schlang ihm die Arme um den Hals. Der Schrei einer Möwe schrillte ihm ins Ohr, als sie ihn zu sich herunterzog und ihm den Mund mit ihrem verschloss. Einen so zärtlichen Kuss mochte er in seinem Leben nie bekommen haben. Ihre Lippen hielten nicht still, sondern liebkosten in winzigen Bewegungen die seinen. Ihre Finger streichelten seinen Nacken, spielten in seinem Haar. Sie ließ nicht los. Er musste sich zwingen, sie bei den Schultern zu greifen und von sich zu schieben. Mühsam zog er einen Fuß aus dem Schlamm und wich zurück.

»Du musst dich nicht vor mir fürchten, Anton.« Vollkommen ruhig, als hätte sie all dies geplant, stand sie da. »Ich bin dir gut, das weißt du, oder?«

»Ja. Aber Lara …«

»Scht, jetzt halt einmal du den Mund, ja?« Mit einem patschenden Schritt trat sie vor. »Weißt du auch, wie lange schon? Seit jenem Tag nach dem Heringsmarkt, an der Brücke, als meine Mutter mich schlug und du mir zur Seite sprangst. Sag nicht, da war ich noch ein kleines Mädchen. Das war ich wohl, aber du warst mein Held und bist es noch immer, was immer du selbst in dir sehen magst. Meine Mutter sieht in dir das fleischgewordene Böse, doch das braucht uns nicht zu kümmern. Der Vater hört nicht mehr auf sie. Ich bin recht sicher, wenn du zum Vater kämst und mich zur Frau verlangtest, würdest du nicht abgewiesen.«

Er wollte sprechen, aber sie verzog den Mund zum Lächeln und schüttelte den Kopf. »Ich weiß, dein Vater und meiner sind Feinde bis aufs Blut. Für mich aber will der Vater einen Mann, der mir Glück schenkt. Du schenkst mir Glück, Anton. Sonst keiner. Ach komm, lass mich dich küssen. Warum macht sich nur ein so feiner Bursche das Leben so zur Qual?«

Sie wollte sein Gesicht umfassen, er versuchte zurückzuspringen, aber steckte in dem sumpfigen Boden fest. Stattdessen stieß er sie mit aller Kraft vor die Brust. Ein Schrei entfuhr ihr, dann verlor sie das Gleichgewicht und stürzte in ihrem hellen Kleid in den Schlamm.

Im nächsten Augenblick lag er auf seinen Knien, schob seine Hände unter ihre Achseln und zog sie in seinen Schoß. Ein brauner Batzen wie Tierkot klebte auf ihrer Wange, ein weiterer über ihrer Braue. »Verzeih mir, Lara. Aber du darfst auch so dummes Zeug nicht reden. Ich bin kein feiner Bursche, hörst du? Und für ein Mädchen wie dich bin ich kein Mann.«

»Doch«, erwiderte sie schlicht.

Er hatte sich einen Hemdzipfel aus dem Gurt gezerrt und begonnen, ihr den Schlamm vom Gesicht zu reiben. Jäh hielt er inne. Ehe er den Mund aufbekam, nahm sie seine Hand in ihre. »Ich weiß, was du sagen willst, Anton. Und ich glaube, ich weiß auch, wie erbarmungslos du dich dafür quälst. Nein, erschrick nicht. Ich bin deine Freundin, deine Schwester im Glauben, ich will dir nichts Böses, und mein Plappermaul schweigt still. Nur das eine merk dir: Mir ist's mit der Ehe nicht eilig. Wenn du dich eines Tages von der anderen freigekämpft hast, dann denk daran: Ich bin noch da.«

Es wurde Frühling. Der Wind, der vom Meer heraufdrang, und der Duft, den er mit sich trug, waren kaum merklich verändert. Einmal, vor Jahren, hatte auch sie, Jula, dem Frühling entgegengefiebert, dem Pogodafest, wo ihr kornblonder Liebster unter Svarogs Eiche auf sie wartete. Was aber zählte einer Frau der Frühling, sobald sie begriffen hatte, dass bis Erntedank der ganze Liebesrausch zu Staub zerfiel? Vor ihrer Brust schloss Jula ihren samtbraunen Mantel wie im Winter.

Was zählte einer Frau der Frühling, über deren Haus kein Segen lag? Die Jahre hatten Jula ausgelaugt. Mit schleppenden Schritten machte sie sich auf den Weg, den sie einst gerannt war, getanzt und gesprungen, den Weg in die Oberstadt, aber um Svarogs Eiche schlug sie seit langem einen Bogen. Ihr Ziel war das Schweinetor, durch das sie die Stadt verlassen würde. Einst hatte dieser Gang zumindest Hoffnung bedeutet. Heute aber wusste sie: Sie würde wiederum mit leeren Händen kommen, hätte Strahle, der sich in der Kammer hinter Ladis Ziegenstall verbergen musste, nur von neuem Versagen zu berichten.

In dem Gebiet zwischen Westtor und Schweinetor war jetzt kein Mensch unterwegs. Für die Hübschlerinnen, die hier auf Kundenfang umherschwänzelten, war es zu früh, und für das Christenpack, das in dem abscheulichen Turmhaus ein und aus ging, zu spät am Tag. Und ein unbescholtener Bürger kam hier nicht her, verdarb sich nicht das Schuhwerk auf den verschlammten Wegen, hatte niemanden zu besuchen, weil niemand mehr hier wohnte. Handwerksleute, wenn sie Vineta nicht verlassen hatten, waren ins Gerberviertel abgewandert, trotz der Enge und des beißenden Gestanks. Die ganze Stadt, die einem Priester des gewaltigen Gottes nichts Besseres als einen Ziegenstall zu bieten hatte, war verkommen und verdammt, bestraft für Warti Sliwoszs Sünden. So wie ihr eigenes Haus für die Sünden von dessen Bruder bestraft war.

Hätte Jula genug Mut besessen, um zu tun, was Strahle ihr aufgetragen hatte, so hätte sie ihrem Haus, sich selbst und ihren Töchtern Erlösung gebracht. Wäre sie nur kühn und gehorsam gewesen, so hätte der Gott des Blutes ihre Feinde vernichtet: den saftlosen Versager, der sie um ihr Leben betrogen hatte, die rote Hübschlerin, die sich als Gift den Männern ins Blut setzte, und zuletzt den Erzfeind selbst. Warti Sliwosz. *Eines langsamen Todes sollst du sterben. Dein Fleisch, das einmal so hübsch war, sollst du faulen sehen und dich vor Schmerzen winden, wie ich um deinetwillen mich gewunden habe.*

Aber ihr Erzfeind würde nicht sterben. Er würde am Ende über sie alle triumphieren, weil sie, Jula, ein Feigling war. Früher war sie hinauf zum Schweinetor gerannt. Heute ging sie mit schleppenden Schritten, den Blick zu Boden, in den zähen, braunen Brei gerichtet, der an ihren Füßen sog. Worauf bliebe ihr noch zu hoffen? In der lastenden Stille hörte sie das Lied.

Weder gespielt noch gesungen. Gepfiffen. Sie erkannte es sofort. Wartis Lied. Auch der Text fiel ihr nach all den Jahren wieder ein:

»*Wo ich gegangen bin, singt meine Spur von dir.*

Wo wir gelegen sind, zerdrückt sind Gras und Blumen.«

Jula stutzte und hob die Nase in den Wind, als habe das Lied eine Witterung. *Einst liebte ich dich. Einst hatte der Wind des Frühlings einen Duft, du kamst aus Nowgorod, pfiffst mir dein Liebeslied, und ich, am Fenster, warf dir eine Kusshand zu. Wie deine Augen lachten, wie dein Haar im Licht des trüben Tages glänzte, wie hell und verlockend das Leben vor uns lag.*

»Hätt ich dir nie gelauscht, nie deinem Schwur geglaubt,
Du falscher Schöner, ach, so wär mir nicht mein Herz gestorben.«

Der Wind nahm zu. Es war noch früh im Jahr und gegen Abend würde es kühl werden. Dort, wo Jula den Kanal überqueren wollte, hatte die vom Eisgang geschwollene Flut den hölzernen Steg mit sich fortgerissen. Der hüfthohe Deich war geborsten, gab die Sicht auf das schwarze, schnell fließende Gewässer frei. Jula hörte, wie das Pfeifen lauter wurde. Und dann sah sie das Kind.

Es hockte am Ufer des Kanals, das einst lotrecht befestigt, inzwischen aber vom Wasser rund gespült und abschüssig war. Wer ließ ein Kind an so gefährlichem Ort spielen? Ihre eigene Missgeburt Kasi wäre in ähnlichem Alter in einem der Kanäle ersoffen, hätten nicht Kahnschiffer ihn herausgefischt. Auf diesem reißenden Zuflusskanal aber schwammen keine Kähne. Das Balg gehörte für seinen Leichtsinn tüchtig versohlt und sicher in ein Bett gesteckt.

Ein Knabe war es. Versunken spielend kniete er im glitschigen Schlamm, grub eine schmale Rinne, die sich mit Wasser füllte, und schichtete Zweige darüber. Jula stieg über die zersplitterten Reste des Deichs. Der Junge hörte sie nicht, wandte nicht den Kopf. Er war ein hübsches Kind. Hübscher als jedes, das ihr, Jula Ohnesohn, je aufgebürdet worden war. Bruech und bloße Beine waren mit Dreck bedeckt, aber sein Hemd leuchtete blütenweiß und in der Sonne des frühen Abends schimmerte sein Haarschopf wie ein reifes Weizenfeld.

Beim nächsten Blick vernahm Jula ihr Herz, das mit Donnerschlägen zu hämmern begann. *Dein Kind. Unverkennbar deines. Das Kind, das ich von dir hätte haben sollen und das du stattdessen der Hübschlerin gemacht hast, mit deinem Schwanz eines Hengstes in ihrem brünstigen Stutenleib.* Julas Beine vollführten einen Satz. Ehe sie einsinken konnte, zog sie den Fuß heraus. Die beiden letzten Schritte rannte sie.

Der Junge erschrak und hörte auf zu pfeifen. Der blonde Kopf fuhr herum. Ein Spritzer Dreck auf der Wange, Muschellider, Augen wie Sommerregen. Jula grub die Zähne in die Lippen. Packte die Kinderschultern. Fühlte kurz Leinenstoff, dünnes Fleisch, zarte Knochen. Stieß zu. Erlaubte sich, die Augen zu schließen und zusammenzuzucken unter dem klatschenden Geräusch. Gleich darauf begannen die Schreie. Jula wandte sich ab, schlug die Augen wieder auf und sah über den Deich hinweg, nach der Kirche. Wie ein Finger des Bösen ragte der Turm in den sich langsam rötenden Himmel. Sie behielt ihn im Blick, bis die Schreie eines Welpen oder einer Missgeburt, die ersoff, verstummten. Dann klopfte sie sich die Hände an ihrem samtbraunen Mantel sauber. Ohne sich noch einmal umzudrehen, ging sie zurück zu ihrem Haus.

17. Kapitel

Warti konnte sich nicht mehr erinnern, wann er zuletzt hellwach und nicht zu Tode erschöpft gewesen war. Schlaf schien ihn kaum noch zu erfrischen, ohnehin hatte er seit Tagen keinen mehr bekommen. Auch sein Haus hatte er seit Tagen nicht gesehen, war zwischen der Unglücksstelle, der Burg des kaum siebzehnjährigen, zu Tränen erschütterten Tysjatschnik und dem Rathaus hin und her geeilt. Erreicht hatte er bisher nichts als eine weitere Verstärkung der Wachposten. Andere, schärfere Geschütze mussten aufgefahren werden, Geschütze, die in ihrer Härte und Starre nicht nach Vineta passten. Nach Hause ging er nur, um die verschwitzten Kleider zu wechseln und nach dem Rechten zu sehen, nach Kasi, Jakub, seiner Mutter und Anton. Zärtlichkeit besiegte Müdigkeit. Er würde sich versichern, dass sie alle wohlauf und geborgen waren, vielleicht ginge es ihm dann besser.

Jedes Mal, wenn er hinter der Biege sein Haus aufblitzen sah, versetzte es ihm den vertrauten Stich in die Brust. Wie oft hatte *sie* auf der Schwelle dieser Tür auf ihn gewartet. *Sie.* Seine Frau. Wie oft hatte er ihr entgegenstürmen wollen und war stattdessen stehen geblieben, um ihren Anblick, wie ein dümmlicher Knabe grinsend, in sich aufzusaugen. Jahre mochten vergangen sein und weitere vergehen, aber er würde es nie vergessen. Jäh begriff er, welche Gnade darin lag.

Eine Gnade, ein Geschenk der Götter war es, sich an Glück zu erinnern. Eine Gnade, ein Haus zu besitzen, und

Menschen darin, die seiner Sorge bedurften. Eine Gnade, sein Haus mit einem Sohn zu teilen, nicht vor der leeren Bettstatt zu stehen wie die Eltern des ertrunkenen Kindes. Sobald diesem Wahn ein Ende gesetzt war, würde er sich Zeit für Anton nehmen. Der Junge wirkte gehetzt, gequält, und vor Tagen hatte Warti gesehen, wie er zusammen mit Lara aus der Kirche kam. Lara war Christin geworden wie er, und bezaubernd war sie obendrein. Wenn darin Antons Kummer bestand, wenn er das Mädchen liebte, so würde Warti ihm die Last von der Seele nehmen. Was immer er selbst und sein Bruder verpfuscht hatten, Anton und Lara sollten nicht darunter leiden.

Die Halle seines Hauses war leer. »Anton?«

Aus der Küche kam ihm die Anda entgegen, gefolgt von Kasi, den sie an einem Halsstrick führte. Warti hatte versucht, sie davon abzubringen, hatte aber einsehen müssen, dass die Magd schlicht zu viel zu tun hatte, um ständig nach Kasi zu forschen. Auf diese Weise war der Krüppel wohl am sichersten aufgehoben. Er nickte der Anda zu, die ließ den Strick los und Kasi kam mit jauchzendem Fiepen auf ihn zugesprungen. Die Wucht, mit der er sich ihm an den Bauch warf, ließ Warti zurücktaumeln. Er schloss die Arme um Kasis Schultern. Eine Gnade war es, von einem Geschöpf geliebt zu werden, das keine Bedingungen daran knüpfte.

»Euer Sohn ist ausgegangen, mein Herr Starost. Gestern schon. Er ist über Nacht nicht nach Hause gekommen.«

»Und meine Eltern?«

»Sind wohl. Der Herr Jakub aß zu Mittag etwas Suppe, die Frau Oda auch ein Stück vom Rebhuhn. Jetzt halten sie beide ein Schläfchen und geben Euch keinen Grund zu Kummer. Ihr könnt Euch nun selbst ein wenig niederlegen, mein Herr Starost.«

Ich muss mich wohl trotz allem glücklich schätzen, dachte Warti. *Um mein Befinden sorgen sich mein Leben lang reizende Frauen.* »Dank dir, Anda. Ich muss noch einmal auf eine Sitzung, möchte nur rasch nach meinen Eltern sehen.«

Ihr Blick traf Kasi, der sich an Wartis Hüften klammerte, wie er sich früher an die seiner Frau geklammert hatte. Warti schüttelte den Kopf. »Ich lege ihn selbst schlafen. Du gönne dir ein wenig Ruhe.«

Die Magd nickte, wandte sich zum Gehen, da rief Warti sie noch einmal zurück. »Ach Anda. Wenn mein Junge kommt, sag ihm, er möge auf mich warten. Sag ihm, es tut mir leid, dass ich der Tage nie Zeit hatte.«

Mit Kasi im Schlepptau stieg er die Treppe hinauf. In der Kammer seiner Mutter brannte keine Kerze und die Läden waren zugezogen. Nichts als die lauten, sich schleppenden Atemzüge zweier sehr alter Menschen füllten den Raum. Warti brauchte eine Weile, bis seine Augen sich an die Finsternis gewöhnt hatten und er die Umrisse der beiden Körper ausmachen konnte. Seine Mutter saß in ihrem Lehnstuhl beim Fenster. Eine Hand, die ihren Kamm umklammerte, ruhte in ihrem Schoß, die zweite baumelte neben der Armstütze. Ihr Kopf war nach hinten, auf die Lehne gesunken, der Mund stand offen und entließ Wolken übelriechenden Atems. Auf ihrem Kinn spross ein Haar, das im Dunkel schillerte. Warti erinnerte sich: Als Knabe hatte er seine Mutter so schön gefunden, dass sie ihm als kein irdisches Geschöpf erschienen war.

Sie hatte ihn kaum je berührt. Sogar Schläge, Backenstreiche, hatte sie ihm mit Ahornzweigen verabreicht, während der arme Bole ihr nicht einmal solche Mühe wert gewesen war.

Er nahm ihre Hand in seine. Sorgsam legte er sie ihr zu

der zweiten in den Schoß, damit sich ihr Blut nicht darin staute. »Schlaf weiter, Mutter.« Auch er hatte kaum je gewagt, sie zu berühren. Bedächtig streichelte er ihr die Wange, die sich anfühlte wie am Waschbrett mürbe gescheuertes Leinen. Von heute an wollte er an keinem Tag mehr das Haus verlassen, ohne sich von ihr zu verabschieden. Er ging in die Knie und küsste ihr die Hand. Dann wandte er sich zu Jakub.

Der Alte, der mit jedem Tag einzuschrumpfen schien, lag zusammengerollt in einem jüngst aufgestellten zweiten Lehnstuhl. Der Perun mochte wissen, warum keiner von beiden das Bett benutzte. Jakubs Mund war bis auf einen Spalt geschlossen. Mit jedem Atemzug entfuhr der Kehle ein rasselndes Pfeifen. Wann immer Warti ihn jetzt so schlafend fand, verspürte er den Drang, ihn zu wecken und noch einmal eins der Gespräche zu beginnen, die er sein Leben lang so sehr genossen hatte. Aber er weckte ihn nicht. »Schlaf weiter, mein Jakub.« Auch dem Alten streichelte er die dürre Wange, wie dieser vor Jahrzehnten ihn gestreichelt hatte, ging in die Knie und küsste ihm die Hände. Dann erhob er sich, verließ den Raum und schloss leise die Tür.

Kasi ließ sich nicht zum Schlafen bewegen, also riegelte Warti ihn in seiner eigenen Bettkammer ein. Solange *sie,* seine Frau, für ihrer aller Wohl gesorgt hatte, war die Freiheit des Krüppels nie beschnitten worden. Warti aber konnte sich seiner Angst nicht erwehren. »Mir steht nicht im Geringsten der Sinn danach, dich morgen früh aus einem Kanal zu fischen«, sagte er, küsste Kasi auf den Schopf und drängte ihn in das Zimmer zurück.

Inzwischen war es auch draußen dunkel. Als er nach kurzem Weg in den gleißend erleuchteten Ratsaal trat, musste er blinzeln, um der Helligkeit Herr zu werden. Die

Mitglieder des Wiec saßen schon vollzählig versammelt auf ihren Schemeln um den Tisch. Warti machte keine Umschweife. Anfragen, Klärungen von Rechtsstreitigkeiten wurden vertagt. »Ich sage euch allen nichts Neues. Vor drei Tagen hat man in der Oberstadt wieder einen Toten aus dem Kanal gefischt. Diesmal einen unversehrten Körper und, soweit wir wissen, keinen Christen. Diesmal keinen erwachsenen Mann, sondern ein Kind von etwa fünf Jahren.«

Sie hatten ihn hinzugerufen, die Familie des Flussfischers, Frau und zwei Söhne, die den Jungen im Schilf verfangen an ihrem Bootssteg gefunden hatten. Die Frau hatte herzzerreißend und untröstlich geweint. »Vergebt meiner Alten, Herr Starost«, hatte der Fischer gebeten. »Wir haben selbst solch ein Bübchen verloren, aber am Fieber und im warmen Bett, nicht wie das arme Vöglein hier. Morana, Mutter des Todes, soll's in die Arme nehmen und zum Lied der Sterne wiegen.«

Auf seinen Wunsch hin hatten die Söhne des Fischers das Öltuch beiseitegezogen und ihm das Gesicht des Kindes gezeigt. Es war kein liebenswertes Gesicht mehr, sondern ein fahles, aufgedunsenes. Ein Gesicht, das in ihm den Wunsch weckte, es in die Hände zu nehmen, zu umschließen und heil zu machen, den Jungen vom Tod in den Schlaf zu streicheln und auf den Armen zu seinen Eltern zurückzutragen. Blondes Haar, vom Wasser kaum gedunkelt, klebte über der Stirn, der federfein gezeichneten Braue, dem Lid, das in einem Kranz langer Wimpern auslief. »Weiß man schon, wem das Kind gehört?«

»Nein. Keinem, der hier in der Gegend wohnt.«

Der Junge hatte aus Lederflicken genähte Schuhe, eine Bruech ohne Beinlinge und ein Hemd aus durchscheinend feinem Leinen getragen.

»Kumpan Starost?« Das war Ladi Lubins Stimme, die ihn in die Gegenwart zurückrief.

Mühsam sammelte er sich und fuhr fort: »Wie beschlossen, habe ich die Wachposten an den Deichen der Oberstadt verstärken lassen. Der edle Tezlaw, achtzehnter Tysjatschnik von Vineta, gibt mir so viele Helmträger, wie ich für nötig halte. Aber ich fürchte, das genügt nicht. Wir werden Härteres auffahren müssen, wenn wir diesen Morden, die ein paar Wahnsinnige als Dienst an ihrem Gott betrachten, ein Ende setzen wollen. Ich bedaure von Herzen, dass ich solchem Treiben so lange zugesehen habe.«

»Warti!« Das war Zemus Stimme. Verstört fuhr Warti herum. Dass er während einer Sitzung beim Namen gerufen wurde, verletzte die Sitte, und das Gesicht des Freundes tat ein Übriges. Es war angespannt wie unter Schmerzen. »Wer sagt dir denn, dass dieser Tod mit den Opfermorden überhaupt zu tun hat? Der Junge wurde nicht geköpft und ist kein Christ. Vermutlich ist er beim Spielen ins Wasser gefallen, ein Unglück, betrüblich, aber unvermeidlich. Wenn du um jeden Ertrinkungstod solchen Lärm machen willst, gibt's in Vineta zu meiner Lebzeit keinen Tanz mehr. Komm, mein Bester, beruhige dich, und lass uns über die Pläne fürs Pogodafest sprechen.«

»Du vergreifst dich im Ton, Zemu.«

»Was?« Seiner Fassung beraubt sprang der kleine Mann auf. »Du kehrst vor mir den Starosten heraus? Ich will dir den Hals retten, du vernagelter Sturschädel, begreifst du das nicht? Wer steht dir denn bei, wenn du diese Pripegala-Horden gegen dich hast? Dein feiner Anton und seine Christen vielleicht, die alle Heiden brennen sehen wollen? Zwischen zwei Schemeln haut man sich den Hintern blau. Vergiss diese Sache, solange du noch kannst. Wir haben ein Fest zu planen.«

»Wenn die Welt in Flammen steht, bauen wir uns Buden zum Pogodafest.«

»Warti!«

»Holla, mein Herr vom Schweinetor.« Das war Ladi, der sich nun ebenfalls aus dem Sitz hob. »Der Herr Starost hat ganz Recht, Ihr vergreift Euch im Ton. Ist es denn nicht allzu verständlich, dass den Herrn Starosten der Tod des Knäbleins erbost? Schließlich geht es ja nicht um irgendeinen schmutzigen Fischerbengel. Wir kennen doch alle die gewisse Dame, die seit drei Tagen zwar nicht weinend, aber ihr rotes Haar raufend durchs Hafenviertel irrt und nach ihrem goldblonden Augäpfelchen greint.«

Polternd stürzte ein Schemel um. Mit einem Aufschrei stürzte der kleine Zemu sich auf Ladi, stieß Krüge und Tafeln vom Tisch und schloss die Hände um den Hals des Fleischbergs. Vor Wartis Augen verschwamm der Saal. Die Lichter der Kerzen, die sich in den rötlichen Fenstergläsern brachen und hundertfach spiegelten, begannen rings um ihn einen fieberhaften Tanz. Es wäre seine Pflicht gewesen einzugreifen, aber er griff nicht ein. Marek und Dubslaw mussten Zemu packen und mit vereinten Kräften von seinem Gegner wegzerren, ehe er den Dicken erwürgte. Es dauerte eine Zeitlang, bis alles sich wieder gesetzt und die Kleider gerichtet, bis mancher einen Schluck getrunken und der Lärm sich gelegt hatte. Warti stand unbewegt und wartete ab.

»Ich stelle ein Gesuch, den Kult des Pripegala in dieser Stadt zu verbieten«, sprach er endlich in die wieder eingekehrte Stille und den Tanz der Lichter hinein. »Euch, den Wiec von Vineta, fordere ich auf, den Blutstein hinter dem Weiher der Seelen aus der Erde zu graben und vor der Stadtmauer ins Meer zu werfen. Die Lichtung im Wald sollte alsdann für die nächste Zeit von Wachen umstellt werden, damit niemand auf den Gedanken kommt, die Mordstätte von neuem zu errichten.«

In gleichmäßigen, heftigen Stößen hörte er sein Herz Blut pumpen. Einige Schläge lang hielt die Stille an. Dann erhob sich Garwin, der Herr vom Eisentor, ein junger Deutschstämmiger, der mit seinem weißblonden Haar und dem sanften Gesicht einem Schafbock glich. »Meine Verehrung, mein Herr Starost«, sagte er. »Ich war noch grün hinter den Ohren, als Ihr den Kreuzrittern Vinetas Tore vor den Nasen zugeschlagen habt. Ich habe Euch nicht nur bewundert. Ich habe Euch geliebt. Auf diesen Weg aber kann ich Euch nicht folgen. In Vineta war es von alters her jedermanns Recht, sich seine Götter selbst zu wählen. Und jetzt kommt Ihr, baut dem Christengott, der nach Alleinherrschaft giert, einen Tempel und wollt zugleich ein Heiligtum zerstören, das einem Gott Eures eigenen Volkes gehört?«

»Wer Menschen auslöscht, lässt ihnen nicht eben viel Freiheit, sich Götter oder sonst etwas selbst zu wählen«, entgegnete Warti freundlich. »In meinen Augen ist in Vineta kein Platz mehr für einen Gott, der sich von Menschenblut nährt wie in den Zeiten finsterster Not. Aber ich habe nicht vor, darum zu streiten. Mein Gesuch ist gestellt. Wer es mit mir hält, der hebe seine Hand.«

Er sah sich nicht einmal im Saal um. Er wartete lediglich eine Weile, ließ seinen Freunden – Zemu, Marek, Dubslaw – Zeit, einander hilflose Blicke zuzuwerfen und die Köpfe zu schütteln, und winkte, als Ladi Lubin sich vom Schemel hieven wollte, ab. »Bemüh dich nicht, Ladi. Reib dir lieber weiter deine malträtierte Gurgel.« Dann wandte er den Kopf nach seiner Schulter und löste ohne jede Hast die Fibel. Auf der zweiten Schulter klaffte der Verschluss ohnehin offen. Der Mantel fiel. Auf einem Arm fing er den samtweichen Stoff. Vielleicht zum ersten Mal behandelte er ihn mit der Ehrerbietung, die ihm gebührte. Ordentlich faltete er ihn vor sich auf dem Tisch, zog die Kette mit dem Glockenmedaillon vom Hals und legte sie dazu. Zuletzt hob er den Kopf und sah Ladi ins Gesicht, ehe er beides zu ihm hinüberschob.

Aus heiterem Himmel hatte eines der heftigen Frühlingsunwetter eingesetzt. Kaum dass Warti das Rathaus verließ, vernahm er aus der Ferne die Sturmglocken. Auf dem kurzen Weg zu seinem Haus hatte er den Wind gegen sich, der ihm Ströme von Regen vor Brust und Gesicht peitschte. Ohne Mantel war er im Nu bis auf die Haut durchnässt.

Kurz hatte er erwogen, sofort in den Hafen zu laufen und an *ihre* Tür zu schlagen, gleich wer ihm auftat, der Vater des Kindes, den er sich plötzlich vorstellen konnte, einen stattlich gebauten Mann mit ebenen Zügen und hellem Haar. Eine Woge von Trauer drohte ihn zu überrollen. Er wünschte, er wäre früher gegangen, hätte *ihr* seine Freundschaft angeboten und *ihr Kind,* den kleinen Jungen, der *ihre* Brauen geerbt hatte, kennengelernt. *Du selbstmitleidiger Feigling,* schalt er sich. *Geh jetzt, vergiss deinen schwachsinnigen Stolz, der dich schon den Bruder gekostet hat, geh zu dieser armen Frau, und frag sie, ob sie deinen Beistand braucht.*

Dann fiel ihm Anton ein. Hatte der Junge in seiner jugendlichen Selbstgerechtigkeit seine Mutter seit seiner Rückkehr überhaupt begrüßt? Warti beschloss, ihn abzuholen und mit ihm hinunter in den Hafen zu fahren. Zu Fuß wäre er bei diesem Wetter ohnehin ewig unterwegs, und zudem mochte Anton Wunder wirken: Wenn irgendjemand der Frau, die ihr Kind verloren hatte, Trost spenden konnte, so wäre es das andere Kind, der prächtige Sohn, den sie beide, er und *sie*, gemeinsam aufgezogen hatten.

Anton hatte auf ihn gewartet. Gleich am Eingang der Halle stand er, sodass Warti, der die Tür aufschob, um ein Haar gegen ihn prallte. Brust an Brust standen sie einander gegenüber, beinahe gleich hoch, doch der eine breit im Kreuz, der andere schmal, der eine triefnass, der andere mit feuchtem, doch schon trocknendem Haar. Das Feuer, das die Anda angezündet hatte, musste noch brennen, denn es war angenehm warm.

»Anton, mein Lieber.«

»Wo hast du deinen Mantel?«

Anton trug ein weißes Leinenhemd, das ebenfalls noch feucht wirkte, schwarze Beinkleider und die Stiefel, die er zum Reiten anzog. Schwach haftete ihm ein Geruch nach nassem Pferdefell an. Ihn anzusehen, diesen todernsten jungen Mann, erfüllte Warti mit schmerzhafter Zärtlichkeit. Er legte ihm den Arm um die Schultern. »Wie ich sehe, bist du auch erst heimgekommen. Gehen wir einen Augenblick hinein, dann erkläre ich dir alles.«

»Kasi ist weg«, sagte Anton, der die Schultern spannte, sich aber von Warti in den gut beheizten, erleuchteten Raum führen ließ. »Du hattest ihn in deiner Kammer eingeriegelt, aber er hat sich aus dem Fenster abgeseilt. Der Himmel weiß, wie ihm das gelungen ist.«

Kurz erschrak Warti, dann fiel ihm etwas ein. Er klopfte Anton den Arm. »Mach dir um Kasi keine Sorge. Wir müssen eine Lösung finden, einen Weg, ihn zu schützen, ohne ihn einzusperren, doch für diesen Moment ist er in Sicherheit.«

»Woher weißt du das?«

»Weil Sturm herrscht.«

»Was soll das heißen?«

Warti erlaubte sich ein kurzes Lächeln und sagte nichts.

Auf dem Tisch standen Krug und Becher bereit, aber keiner von ihnen setzte sich. Anton löste sich aus Wartis Arm und trat zurück. In etwa zwei Schritten Abstand voneinander blieben sie stehen. Warti schien es, als rinne über das bleiche Gesicht seines Sohnes ein Zucken, über die Wange, die er aus eigenem Willen nicht bewegen konnte. »Ist sonst etwas nicht in Ordnung, Anton?«

Der junge Mann schüttelte den Kopf.

»Geht es um Lara?«

»Und warum wohl das?« Anton sah ihn an, als sei er nicht bei Verstand. »Wie kommst du auf Lara? Es geht um nichts.«

Also täuschte er sich. Vermutlich sah er seine eigene Erregung auf des anderen Gesicht. »Hör zu, mein Lieber. Wir beide müssen heute Nacht noch einmal aus dem Haus. Es fällt mir nicht leicht, es dir zu sagen. Du weißt, dass vor drei Tagen Fischer die Leiche eines Kindes aus einem Kanal in der Oberstadt gezogen haben?«

Anton antwortete nicht, gab mit keiner Regung zu verstehen, dass er die Worte seines Vaters gehört hatte. Er stand da wie in Trance, fand Warti. Aber vermutlich täuschte er sich schon wieder.

»Und du weißt auch, dass deine Mutter ein Kind hat? Einen Jungen, der geboren wurde, als du in Venedig warst?«

»Er ist tot.« Die Stimme, die metallisch glänzende Stimme seines Sohnes, klang vollkommen erloschen.

»Ja, Anton. Er ist tot. Er ist das Kind, das wir aus dem Kanal geborgen haben. Die Wahnsinnigen, die den Pripegala anbeten und seit ein paar Jahren mordend durch die Oberstadt ziehen, haben ihn getötet. Im Wiec heißt es, ich hätte keine Beweise. Aber ich bin dennoch sicher.«

»Ich bringe sie um.« Antons Stimme war nur mehr ein zischendes Flüstern.

Warti wollte auf ihn zueilen, ihn beruhigen, halten, aber Anton sprang zurück und stieß mit dem Rücken gegen den Tisch. Der Krug, der letzte der weißen aus Nowgorod, stürzte um und zerbrach in zwei Scherben. Dunkler Wein ergoss sich über Tisch und Boden. Anton drehte den Kopf, nahm eine der Scherben in die Hände und presste die Daumenballen auf die Bruchkanten, bis Blut hervorquoll.

»Anton!«

Anton ließ die Scherbe fallen. »Es war mein Kind«, sagte er.

Warti spürte, wie seine Kiefer sich öffneten. Er wollte etwas sagen, etwas, das deutlich machte, dass er nicht recht gehört, nicht recht begriffen hatte, aber aus seinem Mund kam nichts. Er hatte recht gehört, und er begriff im selben Atemzug. Stumm sprach er sich ihrer beider Namen vor, den der Frau und den des Mannes, erwartete ein Echo, aber in seinem Kopf blieb alles stumm.

Im nächsten Augenblick stand er vor dem anderen, hielt die Hand erhoben, fühlte, wie die erhobene, flache Hand sich zur Faust ballte. Der andere rührte sich nicht. »Das genügt nicht, Vater. Nimm dein Messer.«

Einen Herzschlag lang verwischte das Bild des Mannes vor ihm, und ein anderes flackerte auf: wirres Schwarzhaar und Blut, das über ein kaum kindliches Gesicht troff, ein Auge zugeschwollen, schwarz verkrustet, das zweite aufgerissen. Die erhobene Hand fiel herunter. Die Faust brach auf.

»Schlag endlich zu. Tu wenigstens das.«

Warti schüttelte den wie mit Blei gefüllten Kopf. »Geh«, sagte er.

18. Kapitel

Seit er fort war, Stani Sternenauge, dessen Namen niemand mehr zu kennen schien, hatte Natalia ihr Gefühl für das Verstreichen der Zeit verloren. Dass Mondkreise ins Land gingen, Sommer, Jahre, sah sie einzig ihrem Haar an, das ihr in Strähnen über den Rücken wuchs. Sie machte sich selten die Mühe, es zu kämmen. Gelegentlich, wenn es unumgänglich wurde, wusch sie es sich am Zuber im Hof. Auch den Rest von sich wusch sie, denn immerhin war sie Schankwirtin und lebte davon, dass ihr Fleisch appetitlich blieb. Die Mala hatte sie gefragt, warum sie die Schänke offen hielt, und die Antwort darauf war ihr schwergefallen. Weil man eben etwas tat, weil man Hunger bekam und Nahrung brauchte, weil man überleben musste, solange man nicht starb.

Sodann hatte sie die Mala gefragt, ob sie nicht zurück nach Nowgorod gehen wolle, jetzt, wo Natalia Geld genug hatte, um ihr die Reise zu bezahlen. Sie wolle lieber bleiben, hatte die Mala erwidert. »Ich bete täglich für Euch.«

Natalia aß nicht mehr so viel, wie sie es von sich kannte. Ihr Leben lang hatte sie mit dem größten Vergnügen gegessen, gleich in welcher Lage, in welcher Not oder Gefahr sie sich befand. Aber das Essen fiel ihr nun nicht länger leicht. Es kam mit einer Last. Wollte sie zum Beispiel von ihren Kräuterbeeten Sauerampfer pflücken und zu einer Suppe verkochen, so erinnerte sie sich, wie Stani die Samen des Wildkrauts mit ihr gesammelt und ausgesät hatte. Und wie er die Setzlinge bewundert hatte, nicht glauben konnte, dass aus einem Korn Leben so viel Kraft spross. So bekam ihr kein Essen mehr richtig. Um nicht vom Fleisch zu fallen, trank sie Würzwein, der ihr noch immer schmeckte. Den Wein hatte Stani nicht gemocht.

An einem Morgen, an dem sie sich zum Waschen in den Hof schleppte, sah sie, dass vom Vordach ihres Hauses Eiszapfen hingen. Sie rechnete nach, zwang ihren schmerzenden Schädel zum Denken. Es war das zweite Mal, seit Stani fort war. Der zweite Winter. Damals hatte gerade der Frühling begonnen. Dass von den Dächern der Häuser ein so dichter Vorhang aus glitzernden Spitzen hing, kam selten vor. Schließlich wurde es hier kaum je so kalt wie in Nowgorod. Einer Erinnerung nachspürend, brach Natalia einen Zapfen heraus und rieb sich damit die bloße Haut der Arme und des Gesichtes sauber. Die Kälte des Eises brannte. Der Schmerz tat ihr wohl.

Jäh klärte sich die Erinnerung, zeigte den Hof des Bojarenhauses in Nowgorod, den Schnee, der unter mit Lumpen umwickelten Sohlen brannte. Wie alt war sie gewesen, fünfzehn, sechzehn? Sie hatte um die verlorene Gefährtin getrauert, ihre Einsamkeit beklagt und geglaubt, es gäbe keinen Trost. Dies hier aber war anders. Es war ihr Körper, der trauerte, klagte und sich nicht trösten ließ. Der Körper vermisste keinen Gefährten, sondern einen Teil seiner selbst. Als habe man ihm die untere Hälfte, die Stani in die Welt gebracht hatte, fortgerissen und zwinge die obere Hälfte, die den gemarterten Kopf trug, zum Weiterleben.

Bald zwei Jahre waren seither vergangen. Jahre, die für Natalia gleichförmig wie ein Tag verstrichen sein mochten, in denen aber die Stadt unter der Hand Ladi Lubins ihr Gesicht verändert hatte. Zwei Große Opfer waren vollzogen worden, doch verlangte der Blutgott, dem jetzt die Huldigung galt, kein weißes Rindergespann, sondern ein

Gespann weißhäutiger Menschen. Zwillinge. *Wie Warti und sein Bruder,* durchzuckte es Natalia. Das Große Opfer war nicht länger Mittelpunkt eines rauschenden Festes, sondern ein düsteres, mit geduckten Köpfen erduldetes Ritual.

Unter Svarogs Eiche tanzte kein Liebespaar mehr. Im Grunde, so fand Natalia, war der Blutgott Pripegala dem Christengott nicht eben unähnlich: Wie diesem war ihm die Lust des Fleisches zuwider, die er in dunkle Winkel verbannte. Ins Licht dagegen zerrte er Sühne und Vergeltung: Leibstrafen wurden neuerdings auf dem Torg vollzogen, wo sich vom Greis bis zum Wickelkind ein jeder daran weiden konnte. Trotz dieser Gemeinsamkeiten war im Lauf der zwei Jahre jeder bekennende Christ, ob russischen oder römischen Glaubens, aus Vineta vertrieben worden. Wer bleiben wollte, musste seinem Gott im Verborgenen huldigen. Die beiden Kirchen standen leer und still wie Mahnmale. Christliche Kaufleute, die mit Einheimischen Geschäfte machten, hatten Zölle und Gebühren zu entrichten. Unter den Beschränkungen krankte der Handel. Die Vineter ächzten, schimpften, rissen Witze. »Vineta steht, Starosten kommen und gehen. Und wenn sie nicht mehr gehen können, rollen sie.«

Natalia zitterte vor Kälte und zog sich ihr Tuch fester um Brust und Schultern. Am Ausschnitt ihrer Bluse entdeckte sie einen dunkleren Fleck, wohl vom Wein. Dann hörte sie hinter sich den Hufschlag. Müde wandte sie den Kopf. Das Pferd kam zum Stand, und der Reiter sprang ab. »Du hast das Tor offengelassen. Das ist blanker Leichtsinn, Natalia.«

»Ja, ja.«

Er kam, wenn überhaupt, jetzt immer am Morgen, denn ab Mittag hielt sie die Schänke offen, und ihre Schänke hasste er wie eine Leprakolonie. Er zog den Hut vom Kopf. Bei seinem roten Pferd stand er und sah sie unschlüssig an. »Wie siehst du denn aus?«

»Wie das, was ich bin, Zaunkönig. Eine schlampige Schankwirtin. Eine Säuferin.«

Er selbst sah aus wie mit dem Bimsstein gewaschen, die Kleidung schlicht, schneeweiß und tintenschwarz, das Haar lieblos gekürzt, die Haut straff und rein. Er sah immer so aus, und zuweilen musste sie darüber sogar jetzt noch lachen. *Natalia, die nicht weint, haben sie mich genannt. Sie hätten mich Natalia, die nicht anders kann als lachen, nennen sollen.*

Noch immer starrte er sie an. Auf einmal ließ er die Zügel des Pferdes los, rannte zu ihr und riss sie in die Arme. »Natalia. Liebste. Ich habe nicht kommen wollen, aber ich habe es nicht ausgehalten.«

Bevor Stani gestorben war, hatte er sie nie Liebste genannt. Er roch, als hätte er an diesem eisigen Morgen schon im Meer gebadet, als trocknete Gischt auf seiner Haut. Vermutlich hatte er wie üblich vor Tagesanbruch mit der Arbeit begonnen. Seit bald zwei Jahren war er Kontoraufseher bei Bole Sliwosz, der sich an seinen Fähigkeiten eine goldene Nase verdiente, der über Mittel und Wege verfügte und der jüngst sogar als Herr vom Bronzetor in den Rat aufgestiegen war. Von irgendetwas müsse er leben, hatte Anton sie angeherrscht. Natalia aber wusste es besser. Er bestrafte sich. Einen Stock zu nehmen und auf sich einzuprügeln, wäre ihm zu milde erschienen, und dass er Warti durch sein Verhalten mitbestrafte, fiel ihm in seiner blinden Selbstverachtung nicht ein.

Der raue Stoff seines Halsbunds scheuerte an ihrer Wange. Sie machte sich los. »Binde das Pferd an, ja? Gehen wir nach oben.«

»Die Mala?«

»Ist auf dem Markt, kommt nicht vor Mittag.«

Sie gab sich ohnehin keine Mühe mehr, ihr Verhältnis vor der Mala zu verbergen. Es war Anton, der peinlich darauf bedacht war und wie ein Dieb durchs Haus schlich. Ihr Bett lag zerwühlt von den quälenden Stunden der Nacht. Der Raum war ausgekühlt, roch nach schaler Asche. Sie packte Anton, stieß ihn aufs Bett. Über ihm kniend begann sie, ihm das Hemd von der Brust zu zerren. Er hob die Arme, aber ließ sie wieder fallen, als sie die Bänder seiner Bruech löste. Kaum war der Stoff herunter, schnellte sein Glied in die Höhe. Er stöhnte.

Natalia riss sich Bluse und Rock herunter und warf alles auf den Boden. An Armen und Brüsten hing ihr Fleisch inzwischen schlaff, nicht mehr stramm. Den Bauch hinunter liefen zwei silbrige Streifen, dort, wo die Haut gesprungen war, während ihr Körper das Kind getragen hatte. Nur der blassrote Flaum, der sich an ihren Unterarmen sträubte, war noch wie der des Mädchens, das von Männern und Kindern nichts gewusst hatte.

»Natalia.« Anton stöhnte, als litte er Schmerzen. »Wie völlig wahnwitzig schön du bist.«

»Halt den Mund, ich bitte dich. Mach's mir.«

Sie setzte sich auf ihn, stieß ihn sich in den Leib. Krallte die Hände in seine Schultersehnen, ritt ihn, als wolle sie ihm die Hüften brechen. Leben schoss in ihn. Er fuhr hoch und warf sie herum. Sie hing an ihm, schlug ihm die Zähne in die Brust und biss sich fest, während er in sie hineinhieb, ihren Hintern packte und hob. Fleisch klatschte auf Fleisch, ihr Atem raste, ihr Herz zerschlug die Qual in ihrem Kopf. Nur dies blieb übrig, das wilde Umarmen, Halten, Lieben, mit dem sie das Kind gemacht hatten, die Lebenskraft, die den Tod überschrie.

Und dann war es vorbei. Mit einem lachhaften, schmatzenden Laut fuhr er aus ihr heraus und verspritzte sich über ihrem Bauch. Kopf und Oberkörper fielen ihr zurück aufs Bett. Unvermittelt holte sie aus und drosch ihm mit aller Kraft ins Gesicht.

Blut strömte in seine Wange. Sein Kehlkopf zuckte hart an seinem Hals. »Ich habe es dir gesagt, Natalia. Komm mit mir weg von hier, lass dich taufen, heirate mich. Dann mache ich dir ein Kind.«

»Weißt du, wie alt ich bin, du mieser Heuchler?« Sie ballte die Faust, um ihn nicht noch einmal zu ohrfeigen, ihn nicht noch einmal zu berühren. Mit einer Drehung warf sie ihn von sich herunter und rappelte sich auf die Knie. »Hat dir schon mal jemand erklärt, dass das Leben vergeht, selbst wenn du dir immer nur säuberliche Streifen davon schneidest? Hast du dir letzthin die Mühe gemacht, mich anzusehen? Na los, reiß die Augen auf, was siehst du? Eine alte Säuferin, auf der man wie im Hurenbett den Schwanz einklemmt.«

»Die Frau, die ich liebe«, sagte er.

Kopf und Schultern sackten ihr nach vorn. Er sprang auf und zog sie an sich. Schloss eine Hand um ihren Hinterkopf, barg ihr Gesicht an seinem Hals und streichelte ihr Haar. Sie legte die Arme um ihn. Splitternackt kauerten sie Haut an Haut in der Kälte und wiegten einander.

»Ich habe dir nichts zu geben, Anton. Was willst du mit mir? Warum nimmst du nicht Lara und gehst. Sie täte alles für dich.«

»Ich kann Lara nicht lieben. Nur dich.«

Sie hob den Kopf. »Du kannst sie nicht lieben. Aber bei ihr liegen kannst du?«

»Verdammt, was verlangst du von mir? Selbst ein Monstrum wie ich braucht ab und an einen Menschen, der es in den Armen hält. Komm mit mir, Natalia. Lassen wir die Trümmer hinter uns und packen unser Leben richtig an.«

Sie streichelte ihn, fuhr mit einem Finger seiner Braue nach. »Das, was du *Trümmer* nennst, ist meine Heimat, Zaunkönig. Ich hatte nie eine andere als Vineta.«

»Wo mein Glaube verboten ist.«

»Starosten kommen und gehen oder rollen. Wenn du mich willst, wirst du hier mit mir leben müssen, in diesem Haus, in dem mein Kind geboren worden ist. Ich kann mein Kind nicht ersetzen, kein neues, ordentlich getauftes mit dir machen, in einem neuen, ordentlich zurechtgefeilten Leben. Aber ich könnte, wenn du mir hilfst, den Weg weitergehen: mit meinem toten Kind und vielleicht mit einem zweiten, das uns bleibt. Und mit dir.«

Er schüttelte sich frei und stieg aus dem Bett. Mit jener zerstreuten Konzentration, die sie noch immer an ihm rührte, begann er sich anzuziehen. »Das ist nicht möglich«, sagte er, auf die Bruech starrend, in die er stieg. »Was dir als Weg erscheint, ist ein Irrpfad in den Sumpf. Wenn du deine Meinung nicht änderst, Natalia, dann will ich nicht mehr zu dir kommen.«

»Ich weiß. Du hast es mir oft genug gesagt.«

»Aber diesmal ist es mir ernst.«

»Das war es dir immer, Zaunkönig. Das ganze Leben ist dir ernst. Wirst du Lara bitten, deine Frau zu werden?«

»Und warum wohl nicht? Der Verbrecher, für den ich mir die Hände schmutzig mache, hätte gewiss nichts dagegen.« Er stopfte sich das Hemd in den Gurt, hob seinen Mantel auf und legte ihn sich um. Kaum hatte er die Fibeln geschlossen, fuhr seine Hand in seinen Beutel. »Hier. Den Heidengötzen will ich nicht mehr an mir haben.«

Er warf den Gegenstand zu ihr aufs Bett. Der kühle Stein traf ihr Knie und fiel ins Weiß des Lakens. Mokosch, die

Göttin der Fruchtbarkeit. Goldbraun, als sei alles Winterlicht darin gefangen. »Den Heidengötzen, Anton? Deine Mutter hat dir das gegeben.«

»Du bist nicht meine Mutter.«

Er ging zur Tür, streckte die Hand danach. Sie kniete nackt auf ihrem Bett, hob die Figur der Göttin auf, schloss beide Hände darum. »Du hast Recht«, sagte sie. »Die Frau, die deine, die irgendjemandes Mutter war, ist nicht mehr da.«

An diesem Morgen war es Jakub gut gegangen. Gut genug, sich hinunter in die Küche zu schleppen und sich gründlich zu waschen. Die Nacht über hatte sein Husten ihn endlich einmal schlafen lassen, sodass er sich jetzt erfrischt fühlte, wie um Jahre verjüngt. Die Magd Anda bot ihm an, ihm zu helfen, und als er ablehnte, sagte sie: »Ich weiß, Eure Tochter sollte dies für Euch tun.«

Dank dir, und den Segen jedweden Gottes auf dein Haupt, dachte Jakub. *Danke, dass noch jemand weiß: Ich bin nicht tochterlos.* Er wusch sich, derweil die Hintertür offen stand, weil die Anda im Hof die Hühner versorgte. Die Frage, ob sie damit warten und der bitteren Kälte wegen die Tür geschlossen halten sollte, hatte er verneint. Er sehnte sich jäh danach, die Luft zu spüren, die Winterluft einer Stadt am Meer, schwer und salzig und nie so trocken wie in der sonnengewohnten Gegend, in der er geboren worden war. Es war ein schöner Wintertag, einer von jenen windstillen Morgen, in denen die Welt wirkte wie in Decken gehüllt. Reglos schmiegte sie sich zwischen den tief hängenden Himmel und den dichten, sich türmenden Schnee.

Den Topf mit Milch, den Anda ihnen morgens heraufbrachte, hatte die Magd schon bereitgestellt. Sie duftete süß, und obenauf schwamm buttriger Rahm. Jakub wusste, dass Warti an allen Enden sparen musste, aber an der Milch und dem Honig für seine Eltern hätte er nie gespart. Lieber verkaufte er die Korona aus der Halle, das überzählige Geschirr und sein letztes, uraltes Schiff. Jakub, der sich freute, in seinem Alter noch einem Mädchen einen Gang abnehmen zu können, ergriff den Milchtopf mit beiden Händen und trug ihn hinauf zu Oda.

Er hatte sie schlafend verlassen, aber jetzt saß sie aufrecht im Lehnstuhl und hatte den Fensterladen aufgestoßen. Schwächliches Winterlicht fiel in die Kammer. Ihr schlafzerdrücktes Haar umstand ihren Kopf wie eine erloschene Gloriole. Eine einzelne Strähne, die sie sich gleichmütig kämmte, hing bis in ihren Schoß. »Guten Morgen«, stieß Jakub unter heftigen Atemzügen hervor. Er fühlte sich besser als in den letzten Wochen, war aber so viel Bewegung nicht gewohnt. Erleichtert stellte er die Milch auf den Tisch und ließ sich Oda gegenüber in den Lehnstuhl fallen.

Oda sah weder ihn noch die Milch an, sondern blickte starr auf das Bett. Also war vermutlich schon der Mora gekommen. »Jakub«, sagte Oda, »wer ist Waldemar?«

»Waldemar? Der neue König von Dänemark, Sohn des erschlagenen Herzog Lavard. Warum fragst du?«

»Einer, den sie mit Blut das Schreiben lehren, der malt seinen Namenszug hernach nicht mit Tinte.«

»Wer erzählt dir denn so etwas?«

»Witsach«, entgegnete Oda.

Natürlich. Einen anderen bekam Oda ja auch nicht zu Gesicht. Woher aber wusste der Mora von König Waldemar? War er dabei gewesen, als Warti und Zemu Reric vor Wochen in der Schreibstube über den Dänenherrscher sprachen? Er selbst, Jakub, hatte damals in einem Winkel vor sich hin gedöst. Seit so vielen Jahren war Warti es gewohnt, dass er Gesprächen beiwohnte, Wein und Sorgen und Gelächter teilte, darum holte er ihn auch jetzt noch dazu, obgleich der Alte nichts mehr beizutragen wusste. Zemu hatte seinen Sitz als Herr vom Schweinetor an seinen Sohn Vaci abgetreten. »Besser, als dass ich dem feinen Herrn Starosten den Hals umdrehe und mich als alter Zausel im Fluss ersäufen lasse.« Sie alle, Zemu, Kveta, Vaci und dessen Frau Bozena mit ihren Kindern, kamen häufig auf einen Becher herüber, als sei die Glanzzeit des Hauses nicht vorbei. Warti, das wusste Jakub, war ihnen, selbst wenn es ihm zuweilen lästig fiel, dankbar dafür.

»Was denkst du dir, Jakub?«, rief ihn Oda, die weiter aufs Bett starrte, zu sich zurück.

»Ich denke an deine Frage«, antwortete Jakub wahrheitsgemäß.

»Welche Frage?«

Sie war seit langem schwer verwirrt, vergaß in einem Augenblick, was sie im vorigen gesagt hatte. Das durfte er nicht außer Acht lassen. Dennoch musste jemand mit ihr über den neuen König von Dänemark gesprochen haben, Waldemar, den Sven von Seeland auf dem blutigen Sommerfest von Roskilde zu töten versucht hatte, der dem Mörderschwert jedoch entronnen war. Erlegen war ihm lediglich der Mitkönig Knut, Waldemars Verbündeter, doch zugleich sein Rivale um die Krone. Im Herbst, kurz nach dem Großen Opfer, das nun niemand mehr Erntedank nannte, hatte der junge Mann seinen Widersacher Sven vernichtend geschlagen und sich selbst zum alleinigen Herrscher über Dänemark erklärt.

»Einer wie der ist durch Blut zu seinem Thron gewatet«, hatte Zemu Reric gesagt und vielleicht hatte er später, als Jakub eingeschlummert war, noch andere Worte über Blut verlauten lassen, die Oda nun wiederholte. War aber der Mora an jenem Abend, der zudem Wochen zurücklag, dabei gewesen? Konnte sich der Mora neuerdings von Odas Körper lösen? Jakub hatte keinerlei Schwierigkeiten, an den Mora zu glauben, aber er brauchte Odas überzeugende Gegenwart dazu. Auf nicht leicht erklärliche Weise waren Oda und der Mora eins.

»Jakub«, schreckte Odas Stimme ihn erneut aus der Versunkenheit. »Jakub, steh da auf.«

»Wie bitte?«

»Steh da auf, Jakub.« Oda starrte auf das Bett. »Ich habe es dir oft genug gesagt, du darfst da nicht sitzen. Ich dulde es nicht.«

»Wo sitze ich denn?« Jakub, der sich bis eben stark gefühlt hatte, bemerkte, wie ihm seine spröde, brüchige Kehle eng wurde.

»Auf unserem Bett. Auf Witsachs Platz.«

»Nein, Liebe«, unternahm er einen hilflosen Versuch, auf den er selbst keine Hoffnung setzte. »Ich bin hier in meinem Stuhl, ich trinke Milch.« Er nahm seine Schale in die Hände, obgleich er alles lieber getan hätte, als jetzt etwas zu trinken und obgleich Oda ohnehin nichts sah, das er tat.

»Ich erlaube nicht, dass du Witsachs Platz einnimmst. Du verlierst deine Haare, weißt du das? Was soll sich wohl Witsach denken, wenn er nachher kommt und sein eheliches Bett ist von deinen Haaren übersät?«

Jakub musste die Schale abstellen, so sehr zitterten ihm die Hände. Seine aus dem Hemdsärmel schlackernde Rechte fuhr an seinen Schädel. *So war es also. Und wahrhaftig jetzt? Wie lange noch, liebste Oda, Waflerin? Eine Stunde, ein Tag?* Auf einmal hätte er schreien wollen wie einer, der nicht Jahre Zeit gehabt hatte, sich für diesen

Weg zu rüsten. Zugleich war ihm zumute wie zuweilen in seiner Zeit als Wartis Verwalter, wenn die Arbeit sich türmte und er fürchtete, wichtige Dinge nicht beizeiten fertig zu bringen. *Richtet jemand meinem Warti aus, dass ich ihn herzlich liebte? Meine Natalia, Faygeleh, weißt du, wie gern ich dich noch einmal hätte sehen wollen, wie gern ich deinen Jungen gekannt hätte?*

»Jakub!« Odas Stimme klang trotz der Atemnot scharf. *Oh meine Oda, meine Liebste. Ich ohne dich und du ohne mich, ganz und gar undenkbar ist das. Was gäbe ich darum, endlich Witsach von dannen zu jagen und dein Mora zu sein.* »Jakub, steh jetzt von diesem Bett auf, das meinem Witsach gehört, oder ich mache dir Beine. Und wiege dich nur nicht in Sicherheit, weil ich heute nicht wohl bin und mich nicht rühren kann. Wenn du nicht sogleich dort verschwindest, rufe ich meine Söhne, und die werfen dich hinaus.«

»Deine Söhne, Oda? Du rufst deine Söhne?«

»Ja nun, ich habe doch wohl zwei Söhne, oder nicht? Den Hellen und den Schwarzen. Der Schwarze ist ein Lumpenkerl wie mein Vater, der vor der eigenen Tochter nicht Halt macht. So einen kann unsereins hundertmal berühren, das ficht den nicht an. Zuschanden gehen immer nur die Hellen, Schönen.«

Sie brach ab, rang keuchend um Atem. Wie so oft in ihrer beider Leben wünschte Jakub sich nichts mehr, als sie zu halten und zu trösten. *Meine Oda, mein Liebstes, was hast du durchgemacht? Was haben wir beide durchgemacht und haben dennoch unser Leben gelebt und waren manchmal glücklich.* »Dein Vater war ein Schwein«, sagte er. »Aber dein Sohn Bole ist keines.«

»Wie auch immer. Du jedenfalls musst nicht glauben, dass der Schwarze mir in dieser Sache nicht zur Seite steht.

Der wirft dich im Bogen aus dem Haus, wenn er sieht, du hockst auf seines Vaters Bett wie ein Rabe auf dem Silber.«

Jakub hatte längst aufspringen wollen, aber war nicht stark genug. Jetzt stemmte er sich langsam, um Schonung seiner Kräfte bemüht, in die Höhe. Schritt um Schritt ging er zu Oda hinüber, umfasste ihr Gesicht und drückte seine Lippen in ihr Haar. Sog ihren Duft auf, vergrub die Hände in den schmierigen Strähnen, schenkte sich einen Augenblick voll Seligkeit. Dann ließ er sie los. Sehr leise, um den Zauber nicht aufzustören, stahl er sich aus dem Raum.

Hatte er sich an diesem Morgen nicht gewünscht, noch einmal die Schärfe der Winterluft auf den Wangen zu spüren, noch einmal dem Knirschen zu lauschen, mit dem der Schnee den eigenen Sohlen wich? Genauso musste man es anfangen, wenn man vor einem Berg von Aufgaben stand, genauso hatte er es Anton gelehrt: »Lass liegen, was auch ohne dich vonstattengeht. Entscheide, was unumgänglich ist, und dann pack es an, als gäbe es nichts anderes.«

Der Streifen Himmel zwischen den Häusern war gelb und dicht und ließ nur milchiges Licht hindurch. Tief verschneit lag die Gasse, sodass selbst ein jüngerer Mann nur schleppend vorangekommen wäre. Jakub trug weder Mantel noch Kappe, aber spürte nichts von der windstillen Kälte, die er am Morgen in der Küche noch bemerkt hatte. Stattdessen war ihm beinahe angenehm warm. Neben ihm schien kein Mensch auf der Bernsteingasse unterwegs zu sein.

Jeder Schritt war ihm unendlich schwer gefallen und hatte eine teure Ewigkeit gekostet, aber auf einmal, als er das Haus entdeckte, erfasste ihn Freude, die ihn wie ein Windstoß vorwärtstrieb. Er würde ihn wiedersehen. Bole. Seinen lieben Jungen. *Ich habe doch wohl zwei Söhne ge-*

habt, den Hellen und den Schwarzen. Der Helle brauchte mich selten, spross und gedieh wie ein Baum, und die Strenge, ihn zurechtzustutzen, fehlte mir. Der Kleine aber, der Schwarze, der die Welt nicht verstand, hing mir weinend am Wams, schlief mir in den Armen ein. Keiner, der das nicht erlebt hat, kann ermessen, wie allumfassend es ist. Ich werde Bole wiedersehen, meinen lieben Jungen. Von meinen anderen Kindern, Hannah, Natalia, Warti, hat keiner mich gebraucht wie er.

Er würde an Boles Tür klopfen, wie er es vor Jahren hatte tun sollen. »Bole«, würde er sagen, »ich weiß, dass du gestern Abend bei deiner Mutter warst, dass du ihr sagen wolltest, was geschehen wird. Was du geschehen lässt. *Einer, den sie mit Blut das Schreiben lehren, der malt seinen Namenszug hernach nicht mit Tinte.* Du hast nicht nur Waldemar gemeint. Sondern ebenso dich, nicht wahr? Es ist gut, dass du kamst. Du hättest seit Jahren kommen sollen. Ich weiß, was du tun willst, ich weiß, warum du es tun willst, und ich bitte dich: Halte ein, und tu es nicht. Mach deinen Frieden damit, dass Menschen nur Menschen sind, die Schmerzen leiden, Gelüste hegen und Fehler begehen. Mein guter Bole. Ich habe dich sehr geliebt.«

Genau das würde er sagen. Am Ende war alles einfach. Das wie frisch verputzte Haus mit den verglasten Fenstern leuchtete schon durch die Trübe, und die Freude trieb ihn voran. Hier kam er am Tor vorbei, das einen Spalt weit offen stand. Jakub erkannte eine Stallung. Sein Bole hatte stets von Pferden geträumt. Bei einem Pflock stand ein schöner Rotfuchs, dem ein Knecht den Sattel abnahm. Antons Pferd. Wäre er nicht so atemlos gewesen, hätte Jakub aufgelacht. Warum nur war ihm diese Erkenntnis nicht früher gekommen? Am Ende war alles einfach, fügte sich zusammen und konnte nicht anders sein. »Mein lieber

Bole«, würde er sagen. »Du hast also bekommen, was du so sehr wolltest. Nimm mit guter, mit freudiger Miene an, dass sich dein Wunsch erfüllt hat.« Bole würde sich erinnern. Jene Sturmnacht vor Jahrzehnten, in der Kasi geboren worden war und er seinem Ziehvater seinen sehnlichsten Wunsch anvertraut hatte, würde ihm wie Jakub selbst noch klar wie Wasser im Gedächtnis sein.

Jetzt erreichte er den Eingang. Zwei Stufen führten hinauf. Die Tür schien mehr als doppelt so hoch wie Jakub und der Türklopfer schwebte unerreichbar über seinem Kopf. Er würde mit den Fäusten gegen das Holz hämmern müssen, damit man ihn hörte. Nur erst ein wenig Kraft dafür sammeln. Zu einer Atempause rollte er sich in den wärmenden Schnee auf der obersten Stufe. Kaum legte er den Kopf nieder, da hörte er ein Geräusch, das er seit langem nicht mehr gehört und von dem er nicht gewusst hatte, wie sehr er es liebte. »Leb wohl«, rief er laut und fröhlich in die Winterstille. »Leb wohl.« Die Sturmglocken. Vinetas Wahrzeichen. Vielleicht war das, was wild aufklang, sich auf der Spitze überschlug und dann allmählich verebbte, aber auch sein Herz.

Anton hatte es ihr gesagt. Er hatte geschworen, nicht mehr zu ihr zu kommen, und den endlosen Winter über hatte er seinen Schwur gehalten. Dann aber war er doch gekommen. Das Wetter war seit Tagen abscheulich, der Himmel hing in schwarzen Klumpen, und an diesem Morgen war der Schneefall in dichten Regen umgeschlagen. Natalia hatte im Schankraum ausgekehrt, die Mala lag mit einem Fieber. Irgendwann glaubte sie, durch das Geprassel des Regens patschende Hufe zu hören und lief wie in einer Ahnung zur Tür. Auf seinem roten Pferd kam er im holperigen Trab durch den Matsch heran. Sie sahen beide, er und das Pferd, aus, als wären sie geradewegs dem aufgewühlten Meer entstiegen, und sie, Natalia rannte ihnen wie ein Mädchen durch den strömenden Regen entgegen.

Anton sprang vom Pferd, und Natalia warf ihre Arme um ihn. Zog sich an seine Brust, barg ihr Gesicht in dem durchnässten Hemdstoff. Seine Schultern, sein Rücken wurden steif. »Hast du deine Meinung geändert?«

»Wie bitte? Nein, Anton, ich habe meine Meinung nicht geändert. Wie könnte ich das? Was du meine Meinung nennst, nenne ich mein Leben. Es ist zu nass, um hier stehen zu bleiben und zu schwatzen. Kommst du mit ins Haus? Für dein armes Pferd findet sich vielleicht unter dem Vordach Platz.«

»Nein, ich komme nicht mit in dein Haus«, sagte Anton. Wasser lief ihm in Sturzbächen über das Gesicht, aber wie üblich achtete er nicht darauf.

»Bist du nur gekommen, um mich zu fragen, ob ich meine Meinung geändert habe?«

Anton sah sie an. Seine Wimpern waren vor Nässe zusammengeklebt, und seine Augen schimmerten wie ausgewaschen. Auf einmal packte er sie bei den Oberarmen. Wie Zwingen umspannten seine Hände ihr Fleisch, sodass ihr vor Schmerz ein Laut entfuhr. »Ändere deine verfluchte Meinung, Natalia. Komm mit mir hier weg, solange du die Wahl hast.«

»Du tust mir weh.«

»Weißt du, wie sehr du mir wehtust, wie schlimm dieser Winter war?«

»Ja, ich glaube, das weiß ich.« Natalia ergriff sein Gelenk und befreite ihren linken Arm. »Ich habe ihn ebenso erlebt wie du.«

Er ließ ihren rechten Arm los. »Weißt du auch, dass Jakub tot ist?«

Das Wort, *tot,* schoss ihr wie ein Glaspfeil zwischen ihren Rippen in die Brust. Dass ein alter Mann starb, der seine Lebenskraft ausgegeben hatte, entsprach der Bestimmung, aber doch nicht Jakub, ihrer aller Vater, der sie mit dieser Lebenskraft geliebt und gehütet hatte. Jakub, dem sie einen Abschiedsgruß schuldig geblieben war. Solange Jakub am Leben war, hatte Natalia sich auf irrwitzige Weise noch immer geborgen gefühlt, hatte eine Hoffnung bestanden, auch wenn sie diese nicht zu benennen wusste. Sie senkte den Kopf und sah den Tropfen zu, die auf den schlammigen Pfad aufklatschten und versickerten. »Weinst du, Natalia? Um Jakub, den Glücklichen, der es überstanden hat?«

Sie blickte auf. Der Regen machte ihre Augen tränenblind. »Ich bin Natalia, die nicht weint, wusstest du das nicht?«

Er schüttelte den Kopf. Aus seinem Haar stob ein Sprühregen wie aus einem Hundefell. »Ich gehe, Natalia.«

»Ja, geh.«

»Nicht nur von hier. Sondern fort aus Vineta. Ich kann nicht länger hier hocken, meinen Glauben verleugnen und Drecksäcken wie Bole und Lubin dabei helfen, in Grund und Boden zu treten, was an dieser Stadt gut war.«

Weil er so laut sprach, kam sie zu sich. Er griff schon nach dem Widerrist des Pferdes, aber flugs hielt sie ihn am Ärmel fest. Um zu begreifen, was er zuletzt gesagt hatte, wäre später Zeit. »Anton!«

»Was ist noch?«

»Woher weißt du, dass Jakub gestorben ist?«

»Woher ich das weiß? Ja woher wohl? Ich weiß es, weil ich ihn auf der verdammten Schwelle vor dem verdammten Sündenpfuhl von Haus gefunden habe, in dem ich arbeite. Steif gefroren, zusammengerollt wie eine Katze. Zehn Tage ist das her. Ich weiß es, weil ich ihn hineingetragen habe und weil mir von dem Geschrei noch die Ohren dröhnen.«

»Von welchem Geschrei, Anton? Was wollte Jakub denn vor eurem Haus?«

»Sag nicht euer Haus. Ich schlafe bei den Ställen, aber mit dem Höllenhaus habe ich nichts zu schaffen. Was Jakub dort wollte, weiß ich nicht.«

»Und wer hat geschrien?«

»Das üble Weib schrie, sie will den Leichnam aus dem Haus haben, und das Schwein Bole schrie, der Leichnam bleibt, wo er ist.«

Wie von selbst hob sie die Hand, um ihn zu streicheln, aber sah seinen Blick und ließ sie wieder sinken. »Ich habe dann dafür gesorgt, dass der Tote dem zurückgebracht wird, dem er gehört. Warti Sliwosz. Keinem sonst. Jakub liegt auf dem Hain der Gräber bestattet. Sieben Tage lang haben sie Schiw'a, die jüdische Totenwache, über ihn gehalten, aber begraben ist er in heidnischer Erde.«

Natalia kämpfte gegen ein Lächeln. Regen lief ihr in den Mund. »So etwas kann auf der Welt keine Stadt. Nur Vineta. Und du warst dabei, Anton? Du hast Jakub das Geleit gegeben, und du hast ihn Warti nach Hause gebracht?«

»Nein. Ich habe einen Totenkarren geschickt. Auf das Begräbnis hätte ich nicht gehen können. Ich bin Christ, Natalia.«

»Ja, das weiß ich, es hallt mir Tag und Nacht in den Ohren. Du bist Christ. Erinnerst du dich vielleicht noch manchmal daran, dass du Mensch bist? Warti hat Jakub verloren, er hat in diesem Leben keinen Menschen mehr, und von uns ist keiner gegangen, um ihm ein Wort des Trostes anzubieten?«

»Zur Hölle, Natalia.« Er schrie jetzt auch. Durch strömenden Regen schrien sie einander an. »Ich bin gewiss der letzte Mensch auf der Welt, den er sehen will.«

Sie betrachtete ihn. Sein triefendes Haar, sein Gesicht, die Wölbung seiner Brust unter durchweichten Kleidern. Sie liebte ihn so sehr, dass sie sich hier, auf der Stelle, mit ihm in den Schlamm hätte werfen wollen, ihn mit Küssen überschütten, ihm und sich jeden Gedanken aus dem Leib stoßen. Sie wandte sich ab.

»Wohin gehst du?«

»Wohin wohl? Zu Warti.«

»Du hast gehört, was ich gesagt habe?«

»Ja. Du gehst aus Vineta fort. Ich wünsche dir Glück, Anton. Dir und Lara.«

»Ich muss sie doch mitnehmen.« Jetzt klang seine Stimme fast flehend. »Sie ist meine Schwester im Glauben, und sie hat sonst niemanden, dem sie vertrauen kann.«

»Und sie könnte von dir schwanger sein.«

Obwohl sie mit dem Rücken zu ihm stand, glaubte sie zu sehen, wie er den Kopf hängen ließ, wie ihm die Schultern nach vorn sackten. »Lara weiß, dass ich nicht sie liebe. Sondern dich.«

»Aber ich gehe nicht mit dir.«

»Ich komme noch einmal und frage dich. In drei Tagen, ehe wir aufbrechen.«

»Komm nicht«, sagte Natalia, gab sich einen Ruck und rannte los.

Gegen den Regen rannte sie quer durch den Hafenbezirk, bis ihr die Kräfte versagten. Dort, wo das Handelsviertel begann, fand sie einen hölzernen Unterstand, unter den bei Unwettern Kaufleute ihre Gespanne trieben. Erleichtert floh Natalia unter das Dach, lehnte sich an die Wand und ließ sich auf den Boden sinken. Sie kauerte sich zusammen, verbarg den Kopf zwischen Knien und Brust.

Es roch nach nassem Holz und nasser Erde. So blieb sie hocken, bis ihr Körper Kraft gesammelt hatte und das Getrommel des Regens sachter wurde. Dann rappelte sie sich auf. Sie mochte noch immer Angst verspüren, aber die Angst ließ sich ertragen. *Dieser Mann ist mein Freund gewesen wie kein zweiter.* Nichts lag näher, als zu ihm zu gehen und zu fragen, ob er den Beistand einer Freundin brauchte.

Es regnete weiter, wenn auch in dünnen, gewichtslosen Fäden. Der Zuflusskanal, an dem Natalia entlangging, war so hoch geschwollen, dass hin und wieder eine träge Welle bis auf die Kuppe des Deiches schwappte. Riesige Eisschollen trieben auf dem schwarzen Wasser, dazwischen die Leiber toter Fische, an deren aufgetriebenen Bäuchen schon Raben pickten. Fast unmerklich gewann der Wind von Norden an Stärke. Menschen, die Natalia entgegenkamen, hielten ihre Hüte und Kappen auf den Köpfen fest und eilten durch Pfützen, um unter ihre Dächer zu kommen. Natalia fror, dass ihr die Zähne aufeinanderschlugen. Dennoch zwang sie sich, ruhig auszuschreiten, als ginge sie nach einem Morgen auf dem Markt, mit einem Korb am Arm, zurück zu ihrem Haus.

Es war noch so, wie sie es gekannt hatte. Ein wenig grauer vielleicht. In dem Jahr vor ihrem Auszug hatten sie es an beiden Seiten frisch weißen lassen. Natalia legte ihre Hand an den regennassen Putz. Gewiss war es nicht recht, ein Haus zu lieben, gewiss war es in Antons Augen Sünde. Sie trat vor die Tür. Kaum hatte sie den Klopfer betätigt, da flog sie auch schon auf. »Herr Warti? Gut, dass Ihr kommt!« Die rundgesichtige Frau schlug eine Hand vor den Mund. »Seid Ihr das, Frau Natalia? Ihr?«

»Anda?« Das Lachen platzte einfach heraus. »Meine Güte, als ich dich zuletzt sah, warst du ein halbes Kind!«

Die braunlockige Anda schlug auch die zweite Hand vor den Mund. »Frau Natalia«, murmelte sie.

»Ja, ich bin es.« Plötzlich wurde ihr bewusst, in welchem Aufzug sie vor ihrer einstigen Küchenmagd stand, ohne Mantel und Schultertuch, mit wirrem Haar und in triefenden, nicht recht sauberen Kleidern. »Vermutlich habe ich mich mehr verändert als du.«

Die Magd schüttelte den Kopf. »Ich denke nicht. So schön seid Ihr.«

Natalia wollte eben auflachen, da packte Anda sie am Arm, als griffe sie nach einem Rettungsseil, und sprudelte heraus: »Die Frau Oda. Sie stirbt.«

Natalia zögerte nicht. Mit der verstörten Frau im Schlepp betrat sie das Haus wie einst, als es ihrer Fürsorge unterstanden hatte. In der Halle war es dunkler, als es zu ihrer Zeit je gewesen war, aber der Tisch, an dem sie gegessen hatten, stand noch an seinem Platz. Es roch noch nach ihnen allen. Nach sauber gehaltenem Holz, nach Rosenöl im Feuer und nach Wartis ewigem Salbei. Sie hörte ihr Herz schlagen. »Wo ist der Herr Warti, Anda? Können wir ihn holen lassen?«

»Ich glaube, das geht nicht. Er ist in die Oberstadt gerufen worden, in aller Frühe schon, weil wieder ein Deich gebrochen ist. Der Herr Warti versteht sich doch darauf, aufs Bergen von Toten und aufs Nachschauen, ob noch einer lebt.« Die Augen der sichtlich überforderten Frau füllten sich mit Tränen. »Einen Burschen, den wir schicken könnten, haben wir nicht mehr.«

»Und Kasi?«, entfuhr es Natalia.

»Den hat der Herr Warti jetzt meist bei sich. Ich bin seit dem Morgen hier mit ihr allein.«

»Arme Anda. Sorg dich nicht. Ich kümmere mich um die Frau Oda. Sie ist oben, in ihrer Kammer?«

»Tausend Dank, Frau Natalia. Soll ich nach dem Arzt laufen?«

Natalia schüttelte den Kopf. »Die Frau Oda braucht keinen Arzt mehr. Nur einen Menschen, der winkt, wenn ihr Schiff ablegt.« Sie strich Anda über die Wange und begann, die Treppe nach oben zu steigen. Aus ihren Kleidern tropfte es auf das von ungezählten Schritten blank gewetzte Holz der Stufen.

»Guten Tag, Oda.« Sie zog die Tür, die angelehnt stand, auf. Wie sie es kannte, lag der Raum im Halbdunkel. Der Fensterladen ließ nur einen Streifen des ohnehin trüben Lichtes ein, und auf dem Schemel beim Bett brannte eine einzelne Kerze. »Ich komme, um dir zu helfen. Du musst jetzt von dir Abschied nehmen.«

Der schon bekannte, beißende Geruch schlug ihr entgegen. Offenbar hatte die Alte ihre Notdurft nicht mehr halten können. Als ein schwarzer Schatten lag sie auf dem Bett und rang, aus der Tiefe der Brust röchelnd, nach Luft. Natalia verspürte ein Würgen in der Kehle, aber kämpfte es nieder. Sie setzte sich zu Oda aufs Bett, nahm den Wasserbecher, den Anda ihr hingestellt hatte, und setzte ihn an die brüchigen Lippen.

Das Wasser rann Oda aus dem Mundwinkel. Zwischen zwei rasselnden, pfeifenden Atemzügen probierte Natalia es noch einmal, und als sie wiederum ein Rinnsal auf dem Handrücken spürte, stellte sie den Becher ab und gab es auf. »In Ordnung. Trinken willst du nichts mehr. Willst du noch etwas sagen? Ich kann dir helfen, Oda. Ich weiß, du hast Schreiben gelernt wie ich, und wenn du kein Wort mehr herausbringst, kann ich Papier und Griffel holen.«

Der Vorschlag schien albern. Die Alte vermochte gewiss keinen Griffel mehr zu halten, ja vermutlich hörte sie nicht einmal mehr, was Natalia zu ihr sagte. Unvermittelt fiel ihr etwas ein, das Jakub ihr einst gesagt hatte, einen Ausspruch von seinem Freund Thietmar: *Ich wünsche mir, dass die, die nach mir kommen, in ihren Betten sterben.* Wie schön das war. Einst hatte sie, Natalia, jedweden Tod unsäglich gefürchtet, aber diesen Tod fürchtete sie nicht, empfand höchstens Respekt vor seiner Größe. Jakub war ein Sterben in seinem Bett nicht vergönnt gewesen und ihrem Stani, ihrem Sternenkind, war das Leben herausgerissen worden, aber Oda war ein solcher Tod geschenkt. Nahezu zärtlich schloss ein beendetes Dasein sich zum Kreis. Natalia sah sich nach einem Lappen um, mit dem sie der Alten die Stirn wischen konnte, fand stattdessen auf dem Schemel ihren Kamm und strich damit über ihr Haar.

Kaum fragte sie sich erneut, ob Oda sie wohl hörte, da öffnete die Alte die Lippen. »Keine Tochter«, stieß sie heraus. Ihre Stimme war ihr vorausgestorben, die Worte ein lautloses Krächzen. »Ich hab doch keine Tochter gewollt.«

Sie hustete. Natalia ließ den Kamm fahren und griff nach dem Wasserbecher, aber stellte ihn zurück, als Oda weitersprach. Eines nach dem andern, von leerem Röcheln unterbrochen, tropften ihr die Worte aus dem Mund. »Aber ich hab eine bekommen, was? Eine Tochter. Erbin.«

»Es sieht so aus, Oda. Du kannst es nicht ändern und ich auch nicht.«

»Solche wie wir …« Sie musste abbrechen, keuchen, husten. Aus ihrem Mundwinkel rann ein Faden Blut.

Natalia legte ihr die Hand auf den Mund und schüttelte den Kopf. »Nein, Oda. Solche wie wir bringen kein Verderben. Wir haben gar nicht die Macht dazu, und es ist anmaßend, sich das einzubilden. Wir machen Fehler wie alle Menschen, und ob die Fehler Folgen haben, wird anderswo entschieden. Der, den du gemacht hast, hatte furchtbare

Folgen, also hast du dich fortan in diese Kammer gesperrt, um keinen zweiten zu machen. Aber das Leben lässt sich ja nicht aussperren. Durch die Türritze hat es sich zu dir gestohlen und hat sein Fest für dich ebenhier, zwischen diesen Wänden, gefeiert. Jetzt ist es zu Ende, Oda. Wenn du noch etwas sagen willst, dann tu es rasch.« Sie gab den Mund der Alten frei.

»Mein Enkel«, krächzte Oda. »Mein kleiner Witsach …«

»Du meinst Anton.« Fast musste Natalia lachen. Ganz Unrecht hatte sie nicht. Wenn Anton irgendjemandem wie ein Enkel, wie ein Blutsverwandter ähnelte, so war es Oda. »Es geht ihm gut«, sagte sie und kämmte das Haar der Sterbenden mit ihren Fingern. »Mit ein wenig Glück ist wieder ein Kind von ihm auf dem Weg.«

Aus der Kehle der Alten drang noch ein krächzendes Röcheln. Dann schloss sie die Lippen und gleich darauf die Augen. In Erwartung des letzten Bäumens presste Natalia ihr die Hände auf die Brust. Aber es kam kein Bäumen mehr. Auch kein pfeifender Atemzug und kein mattes Stöhnen. Unter ihren Händen spürte sie, wie ein Herz zu Ende schlug. Ein zartes, pulsierendes Pumpen. Noch eines. Und noch eines. Dann keines mehr.

Gemeinsam mit Anda wusch Natalia den Leichnam sauber und bettete ihn in reine Leintücher. In die verkrümmte Hand schob sie Oda den Kamm, den Jakub der Liebe seines Lebens geschenkt und der den Wahn der Zerstörung überstanden hatte, damit er ihn der zweiten Liebe seines Lebens schenken konnte. »Achte darauf, dass der ihr beigegeben wird«, sagte sie zu Anda. »Der hat jetzt bei den Lebenden nichts mehr zu suchen.«

»Wartet Ihr nicht, bis der Herr Warti heimkommt?«

»Nein«, erwiderte Natalia. »Ich bin sehr müde und brauche eine kleine Weile für mich allein. Sag ihm aber, ich komme, wenn er es wünscht, zum Begräbnis. Er soll es mich wissen lassen. Sag ihm, ich bin in meiner Schänke im Hafen. Ich wohne mit der Mala allein.«

Als sie das Haus verließ, ging der trübe Tag eben in eine sturmdurchtoste Nacht über. Es regnete noch immer, nur leicht zwar, aber dafür war der Nordwind stärker geworden und blies jetzt mit wütender Schärfe. Natalia hatte Andas Angebot, einen Mantel zu leihen, dankbar angenommen. Das Kleidungsstück, das sie trug, hatte Jakub gehört. Allein dieses Wissen schien zu wärmen, auch wenn der Mantel ihr in den Schultern zu eng war und kaum über ihre Hüften reichte.

Trotz Wind und Nässe ließ sie sich Zeit für den Weg. Ging sogar Umwege, um vertraute Plätze im Handelsviertel wie Freunde zu besuchen. In vielen Winkeln, in denen früher die Feuer der Hübschlerinnen gebrannt hatten, herrschte jetzt Dunkel. Der Pripegala, nicht anders als der Christengott, ergötzte sich an Blut, das schon vergossen war, nicht an dem, das vor Lust lebendig sprudelte. Vielleicht würde der Rat auch ihre Schänke bald schließen. Mit einigem Erstaunen bemerkte Natalia, dass der Gedanke sie nicht schreckte. Wenn aber der Schänke ihr Ende bevorstand, so würde sie noch einmal ein Fest darin geben. Für ihre Freunde, die ihr geholfen, ihr in diesen zwei Jahren die Treue gehalten hatten und die ein Fest gut brauchen konnten. Sie ließ das Handelsviertel hinter sich. Je näher sie dem Hafen kam, umso stärker wurde, dem Regen zum Trotz, der unverkennbare Duft einer Stadt am Meer.

Auf dem Weg zu ihrem Haus konnte sie das Meer nicht sehen. Der hohe Deich lag dazwischen, ragte durch Silberfäden des Regens auf. Kurz überlegte sie, ob sie hinunterlaufen und einen Blick durch die Pforte werfen sollte. Der Deich wurde nur noch spärlich bewacht, seit die Stadt unter dem Schutz des Blutgottes stand, und sie wäre noch eine kleine Weile mit dem Meer allein. Dann aber entschied sie sich dagegen. Das Wetter war allzu übel, und ihre Beine wie ihr Kopf zu erschöpft.

Während sie aber noch stand und dies bedauerte, tat der Deich sich unverhofft auf und gab die Sicht auf die Küste frei. Kein Hafengebäude, keine Schiffe standen im Weg. Schwarz und silbern glitzernd erstreckte sich das Meer, trotz des stürmischen Windes unbewegt. Natalia glaubte, es flüstern zu hören. Im nächsten Herzschlag erhob sich aus dem Meer die Stadt. Vineta. Mit all ihren Häusern, aus deren Fenstern goldenes Licht fiel, mit der Seeburg des Tysjatschnik, dem Turm des Sturmglockentores und ganz hinten dem Turm der Christenkirche. Keine Fischerhütte und kein herrschaftliches Wohnhaus fehlten, keine Gasse, kein Marktplatz, keine Düne und kein Deich. Als Natalias Augen sich an das Licht aus zahllosen Fenstern gewöhnt hatten, erkannte sie das Rathaus, den Torg mit der Sonnenuhr und die Häuser, in denen sie gewohnt hatte: das hohe, helle an der Bernsteingasse und das windschiefe, schmale im Hafen.

Im ersten Augenblick erschrak sie. Drehte sich um, weil die Stadt schließlich hinter, nicht vor ihr liegen musste. Die Häuser in ihrem Rücken aber duckten sich ins Dunkel. Da begriff sie und sah wieder geradeaus. Vor sich, in gleißendem Licht, erblickte sie die Stadt, von der Broni und Anya geträumt hatten, von der sie selbst in schwarzen Stunden geträumt hatte und in der sie an einem Sommertag von Bord gegangen war, um hier ihr Leben zu verbringen. Schön war sie. Venedig des Nordens, Heidenbabel,

Paradies der Sünder. *Dank dir, Vineta. Wenn es Besseres gab, dann war es zu gut für mich*. Der Regen wurde stärker, der Wind nahm zu, doch Natalia blieb stehen. Noch eine kleine Weile war sie mit ihrer Stadt allein.

19. Kapitel

Der Einarm hatte einen Boten geschickt. Er wolle, so hieß es in dem Schreiben, auf König Waldemars Geheiß hin kein Risiko eingehen und sich in Anbetracht der Lage nicht in die Stadt begeben. »*Quamvis sunt sub aqua sub aqua maledicere temptant*«, prangte es in der Mitte des Pergaments. »Sagt diese Losung meinem Mann an Eurem Tor, dann weist er Euch den Weg.«

Bole schleuderte das Dokument in den Ofen, wo der Bogen sogleich Feuer fing und zu stinken begann. Das Wetter war grauenhaft. Die feuchte, windgebeutelte Kälte saß ihm in den Knochen. Ihm würde dennoch nichts übrigbleiben, als den Falben zu satteln und zum Bronzetor zu reiten. Als er dies tat, unter dem Vordach, um das Pferd so lange wie möglich vor der Witterung zu schützen, kam Lara. »Ihr müsst fort, Vater? Wann kommt Ihr wieder?«

»Das weiß ich nicht.« Bole hielt im Satteln inne und nahm sich Zeit, sie zu betrachten. *Wenn in dem ganzen verfluchten Dasein mir eines gelungen ist, dann dieses Kind.* Er hatte um seinen Neffen, den taghellen Stani, geweint. Obgleich er der Schlange Natalia jedes Unglück der Welt hätte gönnen müssen, konnte er nicht anders, als den Verlust dieses Lebens zu betrauern. Das Leben eines Jungen, der ihn hätte lieben, der zum Trost seines Alters hätte heranwachsen können. Seine Lara aber würde ihm Enkelsöhne schenken, um das Verlorene zu ersetzen.

»Kann es sein, dass Ihr für Tage wegbleibt?«

»Ja, Lara, selbst das kann sein.«

»Dann habe ich Euch etwas zu sagen. Ich gehe von hier fort. Schon morgen.«

»In der Tat, das tust du.« Bole legte dem Pferd den Sattel über. »Wir gehen beide. Wann das allerdings sein wird, kann ich dir nicht sagen, und ich bitte dich auch, davon zu schweigen.«

Er wollte die Riemen festzurren, doch seine Tochter ergriff ihn beim Arm und zwang ihn, sich ihr noch einmal zuzuwenden. Vom eisigen Nieselregen schimmerten ihr die Wangen. Ihre Augen versprachen einen neuen Sommer, irgendwo, an einer anderen Küste. »Ich weiß nicht, wovon Ihr sprecht, Vater. Ihr wollt auch fort? Von der Mutter, von Eurem Sitz im Rat und vom Haus?«

»Von allem.« Bole riss seinen Blick von ihr los und zog sich in den Sattel. »Lass uns später reden. Jetzt muss ich mich eilen oder ich komme zu spät und treffe niemanden mehr an.«

Sie legte ihm ihre Hand auf den Schenkel. »Ich muss jetzt reden, Vater. Wenn du zurückkommst, werde ich vielleicht nicht mehr hier sein. Und Anton auch nicht. Wir gehen zusammen aus Vineta fort, nach Venedig oder in eine andere Stadt im christlichen Oberitalien.«

»Was sagst du? Wir gehen nach Roskilde. Der Mann deiner Schwester Lutiza nimmt uns fürs Erste auf.« Bole schlug sich auf den Mund. Wie laut hatte er in seiner Erregung gesprochen? Mühsam dämpfte er die Stimme. »Und was hat Anton damit zu schaffen? Anton ist getauft, ja? Dass er deshalb von hier fortwill, lässt sich verstehen, aber ich kann nur mitnehmen, wem ich rückhaltlos vertraue.«

»Vater«, sagte Lara, die Schnalle seiner Spore, die er wohl übersehen hatte, an seinem Stiefel schließend. »Anton und ich sind beide getauft, und wenn auch du dich taufen lässt, vor den vergebenden Gott trittst wie ein verlorenes Kind, dann wäre ich sehr glücklich. Nach Roskilde aber gehe ich nicht mit dir. Wir sollen Vater und Mutter verlassen. Ich gehe mit Anton, weil ich seine Frau sein will.«

Eine Regenbö stob unter das Vordach und ließ den Falben steigen. Bole wollte nach Laras Schulter greifen, aber musste sich mit beiden Händen in die Mähne des Tieres krallen. Seine Tochter gab ihm noch einen Blick, dann drehte sie sich um und rannte über den Hof davon. Im selben Moment fügte sich ein Bild, und Bole fiel ein, dass er Antons Pferd den Morgen über nicht gesehen hatte. In seinem Unterleib bildete sich ein Klumpen, der nicht aus Stein, sondern aus Eis gemacht schien und seinen Körper erstarren ließ. *Lara,* wollte er schreien, *meine Lara, das darfst du mir nicht antun, nicht du, nicht die einzige Hoffnung, die mir bleibt!* Lara aber war längst durch das Hoftor verschwunden.

Er zwang sich, sein Pferd in Trab zu treiben. *Denk jetzt nicht daran,* fuhr er sich an. *Du hast den Einarm zu treffen, du hast dies hinter dich zu bringen, und danach wird sich alles finden.* Die Lara war seine Tochter, sie hatte ihm zu gehorchen. Um einen Mann für sie würde er sich kümmern, um einen, den keine Tochter ausschlagen könnte. Einen Vetter von König Waldemar. Der Einarm schließlich hatte das alles und noch mehr in Aussicht gestellt.

Seine Augen waren blind, von Schleiern überzogen. In seinem Kopf herrschte Schwindel. Kaum gelang es ihm, den Falben zu lenken, auf das Bronzetor zu, an dem Waldemars Leute als vinetische Wachposten gekleidet standen. *Danach wird sich alles finden. Der vergebende Gott schließt selbst einen vom Leben müden Lumpen in die Arme wie ein verlorenes Kind.* Jetzt erkannte er durch die Schleier den Turm, die Stadtmauer, die rötlichen Torflügel.

»Ich bin Boleslaw, der Herr dieses Tores«, rief er dem Wächter durch den Regen zu. »Los, sperr auf, lass die Brücke herunter.«

Der Wächter, in vinetischem Waffenrock, wiegte den behelmten Kopf.

Bole ballte die Fäuste um die Zügel. Die verdammte Losung, das lateinische Gewäsch fiel ihm nicht ein, und das Schreiben hatte er ins Feuer geworfen. Am liebsten hätte er den Kerl über den Haufen geritten, nur hätte ihm das nichts genützt: Sein Pferd wäre gegen das Bronzerelief geprallt, auf dem ein Tysjatschnik von Vineta in einem Boot den verwundeten Dänenkönig Blauzahn zum Sterben in den Schutz seiner Burg geleitete. Bole war machtlos. Die bronzenen Schlüssel für die Riegel hatte er dem Einarm ausgehändigt.

Hinter ihm patschten Pferdehufe durch den noch hier und da überfrorenen Boden. Ehe er herumfuhr, tauchten der Kopf eines dickfelligen Schimmels und gleich darauf das von der Kapuze verschattete Gesicht des Einarms auf. Solange er den Mann kannte, hatte Bole ihn noch nie zu Pferd gesehen.

»Vergebung, mein Freund. Ich vergaß: Ihr versteht ja kein Latein.«

»Und ich dachte, Ihr wolltet nicht in die Stadt. Wozu mache ich mir eigentlich all die Mühe?«

»Ruhig Blut, mein Guter. Sich in der Stadt zu zeigen, so kurz vor dem Ende, ist in der Tat nicht der klügste Schachzug. Ich konnte Euch aber nicht mit den quakenden Fröschen hier im Regen stehen lassen, richtig?« Er warf den Kopf zurück, dass die Kapuze in den Nacken rutschte, und brach in Gelächter aus.

»Reißt Euch zusammen, Thore. Ihr wollt etwas von mir, nicht umgekehrt.«

»Und habt Ihr es?«

»Erst erklärt mir, was Ihr für einen Unsinn schwatzt.«

Der Einarm zog die Kapuze wieder über den Kopf. »*Quamvis sint sub aqua sub aqua maledicere temptant*«, sagte er so laut, dass der Wächter ihn hörte. Der wandte sich zum Tor und machte sich an den Riegeln zu schaffen und rief dem Posten auf dem Turm ein Kommando zu. »Sagt bloß, das klingt nicht wie Froschgequake? Aber nun auf, mein Freund. Steht Euch der Sinn nach einem tüchtigen Galopp? Man hört, Ihr wart in Eurer Jugendzeit ein großer Reiter.«

Kaum lag die Zugbrücke hinter ihnen, ließen sie den Pferden die Zügel schießen und jagten in halsbrecherischer Gangart über das flache Land. Trotz allem genoss Bole den Ritt. Den schneidenden Wind auf den Wangen, sein Fauchen in den Ohren, das Geprassel der Hufe, die Leere, die vorbeiflog. Wie schön es hier war. Wie schön es hätte sein können. Bole genoss den Ritt, bis er merkte, wohin der Weg führte. Sofort nahm er die Zügel auf, und der Falbe fiel stolpernd in Schritt. »Was soll das, Thore? Wohin reiten wir?«

Der Einarm war ein paar Sprünge weiter geritten, ehe er ebenfalls sein Pferd zügelte und zu Bole herumlenkte. »Was ist Euch denn?« Dem Ton des ewig Gelassenen war Unwille anzumerken. Sein regennasses Gesicht wirkte auf einmal alt. »Da vorn ist ein ausgebranntes Gehöft, dort halten sich unsere Leute verborgen.«

Ausgebrannt also war das Gehöft. An dem Einarm vorbei starrte Bole auf die schwarzen Umrisse des niedrigen Gebäudes, in dem die einstige Geliebte gelebt hatte. Durch die Regentrommeln vermeinte er ein Singen zu hören, ein Lied, das süßer schmeckte als Schlehenwein. Wäre er ihrem Hilferuf gefolgt und hätte ihr beigestanden, hätte er sie retten können? *Nur ruhig jetzt,* fuhr er sich an. *Für jede Reue ist später Zeit, wenn du als erschöpftes Kind vor den vergebenden Gott trittst.* »Ich komme nicht mit.« Seine Stimme ließ das Lied verstummen.

»Aber König Waldemar ...«

»König Waldemar kann mir noch diese paar Tage lang gestohlen bleiben. Ich übergebe Euch das, was Ihr fordert, hier. Die Abschrift der Deichpläne, die ich für Euch angefertigt habe. Wie ausgemacht garantiert Ihr mir dafür Geleit und Schutz. Ich werde niemanden mitbringen, nur meine Tochter, die bereits Christin ist. Ich selbst verlange, so schnell als möglich getauft und mit den Rechten eines Bürgers von Roskilde ausgestattet zu werden.«

Bole griff in den Beutel an seinem Sattel und zog eine in Öltuch gewickelte Rolle Pergamente heraus. Über den geduckten Kopf seines Pferdes hinweg hielt er sie dem Einarm hin. Der zögerte kurz. Dann nickte er und trieb seinen Schimmel die zwei Schritte zurück. »Wir reiten geradewegs nach Lübeck, den kämpfenden Truppen voraus. Dort erwarten uns Schiffe. Wenn Ihr es wünscht, kann Eure Taufe noch vor der Weiterreise vollzogen werden.«

Boles Hand verkrampfte sich um die Pergamente. Der Einarm musste seinen Zügel loslassen, um danach zu greifen. Einen Herzschlag lang hielten sie beide, jeder an einem Ende, daran fest. Dann öffnete Bole seine steifen Finger. »Und wann?«

So eilig es mit einer Hand möglich war, stopfte der Däne die Rolle in den Halsausschnitt seiner Kutte. »Morgen.«

»So schnell?«

»Der Nordwind ist dabei, auf Nordost zu drehen. Die Eisschollen sind bald zwei Zoll dick und werden jetzt, wo der strenge Frost weicht, in Windeseile schmelzen. Unsere Truppen stehen bereit und obendrein fällt seit Tagen Regen. Eine bessere Gelegenheit bekommen wir nie.«

»*Hic Rhodos hic salta*«, murmelte Bole.

»Wie bitte?«

»Nichts. Mir fehlt nur Euer ewiges Sprücheklopfen.«

Der Einarm warf den Kopf in den Nacken, doch statt des Auerhahnlachens entrang sich seiner Kehle ein Husten. »Und da sagt Ihr, Ihr versteht kein Latein. Aber gesprungen seid Ihr ja schon, mein guter Freund, und wir Streiter Christi werden Euch das nicht unvergolten lassen. Man wird Euch das vereinbarte Zeichen senden. Sodann bleibt Euch eine Stunde Zeit, Euch mit Eurer Tochter am Tor einzufinden. Seid pünktlich. Für den, der zu spät kommt, hat Wasser keine Balken mehr.«

Bole nickte müde. Der Regen wurde stärker, peitschender Wind ließ die Mähne des Falben stieben. »Hier, nehmt dies.« Von irgendwoher zog der Däne einen schmalen Dolch. »Zu Eurer Sicherheit. Ich weiß, Ihr seid es gewohnt, wie Juden und Knäblein unbewaffnet einherzustapfen, aber derlei Gewohnheiten legt Ihr besser beizeiten ab. Ist dann alles besprochen?«

»Nein.« Ohne hinzusehen, stopfte Bole sich den Dolch in den Gurt. »Ich verstehe kein Latein. Was bedeutet der Unsinn mit den Fröschen?«

»*Quamvis sint sub aqua*? Ist es nicht reizend? Es stammt aus einem Gedicht des Meisters Ovid über unentwegt nörgelnde Bauern. Kommt Euch nicht zuweilen in den Sinn, welch unsägliche Torheit Eure Mitbürger begingen, als sie Euren Herrn Bruder zum Teufel jagten? Der schöne Wartislaw ist doch ein schlauer Kopf. Hätte er den Stab in der Hand behalten und Euer Heidenparadies hübsch langsam in die neue Zeit hinübergleiten lassen, so hätten wir ihm keinen Stein der Welt in den Weg rollen können.

Jetzt aber, wo die Wunderstadt sich mit all ihren Kräften ins Alte krallt, pflücken wir sie wie einen Egel von der Haut, den man zerquetscht.«

Bole schüttelte sich. In Stößen fuhr der Wind in seine triefnassen Kleider. »Ich muss zurück. Was heißt das Gequake?«

»Obwohl sie unter Wasser sind, versuchen sie noch, unter Wasser zu schimpfen. Die Menschheit gedenke Vinetas.« Der Einarm wendete sein Pferd und sprengte in Richtung der Ruine davon.

Eine Nacht und einen halben Tag lang hatte er nach Lara gesucht. Außer Wein, den er in einem Schlauch bei sich trug, hatte er nichts zu sich genommen. Die Kälte spürte er nicht mehr. In nassen Fetzen hing ihm seine Kleidung vom Leib. Sogar zum Haus seines Bruders ging er. Versuchte sein Bruder nicht von jeher, seine Kinder zu stehlen? Eines jedoch, das Goldkind Stani, hätte Bole ihm stehlen können, wäre es ihm nicht grausam entrissen worden. Bole begriff nicht, warum er so viel an Stani dachte, warum er um Stani trauerte. *Stani, der Sohn, den ich nicht haben durfte.* Aber Stani war tot, und Lara lebte und würde ihm Enkel schenken. Alles fiele ins Lot, wenn er das Mädchen nur fand.

Im Haus seines Bruders, seinem einstigen Vaterhaus, öffnete eine Magd mit braunem Haar die Tür, die ihn wohl für einen Säufer hielt. Sie führte Kasi, das Tier, den Krüppel, den die unverzeihlichen Götter ihm, Bole, als Strafe auferlegt hatten, an einem Halsstrick mit sich. Der Umnachtete versuchte, durch den Türspalt zu entwischen, aber die Frau riss ihn zurück. »Niemand zu Hause«, rief sie schnell und schlug die Tür wieder zu. Bole hatte ohnehin genug gesehen. Das letzte Kind in diesem Haus war das Tier. Von Lara oder Anton gab es keine Spur. Als er sich schließlich auf den Weg zu seinem Haus machte, um zu sehen, ob Lara inzwischen dort eingetroffen sei, fühlte er sich halb irr vor Furcht.

Er riss die Tür auf. Seine Halle lag im grellen Licht. Vor dem Ofen hockte eine Gestalt, eine Frau mit ins Schläfenband gebundenen Flechten. »Lara!« Vor dem Ansturm der Erleichterung stürzte Bole auf die Knie.

Die Frau drehte sich um. Ihr Gesicht war uralt, das Haar in der Stirn zerrauft, die Wangen rot verschmiert. Ihr Mund stand offen. Sie hatte schöne Zähne, weiß und scharf. Welcher Wahn ließ ihn das ausgerechnet jetzt bemerken? Von ihren Lippen troff Blut. »Jula, um alles in der Welt, wo ist Lara?«

»Lara? Die blonde Christenmetze, die dein Dämon von Bruder mir gemacht hat?«

War das die Wahrheit? War Lara nicht sein Blut, war sie somit frei, sich zu verbinden, mit wem sie wollte? Kaum hatte die Hoffnung sich in ihm aufgerichtet, da sackte sie schon wieder zusammen. »Du verdammtes Lügenmaul.« In der Nacht, in der Lara gezeugt worden war, hatte sein Bruder Natalia zur Frau genommen, und welcher Mann, der Natalia haben konnte, legte sich zur Jula ins Bett? »Wo ist meine Tochter?«

»Deine Tochter? Wo soll deine Dreckstochter sein?« Sie hob ihm die Handflächen entgegen, die vor Blut klebten. »Da, wo der andere Bastard ist, das Balg von der roten Hure. Der Gott von Strafe und Vergeltung hat sie sich geholt.«

Das Lachen, das aus ihr herausbrach, schien die Mauern des Hauses durchzurütteln wie einst die Sturmglocken die dünnen Bretterwände. Bole, der noch immer am Boden kauerte, spürte, wie etwas sich ihm in die Seite bohrte.

Etwas Hartes. Ehe er denken konnte, hatte er es umklammert. Den Griff des Dänendolchs. Er sprang auf und rannte auf Jula los.

Sie hatte ihm Stani genommen. Sie hatte ihm Lara genommen. Vor seinen Augen erstanden auf einmal Hunderte von Julas und drehten sich im Kreis. *Einst liebte ich dich. Mein ganzes Leben ging mir in Stücke, meine Kinder, mein Bruder, meine Stadt, weil ich dich liebte.* Blindlings packte er zu und hieb in den sich drehenden Wirbel von Julas hinein, hieb und hieb, bis etwas Dunkles, Sämiges ihm in die Augen spritzte.

Vor dem Schmerz ließ er los. Mit einem Poltern schlug das Messer, mit einem dumpfen Platschen der Körper auf. Bole rieb sich die Augen. Das Bild hatte aufgehört, sich zu drehen, flimmerte nur noch ein wenig im Licht bewegter Kerzen. Vor ihm lag Jula. Den Mund wie blöde verzogen, die Augen aufgerissen, starrte sie ihn an. Die Masse, die ihr Körper gewesen war, hing über einer anderen blutigen Masse, dem Kadaver eines Hammels, dessen gehörnter Kopf unversehrt neben beiden lag.

Bole brauchte lange, ehe er seinem schmerzenden Körper gebieten konnte, sich auf den Dielen niederzusetzen. Er stützte den Kopf, der ebenfalls schmerzte, in die Hände. Er hatte sich geirrt. Jula hatte nicht seine Lara, sondern lediglich einen fetten Hammel geschlachtet. Seine Lara war geflohen, an der Seite des einzigen Mannes, den sie nicht haben durfte. Seine Lara war fort. Er konnte sie nicht einmal fragen, ob der vergebende Gott auch einen Mörder aufnahm. *Aber bin ich ein Mörder? Hat nicht Jula mich seit Jahr und Tag dazu getrieben, war es nicht das, was sie von mir wollte, dass ich einmal Kraft bewies?*

Er nestelte sich den blutverschmierten Weinschlauch vom Gurt, setzte ihn an die Lippen und ließ gierig die letzten Tropfen in seine Kehle rinnen. Er würde mehr Wein brauchen, viel mehr, und zwar bald. Die Gesichter der Frauen, die er in seinen Armen gehalten hatte, tanzten in seinem dröhnenden Schädel umeinander. Jula, Lenka, Natalia. Aber Natalia hatte er nicht gehalten, sie gehörte noch immer Warti, obgleich sie ihn verlassen hatte. In seine wirren Gedanken hinein drang das Pochen des Türklopfers. Wie gestochen fuhr Bole in die Höhe. Er konnte doch unmöglich jetzt jemanden in sein Haus lassen! Genauso wenig aber konnte er vorgeben, er sei nicht da. Was, wenn es Lara war, seine Lara, die in dem Weltuntergangswetter auf seiner Schwelle wartete?

Mühsam, den Blick auf den blutigen Haufen vor dem Ofen meidend, schleppte Bole sich zur Tür. »Wer da?«

»Die Losung.«

Bole erschrak bis ins Mark. War es möglich? War dies seine Wirklichkeit? »Waldemar«, presste er heraus.

»Waldemar«, wiederholte der dänische Bote hinter der Tür. »*Waldemar ante portas*. Alles Weitere wisst Ihr.«

Das vereinbarte Zeichen. Ans Holz der Tür gelehnt hörte Bole zwischen Trommelwirbeln des Regens, wie die Schritte des Boten sich entfernten. Noch eine Stunde blieb ihm, und seine Lara war über alle Berge. Vielleicht würde er sie nie mehr sehen, ginge allein in die Fremde, ohne einen Menschen, der seinen Namen, der die Häuser und Gassen kannte, in denen er gelebt hatte. Er würde es nicht schaffen. Eine Stunde blieb ihm und er hatte keinen Wein mehr, keinen Gott und keinen Menschen.

Und dann zuckte wiederum ein Bild vor seinen Augen auf, und mit dem Bild kam der erlösende Gedanke: *Natalia.* Er würde zu Natalia gehen. Als er das letzte Mal zu ihr gekommen war, hatte er ihr nichts geboten als eine windschiefe Hütte. Heute aber brachte er ihr, was kein anderer ihr jetzt noch zu geben hatte: ihr Leben. Sie konnte ihn nicht abweisen. Ohne nach trockenen Kleidern zu suchen, lief Bole quer durch die Halle, an der Toten vorbei in den Hof.

Es goss, als sei der schwarze Himmel zerplatzt. Der Wind hatte einer jungen Eiche die Krone abgerissen und vor seine Stalltür geschleudert. Achtlos trat Bole darüber hinweg. Im Handumdrehen hatte er den Falben gesattelt. Heute Nacht würde er Vineta verlassen, mit Natalia an der Seite. Er saß auf, hieb dem Tier die Sporen in den Leib und ritt durch den Regen vom Hof. Sein Triumph über Warti würde heute Nacht vollkommen sein.

»Mokosch, die Göttin der Fruchtbarkeit!« Jurans Vetter, der nach Fisch stank, grabschte ihr zwischen die Brüste, hob die Statuette aus ihrem Ausschnitt und wiegte sie in der Hand, die er dabei wie zufällig an ihren Brüsten rieb. Er musste schreien, um sich verständlich zu machen, so laut tosten der Lärm der Zecher und die Musik um sie. »Die kenne ich. Meine Mutter betet auch zu ihr.«

»Deine Mutter sollte dir, so lang wie du bist, den Arsch versohlen.« Natalia lachte, gab dem Jungen einen Klaps auf die Hand und schnappte ihm die Statuette weg. Dann wirbelte sie herum zu anderen Gästen, Dorschfischern, die ihr johlend zutranken. »Die Götter seien mit dir, Natalia, schönste Rusalka von Vinetas Strand. Einen hübschen Bernstein hast du da, und er ruht zwischen noch hübscheren Dünen.«

Natalia wusste nicht, warum sie das getan, warum sie die Statuette an einen Riemen aus Leder gebunden und sich um den Hals gehängt hatte. Den Morgen über hatte sie zu viel Wein getrunken, bis ihr im Schankraum übel geworden war. Verschwommen erinnerte sie sich: Die Magd hatte ihr die Stiege hinaufgeholfen, an ihrer eigenen Kammer vorbei, aus der Natalia Geräusche vernahm. Es war ihr zu elend ergangen, um eine Frage zu stellen, aber die Mala war dennoch vor Schrecken erstarrt. »Eine Glaubensschwester«, hatte sie gestammelt. »Bitte nehmt es mir nicht krumm. Sie braucht für ein paar Nächte Unterschlupf, dann holt ihr Bräutigam sie ab und reist mit ihr in christliches Gebiet.«

Ein den Eltern entlaufenes Mädchen also. Nun, Natalia sollte es recht sein. Erklärungen stotternd half die Mala ihr aufs Bett, wo sie bis in den Nachmittag schlief. Als sie mit schmerzendem Schädel erwachte, fiel ihr erster Blick auf die Statuette, die zwischen ihrer Schatulle und den Pisanki aus Nowgorod auf dem Nachtkasten lag. Was sie bewogen hatte, sie um den Hals zu legen, war ihr selbst nicht klar. Sie war aufgestanden, hatte sich im Hof mit schmelzendem Eis erfrischt und ihr heiderotes Kleid angezogen. *Heute feiern wir, als sei es der letzte Tag, der uns bleibt. Die Welt steht in Flammen, aber wir Vineter bauen uns Buden zum Pogodafest.*

Trotz des Wetters war bald das gesamte Hafenviertel zusammengeströmt. Ein paar Burschen waren auf einen Tisch gesprungen und spielten Gusli und Flöte. Natalia achtete nicht darauf, wer bezahlte, sondern schenkte aus, was sie hatte. Unentwegt eilten Mala und Juran mit frisch gefüllten Krügen aus der Küche. Sie selbst packte einen überschwappenden Becher, setzte ihn an und leerte ihn in einem Zug. Unter dem Jubel der Trinkkumpane warf sie ihn an die Wand, wo er zersprang. »Es lebe das Leben!«

Becher flogen. »Es lebe Vineta und ihre schönste Rusalka!«

»Der Perun hol den Starosten! Fässer sind zum Stechen da!«

Weitere Trinksprüche gingen in grölendem Gelächter unter. Karel, der sich neben sie gedrängt hatte, legte ihr den Arm um die Schultern. »Sag mal, da wir vom Perun sprechen«, stieß er dicht an ihrem Ohr heraus, »schläft der eigentlich? Die Sturmglocken hätten doch seit spätestens gestern läuten müssen.«

Natalia verspürte ein winziges, warnendes Zucken in der Kehle, aber schluckte es herunter. Dieser Karel war kein unschöner Mann, das Haar noch dunkel, die Haut nussbraun gegerbt, die Arme bepackt mit Muskelsträngen vom Zerren und Schleppen der Reusen. »Der Perun ist wie wir«, rief sie ihm mit lauter Fröhlichkeit ins Gesicht. »Er trinkt gern mal einen über den Durst. Außerdem ist der Sturm vielleicht nicht so schlimm.«

»Hoho, das glaub mir mal, meine Rusalkinka. Wenn der Herings-Karel in seinem Leben schlimme Stürme gesehen hat, dann den, der sich da draußen austobt, und den in seiner Bruech.«

Karel griff ihr ins Hinterteil, und Natalia versetzte ihm lachend einen Streich mit dem Ende ihres Schultertuchs. Von dem Sturm vor den Fenstern und dem Lachen dahinter schien das Häuschen zu wackeln. Dicht beim Eingang sprang eine bärenhaft gebaute Hübschlerin aus der Umarmung zweier Kerle in die Höhe. »Igitt, wer hat den Göttern zu viel Suff gegeben? Meine Füßchen tappen im Feuchten.«

Sofort senkten sich aller Blicke zum Boden. Die Musik setzte aus. Natalia sah das Wasser, das von der Tür her durch den Saal kroch, gerade als es ihre Füße erreichte. Mehrere kreischten. Eine Hübschlerin und ihr ausländischer Freier stiegen auf einen Tisch. »Kein Grund, guten Wein versauern zu lassen«, rief Karel in die Menge. »Sagt bloß, ihr habt in euren Häusern noch nicht bis zum Arsch in Wasser gestanden? Das fließt auch wieder ab, also los, Musik, heizt uns ordentlich ein.«

»Kann es denn wirklich so regnen?«, fragte Natalia gedämpft.

»Und ob es kann. Komm, trink noch eins, mein Schönes. Du hast nur zu lange da oben im Trockenen gewohnt und hier unten noch keinen echten Sturm erlebt.« Karel wollte eben den Musikern auf dem Tisch ein Handzeichen geben, als die Tür aufflog. Natalia griff sich einen Becher vom Schanktisch und stürzte die Flüssigkeit hinunter. Das Geschenk eines Schiffsreisenden aus Pisa: gebrannter, unverdünnter Wein. Eine Lohe schien ihr die Kehle zu versengen und schoss ihr gleich darauf in den Kopf. »Guten Abend, Fremder!«, rief sie mit nicht ganz sicherer Stimme über sämtliche Köpfe hinweg. »Was verschafft dieser glanzlosen Hütte die Ehre?« In der Tür, hereingeschleudert auf einer Böe von Regen, stand Anton.

Er warf die Tür hinter sich wieder zu. »Ihr Leute geht besser nach Hause«, rief er, als bemerke er Natalia nicht. »Los, packt euch, das Wetter wird schlimmer. Wer jetzt nicht geht, kommt heute Nacht hier nicht mehr raus.«

»Das wär das Übelste nicht.« Gelächter. Wie von selbst wanderte Karels Hand von neuem über Natalias Hintern. Sie drehte sich um, doch statt der fälligen Backpfeife drückte sie ihm auf seine ledrige Wange einen Kuss. Die Rechnung ging auf. Wie eine Schnigge durch Wellengang schnitt sich Anton den Weg durch die Menge. Grob packte er sie bei den Armen und riss sie dem anderen weg.

Seine Kleidung war durchnässt. Aus seinem schwarzen Haar, das in die Stirn hing, tropfte es. Natalia schloss die Arme um seinen Hals, zog ihn zu sich herunter und presste ihre Lippen auf seine. Küsste ihn. Schlang seinen Mund mit ihrer Zunge und ihren Lippen auf. *Ich habe vieles ge-*

gessen und getrunken, das süß schmeckte, aber dieses ist das Süßeste. Meines Sommers Kirschenwein bist du. Da sie nicht erwartet hatte, diese Köstlichkeit noch einmal zu bekommen, schmeckte sie noch süßer.

Dass er sich entziehen wollte, spürte sie. Aber es gelang ihm nicht. Es war ihm nie gelungen. Noch eine angehaltene Ewigkeit lang gehörte er ihr und sie ihm. Dann holte sie Atem, und er nutzte den Moment, sich zu befreien. »Bist du verrückt geworden, Natalia? Wir sind nicht allein.«

»Gewitzt erkannt, Meister Anton.« Derb drosch der Herings-Karel ihm auf ein Schulterblatt. »Aber nichts für ungut. Im *Rusalka* missgönnt dir keiner, dass du dir schnappst, was jeder begehrt.«

Gelächter. Johlen und Grölen. Endlich Musik. »Schick die Leute nach Hause«, sagte Anton. »Das Wetter ist gefährlich, Natalia. Wer sich jetzt nicht eilt, mag auf dem Heimweg ersaufen.«

»Warum läuten die Sturmglocken nicht?«

Ihre Blicke trafen sich. »Vielleicht hat Ladi, der Hohlkopf, den Glöckner ausgesperrt.«

»Warum bist du gekommen, Zaunkönig?«

»Um dich zu holen. Dich und Lara. Wir brechen heute Nacht auf.«

»Bei diesem Wetter? Und wieso suchst du Lara hier? Sie erscheint mir kaum wie ein Mädchen, das in heidnischen Sünderschänken trinkt.«

»Sie wollte hierherkommen.« Einen Gast, der aufmerksam lauschte, stieß Anton mit dem Ellenbogen beiseite. »Schick endlich die Leute heim. Wir müssen so schnell wie möglich los, Lara sitzt ihr Vater auf den Fersen, und ich will nur weg, sonst nichts.«

»Über Wasser, Anton?«

»Nein, bis Demmin über Land. Wer bei solchem Sturm versucht, aufs Wasser zu gehen, ist ein Selbstmörder wie Odas Witsach.«

»Oda ist tot«, sagte Natalia. »Noch beim Sterben hat sie an dich gedacht.« Dann schob sie einen Burschen, der eine Hure auf dem Schoß hielt, von einem Schemel, stieg hinauf und rief durch den Saal: »Das Fest ist zu Ende. Geht alle nach Hause, ehe das böse Wetter euch erwischt. Gute Nacht, meine Freunde. Das *Rusalka* bleibt ein paar Tage geschlossen, bis der Sturm sich gelegt hat. Aber dann sehen wir uns hier wieder zu einem Becher auf den Frühling.«

Es dauerte eine Weile, bis einer nach dem anderen sich von Kumpanen verabschiedet, seine Neige hinuntergestürzt und seinen Mantel umgeworfen hatte. Natalia überließ Mala und Anton das Austreiben. Während der Raum sich leerte, bemerkte sie, dass das Wasser, dessen Kälte sie kaum noch spürte, gestiegen war. Es spülte ihr jetzt bereits um die Fesseln. »Ist das denn wirklich nur Regen, Anton?«

Anton, der hinter den letzten schwankenden Zechern die Tür verriegelt hatte, drehte sich um und ging in die Hocke. Er tippte einen Finger in das Wasser und legte ihn sich an die Zunge. Dann schüttelte er den Kopf. »Salz. Verdünnt zwar, aber ohne Zweifel. Das bedeutet wohl, es gibt irgendwo einen Bruch im Seedeich.«

»Im Seedeich?« Natalia fühlte, wie ihr Herz Blut pumpte. »Aber den hat doch Warti überall verstärken lassen.«

Anton stand auf. Sein Gesicht war angespannt. »Es mag so schlimm nicht sein. Ich gehe gleich nachsehen. Zuerst aber muss ich Lara finden.«

»Ich bin hier.«

Aller Blicke flogen in die Höhe. Auf dem Absatz der

Stiege, im Zwielicht, stand das Mädchen. Im Gegensatz zu ihnen allen trug sie ein Kleid, das glatt und trocken war. Über ihrem Arm hing ein Reisebündel. »Vergebt mir, Frau Natalia«, murmelte die Mala, die sich ihr gegenüber an die Wand drückte.

»Was hat das zu bedeuten?«

Leichtfüßig eilte das Mädchen die Stiege hinunter und legte der Magd ihren Arm um die Schulter. »Mir habt Ihr etwas zu vergeben, nicht der Mala. Ich hatte plötzlich Angst, mein Vater könnte mich festhalten, also habe ich sie gebeten, mich über Nacht hier zu verbergen. Die Mala ist unsere Schwester im Glauben. Sie mochte es mir nicht abschlagen.«

Natalia war so verblüfft, dass sie rückwärtstaumelte und sich gegen die Wand lehnte. Das Wasser patschte bei jedem Schritt. »Hast du mir nicht gesagt, die römische Kirche sei die falsche, du gehörtest der russischen an?«

Verloren zuckte die dicke Magd die Achseln. »Es sollte doch eine Kirche sein. Und ich habe mir gedacht …« Ihre Stimme verschwamm. »Wenn ich in die Römerkirche geh, vielleicht kann ich später einmal unsern Stani mitnehmen, wo er doch einen Christen zum Vater hat.«

Natalia an der Wand und Anton bei der Tür starrten erst einander und dann die weinende Mala an, der Lara tröstend den Rücken strich. »Dank dir, Mala«, sagte Natalia schließlich. »Für alles. Pack deine Sachen, beeil dich. Du gehst mit Anton und Lara.«

Ein paar Herzschläge lang herrschte Stille, bis auf das verebbende Schluchzen der Frau. Dann sprach Lara. »Nein«, sagte sie.

»Was soll das heißen, nein?«

»Vergebt mir noch einmal, Frau Natalia. Ich habe Euch beide heute Abend gesehen, Euch und Anton, ich wollte es einmal erleben, damit ich es glauben kann. Anton liebt Euch. Wenn Ihr nicht mitkommt, gehen Mala und ich allein.«

»Du bist wahnsinnig«, fuhr Anton sie an. »Allein kommt Ihr bei diesem Wetter keine hundert Schritte weit.«

Das Mädchen blieb ruhig. »Das war die falsche Antwort. Aber das weißt du, nicht wahr? Wir nehmen dein Pferd. Wir gehen durch das Sturmglockentor und warten dort eine Stunde lang, ob ihr nachkommt. Wenn nicht, schlagen wir zwei Weiber uns mit Gottes Hilfe schon durch.«

Anton öffnete mehrmals den Mund, um etwas zu sagen, aber Lara schüttelte den Kopf. Schon schob sie die verstörte Mala in Richtung Stiege, um deren Sachen zu packen. »Ist es klug, durch das Sturmglockentor zu gehen?«, fragte Natalia. »Wird man Euch nicht aufhalten?«

»Ladi Lubin vertraut dem Blutgott«, erwiderte Lara, hörbar um ihre Stimme kämpfend. »Sein Tor ist so gut wie unbewacht.«

Kaum waren die beiden verschwunden, da stürzte Anton zu ihr und riss sie in die Arme. »Ich flehe dich an, Natalia. Lass uns mit ihnen gehen.«

»Und ich flehe dich an.« In seinen Armen stand sie steif, als friere sie. »Geh du.«

Sie sahen sich an. Sein Griff tat ihr weh. Kurz darauf kamen Mala und Lara zurück, bis über die Köpfe in geölte Tücher gehüllt. Geweint hatten beide. So unschlüssig standen sie zu viert voreinander, dass Natalia um ein Haar hätte lachen müssen. »Ich wünsche Euch Glück«, half sie schließlich ihnen allen aus der Not. »Anton schicke ich Euch hinterdrein.«

»So oder so«, erwiderte Lara. »Ich wünsche Euch auch Glück, Frau Natalia. Ich habe Euch immer sagen wollen, wie leid es mir um Euren Jungen tut.«

Natalia schluckte. *Ich habe mich geirrt,* dachte sie. *Die Frau, die jemandes Mutter war, bin noch immer ich.* Dann ergriff sie mit beiden Händen den Lederriemen, zog ihn sich über den Kopf und hielt Lara die Statuette hin. »Hier. Für deinen Jungen. Oder dein Mädchen. Ich weiß, du bist Christin, aber eine Mutter hat einmal diese Göttin ihrer Tochter gegeben. Das verleiht ihr Kraft.«

Lara nahm die Figur, betrachtete sie kurz in ihrer Hand, dann zog sie sich das Öltuch herunter und legte sich den Riemen um. »Für mich ist es die Mutter Gottes«, sagte sie. »Gott segne Euch, Frau Natalia.«

»Wenn dein Gott ein Kerl ist, dann segnet er dich.«

Zu viert gingen sie zur Tür. Kaum hatte Anton die Riegel zurückgeschoben und die Tür aufgezogen, stob ihnen ein Schwall Wasser entgegen. Draußen auf der Gasse stand es bald kniehoch. Abgerissene Äste trieben auf der dunklen Fläche. Es regnete weiter mit unverminderter Kraft.

Anton begleitete die beiden Frauen in den Hof, um ihnen mit dem Pferd zu helfen, kam durch die Wassermassen zurückgerannt und schlug hinter sich die Tür zu. Ströme rannen an ihm herunter und platschten in das Wasser am Boden. Er kam zu ihr, klammerte sich an ihr fest, als ertrinke er. Vor der eisigen Nässe seines Körpers schauderte sie. »Komm mit mir, Natalia. Ich liebe dich. Ich kann ohne dich nicht leben.«

Weinte er? Sie zog seinen Kopf auf ihre Schulter, streichelte ihn. »Ich liebe dich auch, Anton. Ich will, dass du gehst und dein Leben führst. Als Christ. Wie du es dir wünschst.«

Er hielt sich an ihr fest. Das Brausen des Sturmes schien sie einzuhüllen. Dann schnellte ein Geräusch dazwischen, und das Brausen zersprang. Die Tür und ein neuer Schwall

Wasser. Sie hatten vergessen, die Riegel vorzuschieben. »Guten Abend.«

Natalia spürte, wie sich ihr Innerstes verkrampfte. In ihren Armen spannte sich jeder Muskel an Antons Körper. Mühsam würgte sie die Übelkeit hinunter. »Guten Abend, Herr Bole.«

Die Tür fiel zu. »So also ist das.« Ihr Leben lang hatte Natalia nur Menschen, weder Geister noch Dämonen gefürchtet. Der Mann, der vor ihnen stand, der Schritt um Schritt auf sie zu schwankte, mochte dem Bild von einem Dämon nahekommen, blieb aber ein Mensch. Klein war er, nicht mehr jung und schwächlich gebaut. Einer wie Anton hätte es spielend mit ihm aufgenommen. Zudem schien er betrunken oder angeschlagen. Etwas in seiner Haltung aber verriet Natalia, dass er eine Waffe trug, gegen die sie beide machtlos waren. »So also ist das«, wiederholte seine tonlose Stimme. »Und ich dachte, du bist hinter meiner Tochter her. Los, sag mir, wo hast du meine Tochter versteckt? Meine schwachköpfige Tochter, die glaubt, dass sie dich liebt.«

»Deine Tochter hat mit dir nichts mehr zu schaffen«, erwiderte Anton. »Sie ist Christ. So wie ich.«

»So wie du?« Zu Natalias Entsetzen blieb der Mann stehen und brach in Gelächter aus. Sein Lachen klang harsch, als schlüge man auf Blech. Klatschend drosch er sich auf den Schenkel. Dann brach das Lachen ab. »Das glaubst du, ja? Dass du Christ bist, Christ durch Blut und Erbe, ein Waisenknabe zwar, aber einer von braven christlichen Eltern?«

»Du hast von meinen Eltern nicht zu sprechen, du Stück Schmutz.«

Anton wollte auf den Kleineren losstürzen, doch Natalia hängte sich mit ihrem Gewicht an seinen Arm. Ihr

Blick fiel zu Boden. *Während wir hier stehen und uns anblöken wie vom Regen aufgescheuchte Schafe, steigt uns das Wasser über die Knie.*

»Von was für Eltern sprichst du denn, Antonius? Von meinem Bruder, dem du Hörner aufsetzt, und seiner Frau, die du besteigst? Oder von dem Stück Schmutz, das vor dir steht, und einer wendischen Bauernschlampe namens Lenka, die prachtvoll sang? Antonius, deinen Namen habe ich dir gegeben, weil ich für römische Feldherren schwärmte. Ich, der Tölpel, der zu blöde war, um Latein zu lernen.«

Das Schweigen schien lauter als Geschrei, darin das Brausen des Sturms wie ein Insekt, das unentwegt gegen Wände stürmt. Natalia ließ Antons Arm, der erschlafft war, los und presste ihre Hand auf seine Brust, dorthin, wo ihm das Herz schlug. Hart und heftig sprang es gegen den Korb der Rippen.

In lautstarken Zügen holte Bole Atem, wie ein Kämpfer, der sich zum nächsten Schlag bereitmacht. Was für ein Schlag aber sollte noch folgen? Der Mann hatte Anton vernichtet, das Haus, das Anton sich ins Wasser gebaut und an dem er sich festgehalten hatte. »Jetzt weißt du es«, sprach der Mann in das Schweigen. »Und jetzt gib mir meine Tochter heraus. Deine Schwester wirst du ja wohl kaum als Zweitfrau hierbehalten wollen.«

»Meine Schwester«, murmelte Anton, als wäre er allein. »Ich bin ein Wende aus Vineta, und Lara ist meine Schwester?«

Natalia ließ sein Herz los. Sie hätte dem Mann ins Gesicht lachen wollen. Anton war nicht vernichtet. Anton und Lara waren stark genug, sie würden nehmen, was das Leben ihnen hinwarf.

»Ja, verdammt, sie ist deine Schwester. Glaubst du mir nicht? Dann denk darüber nach, wie du an die pechschwarzen Augen meiner Mutter kommst. Sag mir, wo Lara ist. Die Zeit ist knapp, ich will hier raus, bevor die ganze Drecksstadt ersäuft.«

Natalia begriff auf einen Schlag. Anton aber schien Bole nicht einmal gehört zu haben. Wie um sich wachzurütteln, schlug er sich die Hände an die Schläfen. »Wer hat meine Mutter getötet?«

»Verdammt, das weiß ich nicht. Irgendwelche Plünderer, Christen oder Heiden, was macht das aus? Wo ist meine Tochter, wo hast du Lara versteckt?«

»Eure Tochter ist zu Pferd zum Sturmglockentor«, rief Natalia, ehe Anton ein Wort herausbekam. »Und Ihr eilt besser hinterdrein, falls Eure Leute auch dieses Tor verriegelt haben.«

»Was für Leute?« Das war Anton.

»König Waldemars Leute.« Boles Stimme klang leer. »Dieselben, die vor einer Stunde die Deiche an allen wichtigen Punkten durchstoßen und die Pforten geöffnet haben. *Waldemar ante portas.* Waldemar vor den Toren. Wer nicht auf unserer Seite steht, für den gibt es aus Vineta kein Entkommen mehr.«

Jetzt begriff Anton. Er schrie auf wie ein Tier. Mit einem Satz war er über dem kleinen Mann, warf ihn zu Boden und drückte ihm den Kopf unter Wasser. Natalia schrie auch, wollte hinzustürzen, Anton wegzerren, aber glitt aus und fiel hin, stieß sich die Stirn an einer Tischkante. »Anton!«, schrie sie aus Leibeskräften, »Anton, lass ihn leben, oder Lara stirbt!« Das Brausen des Sturmes, das Toben des Regens schien ihre Worte zu zerfetzen. Sie ließ den Kopf sinken. Auf allen vieren kniete sie im Wasser und schrie.

Und dann schrie ein anderer. Ließ Wellen aufstieben, war in drei Sprüngen bei Anton und riss ihn in die Höhe. Schloss die Arme um ihn. Hielt ihn an sich gedrückt.

Prustend und keuchend rappelte Bole sich auf, warf sich über einen Tisch und spuckte Wasser. Natalia wollte sich fallen lassen. Einfach dort, wo sie hockte, im Wasser versinken und lachen, bis ihr die Luft wegblieb. Eine Ewigkeit, ein ganzes Leben schien zu verstreichen, ehe Warti sprach.

»Du musst dich beeilen, Bole«, sagte er. »Bis zum Bronzetor schaffst du es nicht mehr. Nimm beide Pferde, deines und meines, schlag dich zu den Sturmglocken durch und hoffe darauf, dass König Waldemars Leute dich erkennen.«

Mühsam stützte Bole sich am Tisch ab und starrte den anderen an. Natalia richtete sich auf, ehe das Wasser über ihren Kopf schwappte. Als sie stand, reichte es ihr bis an die Hüfte.

»Ich möchte, dass du Anton und Natalia mitnimmst«, sagte Warti.

»Nein«, riefen Anton und Natalia.

Warti drehte den Kopf. Hob die Brauen. Natalia wollte ihm entgegenlaufen, aber das Wasser, das ihre entgegenströmte, war von unvermuteter Kraft. Sie zauderte, blieb schließlich stehen. »Bitte geht«, sagte Warti. »Mich werden Waldemars Männer um keinen Preis aus der Stadt lassen, und vielleicht will ich das nicht einmal. Was soll einer wie ich in einer Welt, in der Vineta keinen Platz mehr hat? Euch aber lassen sie ziehen, wenn Bole für euch spricht.«

Anton befreite sich aus seinen Armen. »Ich bin ein Wende aus Vineta«, sagte er. »Ich sterbe mit meiner Stadt.«

»Du bist ein Wende aus Vineta, ja. Nimm Natalia und wo immer ihr hingeht, erzählt den Leuten, was Vineta war.«

Natalia zögerte nicht länger. Gegen den Druck des Wassers watete sie zu den zwei Männern, blieb vor ihnen stehen und sah zu ihnen auf. Im selben Moment brach mit ohrenbetäubendem Getöse ein Balken in der Decke. In Schwaden von Regen schlugen zersplitterte Planken neben ihnen ein. Aufspritzendes Wasser löschte die verbliebenen Kerzen.

Natalia stand im Dunkel und begriff: Der Sturm hatte dem Häuschen das Dach weggerissen, ihre Kammer, in der Stani zur Welt gekommen war, die Pisanki und die Schatulle mit dem Hirschen. Vielleicht würde es einmal Menschen geben, die sie fanden und sich von den Gegenständen eine Geschichte erzählen ließen. Ohne Furcht und Reue. Sie nahm Antons Hand. »Geh«, sagte sie. »Hol deine Schwester ein, und hilf ihr zu begreifen. Helft eurem Kind.«

»Und ihr?«

»Wir bleiben hier. In Vineta. Warti und ich.«

»Ich will nicht, dass du dich für mich opferst«, rief Warti.

»Das tue ich ja nicht. Mein Leben ist zum Platzen prall, und wie stets nehme ich mir davon, was mir am besten schmeckt.«

Durch das Dunkel blicke Anton von einem zum andern, während der Sturm an den Trümmern der Decke zerrte, der Regen sich in Strömen ergoss und das Wasser stieg. »Ich schaffe es nicht«, jaulte Bole. »Ich muss sterben, ich schaffe es nicht.«

Aus dem Loch in der Decke ergoss sich schlammiges Wasser. Warti kämpfte sich zu seinem Bruder vor, drehte ihn um und zog ihn an den Armen in die Höhe. »Doch, Bole. Mit Anton schaffst du es. Anton kann schwimmen, und er soll hinter unserer Bahre gehen, nicht wir hinter seiner.«

Bole heulte auf wie ein Tier. Der Größere umschlang ihn. »Ich habe Vineta verraten«, heulte Bole. »Das Wasser kommt von überall, vom Fluss, vom Meer, von den Kanälen. Von Vineta bleibt nichts, kein Haus, kein Stein.«

Warti hielt ihn ein Stück von sich weg und sah ihm ins Gesicht. »Es liegt an dir, ob von Vineta etwas bleibt. An dir und Anton und Lara. Rettet euch.«

Das Heulen verstummte. Sie sprachen nichts, sahen einander nur an. *Diese zwei,* durchfuhr es Natalia, *haben womöglich ein Leben lang darum gerungen, des andern Worte zu entschlüsseln. Im Schweigen aber sind sie eins.* »Beeilen wir uns«, sagte Warti, als er Bole losließ. »Vergeuden wir keine Kraft mehr mit viel Reden.«

Durch die Schwärze tappend packten sie einen Schlauch Wein und Öltuch in einem Bündel zusammen. Als Anton und Bole bereit waren, riss Warti die Tür auf. Natalia, die in der Mitte des Raumes stand, sah nichts als noch tiefere Schwärze, untermalt vom Hungergrollen des Meeres. Wasser stob herein, flutete draußen womöglich schon auf Halshöhe. So laut wütete der Sturm, dass man sein Wort kaum verstand. »Lasst die Pferde«, schrie Warti. »Anton, nimm Bole ins Schlepp und schwimmt.«

»Vater«, schrie Anton, sonst nichts. »Vater, Vater.«

»Und warum wohl nicht?«, brüllte Warti zurück. »Dein Gott behüte dich.« Dann schob er mit all seiner Kraft gegen den Druck des Wassers die Tür zu.

Natalia atmete auf. Als stünde man nicht bis zur Taille in Nässe, sondern verschlösse an einem friedvollen Abend sein Haus. *Siehst du keinen von ihnen, Natalia, Waflerin?* Sie sah keinen. Nur Warti an der Tür. Anton und Lara würden leben, und was immer ihr Kind für eine Bürde trug, es würde auch leben. Ganz langsam drehte Warti sich um. Natalia rannte. Und Warti rannte auch.

In der Mitte trafen sie sich, schoben das Wasser, das sich zwischen sie drängte, weg, bis ihre Leiber sich berührten. Bis seine Arme sich um sie schlossen. Sachte, wie man sich in ein frisch aufgeschütteltes Bett legt, schmiegte sie sich an ihn. Vernahm sein Herz, das gleichförmig schlug, als trommle es dem Sturmlied den Takt. Dann blickte sie auf. Ihre Augen hatten sich an die Finsternis gewöhnt wie ihre Haut an die Kälte. »Meine Güte, Warti«, entfuhr es ihr. »Ist mein Haar so grau wie deines?«

Er nahm eine der triefenden Strähnen und hielt sie ihr vors Gesicht. »Mächtig nass ist es und ohne Licht eher schwarz. Ich denke, es sieht aus, als sei ein wenig Asche in Salerner Wein gefallen.«

»Ich wünschte, ich wäre nicht Natalia, die nicht weint.«

Seine Hand strich ihr über die Wange. »Tröste dich. Kein Mensch auf der Welt käme im Augenblick darauf, dass du Natalia, die nicht weint, bist.«

Sie küsste ihn. Vergrub die Hände in seinem Haar, zog ihn zu sich und stürzte sich auf seine Lippen. Sein Mund schmeckte nach Salbei. Als sie die Umarmung lockerte, spürte sie, wie ihr das Wasser um die Brüste spülte. Der Regen fiel stetig durch das Leck in der Decke, doch der Sturm schien stiller geworden.

»Weißt du was, Natalia? Wenn du mich jetzt nicht wegstößt, dann lasse ich dich in diesem Leben nicht mehr los.«

»Oh doch, mein Liebling«, rief sie, »das wirst du sehr wohl, und zwar sofort.« Sie befreite sich und zog ihr heiderotes Tuch, das schon ins Wasser hing, von ihren Schultern. Mit beiden Händen tauchte sie es ein. Durch die dunkle Flut glitt die Seide wie das Haar einer Rusalka. Natalia tastete nach Wartis Hüften, hatte Mühe, das Tuch gegen die Strömung um ihn zu schlingen, aber schaffte es schließlich und zog den Knoten fest. »Ich, Natalia, Tochter von Mitja und Nona, gürte meinem Herrn die Lenden, wie ich ihn in Tagen des Krieges mit dem Schwert und in Tagen des Friedens mit Liebeslust gürte.«

Er fing sie, hielt sie. Sie ließ sich fallen. Um ihren Hals spülte gischtendes Wasser. Wind und Regen brüllten nicht mehr, sondern sangen, doch ihrem Lied fehlte eine Note. »Was ist mit Kasi?«, fuhr sie auf.

Im nächsten Moment setzte das Dröhnen der Sturmglocken ein.

Sie mussten beide lachen, derweil das Wasser ihr ans Kinn spritzte. *Wenn jemand uns findet, in hundert oder tausend Jahren, wird er erkennen, dass wir Natalia und Warti, die lachten, waren?* Im Takt der Glockenschläge wiegten sie einander.

»Glaubst du, er läutet dort unten weiter?« Warti duckte sich, sodass ihre Münder auf gleicher Höhe waren.

»Natürlich. Er ist der Perun von Vineta, oder nicht?«

»Natalia, ich will, dass du weißt …«

Ihr Kopfschütteln ließ Wellen stieben. Sie hob die Hand und verschloss ihm den Mund. Dann wies sie mit der freien Hand auf ihre eigenen Lippen. Er tat es ihr nach. Seine Brauen hoben sich, in seinen Augen blitzte ein Lächeln. So blieben sie stehen, bis das Wasser über ihre Hände schlug.

Epilog

Februar 1158

Mit der Morgendämmerung würde es wärmer werden. In den Mulden des blank geschorenen Feldes erstarrte Wasser glitzernd zu Eis. Dort wo sie entlangzogen, wo sich das müde Pony vor dem Karren quälte, schien der Boden mit jedem Schritt schlammiger zu werden. Lara blieb stehen und blies in ihre Hände. Dann nahm sie die Zügel wieder auf und führte das Pony weiter. Ihre Sohlen schmatzten beim Gehen, und der eisige Regen schlug ihr ins Gesicht. Vor Anstrengung brauste ihr das Blut in den Ohren, übertönte den pfeifenden Wind.

Die Dänen hatten ihnen den Karren gegeben. »Wir gehen nicht mit euch«, hatte sie sich sagen hören. Vielleicht würde sie diese Worte bis ans Ende ihrer Tage hören. Selbst dort, vor dem Tor, hatten sie bis zu den Knien im Wasser gestanden, ihr Vater und Anton waren halb ertrunken angekommen, und das Wutgebrüll des Meeres schien schon die Mauer der Stadt zu erschüttern. Ihre Stimme aber, die Stimme der kleinen Lara, klang stark und fest. »Wir gehen nach Demmin, wie Anton es bestimmt hat.«

Im selben Augenblick, noch ehe die Wächter widersprechen konnten, begannen über ihnen die Glocken zu läuten. »Da ist einer im Turm!«, brüllte ein hünenhafter Däne in gebrochenem Pomoranisch. »Wie kommt man da rauf, wie holen wir den runter?«

»Lasst ihn!«, schrie Lara. »Geht nicht dort hinauf!«

»Glaubst du Christenmädchen etwa, da oben hockt ein heidnischer Gott?«

»Da oben hockt mein Sohn!« Dass im Körper des Vaters, den Anton wie einen Leichensack vor das Tor geschleppt hatte, noch so viel Kraft steckte, überraschte Lara. Sie hatte den Arm fest um ihn gelegt und ihn vom Turm weggeführt. »Lass ihn, Vater. Er ist, wo er hingehört, und er läutet seine Glocken für die, die jetzt sterben. Wir müssen uns beeilen, das Wasser macht vor der Mauer nicht Halt. Sag den Dänen, sie sollen uns einen Karren, ein paar Schläuche Trinkwasser und noch mehr Öltücher geben. Mehr brauchen wir nicht. Den Rest schaffen wir allein.«

Sie waren aufgebrochen, als das Wasser die Flügel des Tores aufdrückte. Der Lärm, das Rauschen, Splittern, Brüllen brannte sich ihr in die Ohren. Auch die Dänen standen schon zum Rückzug bereit. Sie würden wiederkommen, wenn das Meer sich beruhigt hatte, um zu vollenden, was die Flut begonnen hatte. Mit vereinten Kräften mussten Anton und Lara den Vater hindern, in die geflutete Stadt zurückzustolpern. Als sie den ermatteten Körper endlich auf den Karren gehievt hatten, setzte Lara sich zu ihm. Eine Zeitlang führte die wackere Mala das Pony und Anton ritt auf seinem Feliz nebenher. Das Tier war kostbar. Wo immer sie hingelangten, würden sie es zu einem guten Preis verkaufen können.

Erst nachdem der Vater alles, was wie die Wassermassen aus ihm herausdrängte, losgeworden und schließlich eingeschlafen war, deckte Lara ein Öltuch über ihn und löste Mala ab.

»Du ekelst dich vor mir, nicht wahr?«, hatte der Vater in kaum verständlichen Lauten gefragt. »Stoß mich vom Wagen, Lara, lass mich hier im Sumpf verrecken.«

»Nein«, hatte Lara erwidert. »Nein, ich ekle mich nicht, und ich lasse dich nicht sterben. Du bist mein Vater. All das, was du mir erzählt hast, ist nichts zwischen dir und mir, sondern zwischen dir und Gott. Das will ich: dich an einen Ort bringen, wo man dir die Taufe gibt und dich deinen Frieden machen lässt.«

Und genau so dachte sie. All das Grauen, von dem ihr Vater und Anton ihr erzählt hatten, das Grauen, das sich gerade jetzt in ihrem Rücken zutrug, würde warten müssen, bis es weit genug hinter ihnen lag. Bis sie an einen Ort kamen, an dem sie sich aufwärmen, Kräfte sammeln und eine Art von Frieden mit Gott suchen konnten. Für das Unfassbare, dafür, dass ihr Vater zum Verräter geworden war, dass er ihre Mutter erstochen hatte, dass ihre Schwester Bozena, ihr Schwager und die kleinen Nichten elendig ersoffen, und dafür, dass das Kind, das sie in ihrem Leib schon spürte, von ihrem leiblichen Bruder stammte, war später Zeit.

Im Augenblick zählte nur voranzukommen, Schritt um Schritt, eine menschliche Siedlung zu erreichen, ehe die Kälte sie zur Strecke brachte. Das Kind zählte. Ein Geschöpf, das zur Welt kommen würde, wenn der Schrecken vorüber war. Sie hatte das auch zu Anton gesagt: »Lass uns jetzt nicht reden und nicht denken, mein Anton. Steig aufs Pferd, und reite. Nur vorwärts. Wenn wir dies hier bestehen, bleiben uns für das andere Jahre.«

Jetzt schliefen der Vater und die Mala seit Stunden, und sie beide zogen nebeneinander her, Anton zu Pferd und Lara am Kopfzeug des Ponys. Von Nässe und Kälte waren ihr die Finger so steif, als müssten sie beim Krümmen wie morsche Zweige splittern.

»Kannst du noch weiter?«, fragte Anton. »Sollen wir Rast einlegen?«

»Nein, lass uns weitergehen«, erwiderte Lara, wenn auch die Eisluft ihr schmerzhaft in die Lungen schnitt. »Wir sind zu nass, wir würden erfrieren. Halt machen können wir erst, wenn der Regen aufhört und wir ein Feuer angesteckt bekommen.«

Antons Blick flog zum sternenlosen Himmel. »Das hört nicht auf. Und selbst wenn, glaubst du auf diesem Boden hältst du ein Feuer am Brennen? Glaubst du, einer von uns hat in seinen Taschen noch einen trockenen Zünder?«

»Dann machen wir eben erst Halt, wenn wir auf menschliche Behausungen treffen. Denk nur daran, an sonst nichts: ein bisschen Wärme. Trockenheit. Eine Schüssel Suppe.«

»Kannst du das wirklich? Jetzt an Suppe denken?«

»Ich muss ja können«, antwortete sie, »ich trage ein Kind.«

Ihr Fuß sank bis zum Knöchel in Morast, doch ehe sie stolperte, fing sie sich. Von Anton weg sah sie über das sich streckende Land und entdeckte hinter den Regenfäden, was sie erhofft hatte: Über dem Schwarz des Waldes, das die Sicht begrenzte, wurde der Himmel bleicher. Im Tageslicht würden sie rascher vorankommen, der Wald bot Schutz, und vor dem nächsten Abend mochten sie Demmin erreichen.

»Anton«, begann sie, ohne ihn anzusehen.

»Was ist?«

»Ich möchte nicht nach Venedig.«

»Und warum wohl nicht? Zumindest finde ich Arbeit dort.«

»Ja, du hast Recht. Und für den Anfang, bis das Kind auf der Welt ist, mag es das Beste sein. Aber hinterher ginge ich gern woanders hin.«

»Und wohin?«

»Ich weiß nicht. Irgendwohin, wo Platz ist.«

»Platz wofür, Lara?«

Er hielt sein Pferd an, und sie stockte im Schritt. »Dreh dich nicht um«, rief sie eilig, aber sie hatte längst ebenso wie er den Kopf gedreht. Zu sehen war nichts mehr. Kein Turm und kein Dach. Aber sie beide wussten noch, was dort lag.

ENDE

Glossar:

Accentus. Sprechgesangteil des gregorianischen liturgischen Gesangs.

Anger. Im Besitz einer Gemeinde befindlicher Platz zur allgemeinen Nutzung.

Arsenal. Auf zwei Inseln errichtetes Gelände in Venedig, das als Werft, Zeughaus und Stützpunkt der Flotte der Serenissima diente (bestand seit 1104).

Arsenalotti. Laienbruderschaft, Zusammenschluss der im Arsenal von Venedig ansässigen Schiffbauer.

Bankert. Unehelich geborenes Kind.

Bojaren. Altrussische Adlige, unterhalb des Fürstenstandes.

Bruech. Männerkleidungsstück; kurze Unterhose.

Buhnen. Pfahlreihe zur Abschwächung der Strömung.

Concentus. Melodischer Anteil des gregorianischen liturgischen Gesangs.

Dromone. Byzantinischer, auf zwei Ebenen geruderter Schiffstyp mit Segelunterstützung.

Eisgang. Eis führendes Hochwasser.

Fuder. Großes Hohlmaß; entspricht zwischen 800 und 1800 l.

Firle'fei. Bäurischer Reihentanz.

Gerber. Ledermacher.

Griwne. Silberbarren aus gediegenem, ausgewogenem Silber; Zahlungsmittel.

Gusli. Einer keltischen Harfe entfernt ähnliches, gezupftes Saiteninstrument.

Hoppelrei. In der Reihe getanzter, bäuerlicher Volkstanz.
Hübschlerin. Prostituierte.
Kalfatern. Abdichtung der Zwischenräume zwischen den hölzernen Schiffsplanken; erfolgte im Mittelalter zumeist mit Werg – Rückständen des Wollkämmens – und Pech.
Kolderstock. Pinnenähnliche Rudervorrichtung auf Schiffen.
Landesding. Dänische landesweite Wahl- und Gerichtsversammlung.
Leinengeld. Vorläufer der Banknote. Umlaufwährung aus zerschnittenem Leinen, das beim Stadtrat gegen Silber getauscht werden konnte.
Metze. Prostituierte, liederliche Frau.
Mittagsfrau. Dämonische Erscheinung slawischer Sagen, die über Mittag erschien, um ungehorsame Menschen zu verwirren, zu lähmen oder ihnen den Hals umzudrehen.
Mokosch. (Ost)slawische Göttin der Fruchtbarkeit, der Feuchte und der Fülle.
Mora. Geist eines verstorbenen Ahnen.
Morana. Slawische Göttin des Winters, der Nacht und des Todes.
Morgengabe. Gabe des Ehemannes an seine Frau, in der Regel nach der Hochzeitsnacht als Preis für die Jungfräulichkeit entrichtet.
Munt. Vormundschaft des Vaters über die Tochter, später des Ehemannes über seine Frau.
Nachtmahr. Bösartiger Geist, der Schlafenden zusetzte und für Alpträume sorgte.
Parten. Besitzanteile an Schiffen.
Perun. Slawische Gottheit des Sturmes, auch Kriegsgott.

Pisanki. Bemalte, mit klappernden Kleinteilen gefüllte Toneier, aus der Kiewer Rus stammend.

Pogoda. Slawische Gottheit des Frühlings.

Posadnik. Bürgermeister von Nowgorod.

Pripegala. »Der Siegreiche«. Slawische Gottheit von Sonne und Fruchtbarkeit, zu deren Kult Menschenopfer gehörten, daher auch Blutgott genannt.

Rammsporn. Verstärkte Erweiterung des Bugs von Kriegsschiffen, um den Gegner unterhalb der Wasseroberfläche zu rammen.

Ranen. Westslawisches, vornehmlich auf Rügen ansässiges Volk.

Rebec. Dreisaitiges, mit dem Bogen gestrichenes Instrument spanischen Ursprungs.

Rojer. Ruderer.

Rusalka. Weiblicher Wassergeist. Überlieferungen nach die Seelen von Mädchen, die im oder um das Wasser eines gewaltsamen Todes starben.

Schardeich. Deich, der nicht durch Vorland geschützt, sondern direkt an den Rand eines Gewässers gebaut ist und daher eines besonderen Fußes zum Schutz bedarf.

Scheffel. Hohlmaß für schüttbare Körper.

Schiw'a. Siebentägige jüdische Totenwache.

Schnigge. Ursprünglich von den Wikingern entwickeltes kleineres, wendiges Schiff.

Schum. Bündnis der jüdischen Gemeinden von Speyer, Mainz und Worms, seit dem 11. Jahrhundert bestehend.

Scuola. Venezianische Laienbruderschaft. Häufig Angehörige derselben Volksgruppe oder desselben Berufsstandes.

Serenissima. Beiname Venedigs: Serenissima Repubblica di San Marco; Allerdurchlauchtigste Republik des heiligen Markus.

Spengler. Spangenmacher, später Blechschmied.
Starost. Vorsitzender des Ältestenrates, Bürgermeister slawischer Städte.
Svantovit. Vierköpfige slawische Gottheit, häufig Kriegsgott, bei zahlreichen Ostseeslawen Hauptgott.
Svarog. Eine der ältesten slawischen Gottheiten, Gott des Himmels, Vater des Svantovit.
Terrazzo. Bodenbelag aus zerstoßenem Marmor und Ziermosaiken, wegen des geringeren Gewichts in venezianischen Häusern verwendet.
Torg. Mittelalterlicher Markt.
Triglav. Slawische Gottheit der Fruchtbarkeit, häufig dreiköpfig dargestellt.
Tysjatschnik. Befehlshaber der Streitmacht in slawischen Stadtstaaten.
Vila, auch Vilja, Plural Vili. Weiblicher Waldgeist. Überlieferungen nach die Seelen verlassener Mädchen, die mit ihrem Singen Wanderer betörten.
Volgare. Vulgärform des Lateinischen, aus dem sich das Italienische entwickelte.
Wafeln. Nach dem Glauben verschiedener Ostseevölker Luftgebilde, Erscheinungen von Menschen, deren Tod (zumeist durch Ertrinken) bevorsteht, oder Orten, die dem Untergang geweiht sind.
Waräger. »Verschworene«. Durch Schwüre verbundene, aus Skandinavien stammende Auswanderer, die als Gründer der Kiewer Rus betrachtet werden.
Warft. Künstlich aufgeschütteter Hügel, zum Schutz wichtiger Gebäude vor Hochwasser.
Wehfrau. Hebamme.
Wiec. Ältestenrat, betraut mit der Stadtverwaltung.
Wittum. Teil des Frauengutes; vom Ehemann zu entrichten, verbleibt nach dessen Tod im Besitz der Frau.

Zeidelei. Vorstufe der Imkerei, Honiggewinnung von wilden Bienen.

Übersetzung und Erklärung lateinischer Sprichwörter und Redewendungen (in der Reihenfolge ihres Vorkommens)

In sucum et sanguinem. In Saft und Blut; in Fleisch und Blut; nach Cicero.

O tempora o mores. O Zeiten, o Sitten; was für eine Zeit; nach Cicero.

Punctum saliens. Der springende Punkt; nach Theodorus Gaza; Übersetzer des Aristoteles.

De gustibus non est disputandum. Über Geschmack lässt sich nicht streiten; Sprichwort der Scholastik.

De audito. Vom Hörensagen.

Hic Rhodos, hic salta. Hier ist Rhodos, hier springe; beweise hier, was du kannst; nach Aesop.

Deus vult. Gott will es; Schlachtruf der Kreuzfahrer.

In absentia. In Abwesenheit.

Cum grano salis. Mit einer Prise Salz; mit etwas Skepsis/Humor; nach Plinius dem Älteren.

Suum cuique. Jedem das Seine; nach Cicero.

Per aspera ad astra. Durch Mühsal zu den Sternen; nach Seneca.

Pecunia non olet. Geld stinkt nicht; nach Vespasian.

Summa summarum. Alles in allem; nach Plautus.

Morituri te salutant. Die Todgeweihten grüßen dich; Gladiatorengruß.

In medias res. Mitten hinein; nach Horaz.

Manus manum lavat. Eine Hand wäscht die andere; nach Seneca.

Discordia maximae dilabuntur. Durch Zwietracht zerfallen die größten Dinge; nach Sallust.

Ceterum censeo Carthaginem esse delendam. Im Übrigen bin ich der Meinung, dass Karthago zu zerstören ist; nach Cato.

Quamvis sint sub aqua sub aqua maledicere temptant Obwohl sie unter Wasser sind, versuchen sie noch, unter Wasser Schmähreden zu halten; Vers des Ovid aus »Metamorphosen«.

Waldemar ante portas nach *Hannibal ante portas;* Hannibal vor den Toren, Warnruf aus den punischen Kriegen.

Atlantis in der Ostsee
Zur Erklärung

Geschichten von Welten, die wie ausgewischt von der Tafel verschwinden, ziehen mich an. Ein wenig bin ich als gebürtige West-Berlinerin von solchen Geschichten persönlich betroffen: Das Gefühl, einer Stadt entsprungen zu sein, die kaum noch glaubhaft erscheint, ist mir vertraut. In diesem Sinn wüsste ich mein Vineta gern als Reminiszenz an Camelot, Atlantis, Utopia und deren Schwestern verstanden. Vineta ist die Geschichte eines gescheiterten Traums. Die freie Stadt, die sich in den Machtkämpfen ihrer Epoche keiner Seite zuschlägt und sich dem Herrschaftsanspruch der christlich-römischen Kirche widersetzt, ist womöglich ein bisschen zu schön, um wahr zu sein.

Ich habe mich dennoch bemüht, Vineta als einen Ort darzustellen, der so gewesen sein könnte, und es in eine historisch möglichst authentische Umgebung zu betten. Die Fachwelt vertritt inzwischen einhellig die Ansicht, dass es eine solche Stadt gegeben hat. Die Quellenlage ist schlecht, aber vorhanden: Sowohl Adam von Bremen als auch Helmold von Bosau und der maurische Reiseberichterstatter Ibrahim ibn Jaqub erwähnen Vineta, die *große Stadt am Weltmeer,* mit ihren zwölf Toren und ihrem Hafen, den *weltberühmten Stützpunkt,* die *größte aller Städte, die Europa birgt.* Verwischte Spuren einer Kultur, die ihre Vielzahl von Sagen verdient hat, darüber hinaus aber auch engagierte Forschung und Suche.

Anders als Atlantis scheint Vineta tatsächlich von einer

Tafel gewischt, aus dem Gedächtnis getilgt: Über eine heidnische Hochkultur, die an Pommerns Ostseeküste bis ins 12. Jahrhundert bestand, habe ich in der Schule nichts gelernt. Ebenso wenig über deren Vernichtung, über Zwangschristianisierung, Wendenkreuzzug, Schleifung von Tempeln und Flutung von Dörfern. Auch um dieses Aspektes willen habe ich eine Theorie, die mir einleuchtete, übernommen und Vineta nicht ursächlich durch Naturgewalt, sondern durch Menschenhand im Meer versinken lassen. Der von mir zum Sündenbock gemachte König Waldemar kommt als Täter tatsächlich in Frage. In jedem Fall unternahm er zahlreiche Eroberungszüge nach Pommern und betrieb durch seinen Bischof Absalon eine radikale Wendenmission. Dennoch weise ich vorsorglich darauf hin: Dieses Buch ist ein Roman und seine Verfasserin – zu ihrem Bedauern – weder Historikerin noch gar Archäologin.

Aus demselben Grund bitte ich, meine Entscheidung für einen Standort als das zu betrachten, was sie ist: die Entscheidung eines begeisterten Laien. Wo Vineta gestanden hat, werden wir mit letzter Sicherheit erst wissen, wenn wir sie dem Meer wieder abgerungen haben. Bis dahin sind wir auf die Schlussfolgerungen der Vineta-Forscher angewiesen. Mich hat aus vielen Gründen die recht neue These der Autoren Klaus Goldmann und Günter Wermusch überzeugt, die Vineta im Gebiet des heutigen Barth in Mecklenburg-Vorpommern vermuten. Sie gehen dabei von einem im Zug der Jahrhunderte veränderten Verlauf der Oderarme aus.

Es ist mir jedoch wichtig, zu betonen, dass ich mit dieser Entscheidung keinesfalls eine Aussage gegen die Arbeit von Prof. Dr. Wladyslaw Filipowiak, der Vineta aus guten Gründen in Wolin vermutet, treffen wollte. Wer auch immer in der Standortfrage Recht behält, für die Vineta-Forschung hat gewiss kein anderer so viel geleistet wie Prof. Dr. Filipowiak, und ohne den Schatz seiner zahlreichen Veröffentlichungen wäre es mir nicht möglich gewesen, die komplizierte Recherche für diesen Roman zu einem Ergebnis zu bringen und ihn letztendlich zu schreiben. Fundstücke aus der Wolin-Gegend, die zweifellos einer slawischen Siedlung der fraglichen Epoche entstammen, haben mich inspiriert.

Ich freue mich, dass Menschen meine Geschichte von Vineta lesen werden. Besonders freuen würde ich mich, wenn jemand dabei Blut leckt und sich selbst an die Quelle begibt, auch wenn er anschließend mit mir streitet. Vineta wiederzufinden, wird viel Begeisterung erfordern. Mit diesem Buch möchte ich die meine dazu beitragen.

Bedanken möchte ich mich bei den zahlreichen Menschen, die mir in Deutschland und in Polen bei der Recherche zu diesem Buch behilflich waren, mir zu Elementen der Geschichte verhalfen, mir bei der Überarbeitung des Textes großzügig ihre Ressourcen – Kraft, Zeit und kluge Gedanken – zur Verfügung stellten und die mich ermutigten. Genannt seien:

Meine Großeltern von der Ostsee.

Maren Rosemann, der ich all meine Geschichten verdanke.

Claudio Gianfrancesco

Anne Loehr-Gößling

Dr. Andreas Gößling

Angelika Schwarz

Stasiek Pawlak

Eva Völler

Eva Baronsky

Eva Schmeling

Uschi Timm-Winkmann

Martina Sahler
sowie vor allem mein Agent Roman Hocke
und sein Lektor Dr. Uwe Neumahr.

Während ich für meinen Roman Flutkatastrophen der Weltgeschichte recherchierte, ereignete sich am 26. Dezember 2004 eine solche Katastrophe von unvorstellbarem Ausmaß. Mein Roman ist daraufhin ein anderer geworden.

London im Herbst 2006,
Charlie Lyne.

© privat

Gespräch mit der Autorin

Wie und warum sind Sie zum Schreiben gekommen?

Ich fürchte, ich entspreche dem gängigen Klischee: Geschrieben hab ich schon immer. Geschichten erzähle ich, weil meine Freundin Maren mir beigebracht hat, wie man sich in Geschichten verliert und wieder findet. Deshalb schenke ich ihr dieses Buch.

Wie sind Sie zu diesem Stoff gekommen?

Ich habe zwei Großelternteile aus Ostseestädten (Riga und Danzig) und seit meiner Zeit als Reiseführerin in Pompeji eine obsessive Liebe zu verlorenen Lebenswelten. Wo sich diese zwei Pfade kreuzen, liegt Vineta.

Wo und wann schreiben Sie am liebsten?

An meinem Schreibtisch (notfalls auch an dem eines Hotels), frühmorgens in den Stunden zwischen vier und acht. Jeden Morgen. Auch an Weihnachten, am Sonntag und im Urlaub. Ich liebe diese Zeit, weil sie mir gehört, weil kein Kind, kein Kunde und kein Klempner zu dieser Zeit etwas von mir will und weil sie ein bisschen unwirklich ist: hellgrau und noch nicht völlig entschieden.

Wie würden Sie sich selbst beschreiben?

Wie das englische Wetter: Ich drohe ständig mit dem Weltuntergang, entpuppe mich jedoch zumeist als Nieselregen und schlage zum Trost hin und wieder Regenbögen.

Ich wäre gern Archäologin geworden, leide aber an Klaustrophobie, deshalb baue ich stattdessen mit meinen Kindern Sandburgen und buddle nach vergrabenen Geschichten von Menschen.

Vom Leben bekomme ich den Hals nicht voll, und wenn ich mir den Magen verderbe, lerne ich gar nichts daraus.

Ihre Lieblingsautoren?

Dante Alighieri.

Dann Catull, Kafka und Steinbeck.

Unter denen, die leben, Aitmatow, glaube ich. Zumindest im Moment.

Was war Ihr besonderes Erlebnis beim Schreiben?

Das einschneidende Erlebnis beim Schreiben dieses Romans war der Tsunami vom 26. Dezember 2004. Ich hatte seit einem Jahr historische Flutkatastrophen zu Recherchezwecken »gesammelt« und fühlte mich jäh von der Wirklichkeit überrollt. Ich habe das Schreiben vier Wochen lang unterbrechen müssen und bin sicher, mein Roman ist danach ein anderer geworden.

Werden Sie ein neues Buch in Angriff nehmen?

Mein nächster Roman heißt »Die zwölfte Nacht« (über den sag ich jetzt lieber nichts, denn sonst höre ich nicht mehr auf).

Derzeit schreibe ich – sehr verliebt – einen Roman aus dem England zur Zeit des »Schwarzen Todes«, eine Geschichte von großartigen, starken, humorvollen Menschen, vom Meer, von Schiffbau und vom Überleben.